西漢開國

长篇历史军事题材小说 / 根据《史记》《汉书》《资治通鉴》创作

刘杰 汤迪军 著

陕西师范大学出版总社

图书代号：SK17N0966

图书在版编目(CIP)数据

西汉开国 / 刘杰，汤迪军著. —西安：陕西师范大学出版总社有限公司，2017.8
ISBN 978-7-5613-9407-6

Ⅰ. ①西… Ⅱ. ①刘… ②汤… Ⅲ. ①长篇小说—中国—当代 Ⅳ. ①I247.5

中国版本图书馆 CIP 数据核字(2017)第 173723 号

西汉开国
XIHAN KAIGUO

刘杰　汤迪军　著

出版统筹	刘东风
特约策划	刘连腾　刘喜联
责任编辑	胡　杨
责任校对	侯坤奇
装帧设计	李　飞　刘懿郴
出版发行	陕西师范大学出版总社
	(西安市长安南路199号　邮政编码710062)
网　　址	http://www.snupg.com
印　　刷	陕西新胜印务有限责任公司
开　　本	787mm×1092mm　1/16
印　　张	26
插　　页	2
字　　数	400千
版　　次	2017年8月第1版
印　　次	2017年8月第1次印刷
书　　号	ISBN 978-7-5613-9407-6
定　　价	58.00元

读者购书、书店添货或发现印刷装订问题，请与本社营销部联系、调换。
电话:(029)85307864　85303629　　　传真:(029)85303879

《西汉开国》序

李敬寅

　　这是一部反映大秦帝国灭亡,群雄并起,西汉王朝建立之初的一段既腥风血雨、又充满智慧的辉煌历史;这是一部风云际会,英雄将相、良臣谋士各尽其能、各显才华,斗智斗勇和刀光剑影的战争史诗;这是一部波澜壮阔、跌宕起伏,一波三折、扣人心弦的英雄传奇;这是一部离奇曲折、惊心动魄,豪杰争霸、壮士搏击,运筹帷幄、决胜千里,瞬息万变和此消彼长的古代兵法大全;这是一部秦末汉初所诞生的脍炙人口、简洁精辟、生动传神、熠熠生辉,并在中华文明史上闪烁两千余年的成语大全。

　　纵观全书,作者以极为饱满的激情,生动翔实的历史资料,宏阔壮观的画面,朴实无华的语言和鲜活感人的故事情节,全方位、多角度展现了中国历史上极具生气、极具开拓进取精神的大汉王朝开国之初的六七十余年历史;这也是继孙皓晖《大秦帝国》之后又一部反映三秦大地历史文化题材的宏图巨制。其中许多历史人物、古今地名、历史故事、成语典故令人耳熟能详。作者开宗明义,在书籍的封面上就注明这是一部"根据《史记》《汉书》《资治通鉴》创作的长篇历史军事题材小说",亦文亦史,如歌如画,读来令人感到回肠荡气、流连忘返、爱不释手,从中大开眼界,备受启发。

　　秦王扫六合,虎视何雄哉;挥剑决浮云,诸侯尽西来。

　　作为中国封建社会第一位皇帝的秦始皇,他以极为博大的气势,横扫六合、统一中国。继而又大动干戈,筑长城、修直道、建阿房宫、统一文字和统一度量衡,干了一系列惊天动地的大事情。然而,正当他雄心勃勃,准备再创辉煌之际,孰料东巡途中突然病故。这让居心叵测的奸臣赵高钻了空子。遂假造遗诏,害死公子扶苏和大将军蒙恬,将昏庸残暴的秦二世胡亥扶上龙位。致使天下人心相悖,民怨四起,由此引发了大规模的农民起义。陈胜、吴广率先揭竿而起,各路英雄豪杰刘邦、项羽等起而应之,最终引发了中国封建社会第二个王朝的诞生。由于刘邦最初被封为汉王,他登上皇帝宝座之后,便将自己的王朝取名汉朝,中华民族也有了大汉民族之谓,语言称为汉语,文字也称为汉字。西汉定都长安,取"长治久安"之意,故中华民族又将"长安"二字化为国都的象征。

　　该书分为"秦末风云"、"楚汉战争"、"天下初定"和"文景之治"四大部分,共88节,卷帙浩瀚、人文荟萃、英雄辈出、风云激荡,融历史性、文学性、知识性、

趣味性、哲理性和可读性于一炉。以时间为序，围绕重大事件和重点人物层层展开，脉络清晰，环环相扣，娓娓道来，引人入胜。仅仅浏览一下章节标题：偷梁换柱，赵高矫诏立胡亥；无中生有，指鹿为马篡皇权；鱼腹藏书，陈胜吴广举义旗；假借天意，刘季斩蛇上芒砀；走为上计，刘邦脱险鸿门宴；以曲求伸，蜀汉之地犹可王；知人善任，萧何月下追韩信；远交近攻；汉王筑场拜大将；明修栈道，暗渡陈仓获奇胜；调虎离山，背水一战显神威；楚河汉界，出尔反尔复追击；四面楚歌，霸王绝唱乌江畔……如此等等，即将金戈铁马、旌旗猎猎、烽烟四起和战火纷飞，英雄与谋士携手，豪杰与侠客为伍，计谋与兵法融合，胆略与智慧共生，群情激愤，共讨逆凶，剑指咸阳，直逼函关这段历史画面展现在读者面前。

然而战争是残酷的。两位最早揭竿而起，举起推翻暴秦旗帜的英雄陈胜和吴广，正当他们点燃的起义烈火在全国各地熊熊燃烧之际，仅仅半年多时间，相继被部下用刀砍死。此时刘邦和项羽两股势力迅猛发展，如日中天。各方约定："先入关中者为王。"

当时，势力弱于项羽的刘邦采取以曲求伸，以退为进的战略，带领他在沛县当亭长和县令时的县吏萧何、曹参、屠夫樊哙和吹鼓手周勃以及后来加盟的谋士张良等人，率先从防守相对薄弱的武关攻入咸阳。推翻了秦王朝，废除苛政，严明军纪，与秦人约法三章：杀人者死，伤人及盗抵罪。遂封秦府库，其财物无所取，妇女无所幸，还军霸上，并派军严守函谷关，深受关中百姓的拥戴。

再说项羽，身高八尺，力可扛鼎，勇猛无比。名闻诸侯和威震楚国。他在陈胜、吴广起义之后，仅用了三年时间，便率领齐、赵、韩、魏、燕五国诸侯西进，一路杀来如入无人之境。当闻听刘邦已先破咸阳时，项羽大怒，遂即攻破函谷关，屯兵新丰。此时项羽兵40万，刘邦兵不足10万。项羽在新丰鸿门设宴欲杀刘邦。席间项庄舞剑，意在沛公。刘邦深感大势不妙，后在张良、樊哙等人的巧计周旋下逃走。

项羽看到刘邦惧怕，更加骄横，遂领兵西进咸阳，杀了秦降王子婴及王公大臣，抢光秦宫财宝，掠走宫女，纵火烧毁宫室，大火三月不灭，咸阳城遭到灭顶之灾。正如杜牧所言：楚人一炬，可怜焦土！

项羽吓退刘邦，火烧秦宫，感到天下再无对手，便自称西楚霸王，遍封诸侯，号令天下。有意将刘邦封为汉王，管辖相对偏僻的巴蜀之地。为了防止刘邦北进，特意将关中一分为三：封章邯为雍王，辖咸阳以西地区，都废丘（今兴平）；封司马欣为塞王，领咸阳以东地区，都栎阳（今临潼）；封董翳为翟王，领上郡，都高奴（今延安）。自此遂有"三秦"之称。

刘邦被封为汉王后，采取了萧何、张良等人的计谋进入汉中，并火烧栈道，

造成不与项羽争天下的假象。遂在此屯兵养马,加紧备战,并经萧何推荐,拜韩信为大将,统领三军。待兵强马壮,粮草充足后,明修栈道、暗渡陈仓,再次攻入关中,并趁项羽北征之机,东进洛阳。项羽闻讯,调头以三万骑兵大破刘邦。

刘邦败走后命萧何留守关中,调兵屯粮,扩军备战,两年后再次东进。此时项羽由于连年征战,粮草不济,与刘邦议和。双方约定以荥阳鸿沟为界,西属汉军,东属楚军,暂不相扰。这就是历史上著名的"楚河汉界"。

随后刘邦听从张良、韩信之计,追杀项羽于今安徽省灵璧县境内的垓下,布下十面埋伏。项羽兵少粮尽,夜闻四面皆为楚歌,悲壮凄楚,以为刘邦已将楚地占尽。起饮帐中,慷慨悲歌:"力拔山兮气盖世,时不利兮骓不逝。骓不逝兮可奈何,虞姬虞姬奈若何!"

终年伴随项羽南征北战的美人虞姬看到英雄大势已去,起舞和之:"汉兵已略地,四方楚歌声。大王意气尽,贱妾何聊生!"舞罢自尽。项羽遂跨上战马,独自与汉兵厮杀,突破乌江。乌江亭长备船以待,项羽以无颜再见江东父老而拔剑自刎。一代女诗人李清照赞曰:"生当为人杰,死亦为鬼雄。至今思项羽,不肯过江东!"这就是名闻千古的垓下之战,这就是十面埋伏、四面楚歌和霸王别姬,这就是英雄项羽的悲壮结局!

项羽死后,刘邦采用娄敬进言定都长安,开启了西汉王朝的二百年天下。刘邦实行重农抑商、轻徭薄赋、释放奴婢和复员士卒等新政。制定汉律、修订军法和建造汉城。并亲率大军出征,讨伐逆党,稳定匈奴,天下归心。这位出生入死的大汉王朝缔造者,在平定了淮南王英布的叛乱后,顺道回到故乡,与沛中父老饮酒欢乐。席间慷慨作歌:"大风起兮云飞扬,威加海内兮归故乡,安得猛士兮守四方!"这就是闻名于世的大风歌,这就是这位雄心万丈、气吞八荒的汉高祖刘邦的故乡情结,这就是秦末大规模农民起义的结局!

秦中自古帝王都,万国衣冠拜冕旒。

该书作者以严谨的创作态度,以生于斯长于斯的秦人历史责任感,将曾经发生在这块土地上辉煌灿烂的一页及其震撼人心的历史画卷,写得回肠荡气,惊心动魄。将一个个英雄壮士、良臣谋士写得血肉丰满、栩栩如生,令人爱读。例如,初汉三杰之一,忠心耿耿、殚精竭虑、经营后方,功劳第一的开国丞相萧何;治军严明、能征善战、战无不胜、攻无不克的大将军韩信;足智多谋、机谏得宜、明哲高风、功成身退的谋士张良描绘得鲜活生动,入木三分。对随同刘邦出生入死,身经百战的曹参、周勃、樊哙和陈平以及胸襟开阔,机智善辩的娄敬、陆贾等贤臣良相刻画得有血有肉,敢作敢为、呼之欲出。尤其是对汉高祖死后,在朝廷独断专行、凶残至极的吕后描写得细腻入微,令人信服。对一身正气、忠义

刚烈的田横五百士刻画得有声有色、令人钦佩。对才华横溢、出类拔萃的青年才俊贾谊、晁错等刻画得文采斐然，敢进忠言，充满活力。

刘邦的原配夫人吕雉，心毒手辣、专横跋扈，设计诛杀了楚王韩信，梁王彭越等一批功臣名将。高祖驾崩后独揽大权，将开国元勋周勃的军权交给了自己的侄子吕台和吕产。将容貌出众、能歌善舞、高祖生前最为宠爱的戚夫人囚禁起来，砍去其手脚，挖去其双眼，熏聋其双耳，药哑其喉咙，致使其血肉模糊，称其为"人彘"，还请自己的亲生儿子汉惠帝刘盈前来观看。汉惠帝因此受到严重刺激，不能临朝，不久郁郁而终，年仅24岁。

大汉初建，齐王田横率五百名将士逃上海岛，高祖恐其为乱，派使者前往海岛召田横入朝为官。田横无奈，带两名亲信随使者入朝，行至途中自刎，刎前让使者将其头献给高祖，高祖状其烈，以王者礼葬之。两名亲信在田横下葬后，亦自刎于冢旁。高祖感念之，即派使者诏海岛五百士入朝。五百士闻田横已死，全部自杀殉义。

吕太后死后，太尉周勃、丞相陈平等联手诛灭吕氏势力，扶文帝刘恒继位。汉文帝以德化民，生活节俭，在位二十三年，宫室苑囿及车骑服御无所增益。治霸陵，皆瓦器，不以金银铜锡为饰。景帝刘启继位后，继承了文帝的节俭之风，并且力挺削藩，平叛七国之乱，清静恭俭，安养天下，国家富庶，百姓无忧，出现了"吏安其官，民乐其业，蓄积岁增，户口浸息，风流笃厚，禁网疏阔"的小康局面，这就是历史上著名的"文景之治"。

公元前141年正月，汉景帝刘启在长安未央宫病逝，中国历史上一位有雄才大略的皇帝汉武帝刘彻登基，本书在此画上了一个句号。

历史是一面镜子。

该书通过描述一幕幕激荡人心的故事、一个个性格鲜明的人物、一场场刀光剑影的战斗、一曲曲悲切动人的壮歌、一幅幅绚丽多彩的画面，将智慧与兵法融会、豪气与胆略交织、正义与邪恶搏击、诗情与画意映衬，可谓思接千载、心生言立、风骨峻爽、视通万里。再现了秦末汉初农民起义，群雄争霸、江山一统，迈向繁荣的历史轨迹；再现了中华民族七十余年波澜壮阔，风起云涌的辉煌历史和大汉雄风。尤其是读到该书结尾的一段文字时，更让人心中久久难以平静，从中受到诸多的启发和感悟，真是一部值得一读的精品力作。

2016年7月20日

前　言

在浩瀚的历史长河中,春秋战国时期无疑在我国的文明进程中占据了重要的地位,做出了巨大的贡献。这个时期经济发展,思想活跃,各种学派自成体系,有识之士纷纷著书立说,身体力行,掀起一个又一个新思想的高潮。道家的创始人李耳、儒家的创始人孔丘、法家的创始人韩非,以及军事理论的创始人孙武、孙膑均在这一时期出现,为我国的政治、经济和军事的飞跃发展做出了不可磨灭的贡献。

然而这一时期又是我国处于长年内战的时期;在我国广阔的原野上,发生了一场场弱肉强食,群雄争霸的血腥战争。春秋初年(前770)全国尚有一百多个诸侯国,到战国后期,仅剩下七个主要的国家。其间经历了无数次的争战,无数次的杀戮,百姓生活在水深火热之中。

大动荡的时代,同时又是大变革的时代。生存和发展的需要促使各国君主和谋臣们要适应不断变化的形势,力求使自己国家得到更大的发展,不被外敌侵略,保障国内民生。由此一批英明的君主、博学的谋士和能征善战的将领应运而生。他们或以开放的姿态广纳贤士、治国安邦;或以个人的智慧为某位君主出谋划策;或以卓越的才能领军作战。在那个时期,阳谋和阴谋、良策与诡计交织,各路才士纷纷登台,共同演绎出一幕幕生动的历史活剧。

战国初期,七雄割据,势均力敌。直到卫国人公孙鞅(即商鞅)投奔秦国,鼓动秦孝公变法后,才使得秦国在很短的时间内一跃成为七雄之首。年轻的嬴政即位不久,开始着手统一六国的宏图伟业。他积极采纳李斯的建议,废除"逐客令",广纳天下人才,不断壮大秦国的实力。之后他又采用尉缭的建议,用重金拆散六国的联合,积极采取远交近攻的战略方针,对六国实施各个击破,最终"六王毕,四海一"。

可是统一天下后,秦始皇并没有采取与民休养生息的政策,而是一边大力铲除六国的旧势力,不断加强中央集权和个人权势;一边大兴土木,组织大量人

力财力修建万里长城、秦直道、咸阳城内的皇宫和个人陵墓。他为了统一思想,断然"焚书坑儒",强力推行法家的治国理念。经过长年战乱的天下百姓,还没有得到喘息的机会就又投入到无休止的宏大建设之中。

时事造英雄,秦始皇推行的强权、苛政和严刑峻法最终激怒了底层的百姓。随着陈胜、吴广大泽乡揭竿而起,一场反抗暴秦的烈火在全国燃烧起来。它不同于战国时期诸侯国之间的征战,完全是由社会底层的百姓自发组织起来的反抗。这些平头百姓一无权、二无势,也没有显赫的政治背景,没有坚实的经济支撑。然而,正是这样一群人把刚刚建立不久的秦王朝推翻了。正如贾谊在《过秦论》中指出的那样:"一夫作难而七庙隳,身死人手,为天下笑者,何也?仁义不施而攻守之势异也!"在这场轰轰烈烈的农民运动中,草根出身的刘邦成了唯一的幸运者。

刘邦的成功及汉王朝的延续,除了他自身的原因外,离不开一大批良臣谋士的辅佐。本书正是把《史记》等史书中有关秦末汉初一段段精彩的故事、一个个鲜活的人物再现出来,创作成一部长篇历史小说,供大家欣赏。

刘杰　汤迪军

目 录

第一章 秦末风云

一	偷梁换柱，赵高矫诏立胡亥	（2）
二	指鹿为马，赵高图谋篡皇权	（6）
三	鱼腹藏书，陈胜吴广举义旗	（10）
四	假借天意，刘季斩蛇上芒砀	（14）
五	先发制人，项羽拔剑斩殷通	（17）
六	忠谏无果，执意称王埋祸端	（20）
七	巧破沛城，众人拥戴新县令	（23）
八	假途灭虢，蒯通巧言得郡县	（27）
九	章邯智谋，骊山囚徒显神威	（30）
十	沛公借兵，路遇谋士张子房	（35）
十一	假托王命，范增高论说称王	（39）
十二	项梁轻敌，兵败定陶赴黄泉	（43）
十三	巧救赵王，邯郸兵变武臣亡	（47）
十四	巨鹿之战，破釜沉舟胜秦军	（51）
十五	分兵西进，郦生巧计占陈留	（56）
十六	又遇张良，义军改道先入关	（60）
十七	陈恢救主，宛城武关皆归顺	（63）
十八	二世自刎，子婴设计杀赵高	（67）
十九	攻破峣关，秦王请降献咸阳	（71）
二十	楚军入关，亚父献计伐沛公	（75）
二十一	走为上计，刘邦脱险鸿门宴	（80）
二十二	以曲求伸，蜀汉之地犹可王	（84）
附录	秦末风云相关文化信息集粹	（88）

· 1 ·

第二章 楚汉战争

一	知人善任，萧何月夜追韩信	（94）
二	远交近攻，汉王筑坛拜大将	（99）
三	天下又乱，霸王出兵伐齐国	（103）
四	明修栈道，暗渡陈仓获奇胜	（106）
五	楚军北征，田横机智巧抵抗	（111）
六	浑水摸鱼，收复三秦图东进	（114）
七	董公出策，陈平含怨投汉军	（117）
八	巧言释疑，联军挥师夺彭城	（121）
九	彭城兵败，子房下邑献上策	（124）
十	釜底抽薪，说服英布归顺汉	（127）
十一	魏豹又叛，汉军无奈退荥阳	（132）
十二	调虎离山，背水一战显神威	（135）
十三	施计反间，范增失意离楚营	（140）
十四	郦生献策，张良借箸破迷局	（144）
十五	军师献计，纪信保主自身亡	（147）
十六	荥阳沦陷，潜入修武夺兵权	（151）
十七	大军东进，郦生巧言服齐国	（155）
十八	田横愤怒，烹杀汉使却亡国	（159）
十九	真假齐王，刘项相持不斗力	（163）
二十	回拒游说，韩信发誓不叛汉	（167）
二十一	楚河汉界，出尔反尔复追击	（172）
二十二	四面楚歌，霸王绝唱乌江畔	（175）
二十三	新皇诞生，洛阳设宴赞三杰	（180）
附 录	楚汉战争相关文化信息集粹	（183）

第三章 天下初定

一	上屋抽梯,奖惩分明斩恩人	(188)
二	定都建制,大汉王朝开新局	(192)
三	异姓叛乱,刘邦亲征讨逆党	(197)
四	指桑骂槐,高祖初尝帝王味	(202)
五	反美人计,白登被困又脱险	(207)
六	萧何释嫌,刘敬献策稳匈奴	(212)
七	贯高护主,如意无奈当赵王	(217)
八	恩威并施,重赏四将伐陈豨	(222)
九	关门打狗,一代将星悄陨落	(227)
十	功臣被诛,吕皇后初露锋芒	(232)
十一	出使南越,陆贾巧言服赵佗	(237)
十二	平定英布,皇帝故乡唱大风	(242)
十三	借尸还魂,巧借四老保太子	(247)
十四	投石问路,陈平设计保樊哙	(251)
十五	刘盈即位,其母复仇害如意	(256)
十六	相国辞世,曹参接任赴长安	(260)
十七	萧规曹随,吕后忍辱求太平	(264)
十八	惠帝早逝,母后大胆立少帝	(269)
十九	欲擒故纵,劝用诸吕媚女主	(274)
二十	防止内乱,陈丞相曲迎太后	(279)
二十一	吕雉专权,陆贾调停将相和	(284)
二十二	太后病逝,刘吕两家起争端	(289)
附 录	天下初定相关文化信息集粹	(293)

第四章　文景之治

一	将计就计，吕氏遣兵将察变	(298)
二	将相安刘，王朝迎来新帝王	(303)
三	皇帝亲政，丞相机智巧应对	(308)
四	以柔克刚，赵佗俯首愿称臣	(314)
五	太子确立，博士献策反遭贬	(318)
六	贾谊离京，中郎直言护皇帝	(323)
七	袁盎智谏，真心实意维皇权	(327)
八	智囊献策，一代才俊郁闷亡	(332)
九	缇萦救父，释之执法受颂扬	(337)
十	冯唐直言，吴王丧子难文帝	(342)
十一	丞相训宠，刘恒盛赞细柳将	(347)
十二	文帝去世，刘启登基续大业	(352)
十三	力挺削藩，新政激怒众诸侯	(356)
十四	七国反叛，袁盎献计杀晁错	(360)
十五	天下纷乱，刘濞专断逞威风	(365)
十六	出其不意，亚夫东征平叛王	(370)
十七	平定叛国，王朝重新享太平	(375)
十八	废除太子，梁王失意离京城	(380)
十九	大臣蒙难，田叔护梁为大局	(385)
二十	虚张声势，李广智唱空城计	(389)
二十一	景帝辞世，大汉王朝迎武帝	(394)
附　录	文景之治相关文化信息集粹	(397)

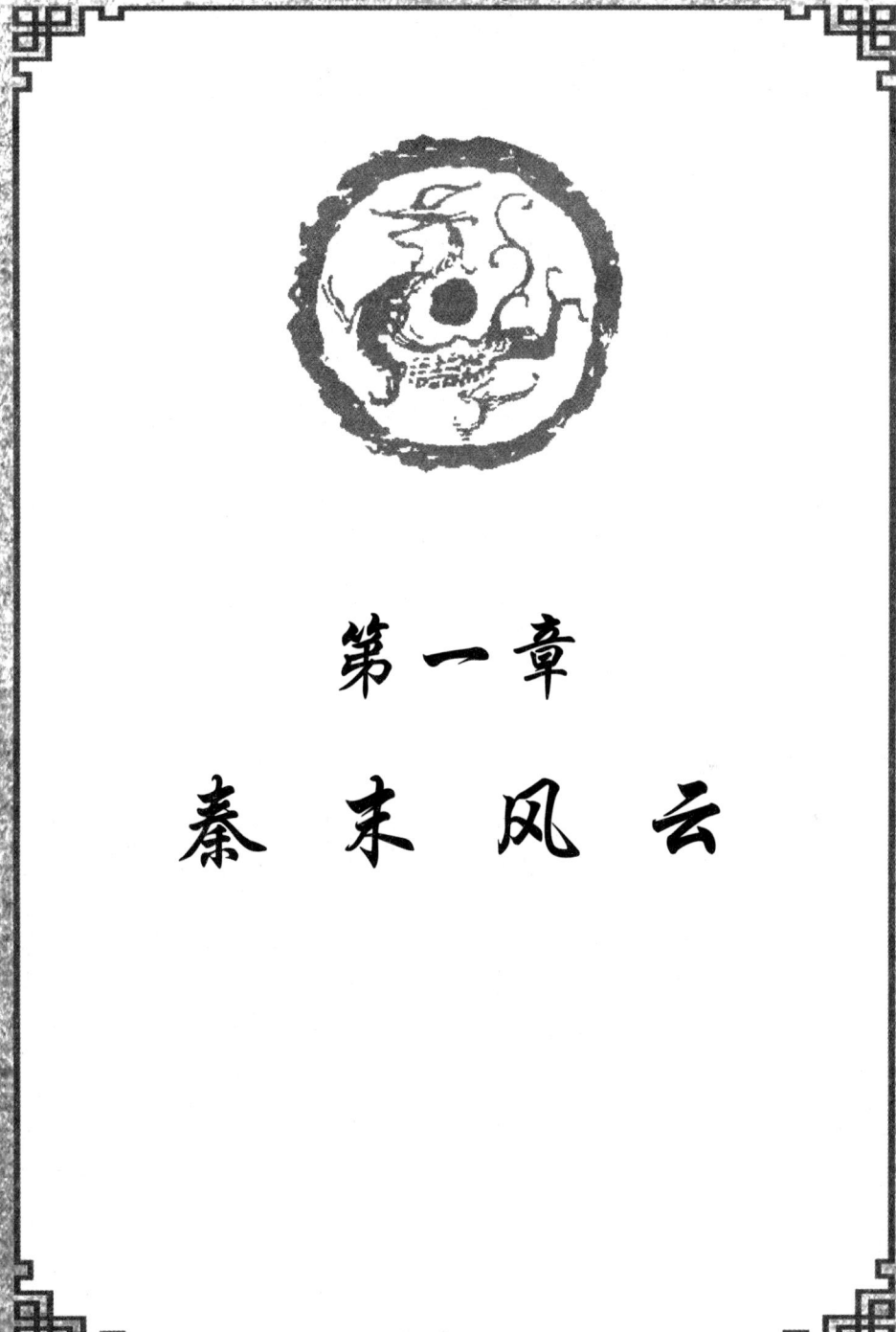

第一章

秦末风云

一　偷梁换柱，赵高矫诏立胡亥

　　秦始皇三十七年（前210）七月，秦始皇在第五次出巡途中，走到沙丘平台（今河北省广宗县）时染病身亡。这位曾经叱咤风云、一统中原、建立起中国第一个封建王朝的君主，极不情愿地离开了人世。虽然他还有太多的宏图未来得及实现，还有太多的事务要去理清，还有太多的后事要去安排，但是面对病魔，这位刚烈一世的君主也束手无策。伴在他身边的是中车府令赵高、丞相李斯，看着他们慌乱的眼神，他断断续续地、极简单地安排了后事：尽快通知公子嬴扶苏，赶回咸阳主持他的丧事，继承他的皇位。

　　公子嬴扶苏是秦始皇的长子，为人忠厚，而且刚毅勇猛，深受秦始皇的喜爱。但他善良仁厚，经常劝说父亲不要过多杀人。特别是当秦始皇提出"焚书坑儒"时，扶苏力谏："天下初定，远方黔首未集，诸生皆诵法孔子。今上皆重法绳之，臣恐天下不安，唯上察之。"因此得罪了秦始皇，把他派往北方的大军中监军蒙恬。秦始皇这样做也许是让扶苏到边关去经受一下严酷环境的历练，改变儿子那颗仁厚柔弱的心；也许是借机去监督大将军蒙恬，毕竟他重兵在握，常年在外，让人甚不放心；也许两者都有。

　　赵高见秦始皇驾崩，心生诡计，认为自己飞黄腾达的时机到了。他怀揣密诏，连忙去找随秦始皇一同出巡的公子嬴胡亥。

　　见到胡亥，赵高将秦始皇已去世的消息和临终遗嘱告诉了他，胡亥顿时惊得手足无措。停了片刻，赵高将准备扶胡亥继位的意思说了，这又把他吓了一跳。胡亥心想，兄弟姐妹二十多人，怎么也轮不到自己来做皇帝。他连忙摇头说："不行，不行，无论如何接替父亲皇位的应是哥哥扶苏。"

　　赵高劝诱说："皇上突然病逝，生前他对你们兄弟姐妹都没有分封。如果扶苏回来做了皇帝，你们什么都没有，怎么生活呢？"

胡亥说:"父皇既然这么决定了,我还敢有什么异议呢,遵从他的旨意就是了。"

赵高进一步诱说道:"公子错了,机不可失,时不再来。皇上病逝的消息到目前为止,只有你、我和李丞相知道,如果错过了这次机会,恐怕就再也等不来了。"

作为老师,赵高对胡亥很了解,知道他懦弱自私、贪图享受、胸无城府而且胆小怕事。胡亥当了皇帝,也就等于自己做了皇帝。只有把胡亥扶上皇位,自己才能拥有至高无上的权力和享受不尽的荣华富贵。

胡亥毕竟身为公子,从小受过传统教育,知道何谓不义,何谓不孝,何谓不能。他当时就反驳说:"废兄立弟,便是不义;拒奉父诏,便是不孝;自问无才,因人求荣,便是不能。义、孝、能这三条都站不住脚,如果一定这样做了,必然要危害到自己,损害了国家,我不能这样做!"

赵高自然不会善罢甘休,他搜肠刮肚地找出历史上的不义之人、不孝之人和不能之人成就帝业的事例,直把胡亥说得目瞪口呆。赵高见胡亥有些心动,便又怂恿说:"我这也是为了你好,公子一定要想明白。"

胡亥叹了口气说:"现在父亲尸骨未寒,丧事未办,急急忙忙地说这些事,是不是太早了点?况且,还有丞相李斯在,不知道他是什么意思?"

赵高见胡亥松了口,喜出望外:"丞相那边由我去说,公子放心,我一定能说服他。机会难得,我现在就去,你就等着听好消息吧!"

丞相李斯是楚国人,当年他弃楚国而到秦国的主要原因,是他一肚子的学问在楚国得不到施展,听说秦国广纳贤士,就到这里谋求发展来了。到了秦国,他投靠在秦国的相国文信侯吕不韦门下。吕不韦知道李斯的才学后对他很是重用,任命他做了侍卫,这样李斯就有了出入皇宫的机会。当时嬴政已经当上了秦王,吕不韦是相国,辅佐年幼的秦王。

有了这种便利条件,李斯便开始做见秦王的准备。有一次他见到秦王,就把自己对当时天下形势的分析禀告给了他,最后总结道:"秦国的强大已经有六代了,现在其他六国都惧怕秦国,按时向秦国纳贡,好像是秦国管辖的郡县一样。凭着秦国的强大,大王的贤明,成就帝业,一统天下应该是很容易的事情。如果现在不抓住这个机会,等到其他几个国家稳定了、强大了,相互联合,那么秦国再强大也无法达到兼并六国的目的了。"雄心勃勃的秦王一听,十分高兴,就任命李斯为长史,按照他提供的计策积极筹备去了。

形势的发展,果然如李斯所预料的那样。秦国从公元前230年派兵攻打势力较弱的韩国起,到公元前221年占领齐国,仅仅用了九年的时间。雄才大略的秦始皇指挥着一支强大的军队,在他亲政17年后完成了统一六国的宏大愿望,结束了春秋战国以来长期分裂割据的局面,建立起了中国历史上第一个统一的、多民族的封建中央集权的国家——大秦王朝。李斯也由于在统一过程中

的巨大贡献而登上了丞相的宝位。

面对这么一位在秦国统一大业中做出了巨大贡献,又对秦始皇忠心耿耿的秦国丞相,赵高却自信自己有办法说服他。

赵高本是赵国的贵族后裔,他的父亲是赵国国君的远房亲戚,因为犯罪被施以宫刑,其母受株连沦为奴隶。赵高兄弟数人也被施以宫刑,成为太监。秦王政二十五年(前222),秦国灭掉赵国后,赵高也成为俘虏被押往秦国。秦始皇听说他身强力大,又精通律令,便提拔他为中车府令掌管皇帝的车舆,还让他教自己的小儿子胡亥判案断狱。由于赵高善于察言观色,逢迎献媚,很快就博得了秦始皇和胡亥的赏识和信任。

这位秦国有大恩于他的宦官,在秦始皇死后,心中却生出一个摄政篡权的念头。就是这个邪恶的念头,竟为刚刚完成统一大业的秦帝国敲响了丧钟。

赵高离开胡亥后立即去找李斯。他心里明白,尽管李斯在秦国统一天下过程中做出了重大贡献,得到了秦始皇的重用,但其心中仍有别人不易觉察的苦衷和担忧。别人看不出,他赵高却看得明明白白。他正是要利用李斯内心的这些苦衷和担忧摧毁他的意志,让他乖乖地按照自己的意志行事。秦始皇统一全国后,李斯曾上书秦始皇烧毁那些于秦国不利的书籍,得到了秦始皇的批准。一时间,咸阳城内烟火弥漫,六国的史书及《诗》《书》经典、百家语等书籍,除博士官收藏的以外,其他一律烧毁。结果大批的古代文献、典籍焚毁于大火之中。此事引起了不少儒生的不满,他们纷纷奔走相告,大造舆论,攻击谩骂秦始皇,把他比喻成杀人不眨眼的恶魔暴君。秦始皇大怒,下令逮捕大批敢于反抗的儒生,在咸阳将四百六十余名儒生坑杀,这就是历史上著名的"焚书坑儒"。始作俑者,正是李斯。焚书坑儒,对于当时刚刚统一全国的秦王朝来说,起到了巩固国家统一、消除割据意识的作用。但也在人们的心中埋下了仇恨的种子,尤其是古时那些尊崇儒学的知识分子。为此,李斯也就成了这批人心中的仇敌。

赵高见到李斯,李斯忙问:"皇帝的遗诏发出了没有?"

赵高不动声色地说:"这份遗诏现在胡亥手里,还没有发出,我来正是为了这事和丞相商量的。"

李斯说:"这事有什么可商量的,发出去就是了。"

赵高诡秘地说:"丞相,皇上突然去世的消息没有人知道,他的遗诏除了你、我和胡亥,更无人知晓。如今究竟让谁来继承皇位,就在于你和我的意见了,这一点丞相应该明白。"

李斯心中猛一惊,不曾想赵高会有这种打算。他知道平日里赵高和公子胡亥的关系密切,莫非他想立胡亥为帝?忙说:"这话从何谈起,违背皇帝遗诏就是亡国,这事还需要我们商量吗?"

赵高不慌不忙地说:"丞相不必惊慌,决定之前我有个问题想问丞相。"

李斯道："你说,有什么事?"

赵高随即滔滔道来："论才能,丞相可与大将军蒙恬相比？论谋略,丞相可比得上大将军蒙恬？论威望,丞相可能比得上蒙恬？论功绩,丞相可比蒙恬强？论与公子扶苏的关系,丞相可比得上蒙恬?"

赵高的发问,句句像利剑扎在李斯内心的阴暗处。他只得承认说："以上所说几点,我都不能和蒙恬比。"

赵高见自己的发问奏效,紧接着说："我到秦宫已有十余年了,从来没有见到过秦王封赏功臣,福及子孙。相反,功臣的后代反而常常遭到满门抄斩,断子绝孙。如果公子扶苏继承帝位,必然立蒙恬为丞相,到那时,你李斯能落下什么？说不定连命都保不住了。焚书坑儒一事,丞相得罪了多少人,你心中应该有数。"

李斯忙说："我本来是上蔡的普通百姓,全仗皇帝的信任,才一步步地走到现在,当上丞相。眼下皇帝刚刚去世,我怎敢生出二心,背叛皇帝？自古忠臣不回避死亡,孝子不怕辛劳,我作为一名臣子,只求恪尽职守罢了。你也不要再说了,免得大家都不好看。"

赵高见李斯没有商量的余地,便进一步威胁说："现在遗诏在胡亥手里,他的意思已经很明确了,要继承帝位,而且还同意让我辅佐他。我看在与丞相多年共事的情分上,才来告诉你,如果你不愿意,我也就不说了,随你便吧。但我还有一句话要告诉你,胡亥即位,你还是丞相,如果扶苏即位,你大概连普通百姓都当不成了。"

此时的李斯心乱如麻,他知道胡亥和赵高已串通一气,准备篡权,自己独身一人又怎能阻拦得住。再想如果扶苏上台,自己的日子肯定不会好过,扶苏与自己关系一直疏远。但想到皇帝对自己的信任,又觉得如果参与胡亥、赵高的阴谋,就太对不起刚刚去世的始皇帝了。想到此,他不禁仰天长叹："我生不逢时,怎奈遇到眼前这种乱象。皇帝一直信任我,今天我却要背叛皇帝。"说完泪如雨下。

赵高见到这种情形,暗自高兴,他知道李斯已下决心了,就急忙告辞又去找胡亥。

当晚,赵高和胡亥私下里修改了遗诏,立公子胡亥为帝,并在遗诏里将公子扶苏和大将军蒙恬指责了一番,让他们自裁。遗诏改好,第二天就差人送往蒙恬驻扎的北疆去了。

载着秦始皇尸体的队伍则继续向咸阳进发,时值盛夏,天气炎热,尸体发出了阵阵的臭味。为了掩住尸臭,赵高让人在装尸体的车上放了许多鲍鱼,鲍鱼的臭味总算遮住了尸体的臭味。一世威武的当代帝王,死后竟然与一车发臭的鲍鱼同行。

二　指鹿为马，赵高图谋篡皇权

　　蒙恬的祖上本是齐国人，从他祖父起，就从齐国来到秦国。祖父蒙骜智勇双全，英勇无比，他曾在秦昭王、秦庄襄王和秦王嬴政三代秦王手下带兵，替秦国攻下过近百座城池，立了大功。后来祖父去世，父亲蒙武又担当起重任，跟随秦国另一位将领王翦攻下不少城池，立下赫赫战功。由于种种原因，蒙家在秦国的地位十分显赫，到蒙恬、蒙毅兄弟时，依然得到秦始皇的信任和重用。

　　秦始皇二十六年（前221），蒙恬被秦始皇任命为军队将领，率兵攻打齐国，大获全胜。统一天下后，秦始皇又派蒙恬率领三十万大军北上驱逐戎狄，收复了黄河以南所有的土地。为了防止戎狄进犯，又根据地形，在西起临洮、东到辽东一线修筑长城，建立关塞。这座长城东西绵延上万里，成为史上著名的"万里长城"。在这期间，根据秦始皇的旨意继续修筑南起京都咸阳城（今陕西省秦都区），经过军事要地云阳林光宫（位于今陕西省淳化县），北至九原郡（位于今内蒙古自治区包头市）的秦直道，该道穿越十四县，绵延七百多公里。路面最宽处约六十米，窄处亦有二十米。秦直道，就是古代的"高速公路"。值得一提的是，这条由南到北，直达匈奴腹地的道路，不仅在秦时发挥了巨大作用，对以后各朝代平息入侵的匈奴和突厥同样发挥着巨大作用。汉武帝时期抵御匈奴入侵、王莽北伐匈奴和唐朝李世民征伐突厥，都是利用这条道路。秦直道一直到清朝末年才渐渐失去了它的作用，被荒沙、杂草覆盖。

　　正在北方指挥军队修筑秦直道的蒙恬，做梦也没想到，一道由赵高、李斯策划的密诏在炎热的天气中送到他和公子扶苏的手中。两人看过，不禁悲从中

来。蒙恬不敢相信自己的眼睛,他无法确认这道密诏的真伪,因为在他手中掌握着朝廷三十万大军的兵权。此刻皇帝责怪他,让他自裁,无疑是逼他造反。英明一世的秦始皇怎么可能在这个时候做出如此无法令人信服的决定?白纸黑字,他又不敢辩驳,但自裁是万万不行的,他要求面见秦始皇,问明原因。公子扶苏则不然,他看着密诏,肝肠寸断,怎么也想不到父皇要对自己下此毒手,但他却对密诏的真伪一点都不怀疑,父皇的威严和冷酷,他从小就已经领教够了。所以,不论蒙恬将军怎么劝说,他还是毅然决然地自刎了。"君叫臣死,臣不得不死。父要子亡,子不得不亡。"此乃纲常,他的命运从来到人间起,就交由父亲主宰了。

　　回到咸阳的赵高、李斯,听到公子扶苏已经自杀,将军蒙恬又被关押的消息后兴奋不已。他们在经过一番密谋后,向世人公告秦始皇病故的消息,并立胡亥为秦二世皇帝。胡亥为感恩,任命赵高为郎中令。紧接着,一场紧锣密鼓的官员调整在秦宫内展开了,大权在握的赵高将所有的政敌或关押,或秘密处死,把自己的亲信安插在重要岗位上。当然,蒙氏兄弟也未能幸免,赵高、李斯都不想让蒙氏兄弟活下去。还是由赵高出面,在秦二世胡亥面前历数蒙氏兄弟的罪行。起初,胡亥还不想杀他们,总觉得蒙氏兄弟对秦国有很大的贡献,而且深得父皇的赏识,但经不住赵高在他面前不断地诋毁,还是动了杀心。这时胡亥的侄子子婴出面来为蒙氏兄弟求情,他向这位当上皇帝的叔父认真分析了杀死蒙氏兄弟的弊端,陈述了他们的作用,进而提到杀死蒙氏兄弟可能引起的不良后果。子婴的话可以说是情真意切又用心良苦,但胡亥铁了心,执意要杀了蒙氏兄弟。当胡亥派去的官员将毒药放在正在代州(今山西省代县)为秦始皇祈求安康的上卿蒙毅面前时,蒙毅心如刀割般得痛,他无法相信眼前的事实,他为强加在自己头上莫须有的罪名做了一番辩解,又历数了历史上几位不贤君王滥杀功臣后带来的灾难。最后不无感慨地说:"贤明的君王用道义治国而不杀害无罪的臣民,不把罪名加在无辜者的身上!"执行官员也很无奈,但还是杀了他,因为官员是奉诏行事,蒙毅不死,他交不了差。

　　蒙毅是蒙恬的弟弟,是朝廷文官,位至上卿。秦始皇十分信任蒙氏兄弟,经常诏蒙毅共商朝政大事。朝中的大臣都不敢与蒙氏兄弟争宠。当年赵高还是中车府令的时候,犯了大罪,秦始皇让蒙毅审理。蒙毅依法判赵高死罪,但秦始皇却以赵高为人机敏的原因而饶恕了他,此后赵高便记恨于蒙毅。这次秦始皇

在巡游时,路上病倒,于是便派同行的蒙毅回咸阳向山川之神祈祷。

被关押在阳周(今陕西省子长县)的蒙恬也得了同样的遭遇,面对官员递过来的毒药,蒙恬悲愤不已。他动情地说:"从我们祖先,直到子孙,在秦国建功立业,已经有三代人了。如今,我虽然身遭囚禁,但我只要一声令下,三十万大军足以起来反叛朝廷,为我复仇。但我不会这样做,这是道义的力量在起作用。"接着他叙述了当年周成王不听谗言,报答周公姬旦的故事,又列举了夏桀杀死关龙逄,商纣杀死比干,最后终于导致亡国的历史教训。他说:"凡事应当反复考察,不听信谗言,才是贤明君王的做法,请来人将这些意见报告给皇帝。"官员说:"我奉诏令对将军执法,不敢把将军的话告诉皇上。"蒙恬听后,长长地叹息道:"我对上天有什么罪,非要我这样平白无故地死去?!"过了一会,他喃喃地说道:"我蒙恬一生的罪过的确太大,确实应该死了。从临洮到辽东,筑城墙,挖壕沟,长达一万多里,在这中间,难道能不切断地脉吗?这大概就是我的罪过所在了。"说完他服毒自杀。

在秦时,皇帝赐死,算是一种最高级、最体面的死刑了。

尽管如此,赵高还是不放心,总觉得有人要谋害他,要反对他。为了测试一下大臣们对自己是否忠诚,他想了一个主意。有一天,在众官上朝的时候,赵高令人带来一只鹿,把它牵到秦二世胡亥的面前,恭敬地说:"皇上,我把这匹骏马献给您。"秦二世见了鹿,看着赵高说:"你弄错了,这是只鹿,不是马。"赵高大声地问众大臣道:"大家说,这是只鹿,还是匹马?"众大臣一下子懵了,明明是鹿,为何说是马。但立刻也有人反应过来了,说:"这是马,而且是匹好马!"也有一些大臣,坚持说这是只鹿,更多的人则不作声,静观事态的发展。秦二世见状,也没有搞清赵高葫芦里卖的什么药,但他是自己的恩人,在众人面前不想驳斥他,就冲众人笑笑说:"这匹马,朕还是第一次见到。"说完就摆摆手退朝了。

野心勃勃的赵高,通过这次测试,更加坚定了摄政的决心。以后的日子里,他给那天在朝廷上说是鹿的大臣们随便安个罪名,一个个地收拾了,而那些说是马的大臣则得到了奖赏、提拔。

秦二世当政后,雄心勃勃,他要继承父亲的伟业,把父亲开创的事业继续拓展下去。当时阿房宫还没有建成,秦直道的工程也只进行了一半,这些都需要花大力气去继续修建。还有,秦始皇在执政不久就开始修建的陵墓,由于工程浩大,还没有完工。秦二世为了向世人显示他的孝心,不断加大对陵墓的投入,

加快陵墓的工期。这样几项大的工程,需要在全国不断地征调大量的民工。人手不够的时候,甚至把关在监狱里的囚犯也调派过来参加陵墓的修建。

秦时的土木建筑工程十分浩大,仅修建万里长城就征调了全国上百万人参加。而且,秦始皇还是一位对建筑十分迷恋的君主,他在世时,每攻下一个国家,就要把这个国家的都城宫殿在咸阳以北的塬上照样修建一座。到秦始皇去世时,咸阳北塬上修建的宫殿已连成一片,号称"六国宫殿",十分雄伟。不仅如此,秦始皇还将天下的富豪全部迁到咸阳,把他们置于中央的直接监督之下,切断他们与六国旧贵族势力的联系,当时咸阳的人口已达七八十万。

秦宫的"六国宫殿"里,自然少不了美女,天下美色充斥其中。秦二世在宫殿巡游时,常常流连忘返。心旷神怡。有一次,他对赵高说:"人生如白驹过隙,那么短暂。我今已当上皇帝,那就应当尽情享受人间美色,增加人生的快乐。我这样想,你认为对吗?"

赵高一听,忙说:"您这样想就对了,这正是贤明的君主喜欢做的,愚蠢的君王想都想不到。"秦二世一听很高兴。从此以后,秦二世荒于政事,许多事就交给赵高、李斯他们去办了。赵高正好利用了秦二世的这种喜好,变本加厉地培植亲信,架空皇帝,不使皇帝与其他大臣见面,一切由自己向秦二世亲自汇报。为了不引起皇帝的疑心,他对秦二世说:"皇帝就应该深居九重,高高在上,只让群臣听到您的声音,不能让他们见到您的面孔,这样才能更好地树立起君王的威严。天子之所以称'朕','朕'就是有声无形,使人可望而不可近,所以从今后,陛下就不要临朝和群臣见面了,一般的事情我和丞相处理就行了,重大的事情再由陛下亲自处理,这样陛下又清静又威严,天下人也都会称颂陛下为圣主了。"秦二世听了,十分高兴,的确,朝中一些琐碎事搅得他心烦,把一些小事交给赵高他们去办,自己也就省心了。

就这样,赵高一步一步把秦朝的权力紧紧地握到了自己手中,他梦想着,有朝一日自己也要登上皇帝的宝座。这时的赵高怎么也没有想到,由于秦朝的暴政,秦二世的无能,他本人的野心和贪欲,引发出的一场场野火正在全国各地悄悄地燃烧。

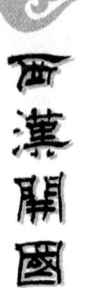

三　鱼腹藏书，陈胜吴广举义旗

秦二世元年（前209）七月的一天，倾盆大雨下个不停。一队由两名身佩利剑的秦朝地方武官押送的队伍在阴雨泥泞中向北行进。这支由九百人组成的劳工队伍是被派去北方屯守一个叫渔阳（今北京市密云县）的地方的。他们都是平头百姓，为首的一位叫陈胜，字涉，阳城（今河南省商水县）人，早年为人佣耕。一个叫吴广，字叔，阳夏（今河南省太康县）人，也是贫苦农民。当他们走到蕲县（今安徽省宿州、市）大泽乡的时候，遇上天降暴雨。瓢泼大雨使地面泥泞不堪，低洼处还形成了大片积水，道路几乎被淹没了。队伍只好停了下来，计划等到天晴再走。哪知大雨一直下个不停，为首的陈胜、吴广掐指一算，知道按目前的速度，无论如何也无法按期赶到渔阳。依照秦朝的法律，不能按期到达是要杀头的。严厉的秦法不会去顾及什么下雨路滑，无法行走，更不会听你解释。

黑暗中，陈胜将吴广拉到一边悄悄地商议。

陈胜说："事到如此，我看只有造反一条路可走。去了也是死，逃跑也是死，只有造反兴许还能活下来。"

陈胜虽然出身雇农，但也不是等闲之辈。他受够了秦朝的苛政，早就有造反的想法，他从不甘心面朝黄土背朝天地过一辈子。年轻时给地主家干活时陈胜就说过，以后谁要是富贵了，可不要忘了这帮穷兄弟们。当时有人笑话他，你

穷得丁当响,啥时候才能富贵?陈胜长叹一声说:"燕雀安知鸿鹄之志?"!就是说屋檐下的小麻雀怎能知道鸿雁和天鹅的远大志向呢?正因为如此,陈胜对时局很关心,他从能获得的信息中分析当时的形势,做出自己的判断。

见吴广仍在犹豫,陈胜又说:"听说当今的秦二世是通过不正当的手段当上皇帝的,这个皇帝位置本来应该是公子扶苏的。扶苏是位贤人,他常劝父亲秦始皇不要杀人,结果得罪了老子,秦始皇一生气就把他派到北地跟蒙恬将军守边疆去了。秦二世登基后,怕大哥扶苏找他算账,伪造遗诏逼公子扶苏自杀了。现今的皇帝比他父亲更凶残,对老百姓更不仁,老百姓都恨死他了。只要我们一道起义,号召天下人反对秦二世,一定会有很多人起来响应的。"

吴广问:"我们以什么旗号来起义呢?"

陈胜说:"我们是楚国人,当然要打楚的旗号,况且楚国大将项燕对国家立过许多战功,又爱护士兵。秦国灭掉楚国以后,项燕生死不明,楚国的百姓还很怀念他呢。今天我们打着楚国的名号起事,名正言顺。"

吴广又说:"在这九百人中,有文化的不多,让他们造反起义,恐怕光凭嘴说是不行的。没文化的人比较迷信,只有另想一个办法才能把他们号召起来和咱们一起行动。"

陈胜点点头,同意吴广的想法。两人意见基本上一致,就着手密谋策划。

第二天,伙夫上街买了一条大鱼回来,剖鱼的时候,从鱼肚子里发现一块绸绢,上面用朱砂写着"陈胜王"三个大字。这消息一下子就在戍卒驻地传开了,人们惊异地发现,原来整天和他们在一起同甘共苦的屯长陈胜是真命天子!

到了晚上,在队伍驻地不远的破庙中,忽明忽暗地闪着鬼火,并且隐隐约约可以听到好像狐狸的叫声:"大楚兴,陈胜王。"这下人们更惊奇了,莫非是狐狸大仙向人们报信来了。陈胜真的是真命天子,他要带领饱受秦二世残酷欺压的劳苦大众脱离苦海?结合白天发生的事情,人们更加相信,陈胜这位真命天子是不容置疑的。

此时的朝廷,赵高大权独揽,排除异己,结党营私,不断加重税赋,行政更加苛暴,百姓怨声载道,官员们敢怒不敢言。刚刚统一的中国,由于秦始皇的去世,如同是一片长满荒草的原野,随便一点火星就可燃成燎原之火。

在这种环境下,陈胜、吴广利用迷信和自己的声望,轻而易举地在众人中把

领袖地位树立起来了。看到时机已经成熟,陈胜就找来吴广商议尽快动手,不能迟缓。说干就干,他们提剑闯入押送戍卒的武官的营帐中。那两名武官,由于队伍不能前行,整日在帐内喝酒浇愁,盘算着不能按时把劳工带到渔阳,会遭到怎样的惩罚。醉眼迷蒙中,他们突然看见有人闯进营帐,大吃一惊,酒也醒了大半。吴广冲进帐内,大声说道:"如今大雨不停,我们无法按期赶到渔阳,与其因为误期受到严惩,不如放我们回家!"武官一听,勃然大怒,喊道:"你们敢违反国家法令,不想活了吗?你敢走,立即处死!"说着拔出剑来。吴广二话没说,一剑将拔剑的武官刺倒在地,陈胜也冲上去,把另一名武官砍倒。这时,不少人从帐外冲了进来,看到帐内的状况,纷纷为陈胜、吴广的做法叫好,大家早都受够了秦朝官兵的欺压,有人替他们出了这口恶气,谁不佩服和拥护呢?

陈胜、吴广走出了帐外,看到那里已经聚集了不少人,遂站到一块高点儿的台子上。陈胜向大伙说:"弟兄们,大雨耽误了我们的行程,按照法律,我们不能按期赶到渔阳是要被杀头的,大家愿意去送死吗?"大伙喊:"不愿意!"陈胜又说:"到了那里,就是不杀我们,我们也会像苦役一样成年累月地在那里劳作,到头来,十有八九还是死。我们男人死也要死得有名堂,难道只有王侯将相才能体面地生活,我们这些人天生就是受苦的吗?今天我们杀死了押送咱们的武官,在这里宣布举事,就是要让大家堂堂正正地像个男人一样活着!"

陈胜讲得慷慨激昂,大伙听得热血沸腾。是啊,这群从生下来就受人欺侮、压迫的人,从来也没有听到过这样的话。这些说到他们心眼里的贴心话,激荡起每个人对主宰自己命运的美好憧憬。不出所料,大伙听完陈胜的话,几乎是齐声地大喊道:"我们听你的,跟你走!"

陈胜、吴广见大家热情高涨,便返身进屋,割下两名武官的首级提在手里,向大伙喊道:"我们立即举事,用他们的头祭我们的旗帜。但是既然举事,就要推举首领,要悬挂旗帜,要部署我们的行动方向。"

"陈胜王!"人群中不知谁喊了一句,"陈胜王、陈胜王!"大家立即想起那天在鱼腹里剖出的绸绢上的字,一起跟着喊了起来。

人们已经完全被鼓动起来了,陈胜、吴广随即召集了一批有威望的人坐下来商议。商议的结果是,推举陈胜为首领,吴广为都尉,马上做一面大旗,旗上面写上"楚"字,因为这支队伍是应了楚国大将项燕的号令起兵的,要恢复楚国。

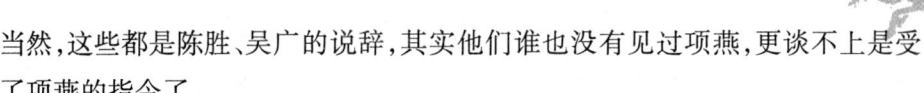

当然,这些都是陈胜、吴广的说辞,其实他们谁也没有见过项燕,更谈不上是受了项燕的指令了。

紧接着,陈胜、吴广派一部分人上山砍伐了一些树木、竹竿作为武器,又派人用泥土垒了个平台。一切妥当后,重新召集大伙集合在一起。土台上一面写有"楚"字的大旗迎风招展,分外惹眼。陈胜、吴广站在土台上,让大伙把衣服的右袖脱掉,然后举起裸露的右臂宣誓:"跟着陈胜王,铲除秦暴政!"

宣誓完毕,陈胜、吴广起草了一封檄文,谎称这支起义军是由秦公子扶苏和楚大将项燕领导的,要把各方势力团结起来反对秦二世的暴政,并派人把檄文张贴到大泽乡和蕲县去。

陈胜、吴广在大泽乡起义的消息一经传开,乡里的豪绅都慌忙逃走,周围的老百姓纷纷拿起锄头、铁耙和扁担加入到起义军的队伍中来。不几日,起义军的队伍就壮大了许多。大泽乡已被占领,起义军接着向蕲县进攻。蕲县本无险可守,兵卒也不多,县吏也没什么能耐,一听起义军将要攻城,早已吓得不行,逐开城投降。起义军不费吹灰之力,很快占领了蕲县。

一场轰轰烈烈的农民起义运动,就是这样开始了的。它的开始仿佛将一团火种扔进了干草中,很快在全国蔓延开来,燃成了熊熊大火。

四　假借天意，刘季斩蛇上芒砀

秦昭襄王五十年（前256），在楚国沛郡丰邑（今江苏省丰县）中阳里的一个农户家里，降生了一个男孩。这男孩身世甚是神奇，据说其母在大泽岸边休息，梦中与一条赤色的龙交合生下此子。这男孩出生后也的确神奇，其左大腿上有密密麻麻地七十二颗黑痣，且人长着高鼻梁，长颈项，确有龙相。其父却并不以为然，时其家中已有二子，再添一口，又多了一张吃饭的嘴，家里的日子将更艰难了。由于这男孩在家中排行老三，大家就叫他刘季。

这刘季从小就不同常人，喜欢玩耍、交际，不肯从事田间劳作，父母拿他也没办法。不过刘季为人倒也仁厚，喜欢施舍，与人交往不计较小事。他胸襟开阔，意志豁达，邻居们倒也不讨厌他。

因家里贫困，自己又没有特别的才能为家里挣钱，所以刘季三十好几了还没有找到媳妇。平日里刘季喜欢喝酒，也喜欢漂亮的女人。但因手里没有钱，所以他就常到酒馆里赊酒喝。当时他们村里有两个小酒馆，都是女的当掌柜，一个是姓王的女子，一个是姓武的女子，刘季就成了这两个小酒馆的常客。他经常邀一些朋友到酒馆喝酒，喝完了让掌柜的把账记上，有钱就给还上。由于信誉尚可，掌柜的也不与他计较，有时喝了二斤，掌柜的偷偷记上四斤，刘季也不知道。天长日久，刘季也与这两个女掌柜混熟了，有时调调情，沾一点小便宜，她们倒也不在意。一天，刘季喝醉酒躺在酒馆，掌柜的发现刘季的身体犹如一条赤色的龙静卧，吃惊不小，以后就不敢怠慢他了。

一直这样混下去也不是个办法，有朋友就给刘季出主意，让他想法找人弄

个差事干干。刘季平时朋友多,这时也就用上他们了。果然没过多长时间,刘季就谋到了一个泗水亭亭长的差事。亭长这工作,也就是负责调解调解乡邻间的纠纷,处理一下小的民事案子,真正遇到大事,还得写材料上报县里,由县衙调查处置。由于这个差事,刘季经常往返县衙,不久就和县里的一班县吏混熟了。关系最要好的是沛县功曹(县令的佐吏,相当于文书)萧何,其次为曹参、夏侯婴等人。刘邦当时可能做梦都想不到,这三个人日后在他成就帝业的过程中立下了不朽功勋。

年轻时的刘季曾经到过国都咸阳。他到那以后游山玩水,参观名胜,恣意快活。有一次,正赶上秦始皇出宫,但见车马隆隆,蔚为壮观。皇帝出宫时的威仪盛势,华丽服饰,看得刘季目瞪口呆。队伍过后,他不禁长叹:"大丈夫就应该像这个样子!"

光阴荏苒,这一年有个叫吕公的人因为躲避仇家,举家从单父县(今山东省单县)迁到沛县来了。吕公与沛县县令交往甚厚,所以投到沛县来落户。沛县有头有脸的人听说县令家来了贵客,纷纷到吕公住处道贺。这不奇怪,谁都想利用这个机会跟县令套套近乎。县令自然乐见其成,一方面给吕公接了风,一方面又给自己挣足面子。县令于是就派萧何作为主事,负责接待安排。来道贺的人自然不是空着手来的,他们送来的礼品、银两自然要做一个登记。刘季是个爱热闹的人,酒瘾又大,碰到这样的场合,岂能不去。可是他穷得丁当响,身上没有钱,去了无法送礼。但刘季胆子大,脸皮厚,不怯场,他胡乱写了一张礼单:贺钱一万。那边,萧何刚刚当众宣布过,凡送来的礼不满一千铜钱的,一律坐在堂下。这边吕公就接到了刘季送来的礼单,不禁欣喜万分,连忙起身将刘季领到上座就位。萧何见了心想:这刘季也太胆大了,竟敢到这里来充大头。但碍于朋友关系,他也没挑明。吕公却不然,他见刘季相貌奇特,长相高贵,也不生疑心,只管热情招待。吕公善于相术,平日里就好给人看相,也自以为不会看走眼。所以席间他看刘季是越看越顺眼,觉得此人日后前程光明,一定能飞黄腾达。一顿酒席没吃完,吕公就已下决心,要将女儿嫁给刘季。

踏破铁鞋无觅处,得来全不费工夫。刘季万万没有想到,由于家里贫困,自己又不愿下田劳作,至今讨不到老婆,不想却被刚来沛县的吕公看上了。酒席散后,吕公留住了刘季,直接向他挑明,愿将自己的女儿嫁给刘季。刘季一听心花怒放,讨了这么个富家女子,自己的穷日子就算熬到头了。他连连点头,恨不得当时就把吕公叫丈人爸。

吕公不食言,他力排众议,在很短的时间内就给女儿把婚事办了。吕公的

这个女儿不是别人,就是以后赫赫有名的吕后——吕雉。

婚后的日子幸福且安定,很快吕雉就为刘季生下了一双儿女。刘季继续当他的亭长,继续干着鸡零狗碎的民间琐事,继续与朋友们聚在一起喝酒闲聊。

有一次,县里安排刘季押送一批劳工到骊山去服劳役。那时候秦始皇已死,秦二世胡亥执政。秦二世上台后,在赵高等奸臣的鼓动下,比秦始皇的统治更残暴,百姓的生活更加艰难。刘季押着这批人,一路走,一路就有人逃跑。刘季本是个闲散的人,他管也管不住。看着队伍越带越少,刘季心想就这样子到了骊山也活不了,于是心一横对劳工们说:"你们到骊山去做苦力,不是累死就是被打死,就是不死也不知道什么年月才能回来。我看不如从现在开始,我也不管你们了,你们自己找活路吧。"

劳工们起初不敢相信自己的耳朵,等回过神来,看着刘季那十分认真、真诚的神态,便一哄而散地跑了。有十几个劳工被刘季的仗义所感动,愿意追随他,生死在一起。

刘季也不知道自己该去哪里,但回去是不可能的,只有找个地方先躲起来。此时有人建议他到芒砀山(位于今河南省永城市)去,那里山高林密,官兵也找不着。刘季采纳了这个建议。于是这批人便在他的带领下,向芒砀山行进。一路上他们避开大道走小路,哪里树木茂密就往哪里钻。有一天正走着,前面的人不走了,还有人往回跑,刘季问怎么回事?那人回答:"路上有一条大白蛇挡道。"刘季立刻拔出佩剑喊道:"壮士赶路,怎能害怕蛇虫挡道。"说着就往前赶。果然才走了十多步,就见一条大白蛇横在路上,眼睛寒气逼人。刘季走到蛇前,手起剑落,把那条蛇斩成两截,然后拨开蛇身,挥手让众人通过。

众人见到刘季如此勇猛,无不佩服,在这帮人的心中他的威信一下子又加重了许多。

从这一刻起,刘季自觉不自觉地踏上了反抗朝廷,高举义旗的道路。在芒砀山的日子里,他的神勇和仗义又吸引来了近百人,这时的刘季已经拥有了一支百余人的队伍。

芒砀群山,占据着茫茫豫东平原的制高点,错落突兀的十三座山头,山高林密,沟壑相连。刘季带着这百十号人藏身深山,倒也自在,官兵找不到,与外界无交往,好像一帮神仙悠哉游哉。这刘季可不是别人,他就是日后登上皇帝宝座的汉高祖刘邦。

五　先发制人，项羽拔剑斩殷通

春秋时期，楚国在各国中也算是一个强国，其位于中国的中东部，范围相当于现在湖南、湖北两省及河南、重庆、安徽、江苏和江西与之毗邻的部分地区。这里土地肥沃，物产丰富。从西周末年楚国出现到秦始皇灭楚，它的历史长达七百余年。

秦王政二十四年（前223），秦王派大将王翦率六十万大军围攻楚国的国都寿春（今安徽省寿县），杀了楚国大将项燕，俘虏了楚王负刍，渡过长江，平定江南，楚国灭亡。楚国灭亡后，项氏家族惨遭屠杀。大将项燕的儿子项梁在慌乱中带着侄子项羽和堂弟项庄逃到吴中（今江苏省苏州市），居住了下来。

那时项羽还不到十岁。叔父项梁虽然身处吴中，但一刻也没有忘记复国雪耻，他把复国的希望全都寄托在侄儿身上。但是这个项羽，从小对读书就不感兴趣，到学堂里读不进去书，项梁只好作罢。又叫他去学剑术，结果没有多久项羽又兴趣全无，放弃学业。这种状况，项梁看在眼里急在心上，如此不成器的侄儿，日后怎能担当复国重任。一次，项梁当面训斥项羽："你这样下去长大了能有啥出息？"可是项羽却说："读书有什么出息？识个字，记个名罢了。剑术学得再好，也只能一个人逞威，有什么用处？我要学的是率领千军万马的本领！"项羽一席话，说得项梁怒气顿消，他也不曾想到侄儿竟有如此的远大志向。这次交谈后，项梁就找人专门给项羽教习兵法。项羽对兵法十分喜爱，一边学习，一边习武练剑，日子就这样一天天过去了。

有一次，秦始皇出巡到了会稽（今浙江省绍兴市），项梁和项羽一块到街上

观看。秦始皇的车驾浩浩荡荡,威仪非凡,观看的民众无不赞叹。项羽看着这浩大的场面,对叔父项梁说:"我完全可以取代他。"项梁急忙捂住项羽的嘴说:"不要乱讲,被别人听到了可是要满门抄斩的。"项羽没有争辩,心里却不服气。

此时的项羽已长大成人,他身长八尺,力能扛鼎,气可拔山。吴中的少年,没有谁能打得过他。在众人眼里,项羽是一个剽悍威武的人。项梁眼看着项羽长大成人,胸中的复仇愿望也越来越强烈。他在家里私下养了几十名壮士,平日里组织他们练剑习武,又偷偷地铸造了一批兵器藏在屋里,等待复仇的时机。

秦二世元年(前209)九月,陈胜、吴广大泽乡聚众起义的消息传到了吴中。这支起义军发展得很快,不断向东南方面扩展,不少郡县已纷纷向义军投降,举旗反秦。会稽郡郡守殷通也坐不住了,他急忙召集一批社会知名人士共商大计,项梁也在被邀者之中。会议的议题主要是如何面对当时的严峻形势,会上大家意见不一,说了半天也没有一个结果。会议散后郡守殷通就把项梁留下,把他请进了内室对他说:"江西一带的郡县全都造反了,我看秦朝的日子也长不了,要不了多久,秦朝就要灭亡了。常言道,先发制人,后发制于人。我请你来就是商量,我们不如早早起兵,占据一块地盘,有机会进一步扩大势力,这样,不管天下怎么混乱,我们也有立足之地。到那时我当首领,你当将军,咱们一起好好合作,你看怎么样?"

项梁听后,心里一惊,他怎么也没有想到郡守殷通竟然有这种想法。表面上他略微沉思了一下,痛快地说:"你这么抬举我,我岂敢不效力呢?不过,以我一个人的能力带兵恐怕显得力量不足,你不如把逃亡在外的楚国大将桓楚请来,我们力量就强大得多了。"项梁嘴上这么说,心里却在暗暗打着自己的算盘。

殷通见项梁答应了,喜出望外,忙说:"桓楚现在哪里?你请他来,咱们一同共谋大事!"

此刻的项梁已经逐渐地理清了思路,一个阴谋在他的心中渐渐形成。他不动声色地对殷通说:"我侄儿项羽和桓楚有来往,可能知道他居住的地方,你不如把他叫来问问?"

殷通迫不及待地说:"好、好,你告诉项羽,让他快去请桓楚来。"

项梁见殷通对自己没有丝毫猜疑,急忙走出官府去找项羽。见到项羽,就把自己的打算对他说了。项羽一听,连声叫好。

第二天,项羽佩剑随叔父项梁一同来到官府见殷通。项梁自己先进去拜见殷通,并通报自己带侄子一起来了。殷通十分高兴,即让项羽进府相见。年轻威武的项羽径直走到殷通面前。殷通一看,只见眼前的项羽高大威猛,气势不

凡,连连夸奖:"好一位壮士,真不愧是项君的侄儿!"

项梁听了,微微一笑说:"一介蠢夫,何足夸奖。"

殷通这时俨然已经成了首领,他极力掩饰住内心的兴奋,对项羽说:"听说你知道桓楚将军的住处,现在你去请他来,咱们共商大计。"说着他又向项羽走近几步。

此刻,项羽看到叔父项梁递过来的眼色,伸手拔出剑来向殷通刺去。手起剑落,殷通扑通一下倒在了地上,气绝身亡。

这个可怜的、自以为是的殷通,此时做梦也没有想到,他自以为得计的如意算盘,最后竟以他的性命为代价而草草收场,反倒为杀他的人成全了一桩大事业。

项梁见到殷通已死,上前摘下他的印授悬在自己腰间,又将殷通的首级砍下提在手里,然后同项羽一起走出官府。这时官府已乱作一团,不少武士纷纷手持兵器上前围杀他们叔侄。项羽本身就有万夫不挡之勇,看见围上来的十几名武士,二话不说持剑砍杀,顷刻就砍倒一片。此时的项羽越杀越勇,不一会儿又有几十名武士命丧黄泉。整个官府被一团杀气笼罩,文吏们早已跑得无影无踪,找地方躲藏了,被眼前的惨状吓得魂不附体的武士们也纷纷放下手中的武器跪地求饶。

项梁见局势已稳,忙止住项羽,唤众人都到庭前来。众人逐纷纷聚拢到项梁叔侄面前,恭身听令。项梁向众人历数秦朝暴政,又说郡守殷通贪赃枉法,欺压百姓,今日之举也是用计除奸,为民除害,请大家不要惊慌。

面对尸横遍地的血腥场面和虎视眈眈的项梁叔侄,众人唯唯诺诺,大气都不敢出,只有听他们的摆布。

项梁兵权在握,随即向全城发出安民告示,稳定人心。同时自命为将军,兼任会稽郡守,任命项羽为副将。随后又在全城招募兵士,不几日就组建了一支八千人的子弟兵。接着,项梁又委任自己手下的宾客和吴中的豪杰在军中担任校尉、侯和司马等职,由项羽统领。

又一支抗暴反秦的义军诞生了,没用多长时间,这支军队就占领了会稽周围的几个县,稳住了江东的局面。

年轻的项羽也因此在江东一带声名大噪,他的英名引起了一位叫虞姬的女子的仰慕。这位出身于吴中望族的女子,从此将自己的一生都托付给了项羽,她嫁给项羽后便经常随他出征。由于虞姬容颜姣美、才艺出众、舞姿美艳,征战之余,她这里也就成了项羽温暖恬静的港湾。

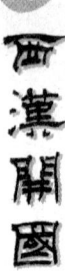

六　忠谏无果，执意称王埋祸端

赵高在骗取秦二世的信任后，更加不可一世，为所欲为。他在朝中一手遮天，大家都看他的眼色行事，谁也不敢顶撞他。由此赵高的野心也不断地膨胀起来，眼看着皇帝的宝座就要归他所有，他的心里有说不出的痛快。

但是，自陈胜、吴广在大泽乡揭竿举旗反秦以来，短短的几个月里，关东大地几乎燃遍了农民起义的熊熊烈火。

陈胜、吴广领导的起义军攻下蕲县不久，就又攻取了陈县（今河南省淮阳县），并将起义军的大本营安扎在这里。随后陈胜便在陈县称了王，并向外宣布立国，国号为"张楚"，隐喻大张楚国的意思。

当上张楚王的陈胜此刻有些忘乎所以了，局势发展得如此顺利，出乎他的预料。顺利的局势助长了他的野心，也抬高了他的地位。他在陈县积极招募民间的仁人志士，为他出谋划策，壮大势力。有一天，帐外有人报告，有二位壮士求见，陈胜急忙将他们请进来面谈。来人一个叫张耳，另一个叫陈馀，都是大梁人。

张耳原在魏国魏公子家当门客，后来因为犯了事，怕官方追究逃到了外黄（今河南省民权县）。外黄有一个有钱人，见张耳生得仪表堂堂，温文尔雅，就有意将自己的女儿许配给他。张耳与那女子相见，两人都挺满意，这样就在女子父亲的撮合下成了亲。张耳有些才能，又善于交结朋友，在外黄娶到了娇妻不说，还得到了岳丈不少的财物资助，所以日子过得十分滋润。由于结交广泛，为

人也豪爽，不久张耳在外黄一带也有了一些好名声。后来魏公子派人找到他，也不计较当年他为何逃走，反而给他了一个小官做，官职是外黄令，是个能掌管百里的小侯。

陈馀比张耳年纪要小，他从小就喜欢读书，等长大了又喜欢出游，通过游历名山大川增长见识。有一年，到达赵国苦陉（今河北省无极县）这个地方，被当地的一名富人看上了，愿意招他为婿。陈馀见过那富商女儿后，也觉得不错，很快就办了婚事。后来魏国被秦国灭掉了，张耳丢了官，仍然住在外黄，陈馀则带着妻子回到了家乡。

可是不久发生的一场变故，却使得张耳、陈馀二人都逃到了陈县。原来秦国灭掉魏国后不久，竟发出悬赏告示，捉拿张耳、陈馀二人，且明码标价，抓获张耳赏金一千，抓获陈馀赏金五百。他二人丈二和尚摸不着头脑，不知自己犯了什么罪，遭到朝廷的缉拿。后来一打听，才知是有人告发。张耳、陈馀都是博学多才的人士，朝廷担心将这些人放在民间对国家不利，所以要将他们斩草除根，以免这些人在民间搞一些不利朝廷的小动作。

张耳、陈馀隐姓埋名逃到陈县住了下来，但风声依然很紧，他们也不敢外出活动，只好默默地过着日子。不过两人交往倒也很多，且谈吐投机，不久就成了挚友。

陈胜、吴广大泽乡起义的消息很快传到两人耳中，没过多长时间，义军又攻下了陈县，这让他们两人着实兴奋不已。至少陈县已被义军占领，秦朝的政令已行不通了，他们再也不用为躲避朝廷的通缉而惶惶不可终日了。所以听到陈王召见民间仁人志士的消息后，他们便亮明身份到陈王府去了。

陈胜早听过张耳、陈馀的大名，见他们进府，忙起身迎了过去，拉他们坐在自己的身旁。当时起义军虽然攻城顺利，但死伤也不少，对于义军下一步怎么发展，陈胜还没有一个完整的计划。他希望和一些有见识的人交谈，用以确立下一步的行动方案，所以张耳和陈馀到来使他十分高兴。

几句寒暄之后，陈胜就把话题引到了自己在陈县称王和起义军今后发展的问题上。

张耳首先赞扬了陈胜反秦抗暴的义举，痛斥秦的暴政，揭示陈述了百姓的苦难，认为陈胜此举必将得到天下受苦百姓的拥戴。对义军面临的形势，他分析道："将军当务之急是要迅速组建一支具有战斗力的军队，快速向西推进，直达秦都咸阳，推翻秦王朝。要尽快地让六国的后人行动起来，形成反秦的合力，

这样秦朝就需面对很多敌人，分散他们的注意力。你这样做了，六国的后人肯定会支持你，帮助你完成灭秦的大业，因为是你把他们已经灭亡的国家恢复起来了。我认为现在称王的时机还不成熟，容易给人造成错觉，只有举起反秦的大旗，大家才会跟着你走，帝业也才可能实现。"张耳正说着，却发现陈胜的脸色不对，就止住不说了，他意识到关于称不称王的事陈胜不爱听。

坐在一旁的陈馀倒没有发觉陈胜脸色的变化，他接过张耳的话说："将军才占了几座城池，就急于称王，恐怕天下人会怀疑将军是出于自己的私利才起义的，容易令人失望。等到大家失望了、灰心了，不愿意跟着将军灭秦，到那时将军后悔都来不及了。"

陈胜听了，一肚子的不高兴。他本来是想着让张耳、陈馀到这里来谈起义军下一步发展方向的，结果他们却在称不称王的问题上做文章。所以没等陈馀说完，他便说："好吧，今天先说到这，有些事以后再谈吧。"

张耳、陈馀离开陈府后，也觉得生气。他们发现陈胜很固执，坚持称王，听不进劝告，感觉与这种人在一起共事不会痛快，就商量着要离开陈县。但他们又考虑到现在天下时局较乱，拖家带口的到哪儿去也不安稳。最后两人商议，如果陈胜愿意留下他们，不如暂且留在陈县，以后有机会再说。

陈胜对张耳、陈馀的劝告虽说听不进去，倒也没有嫌弃他们，还是给他们留下了谋士的位置，毕竟他现在急需人才。

当时河南境内郡县的百姓早已被秦朝残酷的统治压迫得苦不堪言，所以各郡县的民众听到陈胜、吴广起兵反秦的消息后，纷纷起来杀掉秦朝官吏，积极响应陈胜、吴广的义举。不到两个月的时间，起义军的队伍就发展到了几万人，声势十分浩大。

起义军发展壮大的消息很快也就传到了秦二世胡亥的耳中，他找来赵高询问。赵高当时正在积极培育自己的势力，想方设法架空秦二世，所以不把实情告诉他，只是谎报河南有一群蟊贼造反，无碍大局，朝廷已派军队去镇压了。整天沉溺于深宫歌舞升平环境中的胡亥也不怀疑，他相信赵高、李斯对自己是忠诚的，相信他们有能力平息蟊贼叛乱，转身又钻进美人堆里嬉闹去了。

但是赵高知道事态的严重，他虽然没把实情告诉秦二世，但还是调遣了大量的军队向东进发，平息骚乱。同时也命令各郡县坚守城池，抵御义军。

七　巧破沛城，众人拥戴新县令

刘邦带着百十号人躲进芒砀山，也不敢轻易出来，怕被官兵抓去砍头。在深山里，他整日无所事事，但也不免为家人的安危操心。心想自己当时一气之下做出的决定，肯定要连累家里人，不知父母兄弟、岳父岳母和妻子儿女要为此遭受多大的磨难。但事已如此，后悔也来不及了，只好找弟兄们打些野物，搞些酒肉吃喝度日。

山里的消息很闭塞，外边发生了什么事情也不知道。其实，这段时间山外十分热闹，陈胜、吴广在大泽乡举起义旗，连续攻下了几座城池，占据了不小的地盘，沛县也已岌岌可危。

沛县县令自得知刘邦私放劳工的消息后，气不打一处来。他命令县里的衙役到刘邦家搜捕，没见踪影，一气之下就把吕雉抓来，让她代替丈夫受押。吕雉稀里糊涂地被抓进大牢，虽受尽皮肉之苦，但她死也说不出来丈夫刘邦逃到哪里去了。幸亏刘邦在县衙有些人缘，再加上萧何从中周旋，总算让县令把吕雉放了。

那时陈胜、吴广在大泽乡起义的消息已经传到了沛县，县令急得像热锅上的蚂蚁。此后每天都有义军攻占城池的消息传来，眼看着距离蕲县不远的沛县也要被义军占领。县令急忙召来萧何、曹参商议，说不如提前准备，投降义军，也免得遭受杀头之祸。萧何、曹参轻声议论后，给县令出了一个主意，萧何说："大人和我们都是秦朝的官吏，怎么能向盗贼投降？就是投降了，满城的百姓也

不会服气,反而还会在内部发生骚乱。依我的意思,不如迅速招募一些人员参加保城的战斗,一方面可以抵抗盗贼,一方面也可以稳定民心。"县令一听这主意不错,心想城池保住了,我这个县令还是可以继续当的,投降了义军,还不知道是什么结果呢?他主意一定,立即就下令张榜招募护城人员。

听说县令要抵抗盗贼,保卫城池,来报名应召的人还真不少。县衙里平时兵卒不多,一下子要招几百人,总得有人来带领才是。萧何趁机向县令推荐了刘邦,起初县令大吃一惊,一个逃犯怎么能回来带兵?但时局紧张,也就顾不上这些了。他叮嘱萧何,马上派人去找刘邦来见他。

征得县令的同意,萧何马上去找街上的屠夫樊哙,因为他和刘邦是一担挑,樊哙一定知道刘邦的下落。果然,当萧何把请刘邦出山的意图一说,樊哙立即答应萧何去找刘邦,他也是从妻子吕嬃的嘴里知道刘邦下落的。原来刘邦的妻子吕雉离开县衙大牢后,竟不顾家人的劝阻,带着儿女径直到外面找刘邦去了。神奇的是,她竟能在芒砀山的崇山密林中找到刘邦。据她自己说,她总是朝着山间一片有云气的地方走,果然就找到了。夫妻相见后,免不了互诉思念之情和离别之苦,更少不了倾诉全家为刘邦的鲁莽举动付出的代价。刘邦只有安慰的份,千错万错都是他自己的错。如今妻子既然找上山来,就不能再回去了,免得被那狗官再用什么理由关进牢里,吃二茬苦,受二茬罪。吕氏也就在芒砀山住了下来,找机会把他们的情况托人传给妹妹也就是樊哙的妻子吕嬃。

樊哙按照妻子的描述很快在芒砀山找到了刘邦夫妇,这时刘邦已在山里躲了几个月了,见到樊哙说不出有多么高兴。

樊哙把当时的局势简要地给刘邦介绍后,就说出县令请他回去带兵的意图。刘邦一听,更加兴奋了。樊哙又说,萧何告诉他,县令是一番好意,回去后一定要恪尽职守,服从县令,为保卫沛县城池尽力。刘邦一一答应。两人说好后,刘邦又把他那百十个兄弟召集起来,向他们说明情况,并讲明愿意跟他回沛县的就跟他走,不愿意跟他走的就回家去。绝大部分跟刘邦在芒砀山混了几个月的壮汉都不愿意回去,纷纷表示愿意跟刘邦去沛县。

这百十号人在山里早躲烦了,说走就走,他们简单收拾了一下,就跟着刘邦、樊哙向着沛县进发。

快到沛县的时候,刘邦突然看见前面的路上,萧何、曹参跌跌撞撞地跑来,他大吃一惊,连忙跑上前问明原因。萧何说:"大事不好,县令反悔了。他原想

请你来帮他守城,不知什么原因,突然改变主意了,反而怀疑我们推荐你来是要把他推下台。所以不但下令紧闭城门,还派人抓捕我们,幸亏我们早早听到风声逃了出来。"刘邦一听非常生气,但看着萧何、曹参的狼狈样,也不便在他们面前发火,就安慰他们说:"先休息片刻,我们仔细商议一下。"

萧何说:"情况非常紧急,县令知道我们跑了,肯定会抓我们的家人出气,我们必须尽快想出一个办法来。"

刘邦心里也很急,但一时又想不出什么好办法。眼前的萧何、曹参毕竟也是为了自己才落到这一步的,无论如何,不能见死不救,这个忙他一定要帮。想到这,他舒了一口气说:"不管怎么样,我现在还有百十号兄弟,先带到城里再说。"

事到如今,萧何、曹参也没什么主意了,要救家眷也只有这一条路可走。一旁的樊哙早就沉不住气了,吼道:"冲进城去,先杀了这个出尔反尔的狗官再说。"

队伍继续向沛县县城进发,到了城下,果然城门紧闭,城墙上有几个士兵在走动观望。

萧何见状,凑到刘邦跟前说:"城中的百姓其实早已厌倦了秦朝的苛政,他们对县令也非常憎恨。平日里大家在一起经常议论,说有朝一日有人带头,就一定先把县令杀了。所以我认为不如先投去一封信函,看看守城的官兵有什么反应再说。"萧何此刻担心家眷受罪,急于进城营救,就想办法让刘邦进城,而不能弃城离开,转向别处。

刘邦此刻也没什么主意,眼看着面前高耸的城墙和城楼,知道指望他这百十号人是攻不进去的。听到萧何的主意,连声叫好,让他赶快写一封信函。萧何见刘邦同意了,就急忙草就了一封信函递给他。刘邦看过后大加称赞,的确,萧何在这信中历数暴秦的严酷,陈述天下的形势,指出沛县的前途,道出百姓的命运。刘邦看过之后,将信函捆在箭上,拉弓射向城楼。

萧何在县衙为吏,人缘极好,又喜欢帮人。所以这封信函一到城头,守城的官兵看了立即响应。他们一边打开城门,一边派人去控制县令。

刘邦不费吹灰之力,带领百十号人浩浩荡荡进了城,等到了县衙,只见县令的头已被人砍了扔在院中。

这时,城内有名望的长者也都纷纷地聚到县衙里来。有位长者建议,县令

已被杀,但沛县不能一日无主,经城内众父老商议,推举刘邦为沛县县令,带领大家守城护城。

刘邦一听连连摆手,对长者说:"我刘邦是个无能之辈,岂能担此大任。况且现在天下大乱,我恐怕不能很好地保全城内父老乡亲,大家还是另外选一位有能力的长者来担任县令吧。"

长者说:"你不要推辞了,我们几个人已经商议过了,你担当县令最合适。你的长相富贵,大家放心,你在沛县又深得大家信任,没有人能比得上你了。"

刘邦心里痒痒的,他这么一个泗水亭亭长,到后来又成了朝廷的通缉犯,没想到在百姓的心中还留有这么好的印象。看着眼前的情景,刘邦不禁感动万分。

这时萧何、曹参也过来劝他,让他不要辜负城中父老乡亲的愿望,答应大家的请求,带领大家守住城池,保卫家园。

刘邦见众人都用期盼的目光看着他,便不再推辞,爽快地答应了。

这一年,刘邦48岁。

一个曾经游手好闲的人,一个只当过泗水亭亭长的小官吏,一个在执行官府下达的命令时中途逃跑的人,怎么能在这个时刻被推举为县令呢?一切异乎寻常却又十分自然。乱世中人们期盼安宁,动乱中人们需要领袖。百姓需要一位能保护他们的父母官,文人需要一位挺身而出、敢作敢为的勇士。萧何、曹参这些文吏们纵然满腹经纶,但也像蜜蜂一样需要依附在有蜂王的蜂巢上。

九月的一个吉日,沛县城内热闹非凡,刘邦担任县令的仪式正式举行。就职礼仪十分隆重、热闹,刘邦带领县衙官吏拜天拜地、祭皇帝和祭祖宗,杀猪宰牛,全城插遍红旗。这旗帜的颜色是刘邦亲自定的,他认为自己与赤色有缘,是赤龙的化身。

八　假途灭虢，蒯通巧言得郡县

陈胜、吴广的起义军在河南攻占了不少郡县，队伍也在迅速扩大，已经发展到十几万人了。随着起义队伍的不断壮大，陈胜加快了推翻秦朝统治的步伐，决定组织力量向西推进。尽管快速西进亡秦的主意是张耳、陈馀提出来的，但陈胜对他们两人并未重用。张耳、陈馀整天围着陈胜身边转悠，也插不上多少话，有些建议他根本听不进去，所以他们心中也萌生了想离开陈胜的想法。张耳与陈馀商量，由陈馀出面向陈胜献计，就说他对原赵国的情况十分熟悉，请陈胜给他调拨一部分军队，由他和张耳去收复赵地的郡县。这样，一方面既可以不断扩大义军的势力，另一方面又可以牵制赵地的秦军，减轻大部队西进的压力。陈胜听了这个建议以后，认为这个建议很不错，决定马上采纳，毕竟扩大义军势力的建议他爱听。但张耳、陈馀毕竟初来乍到，把军队交给他们，陈胜还是不放心。于是他就任命自己的老乡武臣为将军，邵骚为护军，张耳、陈馀为左右校尉，带三千兵士前往赵地。张耳、陈馀知道陈胜不信任他们，但也没有办法，心想先离开他再说。所以他们对陈胜的安排未作计较，随部队开往河北。

武臣率领三千人马从白马津（今河南省滑县东）渡过黄河，一路比较顺利，沿途各县或开城投降，或稍作抵抗就被义军攻下。没用多长时间，武臣的军队已攻下十几座城池，队伍也迅速扩大到几万人。武臣进军的顺利，并不在于他的军队有多么英勇，主要是赵地的百姓早已受够了秦朝的暴政，反秦意愿强烈所致。所以当起义军的队伍一到，都纷纷开城迎接。武臣也不手软，进城后不管是和是降，所有的官吏一律杀掉。他的行为自然满足了百姓的愿望，但也凉

透了其他郡县秦朝官吏的心。

军队开到范阳(今河北省涿州市)时,武臣就遇上了范阳县令徐公的抵抗。这位徐公,得到义军逼近的消息后,立即在城内招募兵士,立志血战到底,保卫城池。

这时,有一位叫蒯通的人到官府找到徐公,劝他开城投降义军。

徐公说:"我为何投降?降也是死,守城说不定还有一条活路。"

蒯通说:"大人您错了,起义军马上就要开到城下了,就凭您手里的这些兵士,能守住城吗?"

徐公说:"守一时算一时,即使守不住战死了,也比投降后被杀死得光荣。"

蒯通说:"我担心的倒不是城攻破后您被义军杀掉,而是担心您在守城时被城里的百姓杀掉。"

徐公惊讶地说:"我平日待百姓不错,谁会杀我呢?"

蒯通平静地说:"您在这里任官也十几年了,虽然您待百姓不错,但您在执行秦朝的政令时,杀了多少人,您知道吗?秦朝的暴政是通过您来实施的,满城的百姓早已厌倦了秦的苛政,他们对您这么一任秦朝的官吏能饶恕吗?现在全国各地反秦抗秦的起义纷纷发生,老百姓早就盼着这一天了,他们还能帮您守城吗?"

徐公急了,忙问:"你说该怎么办?"

蒯通说:"我有一个办法,既可保城,也可以保您的性命。"

徐公忙说:"你快说给我听听。"

蒯通卖了一个关子说:"您不要急,等我出城去见了义军首领后您就知道了。但有一点您要记住,不管城外有什么动静,您都不要出城,只在城里坚守就行了。"

徐公将信将疑,但自己又没有什么好办法,只好同意了。

蒯通是一名隐士。他是范阳固城镇人,平时博览群书,精通权谋之术,善于为人出谋划策,对时政说长道短,是个有见地、有抱负的人,在当时也算是一位小有名气的纵横家。此时的蒯通早已胸有成竹,他相信自己能说服义军首领,让他们采纳自己的意见。所以离开官府后,他就只身往城外迎接义军去了。

武臣带领军队来到范阳城外,只见城门紧闭,城上兵士严阵以待,不禁怒从心中来。这时有人来报,城里来了一个人要见将军,武臣就让手下将那人带进帐来。此刻他急需了解范阳城内的情况,有人从城里来,肯定能带来城里的信息。

来人正是蒯通,武臣见他一副书生模样,就示意让他坐下来慢慢说。

蒯通也不谦让，坐下后直奔主题："我今天来见将军，就是给将军提供一个顺利攻取范阳城的计划。"

武臣眼睛睁大了，他本想从来人口中了解一些城内的守备情况，然后再找人商量怎样攻城。没想到，来人直截了当地要给他提供一个顺利攻城的计划！他连忙说："你说出来，让我听听？"

蒯通不紧不慢地说："只要将军写一封信，让我带给县令，这城就能轻松夺取，也不用劳烦将军率兵攻打，避免人员伤亡。"

"写封什么样的信？"武臣忙问。

蒯通说："将军一路带兵过来，已经攻陷了十几座城池，但范阳县令为什么听到将军攻城，连忙整顿兵马，严加防范呢？并不是因为他贪婪禄位，忠心效秦，而是因为将军带兵一路过来，不管城中的官吏是降是和，一律杀死，所以范阳徐公才不得不守城自保。如果守城成功了，说不定还能保全自家性命。这一点，不但范阳徐公这样想，可能赵地其他郡县的县令也都会这样想。"

武臣又问："你说，该怎么办？"

蒯通说："说起来也简单，只要将军给县令写封信，告诉他开城投降后不但不杀他，还封他为侯，他的所有家产也不充公，这样他肯定会打开城门迎接将军进城的。将军进城了以后，不但不要滥杀官吏，骚扰百姓，还要去安抚他们。同时让县令徐公坐上豪华的马车在城外去巡游，把将军的仁德传播出去。要不了多长时间，其他的郡县也会纷纷效仿，开城迎接将军。"

武臣一听，这主意还真不错。如果真的如来人所言，其他郡县也纷纷效仿，那用不了太长时间，自己的地盘就能迅速扩大了。即使这主意不灵，再组织军队攻打也不迟。想到这，武臣找来副将和左右校尉在一起讨论，大家都认为这办法好。武臣连忙叫人写了封信，让蒯通带回去，信的内容和他的主意一样。

果然，蒯通回去不久，范阳城的城门就打开了，武臣带领着军队兴高采烈地开进城里。进城后，武臣兑现了自己的承诺，没有杀人，没有骚扰百姓，还让县令徐公乘着豪华马车到郊外逛了一圈。

武臣在范阳的做法，很快传到其他郡县，正如蒯通所预料的那样，赵地三十多个郡县纷纷投降，武臣的势力一下子扩充了很多。没用多长时间，连赵地的中心城市邯郸也归顺了武臣，起义军的势力几乎遍布河南和河北两大块区域。

蒯通的一个主意，挽救了多少人的性命。智慧的力量就是如此，它具有化干戈为玉帛的神奇效应。蒯通凭着自己的学识和智慧在不经意间为赵地的黎民百姓避免了一场血雨腥风的战争，争取到一个安定祥和的生活空间。

九　章邯智谋，骊山囚徒显神威

荥阳(今河南省荥阳市)地处河南中部，素有"两京襟带，三秦咽喉"之称，是著名的军事要地和水陆交通枢纽，也是秦王朝派重兵把守的要塞。守卫荥阳的将领是秦丞相李斯的儿子李由，他的职务是三川郡郡守。

陈胜派吴广率军攻取荥阳，多次组织进攻都失败了。李由率领的秦军异常顽强，虽然遭到义军的多次进攻，但城池依然在秦军手中。李由一边率军坚守荥阳，一边向咸阳请求援军，双方就这样一直处于对峙和胶着状态。

留在陈县大本营的陈胜，迟迟得不到吴广攻取荥阳的消息，也心急如焚。虽然北边武臣率领的义军不断传来的胜利消息多少对他也是一种安慰，但陈胜现在更关注西边的战事。他幻想着吴广率部队顺利攻占咸阳，这样自己也将早早实现推翻秦朝暴政，入关称帝的愿望。

有一天，一位名叫蔡赐的人来见陈胜，建议陈胜另派一支军队向西绕过荥阳，从函谷关(位于今河南省灵宝市东北)入关，直插咸阳。陈胜正为无法西进犯愁，听来人讲明白后就立即答应了。他找来曾带兵打过仗的周文，特封他为将军，让他做好准备，近日率军西进。

深谙军事的周文果然不负陈胜所望，从陈县带领数千人出发，一路征召士兵编入队伍，巧妙地绕过荥阳，不久就逼近了函谷关。他的部队发展得很快，到函谷关时，队伍已达到数万人。

陈胜得知周文进军顺利的消息，非常高兴，立刻封给他出主意的蔡赐为上

柱国（军队的高级统帅）。但不是光有好消息，不好的消息也传了过来。身在赵地的武臣势力扩大后，在赵地站住了脚，派人通知陈胜，他要称王，并封陈馀为大将军，张耳为右丞相，邵骚为左丞相。陈胜得到消息后，气不打一处来，他下令马上把武臣的一家老小全部杀光。关键时刻，上柱国蔡赐出面来说话了，他对陈胜说："当前我们的主要敌人是秦国，秦国还没有消灭，你不能再树立敌人。杀了武臣一家容易，但他马上会带兵来找你报仇，这样大王要被分散精力，派兵去迎战，灭秦的大业必然要受到影响。我认为不如派人去庆贺他，让他专心抗秦，并速派兵西进增援周文。等到把秦朝消灭了，再腾出手来收拾他武臣也不迟，您毕竟是大王，大家还是听您的。"

陈胜听了蔡赐的分析觉得有道理，马上转怒为喜。他一边派人向武臣庆贺，一边催他尽快派兵西进伐秦。

这边刚把武臣的事情安排好，吴广那边又传来了坏消息。

原来吴广率军攻打荥阳已经四个月了，多次攻城都拿不下来，秦军还在不断地增派援军，顽强抵抗。吴广军中的将士对攻城已失去了信心，但将军没发话，谁也不能撤退。时间一长，吴广的军内发生了分裂。一天，吴广的部将田臧和李归假借陈胜的名义，指责吴广攻城不利，贻误战机，罪该处死，竟把吴广给杀了。这一点，吴广是万万没有想到的。自从和陈胜在大泽乡揭竿而起，天下响应，自己没有倒在秦军的刀枪下，反被自己的部将杀了。现实就是这样残酷，义军成分复杂，各怀心思，草草成军后有几个人能在短时间内树立起自己的威信呢？

得到噩耗的陈胜，面对战友死去的消息也没有办法，他只好任命田臧为将军，继续统率原吴广的军队。

周文率军快速推进，引起了秦王朝的高度重视。赵高、李斯等也不敢轻敌了，赵高亲自向秦二世汇报，请求召集大臣商议如何对付。秦二世如大梦初醒，才知道时局的严峻，马上召集文武百官商量对策。

兵临城下，形势危急。满朝大臣议论纷纷，却都拿不出什么好办法来。更多的人看赵高脸色，唯恐自己出的主意得不到赵高的首肯，反倒招来杀身之祸，所以即使有主意也不敢轻易地说出来。

这时，少府（官名，为皇帝的私府）章邯站出来说道："义军已经逼近咸阳了，这时再从周边调集军队恐怕来不及了，我的意见是把在骊山为先帝修陵墓的囚

九 章邯智谋，骊山囚徒显神威

徒组织起来，由皇帝下一道赦免令，把他们编成军队，配发武器，去迎战敌人。这样既可以解决我军兵力不足之忧，还可以防止这些人在义军攻来时发生暴乱。"

秦二世觉得这个主意不错，他和赵高商议一下后，任命章邯为将军，立即把全部囚徒编组成队伍，简单训练后，火速开往前线迎敌。

这支由囚徒组成的军队到底有没有战斗力，谁也说不清楚，但事到如今也只有这么做了。秦二世、赵高的心里七上八下地不得安宁，义军如此之快地逼到咸阳城下，他们做梦也没想到。

章邯接令也是捏了一把汗，怎样把这支由囚徒组成的新军带好是摆在他面前的头等大事。为了这支军队能形成战斗力，他在秦二世的面前为这支新军要足了政策：一、废除所有囚徒（犯人）及家奴的儿子不准服兵役的法令；二、在战斗中有立功者按兵士标准予以奖励。章邯相信，这些政策对那些整日在陵墓工地从事繁重体力劳作的人来说，绝对是一份上好的赏赐。古往今来，许多事情都是这样，往往一项好的政策抵得上当政者发放银两的效果。那些囚徒们整天生活在暗无天日的环境中，从事着超强度的体力劳动，还遭受着官兵的酷刑。如今总算有了出头之日，挣脱了枷锁，有谁能不为之欢欣鼓舞呢？

客观地说，章邯的一个主意，便将数十万囚徒从水深火热中拯救了出来。政策的威力必定要给这支新组建的军队注入极强的战斗力。

章邯带领的这支由秦陵囚徒组成的新军在鸿门（今陕西省临潼区）就遇上了周文带领的义军，囚徒组成的秦军果然异常凶猛。他们中的多数人连护身的铠甲都没有领到就投入了战斗，个个英勇无比，视死如归，仿佛把多年来服劳役的怒气一股脑地都要发泄出来。而周文率领的义军一路过来并未遇到强敌，几乎每到一座城池，都见到投降的秦军官兵。猛然遇到面前这些不怕死的壮汉，早已丢盔弃甲，四处逃散了。

鸿门一战，章邯军大胜，周文部队损失惨重，溃不成军，只好重新退回函谷关了。

鸿门之战后，章邯按规定对战斗中立功者给予奖励，然后组织队伍在原地休整数日。当然还忘不了大摆宴席，庆贺一番，又选出一些军事干将组织大家进行操练。十几天之后，这支由秦陵囚徒组成的新军已经像模像样了。

紧接着章邯率队向东进发，在荥阳附近一个叫敖仓的地方又与田臧率领的

义军相遇。

田臧和李归在杀了吴广以后,田臧当了将军,命令李归率领少量义军继续留在荥阳城外,牵制秦军,伺机攻城。他自己则带领大部人马向西挺进,迎战章邯。周文兵败的消息田臧已经得到,他此次带队推进,就是要消灭章邯率领的秦军。然而在敖仓与秦军的一场恶战中义军大败,将军田臧在混战中被秦军杀死,义军几乎全军覆没。

章邯率军继续向东,与荥阳的李由守军合在一起,里应外合,大败李归率领的义军,义军将领李归也在战斗中死亡。至此,章邯解了荥阳之围。

秦二世、赵高得到消息,十分高兴,马上派司马欣和董翳率军队增援章邯。他们一路所向披靡,沿途已归顺张楚的郡县,见到雄壮浩大的秦军,仿佛又见到了当年的秦始皇率领攻城略地的秦国将士,无不胆寒。当年七国争雄时,唯独秦国军队最为勇猛,他们进攻时,常常赤膊上阵,不穿铠甲,在将军的带领下,冲锋陷阵。秦始皇之所以能统一全国,与他的这支英勇善战的军队分不开。如今章邯率领的军队,好像又重现了当年秦军的威猛,所到之处,无人不惧。

章邯的队伍推进得十分顺利,沿途虽然打了几个小仗,但都以大获全胜而收场。

当秦军快要逼近陈县时,陈胜着实慌了。武臣自立为赵王后,已对陈胜的命令阳奉阴违,不听调遣。吴广的队伍已基本被秦军吃光,守在陈县的军队人数已经不多。况且,由于没有杰出的将领统帅,与章邯交战十分被动。陈胜不得已派上柱国蔡赐率领几百人上去迎敌,几个回合下来,全军被歼,蔡赐也被杀死,如今留守陈县境内的只有一支由张贺率领的军队了。

陈胜自建立"张楚",当上王后,有些飘飘然,不同的意见听不进去了,对同僚也不够关心,甚至对主动投靠他的人,常常怀着不信任的心理,总觉得人家投靠他是有什么目的似的。

一天,有位当年一起受雇耕地的旧友来找他。到了宫门前就敲门要见陈胜,嘴里还大声喊着:"我要见陈涉!"宫门护卫上前把那人捆绑起来,旧友反复申辩,最后护卫才放了他,但还是不让他入宫。有次陈胜乘马车出宫,那人见了高声喊道:"陈涉、陈涉!"陈胜见到旧友到来,便召见了他,并让他随车一同入宫。那人进了宫殿,看到高大的殿堂和华丽的帷帐后不由感叹道:"这宫殿真是又大又深啊!"因为是旧友,陈胜便派人招待他。那人因此而得意了起来,在宫

殿里随意走动,来了兴致还把陈胜的一些陈年旧事说给他人听。

陈胜的手下人听到后就提醒他:"您的旧友愚昧无知,嘴里胡说八道,这样下去有损大王的威望啊!"陈胜一惊,略作沉思后对手下人说:"把他拉出去杀了。"这个风声传出去了以后,陈胜的故旧都纷纷离他而去。

不久陈胜又任命朱房为中正、胡武为司过,让他们负责督察群臣。各位将领打完仗回来复命,稍有不慎或过失就被他们抓起来治罪,众人怨声很大,但陈胜对他们二人却非常信任。有一些志士想投奔他,见他心不诚也就另做打算了。当然,不少人投奔他,本身也就另有目的。一是想捞个官干干,二是想利用他的势力为自己日后发展打基础,更有原六国的贵族子弟,依顺他完全是为了找机会复国。

章邯大军逼近,陈胜一面调张贺率部队前去迎敌,一面自己组织兵力准备增援,谁知七拼八凑才凑了千余人。前方已有消息传来,张贺战死,全军溃散。

陈胜只好率部离开陈县,退走汝阴(今安徽省阜阳市)。当时正值严冬时节,天寒地冻,行人稀少。陈胜乘车逃跑,心中满是凄苦,几个月前浩浩荡荡数十万军队,如今只剩下这不足千人的零散队伍。当队伍行进到下城父(今安徽省涡阳县)时,马车突然不走了,陈胜心情不好,大骂侍从庄贾。不料那庄贾早已经厌倦了给陈胜当跟班,平日里也看不惯他的做派,今日听陈胜辱骂自己,一下子点燃了憋在心中的怨气。庄贾一时性起,转身抽刀竟将陈胜砍死。

陈胜在他和吴广大泽乡起义时也没有想到,只有短短的六个月时间,他和战友吴广都被自己手下的人砍杀了。如果……陈胜已死,再多的如果也不起作用了。

但陈胜和吴广点燃的这把反秦的烈火在全国已经燃烧起来了,他们的义举敲响了秦朝的丧钟,人们不会忘记他们,历史也将永远铭记着他们的名字。

十　沛公借兵，路遇谋士张子房

刘邦自在沛县起义，被人拥立为"沛公"后，本想过几天安稳的日子，但当时天下局势不定，烽火四起，周边的郡县有些已被其他反秦势力占领，有些还在秦军控制之中。所以刘邦便采取坚守沛县，按兵不动的策略，一边加强城池防护，一边加紧扩充军力，有机会再扩大一下自己的地盘。

秦二世二年（前208），秦朝泗川（今山东省中部）的郡监率领军队围攻丰邑，刘邦指挥部队抵抗反击。经过两天的激烈战斗，终于击败了秦军。刘邦决定乘胜追击，彻底消灭秦军，所以他命令部将雍齿带部分人马守卫丰邑，自己则亲自带兵一路追到泗川，秦军战败逃往薛地（今山东省滕州市），刘邦就追至薛地，秦军又逃到戚县（今河南省濮阳），刘邦就又追赶到戚县。这时刘邦的另一路人马，由左司马曹无伤率领的部队也追到了戚县。两军合围，攻破戚县，杀死郡监，刘邦军大胜，班师回丰邑。

谁知刘邦带兵去追击秦军的时候，张楚王陈胜派出的魏国人周市带兵来攻丰邑。周市知道雍齿与刘邦一向不和，就派人告诉雍齿："丰邑过去是魏国的国都，现在张楚王陈胜已攻占了几十座魏国的城邑，今天派我来，就是要收复丰邑。如果你归顺了，你可以继续驻守丰邑，而且可以封你为侯。如果不归顺，我马上派兵攻城，杀光全城的人。"

雍齿本来就不服刘邦，所以周市派人把话一说完，他就乖乖地让人打开城门，迎接周市进城。

刘邦带兵回到丰邑时，雍齿不但不开城门迎接，反而派重兵坚守丰邑。刘

邦看到眼前的现状,恼羞成怒,派兵攻打丰邑。但是几番进攻都不奏效,雍齿率兵顽强抵抗。刘邦此刻气不打一处来,他搞不清楚雍齿为什么要背叛他,城里的百姓为什么也不反抗?其实老百姓也没有办法,虽然他们拥戴刘邦,但被雍齿的官兵胁迫,他们也不敢反抗。

久攻不下,刘邦只好带兵退到沛县。

不久陈胜被人杀害的消息很快传开。广陵人秦嘉乘机在留县(今江苏省沛县东南)拥立楚王后裔景驹为假王(代理王),自己则把军权牢牢地掌握在手中。

刘邦听得消息后,就去投奔景驹,想向景驹借兵攻打丰邑,报仇雪恨。行军途经下邳(今江苏省睢宁县西北)时,刘邦遇到了张良。

张良的出现,仿佛是上天对刘邦的一种特别关照。此前尽管两人从未见过面,但都听说过对方的名字,所以虽是初次见面,却十分投缘。

张良是韩国贵族后裔,他的祖父、父亲曾先后做过韩国五代丞相,他的家庭在韩国堪称显赫之家,更是贵族世家,张良从小就生活在这样的环境中。秦王政十七年(前230),秦军大举攻韩,几番激战下来,韩国军队大败。秦军占领了韩国,俘虏了韩王,把韩国的版图纳入秦国,在韩国国都设置颍川郡。在当时六国中,韩国第一个被秦国消灭、吞并。秦王政为了达到永远占领的目的,在消灭一个国家后,总要把该国的贵族一律迁到咸阳,置于他的监管之下,以防这些贵族在该国内组织力量抗秦。二十多岁的张良自然不甘心当一名亡国奴,随家迁到咸阳去。他恨透了秦王的暴行,决意要想办法刺杀秦王,为国雪耻,为家复仇。为此他散尽了家中的财物,遣散了家里的僮仆,只身一人逃离韩国,四处求访刺客,计划一场行刺行动。

功夫不负有心人,张良想起当年在造访海边一位道行高深的隐者沧海君时,结识过一位随身携带一百二十斤大铁锤的大力士。这位大力士为人正直义气,曾承诺过,只要张良什么时候需要他,他就什么时候来帮助张良。不出所料,当张良再次见到这位大力士,说明要行刺秦王的计划后,他便一口答应了下来。

从此以后,张良开始紧锣密鼓地部署行刺的计划。秦始皇二十九年(前218),张良得知秦始皇东巡要经过博浪沙(今河南省原阳县东南)时,兴奋极了。他和大力士早早地在博浪沙一带看地形、设埋伏。

终于有一天,秦始皇庞大的仪仗队和卫队浩浩荡荡地开进博浪沙。但是当气派的车辆驶过来时,张良还是傻眼了,几辆装饰豪华、规格气派差不多的车辆在行进的车队中一辆接一辆地驶过来,他无法判定哪一辆是秦始皇的座驾。通过仔细观察，他还是发现了其中有一辆规格和气派要高于其他车辆，而且这辆车的卫兵也比其他车辆多。毫无疑问，秦始皇一定是坐在这辆车里，他把自己的判断告诉了大力士。

皇帝驾到，城里的官员都来迎接，老百姓也来看热闹。张良和大力士混在人群中，待那辆车驶来，大力士一跃而起，将大铁锤砸向那辆车，顷刻传出来一声惨叫，人群一下子乱了。张良见事已成，转身混入人群中逃离现场。可是那位大力士却没有来得及逃离，被秦始皇的护卫抓住，当即被乱刀砍死在众人面前。

逃离现场的张良，找地方喘了口气。他心里想，这回秦始皇死定了，他的复仇愿望实现了，光复韩国的目标也应该指日可待了。

但是很快坏消息就传来，秦始皇没有死，大力士击中的是另一辆车，而大力士却被当场砍死。听到这消息，张良的心一下子冰凉了。紧接着大规模的搜捕行动就开始了，张良只好隐姓埋名逃到了当时人员比较杂乱的商业重镇——下邳城。

在下邳的张良，开始了新一轮的亡命生涯。他开始反思自己的复仇计划，逐渐地认识到光靠自己的力量是无法达到推翻秦国、光复韩国的目的。秦国不但没有削弱，而且越来越强大，也还在不断地吞并着其他的国家，统治的地盘越来越大。要对付强大的秦国，必须要有一股与之能抗衡的力量才行。

有一天，张良在下邳城里散步，走到一座石桥上，看到一位粗布短衣、举止怪异的老者。那老者走上桥后，就在桥上面的石块上坐了下来，见张良走近，顺手把鞋脱下来扔到桥下，让张良替他捡上来。张良本不想捡，但见老者年纪大了，也就没说二话到桥下把鞋给拾了上来。没想到，老者不但不感谢还伸出脚让张良给他把鞋穿上。张良心中无名之火猛地一下蹿上来了，心想我与你素不相识，替你捡了鞋就不错了，还让我替你穿上，你这纯粹是在糟蹋人呢。这话不假，从小在贵族深宅大院里长大的张良，什么时候受过这种窝囊气？可又一想，自己是逃亡之人，多一事不如少一事，既然捡都捡了，替他穿上也没什么。这样一想，张良的心里就平和了许多，他走到老者跟前，仔细地替他把鞋穿上。这时老者才赞许地点点头，对张良笑了笑说："小伙子，我看你这人还可以教导。这样吧，五天以后的早上在这里见我，我有话要对你说。"说完扬长而去。

张良望着老者远去的身影，隐隐地感觉到了他身上的一种魅力。

第五天拂晓，张良赶到桥上，远远地就看到老者已站在那里。等他走到面前，老者很生气地说："我早早就到了，你现在才来，太没礼貌了。"说完转身走

了,丢下一句话:"五天后再来。"

又过了五天,张良比上次还早地赶到桥上,老者又提前到了。这次老者一脸怒气,见张良来,话也没说转身就走。张良连解释都来不及,临走老者又说:"五天后早点来。"

郁郁不乐的张良不清楚老者葫芦里卖的什么药,但也暗自发誓,下次一定早早地来。

第五天到了,张良半夜就到了桥上。桥上空荡荡的,没有人影,过了一会儿,才见老者走了过来。

这次老者见张良早早地来了,高兴地说:"年轻人就应该这样。"说着他拿出一本书递给张良,又说:"这几天,我在考验你的意志和毅力,今天见到你,我就放心了。你把这本书带回去仔细研读,等你读懂了这本书,你将来就可以做大事了,甚至可以给皇帝当老师。我相信十年后你会发迹,十三年后你到济北来见我,谷城山下那块黄石就是我。"老者说完,就转身飘然而去,这位老者就是黄石公。

黄石公交给张良的书叫《太公兵法》,从此以后,张良就一头扎进书里,废寝忘食地研读它,直到烂熟于心。他的亡秦复韩的理想也在读书中一天天更加坚定了。

当时天下形势不定,张良在下邳也组建了一支百余人的队伍从事反秦活动。可是由于力量薄弱,形不成气候,所以他一直盘算着投靠一支实力比较雄厚的队伍,一起参加反秦活动。不久张良就得到秦嘉在留县拥立景驹为楚王的消息,于是就决意拉上队伍去投靠他。

也正是这个时候,刘邦带着队伍来到了下邳。一个准备投奔景驹,一个准备找景驹借兵,两个人方向一致。见面后刘邦与张良就攀谈起来,对当前的局势,两人毫不隐瞒自己的观点,谈得非常投机。其间张良试探着用《太公兵法》中的策略分析天下形势,不想刘邦竟能随声附和,一听就懂。张良对此赞叹不已,如此深奥的理论,刘邦竟能很快理解,可见刘邦不是一位寻常之人。最后张良禁不住称赞:"沛公的确是位英才啊!"刘邦见张良谈吐不凡,早已钦佩万分,相见恨晚。两人最后商定,把队伍合在一起去投奔景驹,队伍还归刘邦统一指挥,张良为厩将(统领骑兵的将领)。

十一　假托王命，范增高论说称王

陈胜、吴广的军队中，还有一支人马，是由广陵（今江苏省扬州市）人召平率领攻打广陵，然而秦军坚持守城，攻了一个多月还没有攻下来。召平面对顽强抵抗的秦军，一筹莫展。正在这时，突然传来陈胜王被杀的消息。召平起初不信，派人打听，最终才证实了这个消息是真的。正当召平为自己目前的处境发愁时，又传来秦将章邯已攻下南阳（今河南省南阳），很快要赶过来增援守护广陵秦军的消息。此时的召平，真像热锅上的蚂蚁，无所适从。陈县已被秦军攻破，他已没有了退路，广陵又久攻不下，队伍无法前进，秦军的援兵很快要来，召平自知他根本招架不住。

正在左右为难之际，他的一个幕僚给他建议说："将军为何不把江东的项梁调来？"

召平知道这个叫项梁的人，也听说他率领的义军在江东一带干得有声有色，占了不少郡县。忙说："我知道项梁，但怎样才能把他调来呢？"

那位幕僚说："这个好办，项梁本身就是楚国人，我们的陈王打的也是张楚的旗号，只要将军假借陈王的名义封项梁为上柱国，不怕他不派兵增援。但有一条，千万不要告诉他陈王已死。"

召平听了，感觉这主意不错，马上派人联系项梁。此刻的召平自知已没有其他出路了，死马当活马医，这根稻草就是救不了命也得抓住。

项梁、项羽带领的八千江东子弟在江东一带搞得轰轰烈烈，不少郡县见到

项家军来攻，早早地就开城门投降了。项梁、项羽踌躇满志，不断地扩大地盘，一时间江东楚地纷纷树起反秦的旗帜。虽然形势一片大好，但项梁除了自任大将军外，并没有实现恢复楚国的使命，主要原因是先他而起的陈胜、吴广已经在陈县建立了"张楚"政权，他们叔侄不可能再在江东建立一个楚国。不仅如此，时不时还有陈胜、吴广他们攻占城池的消息传来，并还传闻义军已经快攻打到秦的国都咸阳了。项梁对陈胜、吴广进军的神速感到惊喜之余，也有早日与他们相见的想法。毕竟他和陈胜、吴广的目标是一致的，就是推翻秦朝，恢复楚国。

一天，陈王的部将召平来到项梁帐前，向他出示了陈王任命项梁为上柱国的手令。项梁看了，不禁喜上眉梢。看来陈胜王还是看重自己的，上柱国这个职务就相当于现在的国防部部长，项梁怎能不高兴呢。

召平看到项梁并未怀疑，而且十分满意，就说陈王让他们尽快集结军队过江，与他一起抗击秦军。项梁未作犹豫，就满口答应了。

不几日，由项梁、项羽率领的以八千江东子弟兵为主力的抗秦大军就浩浩荡荡地过江向西挺进了。这支战斗力极强的军队渡过江后，很快地就投入抗击秦军的战斗中。他们一边与秦军作战，一边扩充军队，招纳英才，等渡过淮水时，这支军队已发展到六七万人了。此时诸如陈婴、英布、吕臣、蒲将军和韩信等一批良将也纷纷地加入到这支队伍中来。

项梁率领队伍一路西进，直抵留县。秦嘉唯恐自己的地位受到动摇不愿开城迎接。项梁见秦嘉不开城门，于是便下令攻城。起初秦嘉仗着自己人多势众以及地利优势，并未在意。谁知项梁的将士十分勇猛，没用多长时间就攻下了城池。秦嘉自从起兵以来，从没有碰到过这样的强敌。项梁的将士个个英勇善战，尤其是那位领军的项羽更是无人能敌，待到项家军冲杀过来，秦嘉的守军早已四下溃散。此时的秦嘉也顾不上指挥了，跳上一匹快马便跑，结果没跑几步，就被追上来的项家军砍死。可怜那位被立为楚王的景驹也在混乱中逃往异处，不久就客死他乡。没过多长时间，彭城（今江苏省徐州市）也被项梁占领。

项梁的军队在彭城休整几天后继续向西推进，一路打到薛县（今山东省滕州）。这时才得到了陈胜、吴广遇害的消息，刚刚建立的张楚政权失去了首领。项梁也意识到，这个消息如果传开来，各地的义军就会像没有王的蜂一样乱了阵营。他当机立断，召集各路义军在薛县召开会议，选出新的领袖，即立一个新

的楚王,以便继续完成"亡秦复楚"的使命。

在当时的形势下,由项梁、项羽领导的这支项家军在各路义军中势力最为强大。其他的义军,有的是只占了一两个郡县就坐地称王;有的却为一帮流寇,小范围作战,避强欺弱,没有固定的地盘。所以项梁的号召还是得到了不少人的响应。道理很简单,秦军已经大兵压境,此刻如果义军不团结起来,必然会被秦军逐个消灭。

会议按计划在薛县召开了,项梁向大家分析了当时的形势,阐明了重新立王的重要性。参加会议的人中,大多都知道项梁的厉害,所以当有人提出让项梁当楚王的建议后,许多人都表示支持。项梁嘴上虽一再推辞,但心中却暗自得意,在他看来,目前也只有他当楚王最合适。

这时突然有卫兵来报,说一个从居巢(今安徽省巢县东北)来的老头执意要见项梁,说有要事相告。

项梁稍作考虑,同意让那人来见。的确,自起兵起就不断有志士仁人投到项家军麾下,也出了不少好主意。项梁不是心胸狭窄的人,既然有人执意要见他,也就同意了。

来人是老儒生范增,他年事已高,佝偻着腰身径直走到项梁面前,恭敬地行了礼。

项梁见范增很有礼貌,也起身拱手让座,并且客气地问道:"先生急急忙忙地赶来见我,一定有什么高见,请详细说来。"

范增不紧不慢地说:"我早听说将军作战英勇,礼贤下士,所以特地来拜见将军。"

项梁笑了笑说:"老先生客气了。不过我最近有一件烦心事要决断,既然老先生来了,我就把这事说出来,听听您的意见?"

范增谦恭地说:"我年纪已大,又不懂政治和军事,如果将军信得过我,说来让我听听。"

项梁觉察到这个老人肚子里有货,只是表面表示谦卑罢了,于是就说:"而今张楚王陈胜已不幸遇难,义军没有新的首领,因而我们今天召集众义军首领开会,就是想达成个统一的意见,选出一位新的首领来。"

这个范增平时就研究奇谋巧计,年轻时喜欢出游,属于见过世面的人。年纪大了,虽然身居山野,但对时局还是很关心的,他善于通过捕捉各类信息进行

分析，并得出一个他认为正确的判断来。这次项梁召集各路义军在薛县开会的事，他听到后，认为显示自己才能的时机到了，就急忙赶了过来。所以当项梁向他说明情况后，他略作思考，便滔滔不绝地说了起来："当年秦始皇灭六国，楚国最冤枉，但是暴秦还是用计把楚怀王骗到秦国，不让他回国，致使楚怀王客死他乡。所以时至今日，楚国的百姓还在怀念着楚怀王。暴秦的这些不义之举，早就引起了楚国百姓的反感和仇恨，楚国的百姓都盼望着能灭掉秦国，恢复楚国。陈胜、吴广起兵反秦，得到了楚地百姓的拥护。但是他们建立'张楚'政权后，却自称为王，而不立楚怀王的子孙为王，违背了道义，无法得到天下百姓的认可，所以他们最后的失败是不可避免的。将军您是楚国名将项燕之子，您的号召力是很有威力的，但是千万不能重蹈陈胜、吴广的覆辙，自立为王。您应该找到楚怀王的子孙，拥立他为楚王，这样就可以更好地激发起楚地百姓'亡秦兴楚'的愿望，使他们跟着将军一起投入到灭秦的战斗中去。"

项梁一边听，一边在心里琢磨，这个老人说的确实有道理。眼下大敌当前，没有必要为一个王位搞得大家都不高兴，陈胜、吴广的教训应该吸取。再说自己就是不当楚王，但军权在握，谁又能与我抗衡呢？所以等范增一说完，他就拍手叫好："你说的有道理，就这样定了，我马上派人去找楚怀王的后代来当楚王。"

见项梁采纳了，其他参加会议的人也不好再说什么——功劳最大、势力最强的项家军首领都不争当楚王了，其他人更不可能有什么非分之想。

薛城会议，拥立了新的楚王，统一了义军的行动纲领，范增自然功居首位，他的一番言论不仅使义军达到了空前团结、一致抗秦的目的，同时也为他在反秦阵营中的地位奠定了坚实的基础。

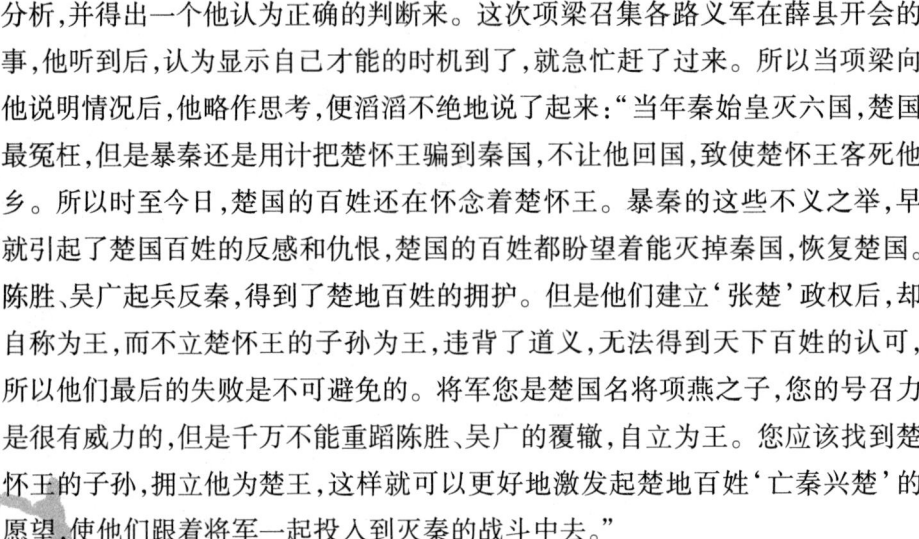

十二　项梁轻敌，兵败定陶赴黄泉

薛城会议以后，项梁即派人在楚地寻找楚王的子孙，最终在一个偏远的农村找到了一个叫熊心的人。他是楚怀王的孙子。由于躲避战乱，四处逃亡，此时已经十分落魄了。找到他时，他正在给一个富户人家放羊。

项梁为了增强感召力，仍将熊心称"怀王"，并定盱台（今江苏省盱眙县东北）为楚都，自己号称武信君，成为楚军集团的实际军事领袖。

项梁消灭景驹和秦嘉后，刘邦、张良也就归附于项梁的帐下，参与项梁的军事行动。

张良恢复韩国心切，想利用项梁的实力尽快实现自己的计划。有一天，张良找机会面见了项梁，对他说："薛城会议之后，将军的地位就确立了，现在将军又拥立了楚王，确定了楚都，使全天下反秦的力量有个统一的领袖。在这件事情上，将军的功劳是其他任何人都不能相比的。不过秦朝的实力十分强大，光靠一个楚国是无法打败它的。要想达到消灭秦朝的目标，必须要团结其他国家的百姓一起努力，结成统一的反秦联盟，才有可能完成反秦大业。"

项梁见眼前这位文弱的青年说得头头是道，不断地点头称是。

张良继续说："我是韩国人，祖辈五代侍奉韩王，现在的韩国公子横阳君韩成非常贤明且胸怀大志，决心要反秦复韩。将军是不是可以立他为韩王？让他组织起一支反秦的力量加入到将军的反秦同盟中来。这样，他一定会对将军感恩戴德，成为您的忠实同盟者，与将军一起壮大反秦力量，推翻暴秦政权。"

项梁本是楚国的将相之后,张良的身份也自然博得他的同情,再加上陈述合理,所以等张良一说完,他就痛快地答应了,并让张良尽快找到韩成。

张良非常高兴,不久就带着韩成一同来拜见项梁了。

项梁没有食言,很快就封韩成为韩王,任命张良为韩王的司徒(古代官职),并调给他们一千余人的军队,让他们去收复韩国的故地。

张良拜谢过了项梁,又与刘邦话别后,就随韩王向西进发了。在他的心中,祖国高于一切,复韩是他的头等大事。

薛城会议之后,全国反秦势力空前壮大,项梁领导的楚军在与秦军的战斗中连打了几个胜仗,士气十分高涨。刘邦自投奔到项梁帐下,积极参与战斗,也尝到了获胜的喜悦。与此同时秦军的反击力量也越来越强。为扩大势力,根据项梁的部署,由他自己领军攻打亢父(今山东省济宁市南),派项羽、刘邦领兵攻打城阳(今山东省鄄城东南)。项羽、刘邦配合作战,顺利攻下城阳,继续向西推进攻打濮阳(今河南省濮阳县西南)。在濮阳以东打败秦军后,项羽、刘邦又率军攻打定陶(今山东省定陶县西北)。定陶的秦军顽强抵抗,久攻不下。项羽、刘邦只好率军绕过定陶西进攻取城邑,一路打到雍丘(今河南省杞县)。在雍丘大败秦军,并杀死秦军将领李由,就是丞相李斯的儿子。

项梁率军打下亢父后,又一路西进攻下东阿(今山东省阳谷县东北),率军逼近定陶,稍作休整后便组织攻城。定陶的秦朝守军招架不住楚军的猛烈攻势,出城投降。项梁攻下定陶后,大松一口气,看着狼狈不堪的秦军,心中生出无限满足与自信。

连续的胜利,在给项梁带来满足和信心的同时,也滋生了他的骄傲轻敌情绪。他放松了警惕,轻视了他的对手——章邯率领的秦军。

经过数次战斗的磨炼以及章邯的悉心训练,他率领的那支由骊山囚徒组成的队伍此时已是一支作战英勇、战斗力极强的军队了,其将领中也不乏一些因为作战英勇、善于指挥而从囚徒中破格提拔上来的人。章邯率兵东进,一路进展得比较顺利,先后击败了几支义军。但是,当他听到李由将军在雍丘与义军战斗中光荣殉职的消息后还是吃了一惊,没想到义军也有这么强的战斗力。果然当他率兵继续向东推进时,三次与义军遭遇,且三次都战败,章邯不敢再轻敌了。通过侦察,他知道这支义军是由项梁率领的楚军,将军李由也是被项梁的侄子项羽杀死的。

第三次交战失败后，章邯只好一面率兵退守濮阳，一面派人向朝廷请求援兵。

项梁在定陶驻兵，心情轻松，他计划让将士休整几日，为队伍补充完给养继续西进。他并未顾及距自己不远的章邯正在调兵遣将，伺机进攻。

项梁麾下有一名叫宋义的谋士，觉察到秦军的援兵不断到来，十分担心，于是就到军帐拜见项梁。见到项梁后，宋义忧心忡忡地说："将军自过江以来，与秦军作战，几乎仗仗都胜，您的威信也高了。据我观察，军中的将士由于连打胜仗，都滋生了骄傲的情绪，这一点将军一定要高度重视。我们现在面前的敌人是秦朝大将章邯率领的秦军，我听说他身经百战，很有能力。近日又不断地有援兵到来，章邯一定是下决心与我们决一死战的，将军千万不要掉以轻心。"

项梁笑了笑说："你不用太担心，章邯不过是我的手下败将，他就是搬救兵，也不过是要死守濮阳，怕我们去攻打濮阳。你放心吧，我的判断不会错的。"

宋义还想再次劝谏，项梁已经有些不耐烦了，他扬了扬手说："这样吧，我派你出使齐国，让田荣派兵来增援我。这样，即使章邯率兵来攻，我们也好有一个增援。"

宋义见项梁听不进去，也不好再说什么。好在项梁派他到齐国去搬援兵，心里想着这样也好尽快脱离这个凶险之地，就告辞了。

宋义当天就离开定陶往齐国去了。走到半路，巧好碰到齐国的使者高陵君显，宋义就问他："你要去见武信君吗？"

高陵君显回答："是的。"

宋义又问："有什么重要的事情吗？"

高陵君显回答："我是受齐王的派遣去见武信君的，一是为了两国继续保持同盟关系，二也是为了齐国自身不遭受秦军攻击。请问，你要去齐国干什么呢？"

宋义又说："秦军天天在增兵，我看要不了几天，秦军一定要攻定陶，可是武信君还沉浸在胜利的喜悦中，毫无防备。我给他说了，他也听不进去。我劝你不要去冒这个险了，一定要去，也在路上多耽误几天再去。说不定你还没到，那边就开战了。"

高陵君显谢过宋义，也就不着急往定陶赶了。事情的发展正如宋义所预料的那样，高陵君显还没有到定陶，那边的战斗就开始了。

原来,项梁把宋义的话并没有往心里去,依然是放心地休息,甚至连起码的戒备也松懈了许多。帐外秋雨连绵,帐内醉眼惺忪。然而就在这种令人困倦的天气里,一个晚上,帐外突然杀声连天,千军万马如天兵一样降临定陶。楚军将士来不及穿衣披甲,就被凶悍的秦军杀死,楚军营帐里顷刻间血肉横飞,喊声震天。项梁也顾不上体面,仓皇出帐,手执一柄短剑,找路突围,不想秦将章邯骑马追来,只几个回合,项梁就被章邯腰斩于刀下。此刻的楚军早已乱成一锅粥,人们东躲西藏,却怎么也逃不出秦军的追杀。杀红了眼的秦军见人就砍,直杀得整个楚军驻地鲜血伴着雨水在地上流成了河,楚军士兵的尸体铺满了泥泞的土地。

就在这样一个秋雨连绵的夜晚,由于项梁的轻敌,在葬送了他自己性命的同时,也断送了成千上万楚军将士的生命。项梁举事以来第一次失败就付出了自己的性命,对义军来说,这个代价实在是太大了,残酷的现实没留给项梁吸取一次因骄傲轻敌而导致惨重失败的教训。

驻守在外黄的项羽、刘邦听到这个消息,悲痛欲绝。他们搞不清楚章邯的军队有多少人,不敢盲目地支援,只好率兵离开外黄东撤。此刻要紧的是赶到盱眙,保卫楚王。

十三　巧救赵王，邯郸兵变武臣亡

赵王武臣在赵地稳住阵脚后，计划继续扩大自己的势力范围，于是就派部将韩广率军向北方扩展，攻占燕国的地盘。

韩广率军进军顺利，很快就攻占了燕国都城蓟(今天津市北部)。在进攻中韩广也多次利用劝降的策略，尽量不进行血腥的屠杀，所以深得燕人的拥戴。占领蓟后，他自立为燕王，派人去通知武臣。武臣一听，肺都快气炸了，尽管韩广的做法与他自立为赵王如出一辙，但他还是无法接受。武臣召集大将军张耳和右丞相陈馀商量对策，决定派重兵进驻赵燕边境，伺机攻击燕国，活捉韩广。

韩广早已料到武臣有这一手，自然不敢松懈，也将自己的主力部队驻扎在边境上。这样赵、燕两军就形成了对峙的局面。

有一天，武臣闲得无聊在外散步，却被燕国的士兵抓获，送至军营。军营里的燕军将领一眼就认出了武臣，兴奋异常，他一面派人向韩广汇报，一面把武臣软禁起来。

这边，张耳、陈馀听到这个消息急坏了，赵王被擒这对赵国可是一个极大的打击。想派兵攻打也不敢打，但赵王在燕军手里，不攻打又无法救出赵王。

这时从燕军那边传来消息："要想赎回赵王，就得分出赵国的一半土地来交换。"

张耳、陈馀着急了，这么大的事情，他们做不了主，只好派出使者去燕地谈判，想看看除了用土地换回赵王之外，还能不能找出其他办法来。可是，派去的使者到了燕国就被燕军给杀了。看来燕国的态度很明确，除了用土地换人质外

没有其他路可走,一向足智多谋的张耳、陈馀面对这种现状也没有了主意。

赵王被燕军抓获并扣押的消息很快在赵军军营中传开,闹得人心惶惶。正当大家都一筹莫展的时候,有一位在军中做饭的伙夫来找张耳,自告奋勇地要去燕地救赵王。

心急火燎的张耳、陈馀简直不敢相信自己的耳朵,心想就这么一个伙夫能救回赵王?但情势紧迫,容不得多想,于是也就勉强同意了。张耳、陈馀询问伙夫怎么个救法,伙夫却闭口不答,只说肯定能救回赵王,而且还要同赵王一同乘车回来。

周围其他人听了,都感到不可思议,有人甚至嘲笑说:"派出的十几个使者都被燕军杀了,你去了还不是白白送死。"

伙夫笑笑不说话,但神情却很坦然。就这样,他只身去了燕国。

他见到燕国将领,还没等他们发话就先问:"将军,您知道我来干什么吗?"

燕国将领一听有些懵了,心想你除了救赵王还能干什么,顺口就说:"你来不就是想要把赵王救回去吗?"

伙夫并不作答,又问:"将军,知道张耳、陈馀是什么人吗?"

将领答道:"知道啊,他们一位是赵国右丞相,一位是大将军,都是有勇有谋的人。"

伙夫又问:"那么你知道他们在想什么吗?"

将军回答:"那还用说,肯定是在想法救回赵王。"

伙夫说:"将军这样想就大错特错了,你并不知道他们的真实想法。自武臣带兵攻赵以来,在张耳、陈馀的协助下,没用多少兵力就降服了赵国几十座城池,这其中的功劳,大家都是知道的,单凭武臣的能力是万万达不到的。如今武臣当上了赵王,张耳、陈馀没有当王,他们的心里怎么能服气?你知道,臣与主的地位有天壤之别,张耳、陈馀怎么能甘心一直在武臣手下?迟早有一天,他们会废掉武臣,自己当上赵王的。现在将军抓住了武臣,正给张耳、陈馀称王找到一个好的借口。表面上他们在着急营救赵王,实际上他们恨不得让将军你赶快杀了武臣,为他们称王铺平道路。他们当上赵王以后,不但不会感激燕国杀掉武臣的恩德,反而会以燕国杀掉赵王为由组织力量进攻燕国。依赵国的军事实力,燕国能抵抗得住吗?况且指挥赵军的是两位智勇双全的能人。"

那将领听了伙夫这一席话,冷汗就从额头上渗了出来。应该说,他被这位赵国的使者有理有据的分析给折服了,甚至懊悔起自己当时抓赵王的行动,并且为自己举动可能带给燕国的灭顶之灾而感到后怕。所以稍作考虑后他就连

忙下令把赵王放了,甚至也顾不上向燕王韩广请示。因为对他来说此刻的武臣好像一块火炭握在手里,不赶快扔了,是要惹出大祸的。这位将军不但一个劲儿地向武臣赔不是,还派了一辆马车,送赵王武臣回去。

获得自由的武臣自然不知道他是怎样获释的,还以为是韩广怕他,不敢惹自己才把他放了。那位机智的伙夫当然不会把实情告诉武臣,任凭他自己洋洋自得罢了。武臣大难不死,安全返回了赵地,将士们见到均皆大欢喜。武臣封赏了这位伙夫,但他也无心再攻燕国,班师返回邯郸。

不久,武臣派部将李良率军进攻常山(今河北省正定),攻下常山后,又命他进攻太原。

李良率兵攻到井陉口(太行山的要塞)时,受到了秦军的阻挡。井陉口是一个易守难攻的军事要塞,秦朝大将王离已率重兵在这里严密防守,两军遂在这里形成了对峙局面。

有一天卫兵来报,抓住了一位秦军的信使,还在其身上搜到了一封信。李良打开一看,竟是秦二世胡亥写给他的,信中说:"李将军从前跟随我,很受重用,如果将军能反赵归秦,不但赦免以前的罪过,还会得到更高的官阶。"

其实这是一封秦军伪造的皇帝书信,因为李良原来就是秦国的一员大将,后来投降了赵王武臣,但赵王并不重用他,秦军就利用这个办法诱惑李良。李良看过书信,将信将疑,但继续进攻井陉口的意愿已经不那么强烈了。他假借井陉口防守牢固,自己兵力不足,率军返回邯郸搬兵。

李良率兵快到邯郸时,迎面一个由百余人组成的豪华队伍开了过来,队伍当中的銮舆前后都有男女仆从,擎着羽扇旗幅,声势浩大,煞是威武。李良以为是赵王武臣出城巡游,连忙下马跪伏在地上,等着队伍到来。稍许队伍过来,经过李良的面前时,他听到车中一个女人的声音传出,让他免礼。李良正在疑惑,那辆车子已飞快地驶过去了。

李良连忙询问队伍中的从吏,才知道车里坐的不是赵王,而是赵王的姐姐。李良一听这话,气得浑身发抖。在秦国军队中,李良的地位一直比较显贵,自从投靠赵王后,赵王待他还算不薄。但今天的这个情形,让他羞愧难当。在赵王面前,他甘愿俯首称臣,但那妇人只是赵王的姐姐,却敢如此慢待他,而且是当着他的下属的面,让他感到受了莫大的羞辱。

这时身边的一位部将也替李良打抱不平说:"如今天下奋起抗秦的人中,有能力的都在占领城池,自立为王。凭将军的才能,连赵王都不敢怠慢,今天他的姐姐竟敢如此无礼,见了将军非但不下车行礼,反而连车都不停,这简直是对您

天大的侮辱。将军难道能咽下这口气？不如追上去杀了她！"

李良正在气头上，听部将这么一说，如火上浇油，更觉得自己无地自容。自前几日见到秦二世的"密函"，他在内心就萌生了叛赵的念头，只是犹豫不定，今天的事，更坚定了他叛赵的决心。想到这，他翻身上马，指着远去的车队命令道："追上去，杀了她！"

只一会儿工夫，李良率部就赶上了那支队伍，将士们一阵砍杀，那支豪华的车队立即乱成一窝蜂。

武臣的姐姐见状，大声喊叫也无济于事，被赶到的李良一刀砍死。这位王姐喜欢坐在车上喝酒，刚才见到李良时，正酒意蒙眬，意识不清，没有想到会因自己的傲慢带来如此惨重的后果。就是这酒，让她丢了性命，而且祸及弟弟武臣。

一时兴起的李良杀了王姐以后，索性挥师进攻邯郸。邯郸的守军见李良将军率队进城，毫无戒备。李良率部进城后直奔王府，王府的卫兵还没反应过来就被砍倒，赵王武臣在混乱中也被杀死。事情发生得如此突然，武臣做梦都不曾想到，他做赵王不过几个月就这样稀里糊涂地死了。

张耳、陈馀在混乱中侥幸逃脱。

逃离邯郸的张耳、陈馀自然不会善罢甘休，他们四处活动集结残部，准备进攻邯郸。

这时有人建议："你们都不是赵国人，要想让赵人归附不太容易，不如找到原先赵王的后代立为赵王，你们继续辅助他，那也同样可以成就大业。"

张耳、陈馀采纳了这个建议，派人四处寻找，终于找到了赵王的后裔赵歇，将他立为赵王。

李良听到张耳、陈馀未死，又另立赵王的消息后率兵来攻。但是，李良叛赵的行为毕竟不能为赵地的百姓认可，如今又率兵攻打新立的赵王，更是不得人心，所以士兵中逃跑的居多。李良率领的这支散兵队伍经不住陈馀军队的攻击，大败而归，他退回邯郸城后不敢应战，只好派人向秦军章邯通报，请求归顺。章邯自然十分高兴，爽快地就答应了，率军顺利开进了邯郸城。

在信都（今河北省邢台）城里的赵王歇和张耳听到章邯率军进驻邯郸的消息后坐不住了，尽管信都城外陈馀率军驻扎，可是一旦章邯来攻，估计陈馀也抵挡不住，那时跑都来不及了。这时如坐针毡的张耳和赵歇也顾不上陈馀了，他们率众逃到了信都城东南的巨鹿（今河北省巨鹿）城内。

章邯在邯郸并没有动，他命令驻扎在北边的王离率领的秦军快速向巨鹿城集结。

十四 巨鹿之战，破釜沉舟胜秦军

躲进巨鹿城的赵歇、张耳，眼看着秦军步步紧逼，团团围住巨鹿，心急如焚。张耳这时候什么也顾不上了，向信都的陈馀以及楚国、齐国和燕国发出了一封封求援信，请求支援合击秦军。

陈馀距离巨鹿最近，但他不敢来，他知道自己区区几万人的队伍根本不是秦军的对手。张耳听说后，气不打一处来，他让人捎话给陈馀："我和赵王有难，为何不来救援？不管怎么说，我们也是刎颈之交，说好大家同生共死的。你这样做太不够意思了，根本谈不上兄弟情义！"

但是陈馀还是不动，他有自己的主意。明明是去干鸡蛋碰石头的事情，何必呢？我陈馀不死，还有为你张耳报仇的机会，还有拥立赵王的能力，要是和你们一块儿死了，赵国就彻底没有指望了。当年立下的誓言，在严峻的形势面前，早已经显得十分苍白。

值得张耳安慰的是，陈馀虽然没有来，但齐国、燕国的军队却都来了，听说楚国的军队也正在往这边赶。

楚怀王熊心收到赵王赵歇的求援信后，决定派军队救援赵国。当时齐国的使者高陵君显正好在楚军，听说楚王准备派兵救援赵国时，就去拜见楚王说："当时您手下的将军宋义推断武信君项梁的军队必败，果然没过几天，项梁就败了。在两军交战之前，就已经预测到结果，说明宋义这个人是懂得兵法的。如果能让他带兵去救援，我看胜算就有把握了。"

熊心听了就叫人找来宋义,两人交谈之后,熊心对宋义十分欣赏。这次派兵援赵,熊心就任命宋义为上将军,任命项羽为次将,范增为末将,率领二十万大军向北进发。

秦二世三年(前207)十月,宋义率军来到黄河南边的安阳(今山东省曹县东),安营扎寨后就不再前进了,谁知这一停就是四十多天。

性急的项羽早就坐不住了,他找到宋义说:"巨鹿的形势紧急万分,秦军在不断进攻,随时都有被攻破的可能,将军为什么在这里驻军而不去救援呢?"

宋义慢条斯理地说:"依我看,目前的战机还不够成熟。"

项羽听不懂了,问道:"救赵如救火,将军怎么能说战机不成熟呢?"

宋义不以为然地说:"这一点,你就不懂了。秦军攻赵,即使是胜了,也疲惫不堪。我们乘机进攻,便可一举获胜。如果秦军败了,我们马上率部向西挺进,秦地便唾手可得。我们现在就是要在这里坐山观虎斗,然后伺机进攻,坐收渔利,这样做难道比现在与秦军正面交锋还要差吗?"

项羽这次听懂了,但心里愤愤不平,这叫什么救援啊,分明就是来坐享其成的。

宋义见项羽不满,又添了一句:"要说披坚执锐,冲锋陷阵,义不如项公,至于运筹帷幄,决胜千里,恐怕项公就不如我宋义了。"

项羽见宋义这么说,只好咽下这口气,愤然离去。

宋义从项羽的神色中看出了不满,担心将士中这种情绪蔓延,于是就下令:"凡不服从指挥者,一律处斩。"

过了几天,宋义派儿子宋襄到齐国去做丞相,并亲自送他到无盐(今山东省东平县东南),在那里还举行了盛大的欢送宴会。北方的冬季天气寒冷,冻雨连绵,加之驻扎日久粮食短缺,士兵们饥寒交迫,军心不稳。项羽实在看不下去了,又去找宋义说:"将军,军中已没有存粮,士兵们都在挨饿,老百姓家中也收不上来粮食了,将军却还有心思在这里大摆筵席,招待宾客?"

宋义没有说话,但脸色很难看。项羽却不去理会,继续说:"秦军一旦攻下巨鹿,实力倍增,军心大振,我们怎么能坐收渔利呢?定陶一战,我军刚吃了败仗,楚王坐立不安,把二十万军队交给将军实在是指望将军率部战胜秦军。救赵实是救楚,这一点难道将军不明白吗?您这样做,能算得上是忠臣所为吗?"

宋义的脸色十分阴沉,没说什么就离开了。但他主意已定,不会因为项羽

的指责而轻易改变自己的计划,依然驻军不动,静观巨鹿方面的战事变化。

项羽怒气冲冲地回到大帐,嘴里骂声不绝。他骂宋义不义,不执行楚怀王的命令,是个懦夫。这时站在一旁的范增说了一句话:"将军做事一向英明果断,如今宋义驻军不前,贻误战机,足见其不是一个帅才,将军此时何不取而代之?"

项羽略作沉思,没有立即回答。范增的话勾起他隐藏在内心深处的欲望,看到范增仍在等他回答,便说道:"目前我们势单力薄,恐难成就大事。"

范增没有放弃,又鼓励他说:"当今之时,全军士兵挨冻受饿多有怨气。将军之勇猛,名闻天下,八千子弟兵可以一当十,另外还有宋义的十万大军可供将军驱使,有什么事情干不成呢?你只需如此这般,当可成就大事。"

项羽眼睛一亮,马上感到浑身热血沸腾起来。范增见时机成熟,进一步鼓动项羽说:"杀了宋义,夺下指挥权。"

项羽听罢,当即提剑闯入宋义所在的大帐,不由分说,一剑砍下宋义的头颅。他提着宋义的首级走出了帐外,向围拢过来的将领们说:"宋义违令不去救赵,楚王已密令我杀了他。"

将领们平时就惧怕项羽,见项羽杀了宋义,没有人敢提出异议,有人反倒拍手称快。的确,二十万大军驻扎在不大的安阳城,饥寒交迫的日子大家也都受够了,没有仗打的日子对于军人来说也是难熬的。

项羽一不做二不休,又派人去杀了宋义的儿子宋襄,同时派人向楚王汇报安阳事变的经过。楚怀王熊心见木已成舟,也只好任命项羽为上将军。

项羽掌握军权后,立刻开始实施自己早已谋划许久的作战计划。他派英布和蒲将军率领两万人渡过黄河,突然袭击秦军大营,切断了秦军的粮草通道,把巨鹿城北面的秦军王离和南边的章邯分割开来。

紧接着,项羽率领楚军主力全部渡过漳河,他下令全军将士每人只准带三天的口粮,并且烧毁军营,过河后又凿沉了船只,砸坏饭锅,明确表示楚军只有进攻,没有退路,拼死也要打败秦军。成语"破釜沉舟"就是从这里来的,一场历史上有名的恶战在巨鹿城外开始了。

说这是一场恶战一点也不为过,项羽的对手不是别人,正是秦军大将章邯。而由章邯率领的这支由三十万囚徒组成的队伍自出关打到现在,几乎没有失败过。他们武器精良,粮草丰裕,军中不乏苏角、王离、涉间、司马欣和董翳这些秦

国名将。而项羽的处境就要差得多,二十万饥肠辘辘的将士和一支东拼西凑的队伍。项羽很清楚眼前的形势,他必须充分地调动起全军将士的士气,把他们的优势不断放大。当时的项羽只有二十五岁,他的队伍中也都是一批年轻的将领。年轻就是资本,他们没有太多的顾虑,不会前怕狼后怕虎。这是一批饥饿的士兵,只有打败敌人,才能获得充足的粮草,吃饱肚子。这是一场只能前进,没有退路的战斗,胜利是他们唯一的选择。项羽知道,他还有一支由他们叔侄两人共同打造的江东八千子弟兵,这些子弟兵将是整个楚军的灵魂,灵魂不散,楚军不会乱。

从出关一路打来,几乎是摧枯拉朽、不断胜利的秦军大将章邯,此刻则是踌躇满志。他把部队分为九路,自己则亲自率领第一路军迎战渡河而来的楚军。

项羽率领的楚军过河后直扑巨鹿城下,与围城的秦军王离部队展开了激战。由于项羽派英布、蒲将军切断了章邯向王离运送粮草的通道,王离率领的秦军也在受冷挨饿。楚军的奋力攻击,使得王离的部队几乎没有抵抗之力,几个回合下来,秦军大败,不少将士战死,王离仓皇逃走。

躲在巨鹿城内的赵歇、张耳见楚军大败秦军,无不欢欣鼓舞,他们拿出食物犒劳楚军。围在巨鹿城外的齐军、燕军和陈馀部见状也纷纷试探性地讨好楚军,送来粮草。在他们眼里,楚军这位年轻将领简直是位天神。

章邯得到楚军大败王离的消息后,十分震惊,他部署好队伍,亲自率部迎战。他有自己的打算,要把楚军引入自己设计的圈套里,然后一举歼灭。

谁知经过短暂休整的楚军在项羽带领下,非常英勇。两军一照面,项羽就率领他的八千子弟兵冲入秦军阵中。项羽手执画戟,骑着乌骓马,在秦军阵中风驰电掣,来回突击。楚军将士也个个不甘示弱,拼着命向秦军冲杀,无不以一当十。秦军第一次碰到如此英勇、凶狠的对手,无不胆战心惊。章邯虽也身经百战,见到这阵势也乱了手脚,不一会儿工夫,秦军就已无心应战,纷纷弃甲逃跑。又一路来接应的秦军,还未见到楚军,就被退下来的秦军队伍冲击得溃不成军了,所谓"兵败如山倒",估计就是这个样子。

楚军则越战越勇,凡经过之处,秦军尸体遍地,整个战场鬼哭狼嚎,万分惨烈。

章邯原来想把项羽引到自己设计的圈套中,却不想自己队伍竟很快被楚军冲散,仓皇逃窜,根本就顾及不上应战了。原来安排好的九路军轮流攻击楚军

的方案泡汤了,大家只顾自己逃命,军令在此刻已失去了作用。

这一仗下来秦军损失惨重,大将苏角阵亡,大将涉间自杀,大将王离投降。章邯只能率领残兵败将退到河北边一个天然屏障处,暂时躲了起来。

巨鹿一战,项羽威名大震。那些在巨鹿城外望而不战的齐军、燕军及赵军将领,无不对项羽的威猛佩服得五体投地,甚至连项羽看都不敢看一眼。项羽击败秦军后,召见各诸侯将领,这些人吓得不得了,进了辕门连站都不敢站,一律跪着前行,没有人敢抬头仰视一下坐在帐中的项羽。他们被这位神勇的将领彻底征服了,唯恐年轻人那道凶狠的目光直射在自己的脸上。因为每个人都心虚,当楚军与秦军展开殊死激战时,他们没有一个将军率部助战,只是远远地看热闹等消息。如今楚军大获全胜,谁又敢说这位楚国的年轻将领不会拿他们其中的几个开刀,以教训他们坐山观虎斗的卑劣行径呢?

还好,看着眼前的诸国将领,项羽心情不错,没有发怒,反倒客气地请他们起身就座。项羽心里明白,自己虽然打了一场胜仗,但距推翻暴秦的目标还很远。他现在需要统领各诸侯国的军队,一起向西进发,消灭所有秦军,一直打到咸阳。

诸侯国的将领见项羽满脸笑容,客气地让座,毫无责怪他们之意,真恨不得再给他磕几个响头,以表达自己的一片诚意和忠心。

事情发展到这一步没什么说的了,项羽发话,他们唯有点头称是的份儿了。轮到他们表态,没有一个人敢提出异议,都表示坚决服从项羽大将军的统一指挥,誓把秦军全部消灭光。

一支反秦联军组成了,其首领自然就是项羽。

十五　分兵西进，郦生巧计占陈留

当时章邯在定陶击败项梁的楚军后，举兵向赵国进攻，因为那个时候赵国、齐国和燕国已纷纷拥立国君，宣布复国。章邯率军攻赵，就是要把刚刚复国的那几个小国再收复。秦军的另一路由大将王离率领，也在河北一带作战。章邯和王离的两支军队合力围剿，收复那几个小国自然不在话下。

楚怀王熊心认为秦军主力远在北方作战，关中一定空虚无备，遂决定派两路大军向咸阳进发，一路由宋义为上将军，率主力北上抗秦，取胜后向西直捣咸阳；一路由刘邦率偏师，向西直攻关中。这样做的目的是为了分散秦军精力，一方面可以减轻其他几国的压力，另一方面又可以扩大抗秦战果。应该说在当时的情况下，这样的部署是得当的。楚怀王之所以派刘邦率偏师西进，是因为刘邦年长，为人厚道，不至于大肆屠城。至于项羽，年纪轻、经验不足而且为人脾气暴躁，恐怕造成不良后果，遭到天下百姓的怨恨。为了激励将领的士气，楚怀王还宣布了一条政策，即"先入定关中者为王"。

刘邦在西进的过程中，虽然比较顺利，但他率领的队伍毕竟不到一万人马，碰到坚固的城池打不下来，也只好绕开走。

一天，刘邦率军开到中原重镇陈留（今河南省开封县东南）城外驻扎。陈留是秦国政府在中原一个后勤补给的重要城池，有秦军严密防守。刘邦率军驻扎城外后，一面让人侦察城中的防卫情况，一面派人寻找熟悉陈留地形及能够为攻取陈留出谋划策的贤士豪杰。

在陈县高阳,有一位名叫郦食其的人,年约六十,从小喜欢读书,但因家境贫寒,平日里缺吃少穿,直到年老时才谋得一个小官,但大家都看不起他,也不愿用他。久而久之,郦食其成了一个行为放荡不羁、形骸影秽的狂生。陈胜起义后,有义军从高阳经过,但郦食其却没有去参加。因为他听说陈胜这个人气量狭小,不能容人,做事刚愎自用,不虚心听取建议。所以他躲得远远的,不去主动接近义军。当刘邦到达陈留郊外时,郦食其坐不住了,从得到的消息中,他知道刘邦这个人还挺大度,喜欢听取别人的意见,而且经常采纳。这次刘邦驻军陈留郊外,分明是准备攻打陈留,郦食其觉得自己的机会来了,他主动到义军的驻地求见刘邦。

刘邦正在洗脚,并让两个女人为他搓脚,这时有人通报一个叫郦生的老头儿求见。

郦食其进来后见刘邦正在洗脚,且没有停下来的意思,就觉得自己受到了莫大的侮辱。所以见到刘邦,只作了一个长揖,并未跪拜。

刘邦见进来的老头穿戴一副儒生模样,心里就没好气。他没有什么文化和道德修养,憎恨儒家那一套,所以见这个老儒生进来,根本就没有把他放在眼里,继续享受着美女按摩。

虽然郦食其来前已听人说过,刘邦不喜欢儒生,而且常常当众戏弄儒生,曾经把前来拜访的儒生头上的儒冠摘下来往里面撒尿,还对一些儒生破口大骂。可是,今天的这种场面还是令郦食其十分尴尬,但既然来了,就得把话说出来。郦食其顿了顿说:"将军是准备帮助秦朝攻打诸侯呢?还是想率领诸侯攻灭暴秦呢?"

刘邦一听,觉得自己受到了这位老儒生的侮辱,气不打一处来,朝他吼道:"竖儒,天下百姓饱受暴秦之苦,怨声载道,纷纷起来反抗,你怎么敢说我帮助秦朝消灭义军呢?"

郦食其淡淡地笑了笑说:"你既然下决心向西挺进消灭暴秦,就要有诚意待客纳贤。可看你现在的样子,这样接见一位比你年长的老者,合适吗?"

刘邦有一个长处,那就是知错就改。他知道自己怠慢了来访者,连忙停止洗脚,喝退美女,整好衣冠,请郦食其到上座并向他道歉。

郦食其见刘邦放下架子,就毫不客气地在上座坐下,开始滔滔不绝地对刘邦大讲一通。他本来就能言善辩,精通时务,一辈子研究历史,对政事关心。此

时见刘邦听得入迷,便口若悬河地从春秋时期六国合纵连横到当下时局,直讲得是绘声绘色,把刘邦听得眼睛都舍不得眨一下。刘邦意识到自己遇见高人了,这是他起兵以来遇到的又一位高人。说到兴致处,他让人摆上酒菜,与郦食其边喝边聊,好不爽快。两人性情相近,都是不拘小节之人,酒后又常口吐狂言,所以越谈越投机,谈吐间刘邦知道这郦生还有一个绰号叫"高阳酒徒"。

刘邦是个有心计的人,说到痛快处,他把话锋一转,问郦食其:"那么依先生看,我们下一步应该怎么办?"

既然言归正传,郦食其自然不敢马虎,他稍作沉思后说道:"将军带的这支部队,其实不过是一些乌合之众,再说你的队伍不过万把人,这样怎么能顺利西进抗秦呢?眼下要紧的是尽快建立一个基地,不断扩充人马,然后整编军队,扩大实力再向西推进,才有可能取得胜利。"

刘邦急不可待地问:"具体怎么操作呢?"

郦食其说:"眼前的陈留就是一个很好的地方,它地处交通要道,四通八达,而且城中囤有大量的粮草。"

刘邦本来就想攻打陈留,可城内秦军防守严密,苦于无法下手。现在听了郦食其的话,感觉他一定有高见,忙问:"怎么才能攻下陈留呢?"

郦食其说:"我和陈留县令交情不错,可以为你去跑一趟,劝他归顺你。万一他不同意,你就组织力量攻城,我们里应外合,拿下陈留。"

刘邦听了连声说:"好计!好计!"

这时刘邦再看郦食其,咋看咋顺眼。自己苦苦思索而不得的攻城计划,经这位老先生一点拨,竟能如此轻松获得,他庆幸在这关键时刻遇到了郦生,甚至为自己刚才初见郦生时的怠慢都没有惹他气恼而欣喜。毕竟对刘邦这支杂牌军来说,这一仗至关重要。

两人又商量了一些细节,郦食其告辞走了,他们约好第二天行动。

第二天一大早,刘邦率军逼近陈留。他向陈留城远远望去,只见城上戒备森严,这是刘邦第二次带兵攻到陈留城下。第一次是和项羽一起围攻这里,城没攻下,却传来项梁在定陶被秦军章邯打败战死的噩耗,只得草草收兵返回彭城。这次他自己带兵来攻陈留,还不知道是个什么结果。刘邦心想,虽然昨天郦生那个老头口若悬河了一大通,但毕竟是初次相遇,真伪难辨,说不定还是碰到了一个江湖骗子,在他这里骗吃骗喝了一顿,最后连人都找不到了。又一想,

即使攻不下城,自己也没受什么损失,只不过让那老儿混吃一顿酒肉罢了。

刘邦正在焦急等待中,只见陈留城门大开,郦食其远远地骑马朝他奔来。见到刘邦,他忙不迭地说:"我已说服县令开城投降将军,欢迎您进城。"

突然降临的喜讯,让刘邦不知说什么好,他忙上前搀扶郦食其,恨不得给他跪下。

原来郦食其昨晚进城就找到县令,向他申明利害,讲清形势,直把县令说得口服心服,答应第二天开城门迎接刘邦进城。

没费一兵一卒,刘邦轻易得到陈留,自然对郦食其的才能佩服得五体投地。于是决定把他留在身边,并封他了个广野君的官位。不久,郦食其的弟弟郦商带四千余人来投,刘邦任命他为将军。

刘邦进驻陈留后,把他自认为吉祥的红旗插上城头。他收编陈留的军队,清点了城内的粮草,开始大量地招募四方的豪杰壮士,扩大自己的实力。仅仅两个多月的时间,刘邦的队伍壮大数倍,强将云集,早已不像他刚到陈留郊外时那副窘迫和穷酸样了。

随刘邦一起西进的萧何、曹参和樊哙等人见状也无不欢欣鼓舞,他们对郦食其也格外地尊重。谁都明白,这个老头给他们献了一座城,上万兵,还有充足的粮草。

西进的目的地他们自然不能忘,那就是开封!

十六 又遇张良，义军改道先入关

刘邦在陈留养足精神后，挥师西进，进攻开封（今河南省开封县西南）。但是由于驻守那里的秦军实力很强，几番进攻仍没能拿下，于是刘邦便下令绕过开封继续向西推进。在黄河边上的白马（今河南省滑县东）刘邦率领的队伍与杨熊率领的秦军遭遇，经过一场激烈的战斗，杨熊大败。刘邦率军追去，直到曲遇（今河南省中牟县东）东，追上杨熊，大获全胜。杨熊只好退守荥阳坚守不战。

刘邦为了不影响队伍西进的行程，沿途采取了较灵活的策略。他们能打赢就打，打不赢就绕开走，反正向西的目标不变。

荥阳攻不下来，刘邦便率军向南，攻占颍阳（今河南省许昌市西南）后又率军向北占领了平阴（今河南省孟津县东北）。平阴地处黄河边上，有一渡口，凡向西推进的队伍都必须在此渡过黄河。刘邦攻占平阴后并未急于渡河，而是派兵封了渡口，防止其他义军先他向西推进。这段时间，刘邦得到消息，有一支赵国的军队也在向西推进，听说是由赵国大将司马卬率领的。他们西进的目标自然十分明确，无非是趁秦军主力在北方与项羽率领的楚军对峙状态下，趁机西进，攻下咸阳。因为占领咸阳是彻底推翻暴秦的关键所在，况且关中王那个头衔的诱惑力实在太大了。刘邦猜出了司马卬的动机，所以便早早地占了平阴，封了渡口，烧了渡船。黄河那边的情况不甚清楚，刘邦不敢贸然过河。但是他也不想让别人过河，心想到，反正在我没有过去之前，谁也别想过河。

在平阴稍作休整后，刘邦又率军向南进攻洛阳。洛阳的秦军将领是赵贲，

两军交战,仗打得十分激烈和残酷,双方都有大量的死伤。战斗中,刘邦的部将曹参表现神勇,带兵抵挡住了秦军的多次冲击。最后洛阳城依然坚如磐石,没能攻下。刘邦只好率部继续向南转移,避开秦军的锋芒。

秦二世三年(前207)四月,刘邦率军攻占了颍川郡治所阳翟(韩国故都,今河南省禹州市)。在这里他遇到了张良,这是他们第二次相遇,当时张良正随韩王成在韩国故地四处作战,企图早日复国。

刘邦见到张良,大喜过望。自从陈留西进以来,战事不甚顺利,遇到实力较弱的秦军还能对付,一旦碰到实力稍强的秦军就只好绕开走了。一路过来,虽说也打过几个胜仗,占领了几座城池。但像开封、洛阳这些大点儿的城池,自己的部队根本攻不下来。为这事刘邦常常一筹莫展,军队中那些谋士和将领也只是大眼瞪小眼,没有什么高招。萧何、郦食其他们面对眼下的形势,也想不出什么好办法,至于曹参、樊哙和郦商这批将领们更是拿不出一个像样的方案来。在这种情形下,遇到张良,刘邦就像遇到救星一样兴奋不已。

韩国紧邻秦国,当年张良随韩王成回到了韩国后,作战很不顺利。守在韩地的秦军势力强大,兵多将广,各个城池都防守严密,韩王成带领的几千人马根本无法与秦军抗衡。虽然经过一年多的努力,但终因实力悬殊太大,不但没有达到恢复韩国的目的,队伍反而越带越少。那段时间,义军在北线与秦军主力交战,无法顾及韩国。驻守在韩国的秦军又坚守城池,相互协作,把韩王成的部队追来赶去,连一个固定的住所都没有。所以张良即使有再大的才能也发挥不出来,整个队伍倒像是支游击队一样,四处流窜,寻找战机。

张良是一位忠实的复国主义者,他为尽快恢复韩国绞尽脑汁,无奈事不从人愿,形势的发展并不像他想象的那么容易,看眼下的形势,恢复韩国的希望实在是十分渺茫。

刘邦和张良薛城一别,就是两年。在这两年中,他二人虽身处异地,毫无音信,但初次见面时给对方留下的美好印象,常常让两人在夜深人静时相互挂念。

正在张良焦虑不安的时候,刘邦出现了。

这时的刘邦,已经不同于薛城分手时的刘邦了,他的队伍已扩展到几万人,手下还云集了许多谋士和将领。张良见到刘邦也喜出望外,这下子韩国复国的愿望总算是快要实现了。

刘邦带兵攻下阳翟,为韩王成占据了一块根据地。阳翟本来就是韩国的国

都,打下这里就意味着韩国重新恢复了,韩王成和张良都对刘邦感激不尽。

但是刘邦不会长久地留在阳翟,他要率军西进。这时他请张良与自己同行,叫韩王成留守阳翟。张良同意了,西进既能减轻阳翟的压力,保住这里,而且还能达到推翻暴秦的目的,埋在心中的国仇家恨都能一次了结。

张良把刘邦的想法告诉了韩王成,韩王成也同意张良和刘邦一同西进。毕竟刘邦对韩国的复国帮了大忙,出于感激,他也不会拒绝刘邦的请求。

刘邦得到张良愿意同他西进的消息后,十分高兴,他邀请张良共商具体的计划。当然首先要解决的问题就是怎样快速西进,攻入咸阳。在制订方案过程中,张良给刘邦提出了一个非常切合实际又比较容易实施的西进计划,那就是放弃从函谷关进入关中,因为函谷关一线秦军防守严密,而且交通便利,秦军容易增援。改由武关(今陕西省丹凤县东南)进入,因为武关一线是崇山峻岭,交通不便,秦军防守相对松懈,增援也较困难。这个计划,刘邦欣然接受。刘邦的明智正在于此,也正是由于实施了这个计划,使得他第一个进入关中的愿望变成现实。

十七　陈恢救主，宛城武关皆归顺

西进方案确定后，刘邦即率大军向西南方向行进。当队伍到达犨（今河南省鲁山县东南）地时，他们遭到秦朝南阳郡郡守吕齮的阻击。此刻刘邦的军队已有了较强的实力，不但装备比较精良，而且还组建了一支骑兵队伍。

双方经过一番较量，秦军终因力量薄弱，抵不住刘邦军队的进攻，只好退守宛城（今河南省南阳市）。

宛城城防坚固，易守难攻，粮草储备充足。刘邦组织力量试探着攻了几次，都毫无收获。他估计短时间内难以拿下宛城，又不愿在此消耗时间，于是就决定绕过这里继续西进。

坚守在宛城的吕齮眼看着大队的义军从宛城旁边的道路经过，却不敢出城应战。因为前不久他刚吃了败仗，领教了这支义军的厉害，既然义军不再攻城，又何必去招惹他们呢？

刘邦的军队一批批从宛城外经过，红旗招展，尘土飞扬。刘邦看着龟缩在宛城内的秦军，自然趾高气扬，得意万分。

当远离宛城后，张良找到刘邦对他说道："沛公，有一件紧急的事情需要同你商量一下？"

刘邦问："什么重要的事情？"

张良说："沛公急于西进入关的心情我理解，可前面的情况还不清楚。但一点是肯定的，越接近咸阳，秦军的防守越严。如果我们在西进途中遇到实力强大的秦军阻挡无法前进时，后边宛城的吕齮又率兵来夹击，我们怎么办？"

刘邦一听,猛然醒悟,这一点自己的确没有想到。若真正遇到前后夹击,那可就惨了,在这种四周群山环绕的环境下,躲都无处躲。于是他赶忙问张良:"依你之见,我们现在应该怎么办?"

张良说:"我们应让军队马上停下来,趁夜色偃旗息鼓。从另一条路返回包围宛城,于天明时分发动进攻,趁秦军不备拿下宛城,消除后顾之忧。"

刘邦拍手称好,马上传令全军停止前进,召集将领布置包围宛城的方案。

躲在宛城的秦军,眼看着义军离城远去,都松了一口气。谁知第二天早上一睁眼,就发现宛城被另一支义军里三层外三层的围了个水泄不通。原来是刘邦采纳了张良的建议,更换了旗帜的颜色,给吕齮造成一种另一支更强大的义军又要攻宛城的错觉。

这下吕齮坐不住了。他想,凭自己手里的军队,根本无法抵抗围城的义军,与其被活捉或战死,不如自杀了事。在他的眼里,义军都是一批杀人不眨眼的魔王。

这时吕齮的部下陈恢见郡守六神无主,准备自杀,忙站出来劝慰道:"将军先不要想不开,在下有一个办法,不妨试试,说不定还能保住宛城,免除宛城的灾难。"

吕齮忙问:"什么办法?"

陈恢说:"我只身去见义军首领,探明情况,说明原委。如果他们不能接受杀了我,到那时将军再自杀也不迟。如果他们接受了我的建议,宛城就保住了,大家的性命也就没有危险了。"

吕齮还能说什么呢,部下不顾个人安危,挺身而出保卫宛城,作为郡守的他只有感激的份儿。他对陈恢说:"只要能保住宛城,保住全城官员和百姓的性命,什么条件都可以答应。"

陈恢来到义军营地,刘邦召见了他。他认出了刘邦这支军队还是昨天从城外经过的那支部队,但至于他们为什么要改变旗帜的颜色呢?陈恢却搞不清楚了,他也不想去搞清楚。

陈恢心平气和地对刘邦说:"沛公,在下听说当初各路诸侯有一个约定,就是'先入关中者为王'。将军率部围攻宛城是一个正确的策略,因为宛城下辖十几个县,人口众多,粮食充足,有一定的军事实力。但是真正要攻下宛城,双方都将要为此付出沉重的代价。这样不但影响将军西进的行程,还将大大削弱您的实力。如果将军数日攻不下宛城,放弃攻城西进,必然给将军埋下一个隐患,

吕齮将军能在很短的时间里重新招募大量兵士,并派兵尾随追击将军。这样的话,将军西进的速度也快不了。吕齮将军听说义军都是一些杀人不眨眼的魔王,投降你们也会被处死,所以率军顽强守城。"

刘邦见这位使者说得头头是道,也就没有打断他的话。他看了看张良,见他也在静静地听陈恢在说,同样毫无打断他的意思。

陈恢继续说:"目前将军的处境是进退两难,面对这种情况,在下斗胆向您建议,劝降宛城的守军,给郡守吕齮将军封以高官,让他为您守卫宛城。这样您不但可以加快西进的速度,还可以征调他的一批兵马和粮草,扩充您的实力,彻底消除您的后顾之忧。更为重要的一点是,将军对宛城的政策必定会很快地传播开来,其他地方的守军也会纷纷地效仿,投降义军。将军便可轻易扫清西进的障碍,加快行进的速度,很快到达咸阳。"

听到这里刘邦笑了,他拍了拍陈恢的肩膀说:"你回去告诉吕齮,只要开城投降,我定会给他厚报,绝不食言!"

送走陈恢后,刘邦与张良会心地一笑。这次反身包围宛城,没想到竟有如此大的收获,刘邦心里明白,这是张良的功劳。

张良对这份突来的意外也感到十分惊喜,但他知道,没有沛公的决断,这份惊喜也不会到来。他们二人没说话,心却贴得更近了。

事情进展得十分顺利,很快陈恢就骑马前来通告,宛城的城门已开,欢迎沛公进城。

刘邦没有食言,和平接收宛城,并封吕齮为殷侯,陈恢为千户侯,让他们继续镇守宛城。

刘邦率军在宛城休息了几天,补足了粮草、扩充了军队后,离开宛城继续西进。

当时全国各地,各诸侯纷纷起来复国,局势很乱。秦派驻各地的官吏,似乎都预感到秦帝国这座大厦即将倒塌,都在寻找各自的出路。有拉起一支队伍自立为王的,有帮助原来被秦国灭掉的国家复国的,有投降义军反戈暴秦的,也有继续为秦战斗保存封地的,总之一时天下大乱。相当一部分秦朝官员已经看不到自己的前途和出路,被动地等待着命运的摆布。

刘邦和平接收宛城的消息一经传开,不少秦朝官吏好像看到了希望,看到了光明。他们知道义军并不像传说中的那么凶神恶煞,归顺了义军不但可以保全性命,还可以继续做官。身处风雨飘摇的秦末时期,归顺义军无疑是许多秦

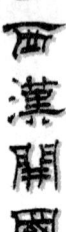

朝官员的一条理想选择。

刘邦西进的行程基本顺利,虽然沿途遇到了一些小的抵抗,但都被他们击败了。义军一路高歌猛进,逼近丹水(今河南省淅川县西南),这里距离武关已经不远了。听到义军逼近丹水,守城的秦朝将领高武侯戚鳃和襄侯王陵也早早地献出城池投降了。

为了彻底消除后顾之忧,张良建议队伍进驻丹水后不要急于进攻武关,而是派出兵力先行消灭丹水附近的秦军,尽可能地减少来自身后的威胁。刘邦虽然急于西进,关键时刻还是采纳了张良的方案,把盘踞在析邑(今河南省西峡县)、郦县(今河南省南阳市西北)的秦军全部收编,为顺利西进扫清了道路。

恰在此时,刘邦遇到了另一支西进的队伍,领军者名叫梅鋗。他是奉原秦国将领吴芮的命令,率兵西进的。这名叫吴芮的将军,原来是秦朝政府任命的鄱阳县(今江西省鄱阳县)县令。陈胜、吴广起义不久,他也在鄱阳举起了义旗,而且不断扩大势力,长江中下游一带直至福建的部分地区,都在他的势力范围内。吴芮本人镇守鄱阳,派出梅鋗带人西进咸阳,也有进咸阳称关中王的意图。

梅鋗见刘邦的势力很大,觉得凭自己的力量无法与之争锋,就主动要求加入到刘邦军中,同他一起西进。刘邦自然愿意,这样他的队伍一下子扩展到了近十万人。

武关位于河南与陕西的交界处,也是关中门户。既然是门户,所以这里的守军一定强悍,城防一定坚固。刘邦率军到达这里后,决定组织力量强行攻下武关。他觉得反正自己现在兵多将广,实力雄厚,打下武关不在话下。

这时张良又向刘邦建议,建议派人去贿赂说服武关守将,另外选派精兵,伺机攻关。刘邦同意了,他找到能说会道的郦食其和谋士陆贾,让他们携带大量黄金去贿赂武关守将,能劝降更好,不降也不要紧,完成任务就回来。

武关的秦国守将见到义军送来的大量黄金,兴奋不已,虽然嘴上说决不投降,但城防却已经很松了。

刘邦等郦食其和陆贾一返回,立即组织精兵攻关。三下五除二,很快就把武关攻下了。

这时已是公元前207年八月,离刘邦率军西进已经过去一年多了。

也就在这段时间里,秦军章邯率部投降了项羽,项羽也开始向咸阳挺进。

十八　二世自刎，子婴设计杀赵高

秦二世三年（前207）八月，沛公刘邦率领数万军队已经攻取武关，直逼咸阳。听到这个消息，赵高吓坏了。在此之前，他一直对秦二世谎称几个蟊贼闹事，翻不了大浪。如今眼看着义军已经直逼咸阳，他怎样向胡亥交代？唯一的办法，就是先躲起来，他以自己身体有病为由，向秦二世告假在家休息。

称病在家的赵高，绝不是不关心局势进展的，他在盘算着眼前的局势给自己所带来的利弊，盘算着一旦秦二世知道真相后要采取的措施。为了选择一个比较好的应对方案，赵高找来了弟弟赵成和做咸阳县令的女婿阎乐，整天躲在屋子里谋划着下一步的行动方案。

一天到晚在后宫寻欢作乐，不理朝政的秦二世胡亥，有一天做了个梦。他梦见一只白虎咬死了他的坐骑，他立即拔剑杀了那只白虎。梦惊醒来以后，他左思右想不得其解，就派人找来巫人解梦，巫人说那只白虎是泾河，是泾河神在作怪。胡亥听了，就打算到泾河去祭祀河神，并前往望夷宫（位于今陕西省泾阳县东南）斋戒。这样做的目的，就是为了祈祷灾祸不要降临在自己头上。

东边不断有坏消息传来，其中最坏的当然是秦国大将军章邯背叛秦国，投降义军的事了。此事秦国上下无人不知，无人不慌，也无人不担心。

赵高也一样，听到这个消息一时慌了手脚，因为章邯率领的可是秦帝国独一无二的生力军啊！他投降了，秦帝国还有什么力量抵抗义军？但又一想，这样也好，至少在朝廷中自己又少了一个对手，如果章邯大胜而归，不听他指挥，

自己拿他还真没有办法,毕竟章邯是一位有勇有谋,有功于秦国的大将军。现在好了,章邯投降了,实现自己目标的一个巨大障碍不存在了,他尽可以毫无顾忌地实施自己的计划。

尽管赵高一直对秦二世封锁消息,但秦二世还是听到了一些风声,他这下可坐不住了,叫人立即把赵高找来,即便赵高有病起不了床,就是抬也得把他给抬来。

赵高实在不敢去,但为了实现自己的计划,还是硬着头皮去见秦二世。胡亥见赵高就没好气地责问他:"你不是说只有几个蟊贼造反吗?怎么全国都反了?连大将军章邯也投降了,你这个丞相是怎么当的?"

赵高唯唯诺诺,大气都不敢出一声,任凭胡亥数落,但此刻他心中的决心已下,必须马上动手。

赵高到家后,就召来赵成和阎乐部署行动:由阎乐派几十名士兵化装成山东农民起义军,攻打胡亥所在的望夷宫,又把阎乐的母亲抓起来当人质,然后由阎乐带一千名将士包围望夷宫,捉拿义军,一面再派兵解救阎母。在赵高的导演和指挥下,一切都进行得十分顺利,咸阳城的百姓也真的以为是义军进城了。

阎乐率军包围望夷宫后声称要进宫捉拿反贼,守门卫士自然不放行,光天化日之下,哪有什么义军能跑进望夷宫?但阎乐的手下根本不管,他们举刀便砍,杀入宫内。望夷宫平日里戒备森严,毕竟这里是皇帝居住的地方。尽管如此还是经不住阎乐率领的大队人马冲击,一时间院内杀声一片,血肉横飞。秦二世胡亥真的以为是义军冲杀进来了,吓得目瞪口呆,瘫坐在龙椅上。直到阎乐提剑站在他的面前,他才搞清楚原来是自己的士兵冲了进来。

阎乐用剑指着胡亥气势汹汹地说:"你是一个无道的昏君,现在你的死期到了,我替天下无辜的百姓来处决你!"

胡亥胆战心惊地说:"我可以见一见丞相吗?"

平日见了皇帝头都不敢抬一下的阎乐此刻如同换了个人一样,坚决地说:"不行!"

胡亥哪怕平日里再糊涂,这时也明白了,来者不善。但他还是心存一丝幻想,对阎乐说:"告诉丞相,我这个皇帝不做了,总可以给我一个郡王当吧?"

阎乐脸色铁青,看着胡亥摇了摇头。

胡亥说:"给个万户侯也行啊?"

阎乐看都没看胡亥一眼,从牙缝里挤出两个字:"妄想!"

胡亥绝望了,泪水从他那双惊恐的眼睛里夺眶而出,他的双手颤抖着,双腿颤抖着,浑身都在颤抖着。一句他平日里想都想不到的话从哆嗦的嘴唇里滑出来:"算了,我什么都不要了,只要不杀我,我可以带着妻儿到乡间去,过平常百姓的生活。"

阎乐不耐烦了,大声喝道:"我奉丞相命令来处死你,你说那么多有什么用?快自裁吧!"

这回胡亥彻底明白了,他知道今天逼自己自杀的正是他非常尊重和信赖的丞相赵高。往事闪电般地在他的脑海里浮现,末了除了悔恨,还是悔恨。父皇的基业这么快就被他葬送了,他怎么向父皇交代?恍惚中,他似乎看见了父皇那双怒睁的眼睛,看见了祖辈们鄙夷的眼神。

这时,不断有士兵向胡亥围过来,他们一个个凶神恶煞,怒目圆睁。胡亥绝望了,他拔出了宝剑,结束了自己短暂的、荒唐的一生。

赵高得到胡亥自杀的消息后,欣喜万分,他马上进宫召见群臣和诸王子,向大家宣布诛杀胡亥的消息。他历数胡亥的罪状,讲得是慷慨激昂,以此表明自己的行动是正义的。讲完之后,整个秦宫大殿内鸦雀无声,好像没有人在听他演讲一样,既无人喝彩,也无人反对。赵高不由向殿下望去,他扫视了一下众人,只见他们一个个面如死灰,表情呆滞,但那一双双眼睛里却掩饰不住地射出道道寒光。

赵高胆怯了,他原想一旦自己宣布胡亥的罪状,下面一定会有人对他高呼万岁,然后伏在地上,甘愿称臣。但是这一切并没有出现,赵高意识到自己称帝登基的时机还不成熟,所谓"无弗与,群臣弗许",此刻他也不敢硬来。

国不可一日无君,赵高和赵成、阎乐商量,决定让胡亥的侄子子婴继位。子婴为人厚道、胆小,赵高觉得他便于操纵。于是他安排子婴先在家里斋戒五天,然后到宗庙祭拜祖先,接受印玺。

荒唐的是,赵高一边安排子婴的登基事宜,一边却派密使到武关和刘邦讲和。在他看来,秦帝国灭亡的日子已经不远了,目前唯一的出路便是商议怎样与刘邦共分天下。

子婴不是一个糊涂人,他很明白赵高的意图,赵高敢诛杀当政的秦二世,又怎能不敢杀他这位还没有登基的皇帝呢?所以必须先下手为强,先除掉赵高。

于是子婴把他的两个儿子叫了过来,告诉他们说:"赵高在望夷宫杀了二世皇帝,担心群臣不服,才把我立为皇帝。说不定哪天把我也杀了,他自己好当皇帝。我们必须提前行动,杀了赵高,这样才能保证江山不落入他手里。"说完几个人在一起制订了一个铲除赵高的详细行动计划。

五天后斋戒结束了,子婴本应到宗庙里去祭拜祖先,接受玺印,但是他推说身体不适,不能前往。赵高派了几个人去请子婴都没有请来,只好亲自去请。那天,赵高刚一走进子婴的宫门,子婴的两个儿子和亲信太监便一拥而上,乱刀把他砍死在地。

赵高,这个被历史所不齿的宦官,曾几何时也是风光无限、踌躇满志和不可一世。他在秦始皇死后,使尽浑身解数导演了一场又一场涂满鲜血的活剧,可谓是算尽了机关。但他却不曾想到,自己最后竟会落得如此下场。

在专制社会里,宦官的地位是卑微的,人格是扭曲的,但由于伴随在皇帝身边所以神通不小。如果让这些人参政,则给国家带来巨大危害。然而,秦以后的历代王朝并没有废除宦官这个制度,甚至愈演愈烈。究其原因,是皇帝需要这种人,体制造就了这种人。只有这种人才能为寂寞的皇帝解闷,才能成为皇帝的心腹和刀斧。因为皇帝是他们的靠山,他们对皇帝是绝对忠诚的,其他的文武大臣在皇帝眼中都是极具威胁性的。

十九　攻破峣关，秦王请降献咸阳

峣关（今陕西省商县西北）前据峣岭，后枕蕭山，关城设在山口的险要处。

铲除了赵高一伙逆臣的秦王子婴得到义军逼近的消息后，加强了对峣关一带的布防，因为这里是咸阳城东南方向的最后一道屏障。

刘邦率军逼近峣关后，计划继续采用攻取武关时的办法，派郦食其当说客，携大量金银财宝去贿赂峣关守军。过了峣关，咸阳城就在眼前了，刘邦想到这心里痒痒的，恨不得放声高唱。

张良此时却高兴不起来，他知道凡是关隘，朝廷必然要派最可靠、最有能力的将军把守。不光主将，连副将、士兵都是精挑细选出来的，何况峣关这道关乎秦国安危的关隘，绝不可能轻易攻下。贿赂秦军守将只能是一个下策，按照秦朝的刑律，守军擅自接受敌人馈赠是要被处以极刑的。好在目前秦朝政权风雨飘摇，秦军将士心神不定，这才有人敢冒着杀头的危险接受贿赂。张良建议刘邦一面派郦食其入关贿赂说服秦军开关投降，一面从小路绕过峣关，爬到峣关左边的蕭山突然发动攻击，同时再派一些士兵上山插旗装成要大举攻关的样子，借以震慑驻守峣关的秦军。

刘邦采纳了张良的建议，遂依计策部署兵力。

峣关的秦军守将屠杀子是一个屠夫的儿子，非常贪财，见到郦食其送来大量金银满脸堆笑。郦食其不失时机地对他大讲一通眼下的局势，直把屠杀子说得胆战心惊，答应立即开关投降。

刘邦得到消息，十分高兴，准备立即率军入关。

这时张良对他说："沛公，现在不要急于入关，我们派出去的队伍还没有到达指定的地点，再说，即使守关将领同意投降，其他将士不愿意而杀了他们，那样我们就十分被动了。"

刘邦此时对张良已经言听计从了，连忙问："那下一步我们该怎么办？"

张良说："要消除后患，必须彻底消灭峣关守军。等派出的部队一到指定地点，我们马上前后夹击发动进攻。现在要做的就是跟他们商谈投降的条件，尽量拖延时间，为我们攻击做好准备。"

刘邦爽快地答应了，果然时机一到，义军前后夹击，攻下峣关。屠杀子守着刘邦派人送来的金银财宝还正在高兴呢，没想到很快就又被人家收回去了。

攻破峣关后，刘邦率十万人马声势浩大地向咸阳城开进。梦寐以求的咸阳就在眼前了，刘邦心中有说不出的高兴，他甚至盘算起进咸阳城后首先要干的事情来。

队伍行进到蓝田的时候，遇到了小股秦军的抵抗。几个回合下来，就被义军打败，队伍又顺利前进了。

咸阳，这座秦国数代君王苦心经营了上百载的都城，这座诞生了中国第一个皇帝——秦始皇的城市，眼看着要被反秦义军占领了。

面对前方那座让人十分敬畏又向往的城市，刘邦要好好地策划一下攻城的方案。然而，此时秦王子婴却派来使者请求投降，一切都来得太突然了，突然得让刘邦几乎不敢相信自己的眼睛。但秦国使者就在眼前，降书也摆在他眼前，现实是如此得清楚和真实。

汉元年（前206）十月的一天，刘邦率军到达灞上（今陕西省西安市东）。

轵道亭旁，秦王子婴素车白马，脖子上系着紫色丝带，双手捧着皇帝的印玺和符节，拜伏在亭旁向刘邦投降。

刘邦命人收下印玺、符节，押解子婴等人一同开进了咸阳城。

经过秦朝百余年的苦心经营，咸阳城已是关中平原政治、经济和文化的中心，城内的建筑极其雄伟壮观，皇宫更是金碧辉煌。偌大的宫殿中，到处是珍宝玉器、奇花异草，充分显示出秦帝国的富庶和强大。令刘邦眼睛发亮的不仅是雄伟的宫殿、耀眼的珠宝和绚丽的帷帐，还有那一群群在眼前晃动的绝色美女，她们一个个婀娜多姿，楚楚动人。

刘邦决定,就在皇宫里住下来。这本来就是他梦寐以求的地方,如今来了,怎能不住下来享受一下?

首领尚且如此,刘邦手下的那些兵将可想而知,他们争先恐后地抢夺宝物,调戏宫女。

下一步怎么打算?刘邦不得不认真地考虑。

有人建议:把子婴杀掉,以除后患。

刘邦不同意,他对众将领说:"当初,楚怀王之所以让我带兵西进,正是因为我平时为人宽厚,不喜欢杀人。再说人家主动投降了,我还有什么理由杀他?先让人把子婴看管起来,以后再说,可他的生活待遇不能降低。"

有人建议:对外宣布,尽快称王。

刘邦说道:"怀王当时命令各路诸侯西进灭秦时就说过,先入关中者为王。现在我已占领了咸阳,这个关中王别人是抢不去的,不用我宣布,怀王自会向天下昭示。不过有一点要告诉大家,咸阳的老百姓遭受秦朝的严刑苛法已经很久了,既然我们推翻了暴秦的统治,就要还给老百姓一个晴朗的天空。从今日起,秦朝的法令一律废止,所有的官吏和老百姓该干啥就干啥。"

眼下的事情安排完,刘邦就到宫内休息去了。宫内的环境,实在是太安逸、太舒适了,刘邦避开手下,醉生梦死地在宫里一住就是三天。他不知道,宫外已乱成一团,一些胆大的将士不但抢夺宫中的珠宝,有的还在商铺中大肆劫掠。

这时,只有一位有心人跑到皇宫档案馆里,把里面的书籍资料、法律条文、皇帝圣旨和大臣奏疏等文本全部收集起来运走,这人就是萧何。自从跟随沛公在沛县杀县令起兵以来,萧何一直跟着刘邦东奔西走,无怨无悔。萧何的父辈并没有在朝廷做过什么官,他的生活同普通平民一样,没有大的起伏。但他从小对法律很感兴趣,凭着自己的能力出任沛县的"主吏掾",也就是文书一类的小官。战争时期,法律这种东西基本派不上用场,战场上都是真刀真枪地干,谁又去讲法律条文呢。所以在跟随刘邦的日子里,萧何只是默默地完成着刘邦交给自己的后勤保障工作,尽自己的力量确保全军将士的衣物、武器和粮草供给。这次到咸阳,萧何见到了秦朝大量的图书文献和法律诏令,如获至宝。他唯恐被人烧毁了,就赶紧把它们运出宫外收藏起来。至于以后能不能用上,那是另一回事,眼下他急需这些资料来充实自己。所以别人抢劫得再热闹,萧何只管整理和搬运这些资料。

刘邦对宫廷生活的沉迷让张良坐不住了,但他又不好去说。这时一个人跳了出来了,他不是别人,正是刘邦的连襟,当年沛县城内的屠夫,如今刘邦帐下的将军樊哙。那天樊哙闯进宫去,瞪着眼睛对坐在龙床上拥香抱玉的刘邦吼道:"沛公是要夺取天下,还是要当个大财主啊!"

刘邦睁眼一看,是部将樊哙。他知道这家伙脾气粗暴,若换了其他人,还真没人敢在他面前这么吼。这时刘邦正在兴头上,就不耐烦地朝樊哙挥挥手,示意让他先出去。

樊哙并不理会,他还要喊。这时张良出现了,对刘邦说:"沛公,樊将军说得有理呀。正是因为秦朝暴虐无道,失去了民心,才亡了国,沛公您才有机会来到这里。如果只是贪图享受,这不是在重蹈秦朝灭亡的覆辙吗?俗话说,'忠言逆耳利于行,良药苦口利于病',望沛公听樊将军的劝告,离开皇宫吧。"

刘邦见张良也出面说话了,自然不敢怠慢,忙起身坐正,喝退身边的美女,听张良继续往下说:"现在六国的贵族旧部都在向咸阳进军,尤其是楚国项羽,势力非常强大,沛公还能在此高枕而卧吗?"

刘邦问:"你说下一步怎么办?"几场胜仗下来,刘邦对张良已经十分信任了。

张良说:"当前要紧的是安抚百姓、安定民心和恢复秩序,等待各路诸侯的到来。"

刘邦说:"好吧,就这样办。"

刘邦本来就是一位悟性极高的人,他理解了张良话语中的含义。于是命令将士们立即封了宫廷内所有的库房,又召集军队将领和各县父老,对他们宣布:"从即日起,我给大家定下三条法令:第一,杀人要偿命;第二,伤人要判罪;第三,偷盗东西要处罚。我们到关中,就是替父老乡亲们铲除暴秦统治的,决不能做任何坑害百姓的事情。我军也将离开咸阳城,驻扎到灞上。"

刘邦的"约法三章",得到关中百姓的广泛拥护,大家纷纷相传,一时间各县乡的百姓争先恐后地杀猪宰羊,到灞上慰劳刘邦大军。

二十　楚军入关，亚父献计伐沛公

巨鹿之战以后，项羽名声大振，那些齐国、赵国和燕国的将军们俯首帖耳地听从他的指挥，谁也不敢怠慢。这时候的项羽实际上已经成了诸侯上将军，成为诸侯们的统帅。那一年只有二十五岁的项羽，英姿飒爽，豪气冲天。

巨鹿一战，基本消灭了秦国两大主力之一的王离部队，只剩下退守漳河以北的章邯部队了。项羽自然不会放过这位秦国大将，灭了他不仅能扫清西进的道路，更能为自己的叔父项梁报仇。

章邯惊魂未定地凭借漳河据守，赶紧派人向秦二世请求支援。眼前的这位对手太厉害了，仅凭自己区区二十万军队根本抵挡不住项羽的进攻。

然而，苦苦等待的援军没有来，却等到了秦二世责怪他的诏书。诏书中，秦二世不但指责他在巨鹿一战中指挥不力，甚至威胁要解除他的兵权。章邯自率兵东进以来，连连取胜，自认为给国家立下了汗马功劳，没想到只一次失利，就招致皇帝如此无情的指责，心里实在不好受。章邯知道自己率领的这支军队现在是秦国唯一一支具有实力的军队，王离被俘后，秦国再也组织不起一支像样的军队了。蒙恬、蒙毅兄弟被赵高陷害后，也找不出像样的统帅人物。所以说，他的这支军队将是秦国唯一的武装力量，也关系着秦国的命运，这一点皇帝应该是十分清楚的。但皇帝在诏书中的指责与对他的不信任，让章邯意识到这可能又是赵高的主意。这个赵高，他到底要干什么？为了摸清秦二世对自己的真实看法并设法请来援军，章邯派部将司马欣再次到咸阳探听虚实，请求援兵。

　　过了一段时间,司马欣狼狈地回来了。他告诉章邯,此次到咸阳,连秦二世的面都没有见上,胡亥已不理朝政,紧急的事情全由赵高转达。更有一个不好的消息,丞相李斯已被赵高陷害入狱,后又诬其谋反被处死。章邯听到这,不禁仰天长叹,他预感到秦朝的江山已经不稳了。司马欣又告诉他,这次去咸阳,他还遭到赵高派的杀手的追杀,幸亏自己走了一条小路逃走,否则早已命归西天了。章邯没有想到,自己率军离开咸阳短短两年时间,朝廷已经发生了如此巨大的变化,一个新的想法在他的脑海里渐渐清晰。这时司马欣又说道:"将军,依在下之见,此番与义军交战。即使胜了,必遭赵高妒忌,陷害将军;如果败了,更难逃死罪。还望将军多加斟酌,早作打算。"

　　章邯挥挥手让司马欣退下,自己陷入了沉思之中。

　　士气正旺的项羽赶到漳河边,组织了大规模的渡河作战。全军将士受巨鹿之战胜利的鼓舞,一个个争先恐后,奋勇杀敌,几次相遇都以项羽军队大胜告终。

　　章邯无心应战,又不能率军退却,处在两难之中。摆在他面前的只剩下了一条路,就是讲和,实际上也就是投降。这个想法在他的脑海里纠结了许久,他实在不情愿这样做,但莫测的朝廷、险恶的赵高和无望的前程,使他终于下定了这个决心。

　　和解很顺利,这一次项羽表现出了前所未有的大度。他没有计较个人恩怨,没有采取极端措施。项羽全盘收编了章邯率领的二十万秦军,并封章邯为雍王,封司马欣为上将军,随他一同西进。敌人成了战友,一切出乎意料又顺理成章。

　　此刻项羽最要紧的事情是西进,早日入关赶到咸阳,因为他得到了情报,说刘邦正率领军队快速地向咸阳推进。

　　项羽率军西进非常的顺利,道理很简单,名噪一时的秦军大将章邯都率部投降了,又有哪座县城的守军能抵挡住项羽军队的攻势呢?投降成了这些地方秦军的唯一出路。

　　这支西进的军队此刻已经十分庞大了,楚军加上各诸侯军合起来有近四十万人,再加上王离部和章邯部投降的二十万秦军,合起来有六十万人。这六十万人的军队,在一位二十几岁的年轻统帅率领下,浩浩荡荡地向西挺进,其壮观的气势是可以想象得出来的。

没有了战斗,士兵们的精神自然放松了许多,各种情绪也在这放松的状态下活跃起来。饱受秦国奴役之苦的诸侯各国士兵会找机会拿投降来的秦国士兵取笑,甚至侮辱、打骂;远离家乡的士兵会望着月亮思念故乡的亲人;更多的士兵会在夜色中吟唱自己家乡的小调,以寄托对亲人的思念。投降的秦军士兵自然会毫不例外地想念自己的故乡、自己的亲人。但他们又不同于其他诸侯国的士兵,毕竟他们的身份是俘虏,和那些同是士兵的诸侯国士兵相比,他们觉得自己要低人一等。他们怀念那些战火纷飞的岁月,怀念那些已经一去不复返的辉煌岁月,对自己的未来却感到万分的迷茫。

庞大的军队,必然需要庞大的开支和粮草供应,这一点让项羽非常头疼。西进途中的任何一个郡县,都无法有效地支持这么一支庞大军队的后勤供给。行军途中,有一顿没一顿的现象时常发生。人的肚子饿了就不免要发牢骚,说怪话。

有人向项羽汇报,秦军士兵中的不满情绪很浓,有一些秦军将领也参与其中。项羽听了,沉默片刻说:"知道了,我想办法解决。"

队伍来到新安(今河南省渑池县东)的时候,项羽指示把秦军的士兵全部安排在城南一片低洼处宿营。

冬天的夜晚,寒风凛冽。突然,秦军驻地的营房被火光吞噬,大火从营地周边燃起,趁着风势,顷刻间弥漫了整个营区。熟睡的士兵在梦中被惊醒,四处逃命,但四周全是大火,根本就找不到出路。有的侥幸逃出火海,却被早已守在周边的楚军士兵砍死。一时间整个营房里,火人四处奔跑,凄惨的哭声、叫声和喊声充斥天宇,惨绝人寰。

设在高地的一座营帐里,项羽望着远处的火阵冷冷地笑了。

许多不明真相的诸侯将士,看着这幅惨烈的场景,心里仿佛被冰水渗过,冷气四溢,浑身打战,泪水默默地流淌下来。尽管他们憎恨暴秦的统治,也对被俘虏的秦兵发过脾气,但此刻看到他们在烈火中的惨状,他们的心仿佛被钢针刺伤般的疼痛。在巨鹿战场上,他们领略到了项羽的英勇,在这里他们却感受到了项羽的残忍、冷酷。

第二天,天刚蒙蒙亮,项羽命令士兵把那片被大火焚烧的低洼营地全部用黄土掩埋。

章邯没死,他手下的几位部将也没死,此刻他们的内心像被刀绞一样疼痛,泪水只有向肚子里流。能说什么呢？败军之将，就是这样的处境。

队伍继续西进，不久就抵达了函谷关。

函谷关是秦国通往中原的一道重要关隘，项羽率军抵达时，但见关门紧闭，关上红旗招展。项羽知道这红旗不是秦国的旗帜，派人打听后才知道刘邦已经入关，抵达咸阳，派兵驻守此关的正是刘邦的军队。项羽一听气不打一处来，下令立刻攻城。

尽管在此之前，刘邦就得知项羽正率兵向函谷关挺进的消息，并且他还加强了函谷关的守军力量，但还是经不住项羽军队的轮番进攻，这里不久就被攻破了。

项羽率军入关，赶到鸿门驻扎。鸿门在咸阳的东边，距刘邦驻军的灞上仅四十里路。

项羽在鸿门驻扎后，就开始紧锣密鼓地策划攻打刘邦。他已经得到了刘邦想在关中称王的消息，并看破了刘邦派兵镇守函谷关不让他西进咸阳的意图。

这时候，范增不失时机地给项羽进言："刘邦年轻时，既贪财又好色，是个酒色之徒。这次他进了咸阳，不但没有抢占财宝，霸占美女，反而把咸阳宫的库房都加了锁，说明这家伙有在关中称王的野心。将军应该马上发兵消灭他，不然以后和将军争夺天下的恐怕就是这个刘邦了。"

项羽一听，此建议正合自己的意思，于是更坚定了攻打刘邦的决心。也就在这个时候，刘邦手下的左司马曹无伤派人偷偷地来到项羽营中告诉项羽，沛公正积极准备在关中称王的事宜了，还说要拜秦王子婴为丞相，想把秦皇宫里的所有金银珠宝全部归为己有。

正准备对刘邦下手的项羽听了这话，怒火中烧。他马上传令下属：做好一切准备，第二天攻打刘邦，务必一举拿下。

项羽这个决定被他的叔父项伯听到了，他心里万分着急。项伯是项梁的弟弟，他一直在军内做事。项梁在定陶战死后，项伯便留在侄子项羽身边出谋划策，项羽对这位叔父也很尊重。项伯听到项羽的决定后，并不为刘邦担心，而是为那里的好友张良担心。因为当年他杀人逃到下邳时，是张良收留了他，并把他隐藏起来，躲过了秦兵的追杀。

为报张良当初的救命之恩，项伯便连夜快马赶到了刘邦军营。见到了张良，就把项羽即将攻打刘邦的消息一五一十地告诉了他，让他连夜逃跑。

可张良却说:"沛公有了危险,我这时绝不能自己逃跑,这么做太没有情义了。你等一下,让我把这件事告诉沛公。"

项伯想拦他又拦不住,只好在帐内等待。

刘邦知晓后,立即来见项伯,兄长长兄长短地叫。他一边毕恭毕敬地把项伯让在上座坐下,一边非常诚恳地对他说:"我进关中以来,不敢有任何非分之想,只是把府库封存好,安抚一下秦朝的官员和百姓,在灞上等待项将军的到来。至于派兵把守函谷关,是因为时局较乱,担心小股的秦军攻关,防止意外发生,哪敢擅自称王呢?这些还请兄长回去向项将军说明。"

这些话,其实都是刚才刘邦和张良商量好的。

项伯看到刘邦的态度很诚恳,就说:"你的话我可以给项将军传到,但沛公最好还是能亲自前去说明。"

刘邦忙说:"可以,可以。"

项伯说:"要去的话,明天一早就去,晚了恐怕将军要率兵攻来了。"

刘邦连连点头,后来他们又拉了一些家常,刘邦还答应要把女儿许配给项伯的儿子。项伯高兴得不知说什么好,连说:"沛公的事,我一定鼎力相助,鼎力相助。"

刘邦知道情况紧急,不敢久留项伯,只是答应事成之后必有重谢,就让他回去了。

二十一　走为上计，刘邦脱险鸿门宴

项伯这人的确很讲信用，他离开灞上连夜赶回鸿门找到项羽说："我有一位好友在沛公帐下做事，他告诉我，如果不是沛公先攻下关中，将军也不可能这么顺利地进来。现在沛公在灭秦上立下了大功，我们若率军去攻击他，这在道义上说不过去。不如安抚他一下，好让他感恩于将军。"

项羽想了想这话也没错，就点头答应了，先前对刘邦的火气也小了许多。

第二天一大早，刘邦带了张良、樊哙、夏侯婴、靳强、纪信及百余将士赶到鸿门。此行凶吉难料，刘邦不得不做好两手准备。他既要有张良这样智勇双全的人，还要有樊哙、夏侯婴这些猛将。

刘邦一进项羽的大帐，就装出一副谦卑的样子，讨好项羽说："我和将军奉怀王的指派合力攻秦，您带兵在黄河以北作战，我带兵在黄河以南作战，我们都经历了千辛万苦。我也没有想到，西进以来，我竟能先入关中破秦。今天在这里与将军相见，的确值得庆幸啊！没想到的是，在这种大好形势下，有小人搬弄是非，挑拨我与将军您的关系，真是想不到啊！"

项羽见到刘邦进帐时那副恭敬的样子，心里就有一份满足。现又听到刘邦这么一席话，竟有些飘飘然了，顺口就说："是你的部下曹无伤说你想称王关中，不然我怎么能相信呢？"

刘邦忙说："曹无伤是个小人，将军不可听信他的话。"

项羽摆摆手说："好了、好了，不说这些不高兴的话了。今天沛公造访，我请

你喝酒。"说完让人摆上酒宴。

几杯酒下肚,大家的情绪都被调动起来,项羽说起自己一年多来的战斗经历和辉煌战绩,格外兴奋。刘邦则堆着笑脸应付着,不敢乱说,唯恐自己哪句话说不到点子上惹得项羽发怒。

坐在一旁的范增不断地给项羽递眼色,让他下令杀掉刘邦,但项羽却毫不理会。只要刘邦来到鸿门,就在宴会上杀了他,以除后患,这是昨晚与项羽商定好的。现在见项羽不理会自己,范增急了,心想项羽一定是喝多了,忘记了昨晚安排的方案。他坐不住了,连忙离席去找到项庄。范增见到项庄就告诉他:"将军好像不愿下手,你进去给沛公敬酒,然后为他们舞剑助兴,找机会杀了他。"

项庄本是项家子弟,杀刘邦的方案他也知道,听范增这么一说,忙握着剑走入帐中。他先给刘邦敬了一杯酒,然后对众人说:"光喝酒也太单调了些,我为大家舞剑助兴。"说罢就舞起剑来。

项伯自然知道项庄的目的,但他觉得在这种场合下刘邦被杀,自己实在对不住张良,毕竟让他们今早来找项羽谢罪的主意是他出的。想到这,项伯也起身拔剑与项庄对舞起来,他处处护着刘邦,让项庄无法下手。

站在刘邦身后的张良看到这种局面,意识到情况不妙,马上出帐去找樊哙,告诉他:"项庄表面上是在舞剑助兴,其本意却是要杀了沛公,你立即进帐去保护好沛公。"

樊哙听了,左手持盾,右手握剑朝大帐闯去,帐门外有两名卫兵阻拦,被他推倒在地。

项羽正在兴头上,突然看到一名壮士冲进帐中,猛地喝道:"你是什么人?"

张良忙上前说明:"将军,这位是沛公的陪乘卫士樊哙。"

项羽见樊哙怒目圆睁、须发直立、眼角开裂,心里很喜欢地说:"真是一位壮士,快,赐他酒肉。"

侍从递给樊哙一大杯酒,他拜谢项羽后起身举杯,一饮而尽。侍从又递过来一只生猪腿,樊哙二话没说,把生猪腿放在倒扣的盾牌上,拔出剑来切着吃了。

项羽一看更是喜欢了,又说:"壮士还要酒吗?"

樊哙说:"在下死都不怕,还怕酒吗!秦王像虎狼一样欺压百姓,逼得天下人揭竿而起反抗暴秦。当初楚怀王跟大家约定'谁先入关中谁称王',如今沛公

率兵先将军攻破咸阳,并没有称王,而是封了库房,安抚了百姓后就率军驻扎在灞上,等待将军您的到来。沛公这样劳苦功高,不但没有得到您的赞赏,反倒受到了别人的伤害,将军这样做,和秦王有什么两样!"

项羽听了,立即喝令项庄退下,又对樊哙说:"壮士坐下,坐下喝酒。"樊哙没有客气,一屁股坐在刘邦身后。帐内继续杯盏交错,热闹异常。

过了一会儿,刘邦假借上厕所起身出了帐,樊哙也跟着他一起出去。

出来以后,他就催刘邦赶快离开这里。

刘邦为难地说:"我也想离开,但是没有辞行,不太合适吧?"

樊哙说:"我们就像一块肉放在砧板上,人家愿意怎样剁就怎么剁。情况这么危急,还讲什么礼节呀?先离开再说。"

刘邦说:"好吧,我们马上离开。"他又对跟在身旁的张良说道:"我给项将军带来了一对上好的白玉璧,你留下,等一会儿献给项将军,表示我的敬意。还有玉斗一双,送给亚父范增。对了,等我们走远了你再进去,找个托词说我已经回灞上去了。"

张良答应留下,他让刘邦放心离开。

过了一会儿,张良估计着刘邦他们已经走远了,就进帐去见项羽。项羽没见到刘邦,就问:"沛公呢?"

张良说:"沛公酒喝多了,怕在将军面前失态,受到您的责怪,独自回去了。"说着他奉上白璧一双,呈给项羽,说这是沛公的一点儿心意。转身又把两只玉斗送给范增,然后离开。

项羽没有说话,接过白璧放在案几上。刘邦的突然离去,虽然让他感到不快,但也从另一个侧面说明刘邦在他面前的顺从和胆怯。项羽并不痛恨刘邦,也不想杀他,杀掉他对自己有什么好处呢?况且此时的刘邦,根本对自己构不成任何威胁。

范增则不然,他火气大发,把张良给的玉斗扔到地上,又拔出剑来把玉斗击碎,然后长叹一声道:"将来与将军争夺天下的人,一定是刘邦,我们就走着看吧!"话说完,他心里涌起了一股对项羽的不满情绪,觉得项羽太意气用事,让人无法与他共谋大计。

项羽也不知道范增哪来那么大的火气,在他看来,自己随时都可以杀掉刘邦,根本用不上非在今天,亚父一定是多虑了。

刘邦回到灞上,第一件事就是把曹无伤捉住杀掉。这时候,不管你有再大的功劳、再大的才能都要杀无赦。此时的刘邦,想都不敢想要与项羽争夺天下的事情,在如此强大的项羽军团面前,自己能得到一块满意的封地就已经不错了。曹无伤的挑拨,无疑是要把刘邦推下深渊。

过了几天,项羽率军开进咸阳城。

咸阳宫殿的富丽堂皇让项羽感到震惊,也点燃了他胸中的怒火。叔父项梁曾给他讲过秦国灭楚时的血腥场面,加之叔父带他四处躲藏的经历更增强了他对秦国的仇恨。他不喜欢眼前这座雄伟的宫殿,也不能让这座宫殿再存在下去,既然秦国已灭,那么宫殿存在的意义也就没有了。他下令搬出宫内所有的金银财宝,然后放火烧了秦宫。投降的秦王子婴也没什么用了,杀了他,以免日后其东山再起。只有这样,才算彻底推翻了暴秦王朝。

就这样,一场大规模的烧杀抢掠在咸阳城内开始了,历经一百五十余年的都城咸阳遭到了灭顶之灾。刚刚过了几天安宁日子的咸阳百姓,又遭受了一场空前的劫难。这场劫难的指挥者不是残暴的秦王,而是推翻秦王的义军首领项羽。

亡秦以后的项羽一心想回到家乡去,他对别人说:"富贵了而不返乡,就好比穿着绫罗绸缎在夜里走路一样,谁能看得见呢?"项羽手下有一位叫韩生的谋士得知他要率军返乡的消息后,来找项羽说:"将军,关中是个好地方,它东有函谷关,西有乌关,南有武关,北有黄河,四面都有险可守。再说关中土地肥沃,水利发达,物产丰富,是块建都立业的好地方。"

项羽说:"我主意已定,无须多言。"

韩生无可奈何地离去了,他碰到熟人发感慨地说:"以前我就曾听人说过,楚人就像是戴着帽子的猕猴,今天见了项将军,才知道果真如此啊!"

隔墙有耳,这话很快传到项羽的耳朵里,他觉得自己受到了莫大的侮辱。于是马上命人把韩生抓来,扔进开水锅里煮了。

自古以来,伴君如伴虎,人的生命往往掌握在君主的手里。韩生当时大概忘记了"祸从口出"这则古训。

二十二　以曲求伸,蜀汉之地犹可王

　　转眼间攻破咸阳,灭掉暴秦王朝已过去几个月了,各诸侯都眼巴巴地等待着上将军项羽的分封,然后好早一点儿回到自己的封地去。项羽也想回家乡去,但他的上边还有位楚怀王熊心存在,分封之事肯定要征得他的同意。结果怀王传过来的意见令项羽极不满意,怀王说:"按照原先约定的办理,谁先入咸阳谁做关中王。"项羽听了,暴跳如雷。他当着众将领的面说:"这个怀王,本来就是我们项家扶立起来的,有什么权力对我们指手画脚!我和各位将领历经三年浴血奋战才推翻了暴秦,如今天下已定,他有什么资格出来为诸侯做主!"

　　这时范增也不失时机地说道:"推翻暴秦是大家的功劳,怀王有什么功劳呢?"

　　项羽说:"我看这样吧,怀王虽然没有功劳,但也应该分封他土地,尊他为王。"

　　众将领齐声说道:"是啊,尊他为王就可以了,不用听他的。"

　　项羽说:"古时候的帝王辖地千里,却都居住在江河的上游地带,现在我们封他为义帝,定都郴州(今湖南省郴州市)。"

　　其实把楚怀王定为什么帝,迁到什么地方,各位诸侯都不关心,他们关心的是自己被封到什么地方。

　　汉元年(前206)二月,一次分封天下的大会在咸阳隆重举行,所有受封的诸侯集体亮相。

项羽自封为西楚霸王,治所彭城。

关中被分为三块,章邯封为雍王,治所废丘(今陕西省兴平县东南);司马欣封为塞王,治所栎阳(今陕西省临潼区东北);董翳封为翟王,治所高奴(今陕西省延安市东北),这三块地方均分封给了投降的秦国大将。

一心想当关中王的刘邦被封到巴蜀一带,为汉王。其他诸侯也都得到了封赏,总共分封了十八个诸侯王。

分封大会以后,有人高兴有人怨。分到好地方的人自然高兴得合不拢嘴,分到差地方的人,气得都想骂娘。

刘邦得知自己被封到巴蜀这种穷乡僻壤、交通阻塞的地方,恨不得立即率兵去和项羽拼一场。他怎么也没想到项羽对自己竟是如此薄情,不管怎么说,他是第一个攻进咸阳的人。当不了关中王,至少也应该让他在家乡得到一块封地,想不到项羽却把他封到了那个自古以来放逐罪犯、责贬官员的地方。毫无疑问,项羽一定是听了范增那个老儿的谗言,既然在鸿门没有下手杀了自己,也要在巴蜀困死自己,不能让自己有机会与他对抗。刘邦很生气,他手下的将领周勃、灌婴和樊哙也怒不可遏,叫嚷着要刘邦率军跟项羽决一死战,争回颜面。

其实巴蜀一带虽然交通阻塞,但是经过当地百姓的辛勤耕耘,早已开辟出了大片良田。秦国时蜀郡郡守李冰致力于水利开发建设,更使成都平原成了沃野千里、物产丰富的富裕之乡。

这时萧何对刘邦说:"依我们现在的实力,根本不是项羽的对手,跟他去拼,我们没有胜算。大丈夫能伸能屈,何必在乎一时的得失呢。依我看巴蜀这地方现在已非常富足,是个养兵的好地方,汉王不如先去了再说。巴蜀通关中的交通虽然不便利,但正好可使我们养精蓄锐,扩充兵马,招募人才,增添实力。一旦有朝一日遇到了机会,我们便可一举平定关中。"

正在气头上的刘邦听萧何这么一说,觉得还有些道理,气也就消了许多。

萧何见刘邦没有反驳,继续说道:"汉中这块地方也不错,与巴蜀相连,同关中只隔着一道秦岭。如果汉王能要过来,我们就把治所定在南郑(今陕西省南郑县)。"

刘邦知道萧何书读得多,又通晓法律、历史和地理,所以对他的建议十分赞赏。于是他又派人叫来了张良,共同商议方案。

韩王成被项羽分封为韩王,治所仍在阳翟。这几天,张良也准备着向刘邦

辞行，跟随韩王回阳翟去。

刘邦实在不愿意张良走，但又不好强留。为了感谢张良对自己的帮助，刘邦准备了一份厚礼送给他。现在趁他还没有走，他把张良找来同他商量萧何提出的方案。

张良听了萧何的方案，非常赞同。刘邦又备了一份厚礼，让张良送给项伯。一则感谢他在鸿门一事上的恩情，二则是请项伯在项羽面前美言几句，让项羽把汉中也划入他的封地。

几个月来，张良跟随刘邦西进，对他的大度、谦逊以及果断看得是清清楚楚。他意识到刘邦是当今各诸侯中能成大事的人。从内心讲他不愿离刘邦而去，但他毕竟是韩国人，如今韩王要返回封地了，自己不能不跟随韩王回去，但他真心想为刘邦多做一些事情，以感谢他的知遇之恩。刘邦找到张良说明原委，互相心照不宣，都有难以割舍之情。

张良找到项伯，把刘邦送给自己的礼物连同送给项伯的厚礼一并送给他，并向他说明了刘邦的请求。

项伯收到这份厚礼立即去找项羽，项羽未加思索，就痛快地答应了。此时的项羽根本没把刘邦放在眼里，多封给他一小块地方算不了什么，刘邦一旦率军到了秦岭那边，想出来谈何容易，关中有他分封的三个诸侯王把着，刘邦想出都出不来。

大功告成，刘邦开始率军离开关中赶赴汉中。

张良依依不舍，坚持要把刘邦送到封地。刘邦也不推辞，就让张良同行。

当时从关中通往汉中有三条道路，一条是由长安翻越秦岭的子午道，它北起现在的西安市长安区杜陵村，经长安区子午镇旁的子午谷，溯谷而上，经喂子坪、关口越秦岭主脊梁到宁陕沙沟街，顺旬河而下，又经高关场、江口镇、沙坪街至月河坪，再经石泉，过洋县、城固到汉中；另一条是由陕西眉县斜峪口翻越秦岭到达现陕西汉中市汉口区北的褒斜道，这条路比较险峻，沿途设有长距离的栈道，《史记》中记载的"栈道千里，通于蜀汉"即指此道；最西边的一条道是陈仓道，它北起现在的宝鸡市陈仓区，向南经大散关，沿着清姜河溯流而上，翻越秦岭后沿嘉陵江谷道至陕西凤县，再转向东南顺谷翻越酒奠梁、柴关岭，经留坝、闸石口，勉县的张家河、茶店后，再向东南经勉县到汉中。

四月，刘邦率领项羽拨给他的三万人马沿子午道去汉中。这条道在秦时是

一条官道,道路相对平坦、宽阔一些,经峻峭处,也有很多大段的栈道。张良一直把刘邦送到褒中(今陕西省勉县东南),这里已经距离汉中不远了。到褒中后张良向刘邦辞行,两人握手告别,好像有说不完的话。

刘邦望着张良,最后说道:"子房此去,不知何时再见,望你多多保重身体,长通信息,以免我挂念。"

张良也依依不舍,临别时他说道:"承蒙汉王厚爱,子房以后若有机会,还将为您效力。汉王,我返回时准备走褒斜道,听说这条路上有不少栈道,我的意见是不如把它们烧了,一来向天下表示汉王您没有东归的意图,二来也好稳定军心,以免部分将士思乡逃跑,这样汉王守在这里会更放心,也更安全。"

此时的刘邦觉得自己势单力薄,区区三万将士根本谈不上东归,既然张良出了这个主意,就按他意思办吧,也免得其他诸侯率兵进犯。张良说完,刘邦马上命令一些士兵随张良同行,一路走,一路烧掉栈道。

刘邦与张良分手后,率兵来到南郑驻扎,把这里定为自己的治所。

张良按刘邦的指示烧掉沿途栈道后返回韩国治所阳翟,但是韩王成又被项羽带到彭城去了。项羽担心韩王成与刘邦走得太近,所以把他留在自己身边,并委任张良临时代理韩王,治理韩王的封地。张良很是郁闷,他在阳翟停留几天后做了一些安顿,又赶到彭城去找韩王成了。

到彭城见到项羽后,张良极力为韩王成当时随刘邦入关一事做辩解,说韩王成当时跟随刘邦完全是为了早日推翻暴秦。可是项羽听不进去,坚持让韩王成留在彭城,张良也没有什么办法。说到刘邦的时候,张良向项羽说了刘邦派人烧掉栈道,无意东进。听了这些,项羽满意地笑了。

令刘邦没有想到的是,他在进入咸阳后不杀子婴、封存仓库、安抚百姓和约法三章的举动,竟赢得了关中百姓的心,大家都盼望着他能当关中王。不仅如此,他还得到了不少将士的倾慕,出现了许多追随者。刘邦到达南郑后,不断地有人率部来投靠,断断续续也有数万人。刘邦非常高兴,将投靠过来的将士一律妥善安排,热情接待。

在投靠来的年轻将领中,有两个人为刘邦以后打天下立下了汗马功劳。一位是项羽帐下的年轻将领韩信,一位是原韩国将领,也叫韩信,为了以便区别,将后一个韩信称为韩王信。

汉中平原土地肥沃、物产丰富,自然环境同江南水乡差不多。刘邦守着这块宝地,根本不用为部队的给养发愁,他发愁的不是别的,则是什么时候才能打回老家去。

附录　秦末风云相关文化信息集萃:

(1)成语、名句和谚语

以古非今　焚书坑儒　指鹿为马　助桀为虐　白驹过隙　一手遮天
人人自危　苟富贵,勿相忘　燕雀安知鸿鹄之志　王侯将相,宁有种乎
狐鸣鱼书　揭竿而起　大丈夫当如此也　先发制人　彼可取而代也
万人之敌　拔山扛鼎　刎颈之交　民不聊生　何足挂齿　不可胜计
披坚执锐　三户亡秦　异军突起　一败涂地　圯上取履　孺子可教
作壁上观　破釜沉舟　高阳酒徒　固若金汤　金城汤池　素车白马
约法三章　贪杯好色　秋毫无犯　人为刀俎,我为鱼肉　沐猴而冠
项庄舞剑,意在沛公　衣锦还乡

(2)历史遗迹

陕西省咸阳市秦都区咸阳塬上秦始皇焚书处
陕西省西安市灞桥区洪庆堡村西南秦始皇坑儒谷遗址
陕西省西安市临潼区骊山北麓秦始皇陵
陕西省西安市临潼区西杨村秦始皇陵兵马俑博物馆
陕西省咸阳市秦都区窑店乡秦直道起点遗址
陕西省泾阳县蒋刘乡五福村、二杨庄之间秦望夷宫遗址
陕西省淳化县梁武帝村秦云阳林光宫及秦直道遗址
内蒙古自治区包头市固阳县秦长城遗址
陕西省神木县解家堡乡马莲滩附近秦长城遗址
陕西省绥德县城雕阴山扶苏墓
陕西省绥德县西南第一中学院内蒙恬墓
咸阳市秦都区东北十公里秦都咸阳城遗址
安徽省宿州市西寺坡乡刘村集大泽乡起义旧址
江苏省丰县中阳里刘邦出生地
河南省永城市东北芒砀山主峰西南麓陈胜墓
陕西省丹凤县东武关遗址

陕西省蓝田县蓝桥乡蓝田峪中秦峣关遗址
河南省新安县老城东函谷关遗址
西安市雁塔区曲江池秦二世陵
西安市临潼区新丰镇鸿门堡村鸿门宴遗址
西安市临潼区护汉王槐
西安市未央区阿房村附近阿房宫遗址

(3) 名家点评

竹帛烟消帝业虚,关河空锁祖龙居。
坑灰未冷山东乱,刘项原来不读书。 ——〔唐〕 章碣《焚书坑》

"一误","二误"(评陈胜) ——毛泽东

不过先人留下来的几本破书,卖又不值钱,随便带在行箧解解闷儿,当小说书看罢了,何足挂齿。 ——〔清〕 刘鹗《老残游记》

尔来未几岁,散尽高阳徒。 ——〔唐〕 杜牧

项王非政治家,汉王则为一位高明的政治家。 ——毛泽东

(4) 其他

初中语文教材《陈涉世家》	司马迁《史记》
《陈胜吴广起义图》	现代 姚有多创作
《六韬》又称《太公六韬》、《太公兵法》	周文王师姜太公吕望著
高中语文教材《鸿门宴》	司马迁《史记》
西汉 壁画《鸿门宴图》	
作者佚名 1953年洛阳烧沟汉墓出土 洛阳古墓博物馆藏	
京剧	《鸿门宴》
《鸿门宴》图	现代 刘凌仓创作
高中语文教材《阿房宫赋》	〔唐〕 杜牧

西汉藩国

秦时期全图

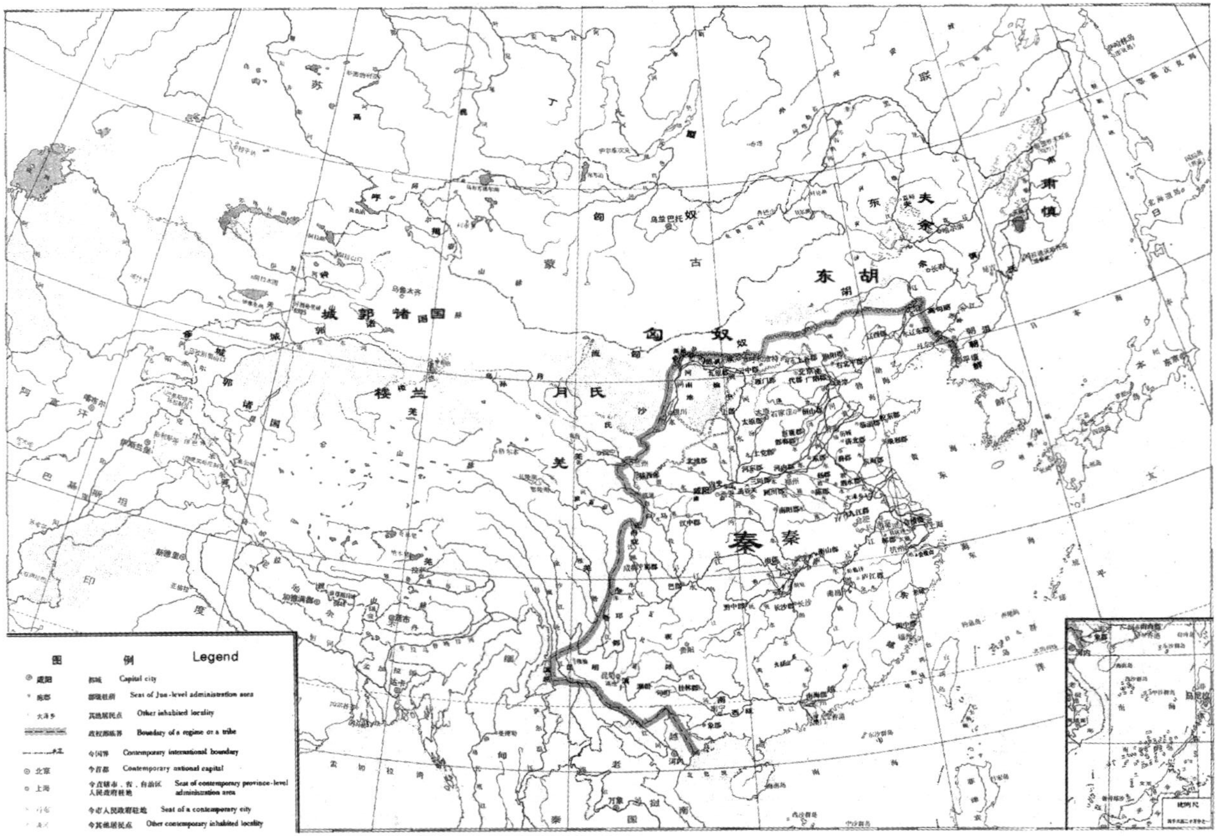

选自谭其骧先生主编《中国历史地图集》

秦末农民起义图

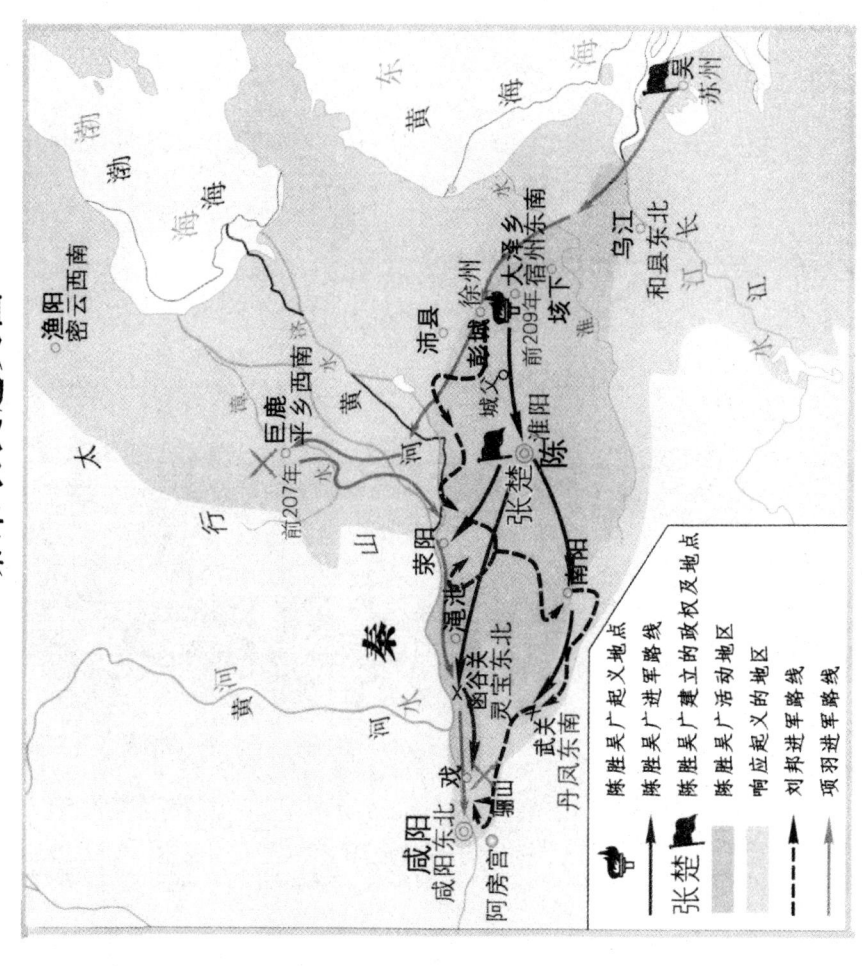

选自刘文杰先生编辑《图说中国历史·秦》

附录 秦末风云相关文化信息集萃

巨鹿之战图

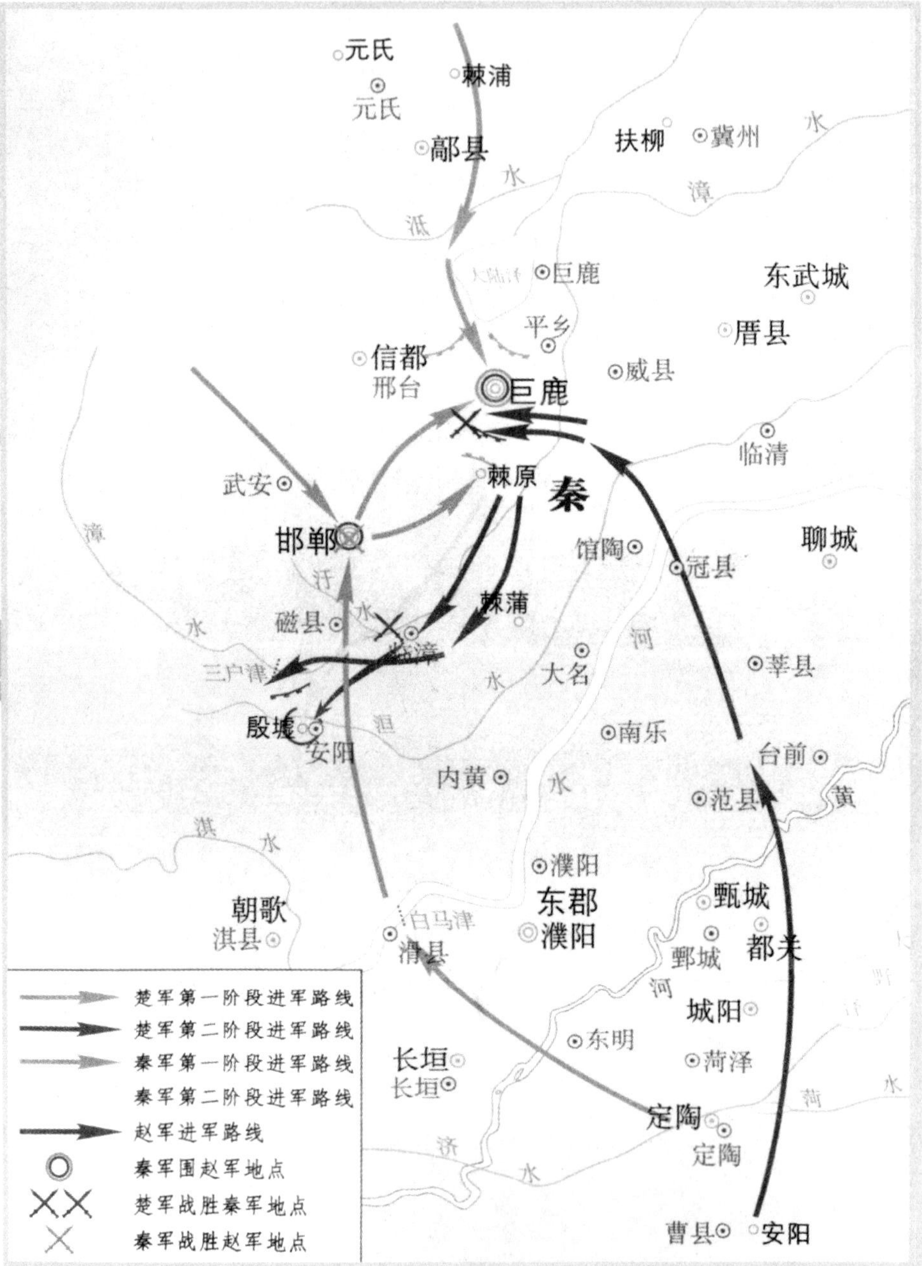

选自刘文杰先生编辑《图说中国历史·秦》

第二章

楚汉战争

一 知人善任，萧何月夜追韩信

刘邦率部在南郑驻扎下来以后，便开始着手整编队伍。因为除刘邦自己带的三万余人外，还不断地有慕名投靠过来的几支队伍，约三四万人。这样一来，刘邦的队伍一下子就有七八万人了，已经不算是个小数目了。既然自己是汉王，这支队伍也一定要有模有样，再不能像当年起家时的流寇样子了，于是刘邦决定对队伍进行整编，并加以训练。

尽管刘邦手下不少将领对项羽封王的安排满腹牢骚，心存不满，但事已至此，说多了也没用，也只好先将就着驻扎下来再说。好在汉中盆地土地肥沃、民风淳朴、气温适宜、物产丰富，也算是给了众人一些宽慰吧。

队伍整编进展得比较顺利，刘邦多方听取部将的意见，合理安排西进以来的有功人员，大家基本上满意。这期间萧何为刘邦出了不少主意，对稳定军心起到了极大的作用。自张良离开后，萧何在刘邦眼中已是一位得力助手和信得过的高参了。

萧何本来跟刘邦就是老乡，从沛县起就一直在帮助他，所以刘邦对萧何非常欣赏。尽管刘邦对萧何十分信任，但萧何并未因此而趾高气扬，他为人平和公道，做事认真细致，处理问题精明谨慎，不事张扬。刘邦正是看上了萧何的人品、能力和才干，才委任他为丞相的。

萧何也不辱使命，担任丞相以后工作更加勤勉。一方面日理万机，安排七八万人的食宿和队伍的整训；一方面了解军情，捕捉信息。

有一天，萧何听到了一个名叫韩信的人，经过仔细打听，他对韩信产生了兴趣。

韩信是淮阴（今江苏省淮阴市西南）人，虽出身贫寒，却读过一些书，因此而自命不凡。他长大后不愿做工务农，又不经商，整日穿件破旧长衫，腰佩宝剑在淮阴城内游荡，谁也搞不清他在想什么，要干什么。一天，淮阴屠户中一帮子恶少拦住了韩信，其中为首的一个叫牛二的人对他说："你到底是干什么的，每天佩剑在大街上走来走去。我看你只是个胆小鬼！"韩信狠狠地瞪了他一眼，没有说话。可是那帮恶少在旁边起哄，让牛二揍他。见自己一方人多势众，牛二这下更来劲了，他指着韩信吼道："你不服气，有种就拔剑过来刺我一剑！"韩信冷冷地看着牛二，准备离去，牛二不依不饶："你走不得，有胆刺我一剑，没胆就从我的胯下钻过去！"

韩信用手使劲地握了握剑柄，望着牛二，一言不发。牛二从韩信的眼中没有看到丝毫的胆怯，却感受到了目光的阴冷。他似乎也意识到自己的做法有些过分了，一旦韩信发怒，后果不知是个什么样子。身旁恶少的起哄声，给他壮了胆，他也死死地盯着韩信。这时韩信突然俯下身子，从牛二的胯下爬了过去。牛二几乎傻了，这个便宜来得如此轻松，让他一时没有反应过来。他当时猜测，韩信会一拳伸过来打在他脸上，然后双方开始拼死的较量，谁知这个胆小鬼竟真的从自己的胯下钻了过去。那帮恶少一阵子欢呼，牛二回过头来看，只见韩信直起身子，拍拍衣衫上的灰土头也不回地走了。

就这么一个人，怎么能引起萧何的注意呢？

原来向萧何举荐韩信的人是滕公夏侯婴。夏侯婴告诉萧何，他发现韩信与众不同。韩信从项羽营中投靠到刘邦营中并没有得到重用，只让他当了一个小小的连敖（管粮仓的官）。为此韩信整日沉默寡言，郁郁寡欢。人在郁闷中，容易走极端，不久韩信犯事了。原来刘邦的队伍刚到汉中，军心不稳，虽然生活倒是可以，但军中思乡之情极浓。同韩信一起来投靠刘邦的十多个士兵，见到韩信没有得到重用，心中不服，鼓动他一起离开刘邦，韩信也就答应了。趁一天月黑风高，他们十四人一起逃走，不想没跑多远就被捉了回来。

经审查，这些人都是因为不满意刘邦的安排，所以要逃走。夏侯婴是主审官，事实十分清楚，为了整肃军纪，防止其他人效仿，给他们十四人判了极刑。当刽子手的大刀举起准备砍下韩信的脑袋时，韩信鼓足力气大声吼道："汉王不

想得天下了吗？为何残杀壮士！"夏侯婴一听，吃惊不小，此人出言如此狂妄，定有原因。他忙命刽子手住手，亲自给韩信松了绑，扶他起来，与自己一起进帐。经过与韩信一番谈话，夏侯婴发现面前的这个年轻人果然不是一般人。他谈吐自然，底气十足，对当下的形势判断准确，思路缜密。夏侯婴暗暗庆幸，幸亏没有杀了他，此人说不定正是汉王求之不得的人才，他连忙带着韩信到了萧何的府上。

萧何见韩信生得仪表堂堂，浑身透着英豪之气，打心眼里喜欢。两人交谈后，萧何更加欣赏韩信，他意识到眼前这个人必将为汉王打江山做出卓越贡献。

言谈之中，萧何知道了韩信逃跑的原因，宽慰他道，汉王那里由他去说，一定为韩信谋到一个可心的职位。

谁知刘邦听到萧何推荐，并不以为然，但碍于面子，还是答应给韩信一个治粟都尉（军队高级将领）的职位，这就算是给足了萧何面子。萧何还想说什么，刘邦已经有些不耐烦地摆了摆手，他只好作罢。

治粟都尉主管军中粮草，级别不低，权力不小，唯一的缺憾是不能率兵打仗。但是尽管如此，也比下级军官的地位高了许多。在和平时期，一下子从下级军官提升到高级军官，也算是刘邦看着萧何的面子破例任命吧。但韩信对此并不显得高兴，萧何只好劝慰他，以后慢慢来。其实在萧何心目中，韩信的地位也算不低了，毕竟他们相互间只进行过几次交谈，至于韩信的能力到底有多强他也说不准，贸然把军队的指挥权全部交给他，自己心中也没底，再说刘邦那边也不会同意，军营中有多少随刘邦南征北战的将领，怎么轮也轮不到他韩信。

萧何是一个谨慎细密的人，当他发现韩信的确是对治粟都尉这个职务不满意的时候，在心中暗暗庆幸。这个年轻将领的确不是一般的人，他对这一职位不满，恰恰说明他志向高远，胸怀广大。放在一般人身上，这样的破格提拔，早就高兴得要晕过去了。

此后，萧何就更加留意观察韩信了。

事实证明，韩信的才能果然超人，自从担任治粟都尉以后，他无论在人员管理、制度设置和粮草分配上都做得十分得体。没用多长时间，军队中原来粮草分配的乱象一下子得到改观。萧何也实实在在地感觉到自己肩上的担子轻了许多，他对韩信的信任又多了几分。

时间过得很快，转眼间两三个月就过去了，汉王刘邦及部将就像一群困在

笼中的野兽,尽管吃喝无忧,但心中烦躁。什么时候能走出深山,进军关中和中原,成了每个人内心的强烈期盼。

又一场大规模的逃离行动开始了,军中不少中、下级的将领率部逃离。他们多半不满意刘邦的按兵不动,此刻,家乡父老的召唤力已远远地超越了军队严酷惩罚的威力。面对这种现状,刘邦也无可奈何,他想不出冲出群山挺进关中的办法,因为关中有项羽分封的三员秦国降将在那儿镇守着。

正在这时,刘邦又得到一个坏消息,那个叫韩信的治粟都尉又逃跑了,非但韩信,就连丞相萧何也跑了。这回刘邦可气坏了,他恨不得马上派人把那两人抓来杀掉。

韩信这次出逃,吸取了上次的教训,不是与人结队逃离,而是单人单骑出逃。自担任治粟都尉以来,他尽情发挥自己的才能,把军队的后勤工作做得井井有条,但这些成果在汉王那里没有得到应有的奖赏,似乎这一切都是应该的。丞相萧何倒是挺上心,几次到汉王那里为自己请功,甚至再次提出了提拔他的建议,却没有得到刘邦的认可。这一切使得韩信再次心灰意冷,感觉到汉王刘邦不是一位胸怀大志的人,同他共事不会有好的前程。与其在此混下去,不如到中原去另投一位明主,这样才能充分发挥自己的聪明才智,实现自己的远大抱负。所以这次他单枪匹马,悄然离开军营。

萧何得到韩信出逃的消息后,大吃一惊,他顾不上更衣,立即骑上马向韩信出逃的方向追去。

逃跑中的韩信,满肚子的委屈。想当年家境贫寒,常常寄人篱下。一段时间他投靠南昌亭亭长,几个月后,亭长夫人嫌弃他,常常趁他不在的时候全家就把饭吃了,等到韩信来吃饭,不是残汤剩羹,就是碗碟空空。不得已,韩信就常常饿着肚子到城外的河边转悠,看河边有位老大娘捶洗丝绵。到吃饭的时候,那位老大娘见韩信在一边看着,就招呼他过来一起吃。在以后的十多天里,老大娘只要见到韩信在河边转悠,就把带的饭分给他吃。韩信感动地说:"日后我要有机会,一定重重地报答您老人家的恩情。"老大娘生气地说:"我给你饭吃,难道是为了得到你的报答吗?我是看你一表人才,不忍心你挨饿。年轻人要有志气,干出一番事业,你出息了就是对我最好的报答!"

如今老人的话犹在耳边,韩信不禁自责,自己到底算是出息了吗?他扪心自问,备感惭愧。

月光下，一条大河拦住了去路。在韩信的印象中，这条骑马就可以涉过的寒溪河没有这么宽阔。他急忙沿着河岸寻找渡船，然而突然涨水的寒溪河边并不见渡船的影子，他焦急万分。

突然，身后的小路上传来马蹄声，韩信吃了一惊，莫非又有追兵赶到。借着月光，他看到追来的只有一个人，那人远远地朝他挥手，不停地在喊："韩将军留步，韩将军且慢走！"

待那人走近来，韩信才认出他是丞相萧何。两人见面，感慨万分。

萧何心里明白，此时说什么抱怨、责怪的话也没用。韩信更清楚此刻无论怎么解释也都无济于事，两人的手紧紧地握在一起，相拥而泣。韩信为萧何的真诚而泣，萧何为韩信的委屈而泣。

少顷，萧何对韩信说道："韩将军跟我回去吧，这次我再向汉王推举你。如还不能如愿，我情愿随韩将军一起解甲归田。"萧何的真诚再次感动了韩信，韩信无法拒绝。

后人有诗云："若非寒溪夜涨水，焉得汉室四百年。"说的正是这件事。

二 远交近攻,汉王筑坛拜大将

在萧何、韩信不辞而别的时间里,汉王刘邦坐立不安,他理不清他们出逃的原因,更想不通那位已被封为丞相的萧何为什么也不辞而别。

正在刘邦百思不得其解的时候,有士兵来报:"萧丞相回来了!"

刘邦连忙迎出去,见到萧何,他劈头盖脸地斥责道:"韩信出逃我可以理解,你为什么也要逃跑?"

萧何连忙解释:"汉王,我哪里是逃走啊,我是去追韩信了。由于时间仓促,没来得及禀告您。"

刘邦气还未消,嗔怪道:"追他干什么,军中将领已经跑了几十个了,我也不可能把每个人都捆绑起来,愿意跑就跑吧。"

萧何走到刘邦面前,耐心对刘邦说:"汉王啊,韩信是一位不可多得的人才,汉王如果要想收复关中,挺进中原,非韩将军不可!"

这个话题刘邦最感兴趣。自从被封为汉王,定治南郑以来,他无时无刻不在想着什么时候能重新收复关中,挺进中原。见萧何把韩信推到这么高的位置,刘邦的气也就消了一大半,他倒想听听萧何为什么这样看重韩信。刘邦的长处正在于此,他能听得进去反对的意见,因为他知道,一些反对的声音也是为了成就他的大业,更何况萧何不是外人,其建议更是需要仔细听取的。

萧何看到刘邦的气已经消了,就说道:"汉王既然立志东进,一定要重用像韩信这样的军事人才,不然的话,东进只能是纸上谈兵,无法实施。"

刘邦说:"照丞相的意思,非得封韩信一个带兵的将军职位不可?"

萧何见劝说有效,进一步试探刘邦的口气:"依我看韩信不仅能当将军,他的才能更可以担任大将军,指挥全部汉军!"

刘邦听不下去了,斥责道:"胡扯!看在你的面子上,那个韩信到我这里不足两个月就连升几级。这你还嫌不够,要推荐他为大将军,其他跟随我南征北战的将军怎么能够服气!我看你是被那个韩信骗糊涂了!"

萧何连忙解释:"汉王,当下形势严峻,我军力量弱小,照待发展,而对这种现状,我还敢开玩笑吗?我是在为您的事业不断壮大而操心哪,汉王千万不要有其他想法。我和韩信素不相识,如今拼力推荐他正是看中了他的军事才能,没有他,汉王的事业进展是不会顺利的。"

萧何说得诚恳,刘邦听得认真。刘邦心里明白,萧何是真心为他好,几年的征战,早已印证了他的忠诚。面对这位一直忠诚于自己的丞相,刘邦也觉得无法拒绝他的好意。

想到这,刘邦略作片刻沉思,对萧何说:"好吧,就依你的意见,封韩信为大将军。但有一条,这个韩信如果不像你说得那样有能力,到时我可谁的面子也不给了。"

一听这话,萧何掩饰不住自己内心的喜悦,连忙说:"到那时,我萧何也愿意听从汉王的发落!"

萧何见刘邦答应了,心中十分高兴,但为了尽快把韩信的威信在汉军中树立起来,必须举行一个盛大的拜将仪式。这样想着,他又对刘邦说:"汉王,这次封大将军是汉军重振雄风的大事情,千万不可草率行事。我们需举行一个盛大的拜将仪式,这样才能真正达到凝聚军心、振奋士气的效果。"

刘邦心里明白,已经上了萧何的船,只好随船漂流了。既然他已经同意封韩信为大将军,举行一次拜将仪式也无妨,毕竟自己军中还没有一位大将军。他拍了拍萧何的肩膀说:"好吧,日子你定,场面你布置,程序你安排,我到时候出席便是了。"

萧何的眼睛湿润了,自己抛弃家业跟随刘邦,正是看中了他的大气,看中了他的英明。眼前的刘邦,在萧何眼里的形象一下子又高大了许多。

一时间,汉军营中关于拜将的消息迅速传开。良辰吉日定下来了,拜将高台筑起来了,但是拜谁为大将军的消息却封锁得很严,谁也搞不清汉王要拜谁

为汉军的大将军。汉军营中那些跟随刘邦出生入死的将领如樊哙、曹参和周勃等人也在私下里瞎猜测,说不定这个大将军的头衔能落在自己的头上。

楚汉元年(前206)六月,拜将仪式正式举行。现场旌旗招展,锣鼓喧天,文臣们峨冠博带站在左边,武将们身披盔甲排在右边。少顷,汉王刘邦的车驾来到,随他后边的是丞相萧何,再往后是治粟都尉韩信。

到了台前,刘邦下车上台。台上一面鲜艳的红旗迎风招展,台的四周兵士肃立。几通鼓声之后,引礼官把韩信引上第一层台,由太史官宣读祝文,然后由将军夏侯婴捧上弓弦,授给韩信。接着,由引礼官又把韩信引到第二台,由太史官宣读第二道祝文后,丞相萧何捧上斧钺授予韩信。引礼官再把韩信引上第三层台,太史官又宣读一道祝文,此后刘邦亲自捧了虎符、金印和宝剑赐予韩信,并向全体将士宣布:"拜韩信为汉军的大将军,统领全军。"

如此盛大的拜将仪式在汉军中还是头一回,宏大的场面和庄严的仪式激励起全军将士的斗志。尽管绝大部分人都没有想到大将军的头衔落在了主管全军粮草的韩将军头上,但是汉王刘邦的谦卑、恭敬还是留给了全体将士极好的印象。那些不服气的将军们也无话可说了,汉王对韩信都如此器重,他们还能说什么呢?汉王为人仁厚,胸有大志,他们都是仰慕汉王的人品才追随他的。如今,汉王在这里举行盛大的仪式拜韩信为大将军,想必汉王心中一定有个宏大的愿望要去实现,作为追随者们,只有服从汉王的决定才是明智的选择。

拜将仪式结束后,刘邦在宫里单独召见了新任大将军韩信。的确,在刘邦的心目中,还有许许多多的疑惑需要尽快地理清。

刘邦示意韩信坐下后,迫不及待地问他:"丞相多次在我面前推举将军,不知将军有什么兴汉良策,今天在这说给我听听。"

韩信没有直接说出兴汉的计划,而是反问了一句:"如今真正有实力阻止汉王东进的人是项羽,大王自己估量一下,在勇猛和兵力强悍方面,大王同项羽相比怎么样?"

刘邦沉思片刻,坦率地说:"这些方面我都不如他。"

刘邦的话音刚落,韩信立即起身朝他拜了两拜说:"大王贵有自知之明,依末将看,在这些方面大王都无法与项羽相比。项羽此时如日中天,天下仰慕,谁人不畏惧三分。但是我曾经跟随过他,知道他的为人。项羽英勇威猛,能征善战,常常带头冲锋陷阵,身先士卒,但他并不任用有德才的将领,这是匹夫之勇;

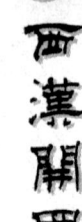

项羽待人宽厚、温和和体恤将士,关爱士兵,但在表彰立功人员的时候却舍不得封赏,这是妇人之仁。项羽虽然率兵推翻了暴秦,但他却不据守关中而建都于彭城;不依照义帝与诸王的约定,论功行赏,而依与他的亲疏分封天下诸王,引得众诸侯愤愤不平。长此下去项羽必失人心,依臣看,用不了多长时间,项羽的气数就要耗尽了。"

听着韩信的分析,刘邦心中暗喜,他估量着这次拜将没有拜错,但此刻他更想了解的是汉军下一步的发展计划,忙问:"依将军之见,下一步我们怎么发展呢?"

韩信说:"如果大王能反其道而行,大量提拔任用谋臣良将,论功行赏有功之臣,还有什么敌人不能消灭,什么人不信服呢?如今被项羽分封在关中的是原秦朝的三个降将,他们为了活命,用二十余万人的性命换回了他们三条命。秦地百姓对他们恨之入骨,谁还会去为他们卖命呢?而大王您入关后,秋毫未犯,废除苛刻刑律,在秦地用'约法三章'保护百姓,深得民心。只要大王率兵攻占关中,一定会得到百姓的响应,到那时候大王东进的计划不就可以顺利地实施了吗?"

刘邦听到这,心花怒放。长久以来,压在心中的怨气、闷气和怒气一下子就释放了出来,他的心情从没有像现在这样清爽、敞亮。他按捺不住地站起身来,紧握着韩信的手说:"寡人东进的大事就全托付给将军了!"

韩信心潮澎湃,汉王的信任和赞赏,使他梦寐以求指挥千军万马的理想就要实现了。

与汉王密谈之后,韩信就紧锣密鼓地着手军队整编和操练了。

三　天下又乱，霸王出兵伐齐国

项羽定都彭城后做了几件事，这几件事引发的直接后果，都为项羽日后兵败乌江埋下了伏笔。

第一件事是杀害义帝。

项羽决定定都彭城后就派范增提前赶到那里催促义帝搬迁。

义帝听到了催促他搬迁的消息后十分恼怒，责备道："当年项梁立我为义帝，得到了天下诸侯的拥护。如今却自食其言，让我迁出彭城，定都郴州，一点儿都不像是做臣子的所为。"

范增却不慌不忙地说："楚王主意已定，而且也在众诸侯面前宣布过了，依老臣之见，还是请义帝尽早到郴州去吧，免得生出事端。"

义帝不依，说道："天下哪有臣子为君王定都的先例？彭城历来为楚国之都，我身为义帝，岂能随意离开彭城到郴州再立新都？"

范增自知理屈，但受命于项羽，他不能自作主张，只好将事情的原委写成书信连夜派人到咸阳禀告项羽。

项羽收到范增送来的书信，看过之后暴跳如雷，骂道："怀王本是个小放羊的，是我们项家把他扶上义帝的位置。分封诸侯的时候他说三道四，如今又大放厥词，摆出一副高高在上的臭架子。也罢，我看他也算是活到头了。"项羽骂完，回了一封书信派人送给范增，令他想方设法催促义帝搬出彭城，另外又给九江王英布写了一封密函，命他在江上截杀义帝。

当范增再把项羽催促迁都的意见传达义帝后，怀王无可奈何地说："项羽催促迁都日益紧迫，如果再不迁走，恐怕要新生变故，不如拣个日子迁都吧。"众臣知道抗不过项羽，也只好点头附和。

义帝率众臣离开彭城时,范增也赶到码头送行,此刻他并不知道项羽密令英布的计划。义帝登上大船时,范增仍情真意切地叮嘱他一路顺利,并把行程事务一一托付随臣。拥立义帝是范增向项梁提出来的,此刻看着他很不情愿地离开,范增的心里也很不是滋味。

接到项羽密函的英布,早已派几只快船在郴州附近的江面上等候义帝的船队。一日,义帝的船队驶来,英布即令快船上前截住,并指示将士,登船后不作任何解释,将船上的所有人员一律斩杀,不留活口。

一场血腥的屠杀在距郴州不远的长江上发生了。绝望的义帝眼看着一群如狼似虎的士兵在船上恣意屠杀,知道自己也躲不过被杀的厄运,便纵身跳入江中自尽了。

第二件事是杀死韩王成。

项羽对韩王成当年派张良随刘邦西征关中,始终耿耿于怀。所以分封诸侯以后,他担心韩王成再度与刘邦联手对自己的地位构成威胁,所以没让他在韩国主政,而是把他一起带到彭城,置于自己的监控之下。他让张良回到韩国代理政务。尽管从汉中赶到彭城的张良,为韩王成当时协助刘邦西征关中一事做了许多解释,但项羽却执意不准韩王成回去。张良没有办法,只好独自返回韩地。张良离开彭城不久,项羽找一个借口把韩王成的"韩王"封号削掉,将他降为侯爵,并且依然不让他离开。降为侯爵的韩成整日都闷闷不乐,身置强势的项羽帐下,又无法脱身,免不了发些牢骚,不久就传到了项羽的耳朵里。项羽本来就看他不顺眼,得知他竟在背地里对自己表示不满,不由气上心头,于是派人多方搜集韩成的不轨言行,最后竟找了个借口把他杀了。这一下不得了了,日夜盼望韩王回国的张良听到他被项羽杀害的消息后,坐立不安,张良知道要不了多久,项羽也会编造一个罪名把自己也杀了。面对这种险境,眼下已经顾不上韩国的百姓了,只有先保全自己性命再说。张良将韩国的事务向属下做了简单安排后,只身离开韩国。他能到哪里去呢?唯一的去处就是投靠汉王刘邦,在那里重新寻找保全韩国的时机。

这两件事情做完后,项羽如释重负,仿佛此刻天下尽在自己的掌控之中了。但事实并不是这样,天下平定的时间很短,没过多久,不断有各诸侯国内讧或争战的消息传来,搞得项羽十分闹心。

各诸侯国发生的内讧以及他们之间的争战,真正祸根,其实出自于项羽在咸阳分封时的不公。

首先是齐国。当时项羽分封天下时,将齐国分为三块。立田都为齐王,田安为济北王,田市为胶东王。然而在齐国资格最老、威望最高的原齐王后人田荣却什么也没有分到,他自然不肯善罢甘休。分封后不久,田荣即召集旧部在齐地起兵,先打败了齐王田都,田都只好率残部到彭城去投靠项羽了。再击败

了胶东王田市,并在激战中杀死了田市,然后田荣再率兵攻打济北王田安,并打败了田安。田荣只用了三个月的时间就荡平了齐国全境,灭掉了三个王,自己成了新的齐王。

再下来是赵国。陈馀、张耳在反秦的斗争中曾建立起了深厚的友谊,并且还有过刎颈之交,他们曾在武臣手下共过事,为武臣收复赵地立下汗马功劳,但两人的友谊在巨鹿被困时出现了裂痕。项羽分封天下时,封张耳为常山王,占有原赵国的大部分地区,而陈馀只得到了三个县的封地,为此事他心中愤愤不平。按理说,陈馀和张耳在反秦的斗争中功劳差不多,官职也差不多,可项羽分封时,他们的差别就十分悬殊了。附近的齐国田荣起兵,灭了齐地三国之后,陈馀看到了希望,他派人秘密地去见田荣,请求田荣帮他。田荣自然愿意支持陈馀,这样一来,等于自己得到了一个盟友。于是田荣就派兵支援陈馀,没用多长时间,就打败了常山王张耳,重新拥立赵歇为赵王,控制了原赵国的全部郡县,陈馀则被赵王立为代王,成为赵国的实际掌权人。

北边的燕国也不安定。项羽分封诸侯的时候将原来的燕地分成两个诸侯国,封韩广为辽东王,治所无终(今天津市蓟县),封臧荼为燕王,治所蓟城(今北京市西南)。两个诸侯国相距很近,且二位王都曾是原燕国的旧臣和部将。齐国、赵国内部火并的消息传到燕地后,臧荼也坐不住了。他积极招兵买马、扩充军队和制订方案,不久就把辽东王韩广赶下了台,占领了韩广的全部封地。

项羽杀了韩王成后,立即派了原来秦朝的吴中县令郑昌任韩王。

项羽咸阳分封诸侯不过短短的几个月时间,多地就发生了变化,原先的分封已经被风吹散,新的诸侯王纷纷就位。当然西部也不安宁,刘邦正谋划着东进,只是还没有行动罢了。

面对当时天下的乱局,项羽坐不住了,准备亲自率兵出征,出兵的目标设定为齐国。当时齐国已是个大国了,那个没有被封王的田荣竟然未经自己同意,一下子消灭了三个诸侯王,这是项羽不能容忍的。齐国距楚国较近,这恐怕也是项羽率先向齐国出兵的一个原因。总之项羽这次出兵齐国,是要给齐人一个沉重的打击。他要杀了田荣,重新封王,彻底摧毁违背他项羽意愿自立为王的如意算盘。

当然出兵齐国是一次大的军事行动,项羽也不敢掉以轻心。他召集会议研究部署作战方案,组织力量筹备粮草,并决定亲自率领全部主力北上,要一下子打垮田荣,不能让他有任何喘息的机会。

然而,正在项羽准备出兵齐国的时候,又传来了坏的消息。被困在汉中的刘邦已派兵突袭了陈仓(今陕西省宝鸡市东),正与关中雍王章邯军队进行着激烈的战斗。此刻项羽也顾不上这些了,他决定尽快出兵齐国,先把齐国拿下,至于西边的刘邦,待平定了齐国再收拾他也不迟。

四 明修栈道，暗度陈仓获奇胜

汉元年(前206)八月，一场气势磅礴的汉军东进誓师大会在南郑召开。至于东进的路线除刘邦、萧何等几位主要人物清楚外，其他将领都没有得到准确的信息，这一切都是大将军韩信一手制定的。尽管如此，东进的计划还是让全军上下万分振奋，没有仗打的日子难熬，身处异乡的日子更难熬。

这次东进计划之所以能如此之快地实施，全仗韩信严格治军。韩信担任大将军后连发十七条治军禁令，严肃军纪、强化操练，但还是有一些老将心存不满，把他的军令当耳旁风。有一天集合操练，限五更时分全军集合点名，唯有监军殷盖未到，韩信也不去追问，按计划开始操练。直至中午时分，殷盖才来到演习场地，直奔辕门。

卫兵告诉他："大将军有令，未经准许不得进入。"

殷盖一听大发脾气，高声喊道："什么大将军，无非是小人得志，你去通报一声，就说监军殷盖到了，请求入营。"

不一会儿，卫兵持牌回报："请！"

殷盖大模大样地走了进去，见了韩信只把两手一拱，脸上怒气还没消散。

韩信怒目相对，大声呵斥道："军中有令，你身为监军，为何晚到？"

殷盖不以为然，极力争辩，不把韩信放在眼里。

韩信大怒："你带头违背军令，依法当斩！"随即挥手命左右将殷盖捆绑起来，跪在帐前。

殷盖这时才有些慌了,连忙为自己辩解。

韩信不听,当着众将的面大声说道:"你既为将,岂不闻受命之日则忘其家,从军之时遂忘其亲,临战之时则忘其身?既已将身许国岂能有父子亲戚之念呢?"随即召军政司问:"殷盖违令,罪在哪一条?"

曹参高声说:"呼名不应,点卯不到,违期不至,行动乖悖。此为慢军,犯者斩!"

到这时,殷盖才知道自己闯了大祸,吓得浑身哆嗦,伏地求饶。韩信并不理会,挥手命左右将殷盖推出辕门斩了。

从此以后,全军将士再不敢在背地里说三道四,也不敢违背军令。他们一心一意地服从韩信的指挥,投入到严格的训练之中。

在很短的时间里,韩信把一支由汉军及其他诸侯军投奔过来的将士整合在一起,组成了一支军纪严明、机动性强、作战勇猛的铁军。之后,他又制订出了一套周密的东进方案并呈报汉王刘邦。

刘邦本身就急于东进,如今看了韩信详尽的东进方案,打心眼里高兴。他找来萧何、郦食其等身边的几位主要谋臣商量了一下后,很快就在方案书上签了字。东进的大将军不是别人,正是韩信。

在此之前,韩信早已派樊哙率一万余人去修复张良让人烧毁的栈道了。这个行动无非是让三秦的守军知道,汉军要东进,必须等到栈道修复后才能实施,而几十里的栈道要在短时间内修复谈何容易。

其实韩信早已派人探明了另一条道,即陈仓道。此道山路陡峭,路面狭窄,有的地方只能单人过往,极不适合军队行动,平时多为当地百姓行走。陈仓道的最北端设有一处关隘,即大散关,它是依山而建,清姜河从关旁流过。关的一侧高山耸立,一侧河水湍急,实为设关的理想之地。

这一切,韩信早已调查清楚了。此次汉军东进的路线就是要走陈仓道,然后一举夺取大散关,打开通往关中的通道。

大散关的守将章平是章邯手下的将领,他也是原秦军的降将。雍王章邯拨给他几千人守在这里,整日无所事事。的确,陈仓道上一天过往的人数都能数过来,汉军如有行动,早就被他发现了,何况他已打听到汉军派万余人在修复栈道,这绝不是三五个月就能完成的工程。这几天陈仓道上的行人越发稀少,但是这种不正常的现象并没有引起章平的注意。汉军派人修复栈道的消息传到

四 明修栈道,暗度陈仓获奇胜

章邯那里后,他多次提醒章平要加强大散关的警戒,以防汉军派小股队伍偷袭。然而章平不以为然,他此前派出侦察小队往前方侦察汉军的动向,没有发觉任何异常。在章平心目中,假如汉军近十万兵马要从陈仓道来,不知要搞出多么大的动静,况且陈仓道也根本不适合大部队行动。

汉军的行动是迅速的、秘密的,大将军韩信唯恐惊扰了大散关的守军,早早派人沿途警戒,不许当地百姓往大散关方向去。为了迷惑那里的守军,韩信令部下士兵装扮成百姓模样沿陈仓道向大散关方向行走。一则可以掌握沿途的情况,二则可以传递大散关守军的动向,更重要的是这些士兵进入关后可以集结起来,作为汉军攻取大散关的内应。

一天拂晓,值班的小卒慌忙跑过来向章平报告说:"关外有大量军队开过来了。"章平大吃一惊,连忙登上关楼,只见关外的小道上果然有队伍向大散关方向开来。这下章平才感到大事不好了,他一面派人骑快马去废丘城向章邯汇报,一面调兵遣将准备迎战。

少顷,汉军将领樊哙已策马到了关前,朝前关楼叫喊:"逆贼章平,快快开关受降,汉军大将樊哙来了!"

章平听了,心里纳闷,这个樊哙不是率兵在修栈道吗?怎么在这儿出现了。既然来了,也得开关与之一战,想必汉军也只是派了一小股队伍过来,尽快把他们消灭也就安宁了。这样想着,章平下关迎战樊哙。两人见面,二话不说,立即厮杀起来。这时章平发觉,小道上的汉军越来越多,到处红旗招展,山谷里杀声震天。十几个回合下来,章平不敢恋战了,匆匆地回去紧闭关门。

登楼远眺,章平发现,汉军正像潮水一样朝着大散关的方向涌来,前边的汉军一刻不停地攻城,呐喊声震耳欲聋。章平胆怯了,他知道这绝不是汉军的小股部队,而是汉军的主力。远处,仅写有将领姓氏的战旗就有十几面。面对如此强大的攻势,他区区几千人的守军怎能抵挡得住。但无论如何自己还是要凭借着大散关的地理天险拼死守关,只等雍王章邯派援军到来。

战斗进行得十分惨烈,从早上一直打到傍晚,大散关的关门最终还是被汉军攻破了。那批前几天装扮成百姓的汉军士兵此刻也发挥了作用,在关内拼死冲杀,为关外汉军顺利攻关做了内应。而这个时候,章平派往废丘的信使可能刚刚赶到。

章平被俘,一脸的无奈。

韩信拍马入关,他安抚了降将降卒,并未屠城。看着威风凛凛的汉将军韩信,看着整齐雄壮的汉军队伍,章平心中不由得升腾出一股钦佩之意。

韩信派兵留守大散关,率大部队继续东进,一鼓作气拿下了陈仓。

占领陈仓后,韩信即刻部署队伍就地驻扎,一面亲自迎接刘邦的到来。

听到大军顺利攻下大散关,占领陈仓城的消息后,刘邦异常兴奋,他恨不得立即赶到陈仓见韩信,当着全军将士的面奖赏他。几个月来,汉军发生如此巨大的变化,迸发出如此强大的战斗力,在如此之短的时间里发起东进行动,这一切全得益于大将军韩信的英明。想到这,一股豪情在刘邦胸中腾起,他预感到,他的命运发生巨大变化的时机到了。

章邯连续接到大散关失守、陈仓城失守的消息后,再也坐不住了。他亲自率兵前往陈仓,准备趁着汉军立足未稳之机夺回陈仓。另一方面,他派人通告塞王司马欣、翟王董翳做好增援的准备,随时派出援兵,一同阻击东进的汉军。

一时间,三秦大地上,战火又起。

韩信知道章邯不会看着陈仓失陷不管,定会率军来攻,他早已布好战阵,等候章邯的到来。韩信明白这一仗至关重要,必须打败章邯,灭了三秦守军的气势。他派出了樊哙、曹参和周勃三位主将率队迎战。章邯虽久经沙场,但也未曾想到汉军竟如此威猛,陈仓附近的一场激战,章邯败下阵来,退到了壤乡(今陕西省武功县南)。韩信自然不肯善罢甘休,令樊哙继续攻击壤乡。章邯也不急于应战,关闭城门,等待塞王、翟王的援兵。

韩信则趁此机会,调拨其他将领攻击三秦西部各地区,扩大领地、稳定后方。他先后派大将靳歙率军进攻陇西,派大将周碟、郦商进攻关中北部。

坐镇陈仓的汉王刘邦,听到不断传来的捷报,心情自然十分愉悦。但他也清醒地认识到,三王的势力不弱,要想顺利拿下关中也非易事。他一面不断发出庆功信,一面向全军将领宣布,凡在战斗中表现优异者将有重赏。金银乃身外之物,此时不用更待何时。

汉王的激励和鞭策自然十分有效,汉军队伍中不断有无名将领崭露头角。整个战事虽然异常艰难,总体上倒也还算顺利。

当汉军在壤乡又一次打败三秦联军的消息传来时,全军为之振奋。

几个月后,除了章邯率领的一些残部在废丘城里固守以外,三秦各郡都已纳入到汉军的手中。

汉军大将付宽、丁复打败翟王董翳,董翳率部投降。

汉军大将灌婴大败塞王司马欣,司马欣也率部投降。

咸阳城重新又回到汉军手中,当地百姓自发地聚集起来欢迎汉军的到来。他们渴望汉王,恨透了残忍粗暴的楚王项羽,恨透了出卖秦国将士又投降楚王的将领章邯,汉王的仁政是咸阳百姓渴望得到的。

至此,三秦基本上平定了,刘邦看着疲惫的将士,下令全军休整。当然对废丘的围攻也不能放松,韩信继续指挥着对废丘的攻坚战。

被围在废丘的章邯仗着城内粮草充裕,城池坚固,率部顽强守城,不与汉军正面交战。此刻的章邯就像一根鱼刺,卡在刘邦的喉咙里,吐不出又咽不下。但是不打下废丘,就无法真正地实现收复三秦的目标。

章邯这位昔日威风八面的秦国大将,在巨鹿一战被项羽击败,投降后也盼望有朝一日重振雄风,征战天下。无奈二十万秦兵被项羽坑杀的事件使得章邯在秦人面前威风扫地,人们不再用钦佩的眼光看他,这使章邯心寒不已。自从被项羽封为雍王后,他信心满腹,决心在秦地大干一场,重塑形象,谁知汉军的到来,使他的计划成了泡影。这一次他再也不能做出任何有损自己形象的事了,尽管翟王、塞王都已投降汉军,但自己不能这样做。他宁可战死,也不投降,誓与废丘城共存亡。

五　楚军北征，田横机智巧抵抗

项羽这次亲自率兵北征，几乎组织了全部的精兵，他要一下子打垮田荣。

为了集中兵力，打一场歼灭战，项羽还派人通知九江王英布，让他率其主力部队北上加入自己的北征行动。

在乱世中，英布也算得上一名英雄。他随项羽参加了著名的"巨鹿之战"，参加了西进关中推翻暴秦的军事行动。由于战功显赫，项羽在咸阳分封时将英布封为九江王，治所设在六县（今安徽省六安县北），距项羽的彭城较近。项羽赏识英布的威猛，放他在自己的身边，其目的就在于需要时能立即调动。但是，英布对项羽在咸阳的分封并不满意，因为他把富裕的地方都分给了在作战中没有多大功劳的项姓将领。接到项羽让他率主力部队北上伐齐的消息后，英布并没有行动。他向来使谎称自己身体不适，无法亲自率兵出征，只派一位小将带着四千人马前往楚地参加项羽的北征行动。

项羽听到这个消息，很不高兴。但北征行动在即，他此刻也顾不上这些了，但心里还是埋下了对英布的一股怨气。

西边不断有坏消息传来，诸如汉军大败翟王董翳、战胜了塞王司马欣和围住雍王章邯，等等，搞得项羽心中烦躁。他决定继续北征，先平定了齐国再说。

新近自封的齐王田荣本是齐王田氏的族人。陈胜吴广聚众起义后，首派周市去平定魏地，到了狄城后，狄城县令率众守城，坚决不降。当时田荣的堂兄田儋正在狄城，他让一些年轻人跟着他到县府求见县令。县令以为田儋是来协助

守城的,就召见了他。谁想田儋见到县令,一刀将他砍死,并对围观的众人说:"暴秦已经快要灭亡了,现在各地诸侯都纷纷起来反抗秦朝,自立为王。我是齐王田氏的族人,今天当着众人的面杀了秦朝县令,自立为王!"众人一阵欢呼。

田儋自立为王后并没有去投靠陈胜,而是组织力量击败了围城的周市。随后他又率兵向东扩展,收复了大片原属于齐国的城池。

后来,田儋在与章邯率领的秦军作战中,于临济城下被秦军杀死。

跟随田儋作战的田荣听到田儋的死讯后,率领残部退到了东阿一带。

田儋的死讯很快在齐国传开了。其他田氏族人就拥立原齐王田建的弟弟田假为齐王,田角为相国,田间为将军来抵抗秦军和各诸侯军的侵犯。

率领残部逃到东阿的田荣,被章邯率领的秦军紧紧围住,幸亏项羽率领的楚军来救,田荣才得以脱险。秦军向西撤退,项梁率兵追击。田荣却没有参加追击秦军的行动,他组织力量攻打齐王田假,田假只好逃往楚国去搬救兵,相国田角、将军田间则都逃往赵国躲了起来。

田荣暂时放弃了追击,他在齐地立田儋的儿子田市为齐王,自己为相国,他的亲弟弟田横为将军,继续平定齐地。

当年秦军的实力还很强大,项梁多次催促田荣出兵抗秦。田荣却提出一个十分苛刻的条件,即楚国杀掉田假、赵国杀掉田角和田间他就出兵。同是田氏族人,如今反目为仇,田荣这样做的目的自然是要借他人之手除掉心腹之患,巩固自己的地位。但楚国、赵国并不听他的,道理很简单,田假是齐国君王,田角是齐国相国,田间是齐国将军,凭什么你田荣一句话,我们就要杀了这些盟友呢?田荣也有说法,毒蛇咬了手就要砍去手,咬了脚就要砍掉脚,不然毒液就会遍布全身,导致中毒身亡。何况田假、田角和田间总比不上你们的手足重要吧,为什么不杀了他们?田荣这些话,楚国、赵国当然不认可。可眼下大敌当前,谁有时间去顾及这些事情呢?既然楚国、赵国不听田荣的,田荣也正好利用这一点拒不出兵,田荣和楚国也由此产生了过节。

齐国的田氏一族中没有完全服从田荣的一批田氏将领,依然在楚军西征时担当重任,立下了战功。咸阳分封时,项羽将齐地分为三块,分封齐王、济北王和胶东王也正是项羽对田氏一族人中有功劳的奖赏。田荣没有参加灭秦行动,没被分封也在情理之中。

田荣清楚项羽对自己不满意,依然我行我素在齐地扩大领地,扩充军队,他知道总有一天要和项羽决一死战。所以,当田荣听到项羽率兵北征的消息后并不惊慌,他调动全部主力在城阳一带与项羽的楚军展开了一场决战。

战斗进行得异常激烈,场面惨不忍睹,可谓血流成河,尸横遍野。齐人的意志令战斗力极强的楚军也感到震惊,项羽不得不派上自己的上万子弟兵冲锋陷阵,这才打败了田荣,田荣不得已率残部逃到平原(今山东省平原县西南)。

但是,一件出人意料的事情在平原发生了。连年的战火使齐人对战争已十分厌恶,眼下发生的一切,平原人都怪罪于田荣,是田荣驱逐齐地三王才造成齐国目前的混乱,才给齐地人民带来战争的苦难。如今田荣败了,逃到了平原,不如杀了他以求平安。这样,田荣本想喘口气再组织力量对付项羽,却在平原被齐人给杀了。

然而善良的平原人怎么也不会想到,追赶过来的楚军比起战争来更加令人恐怖,他们本想得到的平静和安全被楚军的血腥屠杀所替代。激愤的项羽对齐人采取了惨无人道的杀戮,楚军经过的地方,房屋被焚,士兵被杀,妇孺被掳。举目望去,尸骨成山,哀鸿遍野。

齐人的善良被愚弄了,他们的怨恨又复燃了,人们自觉不自觉地又投入到了抗击楚军的行动中去。田荣的弟弟田横趁机大量招集残部,组织起了几万人的队伍在城阳一带与楚军周旋。田横吸取了哥哥田荣失败的教训,将队伍分成了十几股,避开楚军的主力,袭扰他们的薄弱之处,搞得楚军疲惫不堪。此时的楚军就好像挥舞着拳头打蚊子,徒劳无功。

五、楚军北征,田横机智巧抵抗

六　浑水摸鱼，收复三秦图东进

地处渭河北岸的咸阳宫虽被项羽一把大火烧毁，但地处南岸的兴乐宫等宫殿尚保存完好。项羽进驻这里后，就是在咸阳宫分封诸侯王的，如今它已成为一堆废墟。刘邦对这里也不陌生，当时他率军来到咸阳，曾被整座宫殿的富丽堂皇所震撼，如今看着眼前残垣断壁的咸阳宫，刘邦心里有说不尽的感慨。

这段时间，萧何也随运送给养的部队一同来到了咸阳。刘邦让萧何安排全军的休整事宜，自己则在宫殿里到处转悠，东看西瞧。在赞叹秦国的强大与辉煌时，也免不了为这个"巨人"的轰然倒下而发出几分叹息。

三秦大地，除了章邯被围困在废丘城里，暂时无战事。刘邦想念家人了，他派薛欧、王吸率领一支轻骑兵，到沛县把家人接到咸阳来。父亲年事已高，让他到这昔日秦国的宫殿里住一段时间，享受一下当年国君才能享受的清福。妻儿也需要一起接来，在咸阳团聚，互叙离别之情。长年征战，无法顾及家人，这次接来住在一起，也算了却一下自己为子、为夫和为父的心愿。

有一天，一个意外的喜讯传来：张良来啦！刘邦听到这个消息后，连忙起身去迎接张良，两人相见，万分激动。

二人互诉了别离思念之情后，刘邦将汉军近一时期的行动如实地告诉了张良。张良听后赞不绝口，对刘邦果断起用韩信的做法十分赞赏。张良向刘邦介绍了中原的战况及项羽此刻的军事动向，随后又十分周密地分析了当前天下形势。刘邦听得心里痒痒的，他恨不得立即率军杀出函谷关，直插项羽的老巢——彭城。

张良不同意马上出兵,他对刘邦说:"项羽虽然调集兵力征战齐国,但彭城仍有重兵把守,况且出关之后还有项羽分封的西魏王魏豹、河南王申阳和韩王郑昌。这些人受了项羽的分封,一定会尽力为项羽卖命的。"

刘邦不以为然:"三秦的三王也是项羽分封的,遇到攻打,也都是不堪一击呀。"

张良又说:"三王虽然强悍,但却是秦国的旧将,从内心里并不服项羽。何况主公进咸阳时的'约法三章'深受秦地百姓的拥护,您在三秦百姓中的威望是很高的,但中原则不同了,还望主公三思。"

刘邦想了想,也罢,父亲和妻儿还没接来,等等也好。便问张良:"依你看,什么时候东进为好?"

张良说:"主公先派人加强对军队的操练和整顿,待时机成熟后再说,毕竟对手项羽不是一般人哪。"

刘邦听后没说什么,他对张良还是很信任的。张良这次能来,说明张良愿意跟随他,所以刘邦也不薄待张良,封他为成信侯,留在自己的身边出谋划策。

废丘城久攻不下,搞得韩信也很郁闷,这是他担任大将军以来碰到的最难啃的骨头。汉王刘邦急于东进,正在加紧操练士兵。转眼几个月过去了,章邯依然坚守废丘,丝毫没有投降的意思。废丘位于渭河北边,城池坚固,易守难攻。韩信多次在城的周边考察地形,苦想破城计策。一天,有个想法突然浮现在他脑海里:引水攻城。这个办法不错,韩信立即向刘邦报告了自己的想法和实施计划。刘邦毫不犹豫,让他组织实施。韩信马上召集将领部署,从渭河上游开挖一道渠,引水攻城。

刘邦正忙着筹划东进的行动,暂时无暇顾及攻取废丘的事情。他派谋士陆贾去游说西魏王魏豹和河南王申阳,要他们顺从天意,和汉军一起攻打残暴的楚王项羽,因为项羽已派人谋害了义帝。

楚汉二年(前205)春,汉王刘邦亲自挂帅挥师东进,但这次东进的计划,汉军高层意见并不统一。刘邦认为项羽北征,后方空虚,正是汉军东进的大好时机。大将军韩信则认为三秦还未完全平定,废丘也还没有攻下,汉军此刻东进势必造成后方不稳,认为等攻下废丘再东进不迟。张良则介于二人意见之间,认为东进的时机已经成熟,但三秦未定也会给汉军埋下隐患。意见虽不统一,但东进的目标是一致的,只是时间问题。汉军中的将领们听到消息,纷纷向刘邦请战,要求担任先锋。将领们的行为刺激了刘邦,他决定即刻率兵东进。大将军韩信仍留在关中,一直到打下废丘为止。东进的先锋大将则由原韩国太尉

韩王信担任,因为东进的第一个敌人便是韩王郑昌。韩王信熟悉韩国地形,便于攻击,张良对这位昔日的韩国将领也推崇备至。

初战告捷,前锋大将韩王信率兵很快打败郑昌,收复了韩地。刘邦立即任命韩王信为新的韩王。

面对汉军东进的强大声势,西魏王魏豹坐不住了。他明白自己将是汉军下一个攻击的目标,与其坐以待毙,不如向汉军投降,躲过眼前这一劫。魏豹的这一举动,刘邦自然拍手欢迎,他不但对魏豹的做法大加赞赏,而且还封他为前锋大将,继续挥师东进。韩王信因重返故地,还有很多事务要处理,这样东进前锋的担子就落在了魏豹肩上。

汉军在韩地休整期间,常山王张耳率部赶来投靠刘邦。刘邦见到了张耳,大喜过望,他们年轻时就认识,而且交往甚密。张耳是被陈馀赶跑的,他率部离开赵地时,无处可去,听说刘邦已收复了关中,就带领部队投奔他来了。他梦想着依靠刘邦的势力,有朝一日重返赵地。

张耳的到来,使说服河南王申阳一同反楚的计划容易了许多。申阳原来就一直跟随着张耳,是张耳帐下一名得力的干将,张耳投奔刘邦后,申阳也就无心与刘邦争高低了。前段时间,汉王派使臣陆贾做了他的工作,申阳并未答应,他曾经承诺过项羽要守住这座城池,防止外人侵入。如今不同了,张耳都投靠刘邦了,自己还等什么呢?所以当张耳找到他时,他二话没说,马上就答应在刘邦的指挥下一同抗楚。

关中也传来好消息,韩信用水攻的方法拿下了废丘,章邯自杀,整个三秦全部掌握在刘邦手中了。不但如此,巴蜀、汉中和陇西等地都已在汉王的统辖之下。稳固了广阔的大后方,刘邦更增添了东进的信心。粗略算一下,已经有五个诸侯国的军队归在汉军旗下,兵力足有五六十万人。如此迅猛的扩张速度,刘邦在梦里都没有梦到过。掐指算来,从咸阳封王到现在不过一年的时间就赢得眼下这种大好局面,应该归功谁呢?首先是张良,不是他向自己分析天下局势,劝自己暂且立足汉中,自然不会有今天;萧何的功劳也不小,他日理万机,整日操劳,为汉军在汉中立足打下了坚实的基础;大将军韩信更是功不可没,汉军在他的调教下发生了巨大的变化,尤其是他指挥的突袭陈仓一战,为汉军挺进关中打开了大门……当然,其他将领也个个表现得英勇善战,异常出色,这些人都立下了汗马功劳。

刘邦陶醉于过去一年取得的成绩,如今他更渴望挥师东进,灭掉项羽。

七　董公出策，陈平含怨投汉军

楚汉二年（前205）四月，刘邦率部进驻河南王申阳的治所——洛阳（今河南省洛阳市东北）。

进驻洛阳后，刘邦最操心的事情自然是东征。要统一各路诸侯的思想，得到其他尚未归顺的诸侯王的认可，此次东征伐楚是应该要有一个说法才行。为此刘邦召集众谋士和将领商议，但最后也没能达成一个共识。

一天，新城（今河南省伊川县西南）三老（掌管一乡教化的地方官吏）董庭进宫来求见刘邦，对他说："听说汉王要率军东征伐楚，我提一个建议供汉王参考。"

刘邦正为此事发愁，听来者说要提建议，忙起身让座，然后恭敬地对董庭说："你有什么只管照直说来。"

董庭说道："自古'顺德者昌，逆德者亡'。汉王此次东征如师出无名，恐怕得不到各路诸侯和天下百姓的拥护。"

这句话说到了刘邦的心坎上，他急忙问："照你说，怎么做才算师出有名？"

"楚王项羽残暴无道，放逐义帝，并派人谋杀于途中，此为天下乱臣贼子。汉王若能命令三军穿着白衣素服，凭吊义帝。然后向天下诸侯宣告讨伐项羽，必能得到天下人的响应。到时汉王的仁德也将广播天下，汉王的威望自然会在人们的心目中升高许多。这样，东征伐楚的目标就一定会实现。"董庭不紧不慢地说道。

刘邦听了，茅塞顿开，赶紧派人拿来重金赏赐董庭。

第二天,汉军官员和将士一律穿上丧服,哀悼义帝。

汉王刘邦亲自为义帝发丧,在义帝的灵堂前,刘邦露出左臂,痛哭不已,汉军将士无不为之感动。

形势的发展果然如董庭预料的那样,此举立即得到洛阳全城百姓的赞许。刘邦在发丧仪式上宣誓:"天下诸侯共立义帝,像君王一样拥戴他。但是残暴的楚王项羽却将义帝杀害于江南,实属大逆不道。我刘邦愿意率领汉军全体将士讨伐项羽,为民除害。"

哀悼三日后,刘邦让人将哀悼义帝和声讨项羽的行动写成数十份檄文,派使者送往各诸侯王处,号召他们一同派兵伐楚。

司马卬原是赵国的大将,因其在项羽率军与秦军交战时配合有功,所以在咸阳的分封大会上,被项羽封为殷王,治所设在朝歌(今河南省淇县)。此地紧邻楚地,刘邦率大军去伐楚必须要先夺下殷地。

刘邦号召天下诸侯伐楚的举动,司马卬并不买账。当年天下各诸侯竞相西进亡秦时,司马卬也曾率领一支部队,准备渡过黄河入关,结果刘邦派人先把平阳渡口给封了,使得司马卬入关亡秦的行动成了泡影。如今刘邦到了殷地,他自然不会让他轻松过去。毕竟项羽再粗暴,但还给他司马卬封了王,你刘邦算什么东西,在这里指手画脚。

此刻的刘邦如日中天,雄心万丈,根本就没把司马卬放在眼里。他先派使者前去劝降,如若司马卬不降,则立即派兵攻城。摆在司马卬面前的只有两条路,一是投降,二是抵抗。望着以汉王为首的诸侯联军,司马卬知道自己不是对手,只好开城迎接刘邦。刘邦见司马卬痛快地归顺自己,也没有为难他,让他继续留任等候调遣,自己则率大部队继续东进,目标直指彭城。

正在北方与齐国交战的项羽听说殷王投靠刘邦的消息后,万分焦急。自己在北方战场上抽不出身来,就派留守在彭城的陈平率兵去攻打殷王,为了激励陈平,还加封他为信武君。

陈平出身于河南阳武县(今河南省原阳县东南)一个普通农户家庭,父母早亡,靠哥嫂一手把他抚养长大。少年时,陈平就不喜欢农作,而喜好研习揣摩黄老之术。长大后的陈平不同于一般的乡下人,他相貌美俊,谈吐儒雅,思路敏捷,举止大方。哥哥看在眼里,喜在心上,心里有说不出的高兴。嫂子则不然了,小叔子一天到晚东游西逛,不事农耕,没有正行,她看着不顺眼,时不时给陈平眼色看。陈平倒也不在意,依然我行我素。

到了该成家的年龄了,陈平依然是光棍一条。陈平当时择妻的标准不低,

这样就形成了高不成低不就的局面。哥哥倒不在意，嫂子则恨不得小叔子赶快成家，另立门户，免得整日在自己面前晃来晃去，让人心烦。

机会终于来了，乡里一位叫张负的富裕户看上了陈平，准备把小孙女嫁给他。张负是个有心人，他在暗地里观察过陈平，发现陈平与众不同，言谈举止都像是个能干大事的人。陈平交往的圈子也不同于其他乡里人，常常有一些衣着讲究体面的人乘车到陈平家去拜访他。张负断定，小孙女嫁给他是不会有错的。

张负的小孙女其实是个寡妇，她出嫁后不久丈夫就抱病而亡，只好又重回到娘家。张负担心陈平不愿意，就派人去游说，并送去了丰厚的礼品。

陈平对张负在乡间的为人也有所耳闻，如今张负派人来说亲，陈平便爽快地答应了。他从内心不愿意再给哥哥家里增加负担，不愿意再看嫂子的白眼。

张负听到回音十分高兴，安排两人见面。二人相见后竟然十分投缘，郎才女貌，两厢情愿。

婚事办得热热闹闹，当然办理婚事的钱财都是张负出资的。陈平的哥嫂也非常满意，弟弟成家，自己不但没有花钱，还收到了不少贺礼。张负则更满意，看着高大英俊的孙女婿，越看越高兴。此后陈平终于摆脱了婚事的窘境，不再为吃喝发愁，不再受嫂子的白眼了，手头阔绰，交往也更加广泛了。

当时的时局已乱，天下诸侯自陈胜吴广起义后纷纷举起反秦大旗，陈平认为自己施展才华的大好时机来到了。他先投奔魏王魏咎，谋得一个太仆的职位，并找机会向魏咎献策。谁知魏咎并不采纳，只当耳边风吹过。不仅如此，魏咎身边的近臣还诋毁陈平，唯恐他在魏王处得宠。不久陈平发现魏咎不但不听他的建议，反倒有意疏远他，知道自己不能再在魏国待下去了。

陈平离开魏咎不久，魏国就遭到秦国大将章邯的攻击。魏咎为了保全魏国的百姓，开城投降，自己则引火自焚。陈平得到魏咎自焚的消息后悲痛不已，同时也庆幸自己及时地离开了魏国。

那时项羽正在率领楚军北上援赵抗秦，陈平便投奔到项羽帐下，之后他参加了巨鹿之战、入关灭秦等重要军事行动。项羽率兵返回彭城时，陈平也跟随到了彭城。由于陈平才华过人，深得项羽赏识，到达彭城后，项羽给了他一个卿爵的分封。项羽北上攻齐时，让陈平留在彭城待命。

此次，陈平受命攻打殷王司马卬后，便率部马不停蹄地奔往殷地。

司马卬本身就不服刘邦，见刘邦已带大队人马东去，自己也好暂且喘息一下。谁知陈平又率军攻来，既然如此，叛汉降楚就行了。等陈平带领人马到达

城外时,司马卬依旧开城欢迎。司马卬知道,楚军也不会在此多留,项羽派陈平来,无非是怕他和刘邦结为联盟一起东进。

陈平见司马卬已归顺,自然不想在殷地过多停留,他一面派人向项羽报告,一面率部队返回彭城。

项羽得到消息后大喜,加封陈平为都尉,并赏黄金四百两。

正在东进的汉王刘邦听到司马卬又叛汉归楚的消息,气愤不已,马上派兵再去攻打。这回攻打司马卬,再也不会给他什么面子了。刘邦命令:"攻下城后,把那个没有信誉的司马卬捉来见我。"

这次司马卬又败了,他再也享受不到继续留任的待遇了,而被汉军捆绑着押到刘邦面前。刘邦现在心情正好着呢,不想杀人,让把他带下去听候发落。

司马卬的反复无常,不但惹恼了刘邦,也气坏了项羽。项羽听到他又投降汉军的消息后,大骂司马卬,恨不得立即杀了他。同时项羽也把怨气、怒气发泄在陈平等将领的身上,指责他们办事不力,没有稳住司马卬,反倒给刘邦扩大联盟和占领地盘留下了机会。

有坏消息传来,项羽计划杀掉曾经前去平定殷国的将领和官吏,以平心中的怒气。在项羽看来,我率军在北方与齐国交战,让你陈平办这么一件小事都办不好,平日我待你不薄,关键时候你却不卖力。

陈平清楚,项羽决定的事一般不会轻易改变,尽管自己感到委屈,但也无法辩解。与其等着项羽回来问罪,还不如趁早离开楚营。他把平日项羽赏赐的金银财物全部整理好,放在自己府内,只身离开了彭城。

天地之大,何处方可容身?陈平选择了北渡黄河,投靠刘邦。

然而在渡船上,陈平的一身装扮引起了艄公的注意。黄河上的艄公们除了正常的摆渡外,有时也会干一些杀人越货的事,发上一笔横财。他们见陈平衣着讲究,谈吐高雅,举止不俗,便断定陈平不是富商便是有钱大户,这些人出门身上肯定带着不少金银。艄公们准备等船到河中间动手。机警的陈平察觉了他们的动机,连忙当众打开随身的小包袱取出几块干饼送给众人品尝,随之又脱下衣服扔在船上,浑身赤条条地走到艄公跟前,帮他摇橹。见过世面的艄公看到陈平如此举动,心里早已明白了。这个客人在用行动告诉他们,他是一文不名,没有油水可捞。艄公只好打消了念头,把陈平顺利地送到了河对岸。船靠岸后,陈平不紧不慢地穿好衣服,又将那几块干饼放回小包袱里包好,向艄公做了一个揖,然后扬长而去。

八　巧言释疑，联军挥师夺彭城

刘邦率军在黄河以北作战时，不时有人结队前来投靠汉军，有一天，一个叫石奋的小孩也来投靠他。刘邦一打听，知道石奋是赵国人，赵国被秦灭掉后全家逃到其他地方谋生。看石奋十分乖巧，人也长得机灵，刘邦就把他留在身边，做贴身仆人，同时兼做接待工作。有人要见刘邦，必须先要过石奋这一关。

陈平死里逃生地渡过黄河，来到修武（今河南省获嘉县）投靠刘邦。他先找到在刘邦手下供职的好友魏无知说明来意，魏无知又找到石奋，请他呈报汉王，说有一个重要人物求见。

当时汉军正驻扎在修武，暂时无战事。刘邦听说有人来投靠，自然高兴，此时正是用兵之际，来的人越多越好。听石奋说来人中有一位有才之人，刘邦便招待他们吃饭。吃饭时，刘邦扫了一眼来投靠的七个人，也没觉得特别，就随便说了几句话起身走了。

陈平见刘邦要走便着急了，忙说："汉王，我有急事要向您报告。"

刘邦停下来，回头看了一眼陈平，感觉这张面孔在什么地方见过。想起来了，在项羽安排的鸿门宴席上见过此人。刘邦便问："什么急事？"

陈平示意在场的人多，不便说。刘邦领会了，就叫石奋把陈平带到自己的帐中叙谈。

两人这次会谈的结果，出乎大多数人的意料。陈平凭他机敏善辩的谈吐，开阔敏捷的思路，儒雅谦和的举止竟然征服了刘邦。识才爱才的刘邦不仅接纳了陈平，还封其为都尉，做了自己的参乘，负责主持协调诸将之间的关系。消息

传开,一时间舆论哗然。一个项羽手下的逃兵,仅凭着三言两语就轻易得到了这么一个重要的职位,众将领心中很是不服。

将领们虽然不服,但敢去找刘邦诉说的人却没有。大家只有在私下里议论纷纷,发发牢骚解气,不长时间,关于陈平的劣迹就被勾描出来了。曾为汉军发展壮大立下战功的大将周勃、灌婴坐不住了,去找刘邦告状。

刘邦听了不以为然,对他们说:"陈平任职以来,工作安排得井井有条,完成得也十分出色,我看这个人可以胜任。"

周勃气不过地说:"我看这个陈平不像个仁义之人,他早年侍奉魏王,又去投靠项羽。在项羽那里卖力工作,刚遭到项羽猜忌,他又跑来投靠您了。主公,这样的人能委以重任吗?"

灌婴也在一旁数落陈平说:"陈平年轻时在家和嫂子有私通关系,到这儿任职后,经常收受下级将领的贿赂。他根据送礼的多少安排差事,多送的安排好差,不送的安排恶差。如此道德败坏、唯利是图的人,能让他担任这么重要的职务吗?"

生死弟兄的话还是起了作用,刘邦叫石奋找来魏无知质问。

魏无知回答:"主公任用陈平,是用他的才干,还是用他的德行?"

刘邦说:"这还用问,当然是才干了。"

魏无知又说:"当今天下混乱,诸侯蜂起。主公处在这样的形势下还要不断发展壮大,取得胜利,正需要一批能谋善断之士,陈平就是这么一个人。传言中所说的'盗嫂受金',与辅助主公成就大业又有什么关系呢?"

刘邦一听也有道理,但他还是不大放心,又叫人找来陈平质问。

陈平听了,不紧不慢地说:"当年我侍奉魏王、楚王,他们都听不进我提出的建议,反倒听信他人谗言,排挤我、隔离我。主公的仁厚众人皆知,您广纳贤才,破格用人的做法也得到世人的赞扬。正是冲着这一点,我才来投靠主公您的,至于说我收受下属的贿赂,也是真实的。我离开楚国时,将所有金银财物一律封好留下,只身前来。来时身无分文,生活窘迫,这时下属送些少许金银我就收下了,以资补生活之需。但请主公放心,我陈平不是贪婪之辈,如若主公感觉我陈平没有什么用处让我离开,我不会带走一分一厘,所受金银会原封不动地给主公留下。从内心讲,我希望留下来继续为主公做事,竭尽犬马之劳。"

陈平的坦率,一下子打消了刘邦心中的顾虑。刘邦看着眼前这位英俊的青年,只是对他说:"放心吧,在我这里做事,亏待不了你。"

在这次谈话中,陈平还将彭城楚军的部署情况详尽地描述了一遍。这些资料,陈平全装在脑子里,刘邦急于东进攻楚,陈平的情报给他下一步行动计划的实施奠定了坚实的基础。

谈话之后,刘邦又给了陈平一份丰厚的赏金,而且还把他提升为护军中尉,督察所有的将领。

将领们眼看着陈平的官阶越升越高,权力也越来越大,都把嘴闭紧了。我汉王喜欢,尔等且都住嘴,刘邦的做法分明向众将领传递出这样一个信息。

这段时间,黄河以北大片区域已经被汉军占领,刘邦认为攻取彭城的时机成熟了,开始部署行动计划。至于北方还存在的赵国、燕国都在协同齐国与项羽作战,对汉军的东进计划不会产生大的阻力。刘邦尽可以放心东进,不用担心后方出事。

彭城位于黄淮平原,地势平坦,交通发达,北上南下和西征东进都非常便利。经楚国几代人的管理和经营,彭城已变成一座繁华的都市,人口日渐增多,商业活动发达,但它最大的缺陷是无险可守。

刘邦从陈平的口中得知彭城防守薄弱的信息后,即刻率领几十万诸侯联军渡过黄河,直逼彭城。

楚汉二年(前205)初夏,整个彭城被刘邦军队团团围住。彭城的守军虽然竭尽全力守城,但最终依旧还是被攻破了。

看着项羽的老巢如今掌握在自己的手里,刘邦满心舒坦。彭城在楚人的经营下堪比当年的秦都咸阳,宫殿雄伟宏大,殿内雕梁画栋。尤其是项羽从秦宫运回的金银财宝,不计其数,美女佳人更是令人眼花缭乱。刘邦的心里又开始发痒了,他派人将宫内的财物全部装车运走,自己则挑选几位佳丽到后宫享乐去了。威震天下的霸王项羽老巢被刘邦率领的联军攻下了,消息传开,联军上下无不欢欣鼓舞,各路诸侯也在彭城周边的几个城市驻扎下来,大摆筵席,庆贺大捷。胜利来得如此突然,如此容易,让各路诸侯都舒了一口气。在他们的脑海里,没有几场恶战,没有上万人丧生要战胜项羽是不可能的。但当胜利如此快地摆在眼前时,他们起初惊愕,随后就投入到狂欢的行列中去了。

此时,张良、陈平和郦食其等一批重要谋士们看不见了刘邦的身影,也只好各自忙着自己的事情,而樊哙、周勃和灌婴等一批高级将领则争相设宴,庆贺胜利。联军上下没有人会相信项羽能率兵杀回来,他们想,即使项羽杀回来也该是十多天以后的事了,等庆贺完毕再组织迎战也不迟。

九　彭城兵败，子房下邑献上策

　　正在齐地围攻田横的项羽，听到彭城陷落的消息后气得火冒三丈，牙齿咬得"咯咯"响。彭城陷落，军心不稳，此刻必须紧急回师彭城，趁刘邦率领的联军还没有站稳脚跟时打败他们。

　　兵贵神速，项羽从军中挑选出三万骑兵，亲自率领奔袭彭城，齐地战场则交由其他将领继续组织攻击。

　　项羽对彭城及周边的地形、地貌、山川和河流十分熟悉，知道那里北有谷水，南有淮水，东有泗水。如果率军从西边攻击，就仿佛把联军置于四面包围的境地。楚军日夜兼程，在萧县（今安徽省萧县西北）开始了第一波攻击。驻扎在萧县的十几万联军正沉浸在庆贺胜利的喜悦之中，防备松懈，根本无法抵抗楚军的猛烈进攻。凶神恶煞的楚军将士，冲入联军营地一阵砍杀，瞬间营区尸体遍地，血流成河。无力抵抗的联军只好向后边撤退，楚军则越战越勇。战到中午，十几万联军逃的逃、散的散，所剩无几，而联军士兵的尸体比比皆是。

　　斗志正旺的楚军在项羽的率领下继续向南发起第二波攻击，在灵璧（今安徽省淮北市西南）以东，淮河边两军又展开了激战。联军中不少将士早已领教过项羽的厉害，没有人敢正面迎战，只有逃命的份儿了。淮河水流湍急，联军士兵在楚军的追击下，只好投河逃生。一时间十几万人争相投河，竟堵塞了河道，致使"淮水为之不流"，楚军大胜。

　　项羽的第三波攻击目标自然就是彭城了。兵败如山倒，尽管刘邦几位最得力的干将试图组织反击，但面对楚军上万马蹄扬起的尘土和声嘶力竭的呐喊，根本无法组织起有效的反击，连抵抗都显得苍白无力。

惊慌失措的刘邦带着几十名护卫在夏侯婴的协助下逃出彭城。出城后,刘邦的第一个念头就是到沛县将自己的家人一起接走,他知道此番项羽攻占彭城,绝不会轻饶了他,也包括他的家人。沛县距彭城不远,等刘邦他们赶到时,沛县已经被楚军占领。此刻家人是死是活,刘邦也顾不上了,只好择路继续逃跑。途经沛县城外时,夏侯婴发现路旁有两个小孩正在求救,待到了跟前,发现这两个孩子竟是刘邦的一双儿女,连忙将他们抱上车继续狂奔。

刘邦看到自己的儿女,百感交集,从他们嘴里得知,楚军已将家人全部掳走,他们正巧在外玩耍,才躲过一劫逃离沛县。望着儿女稚嫩的小脸,想到自己目前狼狈的处境,刘邦忍不住流下眼泪。他懊恼自己占据彭城后的所作所为,责怪自己放松了对项羽的警惕,也抱怨自己军队的涣散。

刘邦这一队狂奔的队伍,还是引起了楚军的注意,立即有一支楚军尾追而来。

此刻刘邦只嫌车子太慢,不断催促夏侯婴加鞭快跑,实际上此时的车速已到极限了。这时候刘邦突然做出一个极其反常的动作,他在车子转弯减速时把两个孩子踹下了车。夏侯婴见状,立即停车把他们又拉了上来,而且不解地问:"主公,这样做是为什么呢?"

刘邦淡淡地说:"他们在车上影响了速度,让他们下车,我们还能快些。况且楚军追上来对两个孩子也不一定会下手,这样兴许大家都可以活命。"

夏侯婴听不下去了:"主公,车子只能跑这么快,与两个孩子没有什么关系,楚军就在后边追杀,在这个关头怎么可以抛弃他们不管呢?"

刘邦不听劝解,坚持让孩子下车,夏侯婴则抓住他们不放。

也许是夏侯婴的善心感动了上天,此时狂风大作,飞沙走石,追兵的叫喊声也渐渐的听不到了。刘邦这才松了口气,等风停止,他们稍作喘息后决定到下邑(今安徽省砀山县)去。

当时刘邦的大舅子吕泽率军驻扎在下邑,这里距彭城较远,没有受到楚军的攻击。刘邦的到来,吕泽非常高兴,为他们接风洗尘,设宴款待。

几天来,陆续有汉军的将领、士兵来到下邑,张良也带着一些人马赶到这里。君臣相见,感慨万千,眼前发生的一切恍如一场大梦。从率领五六十万军队开进彭城,到带领几十名将士狼狈逃窜,刘邦感到这时局变化得太快太大了,快到让人没有思索的余地,大到让人几乎不敢相信。但现实就是如此残酷,一时间,刘邦感到心灰意冷,他不得不冷静地把自己的经历前前后后仔细回顾一遍。

张良也在思索,作为属下他不能去抱怨刘邦。但身陷如此境地,他又不得不为刘邦的未来做仔细的研判。

有一天,刘邦对张良说:"彭城失利,我看汉军的气数也算尽了。"

张良宽慰道:"主公,汉中和巴蜀还在我们的控制之中,彭城失利只是眼下受挫,主公还可以东山再起。"

"项羽不会善罢甘休,他不会给我们喘息的机会,要不了几天就会率兵追杀过来。到时恐怕连在关中、汉中立足的地方都没有了。"刘邦的语气十分沮丧。

张良继续劝道:"时局变化不会这么快,大将军韩信手下还有几万精兵,项羽也不可能很快占领关中。"

听到这儿,刘邦也来了精神,其他诸侯军虽然四处逃散,但他亲封的大将军韩信绝不会离他而去。况且丞相萧何早已把关中打理得非常稳固,这样汉军至少还可以在关中与项羽周旋对抗数月。

刘邦想到这,对张良说:"子房,都说重赏之下,必有勇夫。我准备把函谷关以东地区让出来,作为封赏,但是苦于找不到合适的人,这几天我一直在为此事焦虑。"

张良一听就明白了,刘邦准备让出函谷关以东的大片区域,封赏给有能力占领、统治这片地区的人,然后重新组织力量团结一致抗楚。张良自己也有这种想法,因为靠诸侯王是靠不住的,他们之中大部分是墙头草随风倒。只有把这些区域牢牢掌握在自己人的手中,才能真正发挥出一致对抗楚军的作用。今天刘邦提到这个话题,张良随口就向他推出了三个人的名字:"主公,我认为九江王英布可以分封,他与项羽不和。这次北征向他调兵,他只派了四千人去凑数,项羽心中不满,日后定会找机会收拾英布。还有彭越这个人是个将才,项羽咸阳分封时没有给他封王,但他能力很强。分封后他在梁地拉起队伍公开反楚,这次又同齐国田荣一起抗楚,如能把他争取过来,他一定会感恩主公。还有一个人就是韩信,韩信在主公手下的将领中军事才能超群,如果让他率军独立作战,必将收到意想不到的成果。这三个人顺从主公了,我们就一定能打败项羽。"

刘邦听了,拍手叫好。这种危难时刻,在刘邦眼里城池和土地算什么,你不去占领,项羽就要占领。与其让项羽占,还不如做顺水人情,把它们分封给那些愿意为汉军作战的将领。这样,这片区域至少不会落在项羽手中。

的确,对于将领们来说,城池和土地的诱惑远远大于王位的诱惑。有了城池和土地就意味着有了自己的地盘,有了自己的实力。在乱世中,谁不想拥有一块自己的领地呢?

这次,刘邦、张良君臣间的对话,最终成就了历史上有名的"下邑之策",也成就了刘邦的重新崛起。"下邑之策"的英明,正在于张良审时度势,对时局做出了正确的判断。此策要建立起的是一道由南到北的抗楚屏障,形成一个北有彭越、中有韩信、南有英布的抗击楚军的统一战线。

十　釜底抽薪，说服英布归顺汉

刘邦率部从下邑来到原魏国境内的虞地（今河南省虞城县北）时，便开始着手实施"下邑之策"。

当时刘邦号召诸侯东进伐楚时，魏王豹选择了配合汉军作战，这时彭越也带着三万人马归附刘邦。刘邦任命彭越为魏国相国，统领魏军，收复魏国的其他城池。

彭越年轻时在巨野（今山东省巨野县北）一带的湖泊中以捕鱼为生，亦作一些劫盗的营生，在当地小有名气。陈胜、吴广起义后，有人鼓动彭越也组织一支队伍起义。但彭越却说："天下时局不定，我等暂时观察一下再说吧。"一年多后，反秦的浪潮越来越猛，诸侯纷纷复国，楚军迅速崛起。跟随彭越的一帮子年轻人再也坐不住了，又一次怂恿他起事。彭越淡淡地说："既然这样，我就牵个头吧，明天早上日出时在这儿集合，晚来了是要被杀头的。"大家见彭越答应了都非常高兴，一个个摩拳擦掌，准备在乱世中一显身手。至于彭越说的晚来要杀头的话，有些人并没有放在心上。在他们的眼里，彭越是一位精明干练、仁慈厚道的长者。

第二天早上日出的时候，有十几个人没有按时到达，最晚的一个人直到中午时分才到。彭越等人都到齐了，大声说："你们既然推举我当首领，我说话就要算数，今天迟到的人一律处死。"

一听说彭越要来真的，大家议论纷纷，都说何必这么较真呢，以后不迟到就

行了。

彭越挥挥手让大家安静,严肃地说:"国有国法,军有军规,像现在这种松散的样子能干成什么事?既然大家说情,我决定把最晚来的那个人杀头。"说完他命令队长立即执行。

"咔嚓"一声,手起刀落,最晚来的那个人的人头已经落地。现场顿时没有了声响,死一般的寂静,人们的脸上流露出惊恐和畏惧的神情。

从此,一支起义队伍在彭越的领导下,在巨野一带四处活动,不久人数就达到了上千人。

当年刘邦西进时,彭越曾率部援助过他,二人也算得上是老朋友了。以后项羽封王,因彭越抗秦没有多大功劳,便没有给他封地。再往后,田荣占据齐地,自立齐王公开叛楚,派人赐给彭越将军印信,让彭越率军一起抗楚,彭越欣然受命,从此他的势力越来越大。刘邦东进彭城时,彭越又主动归附,参加联军抗楚的统一行动。对待彭越,刘邦是有信心说服他的。

至于韩信,他是刘邦的部下,刘邦授他军权,让他指挥中路军抗楚应该也不存在问题。

比较难办的要数英布了,虽然英布担任九江王后对项羽的指令不大服从,但他毕竟是楚军的一员干将,多年追随项羽,建功立业,颇得项羽的赏识与器重。可是派谁去说服英布叛楚归汉呢,刘邦心里没有底。当下形势非常紧迫,连张良也替他发愁。

英布年轻时犯法受了黥刑(秦对重刑犯的惩罚,在面额刺字,涂以墨),送到骊山服苦役。几十万的苦役中不乏豪杰、勇士,英布为人仗义,侠肝义胆,在这些人中小有威望。一天,英布率领一伙人趁夜色逃离骊山,躲进山林做起了强盗。

陈胜、吴广起义的消息传来时,英布认为终结自己强盗生涯的日子到了,他只身前往番阳(今江西省鄱阳县)去见县令吴芮。吴芮为官清廉,治理有方,深得民心。英布要劝吴芮叛秦,心里也没有多少把握。好在吴芮是个明白人,他早已厌恶秦朝内部的斗争和赵高的专权,清楚地意识到秦朝的日子不会长久。见英布说明了来意,竟一口应承下来。吴芮喜欢英布的威武豪爽,还把女儿许配给了他。至此,江西又树起了一面反秦的大旗。

有了自己军队的英布从此一发不可收拾,他几次率军北上与秦军遭遇,都

能大获全胜而归。加入项梁的队伍后更是屡立战功,深得项梁赏识,后来项羽赐封他为当阳君。

宋义率部北上救援赵国时,英布又被任命为将军。项羽杀死宋义担任上将军后,英布一直追随着项羽,参加了巨鹿战役、西进亡秦战役,直到打进咸阳。在这些战斗中,英布常常担任先锋,冲锋陷阵,应该说,英布在项羽亡秦的过程中立下了汗马功劳。

项羽在咸阳分封时,封英布为九江王也是对他战绩的一种肯定。

就这么一个人,派谁去说服他叛楚归汉呢?谋士中无人敢应。英布生性粗犷,去的人最大的可能就是站着去,躺着回来。看着众谋士面面相觑的样子,刘邦禁不住大骂:"一个个都是饭桶!"

"主公,我愿意去。"

刘邦正在生气,一听有人愿去,他抬眼一望,只见说话的人是自己身边的谒者(郎中令的下属官员)随何,脸上的怒气也就消了许多。

在刘邦眼里,随何平日里表现平平,并未见有多大的才能,他去能行吗?刘邦心里没底,试探性问了句:"你去?行吗?"

随何说:"主公放心好了,在下保证不辱使命!"

有人愿意去当然是好事,成功不成功,谁也不敢保证。既然要说服英布,总得有人前去。刘邦忙派人安排二十个随从,准备好丰厚的礼品就命随何出发了。

英布听说汉王刘邦派使者见他,早就猜出刘邦的意图,所以故意找借口不见随何。英布有自己的算盘,多年的征战劳累使他厌倦了军旅生涯。现如今,身为九江王的他有一个和睦的家庭和一方自己的封地,完全可以安稳地度过下半生。他本人没有更高的奢求,更谈不上统一天下成就什么帝业。所以他对项羽出兵伐齐并不积极,对刘邦攻楚也不热心,对项羽南下征战刘邦同样不想参与。他清楚,一旦介入楚汉之争,自己又会陷入无休无止的征伐之中。但为了不得罪刘邦,英布派太宰(官职)按高规格接待汉王的使者。

随何耐着性子在馆驿等候九江王英布的接见,但直到第三天还没见消息,就对招待他的太宰说:"大王迟迟不安排见我,一定是因为楚强汉弱的缘故,怕项羽怪罪大王,其实我正是为此事来的。你想办法让我见到大王,我会向他讲清当前的局势。如果感到我说的话对九江国有好处,大王可以采纳。如果感到

我说的话对九江国是有害的,大王可以将我和一起来的二十几个人全部砍头,用来表明他对楚王的忠心。"

听了随何的话,太宰也不敢自作主张,连忙回去向英布汇报了。

这几天,项羽也派来使游说英布,让他出兵配合自己伐齐攻汉。英布听了太宰的汇报,决定先见一下随何,了解一下汉王的想法。

当天,随何如愿拜见到了英布。

一见面,随何就对英布说:"汉王派我带书信面呈大王,不知道您为什么一直不肯见我,一定是惧怕楚王项羽怪罪大王吧?"

英布说:"楚王封我为九江王,我自然要向北臣服于楚王,这没有什么奇怪的。"

随何淡淡地一笑,说道:"大王和楚王同为诸侯,大王却甘愿向北臣服于他,一定是因为楚王非常强大的缘故吧,这样九江国便可以依靠楚国求得一时的安稳。"

英布看了随何一眼,没有说话,他等着随何继续往下说。

随何接着说:"几个月前,楚王率兵伐齐,他身先士卒,冲锋陷阵。那时大王本应该倾全国军力配合楚王伐齐,可大王只派了四千人的部队去援助楚国,这难道也叫向北臣服楚王吗?汉王攻占楚国彭城,楚王来不及派兵回援,大王本应率军渡过淮河与汉王作战,替楚王保卫彭城,结果大王却按兵不动。这种做法像是一个自称向北臣服的人的作为吗?"

听随何这么一说,英布感到有些不自在,但他此刻并不想辩解,便隐忍不发。

随何觉察到自己刚才的一番话已经刺激了英布,虽然他没有插话,实际上是想让自己继续往下说。随何顿了一下又说:"大王这样做,只有一个解释,那就是大王虽然表面上向北臣服楚王,但内心却不愿帮助他,同时也不想得罪汉王,只想以自己的实力求得暂时的安稳,实际上您这种做法根本行不通。楚王眼下虽然强大,但他违背盟约杀害义帝的做法遭到了天下诸侯的谴责,实为不义之师。汉王眼下尽管弱小,但他以仁为重,讲求信义,举兵伐楚,得到天下诸侯的响应。彭城一战,虽然汉王败了,退守到成皋(今河南省荥阳县汜水镇)、荥阳一带。但汉王还有稳固的巴蜀、汉中和关中这个大后方,业已形成了与楚王对峙的局面。楚王要战胜汉王,必须经过梁地,战线长达八九百里,这样,楚王

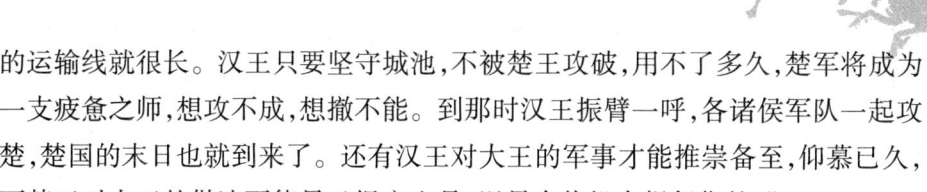

的运输线就很长。汉王只要坚守城池,不被楚王攻破,用不了多久,楚军将成为一支疲惫之师,想攻不成,想撤不能。到那时汉王振臂一呼,各诸侯军队一起攻楚,楚国的末日也就到来了。还有汉王对大王的军事才能推崇备至,仰慕已久,而楚王对大王的做法可能早已恨之入骨,迟早会找机会报复您的。"

听到这儿,英布还真有点坐不住了,他下意识地站起来,在屋子里走了几步。

随何见时机成熟,不容英布细想,进逼一步说:"只要大王宣布叛楚,楚王便不会向西追击汉王,只需几个月的时间,汉王定会率领诸侯军队一举打败楚王。到那时,汉王得到天下,一定会重重酬谢大王的,区区九江王的分封已经不足以酬谢您了。这些话都是汉王派我来当面要向大王转达的,请您三思,做出明智的选择。"

此刻英布的脸上轻松了许多,也有了笑容,他对随何说:"感谢汉王的美意,你说的话的确有道理,那就按汉王的意思办吧。"

听到此话,随何也长出了一口气,但又怕夜长梦多,就对英布说:"不知大王何时能起兵反楚呢?"

英布说:"过几天吧,等我把事情安排一下。"

随何回到驿馆后,听说楚王项羽也派了使者来找英布,心里便不踏实了,他唯恐英布有变。

随何打听到九江王召见楚使,便径直闯了进去,见到楚使便大声说:"九江王已经归汉,楚王凭什么来征调大王的军队?"

随何突如其来的发问,让英布大吃一惊,楚使见状便起身要走。

随何挡住楚使的去路,对英布说:"大王,弃楚归汉的计划已经敲定,您不要再犹豫了。现在就让人杀了楚使,免得他回去乱讲。"

英布见事情已经发展到这种地步,干脆一不做、二不休,命令手下杀掉楚使,宣布弃楚归汉。

十一　魏豹又叛，汉军无奈退荥阳

项羽听到英布杀了自己派去调兵的使者，向外宣布弃楚归汉的消息后，怒不可遏。他停止了向西追击刘邦的军队，任命大将项声、龙且率军进攻九江。两强相遇，战斗进行得异常惨烈，项羽原本打算快速灭掉英布后再集中兵力追击刘邦的计划因此搁浅。

这场战斗一直持续了几个月，英布最终抵挡不住项羽的进攻，他抛弃家眷、财产逃离治所。项羽没有捉住英布，就把气撒在了他的家人及九江百姓身上。又一场惨绝人寰的血腥屠杀在九江城发生了。

项羽和英布间的争战给刘邦西撤争取了时间，使他能够率领残部顺利撤到荥阳。

荥阳，地处中原西部，依山傍水，是连接关东与关中的一个重镇。守住荥阳，便可依靠它的地理优势，进而挥师向东，退可以防守关中。在荥阳西北十五里处，有一个秦时建造的大粮仓——敖仓，那里囤积着大量粮食。刘邦退守荥阳后，命属下加宽加固了荥阳和敖仓间的通道，以保证坚守荥阳时粮道的畅通。

彭城惨败后，刘邦组成的反楚盟军早已分崩离析。殷王司马卬战死，塞王司马欣、翟王董翳已远离刘邦回到他们各自的封地，河南王、赵王、燕王和代王等也纷纷抛弃刘邦，秘密地与楚王项羽联系加盟。

此时，魏王魏豹也坐不住了，他找到刘邦，借口老母病重要回家探望，刘邦无法拒绝就同意了。谁知魏豹一过黄河，马上派兵严把黄河渡口，宣布弃汉归楚。原来魏豹对刘邦的一些做法看不惯，彭城兵败后感到刘邦再也发达不起来了，也就萌生了去意。

刘邦听到魏豹叛汉的消息后十分震惊，心想自己待他不薄，此人也太无信义了。考虑到魏国的地理位置十分重要，假如魏豹和项羽联合起来前后夹击荥阳，汉军的处境将万分危急。就汉军目前的处境和力量来说，用武力去攻打魏豹也不现实，搞不好会让项羽钻了空子，汉军恐怕连本都没了。此时最好的办法就是派一位使者去魏国游说魏豹，让他回心转意，重新回到反楚的阵营之中。

关于游说魏豹的人选刘邦考虑了老半天，猛然间他想到一个人，那就是郦食其。郦食其平日喜欢喝酒，喝酒后纵酒使气，疏阔狂放，忘记了自己已经是六十多岁的人了，手舞足蹈地像个小孩。这一点很对刘邦的脾气，所以但有闲暇，刘邦就叫上郦食其一起喝酒，听他海阔天空地谈古论今。想到这，刘邦立即派人找郦食其前来见他。郦食其听到汉王召他，便立刻赶到。

刘邦见到郦食其，开门见山地说："魏豹叛汉的事情你也知道，我准备让你跑一趟魏国，说服魏豹重新回到我这里，你觉得怎么样？"

郦食其听说让他去魏国，一下子就来了精神，没有多加考虑便答应了。魏国是他的故国，对这块土地他还是充满着感情的。

刘邦继续说："平日里你的嘴很能说，这次你去，一定要想办法说服魏豹回心转意。如果你说服了魏豹，我将在魏国的地盘上封你为万户侯，也好让你在故地上显赫一番。"

这次刘邦出手如此阔绰，足见此行的重要性。郦食其更加精神抖擞，他认为自己出马说服魏豹，应该不存在问题，毕竟汉王待他不错。一旦完成任务，自己也能在老家风光一回。

可谁知，信心满怀的郦食其到魏国见到魏豹时，才知道事情根本不像他想象的那么简单。

魏豹见到郦食其，很客气地接待了他。听完郦食其说明来意后，魏豹感慨地说："人生一世，短暂的好像白驹过隙。汉王为人倒还仁义，待我也不错，可他的做派我实在受不了。他发起脾气来不分场合，也不分将军和士兵，随口便骂，斥责将领跟叱骂奴仆一样，我简直无法忍受。我魏豹好歹也出身于贵族家庭，懂得上下礼节，知道荣辱羞耻，怎么能再和汉王在一起共事呢？说实话，我既然离开了汉王，就不想再见到他了。"

郦食其听到这儿，嘴张了几次也没说出话来。纵使他有满腹的话要说，但听魏豹这样讲，他还能说什么呢？简单地说，魏豹是厌恶汉王这个人，并不是其他原因，可汉王的脾气性格谁又能改变呢？

郦食其灰溜溜地回来了，但他还不能把魏豹的话原封不动地说给刘邦听，怕他恼怒，只是说那个魏豹是铁了心的叛汉了。刘邦听了也大为光火，嘴里骂

着,心里盘算着有朝一日再找机会去收拾他。

英布弃楚归汉的决定,使自己丢掉了地盘不说,还损失了军队,赔上了妻儿家人的性命。逃离九江后,英布和随何不敢走大路,也不敢带随从,两人拣小道,一路逃到荥阳。稍作休息,随何便带英布去见刘邦。

刘邦此刻正坐在床边由侍女伺候着洗脚,兴冲冲来见刘邦的英布,见到这种情景感觉受到了莫大的侮辱,不禁怒气冲天,追悔莫及。英布没有想到自己付出如此沉重的代价却换来汉王此等怠慢,他恨不得拔出剑来刺翻了刘邦,然后自杀。

随何发觉不妙,连忙拉住英布说:"汉王正忙,我们先去你的住所休息。"

英布怒气冲冲地跟着随何来到汉王为他安排的住所。但当英布看到这里的陈设、布局都和汉王所住的地方一样,连饮食、侍从的标准也同汉王没有差别时,心中的怒气一下子就消了。

以后的日子里,刘邦果真把英布奉为上宾,除给他配备丰富的餐食供其享用外,还指派随何做他的帐中谋臣,又拨给英布上千人马由他掌管。英布原先的老部下和谋臣,听到英布投奔汉王的消息后也三五成群地到荥阳找他,没有多长时间,英布的帐下已经聚集了几千人。有了自己的队伍,英布心里也就踏实了,胜败乃兵家常事,总有一天,他要找到项羽复仇。

荥阳果然是个好地方,城池坚固,粮草充足,刘邦此时对抵抗项羽充满了信心。英布虽然目前实力不济,但日后还有东山再起的能力。眼下刘邦还有两件事情要做,一是派人到关中召韩信来见,二是派人去找彭越,让他率兵袭扰楚军。等这三个人聚齐了,张良提出的"下邑之策"便可以全面实施。

一切进展得都很顺利,韩信来了,说丞相萧何已在关中为他募集了几万人的兵员,粮草马匹一应聚齐,只等他一声令下。彭越那边也不错,在他身边有上万的军队,由他率领着在魏地、梁地一带活动。碰到楚军就打一下,打不过就走,打赢了就住下来。英布也坐不住了,要率军返回九江,找项羽报仇,收复九江失地。

刘邦召集张良等谋士一起研究方案,众人一致认为,目前除东面的项羽外,对汉军威胁最大的要数魏豹了。他处在黄河北岸,向西渡过黄河可以直接攻击关中,向南渡过黄河可以切断关中与荥阳这条运输线然后从背侧攻击荥阳。要解除后顾之忧,必须先除掉魏豹。张良提议将这个任务就交给大将军韩信,并派曹参、灌婴做他的副将。至于东北方向的赵国陈馀和东边的齐国田横,在这个时候虽然不会帮助汉军,但也绝对不会去帮助楚军。英布暂时留在荥阳,帮助汉王巩固这片地区,一旦时机成熟,将收复九江失地。

十二 调虎离山,背水一战显神威

楚汉三年(前204)春,由韩信亲自率领的一支军队,开始实施东渡黄河攻打魏国的军事行动。行动之前,韩信已经从郦食其那里了解到魏国的大将是柏直,军队约二十万人。面对如此强大的对手,他必须要使出奇招才能制胜。

韩信这次率领的军队不到两万人,基本上都是刚刚招募来的新兵。平定关中后韩信组建了一支数万人的精兵,但此次出征,他将一部分军队留在关中镇守,一部分派往荥阳防卫,留在自己身边的士兵多未参加过大的战役。

在魏国境内的黄河上分布着三个渡口,从北向南依次为:夏阳渡口(今陕西省韩城市南)、临晋渡口(今陕西省大荔)和风陵渡口(今陕西省潼关)。黄河离开陕北黄土高原后,向东遇到太行山的阻挡,拐头向南流去。在夏阳渡口这一段河道狭窄,水流湍急。魏豹派出的前锋大将柏直在这里布置的兵力并不多,因为这个渡口几乎无法行船,大军渡河谈何容易。柏直的主力部队主要集中在蒲阪(今山西省永济县西蒲州镇),靠近临晋渡口一侧,该渡口河床宽阔,水流平缓,适应大部队渡河。探兵传来了消息,韩信正在黄河西岸安营扎寨,赶造渡船,柏直也对自己的判断深信不疑。

这是韩信第一次独立率军出征,他清楚自己肩上的担子有多重,任务有多艰巨,责任有多重大。汉王这次派他独立作战,实际上已给他下达了死命令:只许成功,不许失败。几天来,他带着曹参和灌婴对沿河的地形做了详尽的考察,一个方案渐渐在脑海里形成。他果断地决定,继续加大在临晋渡口边造船的声

势,将主力部队调至夏阳渡口附近埋伏,派人到民间大量搜集当地百姓渡河使用的木罂缶(一种口小腹大的木桶),数量不足就继续赶造,要达到人手一只。

河对面的柏直眼看着汉军在临晋渡口河滩上兴师动众地造船,心里盘算着汉军渡河的日期,不由得意地发出几声嘲笑:汉军在此处渡河,只能是死路一条。

一天,在安邑(今山西省夏县西北)出现了大量的汉军。人数不多的魏国守军根本就无法阻拦潮水般涌来的汉军冲击,几乎没做抵抗就被汉军击溃了。原来韩信是让士兵将木罂缶绑在身上泅过黄河的。至于临晋渡口造船只是为了迷惑魏军而已,韩信的军事才能在这次突袭中再次得到了证明。当魏豹得知韩信已经占领安邑的消息后,连忙调兵遣将组织反攻。在临晋渡口盯着汉军造船的魏军大将柏直听到汉军占领安邑的消息,简直不敢相信自己的耳朵,汉军刚刚造好的几只渡船此刻还静静地躺在河对面,这批汉军不知是从哪里过河的?

过了黄河的汉军,在韩信的指挥下势如破竹,副将曹参、灌婴更是一马当先,率军冲锋。几仗打下来,魏地已被汉军占领了一大半。

在平阳(今山西省临汾市西南)郊外,韩信率领的汉军与柏直率领的魏军主力部队相遇,一场激战后汉军大获全胜,当场俘虏了魏豹和柏直。汉军顺利进城,至此整个魏国被汉军占领。

韩信派人把魏豹押往荥阳,请汉王亲自发落。

刘邦在荥阳见到被押来跪在堂前的魏豹,拍案怒斥:"自你归汉以来,我待你不薄。彭城一战,我军伤亡三十余万人,你作为大将军能没有责任?但我没有处罚你。没想到你恩将仇报,竟然做出叛汉投楚的举动,我恨不得一刀宰了你。"

事已至此,魏豹无话可说,只有认罪的份儿。他俯在地上不敢抬头看汉王,也不敢为自己的行为辩解,只有等着汉王发落。

此刻刘邦因韩信顺利攻占魏地心情不错,看着俯在地上的魏豹不由心生怜悯。他挥了挥手说:"算了,这次免你一死。官你做不成了,把家眷都接过来,在这养老吧。"

魏豹连连磕头谢恩,当年在魏国风光一时的魏国公子从此过起了寄人篱下、苟且偷生的日子。

韩信在黄河以北初战告捷,这令刘邦对张良提出的"下邑之策"计划的实施

充满了信心。他向全军通报嘉奖韩信,并计划再增兵三万由张耳率领去补充韩信兵源,激励韩信在黄河以北不断扩大领地。

刘邦的褒奖使韩信的信心倍增,他率领军队准备收复代国。陈馀一听韩信与张耳率军攻打代国,便急令丞相夏说率兵至阏与(今山西省和顺县)一带设防,阻止韩信的北上。但是夏说根本就不是韩信的对手,一番交战之后,韩信就在阏与击败代兵,并俘虏了代相夏说。下一个目标就是东边的赵国了。

刘邦这次派张耳带兵增援韩信,正因为他本是赵国人。当年项羽咸阳分封诸侯时,把一部分地方分给张耳,并封他为常山王。谁知当年一同起义的陈馀心中不服,硬是想方设法赶走了张耳,并从代国迎回赵歇为赵王,自己为代王,为此张耳一直耿耿于怀。此番有机会重返赵地,张耳是满怀着复仇心理来到韩信军中的。

韩信心里明白,赵国是不同于代国的。代国人少兵寡,经不住攻打,而赵国则兵多将广,又依托太行天险,要灭掉赵国可不是一件容易的事。张耳的到来韩信自然欢迎,他对赵国的地形、城池、将帅都十分熟悉,攻占赵国,有张耳这个帮手,困难将会小许多。

陈馀听说夏说战败被俘,汉军大将韩信又率兵来攻,而且张耳也在其中,知道来者不善。尤其是那个张耳,绝不会给韩信出什么好主意。当年刘邦率诸侯军东进伐楚,让人联系赵军加入,陈馀曾向刘邦提出一个苛刻的要求,即"杀掉张耳,我就出兵"。如今张耳来了,能便宜了他陈馀吗?陈馀立即命令:"重兵把守井陉口,防止汉军攻入"。

井陉口位于太行山脉,是汉军攻赵的必经之地。汉军要想进入赵国,必须通过井陉口,而赵军要想保住赵国,也必须守住这里。可以说,守住井陉口则赵国无忧,陈馀设重兵把守井陉口也正是要在这里同汉军展开一场生死决战。

韩信正在为如何攻取井陉口绞尽脑汁想办法,一个不好的消息传来。荥阳方面楚军进攻猛烈,汉王要他立即调两万精兵回援荥阳,韩信不得不服从,便放慢了进攻的步伐。攻赵虽然推延了,但却为韩信部署作战计划留下了充分的时间。韩信清楚,赵国那边聚集着近二十万军队,自己手中只有不足三万兵力,如何打好这一仗事关重大,必须认真研究,找到一个最佳的方案来。

陈馀手下有一名大将叫李左车,他是春秋时期赵国大将李牧的后代,军事才能非同一般。李左车见陈馀把二十万兵力都集结在井陉口附近时,便对陈馀

说:"大王,依我看,井陉口没有必要集结这么多的兵力,留上几万兵守住就可以了。虽然汉军东渡黄河以来屡战屡胜,先后打败魏国和代国,但他们的兵力并不足,攻击线太长。大王只要派出一支部队切断韩信的供给线,不用交战,汉军就会自动退走。"

陈馀听了,略作思考后说:"韩信不同一般将领,我们绝不可以放松警惕,他率军东进以来,一路攻城略地,战功显赫,我们不能轻敌。只要我们重兵把守井陉口,他韩信再有能耐也无法攻入。再说,义师不用诈谋奇计,我们人多,如不敢与汉军正面交战,到头来还不遭到天下人的耻笑。"

李左车又说道:"眼下,韩信是攻不下井陉口的,但我们如果切断他的供给线,还能对汉军形成包围之势,前后夹击,一举吃掉汉军,这样我们也就无须把这么多兵力集结在这里与汉军对峙了。"

陈馀是个自负的人,在他心目中并没有消灭汉军的意思,当务之急,是保住赵国的土地不受攻占。如果分散行动,势必力量单薄。荥阳的汉军再派兵增援韩信,到时不是赵军包围汉军,而是汉军包围赵军了。为了稳妥起见,重点放在这里与汉军对峙不失为一个上策。陈馀见李左车还想说什么,他显得有些不耐烦地说:"我们是为了保卫国土而战,汉军是为了占领别国的地盘来攻,我们还怕他们吗?我不相信,韩信的几万人马能通过井陉口?"

李左车听了以后无奈地摇了摇头,叹口气说:"机会一旦失去,再想找回来就不可能了。"

在河这边,韩信紧锣密鼓地部署着作战计划。他在军中选派了两千人组成轻骑兵,每人除佩戴战刀外,还配发了一面汉军的红旗。韩信指派一名将领率这支轻骑兵沿山上小道埋伏在赵军营地附近,到时候将赵军的旗帜拔掉一律换上红旗。

进攻前一大早,韩信命全军起火做饭,并通知部队,待打败赵军后会餐。不少将士都感到这位大将军在说梦话,对数倍于汉军的赵军,怎么能够打败呢?他们心里犯着嘀咕,可嘴上谁也不敢说,战场上军令如山倒。

在井陉口的西边,有一条绵河由北向南流去。韩信带领近三万士兵一起渡过绵河,留下一万人在河边布下战阵,其余的都在井陉口两侧附近隐蔽起来,等待号令。

陈馀派出的探子回来报告,说汉军在绵河的东岸布阵。陈馀听了后大笑,

背水布阵乃是军事上的一大忌,汉军如此犯忌,可见韩信的才能不过如此。由于未见汉军帅旗,陈馀自认为这一万军队还不是汉军的主力,便未令将士出击。

天色大亮时,韩信下令隐蔽在井陉口两侧的汉军大张旗鼓地发起对井陉口的攻击。陈馀得到汉军主力来攻的消息后,只留小部分部队看守营地,其余二十万人马一举出动迎战汉军。决战的时候到了,陈馀盘算着自己军队的实力七倍于汉军,此战必胜无疑。

两军在井陉口西边展开交锋,一时间喊杀声震天,刀光剑影,战斗进行得十分激烈,场面异常血腥。

赵军人多势众,将士们一拨一拨地像潮水般涌来,汉军渐渐有些支撑不住了。韩信下令全军撤退,地上到处都散落着汉军的旗帜和盔甲。陈馀看到汉军后退,命令全军追杀,他知道汉军再退就要退到绵河边了。此刻率军追杀,汉军无路可走。退到绵河边的汉军立刻融入到先前布阵的一万汉军中,此刻退到河边的汉军突然间神勇起来,无处可退的境地竟激起全军将士奋战的勇气。他们面对冲过来的赵军,无不以一当十,全力奋战。

站在高处望着眼前惨烈战斗的韩信,此刻已向派出的两千名轻骑兵发出了行动的指令。这批骑兵冲进赵军大营,拔掉赵军旗帜,一律换上汉军的红旗。守营的赵军无法阻拦这批勇猛的汉军将士,大多被杀,少量的守军也已逃之夭夭了。

陈馀万万没有想到,汉军退到河边会如此顽强,他知道再苦战下去也不一定能战胜汉军,遂命令全军收兵回营,稍作休整再发动攻击。不想,赵军的撤退却引发了汉军再次发起的猛攻,赵军不愿意恋战,继续往大营撤退。谁知等到了营前,只见大营到处飘扬着汉军的旗帜。赵军队伍一下子乱了阵脚,大家误以为汉军已攻占了大营,于是四处逃散,溃不成军。两千汉军轻骑兵也迎头冲过来,此刻赵军腹背受敌,已无斗志,陈馀见状也只好夺路逃走。汉军大获全胜,赵军土崩瓦解。

十三　施计反间，范增失意离楚营

步入赵军大营的韩信此刻意气风发，精神抖擞，他实现了自己的诺言，中午在赵营会餐。

在庆功宴上，有人问韩信："将军，背水布阵是兵法上的大忌，今天将军为何要选择背水布阵，而且能取得全胜呢？"

韩信笑了笑说："兵书上是这么说的，但大家没有注意到，兵书上还说过'陷之死地而后生，置之亡地而后存'。我们这支队伍大多是新兵，没有战斗经验，面对数倍于我的赵军，只有充分激发起我军将士的斗志，才能取得胜利。我这样布阵的目的，就是要切断士兵逃生的退路，让他们为生存而决战。不然的话，这些人见到强大的赵军，早就吓得跑光了。"

众将听了都高声赞叹，纷纷举起酒杯，庆贺胜利。

井陉口一战，汉军大获全胜，逃跑的陈馀在泜水（今河北省赞皇县西南）被追赶的汉军杀死，赵王歇也被汉军俘获。但韩信对李左车却格外关照，他派人找到李左车，并亲自为他松了绑，还将李左车让到上座，自己则像个学生一样在他面前表现得毕恭毕敬。李左车面对眼前这位年轻的将领，感到无地自容，他不知道说什么好，真想一死了之。韩信则不然，他没有摆出一副胜利者的模样在李左车面前高谈阔论，而是关切地嘘寒问暖，这让李左车非常感动，自己身为败军之将，能得到汉军大将军如此厚待，还能说什么呢？他决定归降汉军，韩信听后自然也是十分高兴。

项羽得到汉军攻占赵国的消息后异常震惊，他深知赵国失守后，汉军必将向北攻取燕国，继续扩大领地，这样对楚国是极为不利的。项羽只好从齐国和荥阳等处抽调部分队伍，北渡黄河与韩信率领的汉军作战。

韩信、张耳则各自率领汉军在赵地与楚军周旋作战，项羽一时也无法收复赵地，急得他经常暴跳如雷，大发脾气。四处作战的楚军和不断拉长的补给线，使楚军的作战一时处于被动的地位。况且项羽的残暴也无法得到当地百姓的拥戴和支持，楚军的征战进展得异常艰难。

韩信一边率部与楚军作战，一边则谋划着怎样收复燕国和齐国。他知道楚军在赵地作战的日子不会长久，因为补给线太长，又面临北边齐国和西边汉军的攻击，项羽目前分不出太多的精力对付自己。

在进攻燕国和齐国的决策中，赵国降将李左车给韩信出了一个主意："与其兴师动众进攻燕国、齐国，不如先在赵国站稳脚跟，颁布一些政令，安抚赵地百姓。同时可派人去燕国游说，说服燕国臣服于汉军，这样齐国也会效仿。不战而屈人之兵，这是上策。"

韩信听从了李左车的建议，其实此刻他也抽不出力量去进攻燕国和齐国，眼前的楚军他还得认真对付。假如真能做到不战而屈人之兵，自然是再好不过的事情了。他一面向燕国边境增派军力，威胁燕国，一面派人去游说燕王臧荼。结果正如李左车所预料的那样，燕王臧荼已经感受到了汉军的威胁，同意向汉军投降。燕国归降，没费一兵一卒，免遭了战争的苦难，汉军则取得了当地百姓的民心，燕赵两国的百姓无不感恩于汉军的恩德。大将军韩信的名字很快传遍了燕赵两地，家喻户晓。百姓对和平的企盼从来都是如此得迫切和真诚，他们热爱这片祖祖辈辈繁衍生息的故土，不愿意见到在这片土地上发生战争。他们向往和平，对给他们带来和平的人也充满敬意。

赵、燕两地民心向汉，使项羽派出的楚军无法在这里站稳脚跟，与汉军作战屡屡失利。项羽感觉到在此无法长期与汉军对峙下去，决定集中兵力攻打荥阳。毕竟刘邦在荥阳，打败了他就等于打掉了蛇头，其他汉军也没什么折腾的了。

韩信收复赵国、燕国的消息传到荥阳后，刘邦非常高兴。他颁发了诏令立张耳为赵王，让他继续和韩信在赵地扩军，伺机进攻齐国。同时，让韩信再抽调一部分军队支援荥阳。

近一段时间，楚军在项羽的亲自率领下对荥阳发起一轮又一轮的攻击。刘邦已经意识到荥阳城难保，但又想不出好的办法来解围，为此他派人去同项羽讲和，平分天下。项羽此刻正处于猛攻时期，形势明显优于刘邦，对讲和的建议根本听不进去。他恨不得立即攻下荥阳，亲手杀了刘邦。

刘邦听到项羽拒绝和谈的消息后，忧心如焚，他找来陈平商议。

陈平听完刘邦对当前的现状感到担忧的叙述后，平静地对刘邦说："主公不必过分忧虑。依我对项王的了解，他为人倒还仁爱，但在论功行赏时却很吝啬，不愿给有功之人分封爵位，诸将心怀不满。而主公却与项王不同，在论功行赏时出手大方，赏赐慷慨，很受将领们的赞赏。将领们常年出生入死，拼死征战，为的什么？还不是为了能得到本属于自己的那份财富。如果主公能拿出几万斤黄金去贿赂项王手下的将军，离间他们的君臣关系，引起楚军内讧，削弱他们的战斗力，汉军就可乘机反攻，打败楚军。"

这与其说是一个计策，倒不如说是一个阴谋。刘邦此刻不会用什么道德的标准去衡量它，目前要紧的是解除荥阳之围，消除楚军的威胁。听完陈平的建议，刘邦当即答应拨付给陈平四万斤黄金，由他去运作。金银乃身外之物，生不带来，死不带去，这一点刘邦心里很明白。

陈平得到汉王的指令，开始积极安排人员去运作。四万斤黄金可不是个小数目，它当然能发挥出其他物品无法替代的作用。

没用多长时间，一些流言蜚语在楚军营地流传开来：楚国大将钟离昧劳苦功高，威名远扬，却得不到项王的分地封王，他对项王不满，私下里与汉王联系，准备里应外合消灭项羽，瓜分楚国。

很快，这消息就传到项羽的耳中，他派人加强了对钟离昧等握有兵权的将领们的监视，言谈中也少了先前的随便与亲和。一时间，搞得这些将领们无处诉说，不胜烦恼。但项羽毕竟是一个久经沙场的人，他对自己的部下充分信任，不会因一些流言轻易断定这些将领会背他而行。不过为了搞清楚真相，项羽暂时停止了对荥阳的攻击，派使者到汉军营中打探虚实。

陈平见楚军派使者前来，立即命人摆上丰盛的酒菜，招待楚使。但当楚使说明自己是项王派来向汉王通报有关事项时，陈平马上变了脸，让侍从将丰盛的酒菜全部撤离，换上一些粗茶淡饭，并当着楚使的面对侍从说："我以为是亚父派来的使者呢？既然是项王派来的人，这些粗茶淡饭就可以了。"

楚使听了，满肚子的不高兴，但身在汉营，又不好表露出自己的不满，只好应付着完成差事后返回楚营。受了一肚子窝囊气的楚使，回来后在项王面前少不了添油加醋地说了一通范增的坏话。项羽坐不住了，他不敢想象，范增背着他通汉将是一个什么后果。但是一向被他尊为亚父的范增为什么会背叛他呢？项羽实在想不明白，他不愿意相信这个传言，又不得不对范增心存一份猜疑。

范增本来就是一个明白精细的人，几天来项羽对他态度的变化，他早已看在眼里，急在心上。他搞不清是什么原因，也不便在项羽面前去求证，只是感觉自己陷入到一种无名的烦恼之中。

这段时间,楚军包围荥阳的兵力越来越强,敖仓通往这里的运粮通道几乎被楚军完全切断,荥阳已经快要成为一座孤城了。眼看着如此大好的战机要被错过,范增实在忍不住了,他去找项羽说:"大王,眼下的时局对我军极为有利,大王只要不断地派兵攻击,荥阳不久就可以攻破,臣不知大王为什么突然停止攻击了?"

项羽听完范增的话,讥讽地说:"真正攻下荥阳,对我有什么用呢,还不知道又要换上谁人的旗帜呢?"

范增听出项羽话中有话,但又不甘心丧失这个大好时机。他再次劝谏:"大王,机不可失,时不再来。我军速战速决拿下荥阳,对巩固楚国是有极大益处的。"

项羽听了,不耐烦地摆摆手说:"这一点我心里清楚,不用亚父操劳,你也不要再说了。"

范增看着项羽不屑一顾的态度,埋在心里多日的郁闷一下子涌了上来,他觉得自己此刻在楚王面前已失去了信任,心灰极了。眼看项羽准备离他而去,范增紧追几步到他面前说:"眼下我军胜利的大局已定,我的存在已无足轻重了。天下的大事已成定局,从今后大王好自为之吧。"

项羽回过头,看了一眼范增说:"亚父,你是什么意思?"

范增说:"我年纪大了,常年跟随大王征战,已经没有精力了,我想回到家乡去度过残年,请大王答应。"

范增这么说,本想试探项羽的口气。没想到项羽听了大为恼怒,但他不便在范增面前发作,只留下了一句话:"亚父,你的请求我同意了。"随后便离开范增而去。

事态一下子急转直下,到了这种地步,范增想挽回都没有余地了,他知道自己已经没办法再在楚营里待下去。理想、抱负及未来,此刻似乎都已离他而去,一个读书人固有的清高和气节促使他尽快离开楚营。

在一个斜阳西下的时段,范增带着自己简单的行李离开楚营。他要回到家乡去,到那里度过自己的余生,将自己的尸骨埋在家乡那块熟悉的土地上。

然而他心中的忧伤和悲怨终难排解,不久背上的毒疮发作,死在了返回家乡的途中。

范增在楚军中发挥的作用有多么重要,刘邦在夺取天下后,曾经给予客观公正的评价:"项羽有一范增而不能用,此其所以为我擒也。"

十四　郦生献策，张良借箸破迷局

刘邦面对项羽越来越猛烈的攻势，心急如焚，如再不想出一个解围的办法来，恐怕用不了多久荥阳城也就要被项羽击破了。一天，刘邦找到郦食其研究解围之法，郦食其想了想说："自古以来，先王们征战各国，大都在征战成功后新立他们的子孙为国君。这样做的目的是为了安抚人心，取得该国百姓的拥戴。可是秦始皇征伐六国，却反其道而行之，他灭其社稷，罢免诸王，在全国实行郡县制，而使得各诸侯国的后代没有任何分封，更无立足之地，结果促使各诸侯国的后人们纷纷起来，伺机复国，这一点大概就是秦朝短命的主要原因吧。"

刘邦一听，郦食其说的也有些道理，就示意他继续说下去。

"大王，"郦食其见到刘邦有兴趣，就滔滔不绝地往下说，"如果大王在这个时刻能够以汉王的名义重新拥立六国的后裔，派人把各国君王的大印制作好亲自送给他们。那么，这些六国的后裔和百姓必将对大王的做法感恩戴德，发自内心地拥护您，同时大王的仁义和声望也会随着您的分封而遍播天下。到那时候，项羽就成了孤家寡人、众矢之的了，天下将在大王的统领下归于太平。"

刘邦听了拍手叫好，连说："想不到你这脑袋还真够灵光的，这一层我怎么没想到呢。这样吧，你马上派人去制印，制好了以后由你组织人送到各国去。"

郦食其的一番话，说得刘邦心花怒放。此刻他好像已忘记了被楚军团团包围的荥阳了，仿佛自己已经成为叱咤风云、一统天下的新主人了。对于郦食其自然是要好好奖赏的，他派人拿来好酒、好菜，君臣把酒高谈，兴致极浓。

郦食其得到了汉王的赞许,自然兴奋不已,第二天就着手安排人赶制印玺,挑选出使六国的使臣。

次日张良见到刘邦,看到他一反往日的愁容,还有兴致地边走边哼着小调,感觉奇怪,就问:"主公有何喜事,让您容光焕发,情不自禁?"

刘邦笑着说:"告诉你吧,有人为我出计了,可以很快地削弱楚军力量,解我被围的困境。"说完,就把昨日郦食其给他出的点子详细地向张良叙述了一遍,末了还加了一句:"如此下去,楚军还能包围我们多久呢?"

没想到,张良听完刘邦的叙述,大惊失色地说:"谁为主公出的这个馊主意,若真正实施,那主公的日子就不会长久了。"

刘邦听了忙问:"为什么?难道这个计谋不可行吗?"

张良顺手抓过一把筷子在手里,然后向刘邦提问:"以前商汤开始征讨夏桀后,却把夏桀的后人分封在杞地,这是因为商汤有把握打败夏桀,并置他于死地。主公现在能确保打败项羽并置于他死地吗?"

刘邦说:"我不敢说。"

张良继续说:"现在的局势和当年完全不同,这只是其中一点。当年武王征讨商纣,又将商纣的后人分封在宋地。这同样是因为武王有十分的把握打败商纣,并割下他的人头。这一点主公能做到吗?"

刘邦又说:"不能。"

张良把手中的筷子放一根在桌子上说:"这是第二种不可能。下来,武王灭掉商纣后,敬重贤人,释放箕子,修建比干墓。而主公目前身陷险境,能做到修建圣人墓园,善待天下圣贤,招纳天下的贤能吗?"

刘邦此刻已失去了刚才的神采,说道:"这一点,我也做不到。"

张良又把手中的一根筷子放在桌子上,继续说:"这是第三点。武王战胜后,将巨桥粮仓的粮食、鹿台金库的钱币分发给穷苦百姓,以解除战争和苛政带给他们的贫苦生活与艰难生计。主公此刻能做到这一点吗?"

刘邦目前自身都难保,哪来的粮食和钱币向百姓发放。他见张良问他,喃喃地说:"我做不到。"

张良随机又将一根筷子放在桌子上,说道:"这是第四点。武王灭商后,把战车改为轩车(载人的车),用虎皮覆盖兵器。向天下人宣布,从此后天下不会再有战争,百姓尽可安心生产,共享太平。这一点,主公现在能做到吗?"

"不能。"

"这是第五点。武王灭商后,把战马全部集中在华山南坡放养,向天下人宣告从此再无战争。主公能做到吗?"

"不能。"

"这是第六点。至于第七点,武王将牛全部放归桃林,表示再也不用牛车运输军队需要的粮草了。这一点,主公恐怕也做不到。"

刘邦很清楚自己做不到,便说:"这一点,我也做不到。"

张良又说:"第八点更重要。如今前来追随主公的谋臣勇士,之所以愿意抛弃家庭,离开老母和妻儿,背井离乡地跟随主公四处征战,正是因为他们幻想着有朝一日主公统一了天下,能得到一块属于他们自己的封地。如果主公重新分封了六国的后人,那么追随主公的谋臣和勇士必然无心再追随主公,而是回到自己的国土去辅助新立的君主。这样他们既无需抛家弃子、背井离乡地与主公四处征战,还可以与家人团聚,重建家园。当前的天下,楚国最强,主公无法与楚王比。重新分封的六国,一定会避弱趋强,不领主公的人情而臣服于楚国,如此下去,主公的大业不就彻底地没有希望了吗?"

张良的一通发问和分析,使刘邦听后惊出了一身冷汗,他顿感如梦初醒,茅塞顿开。大呼"上当",他命人立即通知郦食其停止一切行动。

正在兴头上的郦食其听到刘邦下达的命令后,知道汉王把自己提出的方案给否决了,也不好去找他解释,便悄悄地回到自己家里等候刘邦的发落。

刘邦倒也没和郦食其计较,毕竟这个计划只是在筹备阶段,并没有造成任何不良的后果。况且刘邦也知道,这个郦老头也是出于一片好心,并无恶意。不过从此以后,刘邦对郦食其的话不再言听计从了,他得多听听其他人的意见。

眼下,最要紧的仍然是如何解除荥阳之围,张良似乎也没有什么好办法,军中的将领们更是一个个大眼瞪小眼,发发牢骚和叹叹气而已,谁也想不出一个上佳的解围方案。

十五　军师献计，纪信保主自身亡

楚汉三年（前204）五月，被楚军围困一年多的荥阳终于快守不住了。再守下去，只有死路一条，刘邦决定寻找机会突围。项羽已经彻底切断了通往荥阳的供给线，并把荥阳团团围住，远在北方作战的韩信也无法前来救援，项羽这次是铁了心要把刘邦抓住杀掉。范增的离去和在途中去世的消息传到项羽耳中时，他也不免生出几分感伤。这位被他尊为亚父的老人去世，毕竟是件让人无比惋惜的事情。但范增的死，却增强了项羽攻下荥阳的决心。由于范增去世，项羽不用再为楚营中有人暗通刘邦的事情担心。尽管范增是否真的与汉军暗中联络至今也没有证实，但心存疑虑的项羽还是时时能感受到有人背着他在搞阴谋。范增一死，这些流言蜚语立刻不传了，项羽感觉自己心中的疑虑一下子就烟消云散了。

眼看着楚军对荥阳的围攻越来越紧，刘邦急得像热锅上的蚂蚁坐立不安。

这几天，陈平看着汉王六神无主的样子，知道刘邦在为如何突围发愁。然而荥阳城里已没有多少守军了，这些不多的守城士兵全被派在四个城门参加一线战斗。可以说，汉军此刻已经没有丝毫的反击力量，能坚守住城池已属不易了，弃城突围谈何容易？城外四周布满楚兵，从哪个城门突围都是送死。

所以，此刻的刘邦虽然嘴上说的是突围，实际上打的是弃城逃跑的算盘。这一点陈平心里很清楚，而且他还明白，刘邦为了保住性命，可以放弃眼前的

一切。

为此陈平经过认真思考,仔细研判,把一个他认为比较成熟的计划详细地汇报给了刘邦。

第一步:由城中两千妇女穿上士兵铠甲,手持武器组成一支汉军降楚的队伍。

第二步:在汉军中选出一人装扮刘邦率众出城投降。

第三步:现有守城人员一律各就各位,指派几位将军继续守城。

第四步:刘邦率部分官员和亲兵择机突围出城。

陈平的方案,十分周详,但又万分冷酷,刘邦在这方案中已感觉到了残酷与血腥。毫无疑问,那位装扮他的人和两千名妇女一旦被项羽识破,性命难保。那些守城的将士也逃脱不了被杀的命运,刘邦的脸色阴沉得就像暴雨前黑云密布的天空。

陈平见汉王并没有对自己的方案大加赞赏,但也没有全盘否定,知道他在为将要发生的惨况而犹豫不决。陈平看着在自己眼前来回走动的刘邦,动情地说:"主公,这是眼前唯一可行的,您不可再犹豫了,只要主公在,只要汉军在,灭楚兴汉的希望就在,报仇雪恨的机会就在!"

的确,时间已经相当紧迫了,只见刘邦喃喃地说:"你去安排吧。"

到了晚上,弯月如钩,荥阳城东门大开,将领纪信穿着刘邦的服装,坐着他的车驾率领两千名由妇女组成的队伍走出荥阳城。围在城外的楚军见了异常惊奇,渐渐围拢了过来。只听车上的人在大喊:"城内粮草已尽,汉王率部投降!"紧接着,其他的人也一起喊了起来。楚兵更感到惊奇了,在这些声音中,分明夹杂着不少女声,这些女声刺激得楚兵们个个兴奋异常。一时间,汉王刘邦率部投降的消息像风一样在楚营中刮过,众人纷纷地向东门涌过来,连最远的西门周围的楚兵也急忙赶过来看热闹。毕竟一年多的征战总算是到了头,大家要一边看热闹,一边庆贺胜利。

当楚军将士蜂拥赶往东门的时候,荥阳城西门悄然打开,刘邦和几十名官员、亲兵骑着快马出门夺路而逃。

东门那边,楚兵终于发现这支汉军投降的队伍竟然全是女人,有些模样还十分俊俏,引得楚军将士争相前来观看。至于刘邦长得什么模样,感兴趣的人

不多,他们也不曾见过,似乎也不急于见到。这样,汉军这支长长的队伍在楚军将士的簇拥下,在调笑之中走向楚军的中军大营。

项羽接到刘邦前来投降的消息后,不禁喜上眉梢,心想这个老家伙终于支撑不住了,既然率部前来投降,那么自己也得当众把这个老家伙好好戏弄一番,然后杀掉,以解心头怨恨。汉军投降队伍到达中军大营时,项羽精神抖擞地走出了帐外。

谁知等见到了纪信,项羽才意识到自己被愚弄了,他大声地吼道:"刘邦不是来投降了吗,人呢?"

纪信毫不畏惧,朝着项羽哈哈大笑:"汉王早已出西门离开荥阳了。"

项羽立刻大怒,他冲着这个外形酷似刘邦的纪信吼道:"我看你是活腻了,自己送上门来找死。好吧,我给你一个热闹的死法。"说完,他命令士兵将纪信从车上拖下来用绳捆牢,然后找来干柴堆在纪信身旁,让士兵点燃,任凭纪信在火堆里痛苦翻滚、狂吼惨叫,直到死去。

将领纪信在刘邦生死攸关的严峻时刻,冒充了一次汉王,用自己的身躯救了汉王一命。同在战场中刀光剑影、英勇献身一样,纪信从接受冒充汉王的那一刻起,就已将自己的生死置之度外了。他的壮举无疑将永远铭刻在汉王朝的英烈碑上。

那些冒充士兵的妇女们处境比纪信更加凄惨,她们每个人都被众多疯狂的楚军士兵强行蹂躏后惨遭毒手。一时间,楚军大营中一片女人悲惨的哭声、叫声和士兵狂野的笑声。楚军将士此刻像疯了一样狂吼,为楚军的胜利,也为刘邦的落败。

刘邦弃城而逃,项羽再度组织攻城的劲头一下子消散了。荥阳已是一座空城,连人都不会有多少,即使攻下来还有什么用呢?这段时间,梁地的彭越率领一部分人马不断袭扰楚军的补给线,搞得项羽十分烦躁。他决定率兵东进,消灭彭越,以解除后顾之忧。至于刘邦,估计一时半会儿也缓不过劲来,待消灭了彭越以后再西进收拾他也不迟。

荥阳,这座一度危机四伏的城池,竟然在无意中保留下来了,但它仍然在汉军手中,守城的将领是周苛、枞公和魏豹。

刘邦一行马不停蹄地逃命,直到进了函谷关才算松了一口气。整个关中在

相国萧何的主政下,又恢复了勃勃生机,男耕女织,炊烟袅袅,一派和平景象。与中原的战乱相比,此时的关中就像一处人间天堂。看到这一切,刘邦禁不住对萧何心存感激,正是这位勤政的相国,为他营造了这么一大片安宁的后方。

刘邦决定稍事休整,组织力量再一次出关与项羽作战。刘邦在骨子里有一股不服输的精神,他也不会被眼前的失败搞得心灰意冷,而敢于直面战争的输赢,敢于屡败屡战,这也许就是他最终成功的一个秘诀。

刘邦帐中有一位姓袁的谋士知道他又在组织力量出关东进的消息后,劝谏刘邦道:"主公这次出兵,可以不走函谷关,而率军南下从武关出兵,在宛城、叶县(今河南省叶县南)一带驻扎。项羽知道主公兵出武关,必然率军来战,主公可以组织人力挖沟筑垒,坚守不战,以逸待劳。这样就可以缓解荥阳、成皋一带汉军的压力,使部队都能得到一时的休养调整。在这时候,主公可派人通知韩信继续扩大战果,争取燕、齐诸国也加入到统一的抗楚行动中来,使得楚军战线拉长,几面受到牵制。一旦时机成熟,主公再率兵与项羽决战,一定能取胜。"

刘邦采用了袁生的建议,积极组织力量从武关出关。当出兵宛城时竟遇到了正在这一带聚集力量的英布,此时英布已经聚集了几千人马,见到刘邦也分外高兴。

十六　荥阳沦陷，潜入修武夺兵权

由于项羽率主力与刘邦在荥阳对峙，这给彭越的活动留下了很大的空间。彭越经常率部袭击楚军，不时地截取楚军运送的粮草。短短的一年时间里，彭越率部先后攻下了睢阳（今河南省商丘市南）、外黄等十多座城池，抗楚的活动在他领导下开展得有声有色。

彭越活动的区域紧邻楚地，项羽听到彭越不断袭扰楚军的消息后自然不甘心，他在荥阳附近留下少量部队驻守，自己率主力向东进攻彭越。

彭越知道自己的力量抵不住项羽的攻击，采取避其锋芒，放弃城池，保存实力的方法。看到项羽率楚军来攻，自己则主动撤退，很快，彭越占据的十几座城池就又被项羽夺回了。这一切彭越似乎也不在意，他知道项羽在这里也不会待得长久。项羽的心腹大患是汉王刘邦，只要刘邦没有被消灭，项羽的精力就会一直放在他身上。

果然没用多长时间，项羽又率楚兵西去了。此时刘邦已兵出武关，陈兵宛城和叶县，近逼成皋和荥阳。

项羽无法容忍刘邦再度东进，亲自率兵又逼近荥阳。这时荥阳城里发生了一件事，守城的周苛、枞公秘密商定把魏豹杀了。他们对魏豹一直不放心，汉王刘邦在荥阳还可以管住他，如今汉王不在荥阳，项羽又率大军来攻，他们担心魏豹再次投降楚军。

魏豹到死也没有搞清自己怎么突然间就被汉军的将领杀了，刘邦对他一直

都采取一种宽容的态度,谁知道,汉王手下的将军们竟容不得他。周苛、枞公只是杀了魏豹就算了事,没有加害他的家人。魏豹的爱妾薄氏知道了他的死讯,哭得死去活来。

刘邦东进没有直接进入荥阳,而是在成皋驻军,把荥阳当作一道屏障。成皋在黄河以南,而黄河以北的修武驻扎着韩信、张耳率领的汉军。

项羽这次率楚军来攻,再没有给荥阳留下机会。楚军主力以绝对的优势一举攻下荥阳,俘获周苛、枞公和韩王信。项羽对汉军的守将给了两条路,一是降、二是死。降即封以高官和赐以厚禄,死就不用说了。项羽也是爱才之人,对周苛有好感,对枞公、韩王信也不讨厌。但到头来,韩王信投降了,项羽兑现自己的诺言,而周苛、枞公誓死不降,周苛还当众嘲讽项羽,气得他说不出话来。没有什么可供选择了,项羽派人把周苛、枞公推出去斩了。

荥阳被攻破的消息传来,刘邦在成皋坐不住了,他清楚要不了多长时间,楚军的铁骑也将踏破成皋。此刻再返回关中,时间显得紧张,更为项羽向西攻击创造了条件。关中是汉军的大本营,不能把楚军的注意力引向关中,唯一的选择就是去找韩信、张耳,用这支强大的力量来对抗楚军的冲击。

楚汉三年(前204年)七月的一天,刘邦和夏侯婴两人轻装悄然离开成皋直奔渡口,随后渡过了黄河。此次秘密行动是逃命还是去调兵,夏侯婴还不清楚,连刘邦自己也无法轻易下定论,但行动的计划却是绝对保密的。他们的离去,可能全成皋的汉军将士都不知道。君臣二人到修武时天色已晚了,他们便找了一家客栈住下。刘邦之所以这样安排,是因为他心存顾虑。他在怀疑这次只身到修武能不能调动韩信的军队,毕竟韩信不是起事时一直追随自己的部将,况且他目前的实力已经很强了,看见自己亲自前来调兵,会不会心生异念?不管怎么说,逃命也罢,调兵也罢,此次到韩信军中,就免不了要看他的脸色。正是因为这些顾虑,刘邦决定采取一种非常措施,即趁其不备,夺其印符。官印是大将军的身份,兵符是调兵遣将的凭证,两者缺一不可,而兵符则更为重要,它是君王赋予某位将军指挥调动军队的权力。如果得到这两样东西,韩信再不情愿也奈何不了刘邦了。

刘邦的出身和经历使他不会有太多的顾忌去做这种事,如果咨询萧何、张良和郦食其他们,估计他们都会反对汉王去做这种偷鸡摸狗的事,就连一向诡异的陈平也未必赞同这种做法。形势危急,刘邦根本就顾不上这些所谓的信义

和道德了。他坚持己见,想方设法来挽救汉军的被动处境,以尽快扭转危局。

第二天一大早,刘邦和夏侯婴都装扮成汉王的使臣,来到韩信的中军大帐。卫兵急忙进帐去通报还在睡觉的韩信、张耳,刘邦则悄然走到帐中将韩信的官印和兵符拿到手中。拿到印符后,刘邦命传令兵击鼓升帐。睡眼惺忪的韩信、张耳见到坐在帐中的刘邦时,才明白汉王已来到自己的军中。官印和兵符都在刘邦手中,他们也只好同前来的诸将一起,听候汉王发令。

刘邦此刻已手握大权,心中的顾虑早已烟消云散,他客气地和诸位将军打招呼,然后对当前的形势做了一番分析。尽管韩信没有搞清汉王此次突然到军中夺其印符的目的何在,但看到刘邦并未对他和诸将发脾气,心里一块石头算是落了地。大家本来就是汉王的部下,听候他指挥是天经地义的事情。能征善战的韩信在政治上的幼稚可见一斑,他没有想到,也不会想到刘邦此举是对他的不信任,是怕他功高盖主,拥兵自重而不听指挥。

看着面前恭恭敬敬站着的韩信、张耳和其他将领们,刘邦的心里顿感轻松,他即席发表一通讲话后宣布解散。他饿了、困了,昨天紧张的奔波和苦思冥想的计划今天总算见到了成效。至于下一步怎么办,待吃饱睡足了再说。

第二天,刘邦精神焕发地下达命令:张耳继续留在赵地,不断扩大势力,征集兵员,筹集粮草,一方面巩固燕赵地区,一方面随时准备迎击渡河的楚军。韩信率领曹参、灌婴带少量人马向东攻击齐国,沿途可以不断招募新兵,扩充军队。刘邦则率领韩信的主力部队南渡黄河,继续与项羽作战。领命以后,诸将各自回去准备了。

刘邦掌握了韩信的军队后,信心大增,他恨不得马上杀到荥阳和项羽决一死战。刘邦帐中有一位叫郑忠的郎中站出来劝阻他说:"汉王现在与项羽决战的时机还不成熟,依我看,我军当前要紧的是保存实力,汉王先派人高筑城墙,深挖沟堑,不急与楚军交锋,等到时机成熟了,再一举把楚军击败。"

刘邦听了后觉得有道理,就采纳了。他心里也明白,项羽此时士气正旺,与其决战未必能胜。但是可以避实就虚,绝不能让他们安宁。于是刘邦派自己的堂兄刘贾和老乡卢绾为将军,率领两万人马东渡黄河与正在楚地进行游击活动的彭越会合,彻底切断项羽的供给线,使在中原作战的楚军得不到粮草军械。

这一步棋果然奏效,刘贾、卢绾率领的汉军与彭越会合后,在梁地开展大规模的行动。他们不但打败了梁地的楚军,还攻下了那里的十几座城池,楚军的供给线几乎被彻底切断。

攻下成皋的项羽正在率军向西推进时,传来汉军在梁地切断楚军供给线的消息,他决定再次亲率军队回击。项羽再三告诫守城的海春侯曹咎说:"你守城期间,不要出城与汉军交手,坚守好城池等我回来,我用十五天的时间就可以击败梁地的汉军返回成皋。"

得到项羽率主力东去的消息后,汉军迅速包围了成皋。曹咎牢记项王的嘱托,任凭围城的汉军如何叫阵都坚守不战。谁知城外的汉军见曹咎守城不战,竟派出兵士轮番辱骂他,搞得曹咎气愤不已。城外的汉军越骂越凶,甚至不分白天和夜晚。曹咎也强压着怒火,一忍再忍。几天过去,曹咎再也忍不住了,他命令士兵打开城门,亲自率领部队攻击汉军。汉军见曹咎出城并不迎战,而是纷纷渡过城外的汜水逃跑。恼羞成怒的曹咎此刻头脑发热了,他忘记了项羽临行前的叮嘱,也忘记了兵书上对渡河作战的忌讳,率军渡过汜水河追击。

汉军的计谋得逞了,当曹咎率领的楚军正在渡河时,四周埋伏的汉军一拥而上。楚军大败,曹咎、司马欣饮恨自杀,成皋又回到了汉军手中。

刘邦得到成皋又被夺回的捷报后非常高兴,他决定马上率部渡过黄河再进成皋。

正在这个时候,郦食其求见刘邦,说他愿意出使齐国面见齐王,劝他投降汉王一同抗楚。刘邦此时正在兴头上,也没搞清这个老头唱的是哪一出,就欣然答应了。刘邦对韩信率部攻下齐国信心十足,此刻再派人去劝降齐国似乎有些画蛇添足,但既然他愿意去就让他去好了。如果能劝降齐国未必不是一件好事,汉军的势力扩大了,又避免了战争,何乐而不为呢?

郦食其见刘邦同意他去齐国,也很高兴。一段时间以来,他感到自己在汉军中发挥不了太大的作用。战争对他这种人来说,实在太无聊。他崇尚用智慧去攻城略地,扩大势力,夺取天下,而非刀光剑影,血腥厮杀。他相信,依他的智力和口才,说服齐王投降不在话下。如今这种机会又来了,他拜谢过刘邦便准备打点行装启程。

十七　大军东进，郦生巧言服齐国

韩信率部东进以来，一边行军，一边招募新兵，队伍很快扩大了。不少青年人冲着韩信几场威震天下的战役，踊跃应招参加汉军，他们为自己能成为韩信大将军的部下而感到自豪。部队来到了平原津就原地休整，因队伍中新兵居多，韩信下令强化操练，增强战斗力，做好与齐军作战的准备。

平原津是黄河中游的一个渡口，河东就是齐国的管辖地了。韩信此刻在平原津以西率部休整，无非是想把声势搞得大一些，起到威慑齐国的作用。几场硬仗打下来，韩信对自己已经充满信心，即使齐国有再多的兵力，韩信也不怯阵，他自信胜利必定属于汉军。

齐王田广和相国田横听说韩信率领汉军来攻，立即征调全国的精锐部队约二十万人陈兵河东，随时准备迎击韩信。他们心里都明白，河西的韩信亲自率兵征齐意味着什么。

正在这个时候，有士兵通报，汉王派使臣前来求见，田广和田横马上安排召见汉使。紧急关头，汉使来齐，齐王自然不敢怠慢，他立刻安排好一桌丰盛的酒宴，高规格款待汉使郦食其。

郦食其看到齐王安排的丰盛酒席和他们满脸堆笑的模样，就知道自己这趟使齐的任务一定会圆满完成的。但心里明白是一回事，嘴上还是要说清楚的。酒过三巡，郦食其看着齐王说："大王可知道当今天下人心所向吗？"

齐王不置可否地回答："时局混乱，楚军强悍，天下人心不定，恐怕谈不上有

所向吧?"

郦食其又喝了一杯酒说:"依在下看,如今的天下自然是人心向汉了!"

齐王说:"请你把天下人心向汉的依据说出来听听?"

郦食其马上振作起来,振振有词地说道:"天下人都知道,当年汉王先于项王入关。但项王却违背楚怀王的旨意,自封西楚霸王,把汉王改封汉中,项王背信弃义可见一斑。以后,项王逼迫楚怀王迁都郴州,并派人在途中截杀了他,足见项王称霸天下的野心和残杀义帝的暴戾。项王心胸狭隘,任人唯亲,将领们攻下了城池得不到赐封,立下了战功得不到重用,好事都落在了他们项姓人家的头上。所以天下的贤士豪杰都不愿意投奔项王,不愿意为他卖命。长此下去,项王必然落得个众叛亲离和孤家寡人的下场。"

相国田横插话说:"项王如此,听说汉王也好不到哪儿去!"

"恰恰相反!"郦食其接着说,"汉王胸怀大志,气量大度。出关讨伐项王,正是为了天下人伸张正义。汉王体恤百姓,每攻下一城,即废除苛政、安抚民众,深得人心。汉王带兵,任人唯贤,汉中拜将早已在天下传为佳话。每次战斗胜利后,汉王论功行赏,与天下人共享利益,天下贤士豪杰趋之若鹜,都愿意为汉王效力。如今西面汉王已稳固汉中和三秦,平定代、燕和赵国,再次占据成皋,控制了白马津渡口,率兵向东推进;北面,大将军韩信已率军逼近齐国;南边,英布的力量正在集结,随时能形成一股抗楚的力量;东边,彭越、刘贾在梁楚接合部不断袭扰楚军。整个大的形势,对汉王是极为有利的,大王难道还看不出吗?"

郦食其口若悬河,说到兴致处,不禁手舞足蹈,他坚信自己这一通说法足以让对方心服口服。他看一眼面前的田广和田横,见他们沉默不语,又补充了一句:"依在下看,归顺汉王是大王您的明智选择,这样可以保全齐国,避免战争,有百利而无一弊啊!"

齐王田广本来就对项羽怀有深刻的杀父之仇,几年来与楚军交战,不归顺楚国,正是由于齐国把楚国列为不共戴天的仇敌。齐国时刻保持着高度的警觉,企盼有朝一日灭掉楚国,杀死项羽,以雪父仇。对汉王刘邦,田广和田横虽然没有过多地与之交往,但从各个渠道传来的信息令他们对汉王颇有好感。况且汉王出关抗楚还解了楚国攻齐之围,使得齐国得到喘息。纵观当前天下,似乎真正能与楚抗争的唯有汉,一个小小的齐国,在两雄争霸中要保全自己,唯一

的出路就是依靠两雄中的一个。答案很明确,投楚是不可能的,归汉是他们唯一的选择。考虑到归汉之举毕竟是件大事,事关齐国的百姓和未来。田广、田横并没有当场答应,他们告诉郦食其待召集众臣商议后再定。

郦食其倒也不急于得到齐王的回答,他信心十足,踌躇满志,对齐国归汉一事深信不疑。齐王招待郦食其的规格很高,这更使郦食其充满了信心。他心安理得地享受着齐国的款待,轻松愉悦地欣赏着住所的美景。

汉使来访的消息像风一样在齐国刮过,齐王准备与汉王议和的消息也被人们描述得煞有介事。原来计划与汉军决一死战的二十万齐军防备松懈,放低警惕了,军营中摆宴喝酒的现象也迅速弥漫开来,人们似乎在提前庆祝齐汉联盟。的确,连年的争战,早已使得齐国上下对战争满怀厌恶,悄然而至的和平是多少人日夜企盼的。

消息传到韩信耳朵里时,着实让他吃惊不小。韩信搞不清汉王的意图了,明明在催促着他加速东进攻齐,暗地里却派郦食其出使齐国劝降,他猜不透汉王的葫芦里到底卖的什么药? 更让人不解的是汉王并没有派人通知他停止攻齐,也没接到有关派汉使赴齐劝降的任何指令,这让韩信很犯难。河东边,齐国将士大吃大喝,一派和平景象;河西边,韩信的部下仍在刻苦操练,严阵以待。

韩信的为难情绪被蒯通觉察到了。蒯通在韩信攻下赵国后就投奔到了他的帐下。他欣赏韩信的年轻干练,也欣赏他的指挥艺术,情愿抛弃家业,跟随韩信东征。他发现韩信为当前的局势进退两难时,就来见他,表达自己对时局的看法。

"将军,汉王令您率部攻齐,这个命令直到现在也没有改变,将军难道要违背汉王的命令吗?"蒯通直截了当地说。

"可是,汉王已派郦食其去说服齐国归顺,这让我很为难哪。"韩信也不掩饰自己的担忧。

"将军,"蒯通进一步分析道,"汉王既然没有通知将军停止东进攻齐,说明汉王军事攻齐的计划未变,将军仍可按计划进行。至于郦先生出使齐国,也可能是汉王的缓兵之计,为将军攻齐争取到更多的时间。从另一个方面说,将军东征以来,费尽千辛万苦,招募士兵,长途跋涉才发展到如今这样的规模,难道就眼看着让郦先生抢了头功。郦先生凭自己三寸不烂之舌劝降齐国,收复几十座城池,功劳何等显赫。而将军统兵数万,耗费汉王无数银两,最终却不抵一张

巧嘴。到时候,天下人会怎样评价将军?"

蒯通的话里充满了挑拨的成分,但又入情入理,对韩信本人而言,他能听进去。面对当前复杂的局势,执行汉王之命是首要的事,其他的方面他也就无法顾及了。

蒯通这么说,也有他的打算。自从认识韩信以来,他欣赏韩信,追随韩信,预见到他能够成就一番大事业。所以他不希望韩信有什么闪失,期盼他能不断开创出新的局面,成为天下英雄。如果有一天,韩信成功了,作为他帐下的一个谋士,自己也会感到无限荣耀。天下的谋士们谁不把自己的智慧和理想寄托在一位能真正顶天立地的豪杰身上,蒯通也不例外。眼下的局势对韩信极为有利,蒯通正在设法促使他抓住这个有利时机,一展宏图。尽管蒯通也知道,攻齐的结果一定会使郦食其身陷困境甚至是死地,但他并无丝毫怜惜,他甚至认为,郦食其出使齐国是自找倒霉。

韩信采纳了蒯通的建议,加强备战,部署计划,准备对齐国在历下(今山东省济南市西)的守军进行突袭。在军事指挥上,韩信自己可尽情发挥,无须他的谋士们出谋划策。

楚汉四年(前203)十月,韩信率领汉军渡过黄河,突袭历下的齐军。几乎完全放松戒备的齐军经不住汉军的猛烈攻击,溃不成军。数万名为和平即将到来欢欣鼓舞的齐军将士被强悍的汉军屠戮于原野之上,他们到死也没有弄清楚,战争与和平的转换竟是如此之快,如此得不可思议。

十八　田横愤怒,烹杀汉使却亡国

可以说郦食其在齐国受到的礼遇是他这一辈子受到的最高待遇,在齐国这段时间的生活也算是这辈子最好的享受,然而这一切都被汉军攻齐的军事行动终止了。

当韩信率兵出击历下齐国守军,继续东进逼近齐国的国都临淄(今山东省淄博市东北)时,齐王田广和齐相田横命人把汉使郦食其捆绑着押来见面。

郦食其见齐王突然翻脸,知道大事不妙。但他身处馆驿,消息闭塞,并不知道发生了什么事。

齐王见到郦食其便正言厉色地问:"先生到齐,我待先生不薄吧?"

郦食其说:"非但不薄,这是我一生中享受到的最高礼遇。"

齐王又说:"既然如此,汉王为何出尔反尔,一边与我议和,一边率兵攻我?"

郦食其似乎明白了一些,忙问:"有这等事?"

田横猛地站起来,说道:"先生别装糊涂了,韩信率兵已攻破了历下,正逼近临淄哪!"

郦食其听了,大吃一惊。他一下子有点懵了,汉王要干什么?韩信为什么这么干?这一切为什么不派人通知身在齐国的他呢?

田横见郦食其没有回答,不无讥讽地说:"莫非汉王派先生来,是要迷惑我们,麻痹我们,为你们汉军攻齐留下足够的时间?"

郦食其听明白了,事实摆在面前,即使浑身是嘴他也解释不清了,但他还想

做一番辩解。没等他开口,田广就打断了他的话,说道:"你不用做任何解释了,摆在你面前的就两条路。一是劝说韩信停止进攻,我们坐下来继续商谈联盟之事。第二条路……"田广说着把手朝庭院里的一只大锅指了指,"请先生下油锅。"

现实异常严峻,但必须要做出选择。

郦食其是一介书生,但真的是有气节。他自从跟定刘邦以来,不辞劳苦,四处奔波,一心辅佐汉王,早已将自己的生死置之度外了。此刻面临这种险境,他没有丝毫的犹豫,大声地对田广和田横说道:"成就大事的人是不必拘泥于小节的,道德高尚的人是不会推辞别人对他的责难。我是奉汉王之命前来劝降齐国的,怎么会替齐国去阻止汉军的进攻呢?"说完他哈哈大笑,大步走向油锅,一头就扎进滚烫的锅里了。

田广、田横见状不由肃然起敬,郦食其的选择告诉他们,齐国离灭亡的日子不远了。他们在为郦食其的行为感到震撼的同时,也为当初这种安排感到懊悔,郦食其的死只会激励汉军发动更加猛烈的攻击,只会增强汉军将士的斗志,齐国的命运这次将真正地要葬送在他们手中了。

果然,韩信率领的汉军攻取历下不久就对临淄展开大规模的进攻,临淄城岌岌可危。田横面对汉军如潮的攻势,只好将临淄的守军化整为零,从多处袭扰汉军,重新恢复到当年对付楚军的游击状态。齐王田广率部撤到高密(今山东省高密县西南),田横则率部北上到达博阳(今山东省泰安市东南),宰相田光退守城阳,将军田既退到胶东一带。齐军放弃了都城,在齐地的中小城市暂且驻扎,重新调整防御部署,伺机对汉军组织起一场新的攻势。

韩信率部占领临淄后,马上组织力量分头追击齐军。他派将领灌婴率骑兵部队追击田横,派副将曹参攻取济北郡(今山东省长清县)所属各县,继续扩大地盘,自己则率部队追击齐王田广。

田广得到韩信亲自率领兵马来攻的消息,坐不住了,他也非常清楚汉军来攻的结果,但此刻他找不到任何救兵,真可谓叫天天不应,叫地地不灵。万般无奈之下,他只好硬着头皮向楚军求救。对齐王田广来说,项羽对其有杀父之仇,如有半点办法,自己也不会对仇人开口。但形势紧迫,目前他只有这样做了,而且许诺,若赶走汉军,将齐国一半的土地划归楚国。

项羽得到齐王的求救信后,十分痛快地就答应了。项羽当然知道齐国地理

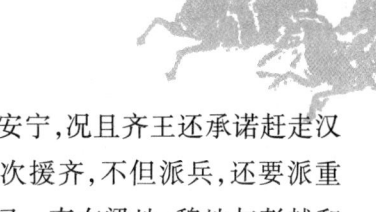

位置的重要,齐国被汉军占了,楚国的日子也不得安宁,况且齐王还承诺赶走汉军分一半齐地归楚,这笔买卖怎么算都值得。这次援齐,不但派兵,还要派重兵,直到把汉军赶出齐地方可罢休。项羽这段时间一直在梁地、魏地与彭越和刘贾的汉军作战,此次援齐,他放慢了对彭越他们的追击,派大将军龙且率二十万大军开往齐地。

楚国大将军龙且是项羽手下一员猛将,他具有丰富的作战经验,受到项羽的格外器重。在他眼里,韩信只能算一个刚刚入道的毛头小子,根本没有把他放在眼里。龙且率领的二十万楚军很快赶到高密与田广的齐军会合,准备在此迎战汉军,决一雌雄。

韩信得知楚军来增援田广,马上召集曹参、灌婴率部在潍水(今山东省东部)以西集结。潍水以东是高密,齐楚联军在河东岸严阵以待。

极具指挥才能的韩信深知,这是一场硬仗。等队伍集结完后,他决定采取一种策略对齐楚联军分而歼之。

眼看着河西岸汉军在不断集结,楚将龙且心里头痒痒的,他恨不能立即扑向河西与汉军展开战斗。龙且手下有人建议:"汉军正值兴盛之时,战斗力极强,势不可挡。将军不如深沟高垒,坚守不战,再派小股部队袭扰汉军的供给线,派信使招抚被汉军攻陷的城邑。时间一长,汉军供给不足,军心不稳,齐地百姓又纷纷反对他们,汉军必然不战自退。"

但是龙且根本听不进去,他依仗齐楚联军兵多将广,实力雄厚,没把汉军放在眼里。他告诉部下:"韩信算什么将军,纯粹是个胆小鬼,年轻时遭受胯下之辱都不敢反抗,还敢与我交战。在兵力上,我方占绝对优势,只要等到有一日河水稍退,我们便一鼓作气渡过潍水,击败他们是不在话下的。"

在项羽帐下,龙且也算得上一位常胜将军。他自恃兵力雄厚,不但没有听从部下的建议,反倒将重兵布防在潍水东岸,两军隔河相望。

韩信有自己的打算,他派人组织力量将数万条麻袋装上泥沙,在潍水上游截流,摆出一副过河攻击的架势。

有一天,河东岸的龙且发现潍水水流越来越小了,平日宽广的水面几乎可以涉水而过。正在此时,韩信率领汉军来攻。龙且立即组织力量迎战,本想率齐楚联军涉水攻汉,不想他们自己送上门来了,龙且开始要大显神威了。两军在潍水东岸遭遇后,一场激战,双方死伤无数。齐楚联军潮水一般向汉军压来,

眼看着汉军招架不住了,渐渐退到水边,龙且下令追击,汉军的队伍顷刻便乱作一团,将士们纷纷涉过潍水,向西四处逃散。龙且则是越战越勇,率军追击。当龙且率领的齐楚联军约有一半涉过潍水时,突然间潍水上游汹涌的河水奔腾而下,齐楚联军不少将士被水浪击倒,冲往下游。

汉军在几位将军的率领下冲向已上西岸的齐楚联军阵中,一阵砍杀,惊慌失措的联军还没回过神来,就成了汉军的刀下鬼。联军溃不成军,又有不少人企图东渡,却被无情的河水卷走。趾高气扬的大将军龙且也被汉军的弓弩手射翻,失去了主帅的齐楚联军全无了斗志,纷纷缴械投降。

韩信并不罢休,率军渡过潍水,占领了高密。这次战斗,再次体现了韩信的军事指挥才能。他在弱于齐楚联军的状态下,指令士兵在上游堵塞河水,待联军中有一半人马渡过河后,扒开堵塞的沙袋,使得对方被河水阻隔成两部分,然后分而歼之。

自此以后,汉军在齐地展开了大规模的清剿。将军灌婴率部北上追击守将田光,在博阳附近,全歼齐军,田光战死。将军曹参率部向东攻击齐国将军田既,在胶东附近包围了齐军,田既战死,齐军归降。齐王田广自知无法自救,只好向韩信投降。相国田横被灌婴追得无处可去了,只好率残部退入梁地,投靠彭越。

至此,整个齐地都被汉军控制在了手中。

十九　真假齐王，刘项相持不斗力

刘邦得到郦食其的死讯，十分悲伤，他没有想到郦食其会死得如此惨烈，如此悲壮。当初派韩信率兵攻齐和派郦食其使齐劝降的决定都是自己做出的，如今发生了这样的事情，刘邦只好把苦水往肚子里咽，他谁也不能抱怨。值得宽慰的是，韩信平定了齐国，使汉军的势力扩大了许多。从这个意义上来讲，郦食其的死是有价值的。

刘邦自率部再次夺取荥阳后，一直无法继续东进，楚军在荥阳东边布下重兵，对汉军形成了包围之势。虽然项羽率领楚军到处征战，但对阻止刘邦的东进始终严阵以待。这时刘邦非常期盼韩信能率部增援，击溃项羽的主力，加快汉军东进的步伐。

有一天，韩信派一位心腹求见刘邦，递给刘邦一封他的亲笔信。刘邦正急着等待他那面的消息，见有人送来他的信函，没有多说连忙打开。刘邦只看了一半，就气得脸色发白，牙齿咬得咯嘣响，也顾不上韩信的来使在场便破口大骂："混蛋！刚打了几仗就要称王……"他话没说完，感觉到双脚被站在左右的张良和陈平同时踩了一下，便立即停住了。

张良已经猜到来信的内容了，他俯在刘邦耳边轻声说："汉王息怒，再大的事也需商议一下再定不迟。"陈平也在一旁附和道："韩信平定齐国有功，主公应给予赐封。"

韩信的来信之所以惹怒刘邦，是因为他在信中说道："齐国是一个虚伪多变

的国家,它南面紧邻楚国。如果不设置一位代理君王来管理和镇守它,齐国还会发生内乱,背叛汉王,对汉不利。请求汉王封我为齐国的代理君王,稳定齐国政局,以巩固汉王的基业。"

韩信的要求也不过分,对有功之臣的分封刘邦也没意见。早在下邑时张良就提出对有功之臣要进行及时分封的建议,并也得到刘邦的认可。此时韩信请求封王,刘邦只是感觉来得快了一些。按规矩说,分封不分封是他刘邦的事,岂容部将自己请求的,何况当前汉楚双方正处于胶着状态,局势尚不明朗,韩信的请求未免太过心急。

张良和陈平的及时提醒让刘邦一下子回过神来了,他意识到自己刚才的话说得太粗了一些,忙改口道:"将军韩信独自率兵以来先后平定北方各诸侯,劳苦功高,依我看根本无须做什么代理君王,可直接封为齐王!"

刘邦的态度一变,刚才紧张的气氛立即烟消云散了。起初来使看见汉王发脾气,吓得大气都不敢出,现在见汉王发话了,立刻也满脸笑容。

来使退下后,刘邦与张良和陈平相视而笑。这是君臣之间默契的笑,彼此都为对方敏锐的思维和迅捷的反应投去满意的一笑。

此刻,韩信地位的重要在君臣之间达成了共识,对于这样一位极具军事才能和天才的将军,唯有捧着他、稳住他才是最好的选择。稍有不慎,必将酿成大祸。事实证明,这次分封韩信为齐王的决定也的确是英明的、正确的。

第二天,刘邦派张良亲自前往齐国册封韩信为齐王,同时也带去了汉王的命令,让韩信率部择机南下攻楚。

鸿沟位于荥阳东南三十里处,是当年秦始皇在位时开凿的一条引水渠,有几十米宽,两边人讲话都可以听得清清楚楚。当时鸿沟以西为汉军所占,鸿沟以东是项羽的楚军。汉楚双方对峙时常常越过鸿沟作战,战罢又退回两侧休整。

尽管汉与楚间的主帅在此对峙,但天下的局势正朝着有利于汉王刘邦的方向发展。北面汉军将领韩信已收复大片齐国城池,东面彭越、刘贾在梁地时常袭扰楚军,南面英布正在招兵买马、扩充实力。自从龙且率领的二十万楚军被韩信打败后,项羽便时常感到楚军正受到来自四面的围攻,搞得他坐立不安。

一天,项羽派士兵向汉军营地喊话,要见刘邦。这次项羽使了一个狠招,他把刘邦的父亲、妻子从彭城押来,绑在鸿沟边上的一座木架子上,并且在木架下

面放了一口盛满开水的大锅。他要告诉刘邦,如果再不投降,就当着汉军全体将士的面,把刘邦的老爹和妻子放进开水锅里煮了。

这下子刘邦着急了。自从几年前败走彭城,老爹和妻子被项羽捉住后,刘邦日夜思念,想方设法解救。无奈的是楚军看守极严,想不到此刻竟然在这里见面了。他不知道该说什么,只得听凭项羽在鸿沟东边喋喋不休地数落着,吼叫着。

看到这种状况,所有汉军的将领、谋士也都傻眼了。他们无计可施,稍有闪失,汉王的亲人就会被项羽扔进锅里煮了。谁敢发话呢?他们只有和汉王一样,站在那发呆。

突然,刘邦从沉默中惊醒,朝着对面喊道:"项羽兄弟,当年我们在楚怀王手下兴事时,互称兄弟,所以我的爹也是你的爹。如果你真要把咱爹放进锅里煮了,记得也分一杯羹给我喝。"

此言一出,惊呆了沟两边的所有人,人们怎么也不会想到汉王竟出此言。少顷,项羽愤怒了,他命士兵马上把刘邦的老爹和妻子解下来扔进锅里。此刻站在项羽身边的项伯急了,连忙劝解项羽息怒,万万不可草率行事,如果真把他们煮了,后患无穷,天下百姓也会同情和支持刘邦,楚王的处境会更加被动。

项羽强忍下怒气,命令士兵解下刘邦的父亲和妻子,率部回营。

自此以后,项羽并不罢休,每日里都派士兵在沟边叫骂,以期激怒刘邦,使他率部与自己决战。在项羽眼里,刘邦不是对手,与楚军决战,汉军胜算不大。

头几天刘邦忍着,不予理睬。但是楚军越骂越上劲,从早到晚,轮流叫骂,不曾停息。

刘邦忍不住了,找来一位弓箭手,将沟对面叫骂的楚兵一箭射翻。项羽再派,刘邦再射,几番下来,几名叫骂的楚兵都被汉军的弓箭手射杀了。项羽暴怒,冲着汉军的弓箭手如响雷般地大吼一声,那位弓箭手吓得像兔子一样跑了,面对威震天下的西楚霸王,没有谁不闻风丧胆的。

刘邦只好亲自上场了,他朝着沟那边的楚军将士历数项羽从起兵以来的桩桩罪行:杀宋义,杀子婴,杀义帝,坑杀二十万秦兵……滔滔不绝,直把项羽说得怒火中烧,他搭起弓一箭射了过去,正射中了刘邦的左胸。

刘邦中箭后踉跄一下差点儿摔倒,他强忍疼痛朝着项羽喊:"你小子箭法不准,射中了我的脚指头。"众人见状,簇拥着刘邦回营。

回到营中后,刘邦告诉手下人,不许将他受伤的事情传出去,关键时刻军心不能乱,要严加戒备,防止楚军进攻。

刘邦的坚韧和镇定感动了随行将士,大家深情地望着强忍疼痛的他,把他的叮嘱牢牢地铭刻在心中。

此后的日子里,汉军坚守不战。即使楚军再挑衅,汉军这边依然按兵不动,刘邦则被人秘密地护送回关中养伤。项羽这一箭虽然狠,但未中要害,没有危及刘邦的性命。

项羽自从得到韩信在齐国称王的消息后既感突然,又觉担忧,还有些兴奋。韩信称王表示他有自立的野心,他决定派帐下的谋士武涉去往齐国说服韩信叛汉自立。单凭眼下刘邦率领的汉军,项羽并不在意,他十分担心的倒是身在齐国的韩信率领的汉军。因为齐国与楚国接壤,韩信又能征善战,始终对楚国构成极大的威胁。项羽虽然有些看不起韩信,但他的赫赫战绩又不能不让人对他刮目相看。如果此刻能说服韩信叛汉自立,那么刘邦就少了一支强大的力量。对楚国来说,便是解决了后顾之忧。至于其他几个方面的汉军,在项羽眼里无非是一群乌合之众,小打小闹而已。

武涉领命,立即赶赴齐国。

二十　回拒游说，韩信发誓不叛汉

盱眙人武涉奉了项羽的密旨来到了齐国，他去拜见齐王韩信。见面后武涉先是代表项羽祝贺韩信成为齐王，然后又说了许多溢美之词。

见到项羽派人来道贺，韩信感到意外。无论从哪方面说，也轮不到他项羽来祝贺，毕竟现在汉楚还处在对抗阶段。但是楚使既然来了，韩信仍然照常按礼节接待，并让来使转达对项羽的感谢。

武涉看到韩信心情不错，就将话头转向。他开始劝说道："长久以来，天下人饱受秦朝的暴政之苦，人们实在无法忍受了，才相继起来反抗暴秦。灭掉秦国后，项王在咸阳按照在亡秦战斗中的功劳列土封王。从此天下没有了战争，士兵也各归故里，百姓安居乐业。后来是汉王首先在汉中起兵东进，占领封国，抢占封地，把三秦纳入自己手中，搞得天下人心惶惶。所有这些举动，项王并没有对汉王有过多计较，念其当年第一个进入咸阳的功劳，承认其在关中的既得利益。但汉王并未就此罢休，又带兵东出函谷关，占领韩魏诸国，继续东进攻楚。汉王的企图很明显，他要把整个天下都攻占下来，纳入自己的统治之下。汉王的贪婪太过分了，几乎达到让人无法忍受的地步。"

韩信静静地听武涉讲，没有插嘴。话到这儿，他已经听出，武涉此次使齐的意图了。

武涉正说在兴头上，看韩信听得挺认真，心气更高了。他接着说："据我了解的情况看，汉王是个不讲信义的人。他几次置于项王的掌握之中，但项王念及当年起事时的兄弟情义，不忍心将汉王置于死地，让他得以活到今天。可是

汉王却不知恩图报，一旦脱身就翻脸不认人，违背誓约，组织力量攻打项王。由此可见，汉王完全是一个没有半点儿诚信可讲的人，将军值得为这样的人卖命吗？将军投奔汉王后，得到他的重用，为汉王统率汉军攻城略地，立下赫赫战功，先后收复三秦，攻陷魏、赵、燕、齐诸国。但到头来，汉王绝不会放过将军，必陷您于死地。"

听到这儿，韩信有些听不下去了。武涉的一番说辞，危言耸听，让他觉得有损汉王的形象，有离间他们君臣关系的嫌疑，韩信有些不耐烦地站了起来。

武涉见状，连忙也站起，走到韩信跟前说："将军不要生气，听在下把话说完。依我之见，将军能够活到现在，是因为项王还在。当今天下，汉楚相争的结果完全取决于将军，将军向汉则汉王胜，将军向楚则楚王胜。如果今天将军帮助汉王打败了项王，明天汉王就会回过身来收拾将军。听说将军早年也曾在项王帐下任职，和项王有交情，在这个关键时刻，将军为何不对天下人宣布叛汉，与汉楚三分天下，自立为王呢？将军是个聪明人，做何选择，您自己决定。但此机会难得，眼下这个时机一旦失去，就再也等不来了。"

武涉的一番话，听着不顺耳，却也切中要害。韩信自从修武失兵权后，就感觉到汉王对自己存有戒心，但此次占领齐地后请求汉王封他为齐国假王，也是为了让汉王确认他韩信在征战中的功劳和地位。除此之外，韩信并没有非分的想法，他没有想过背叛汉王，也不愿去做背叛汉王的事情。当年汉王顶住压力拜他为大将军的知遇之恩，牢牢地铭刻在他的心上，为汉王受再大的屈辱也值得。

韩信看了一眼等他回答的武涉说："当年我在项王手下任职时，项王给我的官不过是郎中，职位不过是个执戟的卫士。在士兵部署时，项王对我提出的建议从来都不采纳，正因为如此，我才离开项王到汉中投奔汉王。投汉不久，汉王了解我的能力后，充分地信任我，授给我大将军的印符，还举行了隆重的拜将仪式，把汉军仅有的几万人马全部交给我指挥。与汉王相处时，汉王解衣而衣我，汉王推食而食我，对我的意见，言听计从。正是由于汉王对我的信任，我才有了今天的成就。他对我如此亲近和信任，我却要背叛汉王，对天下宣布叛汉自立，你觉得这样做厚道吗？我明确告诉你，我韩信是个光明磊落的人，宁死也不会做出背叛汉王的事情来。你回去吧，代我感谢项王的一片好意。"

韩信说完，示意侍卫送客。韩信的态度，让武涉无话可说，他只好告辞。

楚使武涉来访，都被蒯通看在眼里。蒯通清楚武涉这次使齐来干什么，但武涉怏怏地离去，让蒯通很是担心。他知道武涉并没有说服韩信叛汉，韩信一

定是回拒了项羽的建议。如果这样下去,自己依靠韩信在齐自立,与汉和楚三分天下的目的就无法达到,自己的理想和抱负也就无法实现了。

蒯通本来就是一位著名的纵横家,面对秦末时的乱象,他看在眼里,等待时机。当年蒯通帮武臣占取赵地后,并没有看上武臣的为人,没有去追随他。后来武臣被杀,他只好继续浪迹于市井中。项羽、刘邦的纷纷崛起,令他感到机会来了。无奈项羽身边有范增,刘邦身边有张良,他感到自己暂时无法找到依靠。后来韩信的北征终于让他抓住时机,蒯通决定追随韩信,依靠韩信来实现自己的目标。现下,蒯通要去向韩信申明大义,当然像武涉那样直接说服韩信自立是行不通的,必须另辟蹊径来说服他。

蒯通见到韩信后,直截了当地说:"主公,我早先学过相术,至今也没有忘记。"

韩信这几天也在深思楚使武涉来访时说过的话,尽管他对自己的选择不后悔,但也免不了思前想后地勾起许多联想和预测。今天见到蒯通来见,也觉得有些话可以与他更深一步地聊聊。见蒯通说会看相,便随口问道:"不知先生看相的水平如何?"

蒯通说:"一个人的贵贱在于骨质,喜忧在于容色,成败在于决断。我常用这三条来相互参验和印证,几乎没有算错过。"

韩信正为自己的前程焦虑,见蒯通这么一说,他便来了兴致,就对蒯通说:"那好,请先生给我相相。"

蒯通说:"请主公屏退左右,以免我口无遮拦将一些关于你身上的瑕疵传了出去,有损主公的美誉。"

韩信挥手示意左右退下。

蒯通于是说:"依据主公的面相,最多不过封侯,而且危机四伏,终日不宁;但看主公的背相,则贵不可言,前程无量。"

韩信说:"这话有什么说法?"

蒯通说:"当年天下大乱时,各地英雄豪杰纷纷建号称王,天下有志之士纷纷响应。众人的目标是一致的,就是如何能尽快推翻暴秦的统治。如今楚汉争夺天下,战火连年,人们饱受战争之苦,无数平民百姓肝脑涂地,多少父子尸骨散落在荒野中,百姓叫苦不迭。三年来楚汉发生过多少次战斗,到如今也分不出胜负,双方的锐气也受到了很大的挫伤,谁也无法将对方一举击溃。长年战争使粮仓里的粮食所剩无几,天下百姓疲极生怨,无所皈依。我认为眼下的形势,如果没有一位圣贤出面,便无法终止这场战争,平息眼前的乱象。依我看,

这位圣贤正是主公您哪!主公助汉则汉胜,助楚则楚胜。如果主公认为这样做不妥当,依我之见,不如与汉楚三分天下,鼎足而立,三方实力相当,谁都不敢贸然行动。这样一来,凭主公的智慧和才能,凭借着强大的齐国和主公手下众多的兵力,再联合燕、赵诸国,便可以平定天下,再立诸侯。到那时,各诸侯必将感激主公的恩德,心甘情愿地跟随您,朝拜齐国。主公拥有辽阔的地域和胶河、泗水一带肥沃的土地,对内加强政权建设,休养生息,对外安抚调解诸侯间的恩怨,使诸侯间和平相处,互相尊重。"

蒯通说到这儿顿了一下,看韩信并没有什么反应,连忙又补充了一句:"我听说,'天予弗取,反受其咎;时至不行,反受其殃',望主公仔细考虑一下我的建议。"

韩信的确没有被蒯通的一番话语说动,他看着蒯通认真地说:"汉王待我甚厚,我不会做出有愧于汉王的事来。我也听说,'乘人之车者载人之患,衣人之衣者怀人之忧,食人之食者死人之事'。如今我怎能恩将仇报,见利忘义呢!"

见韩信并不动心,蒯通仍不放弃,想再做努力。他很明白,自己的未来寄托在韩信的身上。韩信荣则他蒯通才能荣,韩信败他蒯通则死无葬身之地,鼓动一位有实力的大将军背叛他的主人本身也是有相当的风险。

蒯通又说:"主公以为忠于汉王,就能依靠他成就一番事业,我认为这种想法是错误的。当年张耳、陈馀交情深厚,两人立下刎颈之交让世人敬仰,但张耳被困巨鹿时,陈馀见死不救,两人反目。以后张耳投靠汉王,率领汉军在泜水之畔杀死陈馀,两人所谓情义最终为天下人所耻笑。如今,主公与汉王的交情怎么能比得上当年张耳与陈馀呢?春秋时吴、越之战中,大夫文种、范蠡吃苦受罪为了让越国生存下来,帮助越王勾践重新复国,最终灭了吴国。但勾践坐上王位后,却杀了文种、逼走范蠡。野兽都被杀完了,猎狗也就没用处了。主公对汉王的忠信能比得上文种、范蠡对越王勾践的忠信吗?主公带兵以来,攻无不克,战无不胜。先后定三秦、过黄河、虏魏王、擒夏说、攻井陉、诛陈馀、占领赵国、威服燕地和平定齐国,又打败楚军二十万大军,斩杀楚军大将龙且,真可谓战功赫赫,无人匹敌。毫不夸张地说,在当今天下,没有第二个人的战功能比得上您。在这个时刻,您即使同意去投奔项王,项王也不敢相信您。继续留在汉王帐下,汉王君臣谁不对您心怀警觉和恐惧。一个人到了这种地步,到哪儿去找到自己的安身立足之地呢?主公身为人臣,却具有震主之威,名高天下,我真为主公的未来感到担忧啊!"

韩信是个有主见的人,自己认定的事情不会轻易改变,见蒯通在一旁喋喋

不休地劝说,显得有些不耐烦了,就对他说:"你不用说了,我自有主张。"

过了几天,蒯通又来拜见韩信,几天前的劝说之后,韩信似乎也没有对他流露出反感。蒯通感到他的话可能起了作用,便找机会再向韩信讲明利害,希望他尽快做出决断。

蒯通见到韩信说:"人常说,能够听取别人的忠告,就预示着事情成功的把握很大,而善于事前谋划,则是事情成功的关键。自古以来,听了别人错误的建议,而且按照这个建议去做事而能成功的,实在是太少了;听了别人的建议,马上就能辨别出好坏,当今世上十人不过一二罢了。对这样的人,别人是无法用言辞左右他,让他改变主意的。现实生活中,一个宁愿做随仆、杂役的人,自然会失去做万物之主的机会。一个固守着几斗几石俸禄的人,也无法做到卿相的位置。所以明智的人做事,一旦得到机会,往往会当机立断,假如犹豫不决,必将失去机会而且结果非常糟糕。一个过分拘泥于细枝末节而忘记了天下大事的人,一个明明知道自己的命运走向而又不敢或不愿去付诸行动的人,往往会给自己造成极大的危害。所以说,'猛虎之犹豫,不若蜂虿之致螫;骐骥之踟躅,不如驽马之安步;孟贲之狐疑,不如庸夫之必至;虽有舜尧之智,吟而不言,不如聋哑之指麾'。所有这一切,都是在告诫人们,看准了方向要立即行动。一个人成就功业非常艰难,而要失去功业却十分容易;一个人要获得一次这样的时机非常难,而要失去大好的机遇却十分容易。主公眼前正握有成就功业的大好时机,一旦错过就再也得不到了,请主公仔细考虑,当机立断。"

韩信说:"我为汉王立下许多战功,攻下不少城池,不管怎么说,汉王也不会薄待我。今天就说到这儿,你先回去吧。"

蒯通见韩信仍不动心,只好告辞。他本来把自己的一腔热血和追求都押在韩信身上,希望自己的聪明才智能在他这里得到充分地展示,谁知韩信誓死不愿叛汉,搞得自己心灰意冷。蒯通离开韩信后,顿觉前程茫茫,再留在韩信身边已没有什么意义了。假如他的话被传了出去,说不定还会招来杀身之祸。

第二天,蒯通走出家门,他的衣服破烂,披头散发,两眼发直,嘴里不停地嘟囔着什么。邻人们相互通告,蒯通疯了!的确,人们见他迈着疯人的步子,深一脚、浅一脚地向原野走去。去哪里?无人知晓。

韩信对刘邦的忠诚无疑为刘邦夺取天下,成就事业奠定了坚实的基础。假如韩信有丝毫叛汉自立的私念,刘邦能否成功便成了一个疑问,历史将在这个时候出现极大的变数。

二十一　楚河汉界，出尔反尔复追击

然而，韩信这时的所作所为刘邦并不知道，他在关中养了一段时间箭伤后立即赶往荥阳前线，继续指挥汉军与楚军的对战。

当时的形势对汉军是十分有利的，楚军的四周几乎都被汉军占领了，楚军的供给线也时常遭到汉军的袭击，搞得项羽十分烦躁。

刘邦抓住了这个有利时机，派谋士陆贾出使楚营去面见项羽，请放自己的父亲和妻子。项羽正在气头上，根本不理会刘邦的请求，陆贾讨个没趣回到汉营。

刘邦自然不死心，眼下汉军的实力远远超过楚军，他不信项羽面对这种形势还不低头。刘邦再派一名叫侯公的儒生去楚营游说，这次游说不但要接回父亲和妻子，而且还要和楚军和谈，划界而治。

侯公拜见了项羽以后，鼓起他的三寸不烂之舌对项羽大讲眼下的形势和汉楚的实力，分析再战的结果以及和解的好处，直把项羽说的连连点头。按项羽的性格，本来是不会接受刘邦的所谓和谈请求的，在他眼里，与汉军和谈就等于是承认楚军失败，但从眼下的形势来看，继续与汉军对峙下去，劳民伤财，何况汉军在楚国周边不断地夺城略地，对楚国形成包围，再这样下去，楚国的处境十分危险。所以经过权衡，项羽同意以鸿沟为界，与汉军相隔鸿沟而治，沟以东归楚，沟以西归汉。

侯公圆满地完成任务回来了，随他一起回来的还有刘邦的老父亲和妻子吕雉。刘邦见众人平安归来，异常兴奋。那个性格像钢一样硬的项羽终于在他面前低头了，这在刘邦心中荡漾起了一片胜利的喜悦。

连年的征战，刘邦感到身心疲惫。如今汉与楚和谈，全家团圆，已使刘邦感到满意。他计划在鸿沟留下部分守军，其余全都随他回关中休整。

张良、陈平得到刘邦准备率兵返回关中的消息后，急忙来找他。他们要阻止刘邦西归的计划，鼓动他乘胜追击，一举消灭项羽。正像天下无数谋士一样，张良、陈平也把自己的理想和抱负寄托在他们的主人身上。从某种意义上讲，此时的刘邦正像是他们操纵的一具玩偶，他们的聪明才智均要通过刘邦尽情地表现出来，从而实现他们自己的人生价值。张良、陈平虽然性格各异，出身有别，但他们的目标是一致的。

张良见到刘邦，真挚地说："主公，在此时刻切不可率兵回到关中去。目前楚军四面受敌，形势对汉军极为有利，我们只要一鼓作气就可消灭项羽。"

陈平也在一旁帮腔道："主公，如不趁这个有利时机一举灭了项羽，等他攒足了力量，站稳了脚跟，再要消灭他就不容易了。切不可放虎归山，养虎为患啊！"

刘邦看了看眼前这两位在他心目中占有重要地位的高参，竟然感到有些可笑。那边刚刚和项羽签订了和谈协议，明确了要相隔鸿沟而治，而现在却要率兵去追击正在向东返回的楚军，这是个什么道理啊？如今的天下，的确连一点儿诚信都不存在了么？这两位素来言而有信的谋臣，居然也鼓动他撕毁协议，追击楚军。但不管怎么说，他们的建议还是为了汉军的兴盛，这一点不可怀疑。但打败项羽是长期以来埋藏在刘邦心底的一个愿望，所以张良、陈平的建议立即得到了他的应允。此时此刻，道德先放在一边，胜利才是最重要的。

汉军立即停止了返回关中的计划，全军越过鸿沟向东追击。

和谈以后，项羽在沟的东面只留下数量不多的守军，自己则率大部队返回楚地。所以汉军的追击十分顺利，一下子就追到了阳夏。刘邦一面命令部队稍作休整，一面派人通知韩信、彭越率部南下合围项羽。

汉军队伍在阳夏稍作了休整后又向东挺进到固陵（今河南省太康县南），在这里遭到了楚军的反击。项羽率领的楚军将士像一群饿狼一样扑向汉军，他们人人眼里布满血丝，脸上挂着疲惫，行动起来却如猛虎一样凶狠。汉军抵挡不住楚军的冲击，败下阵来，楚军则趁机从汉军手中夺得大量的粮草和军械。

汉军在固陵受挫,刘邦十分恼怒。他明白与项羽交手,汉军胜算不大,但可恨的是韩信、彭越的增援部队迟迟不到,这才使得项羽能集中主力对汉军实施反击。

韩信、彭越为什么不来？刘邦想不明白,他找来张良询问。

张良说:"现在大势已定,消灭项羽只是早晚的事情。这次合围项羽,韩信、彭越迟迟不来,说明他们心存顾忌。在灭楚兴汉行动中,韩信、彭越都是立下大功的人。眼看着项羽要被灭掉了,以后的天下怎么分封他们心存疑虑,所以迟迟不来,他们是想得到主公您明确的表态。"

刘邦说:"我已封韩信为齐王了,他还要什么？至于彭越,当下还是魏相,我并没有取消他的官职呀？"

张良说:"主公仅仅对他们封王是不够的,王是虚名,今天封了,明天可以撤掉。依我之见,还应该给他们分封土地,以此来坚定他们追随主公的信心,情愿为主公征战,最终消灭项羽。"

刘邦想了想说:"这倒也是个办法,迟早都要分封,早封比晚封好,你说如何分封才算恰当呢？"

张良指着挂在墙上的地图说:"韩信是楚国人,打完仗想回家乡做官,主公可以把陈县以东至大海的地域分封给韩信,封他为楚王;把睢阳以北直至谷城（今山东省平阴县西南）的地域分封给彭越,封他为梁王。这样,一边让他们继续为自己的封地征战,一面听从主公的指挥,积极参与对楚军的合围。我想用不了多长时间,项羽就走到尽头了。"

刘邦本来悟性就高,经过张良点拨后心里更豁亮了。他马上安排人去制作封印、书写文书,派人到韩信、彭越处宣布汉王的分地和封王指令。

正如张良所料,韩信、彭越受封后立即派出主力赶往阳夏与刘邦会合。

穷途末路的项羽尽管在固陵一战打败了刘邦,但他知道形势对自己越来越不利了。近日大司马周殷在汉军的策反下投靠了刘邦,并率部先后攻占六县、九江郡,与刘贾会合迎接九江王英布返回九江封地。如今的楚军,已处于汉军的四面包围之中,形势异常危急。

二十二　四面楚歌，霸王绝唱乌江畔

楚汉四年(前203)十二月，刘邦任命韩信为汉楚决战的总指挥，全权指挥部署对项羽率领的十万楚军的包围。韩信再次发挥了其杰出的军事指挥才能，在垓下(今安徽省灵璧县东南沱河北岸)对楚军进行了几乎密不透风的合围。

垓下是通往彭城途中的一座小城，地势平坦，一条沱河在城南流过，基本无险可守，而几路汉军则分布在小城周围，把楚军团团围住。韩信亲自率领三十万汉军迎战项羽，这是他第一次与项羽的直接较量，也是当时天下两名天才军事指挥家第一次面对面的交锋。项羽以勇著称，韩信以智闻名。战前韩信布下十面埋伏，开战当日，韩信自任前锋，亲自率部向楚军发起进攻。

项羽听说韩信前来叫阵，立即挥师迎战。在项羽眼里韩信只不过是一介穷困落魄的书生而已，他从来没把韩信放在眼里，尽管他也听到不少有关韩信出色指挥才能的消息，但还是改变不了对他的最初印象。此刻的项羽恨不得马上活捉韩信，灭了他的威风。

两军交战没有几个回合，韩信便佯装战败率部撤退，项羽则越战越勇，紧追不舍。追出不远，汉军伏兵截住项羽一阵厮杀。项羽一马当先，率部冲出汉军的伏击圈，再向前追赶韩信。远处高高飘扬的汉军帅旗，此刻仿佛成了楚军唯一追击的目标，汉军帅旗到哪儿，项羽就指挥楚军往哪儿追。眼看快要追上了，谁知又踏入汉军的埋伏圈，汉军从四面八方向楚军涌来，又是一番刀光剑影、血

肉横飞的搏斗。汉军并不恋战,拼杀一阵后,看着楚军冲出包围圈,也不追击。项羽的部下中有人提醒他:"韩信足智多谋,用兵诡异,不如就此收兵等待江东援军赶来再与汉军决战。"此时的项羽正在兴头上,根本听不进部下的建议,他相信凭自己的威猛打败韩信不在话下。

项羽的高傲和轻敌成就了韩信的谋略,韩信此次布阵一改往日以少胜多时经常采用的奇兵袭击、半渡而击等方法,而是仗着兵多将广设置了多处埋伏,自己则像一个诱饵挑逗、引诱着项羽进入伏击圈。楚军每踏入一个伏击地都将遇到汉军的拼死围歼,从而大量消耗楚军的兵力,削弱将士的斗志。等到楚军的兵力消耗的差不多了,一声令下,伏兵全部杀出,一举消灭楚军。这就是韩信的得意之作——"十面埋伏"。

此时项羽正在率领着楚军一步步地进入韩信设计的围歼地区,韩信充满自信,他清楚这一仗也可能成为自己有生以来最为辉煌的战绩。

震天的鼓声响了,汉军的伏兵从四面八方向楚兵涌了过来,三十万汉军将不足十万人的楚兵团团围住,这种场面是所有参战的汉、楚将士都不曾见过的。一时间,广阔的田野上战鼓齐擂、杀声震天,战场上扬起的尘土遮天蔽日,马叫声、人喊声和刀剑碰撞发出的金属声交织在一起,震耳欲聋。这是一场几十万将士的生死对决,是一场惊天地、泣鬼神的悲壮场景,是楚汉战争以来最为惊心动魄的一幕。

项羽真不愧为当世英雄,他率领着几万将士在汉军重重包围中毫不畏惧,硬是杀出一条血路,冲出了汉军的包围圈,重新返回到垓下城。经此一战,楚军损伤惨重,近十万兵力锐减七成,回到垓下时已经不足三万人了。

韩信经此一战,见识了项羽的威猛,虽然没有消灭楚军,但楚军已遭到了重创。项羽冲出包围圈后,韩信即下令将垓下围住,等待下一轮再战。

当时正值隆冬季节,天气严寒,汉军的将士由于有充足的棉衣和粮食,军心稳定。而被围困在垓下的楚军就不同了,他们的供给线被汉军切断,楚军士兵处在饥寒交迫中,大家抱怨可恶的冬天,抱怨可恨的战争,思念家乡的亲人,各种消极情绪像风一样在楚军营地上掠过和弥漫。

冬夜漫长,对饥寒交迫的人来说,则显得更加难熬。一天,从远处传来一阵

歌声:"寒月深冬兮,田野飞霜;天高水涸兮,寒雁悲怆;最苦戍边兮,日夜彷徨;……"这是楚国人非常熟悉的曲调,是楚军士兵在远离故乡时经常吟唱的。但这次歌声并不是来自垓下的楚军营地,而是来自包围垓下的汉军军营。

韩信为了进一步瓦解楚军斗志,派人将俘虏的楚兵组织起来吟唱楚歌。这一招的确见效,歌曲勾起了楚军将士的思乡情绪。守着漆黑、寒冷和漫长的冬夜,他们也跟着吟唱起来,许多士兵的眼泪也随着歌声流淌了下来。一场大逃亡在楚营中出现了,将士们脱下铠甲、丢弃兵器,全然不顾楚军严明的纪律,三五人一伙趁着夜色向四面八方逃去。在他们心中只有一个念头:离开战场回到家乡去。

一夜之间,垓下的楚军营地只剩下数千人了,跟随项羽多年的一批高级将领也加入到逃亡的队伍中。而面对这种惨状,项羽万念俱灰,他隐约地意识到自己的生命快要走到尽头了。外面,一些负伤的士兵仍在逃走,他们搀扶着、呻吟着从项羽帐外走过,项羽已无心去阻止他们了。帐内,除美人虞姬外,再也没有人了,连平日紧随左右的卫兵也不知躲到哪儿去了。项羽举杯与虞姬对饮,往事一幕幕在眼前浮现,他情不自禁地高唱道:"力拔山兮气盖世,时不利兮骓不逝。骓不逝兮可奈何,虞兮虞兮奈若何!"他的声音中充满了悲壮,也夹杂着满腹凄凉。眼前的虞姬和乌骓马此刻完全成了陪他度过这寒夜的唯一寄托,他感到心如刀绞,悲痛万分。

虞姬听项羽唱完,起身抒袖起舞,她边舞边歌:"汉兵已略地,四方楚歌声。大王志气尽,贱妾何聊生。"唱到最后一句,她哽咽起来,泪水挂满了她的脸庞。歌声刚止,虞姬随即挥剑自尽。

这一剑,在结束了她自己年轻生命的同时,也成就了一段惊天地、泣鬼神的爱情绝唱。仰慕英雄的虞姬见惯了项羽指挥千军万马的英雄气概,却无法接受他兵败垓下的悲惨境遇。她断然离去,也许是为了叫项羽能放下他们的感情,断了后顾之忧,鼓起精神来重振雄风。

项羽见状,悲痛欲绝。他找人草草掩埋了虞姬,又通知骑兵与他连夜突围,步兵和伤病员他已经顾不上了。

天亮时分,韩信得报,垓下有一支数百人的骑兵队伍乘夜色从南部突围而

去。韩信断定这支骑兵队伍一定是项羽率领的,马上命令灌婴带领五千骑兵追击。同时又命令队伍开进垓下,搜索项羽的行踪,防止其隐藏于败兵之中。

突围付出的代价相当大,当项羽率领将士渡过淮河时,已有七百余名士兵在突围中战死了。汉军在身后紧追不舍,项羽不敢停留,继续向东奔去。等到了东城(今安徽省定远县东南)时,他身边只有二十八名将士了。远处灌婴率领的汉军正向他们扑来,项羽只好率部登上附近一处高地迎战。

在兵力极其悬殊的情况下,项羽毫不畏惧。他对身边的将士说:"我自征战以来,亲身经历七十余战,从未败过。今天我们被围于此,但只要鼓足勇气,一样可以战胜他们。我今天和诸位再痛痛快快地打一仗,让你们知道不是我不会打仗,而是上天要亡我。"

项羽把二十八名骑兵按七人一队分成四个突击小组,约好会合地点后从四个方向冲入汉军的包围圈。这一次,项羽的威猛几乎达到了极致。他大声吼叫着冲入汉军阵中,汉军士兵见状纷纷躲避,躲不过的均被项羽砍倒在地。士气大振的楚兵紧随项羽奋力冲杀,硬是在重重包围之中杀出了一条血路。

灌婴自然不肯罢休,他亲自率兵继续追击项羽。

项羽在约好的会合地清点了一下人数,还剩二十六人,此次突围只损失了两人。但面对数十倍于楚军的汉军追兵项羽不敢恋战,只好率部继续向南撤退。

乌江渡口位于长江边上,是此段江面唯一的渡口。一位有心人正在此等候项羽,他就是乌江亭长。当他听到项羽战败的消息后,找了几条船在此地等候,准备帮助战败的项羽由此渡口到达江东。

当项羽赶到乌江渡口时,亭长对项羽说:"大王,赶快上船吧,江东还是大王的天下。江东沃野千里,人口众多,足以让大王重新完成伟业。"

项羽此刻却异常冷静,他笑着对这位亭长说:"当年我率八千江东子弟渡江西进,用了不到三年的时间就推翻了暴秦统治。如今八千子弟只剩下身边这二十六位弟兄了,我还有什么脸面去见江东父老。老天要亡我,我渡过江东又能有什么用处呢?"

这是项羽人生中做出的又一次选择,也是最后一次选择。他要把他的霸气

进行到底，在强敌面前不愿表现出丝毫的畏惧、胆怯和退缩。年老的亭长被项羽的壮举感动地流下眼泪，面对这位英勇的壮士，他也无话可说。

汉军飞驰的马蹄声越来越近了，项羽命令士兵下马，徒步与汉军决一死战。

这是一场力量极为悬殊的决战，以项羽为首的二十七名楚军将士要与以灌婴为首的五千余名汉军骑兵对阵。虽然是无法取胜，但从勇猛和气势上说，此刻的楚军丝毫不逊色于人数众多的汉军。

楚军开始进攻了，项羽一马当先冲入汉军的阵中，其余二十六名将士紧随他身后一阵猛烈地冲杀。顷刻之间，几十名汉军士兵被砍翻在地，负伤的战马受惊一般地冲乱汉军的队伍，汉军士兵无不惊慌失措。项羽的名字如雷贯耳，今天遭遇，才真正地体会到他的雄风。

灌婴上前亲自督战，率领几员大将顶住楚军的冲击，才算稳住了汉军的阵脚。

"活捉项羽，汉王重赏！"汉军阵营中传出的喊声响彻决战云空。项羽看了看身边剩下的几个人，他们浑身是伤，鲜血沾满脸庞，几乎无法分辨出是谁了，自己的身上也有几十处刀伤，浑身上下都麻软得没有多少力气了。四周"活捉项羽"的喊声一浪高过一浪，项羽举剑在脖子上用力一抹，高大魁梧的身躯轰然倒下。

一代英豪——项羽用这种方式结束了自己年轻的生命，走完了自己短暂但却无比壮美的三十一年人生。

二十三　新皇诞生，洛阳设宴赞三杰

项羽死了，汉军上下无不欢欣鼓舞。

摆在刘邦面前的，是被汉军将士大卸五块然后又拼放在一起的项羽尸体。每一块尸体的获得者都能得到汉王的重赏。所以项羽自刎后，汉军将士竟为抢夺项羽的尸体一阵自相残杀。刘邦望着这具血肉模糊的残体，心情异常复杂。数年来的劲敌现在却如此惨不忍睹地躺在自己面前，刘邦突然间感觉到世态炎凉，人生多舛，他命人把项羽的尸体清洗干净，重新套上铠甲好生保管，择时厚葬。

项羽的死，预示着一个时代的终结。刘邦的胜，昭示着另一个新时代的到来。

楚军战败后，全国各地纷纷宣布归顺汉王，多年来无休无止的战争总算告一段落。但当刘邦听到鲁地还是誓不投降的消息后，他决定马上派兵去血洗鲁地。

当年楚怀王熊心曾经封项羽为鲁公，所以鲁地百姓始终把项羽奉为自己的君主，他们也要像君主一样拼死守节，决不投降。再则，项羽到底是死还是活只是人们的传说，谁也不能确定，倘若君主还活着，鲁地的百姓却投降了，那样做有违道义。

刘邦了解到这些情况后，派人把项羽的头颅带到鲁国去给他们看。等鲁国人确信项羽已经死了，才宣布归顺汉王。

鲁国人的忠诚和信义似乎感动了刘邦,他派人在鲁国谷城(今山东省平阴县西南)选了一块地方为项羽造墓,并以公爵的规格厚葬项羽。葬礼那天,刘邦亲自到达墓前,洒泪缅怀这位气吞山河的一代豪杰,告慰他永不言败饮恨自刎的在天英灵。刘邦的真诚,感动了汉军的将士,也感动了鲁国百姓。此刻,人们受伤的心灵仿佛感觉到一只温暖的手在抚摸着。

灭楚一战,韩信再显神威,十面埋伏、四面楚歌等神奇的布阵为完胜楚军发挥了决定性的作用。韩信威名大震,刘邦身边的谋士和将领却感到不安了,他们鼓动刘邦再次夺取韩信的兵权,以防有变。刘邦也深知韩信的功劳会对自己的权力构成较大的威胁,便找人策划夺取他兵权的方法。

刘邦派人告知各路诸侯率军返回自己的封地,等待重新分封。战前刘邦曾向各路诸侯许诺,灭楚一战结束后,将论功重新分封,如今楚国被消灭了,他要兑现诺言。

各路诸侯纷纷率部返回自己的封地,韩信也不例外,率三十万兵马返回齐地。返齐的途中经过定陶时,韩信命令队伍暂时驻营。胜利之师,驻地戒备不是很严,将士们依然沉浸在胜利的喜悦之中,对家乡、对亲人和对未来自然多了几分想念和憧憬。谁也没有想到,汉王刘邦在此刻竟出现在大营中,在他的身边站着将军灌婴和曹参,还有一支装备精良的禁卫军。当韩信得到汉王来到的消息时,刘邦已捧着兵符和印信向全军宣布:"齐王韩信的部队从现在起一律编入汉王麾下,由汉王统一指挥。"

面对这个突发事件,韩信倒很镇静,他已经历过修武失兵权了,深知汉王对自己只是不放心,并无恶意,但是这种做法让人感到别扭,却也无可奈何。

韩信顺利地交出兵权来也在刘邦意料之中,之前那样无非是害怕万一。眼下一切进行得顺利,刘邦自然欣慰,他对韩信说:"齐地就不要去了,你是楚国人,回到故乡去,在楚国做楚王。"

韩信听了感动万分,衣锦还乡是他梦寐以求的事情。如今汉王分封他为楚王,证明汉王对他看得很重,也证明自己当年誓不叛汉的决定是正确的。

在定陶,刘邦兑现了在开战以前对各路诸侯的承诺。他向天下宣布了新的分封:汉王刘邦,楚王韩信,梁王彭越,韩王韩王信,淮南王英布,长沙王吴芮,赵王张敖和燕王臧荼。

接下来的事态在刘邦的预料之中顺利开展、七位受封的诸侯王联名上书,

请求汉王荣登皇帝宝座,一统天下。

刘邦接到七王上书,心里高兴,但嘴上却说自己并非贤人,不配称帝。七王及众臣自然不肯罢休,继续请求。经过再三推辞,刘邦最终答应了。

于是,继秦始皇之后,中国历史上第二位开国皇帝诞生了,他就是汉高祖刘邦。

汉高祖五年(前202)二月,大汉帝国在山东定陶正式建立,定都洛阳。

洛阳地处中原腹地,东有成皋之险,西有崤山、渑池,北有黄河,南有伊水、洛水,地理条件非常优越。它是当年东周的国都,经过周朝历代建设和经营,颇具规模。况且刘邦的大臣和将领大多来自洛阳以东地区,定都洛阳使这些人也感觉离故土不远,非常满意。

战争结束,天下太平,已经贵为天子的刘邦在洛阳宫殿里举办了一场盛大的庆功宴。刘邦望着热闹的场面,看着数百名文臣武将喜悦的神态,感慨万千。八年前,自己不过是丰邑一个小小的亭长,如今已经成为坐拥天下的皇帝,这一切宛如梦幻一般。群臣不断给刘邦敬酒,借着酒意,他问大家:"有一个问题,请你们坦率地回答。为什么得到天下的人是我而不是他项羽?"

这个问题提得既简单又复杂,在座诸位本来就是认准了刘邦能得天下才舍家弃业追随他的,如今刘邦得了天下也是预料之中的,同时又证明了他们的追随是正确的,但要用简单几句话来明确的回答还说不太清楚。有人就说:"陛下胸怀开阔,出手大方,论功行赏,深得人心。"也有人说:"跟着陛下打仗,心无顾虑,将军夺取哪座城池,陛下立即分封。所以跟陛下打仗,人人力争取胜,建立功勋。"还有人说:"项羽太吝啬,赏罚不明,奖惩不公。分封诸侯时,好地方都分给项姓人,不好的地方分给其他将领,搞的人心不安,愤愤不平。"

大家说来说去,都绕不开利益分配,从这一点可以看出,利益分配是何等重要。处理得好,它可以助你夺天下,处理得不好,它可以让你失天下。刘邦一面听着,一面默默地点头,众人所说也不无道理。看来,利益分配在今后的执政时期里也还是要认真下好的一盘棋。

人们仍在议论纷纷,仁者见仁,智者见智。夺取了天下,这是摆在面前的事实,所以怎么赞美颂扬也不为过。

听到这,刘邦摆了摆手,示意大家安静。然后语重心长地说道:"大家只说到了其中的一个方面,而没有说到另一个方面。运筹帷幄之中,决胜于千里之外,朕不如张良;镇守国家,安抚百姓,供给馈饷,不决粮道,朕不如萧何;连百万之军,战必胜,攻必取,朕不如韩信。这三人,皆人杰也,朕能用之,所以取得天下;项羽有一范增而不能好好任用,故他最后被朕擒杀了。"

刘邦的一番表白,发自肺腑,大气磅礴。众人听后,无不感到茅塞顿开,热烈的掌声暴雨般地响了起来,为刘邦的英明,也为自己的执著。

天下就是这样取得的,一位英明的领袖,以及一大批执著的追随者。

附录　楚汉战争相关文化信息集萃:

(1)成语、名句和谚语

胯下之辱　漂母饭信　萧河追韩信　韩信登坛　登坛拜将　举世无双
国士无双　匹夫之勇　妇人之仁　明修栈道,暗度陈仓　独当一面
解衣推食　昌亭旅食　席门穷巷　陈平席门　盗嫂受金　民以食为天
囊沙　智者千虑,必有一失;愚者千虑,必有一得　拔旗易帜　借箸前筹
各自为战　逐鹿中原　肝脑涂地　半渡而击　背水一战　养虎遗患
声东击西　大逆不道　判若鸿沟　楚河汉界　分我杯羹　大喜过望
楚歌之计　四面楚歌　力拔山兮气盖世　霸王别姬　无颜见江东父老

(2)历史遗迹

江苏省淮阴市甘罗城韩信故里

淮安市楚州区兴文街与胯下街交叉处胯下桥

陕西省留坝县寒溪夜涨碑

陕西省汉中市城南偏东古汉台

陕西省汉中市南门外拜将坛

陕西省宝鸡市南郊二十公里的秦岭北麓大散关遗址

陕西省宝鸡市斗鸡台车站东北陈仓古城遗址

河北省获鹿县土门井陉口之战战场遗址

江苏省徐州市城南彭城戏马台

徐州市九里区彭城之战古战场遗址

荥阳市邙山区古荥镇纪公庙村纪信庙

河南省郑州市楚河汉界的鸿沟

安徽省五河县沱河北岸韩信垓下点将台

安徽省灵璧县城东七公里处虞姬墓
泰安市东平县旧县乡旧县三村霸王墓
安徽省和县乌江东南侧凤凰山上霸王祠

(3) 名家点评

萧何只解追韩信,岂得虚当第一功。　　　　——〔唐〕李商隐《四皓庙》
生当作人杰,死亦为鬼雄。至今思项羽,不肯过江东。

　　　　　　　　　　　　　　　　　　——〔宋〕李清照《夏日绝句》
妻与生用拔赵帜易汉帜计,笑而行之。——〔清〕蒲松龄《聊斋志异 人妖》
宜将剩勇追穷寇,不可沽名学霸王。　　　　　　　　　　——毛泽东
刘邦能够打败项羽,是因为刘邦和贵族出身的项羽不同,比较熟悉社会生活,了解人民心理。　　　　　　　　　　　　　　　　——毛泽东

(4) 其他

京剧	《追韩信》
中国象棋	楚河汉界
《代侯公说项羽辞》	〔北宋〕苏轼
杨柳青年画	《张良吹箫破楚兵》
京剧	《霸王别姬》
古琴曲	《十面埋伏》
著名琵琶大套武曲	《霸王卸甲》
世界上人口最多的民族	中国汉族
小说《西汉演义》	〔明〕钟山居士甄伟著

韩信破魏图

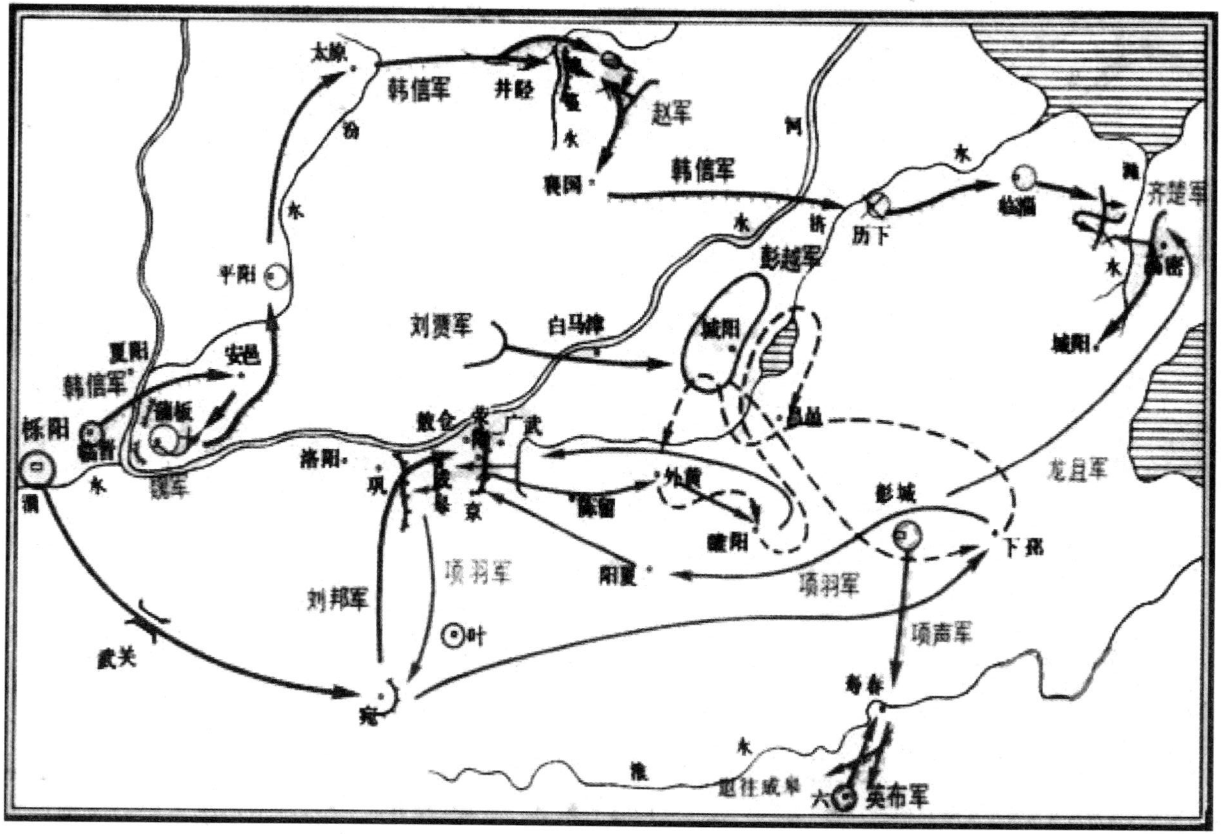

选自刘文杰先生编辑《图说中国历史·西汉》

附录 楚汉战争相关文化信息集萃

楚汉战争图

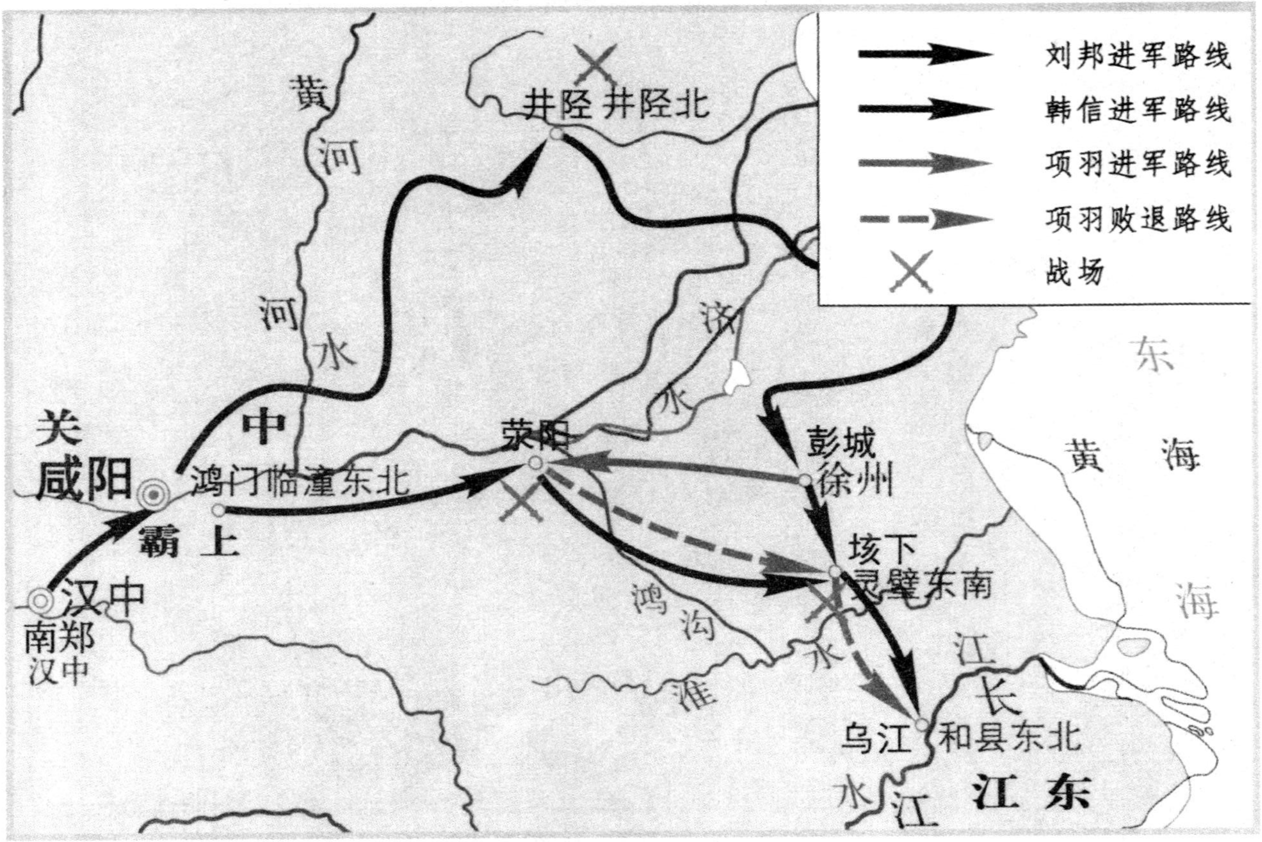

选自刘文杰先生编辑《图说中国历史·西汉》

第三章

天下初定

一　上屋抽梯，奖惩分明斩恩人

庆功大会结束以后，各诸侯王都纷纷回到自己的封国去了。登上皇帝宝座的刘邦，置身洛阳宫殿里，心情却难以平静。他清楚当今天下并不安宁，项羽的部将中有不少人仍逃亡在各地，他们随时都会制造出局部的混乱，必须尽快将他们缉拿归案，消除后患。再者，齐地的田横率领五百多人逃到一个小岛上去了，不愿归顺新朝。这五百人都是齐地的贤能之士，一旦这些人搅起一场风波，也会搞得天下不宁。至于朝堂上众臣聚会时的乱象，以及一些人醉酒后粗俗的语言和放荡的举止都让人看着心烦，必须制定出一套规矩来。看起来，稳定一个政权并不比夺取一个政权更轻松。

很快，一份剿除项羽残余势力的通缉令发向全国，项羽的部将季布、钟离昧等在乡间躲避的人都坐不住了。当时季布隐藏在濮阳一户周姓人家中，听说朝廷发出千金捉拿季布，周家的主人劝季布赶快离开。朝廷的通缉令十分严厉，凡窝藏通缉人员的，一经发现株连三族。季布不得已，只好剃去头发，把自己装扮成奴隶，随着主人家的奴隶一起被卖到鲁地一个朱姓大户人家。

朱家的主人是当地一位有名的侠士，他在买来的这批奴隶中发现季布与一般人不同。但见季布气宇轩昂，满脸杀气，断定此人一定是朝廷通缉的要犯。他没有为难季布而是将他好生安顿，不让他干活，还请他同桌就餐。几天后，朱家主人赶到洛阳求见滕公夏侯婴。夏侯婴长年给刘邦驾车，是刘邦身边最亲近的大臣。夏侯婴见到朱家主人来访，连忙安排酒菜款待，朱家主人的侠义之举他早有耳闻，今日来访他也自然不会慢待。

席间，朱家主人问夏侯婴："季布犯下了什么罪，皇帝要在全国赏千金追杀他？"

夏侯婴说："汉楚交战时，季布多次围追皇上，还羞辱他，皇上早就想把他杀了。"

朱家主人说："季布作为项羽手下的一名将军，为项羽效力，天经地义，难道这也算是一桩罪过吗？如果按照这种理论，那么项羽手下的部将都将要被抓住杀掉。如今皇上刚刚取得天下，便因为个人恩怨在全国通缉追杀一个人，这样一来不是让天下百姓感到皇上的胸襟太狭窄了吗？"

话说到这儿，夏侯婴已经听出来朱家主人的话外之音了。他一定知道季布的藏身之地，甚至可以推断季布就藏在他家里，他这次来就是要给季布说情的。夏侯婴没有急于回答他的提问，而是继续听他往下说。

朱家主人见夏侯婴听得认真，也就放大胆子往下说道："季布是一位能力很强的人，如果朝廷就此急迫地追杀他，很有可能迫使季布向北投靠匈奴，或向南投靠百越，这样做岂不是增强了敌人的实力，反而会对朝廷带来更大的威胁吗？当年楚平王逼迫伍子胥离开楚国，伍子胥杀回楚国后把楚平王的坟扒开鞭尸，以解心中之愤，这些都是活生生的教训啊。滕公作为皇上身边的近臣，应该把这些道理讲给皇上听才是。"

夏侯婴听朱家主人说完，不由为他的侠肝义胆所折服，他答应朱家主人，找机会向皇上进言。朱家主人见滕公爽快地答应，欣然离去。夏侯婴本是爽直之人，答应了人家的事，就找机会把他的意见一五一十地告诉给了刘邦。刘邦觉得有道理，就赦免了季布，并在宫中召见了他，还任他为郎中。季布算是得到了一个圆满的结局，可是项羽的另一位部将钟离眛的就没有那么幸运了，他没有遇到像朱家主人那样的侠士，而是投靠在刘邦"三杰"之一的楚王韩信门下，这本应是更为靠谱的事情，谁知结局却十分悲惨，这是后话。

刘邦对田横并不反感，毕竟他曾经也是抗楚阵营中的一员。所以刘邦派人通知田横，只要归顺朝廷，以前的恩怨一笔勾销，还会为他在朝廷安排一个适当的职位。田横听到消息后，连忙写书信回应刘邦，不敢奉诏。原因很简单，当年刘邦派郦食其出使齐国，结果被自己一气之下投到油锅里烹杀了，而郦食其的弟弟郦商现在是朝廷的将军，一旦入了朝，早晚都得被郦商杀了，他请求皇上让他当一名普通百姓，留守海岛。当然他还有自己的打算，齐地是他们田家的祖居地，田家在齐地的名望和号召力是空前的，一旦离开，田家就什么也没有了。

刘邦得到田横不敢奉诏的理由后，哭笑不得，这算是什么理由呢？无非是找借口不想入朝。随即刘邦又向田横发了一道诏令："田横若能入朝，高可以封王，低也可以封侯。如果不来，将发兵诛灭。"

刘邦这一招够狠，他明确告诉田横，归顺可享受高官厚禄，反之格杀勿论！田横接到诏令，知道多说无益，他便带了两个宾客一同启程去洛阳。走到距离洛阳还有三十里一个叫尸乡（今河南省偃师市西）的地方时，他们在驿站停留，田横对朝廷的使者说："为臣进京觐见天子时，应当沐浴后再去，今天就在这住下吧。"使者觉得有道理，便命一行人在驿站住下。随后，田横对一同前来的两位宾客说："当初我与汉王一样面南称王，如今汉王做了天子，我却成了败亡的臣虏，要面北称臣伺候他，这是莫大的耻辱啊！我在齐国时亲自下令烹杀了汉使郦食其，今后却要和他的弟弟郦商一起侍奉皇上，这将是一种多么令人难堪的场景！即使郦商当着皇上的面不敢动我，但我在情感上也是无法接受的，我怎么好面对他呢？皇上要见我，不过是要看看我长得什么样子，现在我把我这颗人头割下来，你们拿去让他看就是了。这里距离洛阳不到三十里路，快马送去也还不会变样。"

两位宾客默然地听着田横说完，也没做任何劝阻，任由田横拔剑自刎，他们割下田横的头颅同朝廷的使者快马疾驶赶到洛阳。

当田横的人头呈现在刘邦眼前时，他禁不住流下泪来，喃喃地说："田氏兄弟三人相继在齐地为王，这就是最大的贤能啊！"

田横的壮举感动了刘邦，他下令组成两千人的送葬队伍，以诸侯王的身份和规格厚葬田横，又授给他带来的两位宾客军中都尉的官职。

田横下葬的那天，他的两位宾客在料理完所有事务后，双双拔剑自刎，分别倒在田横墓旁两个早已挖好的墓穴里。他们没有回去担任朝廷的都尉官职，而是共同选择了一条不归路——给田横陪葬。

消息传来，刘邦大为震惊，他没有想到田横竟有如此之大的人格魅力，也无法想像他是如何产生如此大的魅力的。但他断定，田横身边的人都是贤者，都是国家的人才。他派人火速赶到田横曾经藏身的海岛，把剩下的五百人全部诏进朝廷安排职位。

但刘邦万万没有想到,一场更大的震撼再次发生了:岛上那五百人听说田横自杀的消息后,毫不犹豫地走上了同样一条不归路——自杀!五百人集体自杀的悲壮举动把这些人的豪侠之气推上了巅峰,也把"田横"这个名字永远地镌刻在这座无名海岛上。

季布的舅父丁公也是项羽手下的一名将领。当年项羽率领的三万精兵突袭彭城后,刘邦在夏侯婴的保护下仓皇出逃,在彭城的西面遇到了丁公率军追杀。在万分危急的情况下,刘邦以近乎绝望的语气对丁公喊道:"难道两个好汉非要在这个时候拼个你死我活吗?"听到刘邦称自己为好汉,丁公得意了,竟然下令停止追击,放走了刘邦。丁公在这关键时刻放了刘邦一马,自然算得上是他的救命恩人了。正是基于这种想法,丁公在刘邦称帝后不久就赶到洛阳来求见他。谁知刘邦见了丁公,不仅没有以礼相待,反而下令军士将丁公捆绑了立即斩首。

丁公大概到死也没弄明白自己犯了什么罪,以致死在自己当年救过性命的人手中。刘邦的回答很直白:"丁公作为项羽的部下,却不忠诚他,关键的时刻放走了项羽要追杀的人。正是因为项羽的手下有像丁公这种不忠不义的人,才让项羽失掉了天下。我今天杀了他,就是要告诉后人,作为人臣不能效仿丁公。"

刘邦的一席话,令在场的文武大臣茅塞顿开,无不臣服。皇上的行为,分明在向所有的人昭示一个道理:身为臣子,绝不能心怀二意,要忠实于自己的君主。那些对主人不忠诚的人绝不会有好下场,那些怀揣个人目的,背着主人对敌人布恩施惠的人,也一定要受到惩处。丁公虽然救过皇上的命,但他却背叛了自己的主人。像这样的人,无论如何也不值得人们同情和怜悯。群雄并起、四海混乱的时候,天下无主,那段时期,人们可以任意选择更换主人,主人也无法惩处背叛自己的人。但在天下一统时,那些背叛主人的人就显得格外令人憎恨,不杀不足以平民愤,不足以弘扬正气,不杀无法使天下人信服。

此刻的刘邦,已经显露出帝王之气。他用行动向天下宣布:我刘邦是一位宽宏大量的人,是一位明辨是非的人,是一位懂得礼义廉耻的人,也是一位值得人们信赖的人。

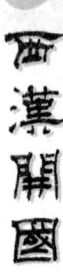

二　定都建制，大汉王朝开新局

汉朝建立之初，两个小人物的出现，为汉王朝的发展开创了一个新局面。

第一个人就是娄敬。

娄敬是齐国人，一个奉命到陇西郡戍边的小卒。汉朝建立之时，他路过洛阳，听说皇帝刘邦已经决定把国都建在洛阳，就有了向刘邦进言的冲动，可是怎么才能见到皇上呢？他四处打听，得到当年齐国的一位虞将军在朝任职的信息，就想方设法见到了他。虞将军听说眼前这位衣着寒酸的小老乡竟然提出要他引荐去拜见皇上，根本就没往心里去。但是娄敬态度十分认真，告诉虞将军他有紧急的事情必须面见皇上。虞将军见娄敬十分恳切的样子，也就不敢怠慢了，他也担心由于自己的疏忽贻误了朝廷的大事，就答应娄敬，让他洗漱更衣，找机会安排他去见皇上。谁知娄敬不同意换装，只是催促虞将军尽快安排他去拜见皇上。

一切进展得很顺利，很快娄敬一身寒酸地见到了皇上。刘邦先安排人给他摆上饭菜，让他吃饭。

娄敬也不客气，吃完饭之后，他向刘邦提出一个惊人的建议：迁都。

刘邦看着眼前这位衣衫破旧、相貌平平的年轻人，淡淡地一笑说："国都刚刚确定，你为什么又提出要迁都？"

娄敬不慌不忙地问："皇上定都洛阳，是不是要效仿周朝？"

刘邦说："有这个意思。"

娄敬说:"周朝定都洛阳,并不是看重洛阳的地势险要,而是以德服众。周朝积德累善十几代,最后凭借天下诸侯灭了殷商,天下大众愿意接受周朝的统管。而皇上您就不同了,您从沛县丰邑起兵至今,历经反秦征战、楚汉战争,大仗打了七十余场,小仗打了四十余场,天下百姓饱受战争之苦。在战争中死去的将士的亲属们,至今还沉浸在悲痛之中。皇上想效法周朝,现在是无法做到的。再者,如今天下刚刚太平,很难说还会出现什么变故。洛阳地处中原,虽然也有山川之险可依靠,但和关中相比,就没有太多的优势了。关中土地肥沃,地域广阔,秦帝国在那里苦心经营了几代人。他们兴建水利、鼓励耕织、统一文字和度量衡,制定出了许多行之有效的法律和政令。更重要的是,皇上率兵攻破咸阳后安抚百姓的'约法三章'深得关中老百姓的拥戴,有了很好的政治基础。从地势上说,关中地处西北,对东南形成居高临下之势。而且关中东有函谷关,南有武关,西有大散关,北有萧关,易守难攻,地理位置十分优越,这一点也是洛阳无法可比的。"

刘邦听得津津有味,当初选定洛阳为都城,是基于洛阳有现成的宫殿可用,也因为他的文武大臣们多数来自东南各地。他们常年随刘邦征战,也都希望都城距离自己的家乡近一点。还有洛阳曾是周朝的都城,人丁兴旺,经济发达,文化底蕴深厚。可今天听娄敬这么一说,才觉得关中更是理想的建都之地。但到底迁与不迁,刘邦还在犹豫。

满朝的文武大臣见刘邦有些动心,议论纷纷:"洛阳东面有成皋,西面有崤山、渑池,背靠黄河,面向伊水、洛水,地势险要,城池坚固,完全可以坚守,无须迁都关中!"

这时站在刘邦旁边的张良开腔了,他对刘邦说:"娄敬说得不错,关中的确是一个理想的建都之地。洛阳虽然城池坚固,但它的范围太小,方圆不过数百里,而且土地贫瘠,若四面受敌,绝非理想的用武之地。关中则不同了,它东有崤山、函谷关,西有陇山、岷山,南有巴蜀,沃野千里,北有胡地大片草原。南、北、西三面有天然险阻作为屏障,集中精力管制东面就可以了。如果诸侯安定,可以通过黄河、渭河漕运天下谷米,满足京城所需;如果诸侯有变则由黄河、渭河顺流而下,供应粮草、兵员。关中是所谓的'金城千里,天府之国'啊!"

刘邦对张良是十分信任的,张良的表态,坚定了他迁都的决心,最后选定秦咸阳城以东渭河南岸一个叫长安的地方建都。由此,长安这个名不见经传的地

方正式登上了中国历史的舞台,在此后两千余年的历史进程中扮演了极为重要的角色。

刘邦对娄敬的见识很欣赏,不但封他为郎中,赐号奉春君,成为自己身边一位重要的谋士,而且还赐他皇姓,从此娄敬改名刘敬。

娄敬独到的眼光和刘邦果断的决策赋予了长安强劲的生命力,一度甚至发展成一个世界的中心。长安的繁荣昌盛,也给灿烂的中华文明的增添了浓墨重彩的一笔。

第二个人就是叔孙通。

叔孙通是当年鲁国权臣叔孙氏的后人,他是一名儒士,通晓儒术,还带有一班弟子。秦始皇执政时,叔孙通被召进宫里,进了朝廷设置的博士部门。这个部门没有什么权力,专门接受皇帝的各种咨询,为皇帝答疑解惑。叔孙通在这个部门一待就是好几年,虽然没有捞到一官半职,但是对周、秦的礼制有了很深的研究。

秦始皇死后,秦二世胡亥继位。叔孙通眼看着朝廷中赵高一伙飞扬跋扈,秦二世荒淫无度,预感到秦王朝的日子不会长久了。果然,秦二世元年(前209)七月,陈胜、吴广大泽乡振臂一呼,一场轰轰烈烈的农民起义在各地相继爆发。昏庸的秦二世得到消息向朝中儒士、博士咨询,商议处理乱局的办法。儒士、博士们几乎一致提议派兵镇压,尽快消灭义军。秦二世一听派兵,惊慌不安。这时候叔孙通没有说话,他静静地观察着秦二世的表情。场面稍稍冷静下来时,叔孙通才上前说道:"圣上,始皇帝统一天下,四海归一。原先六国的城池都被拆除,兵器都被销毁,谁还能举兵造反?那些闹事的不过是乡里一些盗匪而已,只要圣上下令各郡的郡首派兵清剿就可以了,根本用不上朝廷派兵去镇压。"

秦二世一听这话,脸色马上恢复了正常,他哈哈大笑地说:"我说也是几个小蟊贼捣乱而已,哪有你们说得那么严重?"

朝中的儒士和博士立即分成了两派,一派力主朝廷派兵镇压,另一派则附和着叔孙通的说法。秦二世不耐烦了,下令把那些主张派兵镇压的通通投入牢里,而附和着叔孙通一派的人却得到幸免,还得到了赏赐。

出了宫,有人不解地问叔孙通:"事态本来就很严重了,你为什么说只是一些盗匪闹事呢?"叔孙通淡淡一笑说:"如果说了实话,你我也会被关到牢里了,

还能这样自如地走出宫门吗?"

叔孙通是个能审时度势,善于应变之人。出了宫门,他就带了简单的行装离开了咸阳,赶往自己的家乡。当时鲁地已经被义军占领,叔孙通的家乡薛城也在"张楚"政权控制之中。然而乱世之中,时局瞬息变化,"张楚"政权的首领陈胜、吴广先后被部下杀害,义军处在一种极度混乱的状态下。恰在此时,项梁率军进驻薛城,并召集各路义军开了一次会议,才使得义军内部的乱象得到控制。叔孙通正是在这种严峻的形势下,毅然投奔了项梁。一位秦朝的官员自愿加入到反秦的队伍中去,确实是需要一定的胆识和勇气的。当时投奔项梁的人很多,范增也是其中一员。战争时期,战略战术尤为重要,叔孙通对此不甚了解,自然也就难以被赏识任用。

项梁在定陶大意兵败身亡后,楚怀王熊心将义军的兵权收于自己的手里,叔孙通也随之进入楚怀王的智囊团队之中。后来项羽巨鹿一战,大显神威,从楚怀王手中夺回了军事指挥权,叔孙通又加入到项羽的集团中,并随项羽入关,目睹了秦朝的灭亡。叔孙通由此认定自己的选择是正确的——年轻但却已是满身疮痍、近乎腐朽的秦帝国,迟早是会轰然倒塌的。

时势难料,被困在巴蜀之地的汉王刘邦,竟然占领三秦东出函谷,率军直捣项羽的老巢彭城。在这关键时刻,叔孙通又做出了一次大胆的选择——叛楚投汉。非常时期,人员流动极为频繁,为了扩充自己的实力,招降纳叛再正常不过。昨天是敌人,今天成战友的现象司空见惯,叔孙通加入汉军自然也没有受到任何猜疑。

加入汉军后,叔孙通一改往日装束,脱掉儒服,穿上楚服,他知道刘邦不喜欢儒生。但是由于他在军事能力方面的不足,依然无法施展自己的才华,唯一能做的事情是把一些他曾经结识的地痞、土匪和逃犯介绍到汉军中来参加战斗。为此追随他的弟子们十分不满,抱怨叔孙通不向汉王推荐他们,使得他们无所事事,更谈不上在汉军里捞个一官半职了。叔孙通知道弟子们对自己有意见后,就对他们说:"前方战事十分残酷,你们能像战士一样在战场上与敌人厮杀吗?耐心等待吧,以后一定会给你们发挥才能的机会的。"

机会终于来了,刘邦登基以后,几乎每次朝堂集会,那帮文武百官总要闹出一些动静来。有的争得面红耳赤,有的大呼小叫,更有甚者拔出剑在殿堂的柱子上乱砍。刘邦看在眼里,急在心上,又不好多说,毕竟这些人都是跟随自己出

二 定都建制,大汉王朝开新局

生入死的兄弟,自己能有今天,他们功不可没,遇到不痛快,发泄一下也是情理之中的事,怎么好去呵斥他们呢?

细心的叔孙通发现了皇帝的不快,他召集弟子参照当年周朝、秦朝的礼制,又结合现状,制定出了一套朝廷礼制,然后求见刘邦。刘邦正在为朝堂上的乱象发愁,看了叔孙通制定出的朝堂礼制眼前一亮,表示肯定。刘邦告诉叔孙通:"可以搞,但不准太过烦琐。"叔孙通见时机到了,进一步说明制定礼制的重要性,他说:"五帝的乐章各有不同,夏、商和周的礼仪也不完全一样,秦的礼仪也是结合自己的实际情况而增减古礼制定出来的。按臣的意见,可以参考古礼和原秦的礼仪制定出符合本朝的礼仪制度来。有了礼仪制度,朝堂上就再不会出现乱象,君臣之间有了自己的位置,皇上的尊严才能得到维护啊!"

听到这里刘邦笑了,他对叔孙通说:"好吧!你去安排,到时我要看看。"朝廷礼仪这套东西,对于刘邦来说,实在是太陌生了,他从没进过朝堂,自然也看不到上朝时文武大臣们在礼仪约束下的场面。如果这些礼仪在自己的朝廷中出现,那将是怎样一种排场啊!

得到刘邦的恩准,叔孙通兴致勃勃地开始张罗起来,他要把一套全新的本朝礼仪在恰当的时候庄重地展示在众人面前。

三　异姓叛乱，刘邦亲征讨逆党

燕王臧荼原来是武臣部将韩广手下的一名将领，当年陈胜、吴广派武臣率部向北攻占赵地时，他随武臣的部队一同开进赵地。武臣在赵地站稳脚跟自立为赵王后，派部将韩广攻占燕地。韩广攻下燕地大部分城池后也学武臣的样子，自立为燕王，臧荼因为征战有功被韩广封为相国。之后虽然燕、赵两国也发生了一些摩擦，但毕竟都是义军内部的事情，双方都没有造成太大的伤亡。秦军攻打赵国时，项羽率兵救援，韩广派臧荼也率领军队前往增援。巨鹿战役后，韩广、臧荼跟随项羽一同入关。项羽在关中分封时，将燕王的头衔封给了臧荼，而将韩广改封为辽东王。韩广心中有气，赖在燕国不走，臧荼好说歹说也劝不动他，一怒之下就让人把韩广杀了，并把他的地盘全部掌握在自己手中。

好景不长，刘邦东进时，韩信率兵先后攻占魏国、代国和赵国，兵锋直指燕国。臧荼坐不住了，他深知韩信的厉害，只好加紧调兵以防汉军来攻。没想到韩信并没有马上组织兵力攻燕，而是在赵地住了下来，安抚百姓，发展生产。原来韩信采纳了赵国降将李左车的建议，准备说服臧荼降汉。不久韩信就派使臣前来劝降，臧荼没有犹豫，当场就答应了。明知不是韩信的对手，还采取强硬姿态，显然是极不明智的。他心里很清楚，只有归顺汉王，才能确保燕地的百姓免遭战争之苦，更重要的是，自己的地盘、王位才能得到保全。

臧荼归顺，刘邦自然高兴，他让臧荼继续留在燕国当王，命令韩信东进攻齐。

但此刻,臧荼之所以第一个跳出来叛乱,是因为他实在坐不住了。自朝廷发出对项羽旧部的通缉令后,他就感觉到自己的位置不安稳了。皇上如此嫉恨项羽旧部,自己迟早也会被皇上灭掉的。他的燕王头衔是项羽封的,虽然刘邦没有给他摘掉,但他总感觉朝廷的通缉令是冲着自己来的。其实刘邦对臧荼还是挺关照的,念他当年不与汉军对抗、主动归汉和后来在拥立皇帝时的表现,对他并不反感,也不曾产生过贬他的念头。是臧荼自己多虑了,他急匆匆地跳出来,反倒激怒了刘邦。这次皇上亲自带兵出征,赶往燕地,镇压叛乱。随皇上出征的都是精兵强将,他根本抵抗不住,几场战斗下来,臧荼就被将军樊哙生擒了。看着面前狼狈不堪的燕王臧荼,刘邦满脸怒气。此等小人,留下他也没什么用了,刘邦一挥手,他就被推出帐外斩了。

燕国地处东北,在中原纷争时期,它的战略地位并不显得十分重要。而且它距离关中较远,虽然地域辽阔,但经济欠发达,人口也不多,不足以对朝廷构成太大的威胁。但燕国毕竟是朝廷的领地,如何保持这块领地的安宁显得十分重要。打败臧荼后,刘邦心中开始盘算派谁去当燕王合适。这个人既要忠于朝廷,不能像臧荼那样说反就反了,而且还要有一定的威望,能服众,毕竟是一地之王啊。刘邦把自己的想法告诉了将相列侯,让他们推举一位有功且能服众的人出来。

没用多长时间,大家就众口一词地推荐了一个人,此人叫卢绾。卢绾这次是和刘贾一起攻打项羽旧部临江王共尉(共敖之子),获取胜利返回朝廷后又跟随刘邦一起出征的。自从刘邦沛县起兵以来,他就一直跟随着刘邦。卢绾和刘邦有一种特殊的缘分,他们都是丰邑人,而且同年同月同日出生,住在同一条街上,他们俩的父亲关系也很好。在丰邑时,刘邦不安分,经常惹出一些是非来,到处东躲西藏,卢绾始终跟在他的身旁,帮他处理一些棘手的事情。刘邦沛县起兵后,他以宾客的身份跟随刘邦东奔西走。刘邦到汉中就任汉王,卢绾则经常自由出入于内廷,两人关系十分密切,无话不说,连萧何、曹参等人都无法跟他相比。刘邦东进攻楚时,他又以太尉身份相伴。刘邦称帝后,自然也不会薄待于他,封他为长安侯。这个赐封,实际上有很多人情的成分。如果论能力,卢绾智不及张良、陈平,勇不如曹参、樊哙,威比不上萧何、韩信,但众人心中都清楚他与皇上的私交是任何人都无法替代的。

刘邦看到大家意见一致,也就立即同意了。其实卢绾也正是刘邦心目中理

想的人选,刘邦嘴上虽然不说,但心里却极力想让他当燕王。此时对刘邦来说,忠诚是第一位的,新燕王只要忠诚于朝廷,刘邦便会对那片土地不再操心了。至于治理方面,选派几位有能力的谋臣随他上任就可以了。

汉高祖五年(前202)八月,卢绾就任燕王。

汉高祖六年(前201)十月,有人上书告发楚王韩信谋反。这个消息传来,惊出刘邦一身冷汗。

韩信是在刘邦登基后从齐地来到楚国上任的,楚国的国都位于下邳。韩信到任后,就派人找到了当年在河边漂洗纱绵的大娘,感激老人家当年不嫌他贫寒,经常送他饭吃的恩情,还送给老大娘一千金,算是对老人的回报。后又召见了当年欺侮他,让他从胯下钻过去的那个青年牛二,韩信没有处治他,反倒任命他做了楚国的中尉。牛二受此殊荣,千恩万谢,为韩信的宽宏大量,同时也为自己当年的意气用事后悔不已。其他将领见了,都对韩信的做法不理解,韩信轻淡一笑说:"要说杀他,当年他让我从胯下钻过去的时候,我就可以杀了他。可是杀了他能对我的事业有帮助吗?正是因为我当年忍受住了这个耻辱,才有了我的今天。大家说现在再把他杀了有什么意义呢?"众人听了,无不佩服。

韩信喜欢带兵,喜欢看到整齐的队列、雄壮的声势,所以到任后,每次外出巡查还像当年一样,带一支军队出去,气派十足,场面隆重。

一天,原项羽手下的主要将领钟离眛来求见韩信,韩信连忙请他到内室见面。当时韩信已经接到朝廷发出的追杀令,钟离眛的到来让他感到意外,虽然他和钟离眛都是智勇双全的将领,毕竟各为其主,很少交往。几句寒暄之后,韩信已经明白了钟离眛突然到访的原因。楚地追杀项羽旧部的气氛也很浓,钟离眛已经感到无处可藏才冒死请求他帮忙。韩信对钟离眛的军事才能本来就很佩服,如今他落到这种地步,岂有不帮忙的道理?叙谈以后,韩信派人把他安排在一个清净的地方住下来,静候追杀令的风声过去。

谁知刘邦得到钟离眛在楚地的消息后,命韩信派人尽快将其捉拿归案。韩信却只是随便应承着,并没有采取行动。

刘邦对韩信的这种态度十分不满,但也无可奈何。正在此时,有人上书楚王韩信谋反。刘邦未加思索,就召集文武大臣商议应对办法。皇上对韩信谋反的消息反应如此强烈,大家多多少少地看出了其中的一些端倪。韩信毕竟是汉王朝"三杰"之一,他的实力无与伦比,他目前身处楚国这个地区,拥兵自重,一

且谋反，整个朝廷的军队都未必是他的对手。对于这么一个人物，皇上的担心不是多余的。在商议中，不少大臣纷纷表示朝廷应立刻派军镇压，捉拿韩信，立即杀头。许多平日里嫉妒韩信的人也趁着这个机会纷纷说韩信的坏话，借以出出往日的怨气。

刘邦对大家的建议不作表态，他心里很清楚，韩信不是臧荼，平息韩信的谋反可不是随便说着玩的。

商议毫无结果，刘邦下来召见陈平密议，他知道陈平点子多且奇。

陈平问："被告发的事韩信本人知道吗？"

刘邦说："有人上密函给朕，韩信本人不知道。"

"皇上，您认为朝廷的兵比楚国的强吗？"

"比不上。"

"论带兵打仗，指挥作战，朝廷的将领中谁能比韩信强？"

刘邦坦率地说："朕看也没有。"

陈平说："既然朝廷的兵不如楚国强，将不如楚国强，凭什么率兵攻打楚王呢？这么做实际上是逼迫韩信造反，臣实在为皇上担忧啊！"

刘邦急切地问："你说该怎么办？"

陈平略作沉思后说："古时候，天子经常以巡游为名大会诸侯，皇上不妨用这种办法诱捕韩信。我听说楚国有个云梦泽，风光异常秀丽。皇上可以借游云梦泽为由，召集各诸侯在陈县聚会。陈县距下邳不远，皇上到达后，韩信必会赶到陈县迎接皇上，到时皇上派几个卫兵把韩信抓起来就行了，免得大动干戈。"

刘邦一听非常高兴，偷袭韩信军营是刘邦再熟悉不过的伎俩了，本次密捕他当然也不在话下。计划好以后，刘邦派人通知各诸侯王皇上要出游云梦泽的消息，要求他们在陈县集合。

韩信得到消息感到有些蹊跷，但他也没有往坏处多想，准备提前赶往陈县迎驾。这时韩信身边一位近臣对他说："皇上这次到楚地来，绝不怀有善意，一定是要追查钟离眛的行踪。"听到这，韩信也有些慌了，钟离眛明明就在宫里，一旦皇上问起来，怎么回答才能解释得清楚？那位近臣看出了韩信的心思，对他说："这个时候，只要楚王拿着钟离眛的人头去见皇上，皇上自然不会再抱怨您了。"事到如今，韩信也没了主意，他决定亲自找钟离眛商量。

钟离眛没等韩信说完，就哈哈大笑打断了他的话："刘邦之所以不敢轻易动

你，是因为我钟离眛在这里，刘邦知道，只要我们两人联手，任凭他什么样的军队也把我们没办法。假如今天杀了我，下一个被杀的就是你。"韩信没有表态，眼前这位将军是自己从小就十分仰慕的人，自己又怎么能动手杀他呢？但是皇上很快就要到达陈县，自己又怎么向皇上交代呢？毕竟窝藏朝廷下令追杀的通缉犯，也是要犯死罪的，稍有不慎，自己的一世功名将随风飘散。钟离眛看出了韩信的心思，对着他大声喊道："你不是一个厚道忠义的人！"说完拔剑自刎。

韩信见钟离眛自杀身亡，悲痛不已，可是自己也的确没有办法救他呀！一代名将就这样惨死在另一位名将面前。

韩信带着钟离眛的人头到陈县去见刘邦，没想到，他刚到就被几个武士抓住捆了起来。韩信异常愤怒，冲着刘邦大声喊："真像人们说的那样'狡兔死，走狗烹；飞鸟尽，良弓藏；敌国灭，谋臣亡'，现在天下已定，皇帝用不上我了，我也该像走狗一样被烹杀了！"

刘邦平静地说："有人上书说将军要谋反，我也是不得已而为之啊！等到调查清楚了，我会还你一个清白的，将军暂且委屈一下吧！"

韩信挣扎着说："说我谋反？真是天大的冤枉！当年我在齐地时拥兵三十万，几个人劝我叛汉投楚或背汉自立，我都没有干。如今天下太平了，我还会去谋反？"

刘邦没说话，挥挥手，让武士把韩信押上囚车带回洛阳。

三 异姓叛乱，刘邦亲征讨逆党

四　指桑骂槐，高祖初尝帝王味

镇压了臧荼，抓住了韩信，刘邦心里轻松了许多。常年征战，他厌倦了战争，不愿再发生战争。天下已是他的了，大家都平平安安过日子吧。刘邦毕竟是农民出身，他知道百姓对和平的渴望，更了解战争带给人们的痛苦与灾难。

汉高祖六年（前201）十二月，刘邦开始筹划解决一件棘手的事情：封赏功臣。这件事之所以棘手，是因为从汉王朝建立时起，那么一大批跟随刘邦金戈铁马的文武大臣们还没有得到一份属于自己的领地，或者说财产。大家为什么跟着刘邦，绝不是图热闹，也不是意气用事，更多的人是看好刘邦的前程，欣赏他的大方。都知道给刘邦干活，不会白出力气得不到好处。

分封大会开得热烈而杂乱，众人各执己见，议论纷纷，唯恐封赏的奖励落不到自己头上。尽管如此，在功绩评述中，大家还是把第一功臣的桂冠戴在了曹参头上。曹参受到大家的拥戴理所当然，他作为跟随皇上沛县起兵的三个人之一，一路跟着刘邦，屡建战功，可谓是刘邦的马前卒。起兵初期，曹参率军与秦军作战，之后攻打泗水郡的秦国守军，而后占领相陵。以后又攻打雍丘，杀死了原秦三川郡守李由。在楚汉战争中，曹参随韩信东进，先后参加了平定魏国、代国、赵军及齐国的重大战役，厥功甚伟，他的功劳仅在韩信和彭越之下。

刘邦听完大家的议论，挥挥手说："依朕看，功劳排在第一的应该是张良和萧何。张良虽没有战功，但运筹帷幄之中，决胜千里之外，无出其右。萧何带领全族人随我起兵，战时巩固后方，保障前线供给，劳苦功高，这一点你们谁也做

不到。"

众人听了颇不服气,有人高声喊:"臣等披坚执锐,冲锋陷阵,多则参加百余战,少则数十战,九死一生,伤痕遍体的才等到今天。文臣们并无汗马功劳,舞文弄墨,安坐议论,怎么也排不到我们前面!"

刘邦并不生气,笑了笑说:"诸位都知道打猎吧,追杀猎物的是猎狗。你们这些在前线作战的将领就好比追杀猎物的猎狗,而给猎狗发布指令的是人,张良和萧何就是给你们发指令的人。"

众人听了哗然,虽然心有不满,再不敢多言。道理无须再说,皇上的比喻已经说明了一切。

在此之前,刘邦曾单独找过张良,赞扬他为汉王朝建立立下的功勋,并让他自行选择齐国的三万户作为食邑。张良万分感激,皇上对他的恩赐的确让他感到太丰厚了,他不敢接受。他对刘邦说:"当初臣在下邳起事,有幸在留县与皇上相会,这是上天把臣送给您的。皇上采用了臣的计策,取得一些成功,只是侥幸被臣料中而已,皇上万万不要挂在心上。齐国三万户的封邑,臣不敢接受,就把当年我和皇上相遇的留县封给臣就行了。"

张良的一席话让刘邦很感动,他知道张良绝非一般的凡人,就依他的请求,封张良为留侯。

今天看着朝堂上这帮大臣们争功邀赏的场面,刘邦心里不是滋味,但碍于脸面,他没有发脾气。他只是让令官公布了分封结果:酂侯,萧何;留侯,张良;平阳侯,曹参;绛侯,周勃;汝阴侯,夏侯婴;户牖侯,陈平;舞阳侯,樊哙;颍阴侯,灌婴;等等,一口气封了二十几个列侯。

得到封爵的兴高采烈,没有得到的则垂头丧气。有气总要倾诉,总要发泄,那些人常常聚在一起说长道短。这种现象被刘邦发现了,他赶忙找来张良询问。

张良说:"这些人聚在一起是要企图谋反啊!"

刘邦惊诧地说:"不会吧,天下刚刚安定,他们为什么要在京城谋反呢?"

张良说:"皇上平民出身,依靠这些人得了天下,做了天子。这次封赏的王侯都是皇上身边的老朋友、老战友,所追杀的都是皇上平日里仇恨的人。那些没有跟随皇上起兵却为皇上夺取天下立下战功的人,这次没有得到封赏,他们心里能痛快吗?这些人此次没有得到封赏,就猜疑皇上对他们有成见,甚至猜

疑皇上会因为他们的一点儿小过失而诛杀他们。他们聚在一起，实际上就是在商量他们今后的出路，甚至在谋划着怎样造反。"

听到这儿，刘邦有些坐不住了，他忙问张良："子房，你看该怎么办呢？"

张良没有直接回答，而是反问刘邦："皇上，您平日最记恨的人是谁？"

刘邦不假思索地答："雍齿，这个家伙早就和我结下了冤仇。他没有投靠我之前，几次率兵包围我，羞辱我，我恨不得立即杀了他。可是他投靠汉军后，指挥得力，作战英勇，屡建战功，我还真不忍心下手杀他了。"

张良说："既然这样，皇上就赶快封赏雍齿。只要他能得到封赏，群臣就不会怀疑皇上对功臣们的态度了。他们明白，皇上迟早都要封赏他们的。"

刘邦一听，马上表态："对，就这样办。"随后派人置办酒宴，封雍齿为什方侯。

果然，由于雍齿受封，朝堂的气氛一下子平静了下来。刘邦让丞相和御史抓紧造册，对其他文武大臣按功劳的大小进行分封。

韩信被带到洛阳后，刘邦即赦免了他。不过楚王当不成了，刘邦给他封了个淮阴侯，淮阴也是韩信的老家。封侯后，韩信想离开洛阳到自己的封地去，但刘邦不让韩信离京，给他安排了住所。至于楚国，则被一分为二：刘邦的堂兄刘贾，封荆王；同父异母兄弟刘交，封楚王。

韩信住在洛阳心中郁闷，借口自己身体不适待在住所不出门，也不参加朝见和随侍出行。刘邦知道韩信心中不快，但此时，国家稳定是头等大事，个人的郁闷与国家的安定相比是不值得一提的事。然而韩信的郁闷与日俱增，他知道刘邦担心自己功高盖主，唯恐他拥兵自重成为一方诸侯，但如此对待他让韩信感到不快。当年指挥千军万马的大统帅，如今和周勃、灌婴这些人为伍，而且还平起平坐，让韩信感到极大的耻辱。有一次，韩信在家闷得不行，顺便到不远处的樊哙家去拜访。樊哙听说韩信来访，受宠若惊，用跪拜的重礼迎接韩信，口中连连称自己为臣子，还激动地说："真没想到，大王竟能光临我的住所。"韩信进屋，两人叙谈片刻后离开。出门以后韩信不由讪笑道："今后我竟然要与这等粗人为伍了。"

长年驰骋在战场上的名将，一旦失去战争，身处和平时期，从某种意义上说，也许是一个悲剧。

汉高祖七年（前200）十月，刘邦在秦朝兴乐宫的基础上修建的长乐宫建成。

叔孙通自从接受制定、操练朝廷礼仪后,立即到鲁地招聘了三十位儒生,再加上自己百余名弟子和朝廷的学者们,组成了一支二百余人的礼仪队伍。他们在郊外一片空地上,有模有样地操练起来。一个月后,叔孙通请刘邦到现场观摩。刘邦看过之后,甚为满意,紧接着他下旨,要朝廷的文武大臣们在叔孙通的指导下进行训练。

长乐宫建成,诸侯、群臣都前来朝贺,叔孙通制定的礼仪也正式启用。

仪式是在天亮之前举行的,谒者(官职名,掌管赞礼、引见、出使等)主持典礼,按次序将群臣引导进入大殿正门,排列在东西两侧。侍卫官有的在殿下台阶两旁站立,有的排列在廷中,他们全都手持兵器,竖立旗帜。这时皇帝乘坐的辇车出发,众官员举旗传呼警戒。待皇帝在龙椅上坐定后,引导官引导着诸侯王以下俸禄在六百石以上的官员依次序朝拜皇帝。气氛之庄重,令在场的官员无不震恐肃静。典礼仪式完毕,备置正式酒宴。所有诸侯、大臣等,凡陪坐在殿上的,一律俯伏垂首,按官位的高低次序起身给皇帝敬酒祝福,斟酒要连敬九次。敬酒之后,谒者高声宣布:"宴饮结束!"整套的朝会礼仪才算全部结束。在典礼仪式中,御史执法官发现有不遵守仪式规则、举手投足和交头接耳的官员,一律把他们领了出去,不许参加。这样从朝贺典礼和酒宴开始至结束,朝堂上没有出现大声喧叫、不合礼仪之人。

当年秦统一天下时,把六国的礼仪全部搜集整理,挑选出其中尊崇君主、卑抑臣下的规则,制定出秦国的一套礼仪。叔孙通正是在此基础上,根据皇上的指令做了一些增减,制定出一套符合新朝的礼仪制度。叔孙通的这套制度对于刘邦巩固皇权,约束朝臣,规范行为以至为以后建立的大汉王朝都立下了大功。无怪乎后世的史学家司马光感叹道:"礼之为物大矣!用之于身,则动静有法而百行备焉;用之于家,则内外有别而九族睦焉;用之于乡,则长幼有伦而俗化美焉;用之于国,则君臣有叙而政治成焉;用之于天下,则诸侯顺服而纪纲正焉。"

朝贺完毕,刘邦不无感慨地说:"今天,我才知道身为皇帝的尊贵啊!"下来之后,刘邦任命叔孙通为太常(管朝廷和宗庙的礼仪),并赐金五百斤,叔孙通的弟子也统统封了官。至此,叔孙通的弟子们才领会到老师的良苦用心,无不欢呼雀跃。叔孙通自己也踌躇满志,心情舒畅,他把皇帝赏赐的五百金也全部分给了弟子们。

西汉开国

天下太平了，刘邦派人将父亲接到长安来住。看着满头银发的老父亲，刘邦心中突然有一种歉疚感。长年征战，没有顾得上照顾老人，还让他为自己受了不少苦。如今将老人接到长安来，让他好好享享清福。一切安顿就绪后，刘邦就像平常人家父子间的礼节一样每五天拜见一次父亲，老太公也高兴得合不拢嘴。一次刘邦为父亲祝寿，当酒喝到兴致处，他问父亲："您以前常说我是个无赖，不愿从事田间劳动，不如二哥。现在您看我的家业比起二哥来，哪个大？"在刘太公眼里，安分的老二刘仲是他最疼爱的，见到刘邦这样问，只好支支吾吾地回答："好，都好！"刘邦听后哈哈大笑起来，随声附和道："都好，都好！"

一段时间过去了，有一天老太公的家令对他说："天无二日，太公虽然贵为皇帝之父，实为人臣。您不能接受皇帝的拜见，这样做有违纲常。"刘太公听了也觉得有道理，等刘邦再来拜见时，太公就拿着扫帚站在大门口恭迎，不让他进门。刘邦不解地问父亲："您这样做是为什么呢？"老太公说："皇上是万民之主，怎能因为我乱了天下的规矩呢？"刘邦听了很感动，于是下旨封他父亲为太上皇。因此，刘太公成了中国历史上唯一的一位未曾为人君却成了太上皇的人，也是第一位在世时就被尊为太上皇的人。

五　反美人计，白登被困又脱险

秦始皇时期，北方的匈奴频频侵犯中原，为消除外患，秦始皇任命蒙恬为大将军，率兵抗击匈奴。蒙恬领命后率军三十万，向北驱逐匈奴，收复了黄河以南大片土地。接着开始在秦、赵、燕三国原来各自修建的防御性城墙的基础上修筑长城，西起临洮，东至辽东，绵延一万多里，为秦帝国构筑了一道坚固的北方防线，此后蒙恬又率军将匈奴赶到了长城以北更偏远的地方。蒙恬率军在北方边境驻守十几年，不但修筑了万里长城，还修建了咸阳通往北方的秦直道，可谓功绩显赫。慑于秦帝国的强大，匈奴不敢再贸然进犯中原。可是秦国覆灭后，中原战乱四起，无人顾及北方的匈奴。趁楚汉战争时期，匈奴不断向中原推进，越过了长城，收复了当年被秦王朝占领的大批土地，妄图继续进犯中原。

汉朝初期，匈奴内部也不平静。单于头曼偏爱妃子阏氏，为了立他们所生的儿子为太子，便想方设法废掉已立的太子冒顿。头曼先后几次派太子冒顿率军攻打相邻的月氏国，企图借刀杀人，灭了太子，但都没有成功。冒顿识破了父亲的阴谋，暗地里筹备复仇计划。他以加强军事力量为由组建了一支骑兵，进行封闭式的秘密训练，训练的要求则相当严苛。冒顿给自己配备了一批能发声的箭，他命令部下，他的箭射向哪里，部下所有人的箭都必须射向哪里，不射者斩。起初部下不以为然，但训练时的目标越来越不可思议，起初是冒顿的爱马，接下来是冒顿的爱妻，再下来是单于头曼的坐骑……有些部下手软了，不敢射，但冒顿一旦发现，立即派武士将他们推出去斩首。如此训练了一段时间后，冒

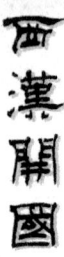

顿便开始实施自己的计划。有一天,冒顿率部陪同父亲外出打猎,随行的还有父王的爱妃和儿子。狩猎途中,冒顿把发响的箭射向了自己的父亲,刹那间,几百支箭一齐射向单于头曼和他的妻儿,头曼连反应都来不及就被自己的亲生儿子射杀了。复仇计划成功,冒顿自立为单于。众臣们畏惧冒顿的强悍,唯有臣服,不敢有丝毫的不满。

  冒顿当上单于后,向东攻打东胡,向西攻打月氏,一路战果累累。可是他并不满足,又向南直逼燕、赵边境,一时间搅得汉王朝北部边境风声鹤唳,民心不安。刘邦得到匈奴在北部边境滋扰的消息后,立即调派韩王信镇守太原,率军阻击南犯的匈奴。刘邦很信任韩王信,因为他也是极具军事指挥才能的人,他在刘邦东出函谷关与西楚霸王项羽的征战中,发挥出了让刘邦十分满意的才干。在刘邦封王的排序中,韩王信是第一批被封王的,正是由于韩王信在平定韩国城池时立下了赫赫战功,所以,虽然韩王信在镇守荥阳时被项羽俘虏投降了楚军,但他逃离楚营重新又加入汉军时,刘邦没有为难他,继续让他当韩王。这次派韩王信镇守北部边疆,也充分说明了刘邦对他的信任。

  可是,这一次韩王信在抗击匈奴方面的做法却让人费解。韩王信率军到马邑(今山西省朔县)时,只见城外匈奴的骑兵铺天盖地,他根本不敢开城迎战,反倒急派信使向朝廷请求援兵。一代名将果然被强悍的匈奴吓住了?其实也不尽然。匈奴的强悍算得上是一个因素,但深层次的原因却是朝廷近期接二连三发生的事情。自从异姓王臧荼、韩信被铲除后,在韩王信的心中也就留下了阴影,他预感到自己这个异姓王早晚也要被废除,不是落得个像楚王韩信废王降侯的下场,就是像臧荼那样被剿杀死亡。在这种心理支配下,韩王信无心与匈奴对阵,反倒做出一个让人匪夷所思的决定,派人到匈奴营中议和。等到朝廷的增援部队赶到马邑时,竟然发现这里的战场静悄悄,根本没有战争发生。增援部队的将领感到奇怪了,没有战事,请求朝廷增援干吗?

  有一天,一条秘闻在增援部队中间传开:韩王信的特使正在频繁地来往于马邑和匈奴营地之间,不用说,韩王信正准备背叛大汉归顺匈奴。当前似乎也只有这一种可能,不然无法解释韩王信按兵不动、匈奴人扎营不攻的局面。将领们商议之后,写了一封密函派人快马去奏报朝廷。

  不难想像,刘邦收到密函后的表现和心情,他既愤怒又紧张。愤怒的是韩王信太令人失望,肩负国家保卫边疆的重任竟然背着朝廷与匈奴来往;紧张的

是一旦韩王信叛汉,无疑将成为朝廷又一个劲敌。正是在这种情绪支配下,刘邦对韩王信发了一道措辞严厉的旨令。谁也没有想到,这道旨令,非但没有让韩王信悬崖勒马,反倒加快了他从议和到投降的步伐。韩王信知道自己已经没有退路了,好歹都是死,何不干脆撕下面纱,对外宣称投靠匈奴,与汉王朝来个最后一搏,总比臧荼、韩信坐以待毙要强。

韩王信投降了,不但献出了自己为汉朝镇守的边疆城池马邑,还将自己的军队全部交给匈奴单于冒顿统一指挥。韩王信的行为,为刚刚建立的汉王朝笼罩了一层阴影,也涂抹上了浓重的耻辱。

刘邦这次坐不住了,他决定亲自率领军队平息韩王信叛乱,打击匈奴的嚣张气焰。

汉高祖七年(前200)十月,冬日,刘邦率军在铜鞮(今山西省沁县)与韩军遭遇,一场恶战后韩军大败。韩王信只好退守马邑,向冒顿求救。当时冒顿正驻扎在上谷(今河北省怀来县),得到韩王信的求救信函,马上派两位亲王率几万铁骑前往救援。刘邦此次亲征,带了几十万人马和数十员战将,决心一举平息韩王信的叛乱,灭了匈奴的气焰。当两军在晋阳(今山西省太原市晋源镇)相遇时,几场恶仗下来,匈奴兵还是败下阵来。汉军乘胜追击,一直到离石(今山西省离石区)。此场战斗下来,汉军缴获了不少战马和兵器。但是由于正值冬季,天气寒冷,雪深数尺,不宜再战,便停止了追击。刘邦又返回晋阳驻扎,派十多名使者前去匈奴营地打探虚实,为下一步进攻做准备。

派出去的使者一批批回来了,全都说匈奴国内只见到一些老弱病残的人,连牛马也是瘦小的居多,根本不是汉军的对手,经不住汉军的攻击。刘邦将信将疑,又把刘敬派出去打探匈奴的虚实,准备等他回来后再行决定下一步计划。天气十分寒冷,不少士兵都被冻伤了,军营中的草料也紧张起来。面对这种恶劣天气,是撤兵还是进攻,让刘邦很难下决心。

冒顿是一位智勇双全的匈奴单于,他很清楚汉朝军队的厉害,早在秦朝时期匈奴就多次受到来自中原军队的攻击。如今与汉军对阵,必须要使出奇招才能够制胜。他命令部下把强壮的战马和士兵都隐藏起来,而让一些老弱病残的人和马出现在市面上,给汉军造成一种匈奴弱小的印象,等待汉军进攻。严寒的天气对汉军是一个威胁,但对匈奴人来说却司空见惯,他们的骑兵已适应在这种恶劣天气下作战了。

刘邦实在坐不住了,他没等刘敬回来,就下令全军向北开进。从晋阳北上,一路上可以遇到匈奴的小股部队,两军相遇,没有几个回合,匈奴军就溃散而逃。

汉军进展顺利,在翻越易望山(今雁门山)时,刘邦见到了从匈奴返回来的使者刘敬。

刘敬告诉刘邦:"匈奴国内很少见到军队,沿途只见到瘦弱的马匹和年迈的士兵,这在我军大兵压境的情况下是极不正常的。我感觉这其中有诈,现在进攻匈奴不合适。"

刘邦正在兴头上,听刘敬这么一说,觉得扫兴,就骂他道:"你这个齐国的家伙,靠一点小聪明谋得一官半职,现居然在这胡言乱语。"说完,令手下把刘敬用刑具锁住押解到广武关押起来,准备等打完仗后再回去发落他。

刘敬有口难辩,只好在心里祈求上天保佑皇上本次出征顺利平安。

刘邦、樊哙率领先头部队到达平城(今山西省大同市)旁的一个叫白登山的地方时,被匈奴的主力部队包围了,此刻刘邦才知道自己果然中了埋伏。包围圈外人声鼎沸,战马嘶鸣,简直无法判断有多少人马。这时汉军的主力部队接续不上,大将军樊哙只好一面指挥手下的士兵保护皇上安全,一面全力抵挡匈奴兵的进攻。

整整五天五夜过去了,匈奴兵的包围圈没有丝毫的松动。被困在圈内的刘邦急得像热锅上的蚂蚁无计可施。直到第六天,陈平面见刘邦,告诉刘邦不妨派人买通冒顿的阏氏,让她说服冒顿,解除包围。此刻,率兵冲出包围圈简直是以卵击石,一点儿成功的概率都没有,只能尝试着用陈平的这个计谋来破解困局。刘邦答应了陈平的请求,让他抓紧派人实施,并告诉陈平,军中的金银珠宝随他调用。

陈平领命后,选派了一名胆识过人、能言善辩的使者。他向使者交代了计划的详细内容,让他直接去找冒顿最宠爱的阏氏。趁着冬日的浓雾,使者一路用黄金买通了沿途的匈奴卫兵,找到了阏氏。使者先向她出示了一幅美人图,告诉阏氏,汉帝愿意和单于达成互不相犯、永修和好的协定,出于真诚,汉帝愿把我朝第一美人送给单于为妾。还有,汉帝出于对你的敬重,特让下臣为你带来金银珠宝,请王后笑纳。无论是美人图上花容月貌的美女,还是眼前令人眼花缭乱的金银珠宝,都让阏氏兴奋不已。她心想,美女坚决不能要,那美女比自

己好看几倍,单于若娶了她,我自己就失宠了;金银珠宝全部收下,这可是自己的钟爱。使者见时机成熟,就对她说:"汉帝许诺,只要这次单于不再为难我们,日后还有更多的珠宝献给王后。"阏氏高兴地说道:"你放心回去吧,这边的事情由我来办。"

金钱的魅力的确神奇,当天晚上阏氏就开始为汉帝说情。她说:"两国君主不应该相互迫害,即使单于杀了汉帝也无法得到汉朝的全部土地,何况他也是有神灵保护的,请君高抬贵手放了汉帝。"

冒顿原本是打算伏击汉军主力,打一场胜仗,灭灭汉军的威风,然后再从汉人那里得到一些粮食和财物,没想到却把汉帝困住了。冒顿无意捕杀汉帝,他也十分清楚,这次如果杀了他,不久还会产生新的汉帝,新汉帝绝不会放过匈奴人。这样下去,汉人与匈奴的冤仇就永远无法终结了。

第七天上午,几乎密不透风的包围圈裂开了一道口子。趁着浓雾,刘邦率部逃出包围圈,一场虚惊总算结束了。

刘邦返回到广武,马上命人放了刘敬。还向他道歉,说自己当初没听他的忠告,差点儿把命丢了,同时还封刘敬为建信侯,食邑两千户。刘邦率部途经曲逆(今河北省顺平县东南)时,对当地的建筑非常喜欢,随即改封陈平为曲逆侯,享用全县民户的赋税收入。当然对那十几位错报军情的使者,毫不手软,一律处死。

六　萧何释嫌，刘敬献策稳匈奴

汉高祖七年（前200），二月，刘邦命樊哙继续清剿韩王信的残余势力，镇守北部边疆，自己则率部返回长安。

长乐宫已经修缮完毕，萧何正主持营建未央宫。长乐宫原是秦王朝的一座离宫，当年项羽一把大火烧了渭河北岸秦咸阳宫和南岸的秦阿房宫，但没殃及渭河南边的兴乐宫，所以兴乐宫侥幸保存下来了。刘邦决定迁都长安，就派萧何主持对兴乐宫的整修，并改名为长乐宫。长乐宫的规模也不小，它东西长两千九百米，南北宽两千一百米。东南西北四面均设有城门，宫内分别有长乐前殿、长信殿、长定殿、长秋殿、永寿殿、永宁殿、神华殿、神仙殿、温室殿、淑房殿、建始殿、广阳殿、月室殿和大厦殿等主要建筑，气势恢弘。

当刘邦返回长安后，看到萧何又在长乐宫西边主持营建规模更为宏大的未央宫时十分生气。他当面质问萧何："天下混乱，百姓连年饱受战争之苦，如今成败还无法预知，为什么要把宫殿建造得这么壮丽、豪华呢？"近一段时间，刘邦心里烦闷，国家刚刚建立，又遇到匈奴侵扰、韩王信叛汉、白登被困和狼狈脱险这一系列事件，使刘邦感到天下依然危机四伏。现在看到萧何在这种现状下还大兴土木，营建宫殿，心里很不是滋味。

萧何见刘邦发脾气了，连忙解释说："正是因为天下尚未安定，才利用这个时机加紧营造宫殿啊！天子以四海为家，宫殿不壮丽、不宏伟就不足以加重天

子的威严。之所以如此规划,是不能让后建的宫室建筑规模超过它呀!"刘邦听萧何这么一说,觉得也有道理,这才露出笑容。

张良自朝廷迁到长安后不久就推说自己身体欠佳,请假在家休养,基本也不再上朝。张良悄然退出或许是因为看到刘邦当上皇帝后常常根据自己的爱憎诛杀和封赏,对一些异姓功臣心有芥蒂的缘故吧,他为自己选择了一条功成身退的路子。张良抱病在家,韩信失宠降侯,当年的"汉初三杰"只有萧何还在勤勤恳恳地为朝廷操劳。

萧何自在沛县与当亭长的刘邦结识后,等到和刘邦在沛县起事直至汉王朝建立,始终如一地为刘邦打理着除打仗以外的所有事务。当年要不是萧何在刘邦率军进驻咸阳时,大量搜集秦朝的文件资料及图书画册,进入汉中的刘邦就会像只无头苍蝇一样摸不着东南西北。刘邦之所以能详尽地了解天下各地要塞、财力物力、地形地貌,甚至各诸侯国的军力部署和物资储备,全是由于萧何获取的这批秦朝的珍贵档案。

萧何对刘邦可谓忠心耿耿,自从刘邦率军东征以后,整个巴蜀、汉中和关中就全部交给萧何管理。萧何奉命留守后,不断推行宽松的政策,鼓励百姓发展生产,甚至把秦朝时期皇家的苑囿、园地也都改为耕地,分给百姓耕种,得到当地民众的拥戴。老百姓积极耕作,精心养护,按时缴纳税赋,使刘邦的大后方日益稳固。不仅如此,萧何还积极组织兵源,不断向前线输送兵力,保障汉军的战斗力。

然而,萧何的权力还是让身处前线的刘邦产生了怀疑。他担心拥有大权的萧何会背叛自己,自立王国,到那时自己的处境就十分危险了。为此,刘邦在前线征战中,曾不断派人送些金银慰问萧何,试图以此稳住他。起初萧何也没在意,但是次数多了,心中不禁起了疑问。他理不出头绪,就问身边与自己亲近的一位姓鲍的儒生。鲍生听萧何说完后,对他说:"汉王在前线风餐露宿,日夜操劳。在战争如此紧张的情况下,还不断派人来慰问你,只能说明对您不放心。您的权力太大了,汉王是怕您叛汉自立啊!"

萧何听鲍生这么一分析,觉得太委屈:"为了助汉王打天下,我萧何日理万机,兢兢业业,绝无丝毫私心。既然如此,我应该怎么向汉王澄清呢?"

鲍生说:"丞相对汉王的忠诚,我们大家有目共睹,但是汉王有疑虑也是正

常的。丞相不妨想一想,自从您当上丞相后,您的兄弟、子侄和族人都来投奔您,有的还被您安排在一些重要的机构里。这些情况,汉王不可能不知道,尽管您是为了便于管理,但汉王又会怎么想呢?丞相要打消汉王的顾虑,最好的办法就是把您的兄弟、子侄和族人中年轻力壮的人派到前线去。您这样做了,汉王自然就会打消对丞相的疑虑。"

萧何听完,觉得鲍生说得有道理。回去后他把身强力壮的亲戚、族人全部送往前线,听凭刘邦的调遣。果然从此以后,刘邦不再慰问萧何,反倒从心中增加了一份对萧何的敬重。这一点,在封侯中就表现出来了,刘邦把萧何的功劳排在第一位。

汉高祖七年(前200)刘邦从晋城返回长安途中,先到赵国转了一圈。赵王张敖是刘邦老兄弟张耳的儿子,现在是刘邦的乘龙快婿,刘邦和吕后所生的大女儿鲁元公主就是张敖的夫人。刘邦来到,张敖自然盛情款待,既是皇帝又是老丈人的刘邦在张敖面前,简直是个神。刘邦到了赵国后,张敖也忘记了自己诸侯王的身份,凡事都由他亲自安排,唯恐出现一点差错。他在刘邦面前嘘寒问暖、毕恭毕敬,还把自己内宫一位姓赵的美人也献给他享用。这一切在刘邦看来都是正常的,张敖也觉得是理所应当的。可是张敖的表现却激起了他左右丞相的极大不满,他们感到赵王太懦弱,有失赵国的面子;又感到刘邦太高傲,在赵王面前指手画脚,肆无忌惮,伤害了赵国人的自尊。左丞相贯高和右丞相赵午的年纪比刘邦还要大一些,都是六十出头的人了,无法忍受刘邦这套做派,下来后就一同商议要把刘邦杀了。

他们把这种想法给张敖一说,把张敖吓了一跳,连忙说:"万万不敢贸然行事,不管怎么说,现在的赵国还是皇上分封建立的。况且,皇上跟我父王交往甚密,又是我的岳丈,怎么可能凭一时兴起刺杀皇上呢?这种事情以后不准再提了!"贯高和赵午则不依,他们本来就是先王张耳身边的重臣,先王在的时候重大事项常常要找他们商议后才能做出决定。所以在赵国,他们是德高望重的人。如今自己的君王受到如此的羞辱,做臣子的还有什么脸面去见人?他们决定背着赵王开始谋划刺杀刘邦的计划,他们找来十几位门客商议刺杀方案,只等有一天,刘邦再到赵国巡视时实施。

刘邦万万没有想到,由于自己的放荡不羁和不拘小节竟在赵国埋下了这么

一颗仇恨的种子。

韩王信投靠匈奴后,成了汉王朝的劲敌。他常常率领匈奴兵马攻击汉朝北部边界的城镇,搞得人心惶惶,民怨四起。镇守北部边疆的将军樊哙本来就不是韩王信的对手,对韩王信的偷袭防不胜防。无奈之下,樊哙只有向朝廷请求援兵,组织一次大规模的攻击,重创匈奴。

汉高祖八年(前199)十二月,刘邦又亲自率几十万军队开往北部边界,在东垣(今河北省正定县)跟匈奴展开了一场大规模的战争。汉军人多势众,匈奴兵最终败退了。这一次刘邦吸取教训,不再往北追击,而是给边疆守军补给兵源后就班师回朝。经过赵国时,赵王张敖在柏人(今河北省隆尧县西)迎接刘邦。刘邦到来的消息使贯高、赵午等人兴奋不已,刺杀他的机会终于来了。他们把刺客提前隐藏在刘邦晚上下榻房间的墙壁隔层之中,只等他晚上睡熟后下手。

可神奇的是,刘邦到达柏人县后,不喜欢"柏人"这个地名,认为不吉利,吃过饭稍作休息后便率队离开了。贯高、赵午一伙绞尽脑汁谋划的刺杀方案就这样泡汤了。捶胸顿足也罢,追悔莫及也罢。反正看着刘邦率军队离开柏人县时,贯高、赵午的心情五味杂陈。天子就是天子,真正有神灵的话,一定是神灵在佑护着他。

刘邦全然不知地顺利回到长安,但北方不断传来匈奴袭扰的消息使他心中不安,甚至成了一块心病。他开始思考怎样才能保持一种长久安宁的局面,光靠硬打显然是不行的。每次出征少则数十天,多则数月,搞得人困马乏,疲惫不堪,收效却不大。朝廷的军队一到,打上一仗,匈奴人撤走,朝廷的军队一走,匈奴人又来袭扰。匈奴是以游牧为生的民族,手工业不甚发达,农业也不先进,无法与中原相比。他们的袭扰并不完全是为了占领地盘,而是要掠夺物资。匈奴仗着骑兵的神速,偷袭庄园,抢完就走,边民们一年辛苦劳作的果实就这样轻而易举地成了他们的盘中餐了。

刘邦找来刘敬问计,自白登一战后,他对刘敬的深谋远虑比较信服。这时刘敬提出了一个大胆的想法:和亲,把皇上的长公主嫁给匈奴单于冒顿。这样冒顿就成了皇上的快婿,以后生下的儿子当上了单于也不会冒犯母亲的故乡,长此下去,边疆可保安宁。刘邦听了刘敬的想法,觉得这个主意还真的不错。

六 萧何释嫌,刘敬献策稳匈奴

好像要达到边疆的长期稳定,目前还只有这个办法可行。此前朝廷派重兵把守边疆,劳民伤财,得不偿失,也搞得百姓妻离子散,民众哀怨。刘邦当即拍板,立即实施。

可是吕后不愿意了,长公主是她的亲生女儿,而且已经嫁给赵王张敖了,怎么可能再嫁到荒蛮的匈奴去呀?吕后使出女人的招数,整日哭哭啼啼,不思茶饭。刘邦只好另想办法,最后他找到自己妃子中的一位养女,冒充长公主嫁过去。尽管刘敬一再忠告,切不可欺骗冒顿,一旦被他识破,鸡飞蛋打一场空,以后连想挽回的机会就都没有了。但是骨肉亲情难以割舍,还是冒一次险吧,嫁妆多准备一些,让刘敬亲自送去,加强保密。

冒顿得到汉朝送来的绝色女子和大量陪嫁,早就高兴得合不拢嘴了。他根本没去怀疑这位长公主的真假,立即安排下属盛情招待汉朝来使。

和亲的策略的确成效显著,匈奴不再袭扰边境了,在中国历史上也就成了一段成功的和亲范例。尽管和亲对于提出方来说,多少会有一些屈从的色彩,但主动的和亲也不失为一种明智的策略,它缓解了边境的紧张气氛,为国内发展生产赢得了和平的环境。对国家来说,无须再耗费极大的人力和财力去应付边境的紧张局势,百姓们也借此安居乐业。它的现实意义远远超过了人们的想象,它的历史功绩也在我国历史长河中发出了耀眼的光辉。

七　贯高护主，如意无奈当赵王

刘敬从匈奴送亲返回长安，向皇上汇报了和亲情况并还报告了当前匈奴的现状。他说冒顿当上单于后，不断扩充军队，向东击败东胡，向西吞并月氏，势力发展得很快。和亲虽然可以暂时稳定边界局面，但从长远来看，还要做好防范匈奴向南侵犯的准备。为了加强关中的实力，皇上可以考虑把齐、楚等诸国的大户迁至长安。这样一来可以增强长安的实力，储备足够的人力、物力应对匈奴的威胁；二来可以消除这些有实力的大户在各诸侯国寻机滋事，对于稳定各诸侯国也大有益处。

其实刘敬的这个建议也算不上新鲜。当年秦始皇统一全国后，也把天下富豪全部迁到咸阳，切断他们与原六国旧势力的联系，使其置于中央的直接监管之下。但是，统一全国的秦始皇随之开始大规模的建设工程，使天下百姓苦不堪言。他们没有得到战后的休养生息，就投身于无休无止的重大工程建设之中。刘敬在这个时候又提出这个想法，并不是要刘邦重蹈秦朝的覆辙，他是看到汉王朝与秦王朝的不同之处。首先，汉高祖刘邦与秦始皇嬴政性格不同，前者仁厚，后者粗暴。再则，两人出身不同，前者出身平民，深知百姓疾苦，后者出身贵族，缺少平民情结。更重要的是民心所向不同，前者得到百姓的拥戴，后者则对百姓实行严酷的镇压。

刘邦对刘敬的这个建议十分赞赏，立即派人组织实施。

秦时咸阳城内人口已达到七八十万人，但由于连年战乱，人口锐减。到汉

长安城的初期,人口不过一二十万人。此次迁徙,从各诸侯国迁入十几万人,使得这个新长安城一下子繁华了起来。

刘敬在汉朝初期提出的三项建议:迁都长安、和亲匈奴和迁徙关中,无疑为汉初的国家稳定和经济发展开创了一个良好局面。他个人的聪明才智也得到了充分的展示,他用自己的智慧在中国的历史画卷里涂上了浓重的一笔。

汉高祖九年(前198),有人向朝廷密报,赵国的赵王张敖、左丞相贯高和右丞相赵午在去年皇上路过赵国时,曾组织刺客密谋刺杀皇上。原来那件未遂的谋杀事件发生一年后,当时的密谋被人透漏出来,贯高的仇人火速将这一信息传报到朝廷。刘邦一听勃然大怒,立即派人将张敖、贯高和赵午等人尽快押到长安处置。

得到消息,赵午和其他十几位门客相继拔剑自杀。贯高知道了以后,愤怒地骂道:"你们不能这样做!我们赵王并没有参与谋杀,这次却被一齐逮捕。你们都自杀了,谁来向皇上证明赵王不反的真实情况呢?"随后他便走进囚车,同赵王张敖一起被押往长安。宾客孟舒、田叔等十余人也削去头发,身穿囚服,被戴上铁枷,以赵王家奴的身份一同去了长安。

到了长安后,刘邦生气不见张敖。他命令廷尉把张敖和贯高分别关押起来审讯,一定要彻查到底,把他们密谋刺杀的计划搞清楚。吕后得到消息以后赶紧活动,把张敖关在一间条件较好的监舍,还叮嘱狱卒不可虐待。张敖毕竟是吕后的女婿,可是贯高就很惨了。一进监狱,廷尉马上对他用刑,一阵棍棒之后,贯高毫无惧色,他高声喊道:"此事与我们赵王毫不相干,是我和赵午所为,你们不要冤枉了赵王!"廷尉根本不信,派手下继续用刑,直打得贯高皮开肉绽,浑身是血。到了这种地步,贯高依旧不改口,不断替张敖喊冤。廷尉眼看着审讯不出什么结果,命人用烧红的铁针刺入他的四肢。六十多岁的贯高,哪能经得起这么严酷的刑罚,一次次疼昏过去。可是一旦醒来,贯高依然咬定刺杀计划是他和赵午所定,与赵王没有关系。一整天审讯,连廷尉都感觉疲倦了,可还是没有从他口中得到任何新的线索,只好把浑身血淋淋的贯高暂且投入大牢关押。

鲁元公主知道张敖被父皇带走的消息后也赶到了长安,她哀求吕后宽恕张敖。吕后去见刘邦说:"张敖是咱们的女婿,绝不会参与刺杀阴谋,你就把他放了吧!"刘邦很生气地说:"你真是个妇道人家,如果张敖得了天下,难道还能少

了你女儿的份儿!"

当廷尉向刘邦报告审讯情况后,刘邦也不由得对贯高动了恻隐之心,贯高冒死把谋杀罪名全揽在自己身上,可见此人的确算得上对赵王忠心耿耿,他不由赞叹道:"真是一位硬汉!"随后他问身边大臣,谁跟贯高熟悉,以私人的关系打听一下此次阴谋的原委。中大夫泄公自称与贯高挺熟,愿意前往狱中找贯高了解详情,刘邦同意了。

泄公来到狱中,看到贯高遍体鳞伤地躺在地上,不敢用眼睛看。他把头侧向一边说:"丞相为了保住赵王,自己遭受如此痛苦,不值吧?"贯高睁开了眼睛,鼓足力气说:"你说得不对,人生在世,谁不爱自己的父母、儿女,这次我为首谋,一旦定罪必将祸及我的父母、儿女和族人。我就是再傻,也不会这样做的,难道我会因为保赵王而害死我的全家人吗?赵王的确不知道实情,如果他知道了一定会阻止我们的,我们的确是背着赵王私下里谋划的。"

泄公从狱中回来,把贯高的话原原本本说给刘邦听,并补充道:"贯高至死都不肯诬陷赵王,可见赵王的确是清白的。"刘邦这才确信张敖没有参与谋杀的阴谋,便下旨把他放了。因为赞赏贯高的忠诚,刘邦就让泄公通知廷尉把他也给赦免了。

泄公到狱中把赵王张敖已被皇上释放的消息告诉给贯高时,他兴奋地想站起来,无奈体力不支,只好冲着泄公问:"我们赵王真的被释放了?"

泄公说:"千真万确,皇上亲自下的旨。"

贯高说:"这下好了,终于还我王一个清白。"

泄公接着又说:"皇上敬重你的人品,把你也赦免了。"

谁知贯高听后,哈哈大笑道:"老臣不死,就是为了证明我王的清白。今天我王既已昭雪,我的使命也就完成了。作为臣子,暗地里谋划刺杀皇帝,这是无法洗清的罪过啊,即使我出去了,又有什么脸面在皇上脚下为臣呢?"

贯高说完,就掐断自己颈脉,自杀了。

刘邦听到贯高在狱中自杀的消息,唏嘘不已。他为这位老臣如此刚烈的秉性折服,下旨厚葬贯高,并且慰问了他的家人。不仅如此,刘邦还对随贯高一起押到长安的赵国大臣们进行了逐个的考察,发现其中不乏一批有识之士,他们对时局的判断,对国家的认识以及个人的能力并不亚于自己朝堂上那班大臣们,特别是这些人对主上的忠诚更让刘邦钦佩。根据每个人的特点,刘邦任命

孟舒为云中郡郡守,任命田叔为汉中郡郡守,其他一些人也都派到各诸侯国任郡尉,以表示对他们的褒奖。

赵王张敖由于对下属失察,王是当不成了。刘邦将张敖降为宣平侯,改封代王刘如意为赵王,并把代地并入赵国,命代相陈豨留守。

刘如意就是刘邦和戚夫人所生的孩子。

当年楚汉征战时,汉王刘邦率部路过定陶,当地一位有权势的富人为了讨好刘邦,将年仅十六岁的戚姬献给他。戚姬的父母均为富人家的家奴,长年累月给人干活,但家里依然贫困。没想到,戚姬在这个家庭生活成长,竟出落得如花似玉。她的美貌引起当地一些浪荡公子的眼馋,他们想方设法要得到她,终因戚姬的父母全力保护没能得逞。这些人就开始设计陷害二老,直到把他们整死。得到戚姬的这家富户正在得意忘形之时,汉王刘邦率部开进了定陶,这富户为了保护自己就顺手把戚姬献了出去。刘邦见到戚姬,果然十分高兴,未作推辞就笑纳了。戚姬不仅花容月貌,而且天资聪慧,能歌善舞,和她在一起,刘邦感觉自己年轻了许多,终日征战的疲惫也悄然消退。楚汉战争进行了四年,刘邦始终把戚姬带在身边,由此可见对她的宠爱程度。

受宠的戚姬自从生下如意后,她内心对权力的欲望开始渐渐萌发了。作为一个母亲,为儿子的未来着想,本无可厚非。刘邦也特别喜欢这个小家伙,长得像他,性格像他,顽皮劲也像他。但这时刘邦和吕后所生的刘盈已立为太子,不可能随便废掉,为此戚姬在刘邦面前哭闹了不少次。她的目的很明确,要刘邦废掉刘盈,立刘如意为太子。刘邦实在没有办法,就在一次朝会上向众大臣征询了这个废长立幼的问题。不出所料,此话题一经提出就遭到大家的一致反对,反对声音最大的是御史大夫周昌。

周昌也是刘邦的同乡,江苏沛县人,在众臣中以正直无私、刚强忠诚出名。周昌平时有点口吃,一着急,结巴得就更厉害了。当他听到刘邦要废太子时,当庭大喊:"不……可! 不……可!"话没说两句,脸已憋红,头上青筋突起。见刘邦没有反应,周昌又喊道:"陛下欲废无罪太子,臣不敢奉诏!"话不多,但语气很重,由于口吃,一句话中断了几次,引得众大臣忍不住发笑。刘邦见状,也大笑着挥挥手宣布退朝。

这种结果,是刘邦意料中的事。他这样做,只是为了试探一下众臣对废长立幼的态度,也是为了平息一下戚夫人日夜的哀求。

周昌的行为却感动了在廷帐里窃听的吕后,退朝以后,她见到周昌,"唰"地一下子跪在地上。吕后说:"感谢大人保全太子之恩。"周昌却平静地说:"臣是为公,不是为私,皇后请起。"

废长立幼这场风波虽然平息了,但一颗仇恨的种子却在汉王朝的后宫里埋下了,它爆发产生的威力,是刘邦及众大臣都无法想像的。

原代王刘仲是刘邦看在父亲太上皇的面子上给他封的王,匈奴南侵后,刘仲收拾不了混乱的局面,自己跑到洛阳去了。刘邦知道以后很生气,也顾不了太上皇的面子,把他的代王给废掉了,降为合阳侯。把代王的封号又封给了刘如意,也算是满足了一下戚夫人的愿望。七八岁的刘如意自然不会去封国就任,代国的实际权力均掌握在代相陈豨的手里。

废掉赵王张敖后,刘邦又改封刘如意为赵王,而且将代国并入,给了刘如意更大的封地,这样做,实际上也是在满足戚夫人日益膨胀的胃口。

刘如意当代王时就没有去封国,这次当赵王后,刘邦却要他必须去封国,他似乎也预感到了后宫吕后那双饱含仇恨的眼睛会伤及幼小的如意。戚夫人听到这个消息,又是哭哭啼啼不想离开。但刘邦这次的态度坚决,不但让刘如意尽快到封国,还委派周昌去做赵国的相国。刘邦相信他的忠诚,也相信周昌会尽全力辅佐和庇护赵王,毕竟他还是个小孩子。

七 贯高护主,如意无奈当赵王

八　恩威并施,重赏四将伐陈豨

刘邦任命周昌去赵国担任相国,辅佐赵王刘如意,是听取了符玺御史赵尧的建议才做出的决定。

赵尧年纪不大,但才思敏捷,善解人意。他经常在皇上身边,能从皇上的喜怒哀乐中看出他的心思。自废长立幼一事后,他常见皇上闷闷不乐,借酒浇愁。

有一天,他趁皇上独自一人时便上前问道:"陛下每天闷闷不乐,长吁短叹,是不是因为赵王年幼,戚夫人与皇后有隔阂而感到心烦?"

刘邦叹了口气说:"朕正是为此事发愁,她们之间的矛盾很难化解。如果有一天我死了,赵王和他母亲能不能保全都很难说。"

赵尧说:"陛下,要保护赵王,应该选派一位德高望重,又能威慑众臣的人去担任相国才是。"

刘邦说:"我也这么想,可派谁去最合适呢?"

赵尧说:"以微臣之见,派御史大夫周昌最合适。"

刘邦说:"周昌?这家伙在废长立幼时极力反对赵王为太子,他去怎么可以?"

赵尧说:"臣敢担保,周昌最合适。他反对废长立幼是出于公心,绝不图半点儿私利。他反对赵王为太子,并不是厌恶赵王这个人,而是反对这件事。一旦当上了相国,他一定会对赵王忠心不二,冒死维护赵王威信的。"

听赵尧这么一说,刘邦紧锁的眉头舒展开来,他当即让人召周昌来见他。

周昌进来后,刘邦便直截了当地对他说:"朕决定任命你为赵国的相国,在我眼里你最忠心,也一定知道朕任你为相国的原因吧。"

周昌听完跪倒在地,流着眼泪对刘邦说:"臣自陛下沛县起兵一直跟随至今,您的事,胜过卿自己的事。我一定不会辜负陛下的良苦用心,维护赵王,始终如一。"

周昌的态度,终于使刘邦心里的一块石头落了地。

陈豨因为在刘邦率军抗击匈奴进犯的几场战斗中表现英勇,被刘邦封为阳夏侯。此次赵王就位,便指定陈豨全权负责代、赵两地的军队,实际上也就是把汉朝北部边境的军事大权交给了他。

再次得到任命的陈豨在赴任前曾去拜访了淮阴侯韩信。韩信见陈豨来访,非常高兴,紧紧握着他的手,他让其他人退下,拉着陈豨在园中散步。

长期闷在家里的韩信,心情一直不爽,他不清楚皇上要把他怎么样,也看不清自己以后的出路。人郁闷的时候会胡思乱想,有时异想天开,有时垂头丧气。看着年轻的陈豨踌躇满志的样子,韩信此刻突然觉得自己很可怜。

走着走着,韩信突然仰天长叹道:"有几句话,能对你说吗?"

陈豨一向敬重韩信的军事才能,听他这么说,忙答道:"将军有事只管吩咐,在下一定照办。"

韩信顿了顿说:"你所处的地方,几乎聚集了朝廷的大部分精锐部队,而你又是皇上任命的大将军。假如有一天,有人说你反叛朝廷,你会怎么想?"

陈豨说:"不可能的,皇上不会这么想,我也不会这么做的。"

韩信说:"这些事情你没有经过,如果有人再次在皇上面前说你企图谋反,皇上一定会起疑心。"

陈豨吃了一惊,忙问:"真的会这样?"

韩信紧接着说道:"当第三次有人在皇上面前说你准备谋反的话,皇上肯定会大怒,立即派兵镇压你,你可要当心哪!"

韩信把他的经验教训告诉陈豨,实际上也在告诫陈豨不要再像自己一样上当。

陈豨听到这儿,似乎明白了韩信的暗示,因为他对韩信的遭遇也非常了解,十分同情。今天见韩信这样说,是出于对自己的关心和爱护。陈豨不由得一阵感动,他问韩信:"如果真的遇到了这种事情该怎么办?"

韩信说:"只要我们联手,什么人也拿我们没有办法。如果真的发生了这种事,我做内应,用不了多久,天下就是我们的了。"

陈豨痛快地回应:"小将随时听从将军的指教。"

此刻的韩信,心理压抑得一定是变态了。他把自己的一世英明,自己为汉王朝建立的功勋和自己的生命都一股脑地抛开了。他到底想干什么,复仇还是东山再起?他自己可能也说不清楚。

陈豨本是魏国人,年轻时就对号称"战国四公子"的魏国公子魏无忌十分仰慕。如今他任代相,又掌握代、赵两地军事大权,所以就模仿起魏无忌的做法了。当年魏无忌门下食客三千,陈豨也在门下养了许多的食客,每次外出兴师动众,队伍浩浩荡荡,一副统帅的气派。自然,养食客就要有钱,陈豨上任不久就与当地富豪打成一片。他的手下也不甘示弱,巧取豪夺、贪污受贿的勾当时有发生。一次,陈豨回长安经过赵国,光随他同行宾客乘坐的马车就有一千多辆,整个邯郸城的客栈几乎都被陈豨的宾客给住满了。气派如此宏大,少不了引人关注。赵国相国周昌就对这种现象产生了看法,他等陈豨从长安返回代地时,就到长安把陈豨的行为报告给刘邦。原因很明白,和平时期,陈豨收养这么多食客定有企图。刘邦听了也觉奇怪,陈豨的企图是什么?是谋反?他从哪儿搞来金钱供养食客?为了得到真实的情况,刘邦派人到代地秘密调查陈豨。结果不查不知道,一查吓一跳。代、赵两地记录在案的大量案件都与陈豨有牵扯,至于他的手下仗势所干的不法之事,也有陈豨在幕后坐镇。

陈豨听说朝廷派官员到代、赵两地调查他的消息后,也坐不住了。此时投降匈奴的韩王信得到情报,派手下王黄、曼丘臣秘密地约见了陈豨,劝其早日投靠匈奴,免遭朝廷的诛杀。陈豨动摇了,这位本来是替大汉朝廷保卫边境的高级将领,竟悄悄地与企图侵吞北部边疆的匈奴密谋起怎样对付汉朝军队的事宜来了。一场空前的灾难又一次悄悄地降临在了建国不久的汉王朝头上。

汉高祖十年(前197)七月,刘邦的父亲太上皇病逝。诸侯将相均聚集到长安参加葬礼,陈豨却以身体有病为由不到长安。沉浸在哀伤之中的刘邦听说陈豨不来,心中产生了疑问。陈豨是怕自己到了长安被朝廷扣下,韩信的教训他早已领教了。一不做、二不休,既然已经密谋背汉投匈,肯定不会再去顾及眼前的什么礼节了。不久陈豨便对外宣布自立为代王,并联合北方的韩王信,率领王黄、曼丘臣等人举兵进攻赵国。

陈豨本身就掌管着汉王朝北部边境的精兵,再加上韩王信也率部加入,实力的确十分强大。很短时间,叛军就占领了邯郸以北大片土地,还有一部分叛军东渡黄河攻占了聊城(今山东省聊城市西北)。冒顿率领的匈奴兵也趁势南下,把部队集结在参合(今山西省阳高县南)一带。

陈豨反叛的消息惹怒了刘邦,他决定亲自率兵北上平叛。这一年,刘邦已经五十九岁了,但他也顾不上自己年老体弱,不顾众臣劝阻,执意亲自率兵征讨陈豨。汉军浩浩荡荡的开进邯郸城时,赵相周昌前来汇报当时的情况。

刘邦问:"陈豨是否率兵来过邯郸?"

周昌回答:"没有。"

刘邦欣然地说:"我知道陈豨有勇无谋,邯郸这么重要的战略要地他都不来占领,反而把部队放在淖水边,以此为险阻挡朝廷的军队进攻。依朕看,陈豨没有什么可怕的。"

周昌说:"皇上,陈豨已率兵占领了常山郡二十座城了,他的实力可不小哪!常山郡总共只有二十五座城,一下子丢了二十座,依臣看,常山郡守和郡尉都应该为此负责。"

刘邦笑了笑说:"我看算了吧,常山郡守的手中没有多少军队,他怎么能抵抗得住陈豨的攻击呢?在这种危急时刻,他都没有反叛朝廷,为什么要治他的罪呢?放了他们,官复原职。"

周昌听了,连忙谢罪,他深感皇上的宽宏大量,自己心胸狭窄。

刘邦诏令让人贴出告示:凡被逼反叛的官民,只要自愿归顺朝廷,朝廷一律不追究责任。又命令周昌在赵地挑选青壮年加入军队并从中精选出壮士领军作战。

一天,周昌领来四个人面见刘邦,说这四个人有领军作战的能力。

刘邦见了骂道:"就这样的人还能当将军?"

周昌和那四个人听了,都跪伏在地,不敢吭声。

少顷,刘邦挥手让他们都站起来,说道:"这样吧,看你们都还忠厚,朕各封你们每人一千户的封邑,任职将军。"

那四个人听了,头磕得像捣蒜一样,千恩万谢地退了出去。皇上的大量,不但让他们免遭刑罚,反倒得到了封赏,捞了个将军当当。他们搞不清祖坟上的哪根苗发芽了,给他们带来了这么大的福气。

刘邦身边的人不解,问道:"皇上,军队里跟随您四处征战的功臣中,没有得到封赏的人不在少数,为什么这四个连一点儿战功都不曾立下的人反而得到封赏了?"

刘邦听后笑了笑说:"封赏他们,是为了安抚赵地的百姓,没有赵地老百姓的支持,我们怎么能打败陈豨呢?四个千户封邑算什么,镇伏叛军才是要达到的目的。"

众人听了,一致叫好。

刘邦此次出征,任命太尉周勃为大将军,统领全军。周勃也是刘邦的同乡,他在刘邦沛县起兵后,一直跟随他征战,因战功显赫,被当时的汉王刘邦任命为将军,并赐封武威侯。刘邦平定三秦时,周勃率军击赵贲、败章平、围章邯,战功赫赫。以后又在楚汉战争中始终在主战场率部与楚军作战,屡屡获胜,成为刘邦身边最值得信任的高级将领之一。这次出征,刘邦还带了许多金银,以备急需。

刘邦派出的探子回报说:"陈豨的手下将领中有不少是商人出身的。"刘邦自信地说:"这下子有办法对付他们了。"于是就派人打入陈豨军队,用重金收买他的部将。果然这样做收效十分明显,不少人离开陈豨的队伍,或投靠汉军,或自谋生路。

汉高祖十一年(前196)元月,各路人马都已聚齐,刘邦下令向陈豨叛军发起全面进攻。北边由太尉周勃领兵在曲逆与陈豨主力部队作战,东边将军郭蒙和齐国派出的军队联合攻打聊城;西边将军柴武率兵与增援陈豨的韩王信的部队交战。几场硬仗打下来,汉军大获全胜,聊城被收复,陈豨部将王黄、曼丘臣被活捉,韩王信也被斩于马下,落魄的陈豨无路可逃,只好投奔匈奴去了。

九　关门打狗，一代将星悄陨落

听到陈豨举兵反叛的消息，淮阴侯韩信非常激动。刘邦亲自率兵出征讨伐陈豨时，曾派人通知韩信，让他一起去，可韩信不愿同往。他有自己的打算，他认为陈豨的反叛为自己提供了一个再度称雄的绝佳时机。韩信一面派人去找陈豨，表明自己的态度，鼓励他加快行动；一面和家臣商议利用伪诏书的形式，赦免官府中的有罪工匠和奴隶。他自信，不管什么样的人，一旦被他韩信指挥，都将成为出色的士兵。

可是，韩信由于自己的疏忽，被手下一名舍人出卖，将他的秘密计划泄露给了吕后。刘邦出征时，把长安留守的重担交给了吕后、萧何等人。情况万分紧急，向在外征战的皇上汇报根本就来不及了，吕后紧急召见相国萧何。吕后提出，尽快把韩信召入宫来，立即逮捕，但又害怕他不来。事情重大，萧何一时也拿不定主意。萧何明白，韩信自从由楚王降为淮阴侯后，一直心怀不满，但他参与谋反是萧何不曾想到的。既然吕后已经掌握了可靠情报，萧何只有相信，毕竟这事涉及大汉江山的稳固与否，更何况像韩信这样的人谋反，绝对不敢掉以轻心。萧何提出了自己的看法：派人假装从皇上处回来，对外宣布陈豨已被抓获并处死，请在长安的列侯和众臣立即到朝中祝贺。这样，等到韩信入朝，派人把他抓获审讯，也还可以避免节外生枝，惊扰京城。

吕后听了以后，也觉得这个办法不错，但又怕韩信继续借口有病不肯入朝，决定让萧何亲自登门去请他。

萧何此刻的心情异常复杂,韩信是他一手推荐给刘邦的,他是亲眼看着韩信一步步成长起来担当汉朝大任的,又亲眼看着受到排挤的韩信怎样地消沉下来。人的命运的确难以预测,反复无常。对韩信的谋反,萧何不敢相信也不愿相信,这位略不世出的开国功臣,怎么能参与到陈豨的谋反之中去呢?但他又找不出任何韩信不反的理由。他企盼着、幻想着韩信入朝后当面向吕后解释清楚,一洗不白之冤。

萧何见到韩信后,请他入朝参加庆贺皇上胜利的大会,韩信仍说自己近来身体不适,无法入朝。萧何说:"君侯身体再不好,也应该入朝祝贺,皇上亲征打了胜仗,平息了叛乱是朝廷一件大喜事啊。君侯不入朝祝贺,可能要受人猜忌吧。"

萧何突然到访,韩信又惊又喜。他担心自己与陈豨的密谋被朝廷知道。但萧何毕竟是自己的恩人,放下繁杂的事务亲自到府上请他,也是给了他韩信极大的面子,这一点让他十分感动。待萧何说明来意,韩信又一次悲喜交加,他不清楚陈豨失败的消息是真还是假。陈豨在当朝也算一员名将,怎么能如此之快地被朝廷灭掉?可看到萧何不动声色的真诚的样子,他又相信这一切是真实的。既然朝廷让他参加庆贺典礼,也算是朝廷还记得他韩信,至少没有怀疑到他与陈豨暗中勾结。韩信没等萧何再说什么,就痛快地答应同他一起入宫。战场上天才的军事指挥家,在政治权谋上却显得十分幼稚。韩信怎么也不会想到,他从自家庭院大门跨出的这一步,竟会一脚踏进了鬼门关。

萧何看着情绪昂扬的韩信,依然迈着他素有的军人步伐登上马车时,心情十分沉重。韩信此去凶多吉少,命运难测。可为了大汉江山,萧何显得十分无奈,他实在是找不出其他更好的办法。

韩信跟着萧何一起进入长乐宫,此刻的宫内并没有出现百官上朝庆贺的场面,反倒显得异常安静。但韩信没有从中看出异样来,只顾兴冲冲地往里走。突然长乐宫的大门关上了,一批武士拥上来把韩信按倒捆牢。惊异中韩信木然四顾,萧何早已没了踪影。正前方,面带冷笑的吕后朝武士们一挥手,韩信便被拖进宫内的钟室里。看着武士们朝着自己举起明晃晃的长剑,韩信突然一下子清醒过来,他大声喊道:"我有何罪?为何杀我?"这时站在一旁的吕后厉声怒斥道:"我已派人抄了陈豨的家,你与陈豨秘密谋反,证据确凿,你还有什么可说的!"至此,韩信方才明白,自己又一次被一道无形的绳索捆住了。往事一幕一

幕从脑海中闪过：修武夺兵权；齐国称王；武涉、蒯通游说自立；改封为楚王；陈县被擒降为淮阴侯……刀光剑影中，韩信的人头滚落在地，颈部喷出的血花四溅，伟岸的身躯"嗵"的一声倒下。一代军事奇才在本应安乐的长乐宫里走完了自己辉煌的一生，那年韩信才三十五岁。

上次，刘邦将韩信由楚王降为淮阴侯时，曾和他有一次闲聊。在对话中，刘邦问韩信："你说，像我这样的人能率领多少兵啊？"

韩信率直地说："皇上率兵最多不过十万。"

刘邦又问："那么，像将军你这样的人，能率领多少兵呢？"

韩信说："我率兵是多多益善。"

刘邦狡黠地扫了韩信一眼说道："既然将军率兵越多越好，怎么却被我捉住了？"

韩信诚服地说："皇上虽然不能带兵，却善于统帅将领，这大概就是我被皇上捉住的原因吧。更何况皇上的才能真像人们所议论的'上天赐予，不是人力所能'啊！"刘邦听罢哈哈大笑起来。

这次韩信又被捉了，捉他的却不再是刘邦，而是吕后。韩信不但被捉住，而且被杀了。从被捉到被杀，仅仅几分钟时间，韩信几乎连申辩的机会都没有，这的确是他万万没有想到的。在韩信眼里，敢于捉他，敢于训斥他的人只有一个，就是刘邦。他怎么会想到刘邦之外还会有人能捉他，甚至杀他呢？他韩信毕竟是为汉朝立下了汗马功劳的大将军，连皇上也不会对他轻易下达逐杀令，更何况其他人？但现实是残酷的，韩信正是在吕后的授意下身首分离的，有谁能为韩信喊冤呢？

吕后自从在沛县与刘邦结为夫妻后，几乎一直生活在动荡中。刚结婚的几年还算比较平静，吕后生下一双儿女，刘邦当亭长有一些收入，家里种些地也有些收获，还算过得去。但自从在"丰西泽释徒"后，家中就不安生了。刘邦长年逃亡在外，家里一切事务均由吕后一人担着，赡养老人、抚养儿女、操持家务、打理庄稼，里里外外都要靠她自己一人操劳。以后丈夫刘邦在外面的事情越闹越大了，时常给家里捎来一些银两，家里的经济状况总算有所好转。楚汉征战期间，吕后听到刘邦已率兵攻占彭城的消息后，异常兴奋，眼巴巴地盼着丈夫赶快把一家人接去团聚。谁知风云突变，噩耗传来，楚军大胜，汉军惨败。吕后不仅没有被刘邦接到彭城团聚，反倒成了楚军的人质，这一关押就是两年半。吕后

正是在这样一种环境中默默地忍受着,期盼着。她很清楚自己的未来,丈夫一败涂地,她也会命丧黄泉;丈夫大获全胜,她就将大富大贵。她在心底里默默祝愿在外征战的刘邦能节节胜利,好将她救出苦海。

两年多的人质岁月,使得吕后的内心渐渐地变得坚韧、冷酷和多疑起来。她能坦然面对死神,能处惊不乱,她对别人的行动、话语显露出十分的警觉。正是由于这些性格的成熟,所以当皇后的桂冠戴在她的头上时,她也不曾喜形于色,而是冷静地审视着围在丈夫刘邦身边的王侯将相、后妃佳丽。

后宫虽然平稳,却也是个热闹的名利场。

宫里的夫人中,除吕后外,还有薄夫人和戚夫人等。薄夫人为人低调,是夫君魏豹被刘邦手下灭掉后接进宫的,人长得漂亮,但不风骚,所以一直在宫中织布房从事着单调的织布工作。戚夫人却不同了,她风情万种,深得刘邦的宠爱,刘邦几次出征,总把戚夫人带在身旁。

刘邦一生总共有八个儿子:老大刘肥,是刘邦在泗水当亭长时和一位姓曹的女子生的;老二刘盈是刘邦与吕后所生;老三刘如意是与戚夫人所生;老四刘恒是与薄夫人所生;老五刘恢是刘邦与一位姓诸的女子所生,至于生下刘恢后姓诸的女子去哪儿了不清楚;老六刘建、老七刘友是刘邦和谁所生的史书没有提到。老八刘长是刘邦出征北疆返回途中经过赵国时,与女婿张敖送给岳丈的美女——赵美人一夜风流的产物。

八个皇子中,只有刘盈是吕后亲生的,所以吕后对其他七人的感情自然不会像对自己亲生儿子那样真诚和关切。

在吕后眼里,后宫这些女人和孩子们似乎一个个都虎视眈眈地要同她平分天下,她感觉自己常常处于如坐针毡、如临深渊的境地。刘家的江山来之不易,吕后最知道其中的苦涩,如今天下统一了,姓刘了,她吕后应该得到最丰厚的回报。至于那些凭着色相在皇帝面前卖弄的女人有什么资格分享眼下的成果,还有那些因皇帝一夜风流生出的孩子更没有权利与自己的儿子争皇位。但吕后知道,她的抱怨只是一厢情愿,她无力去左右刘邦,更无法干预皇帝的决定。她在默默地忍受着,等待着。

韩信反叛的消息让吕后意识到一个大好时机出现了,尽管刘邦还在前方平叛,吕后觉得自己有义务帮助皇帝分忧,消除后患。从维护国家稳定、保卫刘家天下这一点出发,自己的行为再过分也会得到皇帝的谅解。她和刘邦毕竟是结

发夫妻,对他的脾性还是十分了解的。

正如吕后预料的那样,刘邦返回长安,听完吕后的讲述后并没有责怪她。他只是问吕后,韩信临死的时候说了什么话?吕后如实告知,韩信临死时感叹当初没有听蒯通之言。

刘邦下令,立即在全国缉拿蒯通。没用多少时间,蒯通就在齐国被抓住押解到长安了。

刘邦对韩信的死,心里多少还有一些歉疚,但他更感兴趣的是韩信为什么要谋反。

蒯通被押到长安后,刘邦亲自坐堂审讯。

刘邦问:"你当年为什么要怂恿韩信叛汉呢?"

蒯通坦率地回答:"当年韩信要是听了我的话,叛汉自立了,能像今天一样被皇上捕杀,灭了三族吗?"

刘邦一听就生气了,大声呵斥道:"把他给我拉下去,扔到油锅里烹了!"

蒯通见刘邦翻脸,急忙喊道:"我冤枉!我冤枉!"

刘邦怒斥道:"你鼓动韩信叛汉自立,自己都承认了,还有什么冤枉的?"

蒯通忙替自己辩解:"秦王朝被推翻后,天下异姓诸侯纷纷起来角逐,都想得到这个君位。我当时寄食于韩信门下,只为韩信效劳,这是人之常情。狗对来人狂吼,并不是来人不仁,而是因为来人不是这只狗的主人。当年天下想争夺君位的英雄豪杰不计其数,皇上都能把他们斩尽杀绝吗?"

刘邦听蒯通这么一说,怒气消了一大半。蒯通的话不无道理,既然韩信已死,像蒯通这种人也成不了太大气候。念在他曾在韩信门下供职的面子,放了他算了,这也算是对韩信的一种思念吧。

蒯通侥幸存活下来又返回了齐国,投在齐国丞相曹参的门下,此后他专心著书,不再参与政事。

十　功臣被诛，吕皇后初露锋芒

韩信被杀的消息传到彭越耳朵里时，彭越悲伤不已，他不得不为自己的未来担忧。前段时间，皇上北上平定陈豨叛乱时，曾向彭越调过兵。彭越因身体有病没有亲自率兵出征，而是派手下的一位将军去了，这件事情皇上很生气。所以当他得知皇上回到长安时，准备抱病到长安当面向刘邦解释清楚，以免皇上对他产生疑心。彭越的部将扈辄听说他要入朝谢罪，就劝他："当初调兵你不去，如今受到皇上斥责才去谢罪。你一到长安就会被抓捕，命运也会像淮阴侯一样。依我看，不如就势向外宣布起兵造反吧。"

彭越看着这位部将说得慷慨激昂，挥挥手让他退下去。"起兵造反"这个念头彭越从来都没有过，当年在梁地占据大片地域时，他也不曾有过自立的念头。如今天下统一了，怎么可能再去搞这种勾当呢？长年征战，他早已感到身心劳累，疲惫不堪了，哪还有心思去谋划自立的事情？

韩信谋反，彭越不相信。他知道韩信如果想叛汉自立，早在齐国时就可以向外宣布了，无须等到今天。但韩信被杀却仍像一块阴云笼罩在他的心头，他搞不清楚韩信怎么能做出这种决定，他也不相信韩信能做出这种决定。除非韩信的心理被完全扭曲了，要不然就是有人蓄意谋害他、诬陷他。

天有不测风云，部将扈辄对彭越说的话不知怎么就在府内传开了，一时间还搞得沸沸扬扬。彭越并不清楚下属之间的议论，他没去长安向刘邦当面谢罪，也没有调遣兵力组织反叛，生活还像往常一样平静。有一天，梁王府一位太

仆犯了罪,彭越很生气,派人去把那个人抓来处死。犯罪的太仆闻讯后跑到洛阳去了,他向皇上密报:"彭越和扈辄正在密谋造反。"

听到消息后,刘邦立即派一支队伍偷袭彭越。刘邦痛恨手下人动不动就要造反,他也不敢对谋反之人掉以轻心。当时刘邦正在洛阳巡察,派出的秘密部队很快就将彭越、扈辄二人捉到洛阳,交给廷尉王恬开审讯。

审讯的结果出人意料:"彭越没有组织实施谋反,他的部将扈辄虽然唆使他谋反,但没有得到彭越的同意。"这种审讯结果报上去,彭越自然就成了无罪之人了。但是主审官王恬开却绞尽脑汁想了另外一种方式奏报给了刘邦:"谋反之计虽然出自扈辄,但彭越若是忠诚于皇上,应当立即逮捕他,从重惩处并奏报朝廷。可彭越非但没有重治他,还任其逍遥法外,可见彭越心中已有反意,请皇上从重处罚。"

刘邦见到报告,心中总算一块石头落了地。韩信谋反情有可原,因为他从楚王降为淮阴侯,心中不满,容易意气用事。彭越就不同了,他的处境比韩信好得多,为什么要谋反呢?如今审讯结果证明彭越没有组织实施谋反,刘邦才算是松了一口气。但既然彭越有谋反之意,就不能轻饶了他。对彭越的处理比当年对韩信的处理更为严厉,从梁王一下子贬为庶人,梁地他也住不成了,发配到巴蜀一个叫青衣县(今四川省名山县北)的地方居住,那位出主意的部将扈辄则早已成了刀下鬼。

皇上旨令下来,彭越悲喜交加。喜得是皇上没有冤枉他谋反,给他留了一条命,悲得是自己拖着年迈的身子怎么能走完洛阳至青衣县的千里迢迢路。回想自己一辈子南征北战的戎马岁月,看看自己如今落到这个下场,彭越心中充满了委屈,可是这些委屈又能向谁诉说呢?

皇命不可违,彭越即使心中有再多冤屈也得从命。他离开洛阳不久,遇见吕后的车队开过来。彭越见到吕后,仿佛像见到救星一样,他跪在道旁满眼流泪地向吕后哭诉自己的冤情,苦求吕后帮他在皇上面前说几句好话,免去他发配巴蜀之地,恩准他回到家乡养老。

吕后冷冷地看着跪在脚下头发花白的彭越,似乎也动了怜悯之心。她答应彭越,到洛阳见到皇上一定为他求情。彭越千恩万谢,叩首谢恩。

然而,彭越返回洛阳后发生的事情却让他始料不及。

吕后见到刘邦后说:"我把彭越带回来了,依我看还是把他杀了吧。彭越也

和韩信一样是国家的心腹之患,把他发配到巴蜀之地,一旦有风吹草动,他还会聚众闹事,留下他等于留下了后患。"

刘邦此刻的心情比较复杂,汉王朝的建立,韩信、彭越和英布都立下了大功。那边刚刚处死了韩信,这里又要杀死彭越,这种做法是不是太过分了,天下人会怎么想。况且彭越谋反的证据也不足,杀了他说不过去。

吕后看出了刘邦的犹豫,就对他说:"消除后患是当务之急,有些事我派人去办就是了,皇上不用担心。"

不久,有彭越的门下舍人又来报告彭越谋反,并且说得有模有样。刘邦继续交给廷尉王恬开审讯,这次审讯结果报来,彭越确有谋反的行为。王恬开报来的处理意见是:"杀彭越,灭三族。"

这次刘邦不再犹豫了,他马上批复执行,还告知王恬开,把彭越的首级割下来挂在城楼上示众,并向众人宣告,谁敢私自取下彭越的首级,敢当众祭奠彭越,立即逮捕,杀无赦。另外把彭越的尸体剁成肉酱,快马送到各诸侯王处,让他们吃,以此告诫各诸侯王图谋造反的下场,以便引以为戒。

彭越怎么也不会想到,此次再返洛阳,竟然送掉了性命,女人的承诺的确是靠不住的。被杀的那一时刻,彭越仰天长叹,悲从中来,往事一幕幕从脑际滑过,从当年起兵到转战梁地、齐地,再到封为梁王,各种的酸甜苦辣只有他心里明白。如今落到了这步田地,真叫人欲哭无泪,痛楚万分啊!

彭越的首级挂在城楼上了,一连几天,人们只敢远远地看着,谁也不敢靠近和驻足,更谈不上敢去祭奠了。然而,有一个人打破了这种沉寂的场面,他就是梁国的中大夫栾布。

栾布是梁地人,与彭越早有交往。早年栾布家里贫困,年轻的他只好到齐地一家酒坊做佣工来挣钱养活家人。后来,彭越带人在巨野一带做些杀人越货的营生,而栾布却被人胁持到了燕地去做奴仆。栾布为人耿直、豪爽,在燕地时有人欺侮他的主人,栾布得知后将那个人痛打一顿为主人报了仇。他的作为很快传到了燕将臧荼的耳朵里,臧荼欣赏他的胆识,把他召来委以重任。后来臧荼率部反叛朝廷,栾布也受到了连累。等朝廷军队击败臧荼后,栾布也就成了俘虏被押到长安。彭越听说栾布因臧荼反叛受到牵连后,冒死向刘邦进言请求宽恕他。刘邦在查明臧荼反叛的缘由后,确信栾布没有参与就答应了彭越的请求。彭越便派人将栾布接到梁国并还让他担任中大夫一职。

彭越出事时，栾布正出使齐国，当他返回梁国时，才知道梁王彭越已经被杀。他又匆匆赶到洛阳，将他出使齐国的情况向彭越的头颅一一奏报，祭祀后大哭一场。

栾布的举动，惊动了洛阳城的卫兵，他们立刻把栾布抓起来然后报告给了刘邦。刘邦听到有人竟敢冒死抗法，决定亲自审讯。

栾布站在刘邦面前，面不改色心不跳，镇定自若。刘邦发怒道："你也要和彭越一起造反吗，把他拉下去给我煮了！"

栾布平静地说："让我死很容易，皇上听我说完再杀也不迟。"

刘邦说道："什么话？你说。"

栾布说："当年皇上兵败彭城，受困于荥阳、成皋之间，而项羽却不能领军西进，正是因为梁王守住了梁地，与汉联合才使楚军顾此失彼。那时候，如果梁王与楚王联合，则汉必亡。正是梁王坚持与汉联合，才导致楚军最后失败，这一点谁不明白呢？垓下会战，没有梁王积极参与，项羽也不会很快灭亡。如今天下平定，皇上封他为梁王，这也是他应该得到的荣誉啊！皇上讨伐陈豨时向梁王征兵，就因为他有病没亲自出征，皇上就怀疑梁王谋反。在没有任何有力证据的情况下，仅仅依照一些小人的诬告就杀了梁王。这样下去，天下所有功臣都会人人自危，谁还能再相信皇上您呢？谁还会为皇上出生入死呢？好了，我的话说完了，既然梁王已经死了，我活着也没什么意思了，请皇上杀了我吧！"

栾布的一席话，让刘邦感到汗颜。他心里明白，栾布所说的一切都是事实，但已经把彭越杀了，再也无法让他复活。虽然彭越的功劳仅次于韩信，但他企图谋反的意图确实是无法饶恕的。不管这是真的还是假的，不管是事实还是诬陷，此刻刘邦已经顾不上这些了。草原上任何一点火星都必须马上扑灭，不然它将变成燎原之火，熊熊燃烧起来。刚刚建立不久的汉王朝无论如何也不能像秦朝那样短命，他要为子孙后代负责。

刘邦看着眼前等死的栾布，反倒感觉此人的可敬。一位敢于拿自己生命为主人辩解的人是值得尊敬的。这次刘邦也像对待田横、贯高和蒯通一样，赦免了栾布，还把他留在长安，封他为都尉。

栾布冒死为彭越辩护的壮举，连太史公都情不自禁地感叹道："栾布哭彭越，趣汤如归者。彼诚知所处，不自重其死。虽往古烈士，何以加哉！"

这段时间，吕后心情较爽，接连发生的两件事，让她信心倍增。在处理韩信

谋反的事情上,她先斩后奏,不但没有惹刘邦生气,反而得到赞许。这次在对待彭越的问题上,刘邦又采纳了她的建议,杀了彭越,说明她在皇上心目中的地位一直是牢固的。通过这两件事,吕后对刘邦有了更进一步的了解,她似乎看到了刘邦内心深处那些无法见光的隐秘处。只要对稳定汉王朝有利的事情,刘邦是会不顾一切代价去争取的,反之,只要是对大汉王朝稳定不利的事情,他则会不顾一切的快速处置。两位开国功臣被杀,正反映出刘邦这种心态。韩信、彭越都有谋反的举动和意图,尽管他们为汉王朝的建立都立下了大功,但仍然杀无赦。皇上刘邦太珍爱自己这来之不易的江山了,为了保护它愿意在所不惜。

  通过这两件事,吕后感觉自己在政治上成熟了。她看到了战场以外的血腥争战,看清了人与人之间的薄情寡义,也意识到了宫廷里不见刀枪的险恶争斗,她甚至喜欢上了这种生活。放在一般女人身上,宫廷里的争斗早已让人厌烦了。与其参与到男人的争斗之中,不如到后宫去过一种恬静舒适的日子,无忧无虑,快活自在。但吕后绝对不是这种人,她喜欢在男人中间周旋,喜欢参与男人之间的争斗。也许是因为她在柔情方面的失宠吧,反倒增强了她在政治上的野心,她对宫廷里的事务越来越感兴趣了。

  彭越的事情处理完后,吕后劝皇上回长安休息,刘邦也感到身心疲惫就同她一起返回长安。六十一岁的刘邦也意识到自己的生命快到尽头了,他想在有生之年为大汉王朝、为子孙后代尽可能地多做一些事情,这样他也好少些遗憾地安静离去。

十一　出使南越，陆贾巧言服赵佗

陆贾是楚国人，刘邦沛县起兵不久，他就以谋士的身份跟随刘邦南征北战。陆贾是个文人，悉心研究儒学、道学，凭着自己的善辩经常承担一些烦琐难办的外交任务。当年刘邦西进到达峣关时，遇到秦军的坚守，根据张良的谋划，陆贾和郦食其到秦军守关处游说峣关守将，为汉军顺利夺关立下一功。但当时在刘邦身边有一大批谋士，陆贾的表现并不出众，就像天上闪烁的群星一样，他仅仅是其中一颗光亮微弱的小星星。楚汉战争时期，项羽囚禁了刘邦的父亲和妻子。刘邦派陆贾出使楚军要回家人，结果陆贾怎样说项羽也不放人，他只好空手而归。而后派去的侯公见了项羽，经过一番说辞却把人顺利接了回来。从那时起，陆贾在刘邦的心中便显得不太重要了。

汉王朝建立后，陆贾一有机会就在刘邦面前宣传《诗经》《尚书》，称赞仁治的重要意义。刘邦本来就对儒学不感兴趣，见不得那些打扮成儒士模样的人。所以听见陆贾宣扬儒学，就大声呵斥道："老子的天下，是骑在马上打下来的，这些《诗经》《尚书》有什么用？"

陆贾反问道："皇上在马上能打天下，难道可以在马上治理天下吗？"

陆贾这一问，刘邦不吭声了，怎么治理天下的确是他这段时间以来考虑最多的事情。他冲着陆贾说："好吧，你给我说说怎么治理天下？"

陆贾看见刘邦的气消了，他不紧不慢地说："商朝汤王、周朝武王都是逆上造反用武力夺取的天下。但夺取天下后，他们都知道顺应时势的变化，用文治来巩固政权。文武并用,才是国家长治久安的方法,而当年的吴王夫差、晋国执政智伯瑶和秦始皇嬴政他们都是因为穷兵黩武才导致国家灭亡的。如果秦国统一天下后,在全国大力推行仁义,效法先圣,并不一味地使用严刑峻法,压迫百姓,皇上您怎么能拥有天下呢?"

陆贾的话虽然不多,但是一针见血,有理有据。刘邦听了不觉面露愧色,他坦率地对陆贾说:"好吧,你下去后把秦国之所以失去天下,我所以得到了天下以及古代国家成败的原因给我写出来,我要看看。"

陆贾听到刘邦让他著书,谢恩后兴冲冲地去了。回来以后,陆贾便开始埋头写作,他把自己的才识、见解全部写到书中,每写完一篇就上奏一篇。刘邦每看一篇都拍手叫好,在座的各位将相见皇上高兴也都齐呼万岁。

陆贾一口气写了十二篇,分别为道基、术事、辅政、无为、辨惑、慎微、资质、至德、怀虑、本行、明诚和思务,全部编纂在一起后取名《新语》。它从前代的成败经验教训中提醒当权者在夺权成功后,要巩固政权,必须发展经济,普及教育,省刑薄赋,让人民安居乐业,过上富足安乐的生活;还要给每一个人提供提升自己社会地位的机会,建立一个等级分明、和谐共生的理想社会。只有这样,才能真正达到富国强兵、长治久安的目标。

《新语》一书,对刘邦的触动很大,他开始意识到读书的重要性,并对自己以往的行为进行反思。他让所有文武大臣都细读这本书,并将《新语》作为制定大政方针的重要参考资料。

从此后,陆贾在刘邦心目中的地位有了明显的提高。

汉高祖十一年(前196),刘邦下诏封原秦朝南海郡尉赵佗为南粤王,派陆贾前往授予印信和绶带,颁发符节,他已经不像以前那样喜欢率兵征战了。南粤地处东南,交通闭塞,率军出征劳民伤财。刘邦的意思就是让南粤国安分守己,安抚民众,不要再制造事端,祸害百姓。但有一个前提,南粤国必须接受汉王朝的统治。说服一个独立国家服从汉王朝的统治,任务是十分艰巨的,能否成功,刘邦心中也没有把握。派陆贾出使南粤,他正是相信陆贾有能力说服赵佗,使他不敢与汉王朝对抗。

南粤国大部分处在南岭的南部,人文和地理环境独具特色。岭南居民稀少而且分散,生产力发展比中原相对落后。由于交通不便,语言不通,在中原人眼里只是块荒蛮之地。长期以来,岭南种姓繁多,互不统属,从来没有一个统一的政权。春秋时期,楚国占领岭南,将这里纳入其势力范围。公元前222年,秦王嬴政率兵灭楚,随后发兵岭南,用了几年时间才把岭南平定了下来。秦始皇统一全国后,在岭南大力推行郡主制,开设了南海、桂林和象郡三个郡,并由朝廷委派郡县官吏,将他们置于中央政府的直接统治之下。

秦末陈胜、吴广起义,整个中原群雄四起,战火蔓延直到楚汉战争时期,也无人顾及岭南这三个郡。中原早已变了天,一个新的王朝正在孕育之中,岭南三郡却还依然在秦朝的体制下正常运作。终于,南海郡郡尉任嚣坐不住了,他想趁中原混乱之际,强力扩充自己的势力范围。他计划利用岭南独特的自然条件和地理环境,阻断南北交通,建立一个独立的地方割据政权,摆脱中原人的统治。

正当任嚣准备大干一场时,他突然得了重病,而且一病不起。不过任嚣不愿因自己生病而放弃抱负。他赶快召来最为亲信和得力的下属,南海郡龙川(今广东省龙川县西北)县令赵佗,令他代行职权。任嚣把自己的计划全盘告诉给他,让赵佗去完成他的遗愿。

赵佗也是秦朝派来的官员,他祖籍在赵国真定(今河北省正定县南),在南海郡任职期间一直与郡首任嚣保持着紧密的联系,关系十分密切。任嚣在病重期间将重担交给赵佗,足见对他的信任。赵佗接任后,没有辜负任嚣的嘱托,经过加强军力,阻塞南北交通,不仅稳定了局面,而且将南海郡牢牢控制在自己手中。局面稳定后,赵佗又向外扩张,夺取了桂林郡和象郡。把原先秦朝设置的官吏通通罢免,他任命自己的亲信和幕僚取而代之。几年工夫下来,成功建立了一个割据政权——南越国,赵佗自立为南越武王,成为岭南三郡的统治者。

赵佗统一岭南三郡后,积极发展生产,繁荣经济,促进了岭南地区的文明与进步。

汉王朝建立后,赵佗既不向北称臣,也不与之交往,完全成为一个独立王国。当时汉朝文武官员中,对南越的态度不满的人居多,不少人建议皇上出兵征讨,一举收复南越全境。无奈朝廷内忧外患不断,刘邦根本腾不出手去征服南越。派陆贾出使南越,也是刘邦的一种权宜之计。顺利的话,经陆贾游说,南越愿意面北称臣,不顺利的话再考虑出兵征讨。

陆贾到达南越国都时,接见他的赵佗一副南越人的装扮。他梳着椎形的发髻,穿着南越人的服装,伸开双腿坐着,态度显得十分傲慢。

陆贾见了，不禁大笑起来，他对赵佗说："武王是中原人，亲戚、兄弟还在中原，祖先的坟墓也在中原，你却数典忘祖，连中原人的服装也不穿了，华夏的冠带也不用了，你是想以区区南越之地与汉朝天子相抗衡吗？"

长年生活在南越的赵佗，早以适应南越的习俗了，见到陆贾身上中原人的装扮，感到既陌生又熟悉。但陆贾开口说出的一席话也让他吃惊不小，来者不善，必须认真对待。

陆贾不管赵佗爱听不爱听，继续说了下去："秦末德政尽失，百姓苦不堪言，各地诸侯、豪强纷纷起兵反抗，以图推翻暴秦。只有汉王刘邦率军先入关中，直抵咸阳，完成了推翻秦国的大业。楚王项羽背约弃义，自立为西楚霸王，把各路诸侯统统纳入他的控制之下，那时候，项羽可以说是天底下最强大的了。但汉王起兵巴蜀，挺进关中，横扫天下，最后在乌江畔击败楚军，杀死项羽。汉王仅用了五年时间便使得海内得到平定，这一切不是人力所能达到的，而是上天的意愿啊！汉朝天子听说你在南越自立为王，却只求自保，不主动协助汉朝除暴灭逆，满朝的文武大臣都纷纷上书请求发兵讨伐，灭了南越。但皇上怜悯天下百姓刚刚经过战乱，不愿再发起战争，所以派我来授予你印玺，封你为一方诸侯。从此以后，汉朝与南越畅通道路，互通使节，和好相处。"

听到这儿，赵佗心里有了一点儿底，他知道来人是向他传达汉王朝的善意的。

陆贾也不去关注赵佗的表情变化，继续说："汉王朝派使臣来，武王本应该到郊外迎接才是，而你却无动于衷。就凭你南越国刚刚建立还不稳定的现状，还敢对汉王朝不服从！汉朝天子要是知道了，派人挖掘焚烧你的祖坟，杀光你的宗亲，再派一员偏将率十万人马征讨。到那时，不是南越人杀了你投降汉朝，就是被汉朝大军踏平南越。这一切都是易如反掌的事，到时候你恐怕会死无葬身之地！"

陆贾这样一说，赵佗坐不住了，他连忙起身向陆贾谢罪道："我久居荒蛮之地，几乎忘记了中原的礼仪，实在是罪过呀！"看陆贾没有怪罪自己的意思，他诡黠地一笑，问道："我与萧何、曹参和韩信相比，谁高明些？"

陆贾笑了笑说："你比他们好像要高明一些。"

赵佗来劲了，又问："那我和汉朝皇帝相比呢？"

陆贾马上收敛笑容，严肃地说："皇帝继承三皇五帝的伟业，从沛县起兵，讨伐暴秦,诛灭强楚统一了中国。如今中原人口以亿计,地域方圆万里,而且中原土地肥沃,物产丰富,经济发达。皇帝能把政权集于一家,是开天辟地以来未曾有过的事。而南越国区区几十万人,大多是蛮夷,而且分布在崇山峻岭之中,仅仅只相当于汉王朝的一个郡,你怎么能同汉朝皇帝相提并论呢?"

赵佗也不生气,他笑着说:"我没有在中原起兵称王,所以才在这里当上了武王。如果我在中原,怎么能说我不会称帝呢?"说完,哈哈大笑起来。

陆贾知道赵佗只是一句玩笑话,但从他的表情中可以看出,他已经同意归顺汉王朝了。所以陆贾也没往心里去,附和着大笑起来,两人谈话的气氛达到了十分融洽的地步。

以后的日子,赵佗天天都请陆贾一起喝酒交谈,听陆贾天南海北地讲古往今来中原地区发生的故事,很快几个月就过去了。陆贾告辞时,赵佗一再挽留,他对陆贾说:"南越没有可以说话的人,你来了,使我天天能听到些新鲜事,明白一些道理,你知道我心里有多么高兴啊。"由于陆贾一再辞行,他知道无法再挽留,便赐给陆贾一袋珠宝,价值千金,又送给他一些价值不菲的地方特产。

陆贾这次南越之行的任务顺利完成了,赵佗接受了汉王朝的印玺,同意向汉朝称臣;遵守和汉王朝的约定,开通与中原的商旅通道,加强人员交流。

赵佗的担忧也不存在了,南越国保持高度自治,下属郡县仍归他们的统一管理,连军队也依照南越国原先的建制保留下来了。

这是一个双赢的结果,赵佗高兴,陆贾也很高兴。回到长安后,陆贾便把情况逐一向刘邦做了汇报。刘邦听了也十分满意,为了表彰陆贾,把他擢升为太中大夫。

十二 平定英布，皇帝故乡唱大风

汉高祖十一年（前196）七月，淮南王英布府中的中大夫贲赫独自跑到长安，向朝廷报告："淮南王英布正在加紧调动军队，准备反叛，请朝廷派兵趁他未行动之前先行诛杀。"

刘邦得到奏报连忙召来丞相萧何商议。萧何说："淮南王英布不应该反叛啊，可能是有仇家在诬告他。请皇上立即拘捕贲赫，派人秘密调查英布的行为后再做决定。"

刘邦听从了萧何的建议，立即下令将贲赫抓了起来，并派人前往淮南暗中调查英布。

淮阴侯韩信、梁王彭越被杀的消息接二连三传到英布这里后，他就感到心中不安。等到皇上派人把彭越的肉酱送到英布面前时，他不由一阵惊恐。为了防止万一，英布私下里秘密地把军队调往边境，以防朝廷军队突然袭击。在众人眼里，韩信、彭越和英布的功劳是相等的，所谓"同功一体"，似乎命运把他们也联结在了一起。如今韩信、彭越死了，英布的担心也是情有可原的。虽然后来一直风平浪静，但英布的心却始终悬着。

有一天，英布喜欢的一位爱妾有病到医生处去看病，正好被中大夫贲赫知道了。贲赫就住在医生家的对门，为了讨好英布，他准备了丰厚的礼品到医生家当面送给英布的爱妾。之后，那位爱妾每次来看病，贲赫都要准备礼品去见她，一来二去双方就熟悉了。有一次两人在医生家饮酒交谈起来，他不断地恭

维英布,赞美这位爱妾,趁机也表露出自己的苦恼和郁闷。这位爱妾也是个明白人,知道贲赫讨好自己的目的。一日,这位爱妾和英布在一起时说起贲赫,称赞他是一位忠厚的长者。英布问她怎么知道这个人的,爱妾就将她去看病时遇到贲赫,以及贲赫给她送礼,甚至两人在医生处饮酒交谈的事情一五一十地说给英布。英布听了,顿生醋意,他马上怀疑到贲赫与这位爱妾背着他有淫乱行为。爱妾苦苦辩解,英布根本就听不进去。

风声传到贲赫的耳朵里,他就吓得不敢再见英布了,还告病在家不再上朝。英布见他有意躲避,更加怀疑贲赫背着他没干好事,准备把他抓起来治罪。贲赫闻讯,连夜就跑到长安去告状了。

这边朝廷派人下来暗查英布的反叛行为,那边得知贲赫逃跑的消息后怒不可遏的英布一下子把他全家都抓住杀光。这一下事情闹大了,英布想收都收不住了。

暗查的结果很快报到了刘邦处:英布陈兵边界是为了给谋反做准备;杀了报告他谋反的贲赫全家,是他谋反阴谋败露后的报复行为。

刘邦接到报告,立即召集众将商讨对策。众将领几乎异口同声地说道:"发兵征讨,杀了这个家伙!"

汝阴侯滕公夏侯婴给刘邦出了一个主意,建议让他先了解一下情况再做决定。

夏侯婴召来原先楚国的令尹薛公,问他:"英布这个人怎么样?"

薛公说:"英布迟早都是要造反的。"

夏侯婴说:"皇上给他割地封王,分赐爵位,让他的地位非常显贵,成为万乘大国之主,为什么他还要反叛呢?"

薛公说:"韩信、彭越和英布这三个人是同等功劳,同一类型的人。朝廷杀了韩信和彭越,英布怀疑自己也要遭到杀身之祸,所以他要反叛了。"

夏侯婴没有再问,他把情况告诉了刘邦。皇帝亲自召见薛公,问他:"你了解英布,你说应该怎样对付他?"

薛公回答说:"英布现在有三种选择,如果他选择上策,那么崤山以东的地区便不再是汉朝的了;如果他选择中策,朝廷和英布双方谁胜谁负还很难说;如果他要选择下策,那么皇上便可高枕无忧地睡觉了。"

刘邦一听急了,上、中两策都对朝廷不利,他连忙追问:"什么是上策?"

薛公回答:"向东攻吴,向西攻楚,吞并齐地,夺取鲁地,向燕、赵两地发布诏文,让他们固守本土,这样,崤山以东的地区就全部被他控制了。"

"中策呢?"

"向东攻吴,向西攻楚,吞并韩地,占据魏地,控制粮仓的储粮,封锁成皋的关口,那么,谁胜谁负很难说。"

"下策呢?"

"向东攻吴,向西攻下蔡,把重心放在南越,自己回到长沙坐镇。这样皇上便可以高枕无忧,朝廷也会平安无事了。"

刘邦听完薛公对英布有可能采用的上、中、下策三种方案的分析后,又问:"你说,那小子会采用哪种方案呢?"

薛公自信地答道:"他必采用下策。"

"为什么?"刘邦又问。

薛公答:"英布这个人,原来是骊山的刑徒,凭着勇猛一路爬到王的高位。但他有一个致命的弱点,就是只顾自己,不替百姓考虑,只顾眼前,不顾以后,所以说他将采用下策。"

刘邦听完,大喝一声:"好!"

为表彰薛公,刘邦下旨封他为千户侯。

心里有了底,刘邦决定立即调兵征讨英布。

朝廷正在调兵遣将,英布那边已经开始行动了。淮南国的相国朱建劝英布不要与朝廷对抗,可他根本听不进去,大汉王朝没有了韩信、彭越,英布把谁也放不到眼里。紧邻淮南的是荆王刘贾和楚王刘交,英布没用多大消耗,就把这两个王掌管的军队打败了。但英布的确像薛公所设想的那样,向东打败楚军后,即向西推进欲占下蔡。

此次出征,刘邦正在生病,他本想让太子刘盈统领大军,但太子的四位宾客知道后急忙找到建成侯吕释之说:"太子统领大军,就是有了功劳,地位也不会再高,如果战败了反要受到连累。你何不去求吕后,让她到皇上面前为太子求个情。况且英布是有名的猛将,擅长用兵,我方出征的将领中,大部分都是跟皇上一路拼杀过来的人。让太子去指挥这些人,无疑是让羊指挥狼,谁会听太子的指令呢?一旦英布知道了我军的统帅是太子,便会击鼓向西,长驱直入了,又有几个人能抵挡得住呢?"

太子刘盈是吕释之的外甥,他的宾客这么一说,吕释之马上意识到此事的重大,连夜进宫去找吕后。吕后听说了以后也不敢怠慢,马上找到刘邦,她流着泪哀求刘邦,不要让太子前去。刘邦被纠缠的没有办法,骂道:"我知道这小子成不了大器,老子还是自己去吧!"

于是刘邦只好自己做统帅带领大军向东进发,朝中留守的众臣都送行到灞上。

身患重病的张良也硬撑着去给刘邦送行,临别时他对刘邦说:"臣本应随皇上出征,但实在心力不支。英布那批人剽悍凶狠,皇上一定要当心啊!"

看着张良憔悴的面容,刘邦真切地感受到,他们这一代人已经老了。当年意气风发、慷慨激昂的精神已在急速地离他们远去。岁月正无声又无情地在不断侵蚀着他们的身心乃至意志,唯有他们之间长年培养的情谊历经风雨却愈发坚实。

汉高祖十二年(前195)十月,刘邦统领的朝廷大军与英布叛军在蕲县相遇。双方都没有主动进攻,而是布阵对峙。

英布虽说勇猛过人,但在刘邦面前,还是有些胆怯,毕竟他面对的是打败过自己老上司项羽、当今的皇上刘邦。刚反叛时,他曾对手下将领说过:"皇上已经老了,身体又不好,再加上他很厌恶战争,一定不会亲自前来的。如果派其他部将来,我们根本不用畏惧,朝廷中令人钦佩的韩信、彭越已经死了,我们还怕谁呢?"所以此次刘邦亲自出征,很是出乎英布的意料。

刘邦站在高处观察英布的军阵,发现和当年项羽的军阵没什么两样,心中遂升起一股怒气。他冲着远处站着的英布大喊:"我待你不薄,你为什么要造反呢?"

英布也大声地回应:"我也想当皇帝呀!"

刘邦大声骂英布,然后挥动帅旗指挥全军进攻。没有几个回合,英布便败下阵来,只好边退边战。怎奈朝廷军队气势如虹,穷追猛打,整个淮南军很快便丢盔弃甲,落荒而逃。英布率军渡过淮河,企图组织反攻,但招不住朝廷军的大队人马压过来。最后英布只得率一百余人逃往长江南岸,刘邦派一员大将率军继续追杀。

长沙哀王吴臣听说英布战败,就派人去迎他,诱劝英布逃往南越。但当英布到了鄱阳湖时,却被鄱阳当地的百姓抓住杀了,将他的首级献给了追来的朝

廷军队。

英布的反叛像一场闹剧一样收场了,他也没有想到,自己的死与韩信和彭越比起来,竟然如此相似,也如此凄惨。

战争结束,刘邦封皇子刘长为淮南王,封贲赫为期思侯。当得知相国朱建曾劝说英布不要与朝廷对抗时,就封他为平原君,举家迁往长安,其他参战将领也都因功劳得到封赏。

班师回朝时经过沛县,刘邦命令部队在当地停留几天。他在沛县城里设下酒宴,请来老友、亲朋、族里的长辈和子弟坐在一起,共叙旧情,欢笑作乐。的确,刘邦对这片土地有着深厚的感情,长年征战,他很少回到故乡。但这里却因为他而遭受了不少磨难,他要趁这次难得的机会好好酬谢故乡的父老乡亲。

故乡的一草一木都唤起刘邦对往日的回忆,他让人找来一百二十个小孩,教他们唱歌。唱到高兴处,刘邦亲自击筑伴奏,吟唱在自己心中不知响过多少次的歌谣:"大风起兮云飞扬,威加海内兮归故乡,安得猛士兮守四方!"孩子们也跟着一起学唱,等他们唱熟了,刘邦起身翩翩起舞,兴致处,不由得热泪滚滚。

刘邦深情地对众乡亲说:"我一想到故乡就感到十分内疚,虽然定都关中,我死后灵魂还是愿意回到沛县。我是由沛公的身份起来讨伐暴秦的,最终才得到了天下。因此我要把沛县作为我的汤沐邑,免除沛县百姓的赋税徭役,大家世世代代不必纳税服役。"百姓齐声高呼万岁,无人不为刘邦的真诚动容。

如此欢乐十几天后,刘邦准备率部返回都城,沛县的百姓难舍难分,都请求刘邦再住些日子。刘邦说:"我带的人很多,沛县百姓无法承担起这么多人的供应。"众人依依不舍,一直把刘邦送到城西,不少人又带来牛羊、粮食和酒菜献给他。刘邦感到盛情难却,又在城西扎营住了几天,继续和乡亲们纵酒言欢。

有人对刘邦说:"沛县免去了赋税徭役,您的出生地丰邑还没有幸免,您的祖先也都埋在那里,恳请皇上也恩准他们。"

刘邦说:"丰邑是我的出生地,也是成长的地方,是我最不能忘记的。只是因当年丰邑跟着雍齿背叛我的缘故,我才不予免除的。"

大家听后,知道了原因,一再恳求刘邦宽恕。刘邦最终同意也免除丰邑的赋税徭役,众人皆大欢喜。

十三　借尸还魂，巧借四老保太子

刘邦此次东征讨伐淮南王英布，心里头总记挂着长安的情况。起初他打算派太子统军东征，后来经不住吕后的再三哀求，才改变主意自己率军征讨。但长安的现状依然让他担心，主要原因是相国萧何在关中百姓中的威望越来越高，太子年纪还小，恐怕镇不住相国。如若后院起火，他这次东征后能不能回去都还是个问题。为此刘邦出征前，叮嘱张良辅佐太子。并调来上郡、北地和陇西的车骑兵，巴、蜀两地的林官及京师中尉的军队三万人，作为京城的守卫部队，保卫皇太子。

萧何自从跟随刘邦以来，可以说尽职尽责，唯刘邦之命是从。他从没有掌握过军权，也没有带兵打过仗，只是踏踏实实地为刘邦打理着繁杂的后勤和内政事务。他所做的一切，对于大汉王朝的建立是功不可没的，刘邦正是基于此，才把萧何定为汉朝开国的第一功臣。为此，还引起了一起辅佐刘邦的将军曹参的不满。尽管萧何、曹参一文一武，一个后方一个前线，各自尽力为汉王朝建功立业，但功臣排列中曹参却远远落在萧何后边。

萧何对刘邦的忠诚大家是有目共睹的，但是年老多病的刘邦还是对他的忠诚产生了怀疑。或许是刘邦真的老了，又或许是他对这座来之不易的江山太过看重，所以在讨伐英布叛乱时，多次派使臣返回长安暗中打探萧何的动向，当得到萧何在长安正常处理朝政的消息时才放了心。

刘邦这些做法，萧何倒没有在意。府中的一位幕僚看出了其中的蹊跷，他劝告萧何道："相国不久也会像淮阴侯一样，遭受灭族之灾了。"

萧何吓了一跳，忙问："为什么？"

那位幕僚说："相国位极人臣，一人之下，万人之上。跟随皇上进入关中以来，您鼓励耕织，减轻赋税，使得关中百姓安居乐业，早已深得他们的拥戴。如今您依然不断地为百姓着想，为他们做事，为国家、为百姓谋取更大福利。这样下来，您的威望将会得到进一步提升。皇上此次东征之所以不断打探您的作为，是害怕您威望过高，功盖朝野啊！"

萧何瞪大眼睛看着这位幕僚，满头白发竟不由得微微颤动起来。他知道了事情的严重性，虽觉得异常委屈，但又必须尽快想办法来消除刘邦的顾虑。他问："你说该怎么办？"

幕僚说："您不如从今天开始用低价和赊欠的方式购置一批田地，这样被迫出让田地的人就会抱怨您。您的威望肯定会受到玷污，皇上在前线也就放心了。"

萧何不由一阵苦笑，一世的英名、一生的良好信誉竟然要在这种状态下被玷污了，他实在不甘心，但也没有办法。为了消除刘邦对自己的怀疑，萧何倾其家财开始在长安大量低价购置田地，钱不够了，还以赊欠的方式占据部分田地。一时间，长安百姓对萧相国的这种做法议论纷纷，怨声载道。可是这一招的确灵验，刘邦得知萧何在长安的所作所为后就不再派使臣打探他的行为了。

刘邦从沛县返回长安时，路上不断有民众喊冤告状。大部分内容都是告萧相国怎样强买低价田产，怎样占了田产赊欠钱财不还的。刘邦心中不但不生怨恨，反倒觉得畅快。他让人把状子一一收齐，回到长安见到萧何后笑着说："告你状的人很多，我把这些状子都带来了，你仔细看看吧！我一直以为丞相是一位廉洁奉公、道德高尚的人。原来你也是一个见利忘义、不顾百姓死活的贪官哪！"

萧何脸上赔着笑，却满腔苦水吐不出来。他看着白发苍苍、颤颤巍巍的刘邦，他有口难言。随着时光流逝，大家都老了。上了年纪的人使点性子、发个脾气都是正常的，何况皇上本来就喜欢捉弄人。

刘邦这次征讨英布时被流箭射中，再加上年老体弱，回到长安后就基本不再上朝了，一般事务就由萧何处理，重大事项才报他批阅。

随着长安人口的增多，土地越发显得紧张。当年营建未央宫、长乐宫时占了不少耕地，之后为了皇上及皇子们狩猎营建的上林苑又占用了不少耕地。一日萧何奏报刘邦："皇上，上林苑有大片荒芜土地不用，不如让百姓入内耕种，粮食归耕作人，秸秆留下作为军马的饲料。"谁知刘邦一听这话就大发脾气，他指

着萧何骂道:"你一定是收了商人的贿赂,竟想到要占我的上林苑!"萧何还想分辩,刘邦一挥手,左右就将萧何绑了起来。

萧何平生第一次被如此对待,但在刘邦面前,他显得无可奈何。

过了几天,一位侍奉皇上的姓王的卫尉趁刘邦高兴,试探地问:"相国犯了什么大错,皇上竟把他拘禁起来了?"

一提到萧何,刘邦的气又来了,他说:"秦时李斯身为朝廷的丞相时,有善行就归功于君主,有过失就自己承担。现在萧何接受了商人的钱财不说,还为他们讨要皇家的上林苑,这分明是为了讨好百姓,为自己树立威信。这种做法表明萧何心怀不轨,先把他拘禁起来,等调查清楚了再治他的罪。"

王卫尉说:"萧相国身负治理国家的重任,为老百姓争利、说话本来就是他的职责,皇上怎么能怀疑相国收了商人钱财呢?当年楚汉相争,皇上长年在外作战,后又率军亲征,征讨陈豨、英布,在这些时候,大权掌握在萧相国手中,要是他对皇上怀有二心,函谷关以西地域就不会再是皇上的了。在那种时候萧相国都不为自己谋利,却在眼下去贪图商人们的一点儿钱财?至于李斯的做法,正是秦朝快速消亡的一个重要原因。因为皇帝听不到对自己的批评意见,一切过错李斯都自己承担了。这种做法又有什么值得仿效的呢?李斯的作为根本无法和萧相国相提并论。"

王卫尉说话声音不高,但却掷地有声。刘邦听了,觉得不大顺耳,但又的确有道理。他感觉到自己对萧何的处理也有些过分,当天刘邦就让人把萧何从牢里放了出来。

意外的释放,使萧何对刘邦的恩德感激涕零,他回家换了身干净的衣服赶往宫中面谢皇上。刚进宫门,他就脱掉了鞋子,光着脚走到刘邦的面前谢恩。

刘邦见状,也急忙下了座上前搀扶,他对萧何说:"相国为百姓讨要上林苑,我不准许还把相国关押起来,说明我是夏桀、商纣那样的暴君和昏君,而相国是贤相。我抓相国,是让老百姓都知道我也是有过失的,继而再彰显相国的恩德。"

刘邦这一席话说出来,萧何更加感动。他这一辈子从年轻时候就跟随刘邦东征西战,现在看来,这种选择是正确的。

刘邦的身体越来越差,他知道自己的日子不会长久了,但还有许多事情没有办,特别是他和戚夫人所生的孩子刘如意当太子的事,他一直挂怀于心。如果再年轻十岁,他一定会立刘如意为太子,因为他太喜欢这个孩子了,这个孩子的秉性和他非常相近。也因为他疼爱戚夫人,他怕自己死后戚夫人遭到吕后的

迫害。可是当他在朝堂上再一次提起废立太子的事时,又遭到文武大臣们的一致反对。刘邦感到自己已经无力改变眼前的现状了,强行另立太子,有可能造成内乱,一统的江山更有可能在这动乱中消亡。

当时天下基本稳定,异姓王也差不多全被换掉了,只有长沙王吴臣在位。吴臣是吴芮的儿子,父亲死后,他得到袭封,燕王卢绾也因属下张胜与匈奴暗自往来而被免职。逃到匈奴的陈豨还在北部边疆不断偷袭,但也没有制造出太大的动静来,朝廷派樊哙镇守着北疆。

虽然废立太子的风波暂时平息下来,但吕后仍担心垂老的刘邦会在临终之际力排众议另立太子。吕后知道,戚夫人一直在刘邦面前哭闹地请求他立刘如意为太子,说不定皇上一时兴起,还真的答应了戚夫人的请求。

吕后先找太子的老师叔孙通,让他务必找机会劝谏刘邦。叔孙通本身就精通各朝的礼制,对另立太子这种有违纲常的做法自然反对。再加上他现在还是太子的老师,把太子废了,他这个当老师的也颜面尽失。有一次,刘邦向叔孙通说起太子人选,叔孙通情绪激动地说:"皇上,万万不可。昔日晋献公换掉太子重耳,导致晋国内乱十几年;秦始皇没有处理好太子一事,才使赵高钻了空子。他偷改遗诏,逼死扶苏,拥立胡亥为太子,结果使秦王朝很快灭亡,这些教训皇上都是知道的。如今的太子为人仁厚,又为皇后所生,换掉他必然搅乱纲常,引起朝野不满。皇上您如果一定要换的话,不如先把我杀了。"

叔孙通制定的一套朝廷礼制,刘邦很满意。所以此次叔孙通的一席话,他还是能听进去的。

即便如此,吕后还是不放心,她又让哥哥吕泽去找在家养病的张良讨教。张良给他出了个主意,让他在秦岭山中某个地方去请几位贤能出面辅佐太子,这样皇上就会打消改立太子的想法。这几位贤能号称"商山四皓",当年刘邦占据关中时就派人去请过他们,他们嫌刘邦没有教养,慢待儒生而不愿意出山。此次让太子给他们写封信,语气要谦虚,态度要诚恳,然后备上重礼去请,他们一定会出山的。

张良这一招还真灵,没用多久,四位鹤发银须的老者就出现在太子刘盈的书房里了。

刘邦知道以后,感觉太子的确已经成长起来了,并在吕后和诸多贤能的辅佐和支持下,正一步步地向前台走来,也就打消了另立太子的念头。

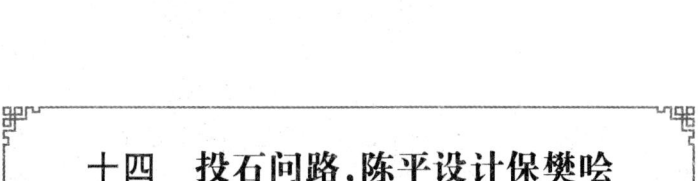

十四　投石问路，陈平设计保樊哙

　　樊哙的身份特殊，他不但是当年第一批随刘邦沛县起兵的将领，还是刘邦的连襟。吕公将大女儿吕雉嫁给刘邦，是看重他相貌堂堂，遇事不慌，颇有将相之气，他把小女儿吕媭嫁给了樊哙不知是看中了他的什么？沛县起事前，樊哙不过是丰邑一个杀猪宰狗的屠夫，既无显赫的身世，也没有让人眼热的职业。既然选择他做了自己的三女婿，吕公自然有他自己的谋算。果然吕公还是选对了，他看到了樊哙的未来，慧眼识英才，吕公大概就有这么一双慧眼吧。

　　樊哙自从跟随刘邦后，一路高升。当年义军联合与秦军交战时，樊哙就因作战勇猛得到当时还是沛公的刘邦表彰，被封为列大夫，后又赐给他贤成君的爵号。鸿门宴樊哙救出沛公，更让他在刘邦心中的砝码加重。楚汉战争时期，他屡建奇功，先后参加了平定三秦和攻取荥阳战役，直到最后参加与楚军的决战。汉王朝建立后，樊哙跟随刘邦出征攻打反叛的燕王臧荼，平定燕地，参加捕抓楚王韩信、征讨韩王信以及平息陈豨叛乱等重大军事行动。

　　樊哙在镇守北疆时期，在横谷打败了陈豨的骑兵部队，斩杀了将军赵既，俘虏了代国丞相冯梁、郡守孙奋、大将王黄和太仆解福等十余人。楚汉战争时期与其他将领一起共同平定了代地七十三个乡邑，平定了燕地十八个县五十一个乡邑。然而战功赫赫的樊哙竟也被人告到刘邦处，说他与吕后串通，准备谋杀赵王刘如意。

　　赵王刘如意的未来是刘邦的一块心病，没有扶他当上太子，刘邦心里就不是滋味。如今听说有人要杀如意，刘邦真的坐不住了。他要在有生之年尽力保

护这个他非常喜欢的儿子,谁敢动他,刘邦就先灭了谁。

刘邦相信自己目前还有这个能力,于是他召来陈平询问,陈平建议让周勃去顶替樊哙。刘邦心中有了底,急命陈平、周勃立即赶往樊哙的驻地,接管所有军队。对于樊哙本人,刘邦下了杀令——到了军中,立即斩首!

陈平听的有点懵了,他没想到刘邦下手这么狠。

为了保护刘如意,刘邦这时什么都顾不上了:不管你樊哙功劳有多大,不管你和我是什么连襟,也不管吕后怎么想,只要你想杀我儿如意,我就先灭了你。

陈平见刘邦态度坚决,没敢再多说,就和将军周勃匆匆启程了。一路上陈平越想越不对劲,这次外出是福是祸还无法预测。凭他多年跟随刘邦的经验来看,皇上对樊哙一直不错,突然对他动了杀心,一定是皇上生气之后做出的决定。皇上这个人做事常常爱使性子,过后反悔的也不少,此次要立斩樊哙的决定也可能是他使性子一时生气。如果真把樊哙杀了,等皇上反悔了,恐怕他和周勃都成了罪人。陈平本来就是机灵之人,他在刘邦面前受宠正是因为他具有超越一般人的观察能力,而且能制定出切合实际的处理方法。不管是采用什么手段,结果总是好的,对刘邦是有利的。

这样想着,陈平决定与周勃商量,他对周勃说:"樊将军是皇上的故交、老臣,又和皇上是连襟,为汉王朝的建立立下许多战功,在朝中地位显赫。皇上一定是听到了小人谗言,一时动怒要杀樊将军。如果我们这次把他杀了,一旦事情澄清,樊将军无辜受害,皇上、吕后还不都要怪罪你我。我看这事还是要谨慎处理,不如把他押回长安,等候皇上自己发落,这样你我也不用背上杀害樊将军的罪名了。"

在周勃的心目中,樊哙也是一位能征善战、对汉室忠心耿耿的老将,同是武将出身,难免惺惺相惜,听陈平这么一说,自然感到主意不错,他立刻就同意了。

两人主意一定,便缓缓地向樊哙的驻地行进。

这几天刘邦的日子越来越难过了,一是因为箭伤一直没有痊愈,二是因戚夫人天天在床边哭泣,心中不免暗自生气,再加上年老体弱,精神每况愈下。他知道自己的日子不多了,而身后的事情还不少。然而越是心中烦闷,越是容易生气。每次吕后入宫询问病情,刘邦都忍不住破口大骂,情绪十分低落,唯有陪在身边的戚夫人能给他一些安慰。但戚夫人除了安慰以外,更多的则是为自己和儿子刘如意的未来担忧,她心里明白,假如皇上哪天死了,吕后一定会将他们母子置于死地,这一点她从吕后每次看她的眼神里就已经感受到了。戚夫人知道,唯一能保他们母子平安的途径就是儿子刘如意能当上太子,等皇上的眼睛

一闭,儿子顺利地继承皇位。不这样,他们母子的命运就难得到保障。但当她看到让儿子当太子的希望破灭后,留在她心里的只有担忧、恐惧和哀怨。今天皇上还有一口气,谁也不敢动他们母子,一旦……她不敢往下想,只有当着皇上的面不住地流泪。

吕后这一段时间没有闲着,她也知道皇上的日子不会太久了,除了忙着张罗一些他的身后事,现下最让她操心的就是太子。平息了改立太子的风波,她清楚,朝中有不少人对她也是颇有微词的。皇上死后,怎样让太子顺利继位,怎样使众臣一心一意为汉王室尽忠,是她考虑最多的事情:张良告病休息,基本不再上朝,她不担心张良会生是非;萧何仍在忙于内务,对政局不大理会,估计也不会对太子继位构成障碍;鬼点子多的陈平被皇上支出去处理樊哙的事情,暂时不会对继位一事说三道四;至于其他人,都不具备威胁太子继位的能力;在军队方面,她的兄弟、子侄已有不少人握有军权,足以保护太子顺利继位。

太子顺利继位是吕后梦寐以求的,也是这么多年来她朝思暮想的事情。只有太子继位,她的地位才能得以稳固,她才有机会把长期以来自己的构想付诸实际。

陈平、周勃到达樊哙军营前,找一个地方住下后,派人用符节去召他前来。樊哙不敢怠慢,只带几名卫士匆匆赶到陈平、周勃的住地。见面后,陈平当面宣读了皇上的诏令。樊哙听后,自己把双手背在身后,让人把他反绑起来。陈平按照刘邦的安排,让周勃全盘接管樊哙的军政大权,自己则择日押解他返回长安。

刘邦的身体越来越虚弱了,几乎连床都下不来。身边的戚夫人看在眼里,急在心上。每当看着刘邦无力的病体和苍白的脸庞,眼泪就止不住地滑落下来。

一天,刘邦强撑着身子对戚夫人说:"跳个舞吧,我来为你伴奏唱歌。"戚夫人一边流泪一边跳舞,刘邦唱道:"鸿鹄高飞,一举千里,羽翮已就,横绝四海。横绝四海,当可奈何。虽有矰缴,尚安所施……"舞者泪痕满面,歌者声音苍凉。刘邦心里明白,这是在为自己,也在为戚夫人唱响的一曲挽歌。

对戚夫人来说,刘邦的生命太重要了。他不仅是自己一生疼爱的丈夫,更是位能保护他们母子平安的守护神,戚夫人多么希望她的夫君能够继续活下去呀。

吕后眼看着刘邦的身体一天不如一天,专门赶往他的病榻前,询问刘邦的身后事。她问:"陛下,萧相国死后,谁能接替他呢?"

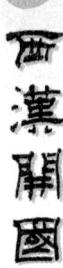

刘邦说:"曹参可以。"

吕后再问:"曹参以后呢?"

刘邦说:"王陵可以,但他有些憨,让陈平辅佐他。陈平智谋有余,但难以独自承担重任。还有周勃,周勃为人厚道,不善言辞,但将来安定刘家天下的人一定是他,可以任命他为太尉。"

吕后又问:"再以后呢?"

刘邦说:"这以后的事也不是你能知道的了。"

躺在病榻上的刘邦虽然身体虚弱,心里却十分焦急。他想到纷纷反叛的异姓王,总觉得有一天自己死了,还会有人兴风作浪,反叛朝廷。所以必须尽快想出一个办法,以防这些人在他死后生出祸端。他想到周朝初期"封建亲戚,以藩屏周"的经验,决定在他有生之年立下一个规定,以此来保证大汉江山千秋万代传承下去。为此刘邦将在都城的文武大臣召到他的病榻前,强撑着身体,命军士当着众人的面杀了一匹白马,然后语重心长地对大家说:"从今以后,不是刘家的人不得封王,没有功劳的人不得封侯。谁不遵守这个盟约,天下人共同讨伐他!"众臣听后无不随声附和,眼里却禁不住热泪滚滚。皇上到了这般情景,还在想着天下大事啊!这就是历史上著名的"白马盟誓"。他在一段时间里,的确为大汉王朝的稳定发展起到了积极的作用。当时,白马和乌牛在人们眼里是很受尊崇的,用它们来祭天地,以表示结盟设誓的神圣与庄重。

有一天,戚夫人带着一名良医来到刘邦的病榻前,这是她费尽苦心托人在都城找到的一位具有丰富经验的医生。这名医生号过刘邦的脉象后说:"病可以治。"

谁知刘邦此刻心情极其烦躁,他对着医生破口大骂:"我以一个手提三尺剑的平民百姓到夺取天下,这全是天命!我的命是由上天决定的,即使扁鹊复生了又有什么用呢?赶快给我滚开!"

戚夫人看着眼前的情景不知说什么好,只得服从。刘邦骂完,让戚夫人给医生黄金五十斤,让他回去。

汉高祖十二年(前195)四月,刘邦永远地闭上了眼睛,生前的戎马生涯和身后的乱云翻滚他都看不到了。唯有一个新的帝国,一个大汉民族的荣耀没有随他离去,而是在世界的东方高高耸立了起来。

刘邦的去世,使刚刚建立不久的大汉王朝仿佛经历了一场地震,人们在慌乱中寻找着方向。好在异姓诸侯王已基本上被废掉或剿杀,太子刘盈的地位已经确立,萧何、张良等开国元老们都还活着,大汉帝国的战车在经历过一时强震

之后继续向前开进。

陈平押着樊哙走到途中就听到了皇上驾崩的消息,他大吃一惊,稍作镇定,他决定快马赶往长安,让其他军士押着樊哙的囚车慢慢地往回走。

陈平本想着将樊哙交由皇上亲自处置,没想到人还没有到,皇上就已经走了,自己的命运顷刻间被推到了风口浪尖上。皇上一死,太子刘盈继位是铁定的事,而吕后也将把大权揽在手中。她不用看别人的眼色,母后辅佐自己的儿子打理朝政是完全说得过去的。陈平担心的是吕媭,她是樊哙的夫人。如今他押着樊哙到长安,吕媭不知道要怎样嫉恨他,她一定会仗着姐姐吕后的威风对陈平下狠手。所以陈平必须尽快到长安,把情况给吕后解释清楚,免得吕后在妹妹的挑唆下对他采取措施。值得庆幸的是,他当时没有按照刘邦的旨令在军营立即杀掉樊哙,现在看来这个决定是正确的。如果他现在带着樊哙的人头到长安,估计他自己的人头也就保不住了。

陈平还没到长安,就遇到了朝廷使者传诏命令陈平和灌婴屯守荥阳。陈平接下诏书并没有立即赶赴荥阳,而是径直往长安去了。他赶往长安的目的很明确,一是要向刘邦的遗体告别,毕竟刘邦是他一生中遇到的一位贵人,没有刘邦的重用,还不知道自己现处在一种什么样的逆境中;二是要向吕后解释清楚,并把没有杀死樊哙的消息亲自告诉她,免得引起吕后对他的仇恨;三是要想方设法留在长安,防止吕媭在他背后搞小动作,他人在长安,吕媭的做法总要隐蔽一些,而且他也有随时为自己辩解的机会。

陈平到长安宫中,看到刘邦的灵柩不由悲从中来,放声痛哭。他一边哭一边向刘邦汇报处理樊哙的事宜,这一切都被站在旁边的吕后看到了。吕后知道妹夫还活着,心中感到宽慰,这样她就不用再为妹妹的未来发愁了。况且吕后历来对陈平有好感,如今知道他施小计保全了樊哙的性命,反倒对陈平生出了一份感激。待陈平哭诉完毕,吕后宽慰他说:"你要节哀,一路辛苦了,先回去休息吧。"陈平见吕后丝毫没有责怪自己的意思,就向她表达了自己要留在长安维护新皇的意愿。吕后痛快地答应陈平先不去荥阳,待皇上的丧事安排妥当后对他另行任用。

陈平凭着自己的聪明才智,凭着自己对时势的敏锐触觉,成功地度过了一场危机。

樊哙更为幸运,囚车一到长安,朝廷立即对他赦免,恢复了官职、名誉和待遇。樊哙一家人无不对吕后感恩戴德,吕媭对陈平的仇恨也在与丈夫的重逢中烟消云散了。

十五　刘盈即位，其母复仇害如意

汉高祖十二年(前195)五月十七日，汉高帝刘邦安葬在长陵。长陵距长安不远，位于长安的正北面，那一年刘邦六十二岁。

刘邦的一生充满传奇色彩，出生时就有白龙转世的传说，长大后又多次大难不死，逢凶化吉。在抗秦战斗中，他从底层的亭长成长为颇具实力的反秦大军的统帅。在楚汉战争中，他在极度不利的处境中率领汉军冲出关中，逐鹿中原。最终他灭掉了强大的西楚霸王项羽，统一了全国，建立起地域广阔的大汉王朝。不仅如此，大汉王朝对后世的影响比中国历史上第一个帝国——秦王朝大得多。今天，人们把书写的文字称为"汉字"，所说的语言称为"汉语"，这一切正是由于大汉王朝成就了一个伟大的民族——汉族。

汉高帝刘邦死后，太子刘盈即位，吕后也因此成为吕太后。刘盈的性格比较柔弱，再加上年纪小，所以大权基本上都掌握在他母亲吕太后的手里。此刻的吕太后尽管大权在握，但她仍对朝廷的文武大臣们心有余悸，她怕这帮前朝老臣不听她的话，怕他们会对新皇的旨令阳奉阴违。她恨不得杀掉几个老臣，来杀杀这些人的威风，但她心里这样想，实际上还不敢这么做。她也明白，这帮老臣就像一个马蜂窝，捅一下还不知道要惹出多么大的麻烦来。她还必须依靠他们，先稳定住眼下的局势。陈平正是在这个时候得到了吕太后的重用，她没有让陈平去屯守荥阳，而是任命他为九卿之一的郎中令。刘邦生前就对陈平有安排，吕太后这样做也符合刘邦的意愿。接到任命后，陈平对吕太后千恩万谢。吕太后又对陈平说："高帝和我都很信任你，你要好好地辅佐新皇呀！"陈平满口

答应。

暂时对朝廷老臣没敢下手的吕太后,却对后宫采取了极其残忍的手段。她首先封闭了后宫,所有人一律不得进出,然后对她的宿敌戚夫人采取行动。她下令把戚夫人的头发剃光,戴上刑具,穿上囚服,关在宫中永巷里做舂米的苦活。即使这样,吕太后还是不解气,她派使者到赵国召刘如意进京。要让刘如意亲眼看看自己母亲的悲惨现状,以发泄她多年来对戚夫人的满腔怨恨。

年少的赵王刘如意接到诏书,准备立即启程赴京。他怎么也不会想到,此时自己的母亲已被吕太后折磨得死去活来。得知刘如意要进京,相国周昌拦住了他。他不让如意进京,周昌感觉到此去凶多吉少。

周昌性格耿直,为人处世从不拐弯抹角。秦朝统治时期,周昌和堂兄周苛都是泗水郡的吏卒。刘邦沛县起事后,打败了泗水的秦军,周昌和周苛便加入到刘邦的队伍中。刘邦对这两兄弟印象不错,就放在身边,周苛做幕僚,周昌做职志。他们兄弟俩追随刘邦西进,直抵秦王朝的都城咸阳。刘邦被封为汉王后,任用周苛为御史大夫,周昌为中尉。

楚汉战争中,刘邦被困荥阳,楚军把荥阳围得水泄不通。将军纪信冒充刘邦带两千多女子由东门出城,才使刘邦有机会从西门逃出。刘邦临行前,命御史大夫周苛、魏豹和枞公坚守荥阳。

果然,项羽得到刘邦已经逃离的消息,立即率军从四面攻城。守城的汉军将士一个个饥肠辘辘,根本抵抗不了楚军强大的攻势,楚军很快攻下荥阳。项羽得知守城的是周苛和枞公,就有心说服他们加入楚军。谁知周苛根本不听,反倒破口大骂。面对如此刚烈的周苛,项羽只好让卫兵把他们推出去杀了。

刘邦得到周苛的死讯,悲痛万分,返回关中后,他任命周昌为御史大夫,接了周苛的班。周昌做了御史大夫后,常常跟在刘邦身边,有机会对一些重大决策发表自己的意见。他性格刚强,敢说实话,从无避讳。

有一次刘邦正在休息,周昌因有急事上报便直接闯入刘邦的内室。这时刘邦怀里搂着戚夫人,周昌见状转身要走。刘邦放下戚夫人上前一把抓住周昌,把他按倒在地,还骑在了他的身上。周昌口吃,憋得满脸通红,说不出话来。刘邦问他:"你说,我是一位什么样的君王?"周昌缓过了劲来大声说:"陛下就是夏桀、商纣那样的君王!"刘邦一听笑了,但从此后刘邦对周昌更是多了一份敬畏。

后来,刘邦提出欲废掉太子刘盈的想法,大臣们大都反对,周昌也是反对派中的一员。刘邦问他反对的理由,周昌口吃着说:"我说不清原因,我只知道这样做不行,陛下要废太子,我周昌不能从命。"

吕太后对周昌也是十分敬重的,不仅是他在废太子一事中出了力,还因为周昌有刚毅的个性。这一次,周昌接连三回阻拦刘如意入宫也是她意料之中的事。当使者再次被周昌阻拦返回长安时,带回来的一句话让吕太后坐不住了。使者回来说:"赵国的相国周昌说了,吕太后要杀死赵王刘如意和戚夫人,所以赵王不能去长安。"

没有办法,吕太后只有先诏周昌入宫。周昌赶往长安后,吕太后对他劈头盖脸地骂了一通:"你周昌对我有恩,我心里很清楚。但我现在正辅助新皇,我要做的事不用你管!你只管听令就是了,再敢明目张胆地抗旨,不要命了!"

周昌听了,只有服从。他心里明白吕太后要干什么,但凭自己是无法阻止住她的。虽然先帝把赵王托付给了自己,但他实在没有力量与现在的吕太后抗衡啊。事到如此,周昌还能说什么呢?还能做什么呢?天下本是刘家的天下,面对吕太后的施威,他只好默不出声了。

吕太后训斥了周昌后,马上派使者召赵王来长安。

赵王刘如意只是个十一二岁的孩子,再次接到诏令,他一刻也不敢耽误,匆匆上路。

新即位的汉惠帝刘盈心地善良、性格绵软。母后的所作所为他看在眼里,记在心上。他听说赵王刘如意来长安,便亲自带人到灞上迎接他。为了不让母后伤害弟弟,刘盈把刘如意接回他的宫中,和自己一同吃饭、一起睡觉。弟弟年纪小,聪明伶俐,顽皮好动,两人整天在一起说笑倒也快活。吕太后一心想要害死刘如意,但见刘盈一天到晚和他在一起,始终找不到合适的机会下手,心里很着急。

汉惠帝元年(前194)冬日的一天,惠帝刘盈突然来了兴致想出外打猎。天还没有亮,刘盈就带着一班人马出发了。赵王刘如意没有去,小孩子贪睡,冬日里赖在被窝里不起床是常有的事。吕太后知道了以后,感觉时机到了,她派人将毒酒灌进尚在熟睡的刘如意嘴里。可怜的刘如意还没有反应过来,就迷迷瞪瞪地咽气了。

刘盈打猎完回到宫中,看到弟弟弱小的身体倒在地上,嘴里流着鲜血。扑上去拼命地摇晃,但刘如意再也醒不过来了。刘盈抱着弟弟还有余温的身体痛苦万分,他知道是谁害死了弟弟。他仰天望着浩大的宫殿,看着身边来去匆匆、神色紧张的宫女,感到格外得孤独,心底一股对母后的仇恨油然升起。

周昌得到刘如意的死讯,痛苦不已,先帝让自己保护赵王,可是先帝刚走,刘如意就死了,他觉得自己对不住先帝,没脸再在朝廷待下去了。他找到吕太

后,推说自己身体不好,要辞官回家养病。吕太后很清楚周昌这样做是为了什么,本身也担心他把这件事情说出去,所以当周昌提出辞官的请求后,她便一口答应了。

赵王刘如意死了,并没在朝廷引起大的震动。吕太后仔细观察一段时间后,便开始对戚夫人再下狠手。她叫人把戚夫人的手脚砍断、挖去双眼、捅聋耳朵和毒坏嗓子后扔到厕所里,她告诉其他人说,这是只"人彘"。可怜的戚夫人怎么也不会想到,先帝在时,她享尽人间富贵,先帝刚去世,她却落到这般猪狗不如的地步。

刘如意死后,汉惠帝刘盈的心情一直十分沉重,甚至连上朝的心情也没有了。有一天,吕太后叫刘盈一块儿去看一只叫"人彘"的动物。当刘盈看到这只从来没有见过的人形"动物"时,不由浑身发冷。再一听母后说这只"人彘"就是戚夫人时,便控制不住地大哭起来。刘盈也只是一个十七八岁的青年,他怎么能经受住眼前这种惨景的冲击。当年父皇在世时,刘盈也常常见到戚夫人,她对刘盈很关心,刘盈则对这位年轻美貌的戚夫人没有一丝反感。可眼前这只"人彘"怎么能同美丽迷人、能歌善舞的戚夫人联系起来?刘盈崩溃了,他跌跌撞撞地离开了,回到宫内大哭一场后便不省人事了。

刘盈病了,他是被自己的母后吓病的,这一病不轻,整整在床上躺了一年多。养病期间,每当想起戚夫人的样子,刘盈便悲从中来。清醒的时候,他派人给吕太后捎话:"对戚夫人这样,不是人能做出来的事。我是您的儿子,但我终究无法治理天下了。"

这种结果,恐怕也正是吕太后所要达到的。皇帝卧病在床,不理朝政,大权都落在吕太后自己手中,她的权利欲望得到了满足。大权在握,她就可以为所欲为,尽情发挥自己的能量,治理朝政。

刘盈则从此后不再关心朝廷的事务,整日在后宫跟妃嫔们吃喝玩乐,过起了纸醉金迷的生活。但那团阴影始终笼罩着他,使他不得不用美酒和女人麻痹自己,虚度岁月。

刚刚建立不久的大汉王朝又面临了一场风雨,这场风雨不是来自外部,而是由吕太后搅起来的。她把自己的仇恨与国家的安危捆绑在一起,在摧残戚夫人的同时,也在摧残着大汉王朝正在康复的肌体。

然而吕太后却自我感觉良好,她除了看到刘盈一天到晚在后宫瞎混,不理朝政而感到无奈之外,其他的一切她都自信能妥善处理。

十六　相国辞世，曹参接任赴长安

吕太后的权力欲望终于得到了满足，她踌躇满志，想大干一场。但当她真正地掌握了权力，才发现治理一个国家是非常不易的，千头万绪的事情都需要一一理清，各种突发事件需要迅速做出决断。没过多长时间，吕太后已感到身心疲惫了，好在高帝在世时形成的制度都是现成的，无须变动。萧何还在，有些搞不清的事可以差刘盈去讨教。维持原有体制，保证天下安定在当前是最省力、最有效的方法。吕太后的一生，的确经历过太多的动乱岁月，她不想再引起一场新动荡，她也想让这个建立不久的大汉王朝平稳地向前发展。

虽然刘盈这一段时间来不太上朝，整日在后宫饮酒作乐，但吕太后绝没有废掉他的意思。保住刘盈太子的地位，她已经圆了自己的梦，为此她费尽了心血。如今亲生儿子做了皇帝，她不会再去折腾出其他事情来。道理很明白，即使将刘盈折腾下台，其他的儿子们还在等着登基，吕太后不会去干为他人做嫁衣的事情。正是由于她的不愿折腾，才使大汉王朝得到一段安宁的时光，得以休养生息。

相国萧何的身体越来越差，没有重大的事情他几乎不进宫，而是在家静心养病。宫里这一段时间发生的事情，他有所耳闻。起初他也担心吕太后会搞出什么名堂来，但后来发现朝廷依旧按照高帝在的时候制定的政策运转，也就放心了。至于摧残戚夫人、杀死刘如意那些都是他们家庭内部的事，没有给朝廷的稳定带来太大的负面影响，就这一点，也足以让他心安了。

萧何的一生，最为辉煌的时期正是从结识刘邦开始的，尽管其间也发生许许多多的事情，但高帝对萧何的评价始终在众臣之首。每想到这里，萧何就感

到满心的宽慰。想到自己即将不久于人世,萧何在努力为国家做事的同时,也在为自己的子孙后代做着打算。他为自己的子孙在长安周边偏僻贫困的地方购置了不少田产,建造了一批普通的住宅。家人不理解他的这种做法,因为别人都尽量在富裕繁华之处购置宅院,唯有萧何却把宅院选在了穷乡僻壤。萧何有自己的想法,他本人为人处世一向谨慎、低调。跟随刘邦以来,萧何虽然异常用心,十分小心地处理着汉王的政务,但依然有是非泼在他的身上,使他遭受到刘邦的猜忌,受到不白之冤。官场上的激荡风云他已经领教了,他不想让自己的子孙再因为拥有丰厚的家产而遭到一些人的嫉妒,进而受到陷害。所以萧何听到家人的发问,他淡淡地一笑说:"我的子孙后代如果贤能,就学习我的节俭,如果他们不贤,这些田产也够养活他们的了,这些差房劣地也不会被有权有势的人掠夺。"家人听了,不由得泪如雨下,感慨万分。

整日沉湎于酒色的惠帝刘盈听说萧相国病情加重坐不住了,亲自登门去探望。他看着眼前颤颤巍巍的萧何,不禁一阵心酸。萧何也是他最熟悉、最敬重的一位长辈,从某种意义上说,他对萧何的敬重胜过父皇刘邦。自父皇率军东征以来,长安的事务一直是由萧何操劳着。名义上刘盈作为太子大权在握,但他只是一个不谙世事的小孩子,哪里懂得大人们所从事的事业,更谈不上为他们分忧出力了。他的少年时期几乎是在萧相国父爱般的关照下度过的,萧相国的人品、能力以及务实的作风都被他看在眼里,记在心上。但眼前的萧相国病得如此严重,让他万分焦急,有件大事他必须咨询,他问萧何:"相国为国家操劳,积劳成疾,朕深感心痛。不知相国百年之后,谁能接替你的相位?"

萧何动情地说:"臣自跟从高帝以来,承蒙高帝的厚爱得以位极人臣。高帝去世后,陛下对臣依旧重用,臣对陛下满怀感激。眼下臣病魔缠身,恐怕无法再侍奉您了,望陛下保重。"说着他老泪纵横。停了一下,萧何又说:"最了解臣的莫过于陛下,臣心中的人选与陛下心中的人选是一样的。"

刘盈听了,有些吃惊。他自己心目中的人选是曹参,这是父皇亲自对母后和他说过的,但又是十分机密的,没有人知道。刘盈之所以没有当着萧何面说出曹参的名字,是因为两人在父皇开国评功时,曹参当众对萧何排在第一功臣上有意见,为此造成两人间的隔阂。此后曹参被派往齐国任相国,萧何仍然留在朝廷,两人的往来已经很少了。萧何此时说出他的人选和自己心中的人选一致,难道萧何真的能推荐曹参?带着这个疑问,刘盈试探地问道:"相国以为曹参这个人怎么样?"

萧何听了以后,脸上泛起了红晕,他对刘盈说:"臣恭喜陛下得到一位最合适的人选,臣死而无憾了。"说完眼泪又止不住地滚落下来。

刘盈也激动了,他眼前的萧相国仿佛一座丰碑,高高地耸立在自己的面前。

萧何的人品、大度,以及不计前嫌极力推荐曹参的做法实在让刘盈钦佩。

汉惠帝二年(前193)七月,萧何病逝,谥号"文终侯"。

曹参自从沛县和萧何一起协助刘邦起义成功,他就一直在刘邦军中担任重要的角色。萧何以管理后勤为主,曹参则在前方率军打仗,全身七十余处受伤,可谓戎马一生,劳苦功高。刘邦在评功大会上,把曹参排在第二名,仅次于萧何,但是在众将领之上。尽管曹参对排在萧何之后有看法,但经过刘邦解释也就没再往心里去。

当时齐国的战略地位十分重要,它东有琅琊、即墨的富饶,南有泰山的险峻,西有黄河的险要,北有渤海的渔业、盐业。刘邦设计在云梦泽擒下韩信,也就是怕韩信倚仗齐国的战略地位叛汉自立。为了确保齐国的稳定,刘邦决定派自己的长子刘肥出任齐王。当时刘肥也不过二十岁,而且能力有限,但刘邦不愿意再封其他文臣武将控制齐国,不得已才立刘肥为齐王。为了确保那里稳定,刘邦派曹参出任齐国的相国。对于曹参,刘邦是放心的,让他辅助年轻的齐王,也是能胜任的。曹参既有高超的军事指挥能力,又是汉王朝早期创始人之一,他不会去干危害国家的事情。

曹参领命,愉快地去齐国赴任了。

打了一辈子仗的曹参,突然改了行去协助齐王刘肥治理一个大的诸侯国,他心里没底。曹参听从幕僚的建议,邀请齐国数以百计的"长老诸生"来到相府共商治国之策。然而他们众说纷纭,莫衷一是,曹参搞不清应该采纳谁的建议。后来他打听到胶西有一位叫盖公的高人,就派人去找到他,请他到府上单独商议。这位盖公精通黄老之术,很有见地,曹参和他交谈了之后,果然很受启发。

盖公认为:"治大国如烹小鲜"、"治道贵清静而民自定"、"我无为而民自化,我好静而民自正。"其核心内容就是"清静无为"。当权者不乱折腾,老百姓自己就会安静下来,全力发展生产。

曹参听后,拍手叫好。连年的战争,早已使百姓尝尽了颠沛流离的痛苦。当权者只要制定出一套切合实际的政策,保护老百姓的利益,百姓就会自发地组织起来谋求发展。

曹参采用了盖公"清静无为"的治国方案,果然收到了明显的效果。齐地百姓安居乐业,努力劳作,地方呈现出一派祥和安定的气氛。曹参担任相国九年,百姓都赞扬他是齐国的一代贤相。

萧何病逝,给曹参又提供了一个机会。当听到萧何病逝的消息后,曹参的第一反应就是自己有可能接替萧何担任朝廷的相国。他叮嘱属下,尽快把东西收拾好准备启程。属下不解地问:"相国要去哪里?"曹参说:"不用多问,我马上要去朝廷赴任了。"果然没过多久,朝廷的使者就来了,诏告曹参入京赴职。

曹参对他生活、工作了九年的齐国十分留恋，他怕自己走后齐国的政局出现动荡。所以，临走时他对前来接任相国的付宽语重心长地说："对于那些教唆犯罪、包揽讼词、资助盗贼以及投机商人聚集的地方，要谨慎处置，不可随意搅扰。"

付宽想不明白了，问道："对这些社会渣滓还不能去搅扰他们吗？"

曹参解释道："这些场所善恶并容，藏污纳垢，本应在处置之列。但你严加治理后，这些奸人无处藏身，必定四处作恶，骚扰百姓，那将会给社会稳定带来更大的麻烦。"

付宽本来也是一位聪明正直的人，而且出身名门，战功卓著，对曹参治理齐国的功绩十分赞赏。他听出了曹参的话外之音，是要求他接任后继续执行"无为而治"的大政方针。

曹参一切安排妥当后赶往长安，走马上任去了。

吕太后对任命曹参为朝廷相国也没有意见，高帝临终前就有这种打算，既然如此，她也不想改变。倒是齐王刘肥知道相国曹参要走，心中很不是滋味。刘肥在齐国全是依靠曹参大力支持，没有曹相国，齐国也不会发展到现在这种状况。曹相国为人正直，功勋卓著，在整个朝廷中威望极高。刘肥就好像是在这么一顶大伞的保护下，无忧无虑地做着他的齐王。如今这顶大伞走了，他感到无法说出的恐惧。自己虽为长子，毕竟是父皇当年与母亲在一起厮混的结果，和其他皇子不同，他的母亲始终没有名分。

当今的吕太后是他的后妈，尽管对他还说得过去，但冷嘲热讽也不少。刘肥对自己这位后妈十分敬畏，他总能感觉到在他身后有双眼睛时常冷冷地盯着他，他预感到自己哪一天非要死在这位后妈的手中。很快他的预感应验了，弟弟刘盈在父皇去世后当上了皇帝，刘肥和各诸侯王都到长安朝拜。惠帝刘盈见到哥哥很是亲热，每次吃饭总让哥哥坐到上座。吕太后看不惯了，他认为刘肥这样做是对皇帝的不尊重，甚至是对皇帝的藐视，她要杀死他。在吕太后的心中只能容得下自己的亲生儿子，所有敢对刘盈不敬的人她都要灭掉。刘盈是她的唯一，也是她的希望。一次家宴上，她派人在酒里下了毒，端到刘肥的面前让他喝。一旁的刘盈见状，站起来接过酒杯。吕太后没想到他会这样做，慌忙把刘盈手中的杯子夺了下来，家宴不欢而散。酒里有毒，这是在场的人都能感觉到的。

刘肥匆匆赶回了齐国，他感觉到在曹相国的保护下才是最安全的。

曹参临走前向齐王刘肥辞行，告诉他一切都会像以前一样，新接任的齐相付宽也会善待他。刘肥嘴上没说，但心中悲凉，接下来的日子将怎样度过，难以预料。

十七 萧规曹随,吕后忍辱求太平

曹参接任朝廷相国后,将原有的法规、条令从头到尾仔细看了一遍。看过之后,不由对萧何严谨、细密和周全的工作作风肃然起敬。他吩咐下属:"举事无所变更,一遵何之约束。"就是说原有的法规、条令一律不作变更,完全按照萧何所确定的执行。相国府的大小官员听到这个命令,无不松了一口气。他们担心新任相国要对原有的法规、条令进行大刀阔斧的修改,毕竟每位掌权的人都有自己的风格和想法。如今曹参这么一宣布,大家自然欢欣鼓舞。不作更改,也就是说按部就班,相府内各部门照原样正常运作。对这些人来说,原有制度运作了好几年,大家都轻车熟路,得心应手。

正当这些官员们心情放松之时,曹参的一把火烧了起来。这把火不是对着现有的制度烧,而是对着相府内的大小官员。曹参要对一些言谈行为苛刻、专门追逐名利的官员下手了。他经过仔细观察,把这批人一律辞退。然后从各郡各封国中把一批为人质朴、拘谨、不善言辞、敦厚且有才干的人选调在相国府内,净化了官员队伍,为全面执行现行的法规、条令打下了坚实的基础。

这把火一烧,相府内的工作作风大为改善,那些投机钻营的现象消失了,一些人头脑中追官逐利的想法得到了抑制。踏踏实实、埋头工作在相府中形成了风气。

这下,曹参两袖一甩,无所事事了,他整天在相府内饮酒消遣。时间长了,府内一些官员看不过去,议论纷纷。有些胆子大的官员就到相府里去劝说,他

们担心这种状况被皇帝知道,怪罪下来会引起相府人事动荡。可曹参不管,来劝他的人还没张口,他就令他们大碗喝酒,闭口不谈正事。有人趁倒酒之际还想提看法,曹参又让人把大碗酒端给他,命令他喝了。结果一阵子下来什么事也没说成,一个个反倒都喝得酩酊大醉。

曹相国既然如此,个别官员的心思又动了起来。他们利用工作之便,为自己谋点小利,占点便宜,曹参就是看见了也当作没看见,照旧是终日饮酒。众官员也猜不透相国的葫芦里卖的什么药,依旧勤勤恳恳地工作,毕竟他上任时人事调整的那把火大家还记忆犹新。

渐渐的相府内的人对曹参整日喝酒消遣的做法也习惯了,不在意了。曹相国来时说的那句话大家记得很清楚,即"举事无所变更,一遵何之约束"。相府里都是聪明人,相国已经说得再明白不过了,还需要去请示吗?

这段时间,相府的一切运作正常,终日无事。

然而风声还是传到了惠帝刘盈的耳朵里,他听到后很生气,也很着急,但曹参是开国功臣,如今又是朝廷相国,自己也得敬他几分。于是他就把曹参的儿子、时任中大夫的曹窋叫来,对他说:"你回去问一下你父亲,他这样做是因为我年纪小,好糊弄吗?"

曹窋领命急忙去见父亲曹参,婉转地把皇帝的看法说给他听。谁知曹参一听大怒,叫家人把曹窋拖出去打了一顿。他朝着曹窋吼道:"你干好你的事,国家大事你能管得了吗?"曹窋再也不敢说话了。

一天上朝,刘盈责备地对曹参说:"我听到一些有关你的传言,那天是我让曹窋去劝说你的。"

曹参听了,立即脱帽谢罪。少时,他问刘盈:"陛下自己和高帝相比如何?"

一提父皇,刘盈马上肃然起敬,忙说:"朕哪敢和高帝相比?"

曹参又问:"那么,陛下看我和萧相国相比呢?"

刘盈说道:"我看也不及。"

曹参接着说:"陛下这样说就对了,高帝和萧相国平定天下,制定了明确、完整的规章制度。今日陛下垂拱而治,臣等谨守职责,各尽本分,不是很好吗?"

刘盈一听恍然大悟,连声说:"好、好。"他深切地对曹参说:"清静无为,无为而治,好!"

曹参心里明白,当前的朝廷正是需要这么一种氛围。满朝的文武大臣绝大部分都是高帝的旧臣,他们对高帝,乃至对萧相国都有深厚的感情。高帝时期制定的法规、条令他们早习以为常,稍有改变必然要触动一部分人的神经。况且眼下吕太后在暗中使劲,积极参政,改弦更张只会对她有利。目前连吕太后都不敢对原法规进行更改,怕引起众大臣的反对,他曹参又何必去冒这个险呢?再者说,国家现在原有法令的框架内正常运行,根本就没有改革的必要。

国家的稳定,也是吕太后希望看到的。多年来的战乱,国家元气大伤,百姓苦不堪言。吕太后很清楚,天下百姓需要一个和平的环境来休养生息。高帝和萧何在世时制定的一切法规、条令,在保障着大汉王朝逐步地恢复生机。但同时,北方匈奴的实力也在不断地壮大着,和亲政策虽然发挥了一定的作用,使匈奴不再向南侵扰,但强大的匈奴毕竟是初建王朝的一块心病。

一日,匈奴首领冒顿派人给吕太后送来了一封充满挑衅和猥亵词语的信,她看过之后十分气愤。这个无礼的冒顿竟然开始拿她开涮,扬言要和吕太后过上一宿。吕太后感到自己受到了莫大的污辱,立刻召集朝廷文武大臣,商议发兵匈奴的事宜。

樊哙自告奋勇地说:"朝廷给我十万人马,我去横扫匈奴!"

吕太后还未回答,中郎将季布就站了出来说道:"樊哙真该杀!以前高帝在平城白登被围。当时汉军有三十二万之众,樊哙任上将军而无法解围。如今他张嘴十万人马就能横扫匈奴,这不是在胡说吗?匈奴好像禽兽一般,对冒顿的话太后也不要当真,派人带些礼物去谈谈,说不定就没什么事了。"

吕太后听了以后觉得有道理,国家正在恢复之中,战争是能避免就要避免。倒不是大汉王朝害怕匈奴,而是国家和百姓再也经不起战争的折腾。吕太后采纳了季布的建议,立即着手给冒顿写信,并派大谒者张释作为使节向冒顿表示友好。礼品是不能少的,随行还送给冒顿了两乘车、八匹马以及其他金银珠宝。

冒顿看到汉朝如此礼貌地待他,也客气了起来。他专门派使臣到长安道歉说:"我们不熟悉汉朝的礼仪,感谢陛下的宽恕。"随使者送来的有上等的良驹和当地的珠宝。

一场突如其来的风波就这样平息了。吕太后在这件事情的处置上表现出的大度和智慧给汉王朝的稳定作出了贡献,也显示出了她作为一位政治家的才能。

汉惠帝五年(前190),曹参去世了。曹参在朝廷做了三年相国,在这三年中,曹参继续把自己当年治理齐国的一套行之有效的"清静无为"方法运用到整个国家的治理上。他不标新立异,不别出心裁,而是积极地推进原有的法规、条令的执行,对汉初的政治稳定和社会经济发展作出了重要贡献。百姓们感激他,歌颂他,无不发自内心地唱道:"萧何治法,整齐划一。曹参接替,守而不失。做事清静,百姓安心。"

曹参去世后接替他的是两个人,王陵和陈平。吕太后没有背弃高帝的遗愿,把他们同时提升到丞相的位置。所不同的是取消了相国的职位,改设为左右丞相,以右为尊。王陵是右丞相,陈平是左丞相。这也符合刘邦的遗愿:王陵为主,陈平辅佐。

右丞相王陵也是江苏沛县人,与刘邦不同的是,王陵是县里有名的豪杰,而刘邦在起事前身份卑微。刘邦沛县起兵后,经过几年扩展已拥有几万人马,而王陵此时只聚集了几千人驻扎在南阳,他并不愿加入到刘邦的队伍中去。几年后刘邦率部东进攻打项羽,王陵才率部加入汉军行列。

项羽原对王陵有好感,钦佩王陵的直率和为人。听说王陵投靠了刘邦,项羽一气之下派人劫持了王陵的母亲,想以此要挟他背汉投楚。王陵派使者到楚营找到项羽想救回母亲,项羽不同意。使者见到王陵的母亲,她老人家说:"你回去转告我儿,汉王刘邦是个能成大业的人,让他好好跟随汉王,不要因为我的生死分心。我年纪大了,也活不了几天了。"说完,王陵母亲禁不住老泪纵横,少顷就拔剑自刎了。项羽听说王陵的母亲自杀了,恼羞成怒,竟然下令将老人的尸体当着使者的面扔进油锅里烹了。

得到母亲惨死的噩耗,王陵悲痛欲绝。从此后他对项羽恨之入骨,一心一意跟定刘邦。在整个楚汉战争中,王陵随刘邦南征北战,出生入死,毫无怨言。刘邦赞赏王陵的人品和能力,对他十分信任。尽管在评功封侯时王陵的名次排得靠后,但刘邦对他的信任却在众臣之上,不然刘邦在临终遗嘱中也不会把王陵列入相国的候选名单。

陈平自上次处理樊哙的事情得到吕太后的赞扬后,就一直留在宫中担任九卿之一的郎中令,这个职务陈平一干就是六年。这六年中,陈平整天周旋于惠帝和太后之间,努力干好自己的工作,得到了他们的认可。

陈平本来就是一位不爱张扬、见机行事的人,他深知宫廷里暗流涌动,也清楚自己所处的位置。整个王朝正在恢复生机,就像一座庞大的机器在有条不紊

地运转着,自己没必要也不会再去生出一些点子来打乱运行的节奏。"顺势而为"是陈平认为最好的选择,这样不但自己不会处在风口浪尖上,也不会召来其他人的嫉恨。然而寂寞却是实实在在的,先前高帝在世时的热闹场面现在没有了。萧相国去世了,留侯张良在家养病早已不再上朝,曾经大家在一起谈论天下大事的氛围一去不返。他作为郎中令,和整日在后宫与美女纠缠的惠帝又有什么好说的,和忙于朝政的吕太后又有多少话题可以沟通?他只是在默默地观察着,他只愿大汉王朝,这个他亲自参与建立的江山不要发生巨变,不要像秦王朝那样顷刻间轰然倒塌。

　　陈平自己似乎也有一种预感,感觉到有一天朝廷要出现动荡。为了平息这个动荡,为了大汉王朝平安,他有责任保护好自己。如果真正到了那种地步,自己也许还能发挥作用。曹参死后,朝廷任命他为左丞相,他很在意。虽然排在王陵后边,但是他清楚自己肩上的担子。

　　王陵和陈平继任后,继续推行曹参制定的"无为而治"的大政方针,国泰民安,生产经济继续顺利地向前发展。

十八　惠帝早逝,母后大胆立少帝

汉惠帝六年(前189),留侯张良走完了自己人生的道路,离开了这个他依恋却又让他迷惘的世界,享年六十二岁。

在刘邦反秦抗楚,兴建大汉王朝的众多功臣中,张良的地位非常特殊。他没有什么官职,却始终在刘邦身边出谋划策,直到大汉王朝建立,他在朝廷也没有什么职位。在当年刘邦为众多功臣排位时,因张良自己的推让,他仅排在第六十七位。然而刘邦内心钦佩张良,对张良始终毕恭毕敬,从不在他面前说粗话,更不曾做出有辱张良人格的事情。楚汉战争时期,刘邦带兵在前方打仗,对大权在握的萧何不放心,经常派人去慰问他,唯恐萧何背着他干出什么事来。但对张良却从未生过疑心,仔细地听取张良的建议,不懂的地方主动请教,表现出少有的谦虚。

张良用自己的聪明才智,在辅助刘邦登上政治权力巅峰的同时,也很成功地保全了自己。汉初"三杰"中,韩信惨遭杀害,萧何蒙冤入狱,唯独张良置身事外,没有遭到任何的为难。张良精通"黄老学说",在实践中他也把"黄老学说"运用得得心应手,炉火纯青。

张良在跟随刘邦建立功业的这个时期,每在关键时刻,总是能提出奇谋化险为夷,出奇制胜。先入关中,抢占咸阳;还军灞上,避免决战;不辞而别,鸿门脱险;烧绝栈道,麻痹项羽;激楚攻齐,转移目标;重用韩信,扩大城池;联结彭、英,统一战线;明察时势,重赏功臣;割地韩、彭,合围项羽;鸿沟毁约,反击项羽;

等等谋略无不显示出他对时势的准确判断。

建国初期,众人争功,张良又提出先封刘邦的仇人雍齿,一下子平息了满朝的风波。在娄敬提出迁都关中的建议后,张良坚决支持促成刘邦下决心在长安建都。

然而汉朝建立后,朝廷发生的事情,促使张良选择了退出。他清醒地意识到刘邦正在用别样的眼光看着身边的那些异姓王、那些得意忘形的功臣们。他谢绝了刘邦赐给他的三万户食邑,只留下一个当年他和刘邦相遇的地方——留县,作为自己的封地。他这样做,也许是在提醒刘邦不要忘了在这个地方两人初次相遇时的坦率和真诚。

张良推说自己有病,需要在家休养,刘邦也不好强留。张良在朝廷中没有职位,没有丰饶的封地,刘邦总感到有些对不住他。但张良的淡然,却让刘邦感到宽心,他对刘邦说:"我家五代做韩国的丞相,却被暴秦搞得家破人亡。我不惜变卖家产,为韩国复仇。自与陛下相遇后,仅凭三寸不烂之舌,得到陛下信任。如今暴秦已亡,天下安定,我心已足矣。长年奔波,身体不适,我需要在家静心养病。陛下对我的恩惠叫我感激不尽,请陛下不要为我这么一个平民百姓再多操心。"刘邦知道张良不是那种争名夺利之人,不会为功名利禄计较,所以虽觉有愧于他,但也无话可说了。

从此张良闭门不出,甚至学习起了道家的养生方法,练习气功,不食五谷。张良对别人说,不许干扰他,他要从赤松子交游。赤松子是谁,现在哪里?谁也搞不清,家人也只有顺从他。此事刘邦听到后,只是淡淡地一笑说:"子房愿意干什么就干什么吧。"

在保太子刘盈一事上,张良是出了大力的。周昌明保,张良暗保,在是否另立太子的朝议中,周昌大声反对,搞得刘邦很为难。张良则暗中使力,派人找来"商山四皓"教化刘盈,促使刘邦终于放弃了更换太子的想法。自那以后,吕后也对张良心存感激。

太子刘盈顺利继位后,吕太后专程到留侯张良的府上当面感谢他,此时他正在家中辟谷修炼。吕太后听说张良不食五谷,仅依靠气功维持生命,便温情地劝他:"人生一世,犹如白驹过隙,转瞬即逝,你这样做又是何苦呢?如今新皇继位,头绪烦乱,好多事还要向您请教呢,你一定要健康地活着。"张良听从了她的劝告,重新开始吃饭,但仍然借口身体不好,在家养病。

张良的一生,正处于社会动荡时期。秦王朝的快速崛起和消亡,中原大地反秦浪潮的风起云涌,楚汉战争的艰苦卓绝,几乎占据了他生命的全部。但张良却能在如此纷繁的乱世中功成名就,实现自己的理想,并且在大汉王朝建立后独善其身,免遭猜忌和杀戮,做到功高不震主,的确得益于他自身的修养。他淡泊名利,明辨事理;审时度势,功成身退;宛若清风,来去自如。

张良的处世哲学,得益于当时正在逐渐兴起的"黄老学说"。"大方无隅,大音稀声,大象无形,大巧若拙","柔胜刚,弱胜强","天下之至柔,驰骋天下之至坚;江河所以为百谷王者,以其善下也。"如此种种道家的理念深深地植入他的心中,深刻影响着他的人生观和处世方法。

张良的去世,正如他所期望的,没有引起大的波动。朝廷似乎忘记了他,人们似乎也忘记了他。据说,张良在坯上桥头遇到那位送他《太公兵法》的老翁后十三年,曾专程到谷城山下找到了一块黄石带了回来,终日供奉在家里。他坚信,这块黄石就是当年在桥上为他指点迷津的老人。如今他带着这块黄石静静地走了,走得十分安详和从容。

汉惠帝七年(前188),整日沉迷于酒色之中的汉惠帝刘盈去世了,那年他仅仅二十三岁。从十六岁继位,到他去世在位仅七年。对大汉王朝来说,这七年天下太平,没有战争,没有内乱,百姓安居乐业,社会经济发展。但对惠帝来说,这七年是痛苦的。他目睹了母后的残忍,杀死赵王刘如意,又要毒死齐王刘肥,一个是他的弟弟,一个是他的哥哥。母后如此狠毒是刘盈怎么也无法接受的,她对戚夫人的摧残几乎到了令人发指的地步。刘盈无法理解母后在父皇去世以后的所作所为,他恐惧地意识到,自己有一天也会被母后害死。正是如此,他躲进后宫,用酒色来麻醉自己,用荒淫来打发光阴。

刘盈整天生活在这表面歌舞升平、美女相拥的温柔乡中,内心却异常得凄苦。好在忠于父皇的文武大臣们各司其职,兢兢业业地操劳着。朝廷上的事自有相国和母后,自己可有可无。但恐惧与空虚却像虫子一样不断地蚕食着他的心灵,他终于被蛀空了,死去了。

吕太后为儿子刘盈的早逝肝肠寸断,她唯一的希望破灭了。在丈夫刘邦死后她内心强烈的孤独,现如今又出现了。由谁继位这一重大课题又一次摆在她的面前,吕太后不是一位善罢甘休的人,她不愿意让高帝的其他儿子来继承帝位,也不敢擅自选派非刘姓的人来继承。面对如此一个令人纠结的现状,吕太

后想出了一个别人无法想到的主意。她从后宫女人为刘盈生的孩子中选了一个小男孩,对外谎称张皇后与惠帝所生,然后又派人秘密杀死这个孩子的母亲。这位年幼的男孩根本不清楚自己为什么突然进了皇宫,又很快成了太子。因为他太小,无法知道大人的事情。

惠帝刘盈下葬后,这位刚刚被立为太子不久的小男孩即位,历史上称为汉少帝,但实际权力完全掌握在吕太后的手中。这样,一个新的景象在朝廷出现了:朝堂上,少帝坐在正位,太后坐在旁边。满朝文武大臣看到这极不顺眼的情景,心中不免别扭,但谁也不敢说出口,嘴里依旧高呼万岁。小小的少帝看着堂下一大群人跪下站起觉得好玩,但吕太后看着这帮嘴里喊着万岁的文武大臣,心里还隐隐感到一丝畏惧和担心。

吕太后心里明白,这些人虽然表面上没有显示出不满,心里可不知在想些什么。尽管他们绝大部分是高帝前朝留下的旧臣,他们可以在高帝面前毕恭毕敬,但未必能从心中诚服自己。一旦有人当堂顶撞,振臂一呼,立即会得到响应,群情激奋。但还算好,三公九卿们一个个表情淡然,没有不满的神情流露出来。

汉王朝初期中央行政机构的设置,基本上是沿袭了秦朝的设置。皇帝是权力的核心,高高在上,具有绝对的权威,掌握着最终的决策和裁决权。中央行政机构下设丞相、太尉和御史大夫,分管行政、军事和监察,称为"三公"。当时的右丞相是王陵,左丞相是陈平,太尉是周勃,御史大夫是任敖。而"三公"之下下设"九卿",即奉常、郎中令、卫尉、太仆、廷尉、典客、宗正、治粟内史和少府,"九卿"分别管理着各种具体事务。"三公九卿"构成的政府首脑机构,是国家职能的中枢神经,保证国家这部庞大机器的正常运转。

"三公九卿"之外,中央政府还设有主管京师治安和防务的中尉,主管列侯事务的主爵中尉,主管少数民族事务的典属国,主管宫室修缮的将作少府,等等。

秦始皇灭了六国,在全国实行郡县制。但到了汉初,在沿袭秦朝郡县制的同时,又分封了不少诸侯国。这样一来,汉朝的政治体制就成了一个地方郡县与封国并存的混合式政体。

郡县的郡守都是由朝廷委派的,郡县的管辖范围也很大。每个郡下辖十几个县,各县少则几万人,多则十几万人。郡守负责全郡的军队事务以及农田耕

作、赋税征收、典郡兵事、治安司法、选举孝廉和属县吏治等事务,直接向朝廷负责。郡县下设的县设有县令、县丞和县尉,负责全县的民政管理、司法治安和兵役征选等,直接向郡守负责。

各封国中有相当一批人是为大汉王朝的建立立下了汗马功劳的将领,如楚王韩信、赵王张耳、淮南王英布、梁王彭越和长沙王吴芮等。刘邦还分封了一批自己的子弟任诸侯王,如齐王刘肥、代王刘仲等。

如今大权在握的吕太后,要面对朝廷中的三公九卿,还要面对各郡郡守、各封国诸侯王。她不得不小心翼翼地度日,唯恐不留神引起众怒。为了稳定,她依旧按照原有的各项法令和规章执行,并无更改之意。朝廷稳定,下面自然也就安分了。但是吕太后绝不是一位能容忍现状并维持现状的贤能君主,她有自己的打算,有自己的安排。在时机没有成熟的时候,她是不会轻举妄动的。坎坷的生活教会了她忍耐,动荡的时局教会了她沉默。当年楚汉鸿沟对峙时,项羽扬言要把她和刘邦的父亲放在锅里煮了,她能保持沉默,已显露出她极强的自制力。被项羽关押两年多的时间里,吕太后正是在忍耐和沉默支持下走过了那段非人的屈辱生活。

实际上,朝廷里许多官员都能意识到又一场暴风雨即将到来,他们不相信掌权的吕太后能够满足现状,维持现状。但是怎么改?怎么动?谁也说不清楚。人们在默默地观望着、等待着这个坐在小皇帝旁边的女人会生出什么花样来,同时也企盼着建立不久的汉王朝能在这个女人的操纵下继续延伸。秦王朝短暂的生命人们记忆犹新,他们不希望大汉王朝也像秦朝一样短命。

十八 惠帝早逝,母后大胆立少帝

十九　欲擒故纵，劝用诸吕媚女主

当年惠帝在世时，吕太后只是在后宫指指点点，没有坐在朝堂上面对众大臣。之后惠帝沉迷于酒色，朝中大事均由相国曹参等人打理，没有十分重要的事情也无须向她汇报。曹参去世后，她遵照高帝的遗嘱，任命王陵为右丞相，陈平为左丞相，继续推行高帝在位时的政令，朝廷上下按部就班，没有发生太大的变化。如今惠帝去世，少帝继位，吕太后要面对繁杂的事务，面对众臣的目光。她感到自己虽身处高位，但却异常孤独。

满朝文武大臣中，吕太后只相信一个人，这人就是辟阳侯审食其，她和审食其的关系十分微妙。当年项羽派人将刘邦的父亲和妻子抓去做人质时，陪伴在吕太后左右的人就是审食其。两年多的人质生活，能与她推心置腹交谈的人也只有审食其。审食其陪伴着她度过无数个不眠之夜，随她喜、随她悲，为她开心、为她解忧。大汉王朝建立后，吕太后自然也不会忘记他，她把审食其留在宫中，负责后宫的事务。

刘邦去世以后，吕太后曾萌生出杀尽朝中旧臣的想法，她唯恐一帮旧臣会趁高帝去世对朝廷发难。所以刘邦去世时，吕太后密不发丧。她找来审食其商议，要采取措施，尽快组织力量杀尽朝中的旧臣，否则刘盈继位之事无法顺利进行。此刻的吕太后，似乎在复仇，想用一场杀戮回报自己前半生的坎坷。她太珍惜这个来之不易的刘姓江山，太在乎自己儿子刘盈能否顺利继位了，为了这些，这个女人显得近乎疯狂。

审食其听到后吓得浑身打哆嗦,如此重大的举措对他来说是想都不敢想。此刻,看着吕太后严肃的表情和冰冷的目光,他心里感到一阵恐惧。在众多旧臣中,审食其与将军郦商关系最好,离开皇宫后,他急忙去找郦商。他担心吕太后一旦行动,郦商也难逃厄运。

郦商听审食其说完也倒吸一口冷气,他也不曾想到,吕太后内心竟然会生出如此恶毒的计划。稍作停顿后,他对审食其说:"吕太后这种想法实在是荒唐,如果实施,天下不保。"

审食其睁大眼睛听着,不敢插话。

郦商又说道:"现如今,灌婴率领十几万大军驻守荥阳,樊哙、周勃和陈平在北部,那里有二十万大军驻守燕、代。如果得到高帝病故、朝中旧臣被杀的消息,他们一定会联合起来一起率兵攻打长安。到那时,内忧外患,大汉王朝必将灰飞烟灭。这个道理你回去后一定要讲给吕太后听,千万不可轻举妄动。"

审食其听后赶快回到宫中求见吕太后,他把郦商的分析一五一十地说给她听。当然,他没有向吕太后说自己去见过郦商,这些话是郦商告诉他的,怕吕太后怪罪他,只说是听完她的想法自己回去认真思考后得出来的。

吕太后听审食其说完,顿了顿说:"你的分析有道理,既然这样做会威胁到朝廷的存亡,那就算了吧。"

第二天,也就是刘邦死后的第四天,朝廷向天下宣告,高帝病故,同时大赦天下。

审食其作为吕太后身边的红人,在危机面前,毅然把消息透露给郦商,在某种意义上说,是冒了杀头危险的。但他这样做了,而且实实在在地为朝廷阻止了一次危机。应该说也为大汉王朝立下了大功,不然整个天下又会因吕太后的草率出现大的动荡,不知又会有多少人人头落地。

儿子刘盈的早逝,像针一样刺痛着吕太后的心。自己的一片苦心又将付诸东流,她不甘心。当年她把自己的外孙女嫁给自己的儿子时,曾幻想着他们能够为刘家生下一个含有吕家纯正血统的儿子来。可是外孙女张皇后年纪太小,不到生育年龄,直到刘盈去世,她也没怀上孕。无奈之下,吕太后从后宫女人为刘盈生过的孩子中,挑选了一个小男孩,对外谎称是刘盈与张皇后所生的儿子来继承皇位。

一切似乎进展得十分顺利,少帝继位后满朝文武官员并没有提出异议。但

在吕太后心中,仍然有一块心病,她知道纸包不住火,随着时间的推移,真相会渐渐地浮出水面。一旦满朝上下知道了她为大汉帝国选定的少帝身世后,一场大的风波又将兴起,到那时她又能怎样控制呢?为此,吕太后开始谋划着将吕家的子弟推到权位,以巩固自己的权力。

惠帝刘盈去世时,吕太后悲痛欲绝,但她的表情却被朝廷的一位小吏张辟彊发现了。张辟彊是留侯张良的儿子,才十五岁,由于才华出众,便早早地入朝做官了。细心的他发现在惠帝刘盈发丧时,吕太后虽悲痛万分,却不见落泪。葬礼结束后,张辟彊就找到左丞相陈平,对他说:"皇帝是太后唯一的儿子,皇帝死了,太后干哭无泪,您知道这是为什么?"

陈平没有注意到这个细节,反问:"你这么说是什么意思?"

张辟彊说:"因为太后怕朝廷里的大臣,她担心皇帝一死,你们一定会对她采取行动。"

陈平说:"这事情确实严重,那照你说,怎么才能打消太后的疑虑呢?"

张辟彊说:"依我看,你不如进言太后,把吕家几个在外的将领封为将军,掌管长安卫戍,其他吕姓人也到长安任职。这样吕太后就放心了,你们也再不用担心太后会对朝廷旧臣采取什么手段了。"

陈平一听,这小子说得还真是有道理,为了朝廷安宁和自身安危,权且这样做吧。

吕太后兄妹共五个人,大哥吕泽、二哥吕释之、姐姐吕长姁和妹妹吕嬃。大哥吕泽是当年跟着刘邦一起在沛县起事的。当时天下混乱,各路英豪纷纷举旗反秦,吕泽也不例外,拉起一支队伍在家乡周边与秦军周旋。到了楚汉战争时期,刘邦联合五十六万诸侯联军攻下彭城时,吕泽则率部驻守在下邑。折腾了几年,吕泽的势力并不大,比起妹夫刘邦来说相差很远。但吕泽终归是刘邦的大舅子,任何时候都是他的坚定支持者。当刘邦被项羽在彭城击溃后,他唯一的选择便是率领残部逃到下邑。刘邦心里明白,在这危急时刻,大舅子吕泽的辖地最安全,其他诸侯联军的驻地都靠不住。吕泽见妹夫落荒到来,自然不会嫌弃,好酒好饭热情款待。除去亲戚关系不说,刘邦也是眼下唯一一位敢于同楚霸王对阵的诸侯王。

刘邦在下邑安顿好以后,一边聚拢残兵,一边思考下一步的斗争策略。著名的"下邑之策"正是刘邦在下邑与张良一起谋划出来的。

以后,吕泽、吕释之追随刘邦东征西战。应该说,他们在王朝的建立中立下了不可磨灭的功勋。

老子为汉王朝立下了汗马功劳,可惜长年征战,他们都早早地去世了,没有享上几天福,这份由生命换得的福禄都留给他们的子孙了。

陈平采用张辟彊的建议,奏请将吕太后的侄子吕台、吕产和吕禄调入京城,并委任他们为将军,分别统领长安卫戍、南军和北军。吕太后立即批复,平日里紧锁的眉头也舒展开来。

吕氏家族掌权的时代就这样在没有刀光剑影,没有战马嘶鸣的情况下悄然到来了。张辟彊的建议为吕氏掌权打通了道路,陈平的委曲求全使吕氏的计划成为现实。其中是福是祸,谁也无法预料,大汉王朝这艘巨轮在这种悄无声息的变革中继续行进着。

然而朝廷里的高官们对陈平这种做法十分不满,右丞相王陵、太尉周勃都认为这是陈平在拍吕太后的马屁。但之后朝廷的安稳,吕太后的精明以及当上将军后,吕台、吕产和吕禄等人的尽职尽责却让他们无话可说。总之,大汉王朝依然是刘姓的天下,坐在皇位上的少帝也仍然是刘家的子孙。面对这种现状,其他人还有什么可挑剔的呢?

一向足智多谋、奇思善变的左丞相陈平,面对吕太后咄咄逼人的强势,似乎也显得无可奈何。他明知吕姓子弟一旦掌握了军权,对朝廷是极为不利的,尤其是对高帝刘邦所制定的"非刘姓莫为王"的政策可以说是一种背叛。但他却依然选择迎合吕太后,独自推荐吕姓子弟到朝廷担任军事要职。陈平这么做到底是出于什么样的考虑呢?也许他担心吕太后发起威来会动摇大汉王朝的基业;也许他不愿看到当年跟随高帝打天下的旧臣们惨遭杀害;也许他凭着对吕太后的人品、性格的了解,知道她不会为此颠覆大汉王朝;也许仅仅是权宜之计,让吕太后在台上尽情表演,一旦时机成熟,他会协同旧臣把这一切重新翻转。

汉惠帝刘盈在位七年,朝廷的重大决策基本上吕太后都有参与。当时刘盈才十六岁,国家大事知道的不多,治国经验根本没有。吕太后依靠朝中文武大臣,在内政外交、重要的人事安排等关键问题上,继续执行刘邦在世时的政策,为维护社会安定、发展经济和提升国力起到了积极的作用。刘盈死后,少帝刘恭继位,吕太后虽然从幕后走到台前,但她并没有因此显得轻狂,依然在既有的

政策上不断充实和完善,为大汉帝国的未来营造了一个祥和的发展环境。

儿子刘盈的早逝,增加了吕太后的忧虑。她除了用残忍卑鄙的手段将刘恭扶上皇位外,还加快了起用吕姓子弟的步伐。在她看来,什么人都靠不住,唯有自己娘家人才会真心地维护自己的权力。所以,当陈平呈上来要委任吕台、吕产和吕禄的报告时,她打心眼里高兴。虽然朝廷旧臣中为此事投来异样的目光,但她心里明白,这些人翻不起大浪来。多年随高帝征战和建国的经验告诉她,这帮旧臣对她还是尊重的。除非有什么大的变故,否则这帮人不会对她的决定采取过分的行动。惠帝在位时,她几乎一直主政,那些旧臣也没有对她的指令做出过于明显的抵触。如今不过是任命几位外戚担任将军而已,他们即使不满意也不会公然反对。

当然,这只是吕太后发展吕氏势力的第一步,再下去她还有更大的计划要实施。总而言之,在她看来大汉江山不能随便地落入她不信任的人手中。

二十　防止内乱，陈丞相曲迎太后

开局顺利，吕太后开始实施下一步——封王吕氏。但是这一步绝非寻常，它不同于提拔几个吕姓人到朝廷任职，也不同于封几个吕姓人为侯。封王要颠覆的是当年高帝刘邦宰杀白马，与群臣歃血盟誓的庄严约定："非刘氏而王，天下共击之。"所以在进行这一计划时，吕太后十分谨慎。

眼下的朝廷掌权者，大都是刘邦的旧臣和刘氏诸族宗亲。吕氏家族虽然有了一些势力，但比起他们的力量显得十分弱小。封王一事，绝不能马虎，它事关帝国大业，如此重大的人事任命，必须要放在朝廷上来确定。

一天，吕太后在朝堂上提出了异姓封王的想法，堂下静悄悄的，无人支持也无人反对，大家似乎感到十分意外。尽管不少人心中已经猜测到这一天迟早都要到来，但是果然摆在了面前，人们还是一时感到难以接受。

朝堂上的状况，吕太后似乎也早已料到了。她并没有感到难堪，而是直接点名右丞相王陵，问他是否同意。王陵本来就是一个耿直的人，吕太后不点他的名，他也是准备要发言反对的。此时他索性直通通地把自己的意见表达了出来："当年高皇帝杀白马盟誓，非刘氏而为王者，天下共击之。如果太后要封异姓为王，那就有背高皇帝当年的盟誓，万万不可！"

王陵话音刚落，吕太后便不耐烦地挥手让他退下。她意识到在封王这件事上的阻力很大，但今天既然已经在朝堂提起，就不能轻易地放下，她沉着脸又问

左丞相陈平。陈平见吕太后让他发表看法，平静地说道："我看可以，高皇帝平定天下，封自己的子弟为王，那是天经地义的事情。如今太后行使皇权，封自己的兄弟子侄为王也是理所当然的。这一切都是皇家的事，我没有意见。"

陈平的一番表白，无疑是一颗重磅炸弹在朝堂上炸响。众大臣不由得议论纷纷，谁也没想到左右丞相的意见如此相悖，不少人在思量着应该站在哪一边合适。正当人们还在犹豫之时，大尉周勃大声喊道："我同意异姓封王，太后临朝称制，封自家子弟为王本来就是很正常的事情！"

陈平和周勃的关系一直都不融洽，周勃看不起陈平整日在刘邦面前嘀嘀咕咕的样子。当年楚汉战争时期，周勃还在刘邦面前告过陈平的状。今天周勃第一个站出来支持陈平，真让人搞不清楚他葫芦里卖的什么药，但他的表态，很快就得到其他大臣的响应。人们如大梦初醒，刚才还不知支持哪位丞相，此刻一下子明白了，纷纷都站在了陈平一边。

吕太后见状笑了，她从心里感激陈平和周勃，同时又不屑地看了一眼站在旁边落单的王陵。这是一次与朝廷旧臣的较量，她胜利了。至于御史大夫任敖，她更不用担心。任敖当年是秦朝一所大狱的狱卒，是自己一手把他提拔到御史大夫这个位置的。原因很简单，当年吕太后遭到连坐进了大狱后，狱卒任敖一直对她很关照。一位对大汉帝国没有立下什么战功的人现在坐在御史大夫的位置上，对任敖来说，他会拼了命地维护他的恩主——吕太后的。

目的达到了，吕太后宣布退朝。她此刻的心情特别好，初上朝时的忧愁已经消散，下一步她要做的便是着手封王了。

王陵散朝后堵住陈平和周勃，责问他们："当年高帝和我们一起杀白马盟誓，非刘姓不得为王，你们都是听到的。如今高帝去世，太后临朝，要封异姓为王，其实就是要封吕氏家族的人为王。你们不但不反对，还一味地阿谀逢迎，听任太后更改高帝的遗愿。将来等你们死了，有何脸面去见高皇帝呢？"

王陵说得慷慨激昂，整个身子由于激动、气愤而直发抖。陈平没有生气，他面无表情地说："在朝堂之上，当着众大臣的面顶撞太后，我不如你，但这样做有用吗？她只不过要封几个吕姓王，刘氏社稷和大汉江山还在。但是要设法保护刘氏社稷、江山稳固，你能做到吗？"王陵听了后，无话可说。

周勃站在一旁没有说话,周勃任太尉是刘邦生前叮嘱过吕太后的,由此可以看出刘邦对他的信任程度。周勃不同于陈平才思敏捷,鬼点子多,但这次迎合陈平,说不清是出于什么原因。也许周勃认为陈平说得有道理,也许他本来也赞同封异姓人为王。

陈平常年在刘邦和吕后之间周旋,认真干好自己的分内工作,不但赢得刘邦的赞赏,连吕后、惠帝也对他的能力没有什么可说的。可以说陈平过人的心计、丰富的政治经验已经使他在复杂的环境中游刃有余,如鱼得水。这是一种智慧,一种常人无法达到的智慧。

陈平之所以在吕太后欲封异姓王的这一重大事件上妥协,是他清楚地看到,自从惠帝不理朝政,吕太后参政以来。无论在内政外交、重大人事安排等方面,基本上没有偏离刘邦在世时确定的路线。客观地说,陈平看到吕太后并无夺权当女皇的意图。她亲理朝政,为维护社会安定、发展国家经济、提升国家实力等都做出了很大的努力。

连司马迁在《史记》中都赞赏道:"孝惠皇帝,高后之时,黎民得离战火之苦,君臣俱欲休息乎无为。故惠帝垂拱,高后女主称制,政不出房户,天下晏然,刑罚罕用,罪人是希。民务稼穑,衣食滋殖。"

当今的皇帝依然姓刘,在这种情况下,众臣又何必与吕太后作对,搞得人心惶惶,不可终日呢?有时候退让是一种智慧,但谁也无法预料,陈平的退让会造成什么样的后果?

王陵的强硬态度惹怒了吕太后,她依仗手中的权力,在讨论异姓封王朝会不久,就对王陵采取了措施。她免去了王陵右丞相的职务,让他担任少帝的太傅,也就是老师。表面看起来是在重用王陵,实际上是剥夺了他手中的权力。王陵领旨后非常生气,他明知是吕太后在报复他,可也没有什么办法,只有采取称病休假的办法,不去任职。不仅如此,倔强的王陵从此以后闭门不出,连正常的朝请也不参加了。吕太后看在眼里,并不与他计较。偌大一个王朝,养活几个王陵这样的高官绰绰有余。在吕太后心目中,只要你不再在朝堂上当着众大臣的面顶撞自己就足矣,其他的事她不在意。

王陵被免职,获益的不是别人,正是陈平。吕太后委任陈平为右丞相,陈平

左丞相的职位就派发给了审食其。她这种安排,大家一看就明白,"顺者昌,逆者亡"。吕太后的强势使谁又能像王陵那样敢在朝堂上率直地提出异议呢?

审食其大概做梦都想不到,自己一介草民,既没有为建立大汉王朝立下战功,又不曾出谋划策,仅仅是因为在危难时期陪伴在吕后身边,就能获得如此高的职位。他知道自己走运了,好在审食其并不是一个恃宠而骄之人,也没有野心想过自己以后还会有多大的前程。所以虽为左丞相,但他依然在吕太后面前服服帖帖,听从使唤。至于丞相分内的工作,他不懂也不想懂,只干些宫廷事务等琐碎事情,其他一切均由陈平负责操劳。

陈平现在成了少帝(实际是吕太后)下的帝国第一人。本来陈平坐上这把交椅应该大干一场,谁知他当上右丞相后也学起了曹参的样子天天吃喝玩乐,不理公事。到丞相府办公也常常是蜻蜓点水,坐不了多大一会儿。更有甚者,陈平还经常和一些漂亮女人混在一起。没用多长时间,陈平的做派就在官员内部传开了。大家听了笑笑也就过去了,毕竟陈平位高权重,谁没事会去翻这么一位上司的是非呢?

陈平的做派被樊哙夫人吕媭知道了,她可不像其他人那样,听完笑笑就过去。她觉得自己报复陈平的时机到了,要利用这个机会出出气。吕媭对当年刘邦临死时派陈平到北方前线去杀掉樊哙的事,一直耿耿于怀,她甚至怀疑这个主意是陈平出的。尽管陈平到了北方前线后没有杀掉樊哙,而是把他押解回长安,留了他一条命,但她依然把这个仇恨算在陈平身上。所以只要有机会,吕媭就想报复陈平一下,以解心头之恨。如今刘邦死了,姐姐吕雉掌权,再加上陈平身为丞相行为不检点,吕媭自认为报复他的机会到了。她风风火火地求见吕太后,见了面告诉她,陈平身为丞相,整天在外大吃大喝,不务正业,不仅如此,还到处乱搞女人,对这种人一定要严厉惩处。吕太后早已知道陈平的作为,见吕媭告状,只是点点头没有回答。吕媭急了,非要姐姐当场表态,惩处陈平。吕太后笑了笑说,"这事等我搞清楚了再说,你先回去吧。"她见吕太后不明确表态,只好离开。可是过了一段时间,陈平依旧还是那样,该喝酒就喝酒,该干啥就干啥。吕媭坐不住了,又去找吕太后。这次太后认真起来,她让人把陈平叫来。吕媭很得意,她心想陈平来了之后,吕太后一定会把他训斥一顿,甚至会惩罚

他。到那时,自己就能好好出一口恶气了。

陈平来了,和吕媭面对面地站着。吕太后见到陈平,丝毫没有责怪的意思,反倒微笑着对陈平说:"按照俗话讲,小孩子和女人说的话不要太认真。你的工作很出色,吕媭说的话,你不要往心里去。"

吕媭一听,脸一下子臊红了,鼓起来的心气一下子就泄光了。她不等吕太后发话,便找个借口灰溜溜地离开了。

陈平见状,心中暗喜,他清楚自己的做法得到了吕太后的认可。心智极高的陈平,他要达到的目的,便是要让吕太后感觉不到丝毫的威胁。大汉帝国需要当下这种祥和的环境,黎民百姓也需要这种安稳的生活。与吕太后的抗争,得到的结果只能是朝廷发生内乱,诸侯纷纷自立,甚至外邦也趁机侵犯。到那时,陈平自己将会成为大汉王朝的罪人,这一点陈平深深地埋在心底,他不能给任何人说。至于吕媭的告状,陈平早有耳闻,他没往心里去,反倒觉得此举让吕太后对自己更加放心。

陈平的种种做法,头脑简单的吕媭是根本猜不透、看不懂的。吕太后也不去计较,她此刻需要的是顺从她的人,至于为什么顺从、顺从背后的目的是什么?她也不去理会。国家的安定,大臣的顺从是吕太后最喜欢看到的。

二十 防止内乱,陈丞相曲迎太后

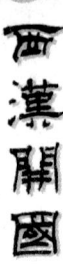

二十一　吕雉专权，陆贾调停将相和

大汉帝国建立以后，刘邦考虑最多的是如何吸取前朝的经验教训，使汉王朝能够千秋万代地传承下去。"非刘莫王""非刘姓而王者，天下共击之"这种想法的产生正是他为了维护大汉王朝长治久安而采取的一项措施。

汉高祖六年（前201）正月，刘邦一下子分封了四位同姓王。这次的动作不算小，二哥刘仲被封为代王，管辖云中、雁门、代郡和太原四郡五十三个县；小弟刘交被封为楚王，管辖淮西三十六城；堂兄刘贾被封为荆王，管辖鄣郡、东阳郡和吴郡等五十三个县；长子刘肥被封为齐王，管辖胶东、胶西、临淄、博阳、济北和城阳郡等七十三个县。

汉高祖七年（前200）十二月，代王刘仲的管辖区域经常遭到匈奴袭扰，他因抵抗不住匈奴铁骑的轮番攻击，弃国而逃。刘邦知道后很生气，但毕竟是自己的二哥，杀他是不可能的，便废掉了刘仲的王位，把自己的爱子刘如意封为代王。不久赵王张敖犯事被废掉，又改封刘如意为赵王。

汉高祖十一年（前196），刘邦又封了几位同姓王。一月，刘邦封第四个儿子刘恒为代王；三月，封自己的第五个儿子刘恢为梁王，又封第六个儿子刘友为淮阳王；七月，刘邦封自己的第七个儿子刘长为淮南王。

汉高祖十二年（前195），燕王卢绾被指控谋反。刘邦派樊哙、周勃率部去平叛，并立自己最小的儿子刘建为燕王。

刘邦在世时，所封的几位同姓王中，代王刘仲因弃城逃跑而被废掉，荆王刘贾被英布的叛军杀死,为此刘邦封自己的侄子刘濞为吴王,管辖荆王刘贾的原属封地。

惠帝继位后,吕后摧残了她嫉恨的戚夫人,又毒死了赵王刘如意,徙封淮阳王刘友为赵王。

在诸多异姓王纷纷反叛被朝廷镇压后,还留下了三个异姓王,他们是长沙王吴芮、闽粤王无诸和南越王赵佗。这些王的地盘不小,权力很大。刘邦在世时,之所以没有剪除他们,一则是他们所在之处大都是地处偏僻的崇山峻岭,交通不便又远离中原;二则是他们对大汉王朝唯命是从,都没有反叛的意图。当然对朝廷来说,这些边远地区只要顺从朝廷,安分守己,没有必要对他们大动干戈。吕太后执政以来,也不曾想过废掉他们。

好不容易扫清了异姓封王的障碍,此时的吕太后正忙于封几位吕姓人为王。她必须要抓紧时间进行。她先封自己死去的大哥吕泽为悼武王,吕泽虽然没有韩信、彭越、英布和韩王信他们的功劳那么大,但也为大汉王朝立下过战功,追封他为王还可以服众。再下来又封自己的侄子吕台为吕王,这个吕王的封地是从原齐国的封地中强行划出来的。当年刘邦把韩信诱捕后,把他徙封到楚地当了楚王。齐地一时无王,此时刘邦手下有一名叫田肯的谋士对他直言:"除秦之外,齐地是一个重要的地方,齐地人剽悍,两人之力便可抵挡十人,齐地相当于西秦。这个地方如果不是自己的亲兄弟、亲子孙,千万不可轻易让他人称王。"刘邦一听有道理,一高兴赏给了田肯五百金。最后刘邦选定刘肥去出任齐王,虽然刘肥是他的私生子,但毕竟也是亲骨肉,又是长子。当时的齐国地域十分辽阔,管辖着胶东、胶西、临淄、济北、博阳、城阳和琅琊等七郡七十三座城。不仅如此,刘邦还下令,凡是说齐国方言的百姓一律返归齐国。可惜的是刘肥太短命,当上齐王没几年就死了,他的儿子刘襄继任了齐王。

吕太后封吕台为吕王时,当时的齐王就是刘襄。刘襄眼睁睁地看着自己管辖的一大块城池被人划去,非常生气,但又没有办法,苦水只有往肚里咽。

吕太后所做的一切,陈平和周勃都看在眼里,但他们没有表示出不满,只是静静地观望着。有一个人洞悉着这一切,他就是陆贾。

陆贾作为一名谋士,虽然没有在前线领兵打仗,但对大汉王朝也是作出过不小贡献的。当年对大汉王朝建立后如何管理,刘邦和陆贾曾进行过深入讨

论。刘邦当时的想法是"老子在马上得天下,难道不能在马上治天下?"陆贾则引经据典,以古为鉴,力陈"马上可以得天下,但必须用文治来巩固政权"的道理。两人一度辩论得面红耳赤,但最后刘邦还是被他说服了。他让陆贾将历朝历代各国君主成败得失的经验教训总结出来,编写成册交给他。于是陆贾着手进行著述,详细介绍了关于国家兴亡治乱的道理和绝招,共写了十二篇呈报给刘邦。刘邦看后非常高兴,将它视为制定大政方针的重要参考资料。从此刘邦改变了对儒家和文人的看法,对汉朝制定治国方针也起到了很大的作用。

汉高祖十一年(前196),陆贾奉命出使南越,并给当时的南越王赵佗带去了贵重的礼物。刘邦当时的主要精力放在让他不得安宁的异姓诸侯王和北部常常袭扰边境的匈奴身上,根本顾不上组织兵力远征讨伐南越。所以他派陆贾出使南越,也是抱着一种侥幸心理。成功了,朝廷去掉一块心病,增加大片国土;不成功也罢,无非是损失一些金银珠宝。至少陆贾出使南越后,他们不会在这个时候给朝廷添乱。陆贾到南越见到赵佗后软硬兼施,陈述利弊,硬是凭着自己丰富的阅历和敏捷的思路,将整个南越国划入大汉王朝的版图中,这份贡献后世也无人能比。

吕太后专权以后,陆贾看清了当时的局势,知道自己无力阻挡便称病辞官回家休养,他选定了长安郊外一个叫好畤的地方安家落户。陆贾辞官,吕太后非常痛快地就答应了,这么一个头脑清楚的人在朝廷中转来转去对她不利,影响她的计划实施。如今陆贾辞官正合她心意,何乐而不为呢?

陆贾辞官之后,显得十分自在和轻松。他除了留足自己的安家费用外,把身边的珠宝均换成黄金,分给自己的五个儿子。然后他带着几个艺人和侍者在住所击鼓弹琴,唱歌跳舞,闲暇还乘坐一辆豪华的马车外出郊游。陆贾在把黄金分给儿子时就与他们有约定:"我今后要轮流到你们几个家里去住,不管住到谁家,谁就得负责我这班人马的所有费用。以后我死在谁家,我这辆豪华马车和随身佩戴的价值万金的宝剑就归谁家,你们不要为这点财产争吵。"几个儿子听了,谁都没有意见,因为父亲给他们的黄金足以让他们享用好一阵子了。

陆贾表面上虽无忧无虑,尽情快活,但内心却也在为大汉王朝担忧。吕太后的种种表现让他感到不安,他一直想找一个人倾诉,甚至找人商量如何控制住吕家日益强大的势力。但自己在无官无职的状况下,朝廷的事情根本无法参

与,他只有依靠别人的力量。

右丞相陈平眼看着吕太后的势力一天天壮大,她开始肆无忌惮地为吕家人封王、封侯。一时间,仿佛一阵子狂风刮过,汉室要变成吕氏家族的天下了。为此陈平疑虑重重,心情极差,面对这种现状,一向足智多谋的他也想不出什么好办法来。陈平没有依靠,没有志趣相投之人,更没有合适的人可以交谈。他清楚,自己的一味让步,使得吕太后有了加快扩大吕氏家族势力的机会。

有一天,陈平在家里又陷入一种难解的愁闷之中,陆贾的突然来访,令他感到非常意外。陈平和陆贾两人,相互都对对方的才智感到钦佩,交谈也甚为投机,可谓是老朋友了。无奈置身朝廷,许多事情身不由己,两人密谈的机会并不多,尤其是陆贾辞官之后,陈平感到自己在朝廷中更显得孤单。

陆贾进门后就大声问道:"丞相独自闷坐,不知为何事发愁。"

陈平见陆贾来访,连忙起身,将陆贾引入内室。两人坐下后,陈平反问道:"你看我为什么发愁呢?"

陆贾淡淡一笑说:"丞相位极人臣,富贵之极,自然不会为吃喝穿戴发愁了。不过依我看,你独自闷坐,忧心忡忡,一定是在为朝廷的事发愁。"

陈平勉强一笑说:"朝廷里有吕太后操心,与我有何相干?"

陆贾接过话题,直截了当地说道:"丞相发愁的一定是吕太后专权,诸吕封王吧。"

陈平见到陆贾把话给挑明了,也毫不隐讳地说:"正是,不知你有什么看法?"

陆贾说:"天下安定,看丞相;天下危难,看将军。将相关系融洽了,天下的人心也就安稳了,朝廷文武百官也就相安无事了。即便天下发生什么变故,也可以从容应对。大汉王朝的安危就掌握在你们手里啊!只要丞相你和太尉同心协力,天塌不下来的。这些话我和周勃也说过,不过他把我的话当作了笑话,没往心里去。丞相心智高深,为何不主动去找太尉当面说明,搞好关系、加强沟通呢?"

陈平听了,连连点头,平日里他和周勃的关系虽然不太好,但也没有很深的矛盾。高帝在世时,周勃在刘邦面前说过他的坏话,他听过之后也就过去了。陈平知道,将军们都是靠拼着性命在前线浴血奋战才赢得荣誉的。对他这种不

上战场,只在后方指指点点的谋士看不惯也是正常的事,所以他们在高帝面前发几句牢骚也很正常。如今王朝面临这种危境,无论如何作为丞相的他绝不能计较这些琐碎小事而贻误国家大事。陈平命家人备上酒菜,与陆贾对饮畅谈,直到夜深方才罢休。

过了几天,陈平打听到周勃要在家中置办寿宴,便备了五百斤黄金作为厚礼为太尉祝寿,还准备了歌人舞伎为寿宴助兴。收到丞相陈平如此厚礼,周勃受宠若惊,不知道怎么感谢才好。周勃知道自己对丞相平日有些不敬,但他不计前嫌,重礼祝寿,说明自己原先错怪了丞相,心中不免产生愧疚。没过几天,周勃也带着重礼造访陈平。两人坐在一起品茶、叙旧,显得十分亲热,先前那种隔阂经过几次交谈就烟消云散了。丞相和太尉的关系和好众大臣也都看在眼里,心中不免生出几分慰藉。人们总是希望太平,有几个人会为搅乱天下而去挑拨离间、搬弄是非呢?

与周勃关系和好,使得陈平心中一块石头落了地。毕竟以后两人还要在一起共事,遇到什么重要事情还需太尉的大力支持。

陈平对陆贾的提醒十分感激,也送给他一定数量的黄金和其他贵重物品。他们在一起密谈时,曾提到要积极地在群臣中活动,了解他们的所思所想,为一旦发生的重大变化争取人心。所以陈平送给陆贾的黄金,他就投入到四处活动的花销上了。陆贾不在朝廷做官,行动相对自由了许多,朝廷中不少文武大臣又是他的好友,他进出他们的府邸也是很随便的。

天下没有不透风的墙,陆贾四处活动的消息还是被吕家人知道了,但他们也找不到什么把柄。陆贾的行动十分隐蔽,言语也十分隐晦,看不出来他有把矛头直指吕太后的意图。再则,陈平和周勃总是在吕太后提及陆贾的时候为他说好话,也让她没把陆贾的作为过于放在心上。

这一阶段,吕太后志得意满,她沉浸在自己参政的兴奋中,对陈平、周勃等顺从她的意愿也十分满意,心情自然格外得好。

二十二　太后病逝，刘吕两家起争端

吕太后封王计划进行得非常顺利，她在追封大哥吕泽为悼武王，加封侄子吕台为吕王以后，又封了一批吕姓人为王。除此之外，还加封了一批吕姓人为侯，连妹妹吕媭也被加封为临光侯。封王、封侯不但加强了吕氏家族的势力，也让这些吕姓族亲尝到了为王、为侯的荣华富贵。这些人本来就眼巴巴地望着掌权的吕太后能降福于他们，如今梦想变成现实，他们一个个无不欢欣鼓舞，对吕太后感恩戴德。

吕太后为了不引起众臣的不满，在封吕姓人的同时，也加封了几位刘姓人。其中刘邦的堂弟刘泽为琅琊王，齐王刘襄的弟弟刘章为朱虚侯、刘兴居为东牟侯等就是实例，当然对刘氏子弟加封的力度要比对吕氏子弟的小得多。

为了缓和刘吕两家的冲突，吕太后还采取了另一个举措，就是把吕姓家的姑娘嫁给刘家的人。如琅琊王刘泽、赵王刘友、梁王刘恢和朱虚侯刘章的正妻都是吕家女儿。吕太后这样做，一方面为了避免刘吕两家发生争执；一方面也强化了她对刘家诸王的监视，应该说在这方面，她是费了心思的。然而每人喜好不同，择偶标准也不同，强迫的婚姻总是要演绎出来悲剧方能收场，其中最为凄惨的要属赵王刘友和梁王刘恢。

刘友对吕太后分配给自己的吕家女没有丝毫感情，两人形同陌路，关系十分紧张。这位当了赵国王后的吕家女看不惯刘友整日与他宠爱的姬妾嬉笑打闹，就向吕太后诬告："赵王对太后封的吕家人十分冷漠，他还曾咬牙切齿地说，母后违背高帝约定，大封异姓王，大逆不道。母后百年了以后，我要把他们全部杀掉。"吕太后听了这话大怒，于是下旨宣刘友进京。刘友到了长安便立即被囚

禁起来,吕太后不但不去见他,还让卫兵加强监管,不得让任何人靠近他。更为残忍的是她还不让人给刘友提供食物,没过几天,刘友就被饿得无精打采,形同骷髅了。

有一天,浑身无力的刘友,知道自己离死不远了,他用颤抖的手写下一首诗:"诸吕用事兮,刘氏危;迫胁王侯兮,强授我妃;我妃既妒兮,诬我以恶;谗女乱国兮,上曾不寤;我无忠臣兮,何故弃国?自决中野兮,苍天举直!于嗟不可悔兮,宁早自裁!为王饿死兮,谁者怜之?吕氏绝理兮,托天报仇!"写完后他再无力气站起来了,倒在地上直至咽气。

吕太后得到刘友死去的消息,让人把他悄悄地运出都城,找了一个荒郊野外的乱坟岗草草埋了。

赵王刘友死后,吕太后又把梁王刘恢改封为赵王。刘恢的正室是吕太后的侄子吕产的女儿,她把自己孙子辈的吕家女嫁给儿子辈的赵王刘恢,以图达到控制赵国的目的。这个吕家女秉承着姑奶的天性,十分强势。她出嫁时带了一班亲随,把持着后宫,干预政事。赵王刘恢心中十分不满但又不能表露,只好在后宫与几位爱姬厮混。谁知这位吕家女发现后,将这几位爱姬统统毒死,直搞得他很是心灰意冷,情绪低落,刘恢到赵国仅过了四个月便含恨自杀。吕太后知道了以后,轻蔑地对他人说:"这个赵王没有出息,为了几个女人就自杀了。"随后她下旨不准刘恢进入刘家宗庙,其子女一律削职为平民。

吕太后的所作所为,也被少帝刘恭知道了,这个渐渐长大懂事的小皇帝,也对吕太后的做法表示出不满。后来,他又从宫内的侍臣处听到自己不是皇后的亲生儿子,而是惠帝和后宫的一个妃子所生,不幸的是,他被立为少帝后,自己的亲娘却被吕太后派人给杀害了。从此少帝对吕太后就恨之入骨,有一天,刘恭当着别人的面发狠地说:"太后能杀我的亲娘,等我长大了,一定要报仇!"没想到这话传到吕太后耳朵里,她搞清楚真相后,对少帝刘恭下了毒手。吕太后对外界说,少帝是得了不治之症死了的。众大臣不明真相,唯唯诺诺,都没往心里去。随后她又从后宫找了一个惠帝与宫女生下的孩子做了皇帝,还称少帝,这个孩子叫刘弘。

岁月不饶人,吕太后也感到自己老了,即将离开人世。好在眼前的事已基本安排妥当,国家也在和平的环境中不断发展着,国力与日俱增。但此时吕太后担心的是她死后的局势会发生变化。

一天,吕太后对自己的侄子吕禄、吕产说:"我眼睛没有闭上,政局不会出现动荡,哪天我闭上了眼睛,你们可要加倍小心呀。你们不要为我发丧,要加倍防卫,守住宫门,防止有人趁机作乱。"

吕禄、吕产看着躺在床上身体虚弱的姑妈,连连点头。他们心里明白,姑妈

所说的"有人"指的是哪些人,也清楚姑妈一旦离去,他们将面对怎样复杂的局面。然而生生死死是一条亘古不变的自然规律,谁又有能力去改变它呢?

吕太后临终前下了一道旨令,感谢朝廷各位王公大臣通力合作,才使得大汉王朝能够如此顺利地向前发展。为了表彰众人的功绩,她给每位赏了一笔数额较大的赏金。吕太后的用意很明确,即希望她死后,各位王公大臣要继续为大汉王朝尽心尽力。当然她的另一层意思也很明白,她吕太后没有亏待众人,大家在她死后也不要否定她的作为,因为她所做的一切都是为了大汉王朝的兴盛。

汉高后八年(前180)七月,吕太后在长乐宫去世,享年六十二岁。她的去世,标志着她专权时代的终结,她曾经煞费苦心地培养扶植起来的吕氏家族势力,也将处于风雨飘摇之中。这些后果,吕太后也许在生前已经预料到了,为此她做了很多努力,比如给吕姓封王、封侯时也封了一些刘家的人,比如强行让刘家和吕家的儿女结亲,比如她在临终前给王公大臣们发放的一批赏金,等等。都证明她不愿意看到自己死后国家因为刘、吕两家不和而生出事端,也不愿意看到吕家强盛起来灭了刘家,或者刘家联合起来灭了吕家,使得由高帝刘邦辛苦建立起来的大汉王朝因为刘吕两家相争而毁于一旦。

吕太后经历了高帝沛县起兵到新朝建立的全过程,可以说吃尽了苦头,受尽了委屈,她太珍惜这座来之不易的江山和自己得到的一切了。高帝在世时,她作为高帝的贤内助,用自己的智慧为汉王朝的建立铺平了道路。特别是在清除异姓诸侯王时期,她表现出女人少有的果断和严酷,解决了一些刘邦想办却无法办到的事。高帝去世后,她费尽心思让自己的亲生儿子刘盈继承了皇位,但是性情软弱的儿子让她放不下心来。当时国家刚刚建立,内忧外患还没有完全平息,百废待兴,她怎么可能坐视不管,整天待在后宫无所事事呢?吕太后没有取代刘盈自己当皇帝的打算,她只不过是担心儿子稚嫩的肩膀无法担负起这份重任。尽管刘盈软弱,她却不能废掉他另立一位皇帝,因为她只有刘盈这么一个亲骨肉。高帝的儿子不少,但他们都与吕太后没有血缘关系,她不甘心把皇帝这个宝座让给一个没有她吕家血统的人来坐。她怕到那时,自己连皇太后的位子都无法保证,况且她也认为自己有能力辅佐儿子管理好这座江山。

事实也正是如此,吕太后在惠帝亲政的几年中,继续推行高帝时制定的"与民休息"的政策,重用朝廷旧臣,使国家在政治、法制、经济和思想文化各个领域都取得了长足的发展,为大汉王朝的兴盛奠定了坚实的基础。惠帝死后,吕太后虽然用不光彩的手段扶持少帝刘恭、刘弘登上皇位,但她在治理国家的大政方针上没有发生变化。她所做的为日后埋下祸端的事就是给吕氏家族的人封王、封侯,她这么做也有她的道理,她认为大汉王朝不能仅仅由刘姓一家人来享受,她吕家人也为此做出不少贡献。但她终究没有料到,这份苦心却给吕氏家

族带来了灭顶之灾,他们都将要为这种做法付出生命的代价。这个代价如此沉重,倘若吕太后地下有知,不知作何感想?

吕太后去世了以后,朝廷并没有发生内乱,王公大臣们为她举办了隆重的葬礼。吕太后终于可以与高帝刘邦长年厮守在一起了,他们夫妻几十年,真正在一起的时间并不多。长陵是刘邦与吕雉的合葬墓,它位于今陕西省咸阳市的北原上。

吕太后的葬礼结束后,吕禄和吕产就开始干涉朝政了。按理说他们只是长安戍卫和南、北军的统领,没有涉政的理由,但他们却倚仗姑妈的余威开始发号施令。他们以为在姑妈面前唯唯诺诺的王公大臣在他们面前也不敢反抗,所以干涉朝政的动作不断加大。他们通过少帝刘弘下了一道旨令,剥夺了太尉周勃调动指挥军队的权力,只给他留下一个太尉的头衔。对右丞相陈平他们也没手软,不让他批复文件,更谈不上让他处理国家大事了,陈平实际上也被架空了。吕禄、吕产这样做的目的只有一个,要废了少帝,他们自己当皇帝。吕太后的遗嘱中绝没有让吕家人登上皇帝宝座的意思,如果她有这种想法,在她当政时期就可以去做。她没有这样做,说明她没有让吕家人当皇帝的意愿。但她绝不会想到,自己尸骨未寒,她的两个侄子却对皇帝的宝座垂涎三尺,意欲冒险登上帝位。两个侄子如今的表现是她万万预想不到的,早知如此,她当初又何苦为吕姓家人争得这份福禄和荣誉呢?

吕禄、吕产的做法引起了众大臣的关注,他们敢怒不敢言,因为太尉周勃、丞相陈平也没什么明显的表示。但是周勃、陈平并非逆来顺受,他们表面上服从,私下里却在积极地活动。没有了权力,反倒给他们提供了更多的时间和更大的空间。他们在积极筹划,也在静静地等待,他们心里明白,只要时机一到,他们会奋不顾身地冲上去,扭转当前令人难堪的被动局面。

整个长安城里,在一派祥和的表面下,一股股暗流在涌动。

朱虚侯刘章是刘肥的第二个儿子,齐王刘襄的弟弟。刘章长得相貌堂堂,性格和爷爷刘邦有几分相像。吕太后在给吕家人封王、封侯时,为了掩人耳目,也给刘家人封了几个王和侯,刘章就是那次被封为朱虚侯的。他不但被封侯,吕太后还把他调到了长安城,并把自己的侄孙女,即吕禄的女儿嫁给他为妻。刘章文武兼备,头脑清晰,做事果断,十分强势,吕太后也挺喜欢这个跟自己虽然没有血缘关系的孙子。

有次吕太后请一些人吃饭,让刘章做酒吏。刘章欣然应允,并提出既做酒吏就要行军法,吕太后听了也没当回事就答应了。在席间刘章提出要给大家唱歌助兴,众人拍手欢迎。刘章唱道:"深耕穊种,立苗欲疏;非其种者,锄而去之。"四句歌词,刘章反复地唱,其他人没听出什么话外音来,吕太后却听出来

了,觉得刘章唱的好像有所指,暗示大汉王朝刘家才是正苗,吕家是杂草。想到这吕太后挥挥手叫刘章停下,众人继续喝酒。这时有一位吕家人喝多了,悄悄从酒席上溜了出来,刘章见后提宝剑就追了出去。一会儿工夫,刘章提着这人的头颅来到酒席上,他大声说:"此人逃酒,违反军令,我把他斩了。"众人一见目瞪口呆,不知怎么说好。吕太后看到这种场景,无奈也只好宣布散席。

从此刘章在长安的名声大振,刘家人也为出了这么一位敢作敢为的后代感到无比振奋。

一天,刘章的妻子回娘家听到了父亲吕禄和叔叔吕产在商议政变的消息,她回来后把这个信息告诉给刘章。刘章感到事情万分紧迫,一面派人通知齐王刘襄做好起兵讨伐吕家兄弟的准备,一面与弟弟东牟侯刘兴居商议做好内应的具体事宜。

一场刘、吕两家争权的大戏就要开演了,谁赢谁输,当事人谁也说不准。

附录 天下初定相关文化信息集萃:

(1)成语、名句和谚语

一诺千金 四海为家 叔孙礼乐 论功行赏 溺儒冠 发踪指示
运筹帷幄之中,决胜于千里之外 雍齿封侯 马上得天下 一饭千金
韩信将兵,多多益善 高屋建瓴 耻与哙伍 狡兔死,走狗烹 兔死狗烹
鸟尽弓藏 成也萧何,败也萧何 便宜行事 聊以自娱 期期艾艾 使羊将狼
商山四皓 羽翼已成 赤松子游 萧规曹随 面折廷争 魏勃扫门 青门种瓜
自择留 三寸舌 人人自危 闻所未闻

(2)历史遗迹

河南省偃师市首阳山电厂大门东五十米310国道旁田横墓
山东省即墨市东部海域横门湾中田横岛
陕西省西安市城区西北八公里汉长安城西南西安门里汉未央宫遗址
陕西省西安市城区西北十公里汉长安城遗址
山西省大同市城东五公里处白登山古遗址
西安市灞桥区新筑镇新农村韩信墓
山西省灵石县城南十公里高壁(韩信)岭韩信墓
陕西省富平县杜村镇姚村南二公里汉太上皇陵
江苏省丰县赵庄镇金刘寨村汉皇祖陵
咸阳市秦都区窑店乡三义村刘邦汉长陵
咸阳市秦都区肖家村乡柏家嘴村戚夫人墓

咸阳市渭城区韩家湾乡徐家寨村萧何墓
咸阳市渭城区韩家湾乡徐家寨村曹参墓
咸阳市渭城区韩家湾乡徐家寨村王陵墓
河南省兰考县西六公里三义寨乡曹辛庄张良墓
山东省微山县微山湖中微山岛"三贤墓"之一的张良墓
陕西省留坝县北十七公里庙台子张良庙
陕西省丹凤县西七公里商镇四皓墓和祠
开封市通许县西北十五公里孙营乡李左村李左车墓
陕西省永寿县永平乡店头村娄敬墓
河南省杞县城西南十一公里高阳村西南隅郦食其及郦商墓
咸阳市渭城区韩家湾乡白庙南村南五百米处汉惠帝安陵
咸阳市秦都区窑店乡三义村汉长陵东(与高祖不同穴位)吕雉墓

(3)名家点评

百余年间未灾变,叔孙礼乐萧何律。　　　　　——唐 杜甫《忆昔二首》
自古神仙皆智勇;一生进退本从容。送秦一椎;辞汉万户。　——于右任
收秦关百二山河奇谋独运,辅汉家统一事业成功不居。　——冯玉祥
只要合乎条件,合乎章程……办得好,那是韩信将兵,多多益善。
　　　　　　　　——毛泽东《关于农业互助合作的两次谈话》
刘邦一连串屠戮,是专制政体必不可免的一项作业,成为中国历史发展的特征。几乎所有新兴的政权,都要通过这个窄门,血迹斑斑。
　　　　　　　　——柏杨《柏杨版资治通鉴》

(4)其他

《新语》　　　　　　　　　　　　　　　　　〔西汉〕陆贾
油画《田横五百士》　　　　　　　　　　　　徐悲鸿创作
《汉高祖幸鲁祭孔图》　　　　　　　　〔明〕佚名 曲阜孔庙收藏
高中语文教材《淮阴侯列传》　　　　　　〔西汉〕司马迁《史记》
京剧《未央宫》
京剧《淮河营》
京剧《十老安刘》
京剧《监酒令》
《道德经》　　　　　　　　　　　　　　　　〔春秋〕老子
小说《西汉宫廷演义》　　　　　　　　　　〔民国〕徐哲身

白登之围图

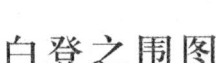

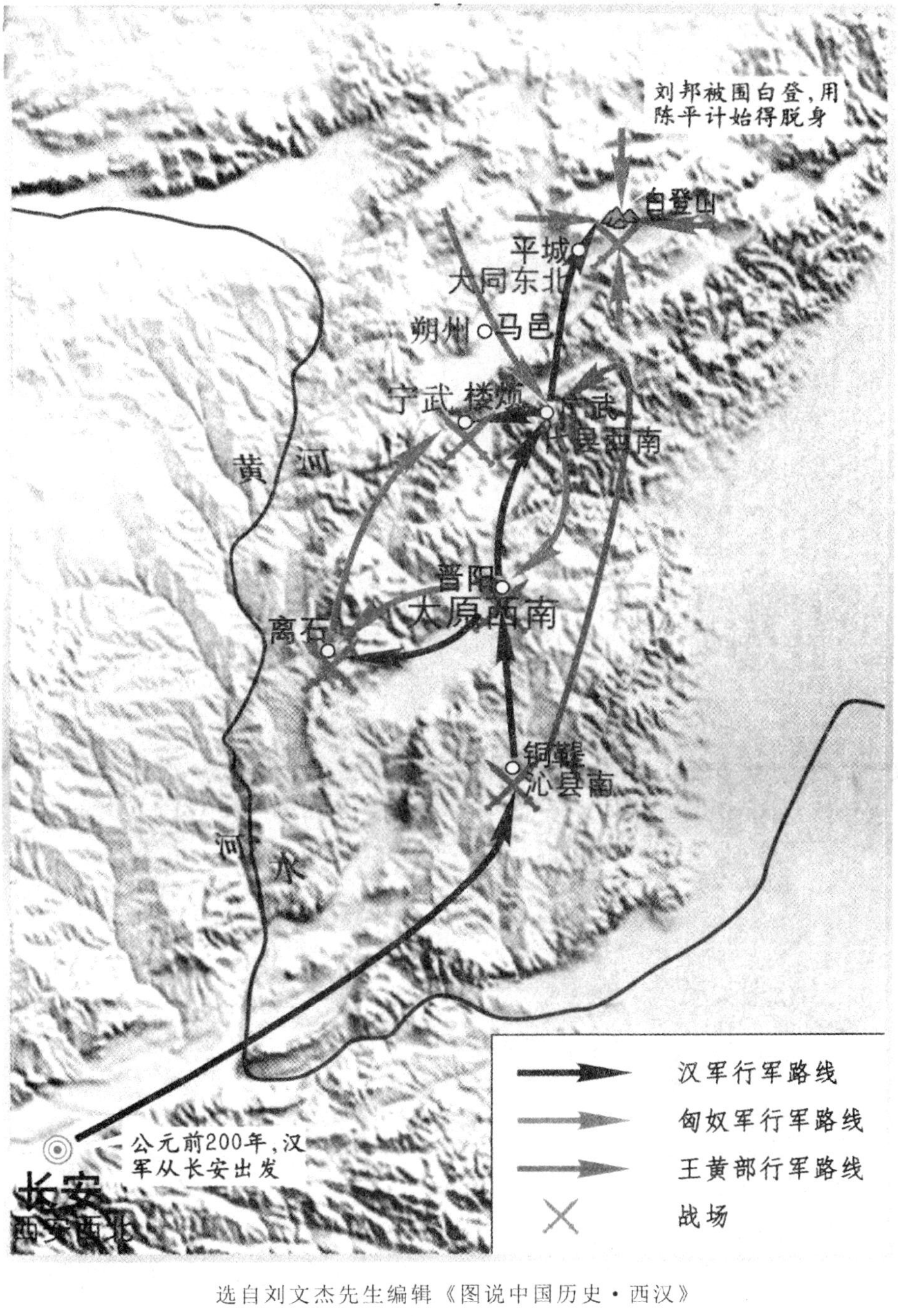

选自刘文杰先生编辑《图说中国历史·西汉》

西汉帝国

郡国并行图

同姓王的分封 | **异姓王的分封**

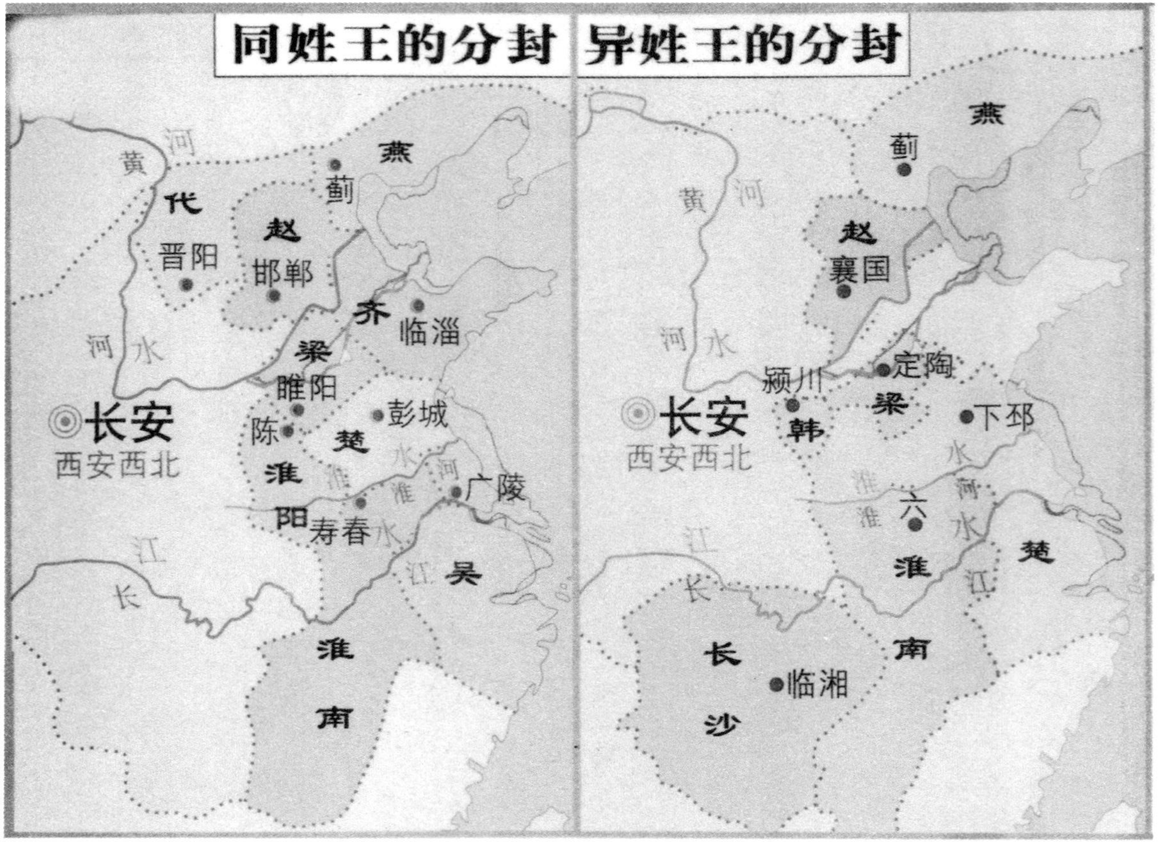

选自刘文杰先生编辑《图说中国历史·西汉》

第四章

文景之治

一 将计就计，吕氏遣兵将察变

刘襄是继承父亲刘肥的王位当上齐王的，他是长子。刘肥为人宽厚，生性懦弱，深得弟弟刘盈和妹妹鲁元公主的敬重。所以虽然他不是吕太后亲生，但在太后执政期间，也没有遭到她的暗算。刘邦当年把刘肥封为齐王，一则是听从了田肯的建议，把一个大诸侯国分封给自己的儿子，二则也是因为刘肥年长且为人宽厚。但刘襄继位后境况却不同了，吕太后采取措施不断地缩小齐国的封地，首先割出一块给自己的侄子吕台，成为另一个诸侯国——吕国；然后又划出两块土地分别封给女儿鲁元公主和琅琊王刘泽。为这事刘襄气愤不已，但又敢怒不敢言，只好把仇恨埋在心里。

吕太后去世之后，刘襄便开始摩拳擦掌，伺机报仇。他知道满朝的文武官员和绝大部分刘姓诸侯王早已经厌恶了吕太后的专权，她一死，一场铲除吕氏家族势力的风暴随时都有可能会刮起来。如今得到弟弟刘章捎来的密函，更让刘襄兴奋不已，他企盼的这一天终于要到来了。

刘襄立即召集大家商议起兵的具体事宜。他明白自己是高帝的长孙，只要他一起兵，其他刘姓诸侯王也会马上响应。这时，齐国丞相召平站了出来，他坚决反对发兵长安，说这样做有违道义，会造成天下大乱，威胁到大汉王朝的稳定。刘襄听了很是生气，非常时期还讲什么道义！吕太后专权讲没讲道义？吕太后杀少帝又讲没讲道义？他对众人说："如不起兵，大汉王朝将快速消亡，吕氏家族一旦执政，在座的人中能活下来的没有几个。所以必须尽快起兵，挽救

大汉王朝于危难之中。"当然还有句话他没说,那就是一旦自己当上皇帝,在座的各位都能得到好处。

丞相召平还在反对,刘襄害怕众人受到他的蛊惑,对起兵产生疑虑,立即宣布休会,下次再议。散会后,刘襄命人尽快将召平秘密处死。谁知召平得到了这一消息后,反倒以加强王宫护卫为名,下令王宫护卫军把齐王宫团团包围了起来。

形势万分危急,刘襄被围在宫中急得团团转,想不出什么办法来。这时中尉魏勃对他说:"我去找召平说说,让他立即撤掉包围齐王宫的护卫军。"刘襄正急得火烧眉毛,听到魏勃愿意出面解围,自然高兴,当即同意。魏勃出宫见到召平,对他说:"齐王说起兵,也只是说说而已,他没有朝廷送来的兵符怎么起兵呀!你是一片好心,不愿见到齐王违背道义,可是把王宫包围起来也不是个办法。这样吧,你把兵权交给我,你再找齐王说说,让他打消起兵的念头。"

召平包围齐王宫的目的,就是为了阻止齐王发兵,如今听魏勃这么一说,觉得也有道理。何况自己是个文臣,本来对指挥军队就是外行,见魏勃愿意出面替自己指挥也就不再强撑着了。谁知他刚一到家,魏勃就带领护卫军把丞相府包围了起来。召平知道自己上当了,后悔不已。府外护卫军呼喊着要冲进丞相府,召平意识到自己一定逃不了此劫,大喊着:"当断不断,反受其乱!"然后含恨自杀。

召平一死,刘襄的阻力没有了,他封自己的舅舅驷钧为丞相,封魏勃为大将军,开始大张旗鼓地集结军队。为了壮大声势,扩大兵力,刘襄派内史祝午去到琅琊国请兵。琅琊国就是当年吕太后从齐国分割出来,任命刘邦的堂弟刘泽为琅琊王的封地。

刘泽比刘襄大两辈,当年吕太后封他为琅琊王时,他总觉得有些别扭,在自己孙子辈的诸侯国里分割出一块土地让他去当王,觉得面子上挂不住。今天刘泽见齐王派使节前来,自然是隆重迎客。祝午见到刘泽,对他讲了齐王准备发兵西征,诛杀吕氏的计划。刘泽听后表示赞同,本来大汉王朝就是刘家天下,怎能容忍吕姓人篡位呢?祝午看刘泽没有意见,又说:"您是老前辈了,当年跟随高帝南征北战,经验丰富,齐王请您出马帮他带兵,重振刘家江山。"

刘泽听到这话受宠若惊,他没有丝毫怀疑就跟着祝午到齐国去了。谁知到了齐国,刘襄就命人把他关押了起来,让他交出琅琊国的兵权,统归齐国指挥。

刘泽没有办法只好照办,不然他的老命恐怕难保。

刘襄的兵力得到扩充,感觉时机到了,他发了一道檄文昭告天下。檄文中力陈:高帝刘邦当年平定天下后封自己子弟为王,天下安定,吕太后专权以后,擅自变更了高帝遗嘱,对刘氏宗亲进行残酷迫害,大力加封诸吕为王,仅齐国就被分为四个诸侯国。忠臣进言,太后根本不听,如今太后死了,诸吕把持朝政,拥兵自重,强迫列侯忠臣擅自改变朝制以令天下,大汉王朝危在旦夕,今我齐国起兵,西进长安,讨伐诸吕。

檄文发出,立即得到了天下响应。楚王刘交马上复函,愿意率兵与齐国一同西征。很快,齐楚联军就向西开进。

吕禄、吕产听到齐楚联军向西开进的消息后,忙命令颍阴侯灌婴率军向东迎击。形势万分紧迫,齐楚联军一动,其他诸侯王也会蜂拥而至。吕禄、吕产商议尽快起兵,占领皇宫,登上帝位。但他们又担心丞相陈平、太尉周勃从中作梗,计划无法实施。最后他们一致认为,等到灌婴和齐楚联军相遇交战时再在宫中发动政变也不迟。

当时,济川王刘太、淮阳王刘武和常山王刘朝都比少帝刘弘小,虽然为王却没去封国,都待在长安宫中。这几个王也是吕太后为培养吕氏势力时加封的,他们都是惠帝与后宫女人所生的孩子,和少帝刘弘的出身差不多。吕太后之所以加封这些王,是希望自己在位时恩赐于他们,他们长大后也会记住她的恩德。所以这些封国名义上刘姓人为王,实际权力却掌握在吕氏家族人的手中。

颍阴侯灌婴是商人出身,秦末各地爆发反秦大起义时,他毅然放弃生意投入到反秦的浪潮中,报名参加了刘邦的队伍。灌婴跟随刘邦南征北战,屡立战功。楚汉战争时期,灌婴的军事指挥能力进一步得到展示,他率领的骑兵部队驰骋在中原大地,直至把项羽围困在乌江边上。大汉王朝建立后,灌婴还率部参与了平定楚王韩信、韩王信、燕王臧荼、叛将陈豨以及淮南王英布的重大战役。他单独领兵击败敌军十六次,收复城池四十六座,平定一个诸侯国、两个郡、五十二个县,俘虏高级将领和政府官员多人,可谓战功卓著。刘邦在世时就很信任灌婴,加封他为颍阴侯。灌婴的能力和忠诚不但得到刘邦的认可,连惠帝刘盈和吕太后也对他十分放心。灌婴是位低调的人,刘邦去世后他的官职并没有得到提升,但他依然尽心尽力地干好自己分内的工作,不参与朝廷的政事,他的这种作风在吕太后去世了以后也得到吕禄、吕产的欣赏。齐楚联军率兵西

进,吕禄、吕产派灌婴出关迎击,也正说明吕氏兄弟对他的信任。

灌婴是跟着刘邦打天下的功臣,他深知大汉王朝来之不易,他对这座江山有着深厚的感情。吕太后在位时的所作所为他看在眼里,急在心上,如今让他率领军队去消灭刘家的子弟,他自有打算。灌婴率部到达荥阳后就不再东进,让部队在此驻扎下来。他对身边的亲信说:"吕禄、吕产重兵在手,欲推翻刘家创建的大汉王朝自立,我率兵与齐楚联军作战,即使打败了他们,也是他们吕氏家族的功劳。"灌婴不仅嘴上这么说,他还秘密派出使节到齐楚联军,告诉他们暂时不要西进,静观其变,一旦吕氏兄弟发动政变,他们将联合起来讨伐。吕禄、吕产在派人出征这个问题上的确太草率了,因为他们根本无法领悟到灌婴与大汉王朝那种血肉相连的浓浓情怀,自然也无法预测到他在这个时候会率军倒戈,他们都还在期盼着他大胜而归呢。

齐楚联军得到灌婴送来的消息,便停止西进。一场大规模的内部血战悄然化为乌有,但长安城里的空气却已显得万分紧张。吕禄、吕产在长安眼巴巴地等着前方传来的胜利消息,因为在没有得到确切信息前,他们也不敢贸然行动。

周勃、陈平也在紧张地忙碌着,他们自从得知朝廷发兵去阻击齐楚联军的行动后,就意识到吕氏兄弟还会采取进一步的动作,大汉王朝危在旦夕。可是周勃虽为太尉,手中却没有军权,无法调动军队;陈平虽为丞相却不能批复文件,无法干预朝政。万般无奈之下,他们决定采取一个非常行动,即劫持老将军郦商。郦商的儿子郦寄,现在朝廷任职。陈平决定劫持郦商,是因为他知道郦寄和吕禄的关系非常密切。郦商长年征战,多处受伤,加上年老多病在家休养,劫持他很容易。陈平等人的行动进行得十分顺利,郦寄得知父亲被人带走后十分着急,很快就找上门来,当看到父亲安然无恙,自然也就放了心。陈平见到郦寄告诉他,让他去找吕禄,劝他们兄弟两人都回到自己的封国去,不要有什么想法,更不要想着在长安搞出些动静来。这样做对朝廷、对他们都有好处。如果不去封国,继续留在长安把持着军队,甚至干出些什么不利朝廷安定的事来,大家都不好过。

事到如今,郦寄也没有办法,只好答应去劝说吕禄。陈平告诉他,你父亲在这儿你就放心,我不会亏待老将军的,事情办完你就带他回去。

吕禄是在赵王刘恢自杀身亡后被吕太后封为赵王的,但他自从受封后一直没有去封国,而是继续在长安掌管着长安戍卫和南北两军。郦况找到吕禄,把陈平的话原原本本地说给他听了，当然没有说这是丞相陈平的意思。吕禄听了觉得也有道理，他不像弟弟吕产，没有太大的野心。面对当前如此复杂多变的政局，退出来可能还是件好事。可这事情关系到整个吕氏家族，总是要找几位长辈商量一下才能决定。

吕禄当着吕氏家族几位长辈的面，把自己想去封国的话说了，没想到立即遭到姑姑吕媭的反对。樊哙前几年去世了，遗孀吕媭在姐姐和侄子们的关照下活得挺滋润。她坚决反对吕禄、吕产去封国，说不能把军权丢掉，军权是吕家的根，丢了它就等于丢了吕家人的命，吕禄、吕产感觉姑姑的话有些危言耸听。吕媭见两位侄子不听劝便急了，从箱子里把金银珠宝全都拿出来扔在院子里，生气地说："家都要完了，这些东西还有什么用？你们随便捡吧！"

自从剥夺了太尉周勃的军权和丞相陈平的行政权后，朝廷中实际的军权掌握在吕禄手里，行政权则掌握在吕产手里。这一天，御史大夫曹窋找吕产议事，正巧碰到郎中令贾寿出使齐国回来。贾寿在路上见到齐楚联军压境，打听到大将军灌婴和齐楚联军私下沟通议和的消息，急忙赶着回来向吕产报告。他说："吕王不早早去封国就职，如今要去都来不及了。"接着他把一路上的所见所闻及灌婴与齐楚联军议和的事详细地向吕产作了汇报。吕产一听着急了，顾不上与曹窋议事，急忙找吕禄商量对策去了。

御史大夫曹窋是前任丞相曹参的儿子，他子承父业，兢兢业业地为大汉王朝操劳，因其个人的聪明才智升任朝廷御史大夫一职。曹窋在大是大非面前毫不含糊，他得到信息后，立即去找周勃、陈平，告诉他们吕氏兄弟有可能在这个关键时刻采取极端措施，要他们加以警惕。

周勃、陈平听曹窋说完后，感到形势万分危急，但周勃已经没有了军事指挥权，要稳住长安戍卫和南北两军，没有兵权是无法办到的。目前最要紧的是长安城内不能乱，要想长安城不乱，控制住长安戍卫和南北两军便成为当务之急。

周勃决定冒险闯入吕禄的北军大营，能不能闯进去，他没把握。陈平也拿不出好的办法来，但事到如今也只好铤而走险了。

二　将相安刘，王朝迎来新帝王

周勃来到北军大营门口，被卫兵拦住了。尽管周勃曾经是他们的统帅，但朝廷有一个铁的规定，没有皇帝的符节任何将领都不能进入军营。襄平侯纪通负责掌管符节，周勃找到他，让他拿着皇帝的符节假称奉诏命太尉视察北军。这次卫兵不敢阻拦，放周勃他们进了军营。此刻的周勃仿佛又回到当年跟随高帝刘邦打天下时的状态，他精神抖擞、思维清晰、镇定自若。进入北军后，周勃让随行的郦寄和刘揭去劝吕禄，告诉他皇帝命太尉镇守北军，命你马上离开长安去封国就任，把虎符和将印交给太尉。

吕禄相信郦寄的话，面对来势汹汹的周勃，他一时也拿不定主意，只好按照郦寄说的，把虎符交给郦寄，把将印交给刘揭，自己则回去收拾东西准备离开长安。

太尉周勃掌握了军权，拿到了虎符和将印，大步走到军营，传令北军全体将士："效忠吕氏的人袒露右臂，效忠刘氏的人袒露左臂！"听到太尉的传令，北军全体将士齐刷刷地剥下衣服，袒露左臂。一股热血在这些将士心中激荡，他们清楚保卫效忠刘汉王朝的时机到了。

曹窋得到周勃已经控制了北军的消息后，立即去找陈平，告诉他南军还把持在吕产手中，要尽快加以解决。陈平派人找来刘章，让他赶往北军协助周勃。

此时，吕产已得到了周勃控制了北军的消息，便决定孤注一掷，强占未央宫。他率领卫队向未央宫方向进发。

周勃见到刘章,得知吕产已率兵去未央宫了,就让曹窋尽快赶到未央宫,通知守宫的卫队不准吕产进入。为了保卫未央宫,他又让刘章率一千人马火速前去增援。

吕产率兵赶到未央宫时被卫兵拦住不让进宫,他恼羞成怒,命令将士强行攻击,双方展开激烈交战,一时刀光剑影,血肉横飞。此时刘章率领的一千人马赶到,立刻投入战斗。刘章的目标不是别人,正是吕产。当双方正打得不可开交时,突然狂风大作,飞沙走石。吕产的队伍乱作一团,无法进行抵抗。吕产见状,什么也顾不上了,骑上马就逃命。刘章盯着他丝毫都不敢懈怠,他见吕产逃跑,便策马追赶。吕产见有人紧追不舍,只好弃马进入郎中令官府的一间茅厕内躲藏。刘章见状紧步追上,手起刀落,将吕产杀死在茅厕中。

吕产一死,南军的将士均纷纷放下手中的刀剑投降了。正在这时,皇帝命令谒者带符节慰劳他,刘章一边派军驻守未央宫,一边同谒者一起驾车赶到长乐宫,二话不说杀死了负责长乐宫守备的卫尉吕更始。到此,他才集合军队返回北军,将战况报告给周勃。

周勃见刘章得胜归来,连忙起身向他行了拜礼,祝贺道:"我们最担心的就是吕产,如今他已被诛杀,天下就可以太平了。"

周勃重新掌握了军权,南北两军和长安戍卫的将士都归于他的统领之下。周勃下令,将吕氏家族不论男女老幼一律抓获杀死。一时间,一场灭门行动在长安城各个角落展开。吕禄虽然交了符节,没有率军反抗,但也被捉住处死。吕嬃也难逃此劫,尽管她依靠樊哙享尽了人间富贵,又倚仗吕太后获得侯位,但寒光闪闪的刀剑仍将她砍死。她没有说错,丢掉了军权就等于丢掉吕家人的性命,可恨的是她的两个侄子虽然军权在手,却不知道怎么支配。诸吕被悉数杀掉后,周勃又派人杀了燕王吕通,废掉了鲁王张偃。张偃是吕太后女儿鲁元公主与原赵王张敖的儿子,鲁元公主死得早,吕太后执政时把从齐国划出来的这块封地改为鲁国,张偃就成了鲁国的诸侯王。

当年在吕太后专权时的红人审食其凭借和陆贾私人关系不错,保住了性命。吕禄、吕产控制住了朝廷后,审食其也靠边站了,他左丞相的职位被免除,只是给少帝当太傅。周勃念其在吕太后和吕氏兄弟专权时没有助纣为虐,就奏请少帝,重新任命他为左丞相。

随后,朝廷又改封济川王刘太为梁王,立赵幽王的儿子刘遂为赵王。派遣

304

朱虚侯刘章到荥阳前线,把诛杀诸吕的情况告诉齐王刘襄,让齐楚联军都回到自己的封国去。刘襄接到旨令很是郁闷,他本想率兵进入长安,无奈率重兵守在荥阳的灌婴丝毫没有让齐楚联军西进的意思,况且灌婴率领的朝廷军队早已和刘襄率领的齐楚联军达成协议:一旦吕氏兄弟发动政变,他们将择机进攻长安。如今吕氏兄弟政变未遂,反倒被朝廷一举诛杀,再西进长安的理由也不充分。刘襄只好率齐楚联军怏怏地返回,登上帝位的念头也只好埋在了心底。

灌婴看到齐楚联军已经撤兵,随即率兵返回长安。

吕氏既灭,天下安定,但是在每天的朝堂上,众大臣看着坐在皇位上的少帝总是感觉不顺眼。他是吕太后立起来的,虽然吕太后已死,可人们看着少帝总是感到她的阴魂还在,禁不住私下议论起来。有些大臣知道一些内幕,只是吕太后执政时,不敢胡言乱语,现在吕氏势力已不复存在,便悄悄地把真相透露出来。原来,吕太后在世时所立的少帝刘恭和刘弘都不是惠帝刘盈的亲生子,连她所封的济川王、淮阳王和常山王也都不是惠帝的亲生儿子。吕太后不知从哪儿找来这些孩子放在后宫,对外称是惠帝与后宫女人所生,其实完全不是那么回事。她将这些孩子放在宫里以后,就派人杀死他们的亲生母亲。吕太后这么做的目的,就是为了让这些孩子长大后对她感恩戴德,保护他们吕家人的利益。如今吕氏家族被诛灭了,一旦这些小孩长大后知道了真相,他们必将对现在诛杀吕氏家族的人复仇,一场大的杀戮又会开始。

这些议论在朝堂上引起一阵子骚动,大家不由得为自己,也为朝廷未来的命运担忧。怎么办?有人建议废了少帝,另选一位高帝的嫡亲子孙当皇帝。有人建议,这次一定要选位仁慈贤明的人当皇帝。既然要另选皇帝,那么只有在现有的诸侯王中选择了。

这时有人说,原来的齐王刘肥是高皇帝的长子,如今他的儿子刘襄继承王位,可以选他做皇帝。再说,他在这次诛吕中立了大功,若不是他在齐国率先联合楚国发兵讨伐,此次行动也不会这么顺利。况且齐王刘襄年轻、有魄力,是理想的皇帝人选。

有人反对说,吕太后在高帝去世后专权的教训大家不要忘记,吕氏家族正是靠了外戚专权,才敢肆意妄为,几乎毁了高帝创立下的刘家社稷。齐王的舅舅驷钧也是个贪婪暴戾之人,如果齐王当上了皇帝,有朝一日外戚专权的现象还将出现。一旦这种局面再次发生,大汉王朝就将彻底毁灭了。

也有人提议拥立淮南王刘长做皇帝,说刘长是高帝的第七个儿子,高帝从小就对他疼爱有加。虽然刘长现在年纪还小,长大了定能成为一个贤能的君主。有人反对这种提议,认为刘长的母亲赵姬家也不是一些善人。当年高皇帝北征时途经赵国,他的女婿赵王张敖将自己身边喜欢的赵姬送给岳父大人。因为赵姬妖娆娇艳,仪态万方,果然高皇帝当晚就与赵姬同床共寝,就这样怀上了刘长。刘长出生后,吕太后千方百计地陷害赵姬,致使赵姬含恨自杀。赵家人对高帝和吕太后都是怀有仇恨的,一旦刘长做了皇帝,赵家人一定会趁机进行报复。

这时,有人提议拥立代王刘恒为皇帝,说代王是高皇帝现在还活着的儿子中年龄最长的,而且代王为人仁孝宽厚。他在位十七年,代国政治稳定,经济发展,百姓安居乐业,人民交口称赞。代王的母亲薄氏一家恭谨善良,行为规范,再说拥立年长者也合乎朝廷礼制。这个提议一下子得到朝堂大多数官员的赞同。

新皇帝就这样在众官员的议论声中产生了。

代王刘恒时年二十五岁,他是刘邦在公元前196年平定韩王信叛乱后被立为代王的,当时只有八岁。刘恒的母亲薄夫人先前是魏豹的爱妾,楚汉战争期间,魏豹的出尔反尔使刘邦对他很不信任,但也没有杀掉他。彭城失利后,刘邦率兵北撤,留下周苛、枞公、魏豹和韩王信守荥阳,结果荥阳被项羽包围。守城的周苛和枞公商议,在眼下这种紧急关头,为了防止魏豹再背叛出卖荥阳,就把魏豹抓起来杀了。薄姬因为长得眉清目秀,而且还能歌善舞被刘邦看中,成了刘邦的爱妾,她为刘邦生了第四个儿子刘恒。大汉王朝建立后,薄夫人带着儿子一直住在长安宫内。薄夫人为人低调,不事张扬,虽然吕后对她不正眼相看,倒也没有找她的麻烦。薄夫人不像戚夫人那样与吕后争宠,只是一心一意地养育着自己的儿子。刘恒被封为代王后,薄夫人就随儿子一同去了代国,逃离了朝廷后宫那个是非之地。薄夫人的弟弟薄昭是位饱学之士,到了代国后,薄夫人就把对儿子的教育全部托付给了弟弟薄昭。刘恒是位智商极高的孩子,他刻苦学习,勤勉为政,在代国全面贯彻"与民休息"的国策,取得明显成效。代国不大而且地处偏远,但对汉王朝来说,代国却是一个北部边疆的重镇,它要随时迎击南犯的匈奴。刘恒在位期间,不断加强军事力量,亲自指挥与小股来犯的匈奴军队作战。十七年的代国生活经历,实际上是他十七年的生活历练,他从一

个懵懂孩童成长为一位文武双全、治国有方的地区行政长官。

朝廷众官员在意见达成一致后,就决定派人迎请新皇帝进京登基。这一切,都是在十分保密的情况下进行的。陈平和周勃担心,一旦风声走漏,其他诸侯王会起来闹事,等到新皇帝登基了,那时谁再起哄也来不及了。所以他们一边派人到代国去迎接代王到长安,一边加强长安的警戒,严防意外发生。事实也的确如此,自从吕氏家族被诛杀后,天下的刘姓子孙都眼巴巴地盼着新皇帝这顶桂冠能落在自己头上。特别是齐王刘襄,他对自己继位信心满满,朱虚侯刘章也在做着美梦,哥哥一旦坐上皇位,至少也会给自己一个大的封国去当王。

代王刘恒见到朝廷派来的迎接新皇即位的车队,大吃一惊。他让人把这些人马安顿好后,坐在王宫里反复看了几遍朝廷发来的文书。这一切来得太突然了,他一时搞不清是真是假,是福是祸,是真情还是阴谋,他急忙召集身边的几位近臣商量。

郎中令张武一口咬定这是个阴谋,说这伙人要欺骗代王进京,然后关押或者暗杀。道理很简单,陈平、周勃和灌婴等人都是跟着高帝打天下的功臣,什么没见过,搞阴谋一个个都是老手。代王不能去,去了就中了他们的奸计,还是静观其变吧。

中尉宋昌不同意张武的看法,他说:"吕氏家族已除,众人企盼着一位刘氏子弟接任皇位。代王仁慈贤孝,名闻天下,高帝现在的众多儿子中,代王最长,大汉王朝正亟须一位像代王这样的人去当皇帝呢。如果他们不是诚心恭请,根本无须对代王采取这么一种方法,只要对天下宣布废除他的王位即可,何必费这么大的心思来加害代王呢?"

两种意见都有道理,刘恒一时也拿不定主意。散朝后刘恒请教母亲,薄夫人也感到此事突然,不敢断定祸福。薄昭听说后,决定亲自去长安面见陈平和周勃,了解真情。事到如今,也只有如此了。刘恒感到这样做是让自己的舅舅去冒险,于心不忍,但不这样又想不出更好的办法来。他知道,自己在铲除诸吕上没派一兵一卒,也没出一点力气,皇帝这顶桂冠轻而易举地落在自己头上让人不敢相信。但宋昌说得也有道理,他们在众多高帝子孙中看中了他的人品,也许这正是自己能登上皇位的资本吧。十多年的历练没有白费,一旦自己真的登上帝位,一定要努力实现自己脑海中早已成熟的夙愿,把大汉王朝建设得更加富强。

三 皇帝亲政，丞相机智巧应对

薄昭从长安返回，带回来振奋人心的消息，代王刘恒从现在起就是大汉王朝的第三代皇帝了。

刘恒得到确切的消息，心里一下子轻松了许多，他笑着对宋昌说："事情果然与你的判断一样。"随之命令众官员准备进京登基。

百姓听说代王要离开代国，纷纷前来送行。刘恒在代国十七年，深得百姓的拥戴，他们不舍得刘恒离开。欢送的场面十分感人，百姓纷纷拿出自家的酒肉送给代王，伏在地上祝愿他此去一路顺风。不少人都流着热泪，恋恋不舍地与代王道别，刘恒见状，感动万分。他再次深切地体会到，一位官员为百姓做了一点好事和实事，百姓都会牢牢地记在心里，他们会以最朴素、最真诚的行动对你表达敬意，真可谓百姓心里有一杆秤。充满真情的送别场面，在刘恒的心中激起层层浪花，这感人的场面深深刻在他的脑海里，也将深深地影响到他今后的执政理念。

刘恒赴长安的车队规模不大，他将母亲、妻儿都暂时留在代国，准备待长安诸事安顿好后再接他们。赴京车队行至高陵（今陕西省高陵区），刘恒让宋昌、张武等人驾车先行赶到长安传旨。此时的刘恒对这突来的喜讯依旧心有疑虑，他担心有人设计陷害他，也担心事情在进行中会发生变化。为了慎重起见，派宋昌、张武他们先到长安，以观察长安的动静，做好应付突变的准备。

宋昌一行到达渭河大桥时，只见以丞相陈平和太尉周勃为首的朝廷百官正

恭恭敬敬地站立在大桥两边迎接新皇。宋昌见状,立即派人向刘恒汇报,这时刘恒一颗悬起的心才算落了地。他让车队快速前进,待赶到渭河桥时,只见陈平、周勃等率百官跪伏在地,恭迎新皇。刘恒见状急忙下车回礼,并招呼众臣起身。

周勃见到刘恒,想到他面前说话,此时站在刘恒身前的宋昌挡住周勃说:"太尉要说公事,就公开讲;要说私事,王者不受私事。"

周勃一愣,不好再说,就跪在刘恒面前,献上天子的御玺和符节。

刘恒并没有接受,他对众大臣说:"大家已经等了很长时间了,咱们回到长安再说吧。"说完,刘恒命宋昌带车队径直驶往长安代邸(代国在京城的办事处)。众臣见新皇乘车直奔长安,均随驾也一同回京。

刘恒一行到达代邸后,紧随御驾前来的丞相陈平急忙叫人按照汉朝礼仪上表代王刘恒,请他即皇帝位。

陈平代表前来的众臣说:"代王是高帝的长子,是高帝的嫡亲子嗣,请大王即天子位。"

刘恒此刻谦虚起来,他对陈平、周勃等前来的朝廷文武大臣们说:"奉祀高帝创立的宗庙,是十分重大的事情。本人能力不济,才学浅疏,无法担当重任,请众卿另外选人。"

陈平、周勃听刘恒这么说,率众臣跪伏在地,恳请刘恒即位。

刘恒向西行宾主之礼再次推让,又向南行君臣之礼推让,嘴里不停地说着:"不敢当,不敢当。"

陈平继续请求:"大王奉祀高帝宗庙是最合适的,天下诸侯百姓也拥戴大王即位。臣等从国家长远利益着想,不敢有丝毫的懈怠和马虎。愿大王幸听臣的意愿,在此,臣谨奉天子御玺、符节再次拜上。"

刘恒见众臣一再请求,心里踏实了下来,他对众臣说:"既然众卿如此请求,我不敢再辞让了,众卿请起身吧。"

众大臣听到刘恒答应即位,均伏地三拜,高呼万岁。

长安未央宫是皇帝处理政务的地方,刘恒在代邸同意即位,但未央宫的那位少帝刘弘还在皇帝的宝座上呢。一国不可能有两个皇帝,当务之急是让那位少帝让出皇位,这样刘恒才能正式即位。陈平和周勃商量后派东牟侯刘兴居带人去清宫。一切进展得十分顺利,少帝还小,根本搞不清怎么回事,离开就离开

吧。少帝身边的人眼看着大势已定,又有谁会站出来为他争辩呢?

长安城里仍同往常一样,达官显贵花天酒地,普通百姓忙于生计,谁又会去注意这皇宫里正在悄悄地发生着的重大变故呢?

一切准备就绪后,太仆夏侯婴亲自驾着皇帝的御驾在代邸迎接大汉王朝的新皇刘恒到未央宫即位。

刘恒进入未央宫时已近傍晚,当夜就发布了第一道人事任命:在代国时的中尉宋昌为卫将军,统辖长安城南、北两军;代国时的郎中令张武为朝廷郎中令,统辖长安成卫军。军权控制在自己人的手中,刘恒算是吃了一颗定心丸。连夜,刘恒又发了第一道诏书,谴责诸吕擅权大逆不道,赞颂朝廷将相携手诛吕,解救刘氏宗庙于危难之中,同时宣布,大赦天下。

暂时的平稳,难以消除刘恒心中的畏惧,他知道在这次诛吕行动中,自己没有出力反倒得了实惠。而那些在诛吕行动中冲在前头的如齐王刘襄、楚王刘交、琅琊王刘泽、朱虚侯刘章、东牟侯刘兴居和颍阴侯灌婴等,他们嘴上虽然拥护自己继承帝位,心里还不知怎么盘算。如果即位后不对这些有功之臣给予丰厚的回报,说不定他们还会在私下里做出令人不安的举动来。还有楚王刘交是自己的叔叔,淮南王刘长是自己的亲弟弟,刘襄是高帝的嫡长孙,他们所在的封国,无论从地盘、物产,还是从人口和资源等方面,都远远胜过代国。这些诸侯王不满意,很容易联合起来形成一股对抗朝廷的强大势力。

刘恒明白,自己没有雄厚的政治基础,面临的局势也相当严峻,必须小心翼翼地处理事务,万分警觉地面对当前的政局。好在高帝立国时制定的大政方针,在吕后专权的十几年时间里没有什么大的变化。满朝掌权的老臣们对高帝的崇拜和信任依然存在,他们不会对刘氏宗庙产生大的抵触,只要自己谨慎从事,善待老臣,安抚百姓,加大对功臣的封赏,眼下的平稳政局还是可以维持的。为此,刘恒采取了一系列的措施,首先归还了吕后执政时期从齐国分划出来的土地,算是对齐王刘襄的一个回报。与此同时,又给朱虚侯刘章、东牟侯刘兴居、襄平侯纪通增加了食邑。接着又任周勃为右丞相,陈平改迁左丞相。在征求意见时,是陈平主动推荐周勃为右丞相的,他认为自己在诛吕行动中功不及周勃,刘恒欣然应允。又任命灌婴为太尉,算是对他突出表现的一个褒奖。

汉文帝元年(前179)三月,刘恒又下了一道诏书,救济全国各地的孤寡老人。规定八十岁以上的老人每人每月给米一石,肉二十斤,酒五斗;九十岁以上

的老人每月再给布两匹，丝绵三斤。同时他还废除了一人犯罪，株连父母妻子的连坐法。一系列惠民政策的实施，赢得了百姓的拥戴，也赢得了民心。

数月之后，政局基本稳定，国家机器运转正常。看着儿子所做的一切，刘恒的母亲薄太后喜在心上。薄太后是一个温婉聪慧的女人，当年面对吕太后的强势，她谦卑谨慎、与世无争，才得以保全自己和儿子的性命，儿子刘恒封为代王后，她随儿子一同迁居代国，让弟弟薄昭做刘恒的老师，教他读书做人。薄太后随儿子在代国生活了十七年，她做梦也没想到，自己有朝一日成了母仪天下的皇太后，即使这样，她仍然十分低调地生活着。但儿子刘恒对她的尊重和孝敬却是真切的，这让她能时刻感受到一种温暖。儿子的所作所为她十分关心，她衷心地期盼儿子能成为一位百姓拥戴的好皇帝。

右丞相周勃由于昔日战功显赫，在诛吕行动中又立有新功，心情特别舒畅，上朝时常常摆出一副满不在乎、洋洋得意的样子。刘恒对他也是以礼相待，高看一眼，并不计较他在朝堂上的傲慢神态。每次退朝，周勃总是趾高气扬地快步往出走，刘恒也常常是目送他出去。

周勃的举动，在刘恒看来无伤大雅，但朝堂上一位叫袁盎的小官吏却看不过眼。

有一次，袁盎趁刘恒独自一人时，对他说："陛下，您认为丞相是一位什么样的人？"

刘恒不假思索地说："丞相是一位国家可以依赖的人，是社稷重臣啊！"

袁盎接过刘恒的话说："我觉得右丞相只是一般的功臣，算不上国家可以依赖的重臣。国家可以依赖的重臣，应该是能与君主共存亡的人，主在、臣在，主亡、臣亡。当年吕后执政时，众吕姓掌权，刘家社稷虽然没有断绝，却也风雨飘摇。那时丞相担任太尉，重兵在手，却不能使局面得到矫正，这样的人能算得上重臣吗？吕太后去世了以后，大臣、诸侯们一致反对吕氏掌权，丞相才利用这个时机出面诛吕。所以，丞相只能是一般的功臣，而算不上国家可以依赖的重臣。如今丞相在陛下面前，傲气十足，陛下对他却谦逊礼让，完全不合君臣之礼。我认为，陛下对丞相没有必要表现得如此恭敬。"

袁盎的提醒尽管有过激之处，但却让刘恒意识到了自己的不足，皇帝就应该有一个皇帝的样子。刘恒赞扬了袁盎几句，表示自己会注意身份的。从此以后，刘恒对待众臣，特别是对待周勃不再像以往那么谦让和小心了，在朝堂上，

尽量使自己的形象显得庄重威严。

皇帝对自己态度的变化，周勃感觉到了。起初他搞不清是因为什么，后来听说是袁盎在皇帝面前搞的鬼，气不打一处来。但气归气，从此在刘恒面前，周勃的傲气大大地收敛了，见了皇帝，也像其他大臣一样敬畏恭谨。

袁盎是楚国人，吕后执政时在吕禄的家里做门客，刘恒即位后，经过哥哥袁哙的推荐在朝廷里当了一名小官吏。袁哙与周勃的关系很好，这也是袁盎能够到朝廷任职的一个重要原因。袁盎虽然职务不高，但他才思敏捷，敢于说话，常常在朝堂上发表一些言论，针砭时弊。

一次朝堂之后，周勃堵住了袁盎，气愤地说："我和你哥哥关系那么好，你还敢在皇帝面前告我的状，小命不想要了。"袁盎看着气急败坏的周丞相，又好气又好笑。没等周勃说完，他头也不回地走了，丝毫没有表示歉疚的意思。周勃见他这个样子，除了心里憋气，也没有什么办法。

有一天，刘恒在朝堂上问右丞相周勃："国家一年要审多少件案子？"

周勃吭哧了半天，答不上来，只好说："臣不清楚，臣有罪。"

刘恒又问："全国一年收入和支出的钱粮有多少？"

周勃憋红了脸，还是那句话："臣不清楚，臣有罪。"

刘恒听了有些生气，当着众臣的面他又不好发作，就又问左丞相陈平。

陈平没有紧张，他不慌不忙地答道："这方面的数字统计，陛下可以问各自主管的人。"

刘恒紧接着问："谁主管？"

陈平不卑不亢地答道："陛下若要了解国家一年审多少件案子，可以询问廷尉；若要问国家一年收入支出有多少，可以询问治粟内史。"

陈平圆滑的回答让刘恒不满意，他稍显不耐烦地说："既然这些事情都有人在管，朕不知左右丞相在干什么？"

陈平听后，神情坦然地答道："作为丞相，就是要替陛下管理这些人。丞相的职责，就是对上辅佐天子，对下调节万物，对外镇抚四夷，对内亲附百姓。陛下不嫌我愚笨，任命我为丞相，我有责任替天子做好这些事情，从而达到朝廷文武百官各展所长、各尽其职的目的。"

听完陈平这一席话，刘恒满意地笑了，他从心眼里佩服陈平的机敏和才智。

朝堂上，周勃在刘恒的再三询问中显得力不从心，没想到陈平的一席话却

让刘恒转怒为喜。退朝后,周勃在路上埋怨陈平道:"这些话你为什么不早一点告诉我,让我在朝堂上丢尽脸面。"陈平笑了笑说:"你作为右丞相,这些话还用得上我教你?如果有一天皇上问你长安城里有多少盗贼,你难道也要亲自下去数一数?这些事不是我们要亲自管理的,你老兄还是回去好好想想吧。"

听了陈平的解释,周勃感到汗颜。他一个带兵打仗出身的人,的确无法胜任右丞相这个职位,像陈平这样机敏善辩的才能,自己下辈子也学不会。

从这之后,周勃有了辞官回乡的念头,随着时光的流逝,这个念头也越来越强烈。终于有一天,他向刘恒递交了辞呈。理由很客观,说自己长年随高皇帝四处征战,身体多处受伤,如今年老多病,无法胜任丞相一职,请求辞官回家乡养老。刘恒接到周勃的辞呈后也没有挽留,同意了他的请求。但周勃辞职后,朝廷右丞相这个职位,刘恒并没有安排人去接替,实际上是让陈平一人专任了。

虽然皇帝已经易主,但新皇继续推行高帝制定的方针政策,所以对陈平来说,丞相这一职务尽管重要,但他轻车熟路,无须费太大的气力。

三、皇帝亲政,丞相机智巧应对

四 以柔克刚，赵佗俯首愿称臣

刘恒即位后，意识到摆在自己面前的事情千头万绪。他为了巩固自己的政治地位，对内推行宽松的政策，安抚百姓，分封功臣，平息怨气；对外继续执行原有的政策，即对匈奴依旧采取和亲的方法，减少两国之间的冲突，保持边疆安定。然而，南越王赵佗因不满吕太后对南越的封锁政策，于高后五年（前183）自封为南越武帝。不仅如此，还派兵攻打长沙国的边境，抢掠长沙国境内好几个县的牲畜和财物。当时吕太后派遣隆虑侯周灶为将军，率兵反击南越。无奈时逢天热潮湿，瘟疫肆虐，军队中不少官兵染上疟疾，所以周灶连南岭都没过去就率兵返回了。赵佗知道后得意万分，进一步采取行动，将周边的闽越、西瓯和骆越等地也收入自己的管辖范围。南越的区域进一步扩大，国力也增强了许多，赵佗也越发自得，仿佛自己成了一位与大汉皇帝平起平坐的帝王。

对于不断强大的南越国，刘恒不敢有丝毫松懈，他一面派人维修好赵佗家的祖坟和旧宅，一面向丞相陈平询问安抚赵佗的办法。陈平将赋闲在家的陆贾推荐给了刘恒，建议文帝再次派陆贾出使南越，说服南越王对汉王朝称臣。

为了确保陆贾这次出使南越的成功，刘恒还亲自给南越王赵佗写了一封信，并备上丰厚的礼品。刘恒这封信既情真意切，又内藏锋芒。他在信中告诉赵佗自己已经继皇帝位，表示愿意继续按照高帝时期的政策与南越通好；检讨了吕后专政时期对南越政策的不公，同意充分考虑南越国的合理要求，做到仁至义尽。同时又指出南越攻击抢掠长沙国的行为是轻率的，不利国家安定，声

明朝廷将不会容忍类似事情再次发生,建议双方停止武力行动,重修于好。又在信中暗示南越国应当取消帝号,承认大汉王朝的权威,朝廷将一如既往地让南越国得到充分的自主权。

时隔十七年,陆贾带着文帝的亲笔信和朝廷准备的丰厚礼物,再次翻山越岭到达南越。

赵佗对陆贾本来就有好感,十几年后两人再次见面似老友重逢,不由得老泪纵横,他命令下属高规格接待陆贾。世事如烟,岁月无情,当两位垂垂老矣的老者坐在一起时,似乎有说不完的知心话要向对方倾诉。

陆贾知道自己重任在身,不能只沉浸在老友重逢的气氛里。他向赵佗出示了文帝的亲笔信,简要介绍了朝廷内部发生的事情,着重强调了刘恒对南越国的重视和关切,还告诉赵佗,文帝即位后不久就派人修缮了他在家乡的祖坟和故居,并坦率地陈述了自己此次到南越的使命。

赵佗读完文帝的信函,听了陆贾的介绍后非常高兴,几乎未加思索地就答应了朝廷的要求,并向陆贾承诺:"即日起去掉帝号,向北称臣。"

事情进展得如此顺利,足见赵佗是一位顾大局、识大体的人。他不愿与汉王朝为敌,也努力为南越的百姓创造一个和平的环境。

陆贾此行收获颇丰,他回来时带了赵佗写给文帝的回信,信中赵佗对自己"自帝其国,非敢有害天下""聊以自娱"的称帝行为做了解释,并宣誓:"今陛下幸哀怜,复故号,通使汉如故。老夫死骨不腐,改号不敢为帝矣!"同时还让陆贾带回许多南越珍宝和特产献给文帝。

陆贾回到长安后,将出使南越的情况如实汇报给了刘恒,刘恒听后非常高兴。南越的问题总算如愿解决了,这让刚继位不久的皇帝去掉了一块心病,他也重赏了陆贾。

好消息自然要和好朋友分享,陆贾拜见陈平,向他一五一十地叙述了此次南越之行的见闻和成果。陈平听了,满心欢喜。

一段时间以来,陈平越发感到自己老了,精力远不如以前,常常感到自己心有余而力不足。重病在身、卧床不起的陈平,回顾了自己平凡而又神奇的一生。他这一辈子也算是经历了几多风雨,年轻时落魄、无奈,自己像位乞讨者一样过着寄人篱下的生活。好在遇到明主刘邦,使自己的才华得到了展示的机会。在建立汉朝的诸多功臣中,自己也算是一个幸运儿。无论在高帝时期、吕后专权

时期还是新皇刘恒继位后,他凭着自己敏锐的目光、机智的头脑,明辨是非,顺势而为。在维护国家整体利益的前提下,保全自己,成为汉朝建立以来第一位三朝丞相。做到这一点谈何容易,其间有委屈、有抱怨、有激动、有无奈,也有庆幸和快乐。人的一生本来就很短暂,自己能在这短暂一生中,表现得如此充分,也足以让心灵得到慰藉。

汉文帝二年(前178)十月,大汉帝国三朝元老、当朝丞相陈平因病去世,走完了他精彩的一生。

陈平的去世,刘恒很伤心,尽管他早有思想准备,但当丞相陈平离开人世,还是给了他一个沉重打击。好在刘恒登基不久,就清醒地意识到朝廷急需一批德才兼备的年轻人担当重任,为此他下诏让各地官员推荐一批贤能之人到朝廷任职。可是选拔上来的年轻人缺乏历练,无法一下子把他们放在重要的岗位上。所以陈平去世后,刘恒只好又把周勃请出来担任丞相。周勃虽然能力有限,但他毕竟是一位有资历、有威望的老人,是一位能让朝廷放心的人。

贾谊,这位青年才俊是刘恒在全国各地选拔人才时进入朝廷的,他的表现和才识很快得到刘恒的赏识。贾谊是河南郡洛阳人,他天资聪慧,少年时就跟着荀况的弟子、秦朝博士张苍学习《春秋左氏传》,后来还给《左传》做过注。他对道家的学说也很有研究,曾写过《道德论》和《道术》等论著。同时,贾谊还酷爱文学,尤其喜爱战国末期大诗人屈原的著作。他十八岁时就因为能背诵《诗经》《尚书》和撰写文章而誉满河南郡。河南郡守吴公很欣赏贾谊,就把他招到自己的门下做事。贾谊果然不负众望,全身心地投入到工作中,成为吴公身边一位得力的助手。

郡守吴公是一位管理水平极高的官员,他到任才几年工夫,就把河南郡治理得有声有色,政绩突出。汉文帝刘恒眼看着满朝白发苍苍的老臣,心里很着急。时光无情,这批随着高帝出生入死的老臣们,有的已经离开人世,有的也已病魔缠身。为了朝廷的稳定,急需把一批中青年人才召进朝廷任职,才可改变眼前的窘境。吴公正是被刘恒看中并调到京城的,刘恒任命吴公为廷尉,掌管全国的刑狱事务。吴公从一位地方官员一下子进入到朝廷的九卿之列,足见刘恒对人才的渴求。

吴公任廷尉后不久,就向刘恒举荐了贾谊。人的一生中,机遇是很重要的,当年吴公欣赏贾谊的才能把他召至门下,如今吴公得到了皇上的重用,贾谊这

才有机会脱颖而出。贾谊不仅精通诸子百家之书,而且文采飞扬,他秉性耿直,敢于直言自己的见解。这一切都深得刘恒的喜爱,他正需要这么一批青年才俊,增加王朝的活力,推动生产发展和增强国家实力。

刘恒把贾谊召至朝廷后,任命他为博士。那年贾谊才二十岁,在整个朝廷官员中,就数他年纪最轻。虽然贾谊年纪轻,但博学多才,思路开阔。皇帝每次拟出题目下达诏令让大臣们讨论,好多老臣甚至搞不清皇帝的意图,答非所问。每当这个时候,贾谊便替他们应对,帮着说出他们想说的话。几次下来,老臣们个个都认为贾谊的确才华横溢,自己虽然年长,但在才学上远远比不上他。贾谊的学识得到了刘恒的认同和赞赏,仅仅一年工夫,刘恒就把贾谊提升为太中大夫,进入到了朝廷高级幕僚的行列中。职务虽然不是很高,但贾谊接触皇帝的机会多了,很多想法与皇帝沟通起来也方便许多。一时间,贾谊成了长安城里的红人。

贾谊受到皇帝的赏识,热血沸腾,意识到自己得到了一个可以尽情施展抱负的舞台,所以一定要充分利用这个大好时机。他把自己对秦朝兴亡经验教训的看法写入《过秦论》一文,呈奏皇帝。在文中贾谊认真总结了秦王朝由兴到衰的教训,希望朝廷以秦朝为鉴,吸取教训,施行仁义,以免重蹈秦王朝的覆辙。的确,秦朝的兴衰人们记忆犹新,它的惨痛教训发人深省。他在文中尖锐地指出,秦朝一统天下后,大兴土木,赋役繁重,对天下百姓施以暴政。这些都激化了统治者与人民的矛盾,致使天下豪杰纷纷揭竿而起,形成了全国反秦的浪潮,也是秦朝迅速灭亡的重要原因。

贾谊的观点,得到了刘恒的认同。他执政以来,积极推行仁政,通过减轻刑罚、降低税赋等措施减轻百姓的生活负担,保证百姓的生活质量。贾谊的建议,更增强了刘恒推行仁政的信心。

重新担任丞相的周勃和一班老臣,看着皇帝一天到晚和贾谊这帮子年轻人在一起讨论时政,心里面的确不是滋味,感到皇帝冷落了他们。但有关国家未来的发展方向,如何消除国家肌体中的病毒,如何使国家健康地发展,这班老臣确实也说不出个所以然来,只好把怨气吞下肚去,任凭那几个小子折腾。

五　太子确立，博士献策反遭贬

深得皇帝信任的贾谊，用敏锐的目光察觉到朝廷当时存在的弊端，上奏皇帝，提出大力发展农业生产的建议。他在《论积贮疏》中提出：一个男人不种地，就会有人受饥挨饿；一个女人不织布，就会有人受寒挨冻。但眼下朝廷的现状是：许多人不在农村从事农业生产，而是跑到城市里从事商业活动，他们不生产粮食，反而大量地消耗粮食，这样下去，粮仓里的粮食只会越来越少。如果遇到旱灾水灾，灾区的百姓自然四处逃难和乞讨。到那时，朝廷就会出卖爵位，灾民便会出卖儿女。这种情况一旦出现，作为皇帝能不感到惊慌吗？他在文中反复强调了农业生产的重要性，增加国家粮食储备的重要性，呼吁："夫积贮者，天下之大命也。苟粟多而财有余，何为而不成！以攻则取，以守则固，以战则胜，怀敌附远，何招而不至！"

刚刚建立的大汉王朝，百废待兴，要做的事情很多。贾谊把农业生产放在诸多事务之首，从战略高度提出大力发展农业生产的重要性和紧迫性，的确有积极的作用。贾谊的建议，再次得到刘恒的认可，他下诏通告各诸侯国和郡县加强农业生产，提高粮食产量，增加粮食储备。不仅如此，刘恒还身体力行，亲自率领部属到田地里耕作。为了提高百姓农业生产的积极性，朝廷屡次降低农业税赋，使种田人得到更多的实惠。

汉文帝三年（前177）五月，平静了数年的北部边疆又遭到匈奴的入侵。匈奴率兵越过黄河，占领高奴（今陕西省延安市东北），直逼长安。形势十分危急，刘恒命令灌婴率领由八万余将士组成的大军向北开进迎击来犯之敌，两军在高

奴附近交战后,匈奴战败退回边境。此次匈奴来犯并没有大举进攻,只是虚张声势地率部到北部城镇掠夺了一批粮食和布匹,目的达到,也不恋战。汉军不敢贸然追击,灌婴记得当年随高皇帝进攻时遭受到的白登之围。所以,得知匈奴军队退出边境后,他就命令部队停止追击。

祸不单行,匈奴入侵的事情还未完全平息,济北王刘兴居向外宣称要推翻现任皇帝,自立为帝。刘恒得到消息,派镇守北部的边军率部镇压济北王叛乱。

刘恒继位后,分封诛吕功臣。起初,刘恒准备封在诛吕行动中为捍卫王朝立下大功的刘章为赵王,封刘兴居为梁王,但后来有人告诉刘恒,刘氏两兄弟积极参与诛吕行动是为了让他们的大哥刘襄当上皇帝。听到这话,刘恒自然不高兴了,等到任命时,刘氏兄弟只捞到城阳王和济北王的封赐。最让两兄弟想不开的是,这两个诸侯领地还是从大哥刘襄的齐国划分出来的,比起赵国和梁国来,地盘要小得多。他们认为刘恒不够意思,亏待了他们,心里不服气,总想找机会进行报复。得到匈奴大举进犯的消息后,济北王刘兴居坐不住了,他认为报复的时机已到。他一面派人与其他诸侯王联系推翻刘恒的事宜,一面加强军备。可是他的倡议几乎无人附和,连自己的亲哥哥齐王刘襄、亲弟弟城阳王刘章似乎也不热心,这让他很丧气。但刘兴居是一个很偏执的人,所以,在没有得到支持的情况下,他毅然决定造反,目标很明确,推翻刘恒另立新皇。当然这一行动只针对刘恒,不针对朝廷,刘家王朝还是要的,只是另立一位新皇帝罢了。结果刘兴居错了,他的行为只是一厢情愿,在向外宣布造反后,依然没有得到其他诸侯王的响应。不知道是他的实力太差,还是他的威信不够高,偌大的舞台上,他成了一个孤独的舞者。

刘兴居造反,还有一个重要的原因,就是刘恒在即位的第二年立其长子刘启为太子,实际上是向天下昭告刘家的天下从此要从刘恒这一脉传承下去。这一做法,引起了刘姓诸侯王的不满。你刘恒凭什么呀?诛吕中手无寸功,坐享其成,众人拥戴你坐上皇帝就不错了,你还要把继承权交给你的儿子。天底下刘姓家族中有能力、有才干的子孙多的是,怎么也轮不上你家的黄毛小子。

当时立太子时,刘恒的确是费了一番心思的。他从稳定时局出发,吸取前朝教训,认为早立太子有利于大局,可以消除一些诸侯王的非分之想。但真正要做好这件事,还确实要使用一些小手段,否则无法服众。

在一次朝会上,有大臣上书皇帝:时局稳定,应立太子,早立比晚立好,早立便于时局的稳定,晚立的后患太多。

五 太子确立,博士献策反遭贬

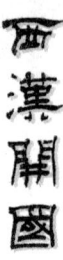

这位大臣的建议，正符合了刘恒的心意。但刘恒在嘴上却说："不行，不行！我这个皇帝位置还没坐稳，当皇帝是否称职还很难说，现在立太子还为时过早。"

但众大臣对刘恒登基以来的作为基本上是肯定的，所以不少大臣都说："陛下，为了国家社稷，尽快确立太子是非常必要的。"

刘恒毅然推辞说："楚王是我叔叔，见多识广，明白事理；吴王是我兄长，讲究仁义又乐善好施；淮南王是我弟弟，始终在帮助我，我很想把皇位让给他们。在诸侯王的宗室中立下功劳的、有才能和品德高尚的人很多，我不从他们中间挑选一位贤人来，而立自己的儿子为太子，人们会说我是一个忘记贤能和仁德的人，只注意自己的儿子，不顾国家社稷的安危。这样做，大家都会认为我是一个只专注个人利益的人，我无法接受。"

刘恒的一再推辞，反倒增强了众大臣对他的好感和敬意。人们正希望一位仁厚的皇帝来稳定国家社稷，发展国家实力。看到皇帝再三推辞，更坚定了大臣们推举他的儿子刘启为太子的决心。所以，有大臣列举历史上立儿子为太子的事例，强调皇帝立自己儿子的重要性和合法性，甚至把年仅几岁的刘启也吹捧成一位纯厚仁慈、品德高尚的贤人了。

这一次刘恒同意了，好像是很勉强的同意，这是一种策略还是一种政治手段谁也说不清。总之，立太子的事就这样顺利完成了，似乎也是大势所趋，人心所向。

刘恒不会忽略那些睁大双眼关注这一事件的诸侯王的感觉。太子确立后，刘恒下了一道诏令：天下所有从父亲那里继承爵位的人，一律加封一级。同时封将军薄昭，也就是他的亲舅舅为轵侯。因为他的学问、修养大多是从舅舅那里学来的。

母因子贵，刘启被立为太子后，他的母亲窦漪房也升为正宫皇后。窦氏本是当年吕后做人情从后宫中挑选的宫女送给刘恒的。可是刘恒的正室过早地去世了，连与刘恒一起生下的几个孩子也都早早夭折，幸运的窦氏便成了刘恒的爱妾。刘启是刘恒与窦氏所生下的长子，这样皇后的桂冠便自然落在了她的头上。刘恒立窦氏为皇后，也没忘记让百姓得些实惠，他下诏：赐天下鳏寡孤独者及年满八十的老人和九岁以下的孤儿一定数量的布帛和米肉，让这些弱势人群感受到新皇后的恩泽。窦氏从一名不闻的宫女成为大汉王朝的皇后，可谓是一步登天，他的哥哥窦长君、弟弟窦少君也理所当然地成了国舅。一荣俱荣，河

北清河县因窦氏的幸运也跟着沾了光。

刘恒在长安城里一系列的举动,所有诸侯王都看在眼里,急在心上。虽然没有人站出来反对,但诸侯王在自己权力范围内不断地搞出一些小动作抵制朝廷政令的事也时有发生。

济北王刘兴居公开站出来反对刘恒,大有把刘恒从皇位上拉下来之势。但是由于刘兴居势单力薄,没有得到其他诸侯王的支持,无力对抗朝廷派来军队的进攻,仅仅一个月的时间,就被朝廷军队打败了。刘兴居兵败后只好含恨自杀,落下了一个不仁不义的恶名。

刘兴居造反,给刘恒敲响了一记警钟。他意识到这几年各诸侯王的实力大大地增强了,特别是像齐国、楚国和吴国这几个人口众多,经济发达,资源丰富的诸侯国发展得更快,但他暂时又没有好办法来遏制他们。况且长安城里还有许多事情没有处理好,刘恒暂时也无暇顾及。

当时长安城里住了一批刘邦在位时封的侯爷,这些人大多数不去自己的封地,而是在长安置地建造房舍,常年住在长安。皇都的繁华和便利像磁铁一样吸引着他们,再加上守在长安办事方便,消息灵通,有机会还能为自己的子孙谋得一官半职。但是,诸侯是依靠自己封地的百姓供养的,每年到了交纳税赋的季节,全国各地的百姓不但要将应该上缴朝廷的粮食运到长安,还要将交给各自侯爷的粮食也送到长安。如此一来,每到交粮的时期,路上的运粮车队络绎不绝,常常发生拥堵,既劳民又伤财,百姓苦不堪言。

贾谊了解到这种情况后上书皇帝,建议让那些在朝廷没有担任官职的侯爷们及其子孙全部回到自己的封地去。这样既减轻了封地百姓的负担,又避免了交粮时期的交通拥堵,是一件利国利民的事情。

贾谊的这个建议切中时弊。当时在长安城里,的确有这么一批侯爷和他们的子女们,整日游手好闲、惹是生非。他们中有些人仗着自己或老爹的功劳在长安城招摇过市、打架斗殴,不可一世。这些人由封地的百姓供养着,吃喝不愁,好事没有他们,坏事却少不了他们的份儿。刘恒早想把他们赶出长安,但又碍于情面不好强来。这些人反倒越发张狂起来,搞得长安百姓怨声载道。

贾谊这次上书,正合刘恒心意。他批准了贾谊的奏章,下令在朝廷没有官职的侯爷一律回到封地去养老,在朝廷有官职的侯爷可以继续留在长安,但他们的子女没有官职的也一律回到封地去。

一石激起千层浪,贾谊的建议很快在朝廷传开了。这些侯爷和他们的子女

一个个怒不可遏,恨不得把贾谊这个不知天高地厚的臭小子活活掐死。丞相周勃本来看着贾谊他们这帮年轻人在皇帝面前嘀嘀咕咕就不顺眼,如今皇帝听信其建议,更增加了他对贾谊的仇恨。

皇帝的诏令下达后,本分一点的老臣便开始搬家,准备离开长安,但仍有一大部分人还在观望,迟迟不搬。实际上人们都在看丞相周勃的反应,周勃有封地,他和子女不搬,其他人也扛着。

刘恒也没想到,这件事处理起来如此棘手。但作为皇帝,已经下达的旨令不能收回,百般无奈之下,只好拿老丞相周勃开刀了。他免去了周勃的丞相职务,让他举家搬到其封地绛县去,丞相一职,由太尉灌婴担任。刘恒这样做无非是要警告那些"钉子户"们,继续赖在长安,周勃就是"榜样"。

周勃心里明白,丞相当不成了,自己在长安也就无法再待下去了。皇上的意思很明白,让他带个头。周勃到底还是顾全大局的,很快就带领全家搬出长安,回到自己的封地去了。周勃一走,其他想赖着不走的人也坐不住了,纷纷举家搬回封地,长安城一下子清静了许多。

贾谊年纪不大,但对事物的观察细致入微。他任太中大夫时还曾经上书朝廷:汉朝建国已经二十余年了,天下安定,应该改变历法,变换服饰,重新修订法令制度,排定官职名称,振兴礼乐,改变沿袭秦时的旧法。这些建议都得到了刘恒的认可,刘恒很欣赏贾谊的才能,准备提拔他担任更重要的职务。但是朝廷的一班老臣都嫉妒贾谊,见不得他在皇帝面前出谋划策,见不得他在老臣面前春风得意的样子。特别是贾谊有关列侯返遣封国的建议,伤害了列侯们的利益,所以绛侯周勃、丞相灌婴、东阳侯张相如和冯敬这班大臣们常常串通一气诽谤贾谊。他们在朝廷官员中宣扬"这个洛阳小子,目中无人,一心想独揽大权,扰乱朝廷"。

风声传到刘恒的耳朵里,他不由得一惊。刘恒没有料到,贾谊的建议竟在朝廷一班老臣中产生了这么大的反响。为了缓和眼下老臣们的不满情绪,刘恒没有提升贾谊,反而有意疏远了他。皇帝摆出了这种姿态,但老臣们似乎还不买账,继续放出一些不利于贾谊的话来。

刘恒不愿意看到朝廷内部因某个人的原因造成思想上的混乱,就对贾谊采取了进一步的措施,免去贾谊太中大夫的职位,任命他去担任长沙王的太傅。

六　贾谊离京，中郎直言护皇帝

贾谊万万没有料到自己的直谏竟然得到了这么一种结果，他第一次尝到了直谏的苦楚。他明知道皇帝对他的这种处置是不得已而为之，但却感到自己的前程会因此大打折扣。贾谊是文人，并不想追求高官厚禄，他只是痛惜自己的远大抱负还没有实现，自己还有许多想法没有和皇帝沟通，还有许多事情没来得及去做。但面对残酷的现实，他又有什么办法呢？贾谊的情绪万分低沉，他切身感受到了人间的冷暖和政治的残酷无情。

贾谊择日黯然离开长安，踏上去长沙的路途，压抑的情绪并没有因沿途的秀丽景色而好转。他听说长沙低洼、潮湿，自己可能无法习惯，又因为此次受到贬谪而离开京城，失意之中隐约感到自己的寿命也不会长久。在到达湘江时，贾谊不由想起战国时期被流放到南方去的屈原，感到自己此刻的情形和当年的屈原十分相似，受到屈辱而无处诉说。看着眼前滔滔东去的湘江水，贾谊感慨万千，挥笔写下一篇传世佳作《吊屈原赋》。他在赋中，借悼念逝去的前辈屈原来抒发内心的郁闷与孤独，抒发自己的理想与抱负，感悟人间的不平与险恶。他感叹道："国人没人能了解我，独自抑郁与谁叙？"又自慰道："可从九州择君而事啊，何必眷意这都城？凤凰高飞达到千仞之上啊，见有德之君才去归附。"

当年满怀激情到长安赴任的贾谊，离开长安时竟如此心灰意冷。但他最终还是摆脱了满心的忧伤，没有像屈原那样，选择投江自尽，而是活了下来，赶往长沙国赴任。

贾谊到长沙后，觉得自己一下子清闲了许多，虽然在生活方面有些不适应，

但长沙的人文和生活环境还是可以的。生活安定之后，贾谊又开始埋头著作，他不甘心就此沉沦，要把自己的学识和想法尽情地在文章中表现出来。同时贾谊继续给朝廷上奏疏，就货币和诸侯等问题提出自己的建议。

当时朝廷对货币管理沿袭了秦朝的规定，对货币的形状、重量和成色都有明确的标准。但是在现实生活中，民间铸钱往往不按朝廷的规定执行，私自改变货币的重量和成分，以达到降低成本、增加重量的目的，从中牟利。虽然朝廷检查严格，刑罚很重，但仍有一些不法商人冒着风险私下里铸钱，更有甚者，一些诸侯王也参与到其中。吴王刘濞便组织人力开采铜矿，大量铸钱并随意往吴国以外流通。由于吴国铸造的货币含铜量足，一度成了大汉王朝的硬通货，人们都喜欢用吴国的货币来交易。

贾谊有关加强货币管理的建议，对汉王朝的繁荣稳定是有积极作用的。朝廷只有控制了货币的发行管理权，才能确保国内的物价稳定和市场的繁荣。否则任由诸侯国和民间随意铸造发行货币，必将导致通货膨胀，造成经济领域中严重的后果，直至威胁到国家的安定。

对有关诸侯王的问题，贾谊的奏疏也十分尖锐。随着经济实力的不断增强，一些诸侯国的国力也正在不断地壮大，特别是吴国、楚国和齐国。他建议朝廷削藩，削弱诸侯王的实力，减弱他们对抗朝廷的能力，为此贾谊还提出了具体的方案。

可惜的是，刘恒并没有立即采纳贾谊的建议，他也有他的难处。铸币权收归朝廷所有，一定会得罪一批人，特别是像吴王刘濞这种有实力的诸侯王，还要得罪像身边邓通这样的人。刘恒觉得目前国家正在复苏，不想因为这些事激起众怒。吴王是高帝刘邦的亲侄子，为人十分蛮横，伤害了他的利益，他就会设法与朝廷作对，甚至搞得全国人心惶惶，刘恒不想得罪他。邓通是刘恒的男宠，刘恒对他十分迁就，免去贾谊太中大夫的职务后，邓通就接替了这个职位，足见刘恒对他的信任和喜爱。

袁盎的性格中有一部分很像贾谊，看不惯的事情就敢在皇帝当面说。但他却不像贾谊那样满腹经纶，写出有分量的奏疏，而是就事论事，见到不合规范的事情马上就发表自己的意见。对丞相周勃在诛吕成功、迎立新皇、在朝堂上趾高气扬和傲气十足的样子，袁盎就敢在皇帝面前告状。

袁盎的职务是中郎将，即皇帝的侍卫长，跟随皇帝出入皇宫，所以接触皇帝的机会很多。一般情况下，侍卫长负责保卫皇帝安全就行了，没有必要把发生在眼前看不惯的事情说出来。由于刘恒对袁盎也很信任，并不去责怪他多事。

袁盎这种敢于直言的做法，刘恒不在意，可刘恒身边一位叫赵同的近臣看不惯了。赵同是个宦官，能说会道，很受刘恒的喜欢，刘恒外出常常带着他，甚至让他与自己同乘一辆车。袁盎与皇帝接触的时间自然比不上赵同了，皇帝喜欢，夜里也可以让赵同伴在他左右。赵同看不惯袁盎，就经常在刘恒面前说他的不是。风声传到袁盎的耳朵里，他有些坐不住了，他觉得自己应该想法教训一下赵同。袁盎有个侄子叫袁种，担任常侍骑，皇帝外出时，他手持符节守护在皇帝身旁。袁种得知了叔叔的心事后，对袁盎说："像赵同这种人，你不要过于在意，只要找机会当众羞辱他，他就不敢乱在皇帝面前诋毁你了。"

袁盎听从了侄子的建议，有一次皇帝外出，赵同一如既往地陪同乘车。袁盎下马伏拜在皇帝的车前说："我听说陪同天子乘坐车驾的人，必定都是国家的豪杰名士，即使国家再没有这样的豪杰名士，陛下也不该让一个受过宫刑的人与您同乘一辆车吧？"袁盎的举止、言谈一下子引得皇帝的随从们都忍不住笑了起来，刘恒听后也哈哈大笑起来，示意赵同下车。赵同听了，委屈地哭起来，只好乖乖地下了车。这一次赵同知道了袁盎的厉害，以后果然不敢再在皇帝面前说他的坏话了。

有一天，刘恒带人去霸陵山上，一时性起，下山时准备让车驾从西面纵马奔跑下去。袁盎骑着马，紧紧靠着皇帝的车驾，并且用力挽住了马的缰绳。刘恒见状，很不高兴，嘲讽他道："将军，害怕了吗？"袁盎没有立即回答，他等到皇帝的车驾停下来后才说："我听说家有千金的人，在座的时候不靠近屋檐，家有百金的人不会靠在楼台的边栏上，圣明的君主是不会冒着风险而去贪图侥幸的成功。您如果驾驭着这六匹马拉的车驾，奔跑下这高陡的山坡，其中任何一匹马因惊吓而导致车驾受损，就会威胁到陛下的安危。您即使把自己看得很轻淡，但怎么向高帝和太后交代呀！"袁盎的劝说情真意切，刘恒觉得有道理，便放弃了纵马下山的想法。

由此可以看出，袁盎对皇帝的关怀已经达到了细致入微的地步。虽然袁盎比刘恒也大不了几岁，但他却能像一位长辈一样，及时提醒刘恒什么事情不该做，什么事情应该怎么去做。表现出一位臣子对皇帝，以及对国家社稷浓厚的情怀。

淮南王刘长是刘恒最小的弟弟，这个刘长从他母亲怀上他那天起，也许就注定了其悲剧人生。当年刘邦率部北上抗击匈奴，班师返回时便在柏人县驻扎休息。赵王张敖为了讨好岳丈，将身边一位姓赵的女子送给刘邦解闷。很巧，一场风情赵氏竟怀上了龙种。谁知风云突变，赵国的左右丞相贯高和赵午已周

密安排,在刘邦下榻处刺杀他。那晚刘邦酒足饭饱,尽情享受后竟因为"柏人"这个地名不吉利而连夜离开,贯高和赵午的刺杀计划落空。以后事发,刘邦下令将所有参与者全部逮捕,赵氏也成了刺杀计划的嫌疑人而被捕入狱。那时候,赵氏已有几个月的身孕了,她告诉狱卒,她肚子里怀着皇帝的孩子。这事非同小可,狱卒连忙向上司汇报,如此一级级报到了刘邦那里。刘邦根本不相信,再加上谋杀一事搞得他十分恼怒,就没把这事往心里去。可怜的赵氏在狱中苦苦等待着佳音但却如石沉大海,后来赵氏设法找到弟弟,让他再去找人活动,她一定要保住这个孩子,生下这个孩子。弟弟赵兼托关系找到吕后身边的红人辟阳侯审食其,希望通过吕后给刘邦说情,让他放了赵氏。没想到,吕后听到这个消息,非常生气,她不但没有把这事告诉刘邦,还叮嘱审食其不许对外人讲。

得到这个消息,赵氏绝望了,但为了孩子她还要坚强地活下去。终于有一天,小刘长在狱中降生了。望着孩子红扑扑的小脸,赵氏肝肠寸断。几天后,她把孩子托付给狱卒,让他抱着孩子去找他的父亲,自己却在狱中自杀了。这位绝望的母亲没有想到,她草率的做法却为儿子的人生涂上了浓重的悲剧色彩。

好心的狱卒同情赵氏的境遇,壮着胆子把孩子抱进皇宫,亲自向刘邦述说了事情始末。刘邦听后后悔不已,下令厚葬赵氏,并把孩子留在宫中抚养,为他取名叫刘长。

在后宫里渐渐成长的刘长,一边享受着皇宫丰富的物质生活,一边却感受着没有母爱的孤独。当他从舅舅那里得知自己母亲悲惨自杀的消息后,这份孤独就变成一种仇恨。刘长像他母亲一样倔强,他内心里任性、孤僻和好斗的性格也随着年龄的增长而增强。他有强壮的体魄和好斗的个性,直到他成为淮南王时,他也没有收敛自己的行为。刘恒即位后不久,刘长带着几个随从走进辟阳侯审食其的府邸,用一把铁锤把审食其当场砸翻在地,他的随从又扑上去割断了其脖颈,致使审食其当场毙命。杀死审食其后,刘长没有逃避,而是独自走进未央宫,请求皇帝治罪。

刘长在为母亲报仇,当年他得知自己的母亲在狱中让舅舅求审食其帮忙时,审食其没有出力,刘长就把这笔仇恨记在他的头上。如今父皇、吕后都已不在世,刘长认为报仇的时机到了。

审食其,这位跟随吕后历经磨难、忍辱负重,用自己的人格乃至生命为吕后消愁解忧的人。虽然在吕后执政时期,官至左丞相,享尽荣华富贵,但最后的下场却如此得悲惨,不能不让人感叹官场的险恶和残酷。

七　袁盎智谏，真心实意维皇权

刘恒对刘长的境遇十分同情，所以在平日里，尽可能顺着他、依着他，甚至惯着他。这次刘长杀死审食其，并亲自跪到他面前请罪，这又让刘恒动了恻隐之心。刘恒没有治刘长的罪，反倒好言劝他做事不要太冲动，要学会克制。

但刘长不是别人，他料定当皇帝的哥哥不会杀他，所以他才敢如此大胆地在皇城里杀人。至于哥哥的劝告，他只是点点头表示听见了，根本就没往心里去，他有自己的主意。

刘恒的宽容，得到的却是另一种结果。刘长非但没有因为哥哥对他手下留情而感恩，反倒认为哥哥好说话，就更加的放纵自己。他把朝廷派到淮南国的官员全部赶走，自己愿意用谁就用谁。不但如此，刘长还让下属将皇帝衣食住行的规格全套仿制，供自己享用。刘长每次到朝廷朝拜结束后，刘恒约他一起去狩猎，刘长总是违背礼节和刘恒同乘一辆车。

刘长的所作所为袁盎看不惯了，当着他的面不好说，背着刘长他提醒刘恒道："要注意君王的身份，千万不要过于放纵淮南王任性妄为的行为，以免让其他的诸侯王也跟着效仿，这样下去，将有损帝王的尊严。做诸侯的过分骄横肯定会发生祸乱，陛下应该适当地削减他的封地。"

刘恒听完后点点头，但也没往心里去。

性情乖戾的淮南王刘长注定是要搞出一些动作来的，他得到棘蒲侯柴武的太子柴奇和一个叫但的男子筹划谋反的消息，便主动与他们联系，让他们配合

自己的行动,推翻现任皇帝,另立新皇。但这个阴谋很快被朝廷获取,立即采取措施,谋反计划破产。

朝堂上,众大臣几乎异口同声地奏请:"立即把刘长押到长安,当众斩首。"刘长的骄横大家都看不惯,现在抓住了他谋反的证据,正好斩首示众,以平众怒。但刘恒不同意,他不想把这个从小没有了亲娘的弟弟置于死地,只是派使节赶赴淮南,让刘长速到朝廷认罪,刘恒对刘长可谓宽容至极。

刘长知道到京城不会有好结果,但还是硬着头皮去了。到了长安,刘长就被监禁起来审讯。结果证明,刘长的确参与了谋反计划,死罪是跑不掉了。可刘恒心里有数,他要保住这个最小的弟弟,不能处死他。所以他让廷尉前去复查,看能不能把死罪免掉。皇帝这么说了,其他人也没有办法,只好迁就皇帝的意见。死罪虽然可以免掉,但必须废掉他淮南王的封号,将其发配到蜀地为民。只要能把刘长的命保住,刘恒也就没有其他要求了。于是朝廷便派监车把刘长押往蜀地。

袁盎求见刘恒,进谏道:"陛下向来娇惯淮南王,没有稍加制止过,以致发展到了这个地步。如今又要强迫他到蜀地为民,对他进行毁灭性的打击。淮南王为人刚烈,如果中途遇到风雨、疾病,在途中死去,陛下将会被天下认为是最不能容忍的人,还要背上杀死弟弟的名声,您觉得这样做合适吗?"

刘恒没有听袁盎的建议,维持原先的处理意见,就让监车押着刘长赶赴蜀地。

袁盎没有说错,坐在监车里的刘长一直闷闷不乐,不思茶饭,心里的怨气也无处发作。想到当初自己在淮南国里那么潇洒自在,如今被囚在监车里动弹不得,心里的气就不打一处来。他越想越丧气,越想越伤感,到最后索性不吃饭了,躺在监车里,任凭车辆在颠簸的道路上行驶。车队到了雍县,刘长一病不起,最后竟然死了。这个出生在监狱里的人,最后却死在了押解他的监车里,这的确是一出悲剧,命运也真会捉弄人。

刘恒得到刘长的死讯,大哭了一场,十分悲伤。

听到刘长死讯后,袁盎连忙去见刘恒。他叩头请罪,说自己不好,淮南王果真在途中去世了。

刘恒说:"当时没有采纳你的建议,没想到真的发生了这样的事。"

袁盎见到刘恒仍在抽泣,便宽慰道:"陛下也不要太过自责,这事已经发生

了,无法挽回。陛下具有三种高于常人的品行,这件事还不足以毁掉您的名声。"

刘恒问:"哪三种?"

袁盎回答:"第一,您在代国时,太后曾经得病,三年时间里,您几乎不睡觉,即使睡觉也不脱衣服,煎好汤药您必须亲口尝过才让太后喝。春秋时期以孝闻名的曾参只是一个普通百姓,尚且认为这是件不容易做到的事情,您作为君王却亲自这样做了,在孝道方面你超过曾参很多。第二,将相联手铲除诸吕后,您从代国坐六乘车驾赶往吉凶难测的长安即位,就是古时的孟贲、夏育那样的勇士,也比不上您当时的勇气。您到长安后不进皇宫,先到代国的官邸,当着朝廷大臣的面,先向西辞让了两次天子的尊位,又向南辞让了三次天子尊位。当年上古的许由也只辞让了一次天子的尊位,这足以证明您谦和的品质了。第三,您迁移淮南王,是想让他在心志上得到辛苦,认识到自己的罪恶,改掉身上的毛病,并没有想加害于他呀!只是护卫的官员不够谨慎,才使淮南王病死途中,这不是您的过错啊!"

袁盎把刘恒身上具有的孝道、勇气和谦和的品质及淮南王病死的原因叙述得真切而生动,使刘恒的心里得到些许宽慰,他稳定了一下自己的情绪,问袁盎:"事已如此,你说怎么样处理好些?"

袁盎说:"淮南王现有三个儿子,您把他们仔细地安排好就是了。"

不久,有一首歌谣传到刘恒的耳朵里,据说这首歌是刘长被押赴蜀地时在监车里吟唱的。歌词是:"一尺布,尚可缝;一斗粟,尚可舂;兄弟二人不能相容。"听到这首歌谣,刘恒联想到刘长在去蜀地途中那副困顿潦倒、丧气失意的模样,又禁不住悲从中来,倍加伤感。随后他根据袁盎的建议,将淮南国一分为三,分别册封刘长的三个儿子为王,长子刘安继任淮南王,次子刘勃为衡山王,三子刘赐为庐江王。册封完刘长的三个儿子,刘恒才觉得心里踏实了一些。

绛侯周勃的封地绛县在河东郡,回到封地的周勃由于年事已高的缘故,经常疑神疑鬼。每逢郡守、郡尉巡视各县来到绛县时,周勃总怀疑是朝廷派人来捉拿他,有时甚至怀疑朝廷派人来暗杀他。巡视的郡守、郡尉到了绛县,总要去造访周勃。毕竟他是大汉王朝的功臣,又曾在朝廷担任过丞相、太尉等重要职务,造访他是礼节性的,没有其他什么原因。可是一听说郡守要来府上,周勃立即命人给他穿上铠甲,并让家丁全副武装,手执兵器迎候。周勃这一怪异的举

止,让来访者都不知所措,非常尴尬。时间久了,有人上书朝廷,说绛侯周勃要谋反。

刘恒得到报告,下令廷尉迅速处置。刘恒知道,国家目前最要紧的事情是稳定,老臣谋反,非同小可。廷尉就立即派人把周勃押解到长安,投入狱中严刑审讯。

周勃一向为人质朴,性情刚强,跟随高帝南征北战,出生入死,无论如何也受不了这种罪。尽管狱卒严刑拷打,周勃一口咬定没有谋反企图,没有的事他是不会承认的。但周勃的嘴越硬,他受到的刑罚就越重。年老体弱的他,实在受不了了,就差家人用重金贿赂狱卒,让他们手下留情。堂堂一位前朝重臣,受到如此摧残,真让周勃感到世态炎凉,人心难测。

金钱发挥了作用,接受贿赂的狱卒不但不打周勃了,还设法弄些酒肉给他。有一天,狱卒给周勃递进一张纸条,上面写道:"请公主为你作证。"这一下子提醒了周勃,他的次子周胜之娶公主为妻,虽然周勃和刘恒还是儿女亲家,但谋反的事情太大,朝中上下谁都不敢到刘恒面前去说情。周勃急忙又另差人送给公主许多金银,让她去找薄太后说情。公主得到消息后,连忙带重金去找自己的舅爷薄昭,请他出面去找薄太后帮忙。

这一招的确见效,一天,薄太后把刘恒叫来。还没等他站稳,她就生气地把头巾掷向刘恒,厉声说道:"你也不动脑子想想,绛侯当年身上带着皇帝的玺印,在北军统领着皇家军队,那时他都不曾谋反,现如今住在小小的绛县,反倒要造反吗?"刘恒不敢反驳,连连向母亲谢罪,急忙退了下去。

当然,仅凭着母亲的几句话就把周勃释放,刘恒也感到过于草率,毕竟这事已在朝廷闹得沸沸扬扬的了,他回去召集文武大臣就此事进行商议。谁知说到周勃是否谋反时,满朝文武却都不吱声,一个个装聋作哑。周勃这人的确太特殊了,既是高帝时的功臣,又当过当朝丞相,还是皇帝的亲家,说得不好,不知道要惹下什么祸来。正当众人沉默的时候,袁盎站出来了,他大摆周勃的功绩,历数周勃无谋反意图的理由,公开宣称,绛侯无罪。经他这么一说,众人仿佛才大梦初醒般地随声附和起来。除了有人密报周勃谋反外,人们似乎无法找到一点儿周勃要谋反的理由来,所谓的证据也经不起推敲。

刘恒见状立即宣布绛侯无罪,当即释放,恢复他的爵位和封地。

周勃出狱后感慨万千,不由得悲叹道:"我曾率领过百万大军,没想到一个

狱卒竟也如此重要。"他听说袁盎在朝堂上极力为自己辩解，就主动找到他一再感谢，从此两人结为至交。

袁盎平日里喜欢谈论大义，说到兴致处，常常慷慨激昂，平日里见到一些不合礼仪的事情总要说出来。有一次，刘恒带着爱妃慎夫人到上林苑游玩。在休息时，随行的郎署长按规定分配坐席，慎夫人想和刘恒坐在同一个席位上。袁盎发现后，立即叫人把慎夫人安排在靠后面一点的坐席。这样安排，皇帝不高兴，慎夫人也很生气，甚至不肯坐下来，见此状刘恒也起身进了内宫。

袁盎见皇帝生气了，连忙跟进去，他向刘恒解释道："自古以来，尊卑有别，那样上下才能和睦。如今陛下已册封了皇后，慎夫人不过是陛下的一个妾，妾与君王怎么能同席而坐呢？如果这样做了，那就失去了尊卑的次序。陛下喜爱慎夫人，可以加重赏赐她，您假如娇惯她，用不合礼仪的方式去宠爱她，恰恰会成为她蒙受祸难的根源。当年吕太后将戚夫人摧残成'人彘'的事情，想必陛下不会忘记吧？"

刘恒听到这儿露出了笑容，袁盎的良苦用心，他感受到了。他召来慎夫人，把袁盎的话转述给她。慎夫人也很感动，派人赏赐袁盎五十斤黄金，以示谢意。

袁盎的忠诚和直率尽管很得皇帝刘恒的赏识，但还是得罪了不少人，最终也重蹈了贾谊的覆辙，被调离朝廷。刘恒把袁盎派到陇西边陲去做了军中都尉，让他远离朝廷，免得一些与他有过节的人设法陷害他。袁盎没有怨言，愉快地服从了。他到陇西军中后，严明军纪，爱兵如子，深得士兵们的拥戴。士兵们由于有了这么一位将军而感到高兴，个个都愿意为他去效力。

由于袁盎表现突出，不久得到了晋升。刘恒没有忘记他，适时地把他提升到齐国去担任丞相。

八 智囊献策，一代才俊郁闷亡

晁错和袁盎同朝为官，但两个人却因性情不和，形同仇敌。袁盎坦诚直率，屡屡直抒谏言；晁错严峻刚直，但却刻板持重。有袁盎在的地方，晁错就不过去；同样，有晁错在的地方，袁盎转身就走。可叹的是，两人同为大汉王朝出谋划策，最终却因性情不和酿成悲剧。

晁错是颖川（治所今河南省禹州市）人，他年轻时曾经研究申不害（原韩国之相）和商鞅（原秦国之相）等一派的改革学说，并很有建树，在当地小有名气。刘恒即位后在全国广纳天下贤才，晁错被人推举到长安，因其文章写得好、知识渊博被任命为太常掌故。

当时，全国没有研究《尚书》的人，朝廷听说济南府有一位姓伏的老先生当年担任过秦朝的博士，研究过《尚书》，只可惜老人已经九十多岁了，朝廷无法召他进京。刘恒得知后，召令太常派人去济南伏老先生处学习。晁错因博学多才而被选中，他到了济南后眼界大开。当年秦始皇统一天下后一把大火将一批典籍烧光了，流落在民间的也缺章少节。随后的秦末争战和楚汉战争烽火四起，根本无人去顾及这批典籍。只有这位老人在民间不断地搜集、整理，还这批典籍的本来面目。晁错在济南伏老先生处一边学习，一边帮助整理，因此自己的学识有了新的提高，收益颇多。

晁错顺利完成任务返回长安，他接连向朝廷上了几份奏疏。刘恒看过后很高兴，不久便下诏任命他为太子舍人，即太子的幕僚和高参。太子刘启对晁错也很欣赏，没过多长时间，就提升他为太子家令，也就是幕僚的头儿。由于晁错

有文才、有辩才、为人正直和观点鲜明,很快在太子府的威信就提高了,大家都敬重他,叫他"智囊"。

晁错和贾谊一样,认识到加强农业生产对大汉王朝复兴和国家稳定的重要性,他在《论贵粟疏》中针对国家当时的现状指出:"生谷之土未尽垦,山泽之利未尽出也,游食之民未尽归农也。"由于战乱,百姓流离失所,大量土地荒芜。虽然国家统一了,但还有不少人身处异乡,没有回到自己的家乡去从事农业生产,因此百姓的生活依然很贫困。"民贫则奸邪生,贫生于不足,不足生于不农,不农则不地著,不地著则离乡轻家。"进一步揭示了百姓贫穷的原因,强调了让百姓回到家乡从事农业生产的重要性,他的建议得到了刘恒的肯定。

大力发展农业生产,继续保持国家稳定是汉文帝当政时的头等大事。为了实施这项基本国策,刘恒不但大幅消减农业税赋,鼓励百姓回乡务农,还亲自下田耕作。对外继续执行和亲政策,缓和与北方匈奴的冲突。几年下来,农业生产得到了迅速的发展,国家的经济实力也得到快速提升。但是,随着国家的发展,隐患也在悄然地孕育着。

汉王朝初建时,受封的功臣达到一万多人。那时候战争刚刚结束,百姓受战乱影响四处游走还没有回乡,城市人口只有原先的二三成。所以当时受封的诸侯辖内多的不过一万余户,少的仅有五六百户。随着时间的推移,中原大地上没有了战争,再加上朝廷一再鼓励游民返乡安居务农,各诸侯国的人口日益增多。原先只有一万余户的诸侯国,人口已达到三四万户,小诸侯国的人口也在成倍增加,人口增加必然也带来劳动力的充足。这样一来,各诸侯国每年的税赋收入也在大幅增长,有的诸侯国还不失时机地进行开矿、冶炼等工业生产,积累下了大量的财富。

在众多的诸侯中,封地最多的当属齐国,有七十余城;其次是吴国,五十余城;再次为楚国,四十余城,这三个诸侯国几乎占了天下的一半。齐国、楚国还算安分守己,相对平静,没有给朝廷生出大的事端来。吴国则不同了,吴王刘濞不顾朝廷禁令,私下里组织劳力开矿铸钱,煮海为盐。他还招纳天下被朝廷通缉的逃犯,秘密制造武器,增加军队,俨然想把吴国打造成一个独立于朝廷的王国。

针对诸侯王实力不断增加的现实,晁错上书朝廷,建议采取果断措施削藩,即找出理由从诸侯国那里削地,划归朝廷直接管理,以削弱诸侯王的地盘和实力,减轻他们对朝廷构成的威胁。这样做,朝廷既可以多收一些税赋,增强国

力,而且还可以消减诸侯对国家安定造成的隐患。

晁错削藩的建议,对于巩固汉王朝中央集权是有益处的,但刘恒没有采纳他的建议。眼下保持国家稳定是压倒一切的大事,他担心由于削藩引起诸侯不满,导致国内局势动荡。刘恒这样考虑也在情理之中,各诸侯国大力发展经济,增加财政收入是理所当然的事。至于背着朝廷从事一些经济活动也能说得过去,毕竟诸侯国有他们独立的管理权。但是削藩必然引起各诸侯国的不满,这种不满情绪蔓延开来,极有可能促使几个诸侯国私下里联合起来对付朝廷,到那时国内必将出现大的动荡。当年贾谊也提出过削藩的建议,比起晁错的建议,贾谊的建议则要温和得多。他当时只是建议等哪位诸侯王去世了,把这个诸侯国划分为几块分封给他的儿子们,这样一来大的诸侯国就逐渐地变小了。贾谊的建议,刘恒当时都没有采纳,何况现今晁错更为激进的建议呢。

汉文帝刘恒需要的是国家稳定,经济发展。

贾谊到长沙做了长沙王的太傅,虽然心中失落,但他毕竟是一位文才出众、思维敏捷的人,不会就此沉沦。在渐渐适应了新的生活环境后,他便全身心投入到读书、写作之中。太傅是个闲差,时间很多,他以饱满的热情为了大汉王朝的兴盛奋笔疾书。但是,郁闷却是无法驱散的。一天,有只猫头鹰飞进他的卧室,停在座位旁,贾谊看着它,不由得悲从中来,为此还写了一篇《鹏鸟赋》来安慰自己,他在赋中论述了这只鸟进屋的时间,又讲了为这只怪鸟突然造访后他打开卦书占卜的结果,说:"野鸟飞入屋,主人将离去。"他请这只鸟告诉他"离去"的含义,但这只鸟不会说话,只是拍拍翅膀,发出几声鸣叫。由此贾谊想到了很多,他想到吉祥、凶象,幸福、灾祸,喜悦、忧愁,知道这些相互对立的现象在生活中时常相伴相生。他想到人生的意义,得出偶尔间生成了人,有什么值得珍重,死后化为异物,有什么值得哀痛。宽慰自己:活着就像寄托在尘世,死去好比全休息;淡泊像宁静的深渊,浮游似不系之舟;有德者胸无牵挂,听凭天命而没有忧愁,本来就是小事一桩,何必一直挂在心头?

贾谊到长沙的第二年,有一天接到皇帝让他进京的诏书。他兴冲冲地启程赴京,满心以为皇帝会重新任命他在朝廷做事。到了长安,才知道皇帝正在拜受神灵降福,刘恒由于缺乏有关鬼神的知识,专程把贾谊召来请教。两人在皇宫一直谈到半夜,贾谊详细地向刘恒阐述了有关鬼神的原本和情形。刘恒听得如痴如醉,不断地向前移动坐席,唯恐听不清楚。

谈话结束后,刘恒不由感慨地说:"我很久没有和贾生交谈了,自以为在学

识上我已经超过了他,现在看来,我还远不及他。"由此可见刘恒作为皇帝对人才的尊重和对知识的渴求。

不久刘恒任命贾谊为梁王的太傅,梁王刘楫是刘恒最小也是最疼爱的儿子。贾谊于是离开了低温潮湿的长沙,到梁国去就职了。

这一年,贾谊将自己的一篇文章呈给了刘恒,这就是著名的《治安策》。贾谊在文章一开头,就向汉文帝敲响了警钟:"臣窃惟事势,可为痛哭者一,可为流涕者二,可为长太息者六。若其他背理而伤道者,难遍以疏举。进言者皆曰天下已安已治矣,臣独以为未也。"随后他在文中将其为之痛哭、为之流涕和为之叹息的现象一一详细道来,最后提出了自己的见解,提醒朝廷居安思危,防患于未然。

当时汉王朝的政治局势基本上是稳定的,但也面临着两大矛盾:一是中央政权与地方诸侯王的矛盾,二是汉王朝与北方游牧民族之间的矛盾,这两大矛盾的尖锐程度在当时已初露端倪。如济北王刘兴居、淮南王刘长的接连叛乱,吴王刘濞企图反叛的消息也不绝于耳;而北方匈奴还经常袭扰北部边疆,贾谊正是敏锐地观察到这种矛盾才上书皇帝的。

梁王刘楫非常喜爱读书,也深得父皇的厚爱。刘恒任命贾谊当他的太傅,也正是希望儿子能从他那里学到更多的知识。可是天有不测风云,人有旦夕祸福,刘楫在一次骑马时从马上摔下来,不治身亡了。这件事让贾谊万分悲伤,他主动承担责任,说是自己的失职。

儿子死了,刘恒也很难过,但他没有处罚和责怪贾谊。事出意外,与贾谊无关,皇帝的明察豁达让他不胜感激。

贾谊到梁国(现河南省睢阳)后,才发觉梁国的战略地位十分重要。他强忍丧失梁王的悲痛,上书皇帝,请求任命刘恒的嫡次子淮阳王刘武为新梁王,同时大幅扩大梁国的国土面积,增强梁国的军事力量。贾谊用自己敏锐的政治嗅觉,意识到梁国的重要性,意识到它的战略位置对于首都长安的巨大作用。刘恒在这方面他没有丝毫犹豫,同意了贾谊的建议,立即任命刘武出任梁王。后来七国之乱的事实证明,贾谊的这个建议高瞻远瞩,为维系中央王朝的稳固发挥了举足轻重的作用。

贾谊的身体状况越来越差了,在长沙国的三年里,他的心情是十分郁闷的。尽管他拼命著书,排遣郁闷,但由于情绪低落,仍对自己的身体造成了极大的伤害。到梁国任职后本可以重新调整心态,驱走忧郁,可又遇到梁王意外猝死的

事件,让其原来还没摆脱的郁闷情绪里又增加了几分悲伤和自责。他感到命运对自己不公,霉运始终跟随着他,挥之不去。在他的头脑中,时常出现在长沙见到鹏鸟后从卦书上看到的卜辞:"野鸟飞入屋,主人将离去。"他甚至深信,这里的"离去"是在暗示着他将要离开人世。

汉文帝十一年(前169),贾谊在郁闷与悲伤中悄然离世,走完了自己短暂的三十三年人生。他的生命虽然结束了,但他在生前写下的大量文章却永远地流传了下来。到他去世,贾谊共著有《新书》十卷,五十八篇。他的文章多以政论文为主,文章意气风发,雄辩有力,为汉文帝执政时期的政策制定和调整作出了不可磨灭的贡献。后人从他的文章中真切地感受到一位青年才俊为国家的稳定和发展殚精竭虑、忘我操劳的一颗赤子之心。

在我国的文学发展史上,汉赋、唐诗、宋词和元曲都分别代表着一个时期文学发展的成就,形成了一座座文学的巅峰,而贾谊就是汉赋这座巅峰上一位具有影响力的人物。

这一年,绛侯周勃也在他的封地去世了。自从因为被人诬告入狱,又被无罪释放后,周勃又回到了自己的封地。从此他不再过问朝廷的事情,在家养花种草,安心养老。周勃的一生称得上壮怀激烈,劳苦功高。周勃原生活在社会底层,年轻时靠编织蚕箔为生,有时为办丧事的人家吹箫奏乐挣些钱补贴生计。自从跟随高帝刘邦沛县起义后,他凭着自己的忠诚和勇猛,深得刘邦的赏识。他几乎参与了楚汉战争时期的所有重大战役,屡建功勋,成为大汉王朝建立的一代功臣。刘邦建国时赐封他为绛侯,赐给他绛县八千一百八十户作为食邑,并保证世代不绝爵位。汉朝建立后,他又参与了平叛韩王信、讨伐陈豨叛乱及征讨燕王卢绾等重大战役。他凭借着自己的一颗赤胆忠心,得到刘邦的信任,刘邦临死时,叮嘱吕后可以将大事托付于他。周勃不负刘邦的重托,在诛吕行动中冒死闯营,和陈平密切配合,终于诛灭吕氏家族,保全了刘氏王朝。刘恒继位后任命他为右丞相,使得他处在一人之下、万人之上的权力巅峰。

周勃在晚年尽管受到一些挫折,但他用生命和行动建立的功勋有目共睹,正是这种功勋,为还他的清白做出了有力的佐证,使他得到了应有的待遇和平静的晚年。周勃虽然离开了人世,但他对汉室的忠诚却延续了下来。他的二儿子周亚夫继承了他的遗志,在以后的岁月里继续为大汉王朝的安宁和延续贡献着自己的才华与智慧。

九 缇萦救父,释之执法受颂扬

汉文帝十三年(前167)五月,齐国发生的一件事情,促使刘恒对朝廷刑罚进行了大刀阔斧的修正。当时齐国有人上书朝廷,说齐国的太仓令淳于意不务正业,不好好地为朝廷效力,竟然辞官行医。他在行医时,对危重病人不及时抢救,致人死亡。朝廷接到上书,即令当地官府将淳于意押解到长安审讯。

淳于意本是齐国负责管理粮仓的太仓令,但他有一个爱好,喜欢医术。所以闲来无事便翻看医书,向名师请教,有时也给人把脉,开服药方,可这不过是小打小闹。有一次他出访认识了名医阳庆,那时阳庆的医术在当地已很有名气,可是年纪大了,又没有儿子。见到淳于意喜欢医术,就把淳于意收到门下教其医术,他把自己毕生所学的知识和行医经验毫无保留地传授给淳于意。一位认真传授,一位刻苦学习,没几年工夫,淳于意的医术便得到了很大提高,而且与老师阳庆相比,毫不逊色。

不久,淳于意就开始自立门户,到处给人看病。由于医术高明,很快就在十里八乡传开了,一些大户人家也纷纷找上门来请他。但是淳于意看病有个习惯,凡是他认为能看好的病便精心治疗,认为无法治愈的病,他几乎不作任何解释站起来就走,也不管病人的家属多么失望,多么生气。尽管淳于意的医术高明,口碑很好,为不少病人解除了痛苦,但他的这种行医风格还是受到一些人的诟病。终于有一天,有人到官府告了他,说他眼高手低,徒有虚名,见死不救和庸医杀人。

淳于意被官府的衙役戴上枷锁离开家乡时，他的五个女儿全都跟在后面痛哭流涕。淳于意看着这五个女儿，不由得仰天感叹："活该我没有一个儿子，养了你们几个丫头有什么用？没有一个能帮上忙！"他最小的女儿缇萦听到父亲这话，心里很难过，她告诉四位姐姐，她要陪着父亲到长安去，要为父亲争得一个清白。

淳于意被押到长安后，经审讯，上告人所反映的情况属实，朝廷即判处他肉刑。在当时，肉刑虽然不至于死，但也极为残酷。被判处肉刑的犯人，要么在脸上刺字，要么割掉鼻子或者砍掉脚。缇萦得到消息，连夜上书皇帝，她用自己还稚嫩的小手歪歪斜斜地写下了自己的乞求，她在书信中说，我是淳于意的小女儿，名叫缇萦。父亲在齐国犯了罪，被判处肉刑，我很伤心。我不但替父亲伤心，也替所有受肉刑的人伤心。一个人死了，不能再复生；一个人被割掉了鼻子，也不能再安上去，以后这个人就是想改过自新也没机会了。我愿意给官府当奴婢为父亲赎罪，好让我的父亲有一个改过自新的机会，缇萦在这里恳求皇上开恩！

廷尉接到缇萦的上书，不敢怠慢，连忙呈报皇帝。刘恒看过后，顿生悲怜之意。当他得知缇萦只是一个小姑娘，竟然冒死上书为父亲说情，虽然言语不多，但却情真意切，刘恒不由感叹道："我听说虞舜时对于犯罪的人，只是让他们穿上画有犯人标记的衣服，使之感到耻辱而受到教育，改过自新。百姓从此不从事非法勾当，天下安定。如今仅肉刑就有三种，但犯罪的人并没有少，这是什么原因啊？是不是因为我自身的品德不够高尚？还是由于国家风气不正才导致百姓犯法的。《诗》曰：'恺悌君子，民之父母。'百姓犯了罪，不去进行有效的教育而只是一味地加重刑罚，让他想改正错误成为善良的人也没有办法了，我很同情他们。现今的肉刑，不是砍断犯人的肢体，就是在犯人的脸上刺字、割鼻，终生不能痊愈，这些人怎么能够在遭受了痛苦和耻辱后，再成为一个善良的人呢？作为君王，这样处罚犯人，怎么能称得上是百姓的父母啊？我问心有愧，肉刑必须废除！"

刘恒召集大臣就废除肉刑进行商讨，命丞相张苍找几个有关的大臣拟定办法，替代肉刑。

很快，修改的方案就制定出来了：

一、废除脸上刺字的肉刑，改为服苦役；

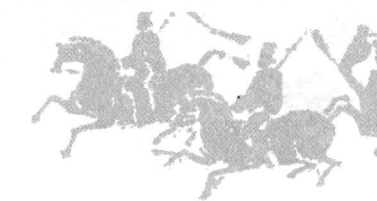

二、废除割去鼻子的肉刑,改为打三百板子;

三、废除砍去左右足的肉刑,改为打五百板子。

刘恒看过方案后下旨批准执行,肉刑由此彻底被废除。

小女子缇萦舍命救父的行为,不但救了父亲,也为天下众多有过失的人办了一件好事。刘恒再次过问淳于意的案子,认为淳于意的过失不是有意为之,于是便免他无罪,缇萦和父亲高高兴兴地回到了家乡。从此淳于意一改先前的习惯,热心为百姓看病,成为当时誉满天下的名医。

张释之是堵阳(今河南省方城县)人,一直与哥哥张仲生活在一起,张仲家境比较富裕,张释之无须为吃喝发愁。经人推荐,张释之在汉文帝刘恒登基不久便做了骑郎(掌管皇帝车马的侍从),在朝廷任职。十年过去了,张释之的官职没有任何提升,依然默默无闻,渐渐地在心里产生了退意,他准备辞官返乡。袁盎知道后就有意挽留他,张释之说:"这样长期下去,只会消耗哥哥家的资产,于心不安。"袁盎知道他德才兼备,不舍得他离去,就奏请皇上调任张释之做谒者(掌管皇帝传达的侍从)。

一天朝会结束后,袁盎有意安排张释之面见刘恒。张释之趁机上前讲述了几件有关利国利民的大计方针。刘恒说:"你说得太远了,不要高谈阔论,就说些眼下现实的事情,说些现在就能实施的方案。"

于是张释之就向刘恒详细论述了关于秦朝灭亡和汉朝兴盛的原因,两人谈了很长时间。刘恒对张释之的见解很赞赏,就升任他为谒者仆射。

张释之本来对法律就很有研究,担任谒者后有更多的机会接近皇上,向他讲解一些有关法律方面的理论。有一次,张释之随刘恒出行到一个叫虎圈的皇家园林。刘恒问随行的上林尉有关园林中禽兽的种类及数量,并看着书册上的登记接连向那个上林尉提出了十几个问题。上林尉左顾右盼竟然答不上来,刘恒有些生气。

这时,负责管理虎圈的啬夫(小吏)走上前代替上林尉回答了皇帝提出的十几个问题,而且回答得十分周全。刘恒一听很高兴,那位啬夫也不禁得意起来。

刘恒就对张释之说:"作为朝廷的官吏可不能是这个样子,上林尉太不够格了。"说完,让张释之下诏任命啬夫为上林尉,把那位什么也答不上来的上林尉撤职。

张释之连忙走到刘恒身边,轻声地问:"陛下认为绛侯周勃是个什么样

的人?"

刘恒不假思索地说:"是有德才的长者。"

张释之又问:"东阳侯张相如又是什么样的人呢?"

刘恒依然说道:"也是位有德才的长者。"

张释之马上就说:"陛下也承认周勃、张相如都是有德才的长者,可他们两人在朝堂上谈论事情的时候有时连话也说不出来啊。陛下现在这样做,难道是要天下人都来效仿这位啬夫的伶牙俐齿吗?当年秦朝任用擅长舞文弄墨的书吏,使他们争着以办事迅疾和督责严苛而一争高低,结果形成了人们只注重表面形式而不求诚实办事的风气。皇帝听不到自己的过失,朝政的风气日益败坏,秦始皇去世后仅仅两年工夫,政权便土崩瓦解了。这个教训非常深刻,发人深省呀!如今陛下仅因为啬夫口齿伶俐便越级提拔他,我担心天下人会随风附和,争相在口才上下功夫而毫无实际的东西,更何况下面的人受到来自上面的影响,快得犹如影之随形、声之回应一样,望陛下在这些举措上还是谨慎为好。"

刘恒听后赞扬道:"你说得好。"于是收回成命,不再提拔啬夫。

《尚书》里说:"不偏倚,不结党,先王之道宽而广;不结党,不偏徇,先王之道畅而顺。"这是一种为官的境界,张释之的立身行世,可以说是近于这种境界了。刘恒欣赏他,可能也是出于对他的性情和品格的肯定吧。没有多长时间,张释之的职务便从谒者仆射提升为公车令,后又提升为中大夫、中郎将,直至成为朝廷的廷尉。张释之并没有沾沾自喜,依然勤勉地工作着。

一次,刘恒出巡经过长安城北中渭桥时,有一个人突然从桥下窜了出来,惊吓了车驾的马匹,随行的骑士立即将那人捉住捆绑着拉到皇帝銮驾前。刘恒很生气,命廷尉张释之从严惩处。

张释之领到命令去审讯那个人。那人说:"我听到了清道禁行的命令,来不及走就躲在桥下了。过了好久,以为皇帝的车队过去了就从桥下出来,没想到正好碰上,我只好逃跑了。"

张释之又询问了一些其他情况,认为那人的行为纯属过失,不是有意为之,所以就向刘恒汇报处理结果:"违反清道禁令,应处以罚金。"

刘恒听了发怒道:"这个人惊吓了我的马,险些将我摔伤,若不是马匹经过训练,性情温和,还不知是什么结果呢?你只是对他处以罚金,就这样草率处理了?"

张释之连忙上前解释道："国家的法律是天子和天下人都应该共同遵守的，法律规定这种行为只能处以罚金，皇上却要加重处罚，这样做了怎么能够取信于民。如果当时皇上命您的卫士把那人抓住杀了也就罢了，既然交给我这个廷尉处置，我就必须按照法律办事。廷尉是天下公正执法的带头人，我若不按法律办事，下面的执法者都会依个人的意愿或重或轻地处理案件。如此下去，老百姓岂不会手足无措？请皇上明察。"

刘恒听完沉思了很久以后才说："廷尉的处置是正确的。"

过了不久，有人偷盗了高祖庙神座前的玉环被抓住了，刘恒闻讯后大怒，命张释之从严治罪。

张释之按照法律所规定的偷盗宗庙服饰和器具之罪奏报刘恒，对盗窃者判处死刑。

刘恒接到报告后大怒，对张释之说："这人胡作非为、无法无天，竟敢偷盗宗庙里的器物，我交给你处置的目的就是要给他灭族的惩处，而你却一味地按照法律条文只把他处以极刑，这样做违背了我恭敬侍奉宗庙的本意啊！"

张释之连忙脱帽叩头谢罪道："依照法律，这样定罪已经很严厉了，况且在罪名相同的情况下也要区别犯罪程度的轻重不同。现在有人偷盗了宗庙的器物就要处以灭族之罪，万一有人愚蠢的在先皇陵墓上挖了一捧土又该怎样处置他呢？"

刘恒一时无语，他生气地挥挥手让张释之退下。

过了一段时间，刘恒的怒气渐渐地消退了。他和薄太后交流了这件事以后，才批准了张释之的判处。

张释之的正直、公正对刘恒的执政产生了影响，也为大汉王朝在法律的框架下顺利发展奠定了基础。同时也赢得了不少大臣的赞誉，当时的中尉条侯周亚夫和梁国的相国王恬开就是因为张释之执法论事公正，而与他结为亲密朋友的。

九 缇萦救父，释之执法受颂扬

十　冯唐直言，吴王丧子难文帝

汉文帝十四年（前166），北方的匈奴再次大举入侵。这时老单于冒顿已经死了，继承他王位的是他儿子稽粥，对外称老上单于。这个老上单于比他的父亲更狂妄，胃口也更大，为了向汉王朝显示自己的实力，这次他集结了十四万骑兵，铺天盖地地入侵汉王朝的北部边境。他们攻入汉朝北部边城北地，杀死北地都尉孙卬，击败云中守军，长驱直入，如入无人之境。尽管云中郡守魏尚率部顽强抵抗，无奈匈奴兵力太强悍了，冲击力太凶猛，云中（治所今内蒙古托克托县东北）守军虽然经过顽强抵抗，仍然被匈奴骑兵冲破了防线。

刘恒听到军报，再也坐不住了，召集众臣商讨对策。他决定马上集结军队，亲自率军出征。刘恒任命三位将军率部队抵达陇西、北地和上郡；又命中尉周舍为卫将军；郎中令张武为车骑将军，率军渭北；并调集战车千乘、骑兵步兵十万余人北上抗击匈奴。

众大臣听说皇帝要亲自出征，纷纷劝阻，人人手里都捏了一把汗。他们担心皇帝亲征的安危，述说高帝当年白登之围的教训，都劝皇帝对匈奴继续采取和谈的方法，派使臣去匈奴，带去一些金银珠宝和粮食物资，劝其退兵。刘恒根本听不进去，执意要率军亲征，众臣眼看劝阻不起作用，只好请出薄太后出面。刘恒从小是在母亲的精心呵护下长大的，母亲的为人和对孩子的关爱与教育，让刘恒的童年、少年始终没有因宫廷内部的纷争而受到伤害。刘恒对母亲的尊重和敬爱是发自内心的，所以她说的话，刘恒总是认真听取的。如今薄太后出

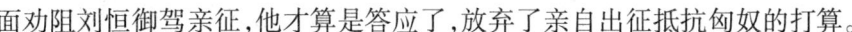

面劝阻刘恒御驾亲征,他才算是答应了,放弃了亲自出征抵抗匈奴的打算。

面对来势汹汹的匈奴军队,刘恒一面派使臣出使匈奴和谈,一面加强北部边防的军力部署。匈奴又像以往一样,在汉朝使臣到达后即停止了攻击。所谓的和谈,无非是在金银珠宝及粮食物资上的讨价还价,最终达成了协议。汉朝又将一大批财物送到匈奴,直到匈奴人感到满意为止。一个多月后,匈奴军队全部退出汉朝边境,北部边疆又重新恢复了平静。

虽然和谈解决了北部边境的紧张局势,但刘恒的内心仍然感到万分压抑。匈奴人的嚣张气焰,刘恒简直是无法忍受了。堂堂一个大汉王朝,面对如此狂妄的入侵者,竟然手足无措,实在觉得无颜面对列祖列宗。北部边境缓和后,刘恒一怒之下将云中郡守魏尚撤职,他无法忍受魏尚软弱无力的抵抗。

冯唐是赵国人,其祖父在秦始皇统一中国前曾在赵国名将李牧手下做事,非常钦佩李牧的军事才能和为人。后来他的父亲到代国做官,举家便迁往代国。冯唐年轻时,经常听到父亲说起赵国的将军李齐,作战勇猛,骁勇善战,当年率领赵国军队参加了著名的巨鹿战役,立下战功。冯唐由于自身刻苦学习,学识渊博,文帝时期,在朝廷担任中郎署长。

有一次,心情郁闷的刘恒路过中郎署,便走进去与冯唐闲聊。当得知冯唐是代国人时,他便来了兴趣,说到兴致处,不由感叹:"我在代国时,经常有人提起赵国将军李齐,说他非常贤能,当年率军参加巨鹿之战,战功显赫。近日我有时吃饭的时候也在想巨鹿之战,你可知道这个人?"

冯唐说:"陛下,这个人我知道。但依我看,李齐这个人距离廉颇、李牧还差得很远。"

刘恒也知道廉颇、李牧其人,听冯唐这么说,拍着大腿感叹道:"如果他们成为朝廷的将军,我还担忧北方的匈奴?"

冯唐听完皇帝发出的感慨,稍稍停顿了片刻,平静地说:"皇帝在上,恕微臣直言。陛下即使拥有廉颇、李牧这样的良将,也不会使用他们。"

刘恒听到冯唐这么说,感到自己受到了羞辱,不禁怒火中烧,但当着众随从的面,又不便发作,他站起来走进内屋。过了一会儿,刘恒调整了一下自己的情绪,叫人让冯唐进来,问他到:"你为什么当众羞辱我?有什么话,你可以避开众人单独说给我听。"

冯唐连忙请罪,说道:"我这个人不知道忌讳。"

刘恒听了又好气又好笑,他心里明白,冯唐这么说自然有他的道理。刘恒不再指责冯唐,而是和气地问他:"你说我即使得到廉颇、李牧这样的将军也不会使用,为什么?说来让我听听。"

冯唐说道:"古时候帝王派遣将军,往往授予很大的权力。当年赵王曾对李牧说,将在外,君命有所不受,你安心地按照你的方案布置,我不会干涉你。李牧将军率部队进驻雁门关抵御匈奴侵犯,就采取一套独特的御敌方法:发现小股匈奴入侵,不出击,迅速返回营寨。这样做,反倒让匈奴搞不清虚实,不敢大肆入侵,不敢贸然深入,为北部边境赢得安宁。李牧这样做,绝不是害怕匈奴,而是在加紧练兵,等待时机。他在镇守边疆时,与士兵同甘共苦,亲自教练兵将骑马、射箭和搞对阵演习。他以武将的身份代行地方行政事务,将当地的税赋收入一律作为军费开支,提高伙食标准,保证生活开支。十年后,赵国在北部边境的军事实力已经相当强大了,李牧精选战车一千三百乘,战马一万三千匹,勇敢善战的士兵五万人,射箭步兵十万人,准备对匈奴开战。将士们听说李牧将军要攻击匈奴,人人摩拳擦掌,斗志昂扬。李牧一面加紧军事训练,还一面派人到匈奴打探军情。李牧每次研究古时成功阵法都直到深夜,他召集各将校到大营商议,制定攻击方案。等到时机成熟,李牧采用诱敌深入、三面包围的阵法,一举围歼匈奴十万之敌,匈奴首领单于落荒而逃。此后十几年,匈奴再也不敢侵犯赵国边境。可是赵王死后,其子赵迁继位,听信宠臣郭开的谗言,面对强大的秦军,剥夺了李牧的指挥权,而且还杀害了李牧,他在位仅仅七年时间就被秦国灭掉了。臣听说云中郡守魏尚也是一位像李牧那样的将军,他将云中的税赋全部用于军费开支,爱护士兵,不与匈奴硬拼,保卫云中的安宁。一旦匈奴侵入境内,魏尚就亲自率军抗击,与匈奴人搏杀。这些士兵都是农家子弟,家有父母,经常与匈奴作战,英勇顽强,尽力杀敌,他们为保卫边疆立下了大功啊!但是,匈奴人实在太强大,这次侵犯,陛下仅听了汇报就把魏尚的职务免了。依臣之见,陛下法度太严,奖赏太轻,处罚太重。由此我认为,陛下即使有了廉颇、李牧这样的将领也未必能使用。臣愚钝,又忘记了忌讳,该死、该死。"

刘恒听了冯唐这番话,若有所思。少时他下旨:赦免魏尚,官复原职。并派冯唐持皇帝的符节,亲自去通知魏尚。刘恒欣赏冯唐的见识和才学,提升他为车骑都尉,主管朝廷的骑兵。

袁盎由于在担任陇西都尉时成绩出色,被调迁到齐国担任丞相,不久又调

他去吴国当丞相。然而对于吴王刘濞,他早有耳闻。

刘濞是刘邦的亲侄子,当年刘邦率兵讨伐英布时,已封为沛侯的他刚刚二十岁。刘濞身体强壮,武功高强,以骑兵将领的身份随叔叔刘邦出征。刘邦平定英布后,担心吴和会稽两地民风强悍,决定派一名果敢勇猛的子侄在吴地为王,震慑当地势力,稳定两地时局。由于看中刘濞的强势作风,决定任命他为吴王。但是拜官授印完毕后,刘邦又突然感觉这个人有点靠不住,怕他日后作乱危及朝廷,所以又派人把他召来,对他说:"你的长相上有反叛之相。"刘濞吓了一跳,连忙给刘邦请罪。刘邦站起来走到他面前,拍了拍他的后背说:"汉兴之后五十年内,东南将有人要反叛朝廷,不会是你吧?天下姓刘的是一家人,你千万不要造反啊!"刘濞连忙跪下磕头,嘴里一个劲儿地说:"不敢、不敢,小臣不敢。"

刘邦去世后,惠帝刘盈即位,刘濞随着对吴国情况的逐渐熟悉和掌握,胆子也大了起来。他仗着管辖区内铜矿资源丰富的地利,将朝廷通缉的逃犯召集起来到铜矿从事挖掘开采,又私下里铸钱在国内流通,还组织人力从海水中提炼食盐投入市场。在当时铸钱和食盐都是由朝廷统一管理的,刘濞违背政令我行我素,朝廷并没有采取什么措施。如此一来,他更加的放肆和骄横了。

文帝刘恒即位后,着力稳定国内局势,发展农业生产,对诸侯国的事情过问的不多。尽管贾谊和晁错都提出过削减诸侯王的地盘和权力的建议,但刘恒并没有采纳。后来发生了一件事,让刘恒感觉有愧于刘濞,对他也就继续放任了下去。这件事实属意外,那是刘恒即位后不久,刘濞的儿子刘贤到长安朝拜天子,这孩子成长在吴地,他的几个老师都是楚国人,由于潜移默化的缘故,在学习文化知识的同时,也学到了老师们楚人身上具有的强悍、暴躁的性情。闲暇他和太子刘启在一起下棋,双方互不相让,言词不逊。刘启的性格也比较外露,喜欢冲动。下到关键时两人争执起来,刘启举起棋盘砸向刘贤,没有想到,这一下竟然把刘贤打死了。刘恒得知后,暴打了刘启一顿,但无论怎么办也改变不了既成事实。刘恒只好令人制作了一口上好的棺木,将刘贤安放在里面派人送到吴国安葬,随行少不了一批珍贵的陪葬品。儿子失手惹祸,刘恒自知理亏。

谁知道刘濞见到儿子刘贤的尸体被运回来了,十分生气,他冲着送葬的人吼道:"天下刘姓一家人,我儿子死在了长安就应该埋在那里,为什么要送回吴国安葬?"说完,他让送葬队伍原封不动地返回长安。刘恒知道后,依旧无话可

说,就指示人选好地方在长安下葬了。

刘濞从此更加放荡不羁,连每年的春朝、秋请两次朝拜天子的礼仪活动也不参加了,对外声称身体有病,无法远行。起初刘恒知道他丧子心情不好,也没有去追究他。但礼仪官不干了,派人去吴国调查吴王的身体状况,当得知吴王在装病的信息后,就对刘濞派来的使者拘禁治罪。刘濞听说自己的使臣一再被朝廷拘禁治罪,担心自己对抗朝廷的心思被识破,反倒加紧了筹备谋反的计划。

刘恒知道朝廷官员拘禁刘濞派来的使者的消息后,有一次他当面询问一位吴国使者:"你们的吴王到底有没有病?"使者不敢撒谎,回答道:"吴王确实没有病,朝廷多次拘禁吴国使者,他才假装生病不来朝拜。吴王曾说过'察见渊中鱼,不祥',吴王声称有病不来朝拜,是担心朝廷责备他,怪罪他。他称病实在出于无奈,希望皇帝不计前嫌,给吴王改过自新的机会。"

刘恒见他说得诚恳,就下令赦免所有被拘押的吴国使者,让他们回去。又让他们带给吴王几案和手杖,用来靠身和走路,并叫使者带话给刘濞,考虑他身体弱,从今起不用再参加朝廷例行的朝见了,安心养老。

皇帝的宽容,让刘濞很感动,谋反的计划也就随之搁置起来了。

袁盎得知自己要到吴国出任丞相一职,此后常年与刘濞这样的诸侯王在一起,心中不免顾虑重重。他担心自己处理不好与刘濞的关系,到头来落得里外不是人,于是就去找侄子袁种商议。侄子给袁盎出的主意是:"到吴国后,不要干涉吴王的事情,每天找人喝酒就行了。吴王在吴国这么多年,到处都是他的人,你不管事,吴王也不会为难你。"

袁盎到吴国上任后就按照侄子的建议做,果然见效,刘濞不但没有为难他,反倒对他的见识挺欣赏,给予他很优厚的待遇。袁盎这么做,是出于畏惧刘濞的为人,还是出于自保,只有他自己心里清楚。

十一　丞相训宠，刘恒盛赞细柳将

有一次，袁盎请假回长安家里，在路上遇到丞相申屠嘉的车队，他立即下车站在路旁向丞相行礼。按道理说，申屠嘉应下车谢礼，可是他只在车上表示了一下谢意就令车队继续开进了。当着众人的面，袁盎感觉自己受到了莫大的羞辱，他怏怏回到家中。

丞相申屠嘉是前朝老臣，他从无名小卒做起，跟随刘邦东征西战，尤其在镇压英布造反的战役中表现突出，由此得到朝廷重用。他先后担任过淮阳郡守、御史大夫。张苍辞职后，申屠嘉接任朝廷丞相一职。申屠嘉为人廉洁正直，在家里从不接受为私事而来拜访的人。

汉文帝身边当时有一个叫邓通的男宠，刘恒喜欢他，把他提升为太中大夫，还赏赐了他巨额财物。这个邓通仗着皇帝的权势，十分得意。有一次，申屠嘉上朝去见刘恒，邓通站在皇帝身边搔首弄姿，挤眉弄眼。申屠嘉耐着性子把汇报的内容说完，就对刘恒说："陛下宠幸邓通，只管多给他一些钱物就是了，但朝堂上的礼节却不能不严肃。"刘恒笑了笑，对申屠嘉说："我知道了，下来后我说他。"

申屠嘉办事十分认真，退朝后他写了一道手令要邓通到丞相府来，不来的话要按朝廷律法拘捕处死。邓通接到手令吓得要死，赶忙去找刘恒求救。刘恒也没想到丞相如此认真，就对邓通说："你先去吧，随后我马上派人召见你。"

邓通是个极其圆滑的人，他知道丞相这次真的生气了，也知道皇帝一定会救他，但丞相府他是不能不去的。到了丞相府，邓通脱下帽子，光着双脚，伏地叩头请罪。

申屠嘉坐在椅子上动也不动，大声斥责道："朝廷是大汉的朝廷，你邓通只是一个小臣，竟敢在朝堂上嬉戏，大为不敬，按律当处斩刑。来人，把他拉出去斩了！"

邓通听到要立即斩他，吓得不得了，头像捣蒜一样不停地往地上磕，直磕得满头是血。申屠嘉根本不理，执意要执行。正在这时，刘恒派人来召见邓通，申屠嘉也就只好放了他。

邓通见到刘恒，哭诉道："丞相差点儿杀了我。"

刘恒第二天见到申屠嘉，对他说："丞相的好意我心领了，邓通是我的侍臣，就让我来管教他吧。"

申屠嘉就是这么一位认真、廉洁，也有些刻板的人。

袁盎回到家中，前思后想，觉得应该去找申屠嘉把话说清楚，免得二人为此结下心结，所以主动到他居住的处所拜谒。申屠嘉从来不喜欢有人上门求见，过了很久才接见袁盎。

袁盎见到申屠嘉，立即下跪、叩首，并对他说："希望丞相能够避开家人与我单独交谈。"

申屠嘉依旧按照原有的习惯，对袁盎说："如果你说的是公事，你到官署跟长史去说，我将会如实地奏报皇帝；如果你是来说私事，对不起，我不接受私下里的谈话。"

袁盎见申屠嘉不愿和他多说，便跪在地上不起来。趁申屠嘉还没有离开，他说道："丞相，您自己想一想，您现在的能力与陈平、周勃相比如何？"

申屠嘉直率地说："我比不上他们。"

袁盎紧接着说："您自己也认为比不上他们，这就是了。陈平、周勃辅佐着高帝平定天下，担任将军和丞相，在朝廷危急时刻，联手铲除诸吕，保住了刘家天下，为大汉王朝立下了卓越的功劳。您不过是一个会骑射拉弓的兵士，靠勇敢才升迁提拔为了万人的长官。惠帝时期，您因为有战功，被提升到淮阳当郡守。您的升迁并不是因为有什么特殊的计谋和显赫的战功，而是凭您的勇力和忠诚。文帝执政后，每次有人奏报情况时，皇帝总是停下车驾接受他们的建议，对那些不被采用的建议就放在一边，可以采用的就很快采用，从而得到众官员和老百姓的称赞。皇帝这样做,就是要通过这种做法招引天下那些有才之士。这样皇帝每天都能听到新鲜的事情,能弄清楚他原来不了解的情况,使自己一天比一天变得圣明。可您却将自己封闭起来,把天下人的嘴都封住了,谁还会向您反映实情?您这样做,只能使自己一天天越来越愚钝。您想想,在圣明的君主之下,怎能容得下一个愚钝的丞相呢?您离遭受祸难的日子可不远了。"

申屠嘉听完袁盎这番话,立即下拜说:"我只是一个无知的乡巴佬,从来也不去想这些事情,幸亏将军直言指教。"说完就把他引进室中,盛情款待。

从此,申屠嘉改变了拒人于门外的工作作风,继续为朝廷操劳,在丞相的位子上一直干到景帝时期。

在朝廷里,晁错的命运似乎要比贾谊、袁盎好一些。尽管他也喜欢直谏,说一些刻薄的话,也得罪了一些人,可是他一直在朝廷做事,没有被调离到边防和诸侯国为官。这可能是因为他曾担任过太子的舍人、门大夫和家令,深受太子刘启信任的缘故吧。晁错的性格,注定了他不甘沉默,他几十次上书朝廷,谈论削夺诸侯势力的事项以及修改部分法令、条例的建议。虽然绝大多数的建议刘恒并没有采纳,但对他的才能还是很赏识的,提升他为中大夫。

在晁错的诸多提案中,有一件提案得到了刘恒的认可,并很快实施。当时对大汉帝国威胁最大的就是北方的匈奴了,对其发动大规模的战争,彻底消除匈奴对朝廷的威胁虽说是最有效和最彻底的办法,但刘恒认为国家尚在恢复建设之中,没有足够的财力和物力对匈奴发动大规模的战争。晁错在《言兵事疏》一文中,就汉王朝所面临的处境论述了抗击匈奴的战略思想和策略方案,强调了在战争中激励士气和选择良将的重要性,着重分析了战争中地形、士兵训练和武器锋利三者之间的关系。建议朝廷选拔优秀的青年军官到北部边境做边军的将领;加快提升军队的战马和武器装备,强化部队的军事训练;加大对边境人烟稀少地方移民的力度,以优惠的政策鼓励百姓到边境定居。晁错的这一建议,的确具有深远的战略意义,对稳定和巩固边境具有积极的现实作用。强大的边军,优秀年轻的指挥官,亦民亦兵的边疆居民无疑为大汉帝国筑起一道牢固的防线。尤其在应对小股匈奴骚扰的情况下,它的作用更加明显。刘恒之所以对他的这一建议很快组织实施,正是看到了它对保卫朝廷安全的重要性。

汉文帝二十二年(前158),北方匈奴又大举入侵。三万人侵入上郡,三万人侵入云中,大肆抢掠汉朝边民的牲畜、粮食和财物。尽管朝廷已加强了边防

的力量，但仍然抵挡不住匈奴剽悍铁骑的冲击。刘恒接到军情通报后，没有派遣大量军队前去抗击，而是继续采用和谈的方式平息边境的紧张局势。他一面派人去和匈奴谈判，一面增加边防守军的力量。他派中大夫令勉为车骑将军，驻守飞狐（今河北省涞源县北）；派楚国丞相苏意为将军，驻守句注（今山西省代县西北）；派将军张武驻守北地（今甘肃省宁县）；派河内郡守周亚夫为将军，驻守细柳（今陕西省咸阳市东南）；派将军刘礼驻守灞上（今陕西省西安市东）；派将军祝兹侯徐厉驻守棘门（今陕西省咸阳市东北），以应对匈奴的南侵，保卫汉中央所在地长安。刘恒的内心，依然是和亲为主，不愿与匈奴发生大规模的战争，以求边境的和平与安宁。

正如刘恒所愿，经过谈判，匈奴在数月后退出了边境。

匈奴虽已退出边境，刘恒并没立即撤掉驻军，以防止匈奴人再次大举入侵。有一天，刘恒亲自到长安附近的几座军营去视察，慰问驻军。他先到达灞上军营，后又到达棘门军营。这两座军营情况相似，见到皇上御驾到来，早早地打开军营大门，军营的所有将领都骑着马排列在道路两旁列队迎接。御驾经过之处，将领和士兵高呼万岁，队列雄壮，气氛热烈。刘恒看到整齐雄壮的队伍，心中顿生豪情。但到细柳军营时，情况却不相同了，沿途站岗的士兵全都身披铠甲，手执兵器，目不斜视，严阵以待。

皇帝的御驾到了军营门口，不但大门未开，反倒被军营的守卫拦住了。刘恒派人去通告，说皇上来了。守护军营大门的一位都尉却对来人说："将军有令，军中只闻将军令，不闻天子之诏。"

刘恒再次派人持皇帝符节上前通告："皇上亲自到军营慰问将士。"

军门都尉派人进去通报后，才传来将军周亚夫的命令，营门打开，御驾驶入。军中随同御驾驶入的军士告诉驾驶御驾的车夫："将军有令，任何车辆进入军营必须慢行。"刘恒听到后，没有生气，命令车夫按军中规定驾车慢行。

御驾到达中军大帐后，只见将军周亚夫手持兵器站立迎候。见到刘恒，周亚夫没有跪下，只是双手作揖对他说："甲胄之士不下拜，请以军礼相见。"

刘恒见周亚夫如此端庄、郑重，不由心生敬意。他扶着车上的横栏，向周亚夫致敬，并让随从人员向周亚夫还礼："皇帝敬劳将军。"

礼后，周亚夫陪同刘恒视察军营，但见细柳军营秩序井然，安静庄严，并没有因为皇帝的到来乱了方寸。

350

离开细柳军营后,随行的大臣们都十分震惊,他们认为周亚夫的举止有辱天子的尊严。刘恒听后却感叹道:"周亚夫才是真将军啊!灞上、棘门两座军营,简直如同儿戏,那样的将军带兵,被人俘虏了也是正常的,至于周亚夫,谁敢进攻他的军队!"

此后,每想起视察军营的情景,刘恒就对周亚夫称赞不已。一个多月后,三军驻防撤销,刘恒提升周亚夫为中尉,负责都城的安全。

在对待匈奴的态度上,刘恒始终坚持以求和为主。他曾经检讨自己:因为自己不够圣明,所以无法将仁德远播国外,使北部边疆不得安宁。常年以来,匈奴多次侵入边境杀死百姓,抢夺财物,是因为驻守边疆的官民不能明了我的内心。无法理解我与匈奴和亲,求得边境安宁的心志,也是因为我的仁德还不够的缘故吧。如果动不动就重兵与匈奴作战,我们的边境何时才能得到安宁?为此我早起晚睡,操心天下大事,了解百姓疾苦,唯恐自己哪些方面做得不好,一天也不敢懈怠。

这一年全国多地大旱,蝗虫肆虐,不少地方的农作物遭受蝗灾的摧残,几乎颗粒无收。面对如此严重的灾情,刘恒下旨命各地官员深入乡间地头指导百姓灭虫。他又减免了各地当年应当上缴国库的赋税和贡品,同时还削减朝廷应更新的官服和饲养的马狗数量,以节约开支。对灾情严重的地区则开仓放粮,赈济百姓。

十二　文帝去世，刘启登基续大业

汉文帝二十三年(前157)六月，大汉王朝第三任皇帝刘恒走完了自己短暂的人生，病逝于长安未央宫，年仅四十七岁。

刘恒即位二十三年，继续采取与民休养生息的大政方针，注重农业生产，促进了社会经济的快速发展，确保了国内政治稳定，百姓安居乐业。他在年轻时就专心研究老子的《道德经》，受到"黄老"思想的深刻影响。执政后，他又把这一思想贯彻落实到国家治理上。刘恒一生低调做人，生活简朴，在他执政的二十三年期间，没有扩建宫殿、苑囿，连皇家的服饰、用具和马狗等也几乎没有增加，他的心里一直放在发展经济和减轻百姓赋税上。有一次，刘恒想建一座露台，用来登高远望，他召来工匠们做了个预算，当得知建这座露台需要一百斤黄金时，刘恒叹口气对工匠说："百斤黄金相当于中等收入家庭十户人家的财产，我看还是算了吧。"皇帝在位时，按惯例生前要为自己建造好陵墓。刘恒在为自己建造霸陵时指示属下："陵内所置饰品均为瓦器，不得以金银铜锡为饰。"

刘恒在位初期，不仅禁止扩建宫室苑囿，就连平日里生活也十分俭朴，他自己的服饰大都是普通布料制作的，鲜有绫罗绸缎。对后宫的家眷和宫女们，也要求她们衣服不要拖着地，窗帘帐子一律不得绣花。他从自身做起，在全国提倡艰苦朴素，也为全国的官员和百姓做出了表率。

司马迁在《史记·孝文本纪》中赞扬汉文帝刘恒"专务以德化民，是以海内殷富，兴于礼义"。

刘恒不仅在生前为国为民操劳，在死后也不愿打扰百姓。他在遗诏中回顾

了自己二十三年的执政经历,深感自己还有许多事情未做好,有愧于天下百姓,不能因为自己的去世再给百姓增加负担。他说:"因为举行隆重的葬礼,陪葬大量的金银器皿而会使家业破败;族人披麻戴孝,长年守灵的方法是不足取的。自己生前,有许多事情还没有做好,没有使天下百姓生活得更好,心中已有愧疚,如今死了,又烦劳百姓为我服丧,更让我感到不仁德了。"

对于死,刘恒很坦然,他在遗诏中说:"天下万物之萌生,没有不死的。死是天地之理,物之自然的现象,没有什么可悲哀的。"

"治大国,若烹小鲜。"这是老子在《道德经》里提出的治国理念。但在现实生活中,又有几位君王能真正理解其中的内涵呢?秦始皇聚集秦国多年积累下来的人力和财力,一鼓作气平定六国,统一了天下,彰显出一代雄主的豪情壮志。但在治理国家上,急功近利,急于求成,使得百姓怨声载道,天下无法安宁。在死后仅仅三年时间里,经过他精心建造的帝国大厦便轰然倒塌,为后人留下无限的议论空间。刘恒执政后,深刻吸取秦王朝快速消亡的惨痛教训,极力推行"黄老""清静无为"和"无为而治"的治国方针,不扰害百姓,不朝令夕改,不用主观意志去左右国家政治生活。使广大百姓安心生产,国泰民安,几乎达到了"民忘于治,若鱼忘于水"的境地。

对外,为了避免战争给百姓带来灾难,刘恒对匈奴一直采取和亲的政策。即使匈奴数次背约入侵边境,他也只是派兵抗击并不深入匈奴领土,唯恐给两国的百姓造成太大的损失。为了安抚南越王赵佗,刘恒命人修复赵佗在赵国的祖坟和祖产,感化赵佗,使他心悦诚服地归顺大汉王朝。对内,在处理淮阳王刘长和吴王刘濞的事情上,刘恒以"仁"相待,化解矛盾,不愿去激化矛盾引发内战。即使对袁盎等大臣关于抑制诸侯的建议,刘恒也能以宽容的态度应对之,安抚众臣,不激起众诸侯王的反感和抱怨。

刘恒的一生虽然短暂,但他对刚刚建立不久的大汉王朝精心呵护,用心理政,为王朝的稳定和发展作出了不可磨灭的贡献。尽管在他身后还有许多困难,还有许多隐患,但大汉王朝的基石已经非常稳固了。

刘恒死后安葬在霸陵,这可能是一座历代帝王中最简朴的陵墓。群臣顿首上尊号"孝文皇帝"。

同年太子刘启登基继皇帝位,史称汉景帝。

刘启是刘恒的第四个儿子,刘恒在代国时与前王后共生有三个男孩,后来刘恒宠爱窦氏,又生了一个男孩,就是刘启。刘启出生不久,刘恒的前王后就有病去世了,在不长的时间里,那三个孩子也相继夭折,刘启成了刘恒的长子。所

以刘恒继位后定立太子,刘启自然就成了首选。

刘启当太子时,年仅八岁,正是学习知识的年龄段。刘恒为他选派了有才学、有见识的学者辅佐他、教导他,使得刘启从小就受到了良好的教育。但刘启的性情与他父亲不同,父亲做事小心谨慎,严以律己;刘启性格中则有急躁、冲动的成分。当年与吴王刘濞的儿子刘贤下棋争吵,就举起棋盘砸向对方,致使对方倒地身亡。幸亏刘恒一再忍让,才使这场风波平息下来。至于吴王的丧子之痛,也不可能像风吹落叶一般无影无踪,由痛苦转化成的仇恨,同样也深深埋在其心底。

刘启继位时已经三十一岁,从年龄上讲,已经到了十分成熟的阶段了。他从小接受了良好的教育,耳濡目染父亲的执政过程和思想,看到了对诸多复杂事件的处理过程,时常可以聆听到父亲的谆谆教导,以及父亲身为一国之主却率先垂范的优秀品格。所以刘启继续沿用父亲的治国理念,保持国家稳定发展。

刘启登基后,也像其他帝王一样,大赦天下,减轻税负,为去世的父皇设立宗庙。匈奴人趁着汉王朝国丧之际,又派兵入侵代国,抢夺财物。刘启仍然采用和亲的方法,派出使节与其和谈。匈奴人又同以往一样满载而归,退出边境。

自古以来,一朝天子一朝臣,刘启也不例外。登基后,他把原太子府内的一批人提拔到朝廷的重要部门任职,因为这批人是他信得过的,是需要他们为自己以后的治国发挥重要作用的。晁错因曾经当过刘启的老师,又备受他的信任,理所当然地得到晋升,职位是内史,负责管理长安都城里的大小事务。

当时的丞相依然是前朝老臣申屠嘉,太尉空缺,暂由丞相代理,御史大夫是陶青。

窦婴是窦太后一位堂兄的儿子,他为人豪爽,喜欢与人交往。在汉文帝刘恒执政时期,曾经担任过吴国的丞相,景帝刘启即位后,被任命为詹事。窦婴由于和窦太后有这么一层亲戚关系,所以在皇宫里也比较自由。有一次,梁王刘武入朝觐见刘启时,刘启宴请刘武,当时窦太后、窦婴也在座。席间刘启趁着酒兴对刘武说:"我死了以后把皇位传给你。"刘武和刘启是一母同胞的亲兄弟,窦太后最疼爱自己这个小儿子,听刘启这么说,她也十分高兴。可在这时,窦婴却端起了一杯酒对刘启说:"陛下,天下是高皇帝开创的天下,帝位应该父子相传,这是朝廷的制度,陛下凭什么要擅自把皇位传给梁王?"刘启听了,也觉得自己酒后失言,连忙摆摆手示意窦婴坐下。窦太后一听很生气,她白了窦婴一眼,转身走了。

窦婴知道自己得罪了窦太后,借口自己在朝廷担任的詹事官职太低辞职回

家了。窦太后正想收拾窦婴,见到他辞职,就顺势把他从进出宫门的名册中删除,也不准他参加朝廷春、秋两季的朝会。

晁错在刘启继位后得到重用,信心倍增,当初在文帝刘恒执政时期心中的压抑情绪终于有机会得以释放。在他的心目中,削藩依旧是国家面临的一件大事。随着国内经济的稳步发展,各诸侯王的经济实力也在日益壮大。等到这些诸侯王串通一气,联合对抗朝廷时,将会对国家的安危构成巨大的威胁,"养虎为患"这个比喻对当下的朝廷政局是再贴切不过了。只有想办法削弱他们的实力,才能保证大汉王朝长治久安。

晁错担任内史后,有更多的机会接近皇帝,耿直的性格注定了他心中藏不住事情。有什么新的想法,他常常请求刘启与他单独谈话。刘启对这位老师还是很尊重的,对他提出的建议也基本上做到了言听计从,在其他人眼里,晁错的的确确成了皇帝的宠臣。但晁错的致命处在于他不太注重处理好与大臣们的关系,对任何人都不客气。结果导致刚回朝廷任职不久的袁盎因为看不惯他的做派,辞官回家休养了。丞相申屠嘉也看不惯他,总想找个机会把他搞掉,拔去这个眼中钉。

晁错所就职的内史府建在太上庙围墙里的空地上,由于太上庙大门开在东边,晁错到宫里办事进出很不方便,于是就派人在围墙的南面开了两扇门。申屠嘉听到了这个消息后,感到收拾晁错的时机到了,他立即进宫求见皇帝说:"晁错私自开凿太上庙的南墙,这是对高皇帝最大的不敬,罪该处死!"刘启听说后也很生气。

宫中有人将此事告诉给晁错,他连夜请求皇帝召见,当面向刘启说明了情况,刘启没有责怪他。

第二天朝会上,申屠嘉当着所有文武大臣的面奏请皇上,说晁错擅自凿开太上庙南墙设门,触犯朝廷律令,罪该处死,应即刻交廷尉拘捕查办。申屠嘉原本以为皇帝会大怒,同时也引起群臣众怒,没想到刘启听完后,轻描淡写地说道:"他开凿的门不是庙墙,只不过是外墙罢了,没有触犯朝廷的律令,无须将他交廷尉处置。"

听皇帝这么说,申屠嘉一时无言以对。退朝后他越想越气,回到丞相府,对府内的长史说:"我当时应该先杀了这小子再去向皇帝汇报,没想到又让他钻了空子,提前向皇帝说了,这样一来反倒把我出卖了,真是大错特错啊!"

申屠嘉年纪大了,身体不好。本来想整倒晁错,没想到反让自己在众大臣面前丢了人,一气之下病倒了,不久就死去了。

十三　力挺削藩，新政激怒众诸侯

丞相申屠嘉去世后，丞相一职由原御史大夫陶青担任，刘启又升任晁错为御史大夫。这一下，晁错更加志得意满了，他不但战胜了一直对自己耿耿于怀的老丞相申屠嘉，还得到了皇帝的提拔。一时间，满朝文武大臣都对晁错的能量倍加佩服，一些喜欢寻找靠山的小官吏们甚至把他视为自己的榜样和人生目标。他们想方设法接近他，拼命地和他套近乎，晁错自己也感到前途一片光明。

担任御史大夫的晁错现如今是大权在握，他急于实现自己的理想，加快削藩步伐。在他看来，诸侯王的势力正如日中天，不尽快处置一定会威胁到朝廷的安全。为此，他又向皇帝上了一道奏疏，建议朝廷尽快实施削藩计划，目标是那几个大的诸侯国，如齐国、楚国和吴国。晁错特别对吴王的跋扈不满，直接点名要先从吴国开刀。晁错在上书中说道："当年高皇帝初定天下，因为兄弟少、儿子小而大封同姓王，齐国七十多城，楚国四十多城，吴国五十多城。这三个诸侯国几乎占了天下的一半。如今，吴王因儿子在长安意外死去，就谎称有病不上朝，按律应当处死。但文帝不忍心兄弟相残，赠他几杖，同情和关爱他，让其悔过自新。可是吴王不但不感激文帝的仁德之举，反倒日益骄横，开矿铸钱、煮海为盐，招纳天下被朝廷通缉的人犯，图谋作乱。当今朝廷对吴国削藩他要反，不削他还要反。现在削藩还为时不晚，引起的动荡也不会太大，等到他实力壮大了再削藩，必将引起更大的祸患。"

晁错的建议，对于稳定大汉王朝的江山社稷的确是有积极意义的。刘启即位时间不长，他也十分担心几个大诸侯王联合起来对付朝廷，但他又不想让矛

盾过早地激化,形成国内大的动荡。当前,稳定毕竟依然是头等大事,只有稳定了,国家经济才能正常快速发展。为了稳妥推进这项事关国家前途命运的改革,刘启同意先搞一些小的试点。

汉景帝三年(前155)冬,大汉王朝的削藩行动开始正式实施。

晁错上书,楚王刘戊去年在为薄太皇太后服丧期间,在住的房子里偷偷行男女之事,罪当处死,请求皇帝拘捕诛杀。刘启没有治刘戊的死罪,下诏赦免了他,但削掉楚国的东海郡收归朝廷,以示惩罚。

紧接着,刘启又以赵王刘遂前两年有罪为名,削掉了赵国常山郡。并立自己的第二个儿子刘德为河间王,定都乐城(今河北省献县)。在此要特别强调一下,这位刘德不同于其他的王,他非常爱好古代文化,当了王后也还一门心思搞学问,主张"修学好古,实事求是",意思是说,对古代文化的研究要十分认真,要在掌握充分的事实根据以后,才从中求得正确可靠的结论来。他还以整理天下文献古籍为己任,形成了以他为首的河间学术中心。刘德在位二十六年,为中国儒学的传承与发展和封建社会的教育事业作出了卓越贡献。

胶西王刘卬因为私下卖售爵位,还时有舞弊行为,削掉其封国六个县收归朝廷。

之后,晁错又主持修改了法令三十章,全部是针对各诸侯国的。消息传出之后,各诸侯王都异常愤慨,把仇恨的目标都对准了晁错。而他却不以为然,继续加大推动削藩的力度,把自己多年来积压在心里的夙愿付诸实施。

朝廷削藩动作频频,让各诸侯王坐立不安。但紧张的不仅是诸侯王,连晁错的父亲也紧张得在家里待不住了。他听说朝廷削藩的建议都是儿子的主意,连忙从老家颍川赶到长安看望他。老人知道儿子的这些建议得罪了所有的诸侯王,他们会想方设法报复他的,儿子的大难将要临头了。

老人见到晁错,语重心长地对他说:"皇帝刚即位不久,你作为朝廷高官,用手中掌握的权力侵夺削弱诸侯国的势力,疏远隔离人家的骨肉。大家都在议论你、怨恨你,你这样做到底是为了什么呀?"

晁错平静地说:"本来就应该是这样的嘛,不然的话,天子没有了尊严,国家也就不会有安宁的。"

老人痛心地说:"刘家的天下安定了,而晁家的厄运就要到来。我走了,你也赶快辞官回家吧。"

晁错没有弄明白父亲在话语中"走了"的意思,就送父亲出门。谁知他父亲刚一出门就喝毒药自杀了,临死前对他说:"我实在不忍心看到灾祸连累到

自己。"

此刻,晁错才领悟到父亲"走了"的含义,他悲痛万分,着手安排父亲的丧事。晁错是一位有抱负的人,他刻板的性格决定了他要把已经确定下来的事情进行下去,所以他不会听从父亲以性命叮嘱他的那句话:"吾去公归矣!"忍住失去父亲的悲伤,他继续推动朝廷的削藩改革。

朝廷的削藩举措,受到震动最大的就是吴王刘濞,他知道自己现有的实力让哪一个当皇帝的人都睡不好觉,朝廷对他下手是早晚的事。所以他意识到自己应该提前动手,早做准备。但吴国实力再强也无法抵抗住朝廷组织全国力量来收拾它,唯一的方法,就是串联其他诸侯王一起行动,向朝廷发难,另立新皇。

刘濞派中大夫应高出使胶西,联络胶西王刘卬与他结盟,他知道刘卬为前次削地的事情也非常恼火。但为了慎重起见,刘濞没有让应高带去文书,只让他口头向刘卬传递信息。毕竟不是光明正大的事情,他也怕文书被人泄露出去误事。

应高拜见刘卬说:"吴王不肖,担忧自己旦夕之间将有大祸降临。他不敢把自己的担忧写成信函给你,请你明白他的用心。"

刘卬问:"这是为什么?请你详细说给我听。"

应高说:"现在的皇帝相信奸臣的话,被奸佞小人蒙蔽,只看见眼前的一点小利,听信谗言,擅自修改律令,侵夺诸侯的土地和城池,而且对诸侯征求得越来越多。朝廷随意诛杀惩罚善良的人,形势一天比一天严重。民间有一句俗语,叫'吃完了糠就该轮到吃米了'。吴王和胶西王都是名气很大的诸侯王,一旦被朝廷盯上,恐怕就不会再有安宁了。吴王身患疾病,二十多年不能入朝觐见了。他时常担忧遭到朝廷的怀疑,可又没有办法解释自己的清白,只好每天耸着双肩踏着小步走路,担心自己不被谅解。我听说大王因为卖爵之事受到朝廷处罚,不少诸侯国也被朝廷消减了土地和城池。其实他们所犯的罪过完全不至于判处如此重罚,依我看,这种重罚恐怕不是削地所能随便罢休的。"

刘卬说:"对,就是这样的,你说该怎么办?"

应高说:"同恶相助、同好相留、同情相成、同欲相趋、同利相死,现在吴王认为与大王有着相同的忧虑,愿意趁此机会顺应天理,牺牲个人生命为天下消除祸患,您觉得可以吗?"

刘卬一听吴王要自己同他一起反对朝廷,异常吃惊,忙说:"我哪里敢这么做呀!虽然皇上追得很紧,但我本来就是死罪。亏得皇上大量,免我一死,我怎敢不拥戴皇上呢?"

应高沉着地说:"御史大夫晁错,怂恿迷惑皇上,侵夺诸侯的财产和土地。在朝堂上蔽障忠贤之臣,引起众大臣积怨,也使各诸侯王均有背叛之意,人臣所为之事他已做到极点了。今年天上出现彗星,地上蝗灾连片,这是万世难逢的机会,就是古时圣人也会趁机起事的。所以吴王计划以讨伐逆臣晁错为目标,追随大王共同驰骋天下。到那时,所到的地方都会归顺,所指向的地方都会被攻克,天下无人敢不服从大王的。大王假如能答应我,吴王将联合楚王一起向西进攻函谷关,并派重兵守住荥阳、敖仓,抗拒朝廷的军队。事成之后,吴王在长安修筑好大王下榻的宫舍,等候大王到来。大王如果真的能幸临,那么天下就可以归并统一了。到那时,你和吴王两人分治天下不也是可以的吗?"

刘卬听后激动了起来,痛快地对应高说:"好,就这么办!"

应高得到胶西王的答复,连忙返回吴国向刘濞汇报。可是刘濞还是担心刘卬会三心二意,便亲自到胶西,与刘卬订立盟约。

当年高皇帝刘邦分封诸侯王时,把辖内城池最多的齐国分给了自己的长子刘肥。他清楚刘肥是个本分的人,不会背着他做出不利朝廷的事。刘肥也的确没有辜负父皇的重托,认真管理着齐国。可是刘肥过早的去世,身后留下一大堆儿子,这些孩子们却不像他们老爹那么安生。刘肥去世后,由长子刘襄继任齐王,当初率先起兵讨伐吕氏的诸侯王就是他。刘襄死后,文帝刘恒采用贾谊的建议,把齐国一分为六,封给刘襄其他六个兄弟,再算上早先从齐国划分出来封给刘章的城阳,实际上齐国已经分裂成七个小的诸侯国了。这七个诸侯国中,胶西王刘卬还是有一定威信的,所以吴王刘濞最早要联络的就是他,他只要一行动,其他几个诸侯国也会起来响应的。

刘卬的属下听说大王要参与吴王的反叛行动后,都纷纷进谏道:"侍奉一位仁慈的皇帝是最快乐的事情,如今大王要与吴王向西进军,即使事情侥幸成功了,您和吴王在权力分配上必定会起争端的,如此一来,灾祸就会降临。这些诸侯国的土地全部加起来只能占到朝廷土地的十分之二。背叛朝廷也会使太后非常的忧虑,还是请大王从长计议吧。"

刘卬此刻正处在亢奋之中,根本听不进群臣的劝谏。他一面加紧和吴国商议行动方案,一面派使者到齐、淄川、胶东、济南和济北等诸侯国通报情况,劝说这些兄弟一起行动。

兄弟们也挺痛快,都答应到时一起行动。刘卬唯独没派使臣去说服城阳王刘章,也许是担心以刘章的义气不易被说服。其他诸侯王的意见是:城阳王在诛吕时已立下大功,这次就不让他参加了,等事成之后,让他一起分享就可以了。

十四　七国反叛，袁盎献计杀晁错

晁错一时间春风得意，在削掉赵国河间郡和胶西国六个县以后，他这次直接把矛头对准了吴国。晁错奏请皇上批准削掉吴国的会稽、豫章两郡收归朝廷。刘启批准同意，立即派人将文书送到吴国。

吴王刘濞也没有闲着，他在与胶西王订立盟约后，就积极筹备联盟西进的计划。他知道，朝廷很快会对吴国下手。果然不出所料，朝廷送达削掉吴国会稽、豫章两郡文书的使臣很快就抵达吴国。刘濞接到文书，气得坐立不安。会稽是吴国的粮仓，豫章是吴国的铜矿，也可以说是个银库。削掉这两个郡，实际上是把吴国的生活和生产资源夺走了，吴国的经济实力会因为失去这两个郡而大打折扣。一不做二不休，他扣下朝廷使臣，对外宣布起兵造反！

胶西王刘卬的动作也不小，自从和吴国订立盟约后，他便下令把朝廷派往胶西的、食禄在二千石以下的官吏全部杀掉。胶西王这样做了，胶东王、淄川王、济南王、楚王和赵王等也都仿效刘卬的样子，杀掉朝廷派驻的官吏，响应刘卬的号令，一起发兵。

济北王在郎中令的劝阻和强制看管下，借口国内城墙尚未完工，无法参与行动，没有派兵。

北方的赵王刘遂积极响应，不仅组织军队参与行动，还派密使到匈奴去搬救兵。

吴王刘濞自然是一马当先，他在国内进行征兵动员时信誓旦旦地说："我已

经六十二岁了,将亲自担任统帅,我小儿子今年十四岁,也将随我出征。国内凡年龄大的与我一样,小的与我儿子同龄的,全部随我出征。"共征集到兵力二十万人,不仅如此,他还派使臣出使闽越、东瓯国说服他们参加。

一时间,大汉王朝的东北部、东部和东南部都纷纷起兵,七国反叛,王朝又将面临着一场大的动荡。

刘启即位仅仅三年时间,就遇到了这种事,着实让他慌了神,一时也不知道如何应对。有大臣上书,先派人搞清楚叛军的动向和实力是当务之急。很快消息传来:吴王刘濞在吴国国都广陵(今江苏省扬州市)起兵,西渡淮河与楚军会合再一起计划西进;胶西王刘卬联合胶东王、淄川王和济南王的军队正在围攻齐国临淄城。齐王和齐国文武大臣坚决不参与叛军行动,誓死不与朝廷为敌。齐国的做法引起胶西王的不满,为了扫清西进的道路,必须首先消除临淄这个隐患。赵王刘遂在邯郸起兵,准备西进。

叛军的动向搞清楚了,刘启马上召见周亚夫,让其代行太尉一职,统领全军。刘启在刘恒临终时曾听父亲说过,周亚夫是一位难得的军事人才,可以放心地任用。为此,刘恒在临终时还把周亚夫从中尉一职提升到车骑将军的职位上。

这时,前方传来刘濞发出的反叛文书。他在文书中说:"吴王刘濞恭敬地问候胶西王、胶东王、淄川王、济南王、赵王、楚王、淮南王、衡山王、庐江王及已故长沙王的王子们,希望你们赐教于我。如今朝廷出现了奸臣,他对天下没有立下任何功劳,却要来侵夺我们诸侯国的土地,派法吏弹劾、囚禁和审讯诸侯王,以侮辱诸侯为能事。他不用诸侯王的礼仪来对待高帝的骨肉至亲,抛弃先帝分封的功臣,推荐任用坏人,惑乱天下,就是想要危害国家。皇帝刚刚即位又体弱多病,神志不清,不能明察政情。我要起兵诛杀奸臣,敬听你们的指教。我们吴国虽然很小,但领地纵横三千里,人口尽管不多,但精兵可以征集到五十万,我一直和南越友好,他们听到我要起兵后毫不推托地派军队归顺于我,仅南越就可征集军队三十万之多。我虽然没有什么才能,但愿意追随各诸侯王。南越和长沙接壤,他们可以和长沙王的王子们一起率兵平定长沙以北,继而进攻蜀郡和汉中郡,东越王、楚王和淮南王也愿意和我一起率兵西进。在齐地,各诸侯王与赵王一起平定河间、河内,然后派一部进攻临晋关,派一部与我在洛阳会合。燕王、赵王本来就与匈奴订有同盟,燕王在北方平定代郡、云中郡后,可以联合

匈奴兵攻取萧关,直奔长安,匡扶天子。楚王的儿子和淮南三王十几年前就有这个想法,他们对奸臣恨之入骨,很早就想采取行动了。我因为没有和各位联系,所以没有行动。现在我们要一起行动,将大汉王朝保存并延续下去。拯救弱小,讨伐强暴,才能安定我们刘家的天下,这是国家所需要的。我国尽管贫穷,但我省吃俭用、积蓄金钱、修造兵器和屯聚粮草,如此夜以继日地准备了三十多年,所做的一切都是为了今日,希望诸王能很好地利用这个条件,一起努力吧!我保证,能杀死、俘虏大将军的,赏赐黄金五千斤,封给食邑一万户;杀死、俘虏将军的,赏赐黄金三千斤,封给食邑五千户;杀死、俘虏副将的,赏赐黄金两千斤,封给食邑两千户;杀死、俘虏食俸二千石级官吏的,赏赐黄金一千斤,封给食邑一千户;杀死、俘虏食俸一千石级官吏的,赏赐黄金五百斤,封给食邑五百户,以上有功人员都可以封为列侯。那些带着军队或城池来投降我们的,凡带士兵上万人、城中人口一万户,按照赏赐杀死、俘虏大将军的标准奖励;带士兵五千人、城中人口五千户的,按照俘获将军的标准赏赐;带士兵三千人、城中人口三千户的,按照俘获副将的标准赏赐;带士兵一千人、城中人口一千户的,按照俘获二千石官吏的标准赏赐。那些小官吏有主动投降的,也依照职位差别受到分封和赏金,其他封爵赏金都在原有标准上加倍。那些原来有爵位和食邑的,将会按功劳大小如数增加,不会维持原状。望各诸侯王明确地向将士们宣布,我的金钱到处都有,各位尽可放心。我储备的钱很充足,你们日夜花费也花不完。遇到需要赏赐的人,你们只管告诉我,我将亲自前往当面奖赏他,恭敬地请大家闻知。"

看见刘濞的反叛文书,刘启气就不打一处来。这个刘濞打着帮助朝廷清除奸臣的名义,实际上是要篡夺现在天子的皇位。他在文书中的言行,竟然把自己摆在了天子的位置上。刘启急令太尉周亚夫调兵遣将,发兵征讨叛军。他抽调三十六位将军划归周亚夫亲自统领,率兵进攻吴楚联军。又把赋闲的窦婴请出来担任大将军,率兵驻扎在荥阳,密切关注赵、齐的动向。将军们领命后,就都开始着手准备。

刘启继位时间不长,对各诸侯国的情况不太了解。大将军窦婴对刘启说:"袁盎曾在吴国担任丞相多年,对吴国的情况很清楚,可以把他召来问问。"此时袁盎正辞官在家,接到皇帝诏令,连忙赶到宫中求见皇上。

刘启这时正在和晁错安排军队和粮草的事情,看到袁盎求见,便问他道:

"你曾在吴国为相,应该知道吴国臣子田禄伯的为人吧?现在吴、楚反叛,你的看法如何?"

袁盎说:"陛下不值得忧虑,很快就能击败他们。"

刘启说:"吴王开铜矿铸钱币,煮海水制食盐,到处招诱天下豪杰之士,直到头发白了才举兵作乱,像这样大的行动,他如果不做到百倍周全,能向朝廷发难吗?你凭什么说他不会有什么作为呢?"

袁盎回答道:"吴国拥有铜矿、食盐的便利是事实,可他哪里拥有什么天下豪杰?如果吴国真的拥有天下豪杰,也只会辅佐他做正事,而不会去造反了。吴王所招纳的都是逃亡之士、无赖子弟、背着朝廷私铸铜钱的奸邪之徒。正因为这样,他们才能相互勾结而谋反。"

站在一旁的晁错听完袁盎的话,赞许地说:"你分析得有道理。"

刘启又问袁盎:"你认为,应该用什么样的计策对付他们?"

袁盎凑近刘启,神秘地说:"请陛下让左右退下。"

刘启忙命人屏退左右,但晁错没有离开。

袁盎又说:"我要给陛下说的,做大臣的也不能知道。"

刘启此刻急于知道袁盎的计策,也就顾不上别的了,他示意让晁错也离开。晁错见袁盎如此得神秘,连自己也不许听,觉得受到了侮辱,心里很不高兴。但皇帝开口了,他又不能不离开。晁错本来对袁盎就没有好感,这么一来,就更是感到气愤了。

袁盎见晁错也离开了,就对刘启说:"我知道吴王、楚王经常相互通信,他们曾在信中说'高帝封立刘氏子弟为诸侯王,并使他们拥有自己的封地,现在贼臣晁错擅自上书贬谪责罚各位诸侯,削夺他们的土地',所以吴王、楚王联合西进,是要斩杀晁错,恢复原来的封地,然后就会罢兵。我的计策就是斩杀晁错,派遣使者赦免吴、楚等七国之罪,恢复他们原有的封地,这样就可以不必血染兵刃而结束这场混乱。"

刘启听后,沉默良久。要杀掉自己尊敬的老师,当朝官至三公的御史大夫,刘启于心不忍。他清楚晁错是一位正直的人,他所有的奏疏都是为了大汉王朝发展得更好。可以说,晁错的心里只有国家利益而不存在任何个人私念,他极力主张的削藩之策也是为了王朝能够长治久安。但当前面临着复杂严峻的形势,的确让刘启一时拿不定主意了。

最后,刘启叹息道:"究竟该怎么做呢?我能因为敬爱一个人而谢绝天下?"

袁盎见刘启如此犹豫,忙解释道:"我愚蠢,出此计策,还请陛下认真考虑一下再做决定。"

下来后,刘启任命袁盎做了太常,又封吴王刘濞兄弟的儿子德侯刘通做了宗正。袁盎的计策晁错全然不知,也不会有人去告诉他。晁错在朝廷中得罪了不少人,其刻板和直率的做事方式许多人都看不惯。在前一段时间他上书皇帝,袁盎在吴国担任丞相时收取了吴王不少的贿赂,所以他才不把吴王的所作所为如实向朝廷汇报,搞得袁盎差点儿被拘捕。晁错在朝廷上就削藩的建议遭到了窦婴的反对,两人关系也搞得十分紧张。

前方的形势依然吃紧,几个诸侯国军队围着齐国的临淄城不断攻打,吴、楚联军正在向西推进。"清君侧,诛晁错"的呼声不绝于耳,刘启感到自己正承受着从未有过的压力。窦婴、袁盎等人不断地在刘启耳边吹风,促使他尽快决定。终于刘启下决心了,他派中尉去召晁错,骗他坐车巡行长安城东市,晁错如往常一样穿着朝服乘车来到东市。晁错根本没有想到,来到东市后,他从一名御史大夫变成一名死刑犯。中尉当众宣布完他的罪状后立即行刑,将晁错斩杀在了东市上。

晁错的一生可谓波澜壮阔,官场上他一直很幸运,从一名小职员一路升迁到朝廷的御史大夫,进入三公之列,显赫一时。他继承了申、商的法学思想,力求变革。晁错所写的著作《言兵事疏》《守边劝农疏》《论贵粟疏》和《贤良对策》等政论文章见解深刻,切合实际,不仅在当时起到了积极的作用,而且对后世也产生了深远的影响。他的削藩主张对巩固维护大汉江山长治久安,是极具现实和长远历史意义的。可惜的是他不与人相和的性格和急于求成的做派,致使他成了众多诸侯和大臣的政敌。尽管晁错时刻以国家利益为重,但他在维护国家利益时,却伤害了一批大臣和诸侯王的个人或小团体的利益。他们嫉恨他、诬蔑他、陷害和诽谤他,甚至要加害他。但即便如此,他仍不为所动,依然我行我素,大刀阔斧地进行改革。对晁错的悲惨结局,连司马迁在《史记》中也由衷地感叹道:"变古乱常,不死则亡。"

袁盎和晁错这对同样是一心一意地为大汉王朝服务的冤家,终于以袁盎的暂时胜利告一段落。

十五　天下纷乱，刘濞专断逞威风

杀死晁错，平息众怒，吴楚退兵，天下安定，这是汉景帝刘启在听从了袁盎的计策后所期盼的局面。所以当晁错在东市被杀掉后，刘启就派袁盎和刘通去出使吴国，告知吴王刘濞君侧已清，诸侯们应即刻退兵。但刘启也没敢放松集结军队，准备应对更加复杂的局面。从前方不断传来的情报，证明了吴、楚联军正在进攻梁国。

梁国的地理位置十分重要，它处在楚国的西北部，吴楚联军要率兵西进，梁国就是朝廷中央所在地长安的第一道屏障。要顺利进军长安，必须先拿下梁国。当年，贾谊建议汉文帝将刘武调到梁国任梁王，正是基于梁国重要的战略地位，也是准确判断出刘武对朝廷的忠诚，应该说贾谊的这个建议是深谋远虑的。吴王刘濞宣布起兵，刘武不为所动。他坚持不参与诸侯叛乱，坚决站在朝廷一边，加强备战，迎击叛军。

吴楚联军浩浩荡荡向西推进，集结的兵力达三十多万人。梁王刘武不敢有丝毫懈怠，指派他最信任的韩安国和张羽担任将军，率军在东面抵抗联军。送行时刘武跪在众位将军面前，请求他们务必拼死阻挡联军西进，保卫梁国，保卫朝廷，梁王的真诚让在场的将军们感动不已。

前方的紧急军情报到长安，景帝召来周亚夫商议，让他马上率部出发，迎战吴楚联军。

当时，吴楚联军正在与梁国军队交战，吴王刘濞此刻正在兴头上。袁盎和刘通赶到吴军大营后，袁盎的心中万分恐惧，现在连他自己也不敢相信，给吴王

通告晁错已死,他就能轻易退兵。贸然进帐通报,说不定刘濞一时兴起,连他也给杀了。刘通见状,仗着自己是吴王的亲侄子,决定先行进去通告。他告诉吴王,皇帝下诏书了,让他跪拜接受。刘濞听说袁盎也一起来了,就笑着对刘通说:"我已经成为东帝了,还向谁跪拜!"刘通愕然,刘濞对他的神情不屑一顾,挥挥手让人带他下去休息。

袁盎在帐外心神不定地等待着刘通的回音,过了一会儿,帐内终于出来一位身披铠甲的将军对他说:"吴王有令,请你留下来在吴国担任将军,率兵攻打梁国。"

袁盎一听,连连摆手说:"我是皇帝派到吴国让吴王退兵的使臣,怎么可能留在这里任将军?请通告吴王接旨。"

那位将军说:"吴王正忙,没空接旨。"说完挥下手,立刻有卫兵拥上来,将袁盎看押在营中一军帐里。

刘濞对袁盎的才干挺欣赏,按他的脾气,对朝廷的来使早就让人拖出去斩了。但是他对袁盎手下留情,毕竟他在吴国做过几年丞相,两人相处得还不错。正因为如此,刘濞想把他留下来为自己做事,听说袁盎不愿意,就命手下把他关押起来。刘濞的想法很明确,你不愿为我做事,你也休想再回到长安去。我高兴了留你条性命,不高兴了一刀砍了你。总之,你不能为我所用,也别想活着回去帮助朝廷来对付我。刘濞命一都尉带五百士兵团团围住袁盎所在的军帐,防止他逃跑。

袁盎身陷险境,只能感叹自己命运不济,此番非要死在刘濞手中不可。想想也觉得晦气,他借皇帝的手除掉了在朝廷的宿敌晁错,没想到自己也落到了这般田地。

袁盎在吴国做丞相时,手下有位从史与他身边的一个婢女私通。有人将情况汇报给袁盎,他听说后没有生气,见了这位从史还同平常一样。有人告诉这位从史,丞相已知道你与婢女私通的事了,你还不逃命,从史听说后便连夜逃走。袁盎听说从史为这事逃跑了,连忙骑马追赶,追上后好言劝慰,并把这位婢女赏赐给他,继续让他待在丞相府中当从史。袁盎的大度、宽容让这位从史感激涕零,千恩万谢。

也该袁盎有命,那天在吴军大营中率兵包围军帐的都尉,正是当年的那位从史。袁盎离开吴国后,那位从史升迁为校尉司马。如今这位司马见他的恩主被围,就想方设法要救他出去。当时是冬天,气候严寒,到了半夜士兵们又饥又冷。这位司马便令人搬来大坛的白酒让士兵们喝,很快包围袁盎的士兵们就一

个个烂醉如泥了。

司马走进了军帐,对袁盎说:"恩公可以走了,吴王明天是要杀您的。"

袁盎正在为自己如何脱身苦思冥想,突然见到来了一位身着吴服的军官让他逃走,根本无法相信。他十分惊诧地问:"你为何放我?"

司马说:"臣就是当年在丞相府与婢女相通的从史。"

袁盎听司马这么一说,才恍然大悟。他推辞道:"你有父母妻儿,我不能连累你。"

司马说:"恩公赶快走吧!您走以后我也要离开这里。家中的父母妻儿我已安顿好了,恩公不用担心。"

说完,司马用刀将军帐远离帐门口处划了一道大口子,同袁盎一起钻出军帐。两人都没敢骑马,离开军营后,两人分别朝两个方向跑去,袁盎手持木棍跌跌撞撞地向梁国的方向去了。在分手时他们几乎没有说话,只是紧紧握着对方的手,相互点点头算是告别,他们清楚在此刻任何一点动静都将会使自己万劫不复。

袁盎摸着黑走了有七八里路后,遇到梁国的一支骑兵队伍,他连忙上前表明身份。之后袁盎命骑兵将领速派人去长安通报吴王没有退兵的打算,请皇上派兵镇压吴楚联军,自己则随骑兵队伍一同去梁国了。

太尉周亚夫在荥阳会集了朝廷大军后,即率兵向东北方向的昌邑(今山东省巨野县东南)挺进。周亚夫在洛阳,遇到了名闻天下的大侠剧孟。当得知剧孟没有参与吴楚叛乱时,他非常高兴地说:"吴楚联合起来反抗朝廷,却没有得到剧孟的帮助,我断定他们是成不了什么大事的。"

剧孟是洛阳人,以行侠天下为职业。当时的游侠正是因为他们仗义疏财、打抱不平而获得人们的尊重。他们的行为虽然不完全符合当时人们普遍遵守的行为准则,但他们言必信、行必果、诺必诚,在人们的心中留下了深刻的印象。人们尊重他们,敬仰他们,甚至把他们当成做人的楷模。剧孟正是这样一位侠士,他不以商贾为资,扩大家业,而以侠义之风成为各诸侯王的贵宾。在当时有一种说法,天下骚乱,得一侠士如同得到一个敌国,可见那时在众人眼里面侠士的分量。

朝廷大军推进到淮阳时,周亚夫同跟在身边的将领商议下一步的行动方案。一位姓邓的都尉说:"吴国兵将精锐,我军不便与其正面交战;楚国兵力少,力量弱,我军可避开吴军开到昌邑驻扎,让梁国与吴军正面交战。这样吴军必然率其精锐部队攻击梁国,我军可在昌邑驻扎后深挖沟、高筑垒,坚守不战。同

时派几千精兵南下袭击淮泗口(今洪泽湖一带),切断吴军的粮草通道,使吴军因为粮草断缺而丧失战斗力。到时候全军发起攻击,吴军必然会败。"周亚夫听完后拍手称好,即刻率军抵达昌邑,命令全军加强备战,筑垒挖沟坚守阵地。他派弓高侯韩颓当率轻骑兵南下,切断吴楚联军的粮道。

正如邓都尉所料,吴王刘濞不见朝廷军队到来,就把主力全部投入到对梁国的进攻上。此时梁国的形势万分危急,梁王刘武每天都派使者前往昌邑,请求太尉周亚夫派兵救援,但始终不见援兵的影子。刘启接到梁王的求救信后十分担心,他搞不清周亚夫不去救援的原因,就派使臣到前方军营命令周亚夫快速出兵救梁。没想到,周亚夫接到皇帝旨令后,竟对来使说:"将在外,君命有所不受。"使臣无奈,只好返回长安如实通报。刘启得知后万分恼怒,但前方战局吃紧,他不愿临危换将,贻误战机。他也相信太尉不出兵救梁国一定自有道理,但担心梁国危亡的忧虑却与日俱增。

梁王刘武眼看着吴楚联军越攻越猛,心急如焚,他数次派使者去昌邑请求太尉救援都不见音信,不免对周亚夫产生了嫉恨。好在他任用的将军韩安国和张羽不负重托,率军顽强抵抗,多次击退吴楚联军的进攻,才算勉强保住了梁军的阵地。

吴王刘濞此刻信心十足,他预测不出几日,吴楚联军就将把梁国攻下,打通西去长安的道路。

当初发兵时,吴国大将军田禄伯曾向刘濞提出建议:"吴楚大军几十万人一起往西推进,不能凭借险隘奇道,恐怕无法快速取胜。请大王拨给我五万人马,经过淮南、长沙直插武关,与大王会合。这样可以发挥出奇制胜的作用,顺利攻下长安。"这真的是一条奇计啊!

刘濞听了,正在琢磨,站在他身旁的公子劝谏道:"父王是以反叛朝廷为名起兵的,这样的军队不能轻易交给他人带领。如果率兵的人在中途又反叛了父王,该怎么办?何况分出一支军队单独行动,势单力薄,会遇到许多意想不到的困难,这些都是事前无法预知的。分出军队反倒是削弱了自己的实力,请父王三思。"

刘濞听儿子这么一说,立即打消了分兵的念头,明确表态,不同意田禄伯分兵西进的建议。田禄伯听了,也无可奈何。

在行进中,刘濞手下一位姓桓的年轻将领对他说:"我们吴国步兵多,步兵适应在地势复杂的地区作战;而朝廷军骑兵多,骑兵善于在平原地区作战。建议大王迅速向西推进,不要在乎沿途城邑的得失,快速攻占洛阳,夺取城中武库

中的武器装备,占领粮草仓库,利用洛阳的有利地形号令天下各路诸侯。到那时,大军虽还没入关,但天下大势就已经基本形成了。如果大王行动迟缓,在乎沿途那些城邑,等到朝廷军队一到,攻下吴国和楚国的郊野,那样对大王是极为不利的。"

桓将军的这一建议,刘濞很重视,召来众将领一同商议。一位老将军说:"年轻将领提出快速推进的计划是可以的,但他怎么能预见到此计划背后隐藏着的巨大隐患呢?"其他将领也纷纷表态,不同意大军快速推进,依然主张稳扎稳打,攻下梁国。众人反对,刘濞也就决定不采用他的建议了。

刘濞不但没有采纳部将的建议,反倒更加专断起来,军中由他一人说了算,任命、封赏也由他一人拍板。一路过来,他门下的不少宾客都被分别授予将军、校尉、侯和司马等职。刘濞在吴国喜欢结交天下逃亡之士,门下也宾客众多。

周丘是下邳人,当年也因犯事逃到吴国刘濞处,由于个人品行不好又嗜酒,刘濞不大喜欢他。这次周丘同吴楚大军一起出征,眼看着其他宾客都被任用,唯独自己什么也没得到,就去找了吴王。见到刘濞后他说:"大王,我知道自己没有才能,不能在军中任职。我今天来,不是请求大王让我带领一支军队,只是希望能得到您的一个符节,这样我一定会有收获来报答大王的。"

对刘濞来说,周丘的这个请求不算什么,他只是搞不清在这兵荒马乱的形势下,他要符节有什么用?但是既然他开口了,就给一个,料他也不会做出什么不利吴国的事情来。

周丘接过符节离开军营,连夜回到自己的家乡下邳。吴国反叛的消息早已传到那里,下邳县令带领全城人在守城,担心吴军来攻。周丘进城后来到客馆,用符节召来县令。当县令一进客馆,周丘就让随从借用罪名杀死了他。然后周丘让他的兄弟们把全城的富豪官吏召来,告诉他们说:"吴王的军队很快就要到来了,他们到下邳后知道人们不顺从他,用不了一顿饭的工夫就能把全城人杀光。如果你们在吴王到来之前就投降他,那么你们的家室和财产就一定能得到保全,有才能的人还有可能被封为侯爵。何去何从,你们自己考虑。"

这些人出去以后立即奔走相告,晓以利害,下邳人担心吴王到来屠城,全都同意投降。周丘很高兴,派人清点兵力,数量足有三万人之多,他即刻差人去通报刘濞。

刘濞也没料到周丘仅凭一个符节就轻而易举地拥有了一支三万士兵的军队和一座城池,随即任命他为将军,率部向北攻战。周丘还的确是有点儿能耐,向北一路攻占城邑,等到率兵到达城阳时,兵力已扩展至十余万人了。

十六　出其不意，亚夫东征平叛王

太尉周亚夫不顾梁王刘武的再三求援，也没有执行皇帝刘启下达的援救梁国的诏令，而是率部南下，直达下邑。大军进驻后，周亚夫命令部下继续深挖沟、高筑垒，坚守下邑不主动出击。下邑距吴楚联军的驻地不远，是吴楚联军运粮通道上的一个必经之处。在周亚夫的计划中，要把吴楚联军的后勤补给线彻底切断。这样用不了几天工夫，吴楚联军就会因为粮草短缺而放弃对梁国的进攻，反身进攻这里，进而攻击淮泗口，恢复他们的粮草通道，到那时梁国的危机状况自然就会解除。

正如周亚夫所料，刘濞得知运粮通道被朝廷军队切断后坐不住了。几十万将士在前方没有粮食，根本无法作战。梁国久攻不下，已经很让他焦虑了，如今大军的后勤补给线又被切断，使整个联军处在一个十分不利的境地。刘濞原以为攻下梁国，粮草补给就会迎刃而解，再说前方不远处还有荥阳粮仓。那些朝廷粮仓完全可以满足联军的需求，但没想到一个小小的梁国竟然如此难对付。

摆在刘濞面前的只有两个选择：一是继续加大力量攻击梁国，不惜一切代价将梁国拿下，这样粮草问题自然就解决了，而且为向西挺进还迈出了一大步；二是回过身攻击下邑，继而攻取淮泗口，恢复原有的后勤补给通道，择机再图西进。看着眼前饥肠辘辘的将士们，做出任何一种选择都是十分艰难的。唯一让刘濞感到安慰的是，联军攻打梁国时，当时驻扎在昌邑的朝廷大军没来救援。所以，他判断，选择任何一种方案，他的后面都不会遭到追击。他攻梁国，朝廷军队仍不会救援，他攻下邑，梁国也不会派兵救援。

最后刘濞决定采用第二种方案,即攻打下邑,这是一个为了保存实力而采取的保守方案。攻打下了下邑,恢复粮道,联军就处于一种进退自如的境地。相比之下,攻取梁国的风险则要大得多,因为在他身后有一支强大的朝廷军队,他们随时都可能对联军发起攻击,到那时自己将首尾难顾。

为了顺利攻取下邑,刘濞召集高级将领们制定出详细周密的攻击方案:先包围下邑城,派人挑战,然后他亲自坐镇城东南佯攻,由将军们率联军精锐部队从城西北攻城,争取一举拿下。

周亚夫命令城中守军:无论叛军如何挑战都决不应战,紧闭城门,坚守不出。他在和叛军耗时间,长时间断粮,叛军哪里还有战斗力?

围城的刘濞终于忍不住了,他担心时间长了将士因肚子饥饿无力作战。一天夜里,刘濞指挥将士从城的东南攻城。

汉朝自文帝即位以来,注重经济发展,国内呈现出一派和平景象,没有出现过战争,所以朝廷的年轻将士都没有实战经验。尽管周亚夫在日常训练中常常从实战出发强化训练,但真正到了战场,士兵们还是感到十分紧张。联军进攻城东南的消息传来,城中的朝廷将士慌了,他们纷纷相互通告,显得心神不宁。胆大的士兵直接找到太尉帐前,他们就要不要向太尉报告争执不休。周亚夫听见了装作没听见,静静地躺在床上动也不动。太尉的沉着镇静很快产生了效应,一会儿工夫,城中的将士都恢复了平静,恐慌的情绪似乎被一阵轻风吹走,顿时消失得无影无踪。

联军在城东南攻得很猛,有将军报告给了周亚夫。周亚夫镇静地命令:将城中精锐部队全部调到城西北,做好战斗准备。众人不解,周亚夫没有解释,挥手让将军们快速调军。

果然,联军的一支大部队从城西北面开始攻城,但城中守备坚固,联军久攻不下。联军将士因饥饿的缘故,几次攻城不下,攻击力明显减弱。周亚夫知道时机已到,派出精锐部队冲出城去追杀叛军。一时间,联军的队伍被打得落花流水,根本无法阻挡朝廷大军的攻击,将士们纷纷弃甲四处逃散。朝廷军出击的大多是骑兵,在深夜里,马蹄声伴着呐喊声在下邑城四周同时响起。联军只有招架躲避的份儿,一点反击的力量也没有,任凭朝廷将士在夜幕中挥舞着战刀左右砍杀。

此时此刻,身处下邑城东南方的刘濞大营已经乱作一团。刘濞清楚地知道,在朝廷大军的攻势之下,联军早已溃不成军,再也无法重新组织起有效的抵抗。慌乱中,刘濞集结身边的精兵数千人扔下混乱的战场不顾,连夜向南逃跑。

十六 出其不意,亚夫东征平叛王

他的目的地是东瓯国,当初起兵时东瓯王驺摇答应跟随他一同反叛。虽然东瓯国不大而且地处偏僻,但也有军队万余人。自从高皇帝起一直到景帝,对地处东南的闽越国和东瓯国一直采用宽松的政策,没有在这两个国分封同姓王,而是让驺氏继续为王,替朝廷管理着东南这片地方。刘濞在吴国与这两个诸侯国交往频繁,相处得比较融洽。所以他起兵反叛时,东瓯王驺摇便积极地响应,但闽越王驺无诸则是坚决反对。刘濞如今被朝廷军追杀,也无处可去,只好到东瓯国寻找生路,以期待东山再起。

周亚夫见刘濞逃跑了,就命令军队继续追击,不能让他有一丝喘息的机会。这一仗他身为太尉,一定要打出朝廷军的军威来,彻底消灭吴楚联军,同时他派邓将军回长安向皇帝汇报战况。

邓将军是陕西城固人,从小研习兵书,善于审时度势,谋划奇计,深得周亚夫的赏识。

身在长安的刘启对前方的战事非常关心,当邓将军求见时,他小心地向其打听说:"你从前方回来,可知道朝廷处死了晁错,吴楚联军可已退兵?"

邓将军详细地将前方的战况向刘启做了汇报,然后沉重地说道:"吴王为反叛朝廷已经准备几十年了,他痛恨朝廷削地的措施,假借'清君侧,诛晁错'为名,挑起各诸侯王对朝廷的怨恨,其用意根本不在诛杀晁错,而是要反叛朝廷。臣担心因为诛杀了晁错而使天下有识之士不再愿意向朝廷提建议,有什么想法也不敢再说了。"

刘启问:"为什么?"

邓将军回答:"晁错发觉诸侯国日益强大,担心对他们的管理失控,所以请求朝廷削他们的土地归入朝廷,这是保证朝廷对诸侯国的有效控制和管理的最好办法,这样做关系到大汉王朝千秋万代的基业啊。可是削藩的计划刚刚开始,晁错就被诛杀了,这无疑对内封住了忠臣们的口,对外却替诸侯们报了仇。臣以为陛下这种做法是草率的,不足取的。"

刘启听完邓将军的话,内心受到很大震动。当时他把诸侯王反叛的罪过全部归咎于晁错,的确缺乏理性,致使自己尊敬的老师一家男女老少全被诛杀。是无奈、是无能,还是轻率,刘启在责备自己。他沉默了很长时间,对邓将军说:"邓公说得对,杀掉晁错后,我也在恨自己!"

此后,刘启提拔邓将军为城阳中尉,算是对邓将军的一种信任和褒奖,也是对错杀晁错的一种内疚和忏悔。

正当吴楚联军攻打梁国国都睢阳时,东部随吴国一同起兵反叛的胶西、胶

东和淄川三国的军队正在攻打齐国都城临淄。

齐王刘将闾起初也答应和吴王一同起兵,但当齐地的各诸侯王发兵时,发现济北王刘志不参与了,而且坚守城池不派一兵一卒,他的心中也对反叛朝廷的做法产生了怀疑。后来他打听到济北王被大臣软禁起来了,众臣一致反对他参与吴楚两国发起的反叛行动,刘将闾的信心也就动摇了。齐地的几个诸侯王都是亲兄弟,是高帝刘邦的亲孙子,联合起来反抗朝廷在刘将闾看来是大逆不道的。于是他对外宣布不参与反叛行动,坚决拥护朝廷,同时还加强了临淄城的防卫。

其他三个诸侯王见齐国临阵变卦了,就商议先把齐国灭掉再说。一旦反叛成功,齐国就成了他们可以瓜分的一块肥肉。

齐王见三王率军进攻,只好紧闭城门,坚守城池。任凭城外的诸侯联军如何挑衅,决不出城应战。联军尽管费尽全力攻城,但成效甚微,只是把临淄城围了个水泄不通。

城中的齐王刘将闾着急了,他让中大夫路卬化装成普通百姓设法混出城去,到长安向皇帝刘启请求救援,同时他又准备派使者出城与联军密谈投降。他担心等朝廷大军赶到,临淄就被攻下了,到那时全城百姓、齐国大小官员和自己的一家老小都将难逃厄运。众臣听说后,一致劝齐王不要与叛军和谈,坚守临淄等待朝廷大军救援。

路卬赶到长安后求见皇帝,他如实地将齐国的困境向刘启做了详细汇报。刘启告诉他:"你马上回去告诉齐王,一定要坚守临淄,太尉已经率军队打败了吴楚叛军,朝廷大军很快就要到达齐国了。"路卬听到皇帝的旨令,稍作休整即返回齐国。

可是路卬回去却不如出来时那么顺利,他还没到临淄城下就被联军的岗哨抓住,然后被押到联军将领的帐中。联军将领查明路卬的身份后,就要他与三国联军结盟,出谋攻下临淄。他们让路卬到临淄城下向城中喊话,就说朝廷的军队已被吴楚联军打败了,让齐王赶快率众向围城的三国联军投降。如果不投降,等三国联军把城攻下来,全城百姓一个也别想活。

在这种危急情况下,路卬没有办法,只好答应。

路卬在众将领的簇拥下来到了临淄城外,他大声地对城上的齐王喊道:"太尉周亚夫已率兵打败了吴楚叛军,朝廷大军正赶来救齐,齐王一定要坚持住,不能投降。"

话音刚落,叛军从身后面一阵乱刀将路卬砍死,他倒在了血泊之中。但他

洪亮的声音,城上的刘将闾和守城的将士都听到了,城下的联军将士也听到了,他用生命证明了自己对大汉王朝的忠诚。路印死后没几天工夫,老将军栾布和平阳侯曹奇就率领朝廷大军赶到,打败了围城的三国军队,解除了被包围三个月之久的临淄城。

临淄被救,全城欢腾,此刻唯独齐王刘将闾高兴不起来。他想到当初自己同意参与叛乱的做法和被三国围城时计划弃城投降的想法,觉得自己无颜面对朝廷,无法为自己洗脱罪责。如今朝廷派军队解救了临淄全城百姓,自己的使命似乎也就完成了,他找到一个僻静处服毒自杀了。

被朝廷军打败的胶西、胶东和淄川三国军队丢盔弃甲,纷纷逃回自己的封地,都无心再战。

心灰意冷的胶西王刘卬回到封地后,衣冠不整,光着双脚坐在草席上。他对自己的一时冲动十分懊悔,想到自己的行为对不起朝廷,对不起太后,就面朝西向太后请罪。刘卬的儿子刘德见到他这般狼狈,就对父亲说:"朝廷军队长途跋涉到这里打仗,将士们一定都十分疲惫了,我们可以组织力量突袭,击败他们,即使袭击不能成功,我们再逃到海岛去躲藏也不晚。"

刘卬看着儿子摆摆手说:"我们的军队已经十分残破,根本无法作战了,你还是安生地待着吧。"

胜利的捷报传到长安,刘启听后非常兴奋。他亲自颁布诏令给全军将士:"我听说行善之人,上天会用福禄来报答;作恶之人,上天会用灾祸来偿还。当年高皇帝亲自表彰功德,建立诸侯国,正是为了让他们奉祀先皇的宗庙,成为汉朝的藩国,恩德与天地相匹,光明与日月同辉。吴王刘濞背叛恩德,违反道义,收容天下逃亡的罪人,扰乱天下的币制,假装有病二十多年不入京朝见。朝廷大臣多次呈请追究他的罪行,但文帝仁慈宽恕了他,希望他能自行改过,多做善事。可他竟然联络楚王刘戊、赵王刘遂、胶西王刘卬、济南王刘辟光、淄川王刘贤和胶东王刘雄渠结盟叛乱。他们滥杀无辜、残害百姓、挖掘坟墓、烧毁宗庙,我听后非常痛心。将军们应该鼓励士兵们追歼反贼,多杀叛军,所俘虏的官员只要俸薪超过了三百石的一律处死,有违背本诏令者一律腰斩!"

汉景帝刘启发狠了,这一次他要把这批叛军一举消灭,一场诛杀反叛朝廷同姓王的大火在全国烧起来了。

十七　平定叛国，王朝重新享太平

刘濞率残部渡过淮河直接跑到东瓯国的丹徒（今江苏省丹徒县）才停了下来，他认为东瓯国是安全的。来到这里，既可以躲避朝廷军的追杀，还可以收拾散乱的逃兵，对部队进行休整，重新振奋军队的士气。

刘濞没有想到，在吴楚联军与朝廷军队对抗时，朝廷已派人出使了东瓯，还用重金收买东瓯王驺摇，要求东瓯国不参与七王反叛，驺摇答应了。当初他从前方传来的消息中已判断出吴王必败，此时朝廷派人送来重金厚礼，更是说明吴楚反叛行动大势已去。在这一时刻，服从朝廷是一种明智的选择。

驺摇不但口头上答应了，还要在行动上有积极主动的表现，否则他感觉无法表达他对朝廷的一颗忠心，也无法洗清东瓯国先前答应参与吴楚叛乱的罪责。说白了，他要戴罪立功。

果然，前方传来吴楚联军战败的消息，很快又传来吴王刘濞带残部朝东瓯国方向逃来的消息。驺摇也意识到，为朝廷立功的机会到了。他进行了认真的部署，只等刘濞到来。

当刘濞率残部到达丹徒后，驺摇便热情接待了他。稳住刘濞之后，驺摇将东瓯的军队在丹徒集合起来，请他去慰问犒劳，刘濞便爽快地答应了。一路狼狈的逃窜，他此刻在东瓯国好像又重新找回了当王的感觉。刘濞兴冲冲地赶到东瓯军营，但还没顾上说话，就被早已埋伏在四周的东瓯士兵用矛戟刺死了。刘濞的死，宣告了七国叛乱的终结，从吴楚起兵到刘濞被刺身亡，仅仅只有三个

多月的时间。

骆摇让人把刘濞的头割下来，派专人快速送到长安向皇帝报捷，也在为他自己请功。

吴楚联军被朝廷军打败后，楚王刘戊见大势已去，在逃跑中自杀而亡。刘濞的两个儿子刘子华、刘子驹也逃到闽越国去了。

太尉周亚夫在接到皇帝的诏令后，立即派将军韩颓当率领一支军队前去齐地增援平叛。赶到胶西时，韩颓当命令军队就地扎营，手书一封信派人送给胶西王刘卬。信中说："我奉皇帝诏令诛杀不义的人，投降的，赦免他的罪过，恢复原有的官职；不投降的，坚决消灭他。你准备选择哪条路？我等你的回话。"

刘卬接到信函，惊恐不已。在反叛的这几个诸侯王中，他是叫嚣最凶的一个人。当初吴王刘濞首先找到他，让他一起参与反叛。刘卬知道自己罪恶深重，无法解脱，眼看着如今回天乏术，只有伏法认罪。他光着上身，来到军营前，磕着头请求韩将军接见。

韩颓当手执指挥作战时用的金鼓，坐在帐中见刘卬。刘卬一边磕头一边说："我刘卬不守道义，惊扰了百姓。劳烦将军远道而来，我请求处以剁成肉酱的处罚。"

韩颓当说："今日相见，我很想知道你当初发兵的原因。"

刘卬一边磕头，一边跪着向前走，伏在韩颓当的面前说："御史大夫晁错仗着皇帝对他的信任，谗言皇帝更变法令，侵夺各诸侯王的封地。众诸侯王都认为他违背道义，扰乱天下，担心他继续这样做下去，必然引起各诸侯国对朝廷的不满，引发天下动乱。我们七国联合发兵就是要诛杀晁错，为朝廷除害。"

韩颓当望着伏在地上的刘卬，冷冷地笑着说："晁错有罪，你们应当奏请皇帝治罪，为何擅自发兵？你们接到皇帝的诏令和调兵虎符了吗？依我看，你们起兵并不只为杀死晁错，而是另有意图吧？"

刘卬听完韩颓当的话，心一下子凉了。他知道事已至此，即使他现在浑身是嘴也说不清楚，况且再说下去也无法洗清自己的罪责。他看了一眼正用双目盯着他的韩颓当，喃喃地说："我刘卬死有余辜。"说完拔剑自杀。

韩颓当是当年叱咤战场、威震天下的名将韩王信的儿子，从小见惯了战场上的腥风血雨。当年父亲不得已投靠匈奴后，他随父亲生活在异国他乡。文帝执政时，他率部投到大汉朝廷，为汉王朝建功立业。文帝仁慈，不计前嫌，根据

376

他的才能和功劳,封他为弓高侯。此次他率军到齐地,就是奉皇帝和太尉的旨令,平定齐地四国。刘卬自杀身亡后,他的母亲、儿子也都相继自杀。胶东王刘雄渠、淄川王刘贤、济南王刘辟光闻讯也纷纷自尽,齐地四国平叛顺利结束。

赵王刘遂负隅顽抗,他仗着都城邯郸城防坚固,坚持守城,不向朝廷投降。将军郦寄曾经多次指挥队伍攻城,一直攻不下来,双方相持竟达七个月之久。后来老将军栾布率兵增援,在详细观察了邯郸城四周的地势后,决定将邯郸城南部的漳河决口,水淹邯郸城。这一招即刻见效,大水刚刚进城,赵王刘遂便在他的宫中自杀了。他已感觉到末日到来,再抵抗下去毫无意义,况且大水淹城,全城百姓都将遭难。

刚刚起事时,刘遂曾经秘密派人与匈奴联系,希望匈奴人在关键的时候帮忙。汉朝内乱,匈奴人自然高兴,坐收渔利的事情他们十分乐意。所以七国联合发兵时,匈奴就将大批军队调到汉朝边境,等待时机。如今朝廷军已将几个叛王消灭,又见赵王刘遂自杀,便不敢贸然入侵,只好从边境撤军了。

一场惊动王朝半壁江山的七国之乱,经过了几个月时间渐渐平息了下来。平叛的成功,标志着大汉江山得到进一步的巩固,也标志着一个安宁和顺的经济发展时代将得以顺利延续。

平息了七国之乱,景帝刘启总算松了一口气。他在长安举办隆重欢迎仪式,迎接凯旋的将士们。当然,光迎接是不够的,他还要封赏那些战功显赫的将军们。

首功无疑是以中尉身份代行太尉官职的朝廷大将军周亚夫,一段时间以来,天下太平,朝廷没有设置太尉一职。如今刘启诏令朝廷重新设置太尉,周亚夫理所当然地担任了这一重要职务。

刘启又封率军在荥阳坐镇的大将军窦婴为魏其侯。窦婴虽然没有直接参战,但他所处的位置相当重要。他率领的朝廷军队随时可以增援齐、赵两地平叛的朝廷军,还可以阻挡叛军西进。再则,窦婴是窦太后的堂兄弟的儿子,为人贤能,深得景帝的信任。

周亚夫手下的一员将领李广也得到了提拔。李广的祖上是秦时名将李信,他从小就练习射箭之术,武艺高强。文帝在位时,匈奴大举进犯,李广以良家子弟的身份参加抗击匈奴的战斗。由于他善于骑射,斩杀敌人很多,被文帝任命为汉中郎。李广骑射技能娴熟,经常侍卫文帝出行,每遇险要关头,总是冲锋陷

阵，顽强拼搏。文帝赞赏他的勇气和技能，也不无遗憾地说："你没有生在好的时代，如果你生逢在高帝打天下的时代，封个万户侯也都不成问题。"这次，刘启表彰他的功绩，任命他为上郡（今陕西省延安、榆林一带）的太守，为朝廷守卫边疆。

平定七国叛乱后，原参与叛乱的诸侯王大部分死去，刘启又任命一批新的刘家子弟担任这些诸侯国的国王：

封楚王的儿子平陆侯刘礼为楚王；

立儿子刘端为胶西王；

立儿子刘胜为中山王；

济北王刘志在这次七国叛乱中，因被大臣们劝阻并软禁在城中，没有发兵叛乱。所以刘启没有追究他的罪责，只是给他换了个地方，从济北王迁徙为淄川王。

又将儿子淮阳王刘余迁任为鲁王，汝南王刘非迁任为江都王。

齐国在这次七国叛乱中，虽然受到叛军三个月的围攻，损失很大，但齐王的做法还是不能让刘启满意。齐国开始抵御叛军，后来齐王因迫于压力想投降，计划私下里与叛军联系，刘启知道后很不高兴。好在齐国最终还是没有向叛军投降，并吸引了各地叛军的主力，让其不能西进。为此刘启没有追究齐国的罪责，任命齐王的儿子刘寿为齐王。

这次为抵抗七国叛军西进立功最大的要数梁国了，一时间梁王刘武名噪天下，好像成了大汉王朝的拯救者。以前，刘武仗着母亲窦太后对他的关爱和当皇帝的哥哥刘启对他的谦让就十分张扬，如今自己成了朝廷的一大功臣，则更显得气势不凡起来。起初刘武被封为淮阳王，十年后，弟弟梁王刘楫去世，文帝在贾谊的建议下改封刘武为梁王，这一待就是二十几年。窦太后喜欢刘武，时常赏赐给他大量的财物，刘武以巨额财力修筑方圆三百里的东苑，扩建国都睢阳城，方圆达七十里。他在梁国大兴土木，兴建宫室，营造阁道，在城里建造了长达三十里的阁道。刘启也很喜欢这个弟弟，赐给他天子出行的专用旌旗。刘武每次外出，有上千辆车骑随行，浩浩荡荡，蔚为壮观。闲时，刘武带人在东西各地驰骋围猎，盛况不亚于天子。自从在平叛中为朝廷立下大功后，刘武越发张扬和骄横了。他四处招揽和宴请天下豪杰壮士及游说之士，用重金赏赐这些人，把他们视为梁国的重要宾客。此外刘武还下令在国内大量制造兵器，弓弩、

矛戈等兵器数量累计达到几十万件。

对弟弟刘武的这种表现,刘启并不在意。他一如既往地用高规格款待到长安朝见的刘武,任由他的喜好,让他在京城长时间逗留。按照礼仪,诸侯王到长安朝见皇帝,整个活动只需二十天时间,朝见活动结束,诸侯王均应离京返回封地。可梁王刘武却从不遵守礼仪,每次进京朝见,少则住两三个月,多则住半年之久。窦太后对这个儿子更是疼爱有加,每次刘武到长安,总是一再挽留,不让他返回封国。

汉景帝四年(前153),汉景帝刘启在大臣的请奏下册立太子。太子名叫刘荣,是刘启与栗姬所生。刘启指派魏其侯窦婴担任太子太傅,教育培养太子。

这一年,刘启封他与王姬所生的儿子刘彻为胶东王,这少年就是在中国历史上留下光辉业绩的一代雄主——汉武帝。

平定七国叛乱,是汉景帝刘启继位以来遇到的第一个重大事件。由于朝廷众臣齐心合力,加之太尉周亚夫指挥得当,以及梁国等各诸侯国奋力抵抗,才让汉王朝免遭一次大的劫难。在这场劫难面前,刘启展现出一位帝王的风采。他虽然没有亲自出征,但他能在危难时刻,倾听众臣意见,合理调配战力,英明指挥部署及选派优秀将领,所有这一切正反映出了刘启不凡的统帅才能。

平定七国叛乱的胜利,打击了那批自视甚高、拥有财力和军力的诸侯王的气焰,使那些诸侯王觊觎皇位的野心大大收敛,同时也封杀了一大批游荡的谋士鼓噪诸侯王背叛朝廷独自立国的荒谬言论,为大汉王朝平稳发展扫清了障碍。

国内的平稳局面对朝廷和百姓来说都是十分企盼的,大汉王朝需要一个休养的时期。但来自北方的威胁依然存在,虽然从高帝开始,一直对北方匈奴采用和亲的政策。可是在和亲时期,匈奴仍屡次侵扰帝国边境,抢掠边民的牲畜和财产,扰乱他们生产和生活的正常秩序,给边民带来灾难。这一点,也是刘启最感头痛和焦虑的事情。

十七 平定叛国,王朝重新享太平

十八　废除太子，梁王失意离京城

袁盎在朝廷平定七国之乱后也升了职，刘启任命他到楚国担任丞相。楚王刘礼是朝廷刚刚分封的。尽管刘启没有因袁盎的进谏导致自己错杀了晁错而追究他的罪责，但对他到楚国后的几次上书已不大重视了，在景帝内心对他多少还是有些怨恨。袁盎觉得自己被皇帝疏远了，便称身体有病，回家休养。无官一身轻，回家养病的袁盎经常在街道上游来荡去，一帮宾客也相随而行。除此之外，如赶上有斗鸡走狗的场面，他也会上去凑个热闹。

有一次，大侠剧孟路过袁盎的家门时，袁盎就将他请进屋里并设宴款待他。袁盎与剧孟交往的消息立刻在街头巷尾传开，人们纷纷用羡慕的眼光看着他。剧孟离开了以后，一些富人悄悄地走到袁盎跟前，神秘地打听道："我听说大侠剧孟从来不与人建立过深的交往，常常独来独往，不知将军怎能与他相交？"袁盎淡淡地一笑说："剧孟虽然不善于与人交往，但他母亲去世后，光送葬的殡车就有千余辆，这正是常人无法做到的。不管什么人，一旦有危急而上门求助剧孟，他决不会因为自己的父母还健在，或担忧自身的安危存亡而拒绝求助者。当前天下所钦佩、仰慕的大侠士，只有季心和剧孟了。你们这些人虽然出行常有门客陪同，骑上几匹马招摇过市，一旦有人出现危急求助你们，你们能前去帮助吗？就你们这些人，还想跟剧孟结交？"这些人听完袁盎的话，一个个都灰溜溜地走了。

一段时间过了以后，景帝刘启对袁盎的怨恨相对减轻了一些。不管怎么说,他总是为了朝廷好,而不是为了私利。所以他虽然居家休养,当朝廷遇到重要事务,刘启还时常派人到袁盎处征询应对的措施。

胶东王刘彻有一个神奇的身世,他的外祖母臧儿是原燕王臧荼的孙女。臧儿长大后嫁给槐里(今陕西省兴平市东南)一位叫王仲的人为妻,生下一男两女。后来王仲病死,臧儿又改嫁给长陵一家姓田的人为妻,又生两男,一个叫田蚡,一个叫田胜。渐渐女儿长大了,臧儿将大女儿嫁给一位叫金王孙的人为妻,不久生下一个女儿,叫金俗。有一次,臧儿请人替自己的五个子女算命,占卜后算命先生说:"你的两个女儿都是尊贵的命。"臧儿听完之后就开始筹划要拆散大女儿家庭的事,臧儿为了子女也的确能下狠手。她强行把大女儿从金家夺过来,不管金王孙和女儿金俗如何不情愿,还是让他们分了手。臧儿心里明白,要想实现女儿尊贵的身份就得设法把她送入宫里。她设法通过刘启的姐姐长公主刘嫖,如愿地把大女儿送入了宫中。由于王姬相貌端庄、品性贤淑,长公主把她直接送到太子宫里。那时刘启还是太子,见到美人自然喜欢,不久王姬就有身孕了。更为神奇的是,她怀孕时夜里梦见太阳投入她的怀中。这话说出来,刘启、长公主和臧儿都皆大欢喜,毕竟太阳入怀是一种祥瑞符兆。

汉景帝四年(前153),刘启立栗姬的儿子刘荣为太子,但栗姬因为长公主经常选美人到后宫,所以对她的做法很反感。当栗姬的儿子刘荣立为太子后,长公主曾想把自己的女儿许配给他,可栗姬因为对她有怨恨坚决不同意,刘启也没办法。长公主因此和她结下了怨恨,一有机会就在弟弟面前说栗姬的坏话。天长日久,刘启对栗姬也渐渐反感和疏远了。在这段时间里,王姬却表现得特别贤惠和温柔。长公主因为王姬答应等儿子刘彻大了娶她的女儿为妻,也对王姬格外关照,在弟弟面前说尽王姬的好话。两者相比,王姬和栗姬在刘启的眼里就成了两种完全不同类型的人,一个贤惠,一个暴躁;一个温柔,一个冰冷。渐渐的,刘启在心里萌生出了更换太子的想法,他要废掉现任太子刘荣,另立太子。

汉景帝六年(前151),刘启终于下决心废掉了太子刘荣,改封其为临江王。栗姬也随儿子到封地去了,她远离长安,淡出了刘启的视野。

太子之位空缺,一时间,关于下任太子的人选成了长安宫廷内和各诸侯议论的话题,每个诸侯王都巴不得太子这顶桂冠落在自己或儿子的头上。最为激动的是刘启的母亲窦太后,她希望自己的小儿子梁王刘武能成为太子。刘武也

十八 废除太子,梁王失意离京城

一样,哥哥此前曾说过死后让他继承皇位的话,太子这顶桂冠理应归他。

太子刘荣被废黜,最难过的人是魏其侯窦婴。他作为太子太傅,眼看着自己的学生被废黜,曾多次找窦太后和皇上为刘荣争辩,但都没有结果。一气之下,窦婴借口身体有病离开宫廷到秦岭山中找了一个僻静处隐居起来。他门下的许多宾客和一些周游天下的辩士听说魏其侯隐居,纷纷前来劝说,但均无功而返,窦婴铁了心要远离朝廷。

梁国人高遂也找到了窦婴,劝他说:"能够使您富贵的人是皇上,能够使您成为朝廷亲信的人是太后。您作为太子太傅,太子被废而您不能够力谏,多次劝谏而不能成功。却以此为借口托病引退,隐居山中不去参加朝会,整日与美女相拥而眠,您这是在张扬皇帝的过失啊。假如太后和皇上因为您这样做而恼怒您,您的妻子和儿子就将会遭殃了。"

高遂的话起到了作用,窦婴立即起身返回长安,继续入朝理事,仍像往常一样。

窦太后觉得自己老了,得抓紧为小儿子刘武的事做好安排。在一次家宴上,窦太后当着刘武的面,对刘启说:"我年纪大了,哪天我死了,这个弟弟我就全都托付给你了。"刘启未加思索,一口答应。窦太后又说:"你们是亲兄弟,以后你弟弟到长安来,你出入乘坐大驾和安车,一定不要忘记让他也坐在你身旁。"刘启又痛快地答应了。

家宴之后,刘启回想起窦太后的话,感到母亲话里有话,他连忙诏集袁盎等十几位大臣一起商议。结果刘启刚刚把话说完,众大臣就纷纷发表见解:"这是太后想立梁王为太子啊!""皇上绝对不能立梁王为嗣!""立梁王为嗣必然扰乱朝纲,带来祸患哪!"

刘启追问其中的缘由。袁盎说:"从前殷朝的制度崇尚质朴,即效法上天,亲近亲人,所以立自己的弟弟做继承人;但周朝的制度崇尚文饰,即效法大地,敬重本源,所以立自己的长子做继承人。高帝在位时已向天下宣布,汉朝效法周朝的制度,继承人不是弟弟而是儿子。当年宋宣公违背常道,死后将王位传给弟弟,弟弟死后又将王位还给宋宣公的儿子。结果弟弟的儿子们纷纷起来争夺王位,刺死了宋宣公的儿子,致使国家大乱,灾祸不断,整整持续了五代人之久啊!"

刘启听后连连点头,道理虽然很清楚,可怎么向母后说明白还是让刘启感

到为难了。袁盎等人看出了皇帝的难处，主动说："陛下放心，太后那里我们去说，当面向太后讲清楚这个道理。"

袁盎等十几位大臣请求进见窦太后，太后见十几位大臣一起求见，知道绝非小事。袁盎又将从前宋宣公死后让弟弟继位的教训说了一遍，窦太后一听就知道这些大臣的用意了。作为一个女人，她无心干预朝政，她清楚自己从一位平民女子到王朝太后所经历过的艰辛与曲折，她不愿因自己的涉政给大汉王朝带来任何灾祸。在事关国家命运的重大事项上，她会以国家利益为重。她疼爱自己的小儿子刘武，希望他有一个更好的前景，但这毕竟是私情，是小义。众大臣一起来求见向她说明立刘武为嗣的危害，正是要她做出公正的选择。

窦太后听完众大臣的意见后，对他们说："你们回去吧，告诉皇上，我会让梁王尽快离开长安的，这里不是他长期居住的地方。"她话音刚落，众大臣都千恩万谢地离开了。

窦太后虽然出身卑微，但她是一位明智的人。望着大臣们离去的背影，她深深地舒了一口气。她知道自己虽然不掌握实权，但她对朝政的干预往往能起到很大的作用，毕竟坐在皇位上的人是自己的亲生儿子。

在这里要特别指出的是，窦太后是汉王朝最后一位信仰"黄老思想"的统治者，她没有别出心裁地用法家、儒家的思想干预朝政，而是继续推行高帝时期定下的"与民休息"和"无为而治"的治国理念，积极辅助皇帝，把大汉王朝推向强盛的高峰。

刘启得到母后不再干涉重新立太子的消息后，心情自然轻松了许多，便开始着手准备新任太子的人选。

梁王刘武在母后的劝说下终于离开了长安，他是怀着失望、仇恨的心情离开的。他痛恨哥哥刘启言而无信，曾经当着母后的面向他许愿，死后传位给他。如今到了关键时刻，他改口了、反悔了。他也抱怨母后，平日即使对他万般疼爱，但在紧要关头却不能坚持立他为嗣。他仇恨以袁盎为首的那十几位大臣，是他们在皇上、太后面前极力劝说才使皇上和太后打消了立他为嗣的想法。对这些饶舌之人，他要设法杀掉他们，以解心头之恨。

刘武门下供养着许多游说之士，其中不乏擅长谋异术之人，纵横家羊胜、公孙诡就是这样的人。此时，邹阳、庄忌等人也游于梁国。

邹阳是齐国人，颇有谋略。他为人慷慨耿直，不善言谈，擅长文章，是西汉

时期小有名气的文学家。大汉王朝建立后,他曾与吴国人庄忌、淮阴人枚乘游于吴王刘濞的门下。后来邹阳等人发觉刘濞有反叛的迹象,便写作《上吴王书》,力陈反叛的危害,劝阻刘濞停止对抗朝廷的举动。谁知刘濞根本听不进去,依然我行我素,积极准备。无奈,邹阳和庄忌只好离开吴国,投奔于梁王刘武的门下。刘武正在招纳天下有识之士,对邹阳他们的到来自然欢迎。让邹阳没想到的是,他的到来竟然引起了羊胜、公孙诡的嫉恨,他们在刘武面前拼命诋毁邹阳,并还编造一些罪名强加在他头上。刘武一怒之下,将邹阳投了大牢。

被投入大牢的邹阳一时极度沮丧,但他又不甘心自己就此不明不白地死去,在狱中他奋笔疾书,写了一篇《上梁王书》,为自己喊冤叫屈。

邹阳在文章中写道:"我听说'忠贞无不得到报答,诚实不会被人猜疑',过去我认为这话有道理,现在看来只是一种虚言!我竭诚尽忠,倾吐自己的满腹见解,大王却受左右大臣蒙蔽,听信了狱吏的审讯之辞,使我遭受世人的怀疑。"随后,他在文章中列举了古往今来大量的真实事例,对忠与奸、诚实与虚伪、君子与小人进行了剖析,把其中的经验教训深刻地揭示出来。他提醒道:"为人主者一定要像历代的圣王一样制世御俗,驾驭天下犹陶人转钩(陶人称模子下的园转部分为钩),不为卑辞之语所牵,不为妄人之口夺其计。"

他又尖锐地指出,"今人主沉浸于谄谀之辞,为侍臣宠妾所牵制,使才高不羁之士与牛马同枥","今人主使天下贤士服从于尊贵的势位下,使他们改头换面而污损德行,来事奉那些谄谀小人而求得左右大臣亲近,那贤士们就只有死于深山大泽中,怎么会有肯尽忠竭信的人归附于您的宫阙之中呢!"

自古以来,君子惜名,小人逐利;君子坦荡荡,小人长戚戚。君子言行一致,光明磊落;小人表里不一,阴暗猥琐。君子忠言常常逆耳,小人谄媚往往动听,历史上经常发生的君子常败、小人常胜的现象更使得当小人的诱惑与实惠远远大于当君子的清贫与艰难。

邹阳在上书中的一番说辞终于打动了梁王刘武,他下令放了邹阳并还尊为上宾。

十九　大臣蒙难，田叔护梁为大局

从长安返回的刘武，满怀怨恨，他没有去找韩安国、邹阳就自己当不上太子的事情向他们讨教，反倒秘密地把羊胜、公孙诡等人找来谋划暗杀袁盎等十几位大臣。邹阳得到消息后极力劝阻刘武不可轻举妄动，但他根本听不进去，而枚乘、庄忌见状，也都不敢出面劝谏。

没过多久，袁盎和十几位当时参与议事的大臣相继被人杀害了。

刘启得到消息，异常气愤，派人加紧缉拿刺客，调查案情，尽快查明真相及幕后主使。没用多久，不断搜集到的情报共同指向梁国——刺客来自梁国，行刺后又藏在梁国，于是刘启便下诏派出朝廷使臣到梁国缉拿凶手。朝廷先后派出十几批使臣到梁国，对二千石以上食禄的官员进行严厉责问，但依然没有刺客的踪迹。

朝廷的压力越来越大，身为梁国丞相的轩丘豹和内史韩安国也不敢怠慢，组织力量在全国范围内搜捕。可一个多月过去了，仍然不见刺客的踪影。

后来韩安国听说羊胜、公孙诡躲在梁王刘武的后宫里，就独自入宫去见刘武。韩安国见到刘武，就哭着说："君主受到耻辱，臣子罪当该死。大王身边没有好的臣子辅佐，所以才把事情闹到这种地步。现在朝廷四处捉拿羊胜、公孙诡，既然一直抓不住他们，我做臣子的也不想活了。今天我来与大王诀别，请大王赐我自杀？"

刘武听了，忙劝道："您何必这样呢？"

韩安国热泪滚滚，哽咽着说："大王自己考虑一下，您与皇上的关系比起来太上皇和高皇帝以及皇上与临江王的关系，哪个更亲密呢？"

刘武不假思索地说："我根本比不上他们亲密。"

韩安国说："是啊，太上皇与高皇帝、皇上与临江王都是亲生父子的关系。但是高皇帝夺取天下后，不让太上皇干预朝政，让他终日闲居在栎阳宫里。临江王是皇上的长子，只因为一句话的过失就被废黜太子之位，降为临江王。为什么会这么做呢？因为皇上治理天下终究不能因私损公啊！现在大王身为诸侯之列，却受奸臣虚妄的言论引诱，违反皇上的禁令，扰乱法律的尊严。皇上因为太后的缘故，才不忍心用严厉的法令来对付您。如今太后日夜哭泣，盼望大王能改正错误，兄弟二人重归于好。可是大王到现在也不能觉悟，假如太后突然逝世，大王您还能依靠谁呢？"

梁王刘武没等韩安国说完，便痛哭流涕地向韩安国表示歉意，并对他说："羊胜、公孙诡就藏在我的后宫，我现在就把他们交出去。"

羊胜、公孙诡听说梁王要把他们交给朝廷，二人吓得全都自杀了。

尽管如此，刘武还是担心朝廷继续追查下去，他的行为可能败露，到那时自己的性命恐怕也保不住了。刘武想起事前邹阳的劝谏，感觉到自己的确过于草率，就很诚恳地感谢他，并送给邹阳千金，让他想办法为自己洗脱罪过。

邹阳看到刘武失魂落魄的样子，就答应找人为他的罪行开脱。在齐国有一位年近八十的王生，他一生研究谋略，奇计很多。邹阳就专程赶到齐国拜见王生，对他详细述说了这个事件的原委。

王生听后说道："难啊！人主有了怨恨，想要诛杀，别人是很难为其解脱的。眼下以太后的尊贵、骨肉的亲情都无法阻止，何况是臣下呢？"

邹阳不死心，要继续到其他地方寻找高人指教。在分别时王生对邹阳说："您先去吧，回来时请您经过我这里再回梁国。"

邹阳出行了一个多月也没有讨到帮助梁王开脱的计策，回程又去拜见了王生，对他说："我将向西去了，这事到底应该怎么办呢？"

王生看着焦急的邹阳，停了一下说道："我倒是有一个愚计，只怕是浅薄寡陋不敢说出来。如果你回去，不妨到长安先去见一下王长君。"

邹阳听了这话，心里一下子明白了，他对王生作揖道谢，然后匆匆离开。邹阳没有回梁国，而是直接去到长安拜见了王长君。

王长君是王姬的哥哥,也就是未来朝廷的大国舅。邹阳见到王长君后对他说:"我有件事无法处理,想请你给帮帮忙。"

王长君说:"我很幸运,你只管说来。"

邹阳见王长君答应得痛快,便说:"臣私下里听说长君的妹妹在后宫很受宠爱,天下没人能与她相比,而您的行迹常常不合常理。如今为了袁盎等大臣被谋杀的事情皇上穷追不舍,梁王极度惶恐。如果梁王被朝廷抓捕处死,太后必然忧伤泣血,您也知道,梁王可是太后最宠爱的儿子啊!太后的怨恨无处发泄,必将咬牙切齿地痛恨贵臣,到那时,臣担心您的处境也会危如累卵,万分凶险啊!"

王长君听后禁不住紧张起来,忙问:"依您之见,我该怎么办呢?"

邹阳看到自己的说法起到了作用,就对王长君说:"如果您能向皇上说情,不要再追究梁王的罪过,那么太后一定会感谢您,并主动地与您结下牢固的关系。到那时,您的妹妹在皇上和太后那里都将受到宠爱,地位也会像金城一样坚固。您也会因为保护了梁王,避免皇家兄弟相残的功绩而将功德遍布天下,留名后世。我希望您能好好想想,做出正确的决定。"

王长君满口答应,送走了邹阳以后,他就开始积极地活动起来。

此时,刘启派往梁国的使臣田叔、吕季主在梁国已详细地查明了梁王与羊胜、公孙诡密谋刺杀袁盎等十余名大臣的罪责,携带全部案卷准备回长安。得到羊胜、公孙诡自杀的消息,田叔突然有了另外一种想法。

田叔是赵国陉城人,他的祖上是齐国田氏的后代。田叔为人节俭自爱,喜欢与那些有德行且年纪大的人交往。由于他正直廉洁、忠实贤能,很受人们的爱戴。当年高皇帝在世时,赵国丞相赵午和贯高等人因赵王受辱而图谋刺杀高皇帝的事情败露后,高帝将赵王、贯高等人抓到长安审查,并下诏书称:"有胆敢追随赵王的人,将罪及三族。"但田叔等人却化装成了赵王的家奴,剃光了头发,披戴上铁枷,穿上囚衣跟随赵王到了长安。后来事情查清了,高帝赦免了赵王,召见了田叔等十余位忠烈之士,还给他们全部安排了官职,田叔从此在汉中郡守这个位置上一干就是十几年。

文帝即位以后也对田叔很欣赏,一次文帝召见时问他说:"您知道天下都有哪些长者吗?"田叔回答:"为臣怎么能够了解得周全呢?"文帝赞叹地说:"您这个人就是长者啊!"等到景帝即位,田叔仍然以贤能闻名深得景帝的信任,这次

派他去梁国调查正是基于对他的信任。

田叔等人查完梁王的案子返回长安途中,到达一个叫霸昌的地点休息,田叔让人把在梁国办案所取得的证据材料全部拿出来当众烧毁。随行的官员目瞪口呆,不知道田叔想要干什么?田叔笑了笑说:"皇上那里我一个人去就行了,你们无须担心。"

到达长安后,田叔两手空空地觐见刘启,刘启问:"梁王有罪吗?"

田叔回答:"犯死罪的事实非常清楚。"

刘启说:"把他的罪证拿来让朕看看。"

田叔说:"陛下最好不要再过问梁王的罪证了。"

刘启又问:"为什么?"

田叔说:"陛下如果掌握了梁王的罪证,不杀梁王就等于废弃了汉朝的法律,如果杀了梁王,太后会终日吃不香,睡不着,给陛下增添忧愁。"

刘启想了想,田叔这话也有道理,就让他亲自去向太后说明。田叔见到太后,对她说:"我调查清楚了,刺杀大臣的事梁王不知情。是他手下的羊胜、公孙诡干的,这些人已按国法处死了,梁王没有受到伤害。"

太后一听这话,立即就来了精神。

田叔、邹阳等人为了大汉王朝的安宁的确煞费苦心,保护梁王,实际上就是捍卫了天下的安宁。假若朝廷紧逼,拥有一定实力的刘武还不知要搞出什么样的动静来,只可惜袁盎和那十几位大臣却成了牺牲品。

梁王刘武经过了这么一场风波,自己先前张扬的做派明显收敛了。他心里十分清楚,朝廷在查清了事情真相后没有追究他的罪责,是给了他最大的宽容。为了表达自己的感激之情,刘武专程赶到长安请求觐见皇上。

刘武这次到长安,再也不敢像以往一样车骑千乘,浩浩荡荡,而是只带几辆车,简装出行。到了长安后,他没有直接去觐见皇上,而是躲在姐姐长公主刘嫖的府内,派使臣送去请求皇帝召见的文书。

窦太后为这个小儿子可谓是操尽了心,她得知刘武进宫后也赶来相见。刘武进了宫门,伏在刑具之上,表示认罪,请求处置。刘启见状,忙上前扶刘武起来,一起到窦太后面前,母子三人相对而泣。一场风波过后,母子平安,这可能是最令人宽慰的事情了。窦太后望着眼前的两个儿子,也不知说什么好。

梁王刘武从此再也不提继位之事了。

二十　虚张声势，李广智唱空城计

汉景帝七年（前150），刘启立胶东王刘彻为太子，不久又立刘彻的母亲王姬为皇后。女儿成了皇后，臧儿满心欢喜，又将小女儿也送到后宫，成为皇帝的嫔妃。臧儿这样做，是为了替爷爷臧荼复仇，还是为了显示自己的能力，或是为了挟势弄权，这无法说清。但摆在眼前的现实是，女儿当上了皇后之后，她的的确确在干预朝政，扶植外戚势力。王皇后不但长得美貌，也像母亲一样，颇有心计，能将自己的儿子从皇帝众多的皇子中推至太子的宝座，就表明这个女人不寻常。

这一年，刘启任命太尉周亚夫为丞相，太仆刘舍为御史大夫，洛南郡太守郅都为中尉。

郅都为官公正廉洁，做人勇于担当。他在担任太守时从不接受别人赠送的礼品，不理会别人的说情。等他做了中尉，继续坚持严酷的作风，严格按照法律进行赏罚，从不避讳皇亲国戚。所以，列侯和宗室皇族见到郅都都不敢正眼看他，躲着他走，还背地里给他起了个绰号，叫"苍鹰"。以前郅都在宫中担任中郎将时，就以敢直言进谏出名。一次，他跟随景帝到上林苑去打猎，刘启的一位爱妃贾姬在上厕所时，一头野猪也随之闯了进去。刘启见了，忙命他去救护贾姬，谁知他站在刘启身旁动也不动。刘启急了，准备亲自去救爱姬。郅都拦住刘启，跪伏在他面前说："陛下失去一个姬妾，又会有另一个姬妾进宫，天下不缺少贾姬这样的女人。陛下贸然前去救护，一旦发生危险，怎么对得住宗庙和太

后!"刘启一听,没有再动,这时野猪也从厕所里出来了,一场虚惊!这件事刘启回去给母亲说了,窦太后赞扬郅都做得对,并赏赐他一百斤黄金。刘启对他的忠诚也很欣赏,找时机提拔他担任中尉,护卫长安宫城的安全。

刘启执政七年以来,尽管经历了七国之乱,还好有惊无险,仅三个多月时间,乱象就得到平复。如今天下太平,政局稳定,各诸侯国吸取了七国的教训,基本上都不敢再有对抗朝廷的举动,唯一张狂的梁国也因谋杀朝廷大臣的事情变得温顺起来。刘启可以抽出更多时间来考虑他的身后事了,虽然他还不到四十岁,但似乎也能预感到自己的生命在一天天走向终结,他必须在自己还有精力的时候为太子顺利继位创造好条件。

汉景帝九年(前148),有人上书朝廷,临江王刘荣自己修建宫殿时,侵占了文皇帝庙宇的围墙。刘荣是当年被父亲刘启废掉太子后去临江国的,他的母亲栗夫人因儿子的太子之位被废,气得一病不起,不久就死去了。刘荣还算可以,本分地在临江国任职,认真地处理诸侯国的事情。他不曾想到,朝廷有一双眼睛始终盯着他,查找他的不是。

刘荣到了长安,还没有机会向父皇说明原委,就被郅都押到中尉府去审讯了。被人称为"苍鹰"的郅都审讯起罪犯来绝不会手软,虽然刘荣身为诸侯王,但在郅都的眼里,他只是一名罪犯。刘荣吃尽了皮肉之苦后被关押起来,不许任何人与他接触。刘荣万念俱灰,他请求郅都给他纸张笔墨,好向父皇说明情况,郅都却不予理睬。后来刘荣当年的老师窦婴听到消息,派人偷偷给刘荣送去纸张笔墨。十几岁的刘荣经不起这人世间的冷酷,他边哭边写,等到写完泪也干了,他把写好的书信整齐地叠好以后自杀了。

刘荣从被押到长安直到在狱中自杀,刘启一直没有出面。在他的心里,也许隐藏着一个谁也不能告诉的秘密,即尽管刘荣是自己的亲生儿子,但以后可能是对现在的太子刘彻构成最大威胁的人。

窦太后听说刘荣自杀的消息,万分悲伤。她无法指责自己的儿子刘启,把怨气一股脑地发泄在中尉郅都的身上。她要求刘启立即查办郅都,以他用严刑峻法审讯刘荣为罪状,罢他的官、免他的职和治他的罪,老太太无法忍受自己的长孙在眼皮子底下被审讯自尽的悲惨结局。刘启顶不住母亲的哭闹,只好免去郅都的中尉一职。然而下来却又委任他为雁门太守,让他不要回家,直接赴任,而且允许他可以依据雁门的实际情况随机处理事务。

郅都清楚皇帝在保护他,愉快地到雁门赴任。他到了雁门,竟然吓走了那

390

里边境匈奴一方的军队。他们早就耳闻郅都的人品和做事风格,把军队带到远离雁门的地方去了。匈奴人惹不起郅都,又对他恨之入骨,就派人做了一个他的木偶,命令将士们把它当靶子射击。可神奇的是,匈奴人见了郅都双手发抖,竟然没有人能够射中。

田叔也是汉景帝刘启非常在意的一个人,自他从梁国调查完梁王刘武的案子返回长安汇报后,刘启便任命田叔为鲁国的丞相。田叔一如既往,以自己的贤能辅佐着君王。他刚上任,就有人到丞相府告状,说鲁王强行侵夺了他们一百余人的财物。田叔接到了举报,命手下将他们中的二十人带到丞相府,当着鲁王的面,对这二十个人每人打五十大板,接下来再打手心二十下。打完之后,田叔对他们训斥道:"鲁王是你们的主人,你们胆敢到官府告主人的状,该不该打?"坐在一旁的鲁王听了脸一阵发热,他十分后悔自己的做法。下来后,鲁王对田叔说,"从府库中支取一部分钱财,把那些人的损失补还给他们吧。"田叔非常诚恳地对鲁王说:"大王自己夺走的财物,却从府库中偿还给他们,这明摆着是大王做了坏事,却让我一个做丞相的人去做好事,这样的事我是不会做的。"鲁王听了很感动,知道丞相在维护自己的声誉,就从家中拿出钱财如数归还给了他们。过了几年,田叔在任上去世,鲁王和百姓都赞颂他的贤能,举办隆重葬礼来祭奠他。

汉景帝十年(前147)春,匈奴国中唯徐卢等五个首领率部向汉王朝投降,这可是一件非同寻常的事。汉匈两国从来都是兵戎相见,即使汉王朝对匈奴采取了和亲政策后,匈奴人也不间断地在边境骚扰,抢夺边民的财产和牲畜。如今竟有匈奴部落首领率部投降的事情发生,刘启自然非常高兴。他亲自出面接见降将,并决定封唯徐卢等人为列侯。刘启这么做,无非是鼓励更多的匈奴首领投到汉王朝来。相比之下,奖励投城匈奴部落首领比起和亲来,代价要小得多,效果则更明显。

但是刘启的这种做法遭到了丞相周亚夫的反对,他直言上书:"陛下封赏率部前来投降的匈奴将领,是在鼓励背叛国家,影响很坏,望陛下三思。"

周亚夫的话,刘启不爱听,奖励匈奴降将本身就是一种策略,能起到分化、瓦解和削弱匈奴人的作用,何乐而不为呢?你周亚夫只会打仗,只知道刀对刀、枪对枪地干,无法弄清这其中的奥妙,刘启对周亚夫的建议未予采纳。

这一段时间,周亚夫也意识到皇上在处理一些大事上开始听不进他的意见了,主动向刘启提出辞职的请求。刘启没有挽留,按照周亚夫的请求,免去了他

的丞相职务。

接替周亚夫丞相位置的是御史大夫刘舍。

汉景帝十三年(前144),沉寂了数年的北部边境战火重又燃起,匈奴人并没有因为和亲和部落首领投汉而放弃对大汉王朝的侵扰。匈奴几十万大军从雁门、武泉和上郡进攻汉王朝的北部边境。但此时的汉朝边军已经十分强大了,雁门有太守郅都率军守卫,上郡有太守李广率军守卫。尽管匈奴人数次进攻,双方均损失很大,匈奴人都无法攻入。

汉景帝刘启得悉上郡太守指挥有方,便指派一名近臣到上郡跟随李广学习军事,抗击匈奴。有一天,这位宦官带着几十名骑兵在草原上策马奔驰,途中遇到三个匈奴兵,就率部冲上去与他们交战。结果三个匈奴兵回身放箭,几乎箭无虚发。宦官带的几十名骑兵全被射死,连宦官本人也受伤逃回军营。李广听说后,立即带一百余名骑兵前去追赶那三个匈奴兵。当看到那三个徒步行走的匈奴兵后,李广指挥他的骑兵左右散开,两翼包抄,他亲自拍马前去射杀那三个人。李广本人箭术极好,而且发弓有力,一会儿工夫就射杀两人,活捉一人。经审讯,这三名匈奴兵全是射雕手。李广他们正准备押着俘虏返回军营,只见远处几千名匈奴骑兵朝他们奔来。

双方搞清了对方的身份后都很吃惊,李广手下的百余骑兵见状大为紧张,想策马飞奔逃走。匈奴人见到李广也感不妙,恐遭埋伏,急忙两边散开摆好阵势。

李广对惊慌的部下说:"我们现在离大军几十里,如果逃跑,匈奴人一定会追赶射杀,我们全都会被杀死。我们只有不走,让匈奴人感觉到我们的大军离这里不远,我们是来诱敌的,他们就不敢攻击我们了。"

说完,李广命令部下向匈奴大军迎面走去,到了距离匈奴阵地不远的地方才停下来。这时李广又命令:"全体下马解鞍。"

有部下问:"匈奴人离我们这么近,一旦发起攻击,我们怎么办?"

李广平静地说:"我们解下马鞍,原地休息,更能使他们相信我们是诱敌之兵了。"

果然,匈奴兵都在张望,不敢攻击,双方一直就这样僵持着,直到晚上。匈奴人担心遭到伏兵攻击,趁着夜幕悄悄地撤退了。

第二天早晨,李广才回到自己的军营中。李广在危急时刻,沉着应对、机智勇敢的作风一时成为上郡一带的佳话,人们赞扬他、钦佩他。消息传到长安,刘

启也很高兴,朝廷文武大臣们都认为李广能成为一位名将。的确,李广在实践中研究掌握军事谋略,不断地磨炼自己,在日后的多次历练中,真正成长为一位抗击匈奴的汉朝名将。

枚乘是淮阴人,当年曾同邹阳、庄忌游于吴国。在吴国期间,他们发现吴王刘濞怨恨朝廷产生叛逆之心时,曾上书劝谏,但刘濞没有采纳,反倒是加紧备战,联络同盟。无奈,枚乘、邹阳和庄忌只好离开吴国去梁国谋求发展。

终于,刘濞与其他六国结盟,以诛杀晁错为名对朝廷发难。七国之乱平息后,刘启听说枚乘曾经上书劝谏刘濞不要与朝廷作对,认为枚乘是一位贤能之人,便将他召至朝廷任职,任命他为弘农都尉。但是枚乘做惯了诸侯大国的上宾,喜欢与文友们探讨辞赋文章,而不习惯与郡吏们打交道,所以在任职期间并不开心,不久便以自身有病为由辞官离去。他离开长安后又回到梁国,与众多门客整日饮酒赋辞,不胜快活。至今,枚乘所著的《上书谏吴王》《七发》等作品仍广为流传。

这年十月,梁王刘武到长安朝见时上书刘启,以身体不适为理由想长期留居京城,刘启不同意。刘武返回梁国后,终日闷闷不乐,卧床不起,到第二年四月,刘武因病不治去世。窦太后得到儿子去世的噩耗后悲痛万分,她在嘴里不停地念叨着:"皇帝果然杀了我的儿子!皇帝果然杀了我的儿子!"刘启得到消息后也非常不安,他不清楚是自己没有满足弟弟长期留在长安的请求才导致他死去的,还是因为其他的原因?但母亲的悲哀是实实在在的,她最喜欢的儿子在她之前离开人世,这对老人来说是最大的不幸和痛苦。

为了减轻老人的悲伤,刘启找来姐姐长公主商量办法。长公主的意见是把梁国分成五份,分别封给刘武的五个儿子,这样母亲就会放心的。于是刘启把梁王的五个儿子全部封王,刘买为梁王,刘明为济川王,刘彭离为济东王,刘定为山阳王,刘不识为济阴王,同时还给刘武的五个女儿也都分封了汤沐邑。当刘启把这个决定告诉窦太后时,窦太后才止住悲伤,略为高兴了起来。

刘启的这种做法正是当年贾谊提出来的设想,贾谊当年的想法就是对大的诸侯国等到诸侯王去世后,将大国划分成小国分封给他们的儿子。这样可从根本上解决了大诸侯国对朝廷的威胁,比晁错强行削藩的举措要温和得多。可惜贾谊死后若干年,他的这一设想才逐步得到了实施。

二十 虚张声势,李广智唱空城计

二十一 景帝辞世，大汉王朝迎武帝

汉景帝十四年（前143），景帝刘启在宫中召见赋闲在家的条侯周亚夫。这次召见，刘启布置了一个特别的场景，他似乎要从中看到什么、悟到什么和得到什么？

周亚夫进宫求见，刘启赏赐给他食物。这也是当时皇帝奖励大臣的一个方法，能得到皇帝赏赐食物的大臣都会感到十分荣幸。周亚夫见到皇帝赏的食物是一大块熟肉，但没有切开，也没有准备筷子。周亚夫是个性格直率的人，没有明白刘启的意思。他忍住心中的疑虑和不快，吩咐负责宴席的官员把餐刀和筷子拿来。刘启看看周亚夫，笑着说："这些莫非也不能满足你吗？"刘启话中有话，周亚夫听出了一点意思，他连忙跪下，摘了帽子向皇帝请罪。刘启淡淡地说了一句："起来吧！"周亚夫起身就快步退了出去。

宫中很静，没有人敢吭声，这时刘启又淡淡地说道："像条侯这样愤愤不平的人，不能做少年君王的臣子。"

在场的人都明白了，皇帝在试探周亚夫的胸襟和度量。但是，这绝不仅仅是试探，在以后不长的日子里，刘启还要对周亚夫采取更进一步的打击。

周亚夫的儿子出于孝敬，从朝廷工官那里买来专为皇室制造的用于殉葬的五百件铠甲和盾牌，让搬运工把这些东西搬到家里。可是搬运完了却不给他们工钱，而让他们到工官那里领取。这些搬运工很气愤，联名上书朝廷，以盗买皇帝专用器物为由，检举周亚夫儿子的不轨行为。

刘启看到了检举信,命司法官提审周亚夫,但周亚夫拒不回答。司法官无奈,向皇帝汇报,刘启狠狠地说:"他就是没有供词,朕也可以杀他!"又命廷尉接手此案,继续审讯。廷尉的审讯就不会像司法官那么温和了,审讯中的用刑是必需的。廷尉在用过大刑后问周亚夫:"你为什么要造反?"周亚夫十分不解地辩驳道:"我买的东西全都是将来我死后殉葬用的器物,怎么能说我要造反呢?"审讯官却瞪了周亚夫一眼,冷冷地说:"你即使在地上不造反,也要在地下造反!"周亚夫无言以对,他近乎绝望了。审讯官的话点出了朝廷整他的原因,此刻他纵然浑身是嘴也无法洗清自己。廷尉府的审讯越来越残酷,好像不从周亚夫嘴里得到什么绝不会罢休似的。周亚夫依然闭口不说,根本不承认自己要造反。当年他当太尉率军征讨七国叛乱时都不曾有造反的想法,如今他已退职在家,朝廷竟然怀疑他要造反,真是天大的冤枉!看着自己遍体鳞伤的身躯,想到自己曾经叱咤战场的英姿,周亚夫一阵心痛。终于他下决心了,要以死来证明自己的清白。在狱中周亚夫绝食五天,吐血而死,一代名将就此陨落了。

对刘启来说,周亚夫的死也令他感到悲伤,但为了朝廷的稳定,他不得不这样做。周亚夫的认真、固执是出了名的,当年窦太后欲给王皇后的哥哥王长君封侯,就遭到了周亚夫的阻拦。周亚夫以丞相的身份对刘启说:"高皇帝曾约定'非刘氏不得为王,非有功不得封侯',王长君无功封侯,违反高帝的约定。"周亚夫的坚持,引起窦太后、王皇后和刘启的不满。后来,匈奴唯徐卢等人投汉,刘启给他们封侯又遭到周亚夫的坚决反对,从这之后,刘启渐渐感觉到周亚夫难以驾驭了。如果自己死了,太子继位,周亚夫将会恃德高望重而不善待新皇,到那时朝廷会因此而政令不畅,人心涣散的。

周亚夫死后,刘启没有再追究下去,仍封周勃的另一个儿子周坚为平曲侯,接续周家侯爵的地位。

刘启意识到自己的身体越来越差,日子也不多了。他要在有生之年把能做的事情做好,将一个繁荣稳定的王朝江山交给自己的儿子。

汉景帝十六年(前141),刘启诏告天下:农业是天下的根本。黄金、珍珠和美玉之类的东西,饥饿时不能当饭吃,寒冷时不能当衣穿,把它当成货币使用,不知它何时废止。近来有些年收成不好,部分百姓挨冻受饿,这或许是因为从事工商业的人多,从事农业的人少的缘故。命令郡国官员,一定要提倡大力发展农桑,多种树木,这样就可以得到衣服和食物等用品。官吏如果征发百姓,雇

他们去开采黄金、珍珠和美玉,就按偷盗的罪名,把所得作为赃物来定罪处理。二千石官员如果听之任之,也按同样的罪名处置。

此外,茶叶等一些经济作物也得到较好的发展。刘启生前爱喝茶,死后还将一些顶级品质的茶叶也带到陵寝里作为陪葬品。

在刘启的心目中,农业生产依然是根本、是保证。"民以食为天",天下百姓只有在吃饱穿暖的情况下,才会安分守业。百姓安稳了,天下才能安定。

这一年正月,刘启在长安城未央宫病逝,享年四十八岁。他和父亲刘恒一样,寿命短暂。

汉景帝刘启在位十六年,在政治上继续推行黄老之策,与民休养生息。在经济上不断减轻赋税,鼓励农业生产,推行重农轻商的国策,进一步促进了经济发展和社会稳定。面对北方强大的匈奴,刘启继续推行和亲政策,不与匈奴发生大的战争。他清楚,大规模地征讨匈奴将要耗费很多的人力和财力,将会给天下百姓增加沉重的负担。但对北部边境的防卫,刘启一刻也没有放松,除派出精兵强将严守边防之外,还采用晁错的建议,实行卖爵令和黩罪法,将大批负罪之人迁徙到边地,以此增强边境地区的农牧生产和人力资源。虽然刘启在位期间,匈奴人多次侵犯北部边境,但每次收获都不大,而且都得到了朝廷有力的回击。

刘启的一大功绩是成功粉碎了以吴楚两国为首的"七国之乱",为国家的稳定发展奠定了坚实的基础。他积极采纳贾谊、晁错等人关于削藩的建议,加大对几个大诸侯国的削藩力度,促使吴、楚、齐和梁等大的诸侯国都分化成为小的诸侯国,有效防止了这些诸侯国结盟反抗朝廷的企图。

汉朝建国初期,面临的困难很多,天下百姓更是苦不堪言。秦始皇推行的严刑重赋,使百姓处于饥饿与贫穷之中。而秦末大兴土木、穷兵黩武的政策又使国家财力匮乏。汉朝建立之初,连天子都无法配备齐四匹毛色相同的马匹拉车,将相上朝只能乘坐牛车。老百姓手中没有积蓄,荒芜的土地很多,人们因战乱居无定所。高帝刘邦当时曾下令商人不许穿丝织的衣服,不准坐车,并且加重对从事商业的人征收高额税赋,以此限制商业发展,鼓励百姓安居务农。到汉惠帝和吕后执政时期,朝廷继续推行重农轻商的政策。明确规定凡是商人一律不准入朝做官,即使商人的子孙,仍然不准入朝为官。到汉文帝执政时,积极采纳贾谊、晁错等人的建议,加大农业生产力度,减轻百姓税赋,极大地调动了

天下百姓的农业生产热情,促使国内的农业生产得到了长足发展。

汉文帝刘恒、汉景帝刘启父子两人在执政时期,坚持清静廉洁,谨慎俭朴,不惊扰百姓,不朝令夕改,安养天下百姓,为天下黎民,也为大汉王朝创建一个休养生息的良好环境。

到汉景帝刘启去世,汉王朝已建立七十多年了,经过几十年的稳定发展,国力大幅增强。城乡的粮仓都装满了粮食,府库中也储存了大量的物资。京城国库中的钱累积如山,串钱的绳子都腐朽了,也来不及更换。京城里的粮仓陈旧粟米一层覆盖一层,装不下的就堆积在露天,有的已经腐烂了不能再食用。城里到处可见马匹在走动,在田野的马匹更是成群结队,骑母马的人要受到人们的歧视而不能与人聚会。百姓饭桌上的白米大肉已不新鲜,人们身上的衣服也鲜亮整洁了。和平富足的生活,使人们的生活方式也得到了提升,做官的长期任职,勤谨办事,用心抚养自己的子孙;平民百姓也不去从事违法的勾当,避免以触犯朝廷法律而给自己和家人蒙羞。在这段时期,法网稀疏,百姓富足,人人安居乐业,社会风气端正,一个繁荣昌盛的大汉王朝已经形成。

这一年,太子刘彻继皇帝位,当时他年仅十六岁,整个王朝的重担将落在他的肩上。祖辈开创的业绩为他从政提供了坚实的政治与经济基础,如何在这个历史舞台上表演,将是他面临的一个重大的课题。

附录　文景之治相关文化信息集萃:

(1)成语、名句和谚语

左右袒　如汤沃雪　见利忘义　汉文却马　改过自新　草菅人命
道民之路,在于务本　细柳营　前车之鉴　宣室征还　捧腹大笑
冯唐易老,李广难封　尺布斗粟　一抔黄土　面无人色　向壁虚造
鲁灵光殿　明珠暗投　强毋攘弱,众毋暴寡　变古乱常,不死也亡
死灰复燃　厝火积薪　间不容发　舐糠及米　一发千钧　不名一钱
投鼠忌器　公而忘私　久安长治　安如泰山　智囊　百川归海
一人得道,鸡犬升天　修学好古,实事求是　矫枉过正
移风易俗,黎民醇厚　前事不忘,后事之师

(2)**历史遗迹**

新乡市原阳县城东北十公里阳阿村南陈平墓和祠

西安市户县石井镇曹家堡村陈平墓
郑州市西北约二十公里中原区石佛镇小双桥村南周勃墓
咸阳市城西北七十公里处永寿县店头镇边村陆贾墓
河北省石家庄市赵陵铺镇赵佗先人墓
广东省广州市解放北路的象岗山上南越国第二代王赵昧(赵佗孙子)陵墓
济宁市任城区接庄街道西贯庄村北、高庙村东南两村之间灌婴墓
陕西省兴平市桑镇张耳村张耳墓
漯河市舞阳县马村乡郭庄村樊哙墓
六安市裕安区青山乡魏庵村樊哙墓
咸阳市渭城区韩家湾乡白庙南村南安陵东九百米鲁元公主墓
咸阳市渭城区韩家湾乡白庙南村南安陵东九百六十米张敖墓
陕西省西安市白鹿原北、席王街办莫灵庙村南面汉文帝霸陵
陕西省西安市狄寨乡鲍旗寨西北一公里处汉高祖薄姬南陵
咸阳市礼泉县东二十五公里薄太后村旁薄太后塔,前有香积寺
西安市临潼区康桥乡和关山乡一带薄昭墓
洛阳市孟津县平乐镇新庄村贾谊墓
长沙市天心区太平街太傅里贾谊祠
河南省禹州市城南十三公里晁喜铺村西晁错墓
泰安市岱岳区满庄镇中淳于村西淳于意墓(救女坟)
南阳市方城县西一公里张释之墓
南阳市方城县西关释之路北侧张(释之)公祠
山东省莒城县东南十公里陵阳镇接家岭最高处刘章墓
西安市东郊白鹿原东北隅灞桥区毛西乡杨家圪塔村窦太后陵
甘肃省天水市城南石马坪李广墓
甘肃省酒泉市区南郊文山山麓李广墓
衡水市景县县城西一公里处周亚夫墓
新乡市原阳县城西南十二公里原武镇周亚夫墓
咸阳市渭城区正阳镇张家湾村汉景帝阳陵
咸阳市渭城区韩家湾乡白庙南村南安陵东张苍墓
陕西省兴平市南位镇茂陵村汉武帝茂陵

(3) 名家点评

时运不济,命运多舛。冯唐易老,李广难封。　　——〔唐〕王勃《滕王阁序》

……高祖之后,史家誉为文景之治,其实,文、景二帝乃守旧之君,无能之辈,所谓"萧规曹随",没有什么可称道的。　　——毛泽东

无人才,则之数事者,虽举亦废故也。舐糠及米,终至危亡而已。

——〔清〕严复《救亡决论》

《治安策》一文是西汉时期最好的政论文……全文切中当时的事理,有一种颇好的气氛,值得一看。　　——毛泽东

际兹一发千钧,全国国民宜各立所志,各尽所能,各抒己见。

——鲁迅《二心集 沉滓的泛起》

景帝时吴楚七国之乱,即是皇权与封国割据势力矛盾的又一次尖锐爆发。这场大规模叛乱被迅速平息,统一倾向再次取胜并且得到巩固,历史就是这样沿着曲折的道路前进的。　　——白寿彝《中国通史》

(4) 其他

高中语文教材《过秦论》	〔西汉〕贾谊
高中语文教材《论积贮疏》	〔西汉〕贾谊
高中语文教材《吊屈原赋》	〔西汉〕贾谊
《治安策》	〔西汉〕贾谊
大学古代汉语教材《论贵粟疏》	〔西汉〕晁错
《言兵事疏》	〔西汉〕晁错
二十四孝之一	汉文帝亲尝汤药
《狱中上梁王书》	〔西汉〕邹阳
《上书谏吴王》	〔西汉〕枚乘
《七发》	〔西汉〕枚乘
经典国画《袁盎却座图》	〔民国〕徐燕荪创作

2014年7月第一稿
2015年10月第二稿
2016年12月第三稿

西汉帝国

七国之乱图

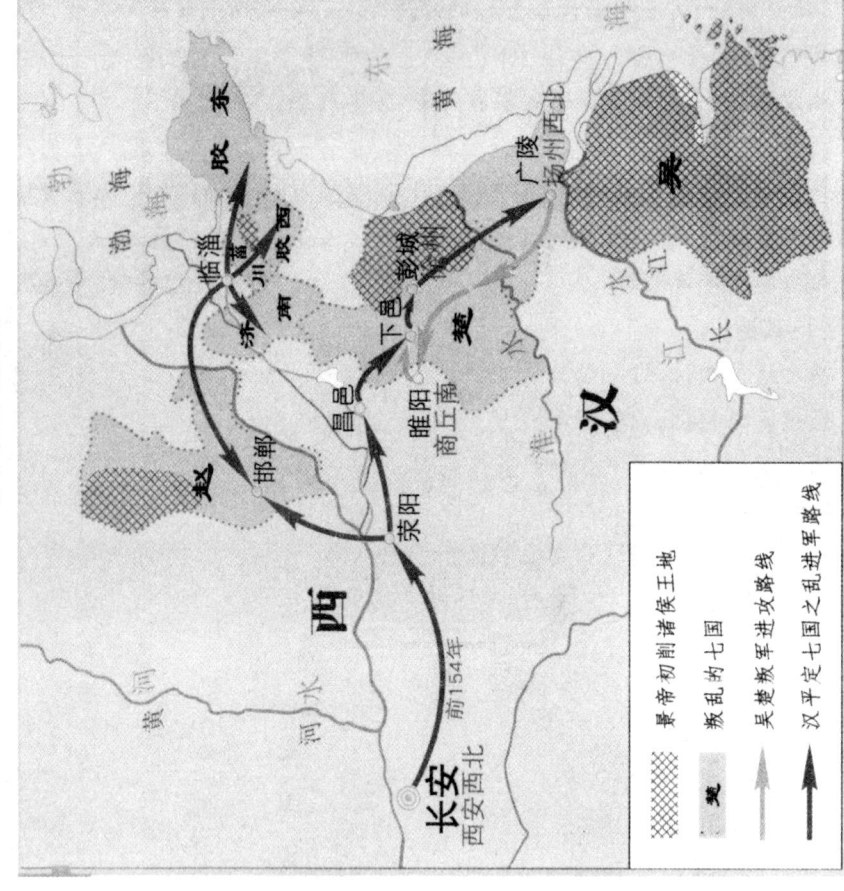

选自刘文杰先生编辑《图说中国历史·西汉》

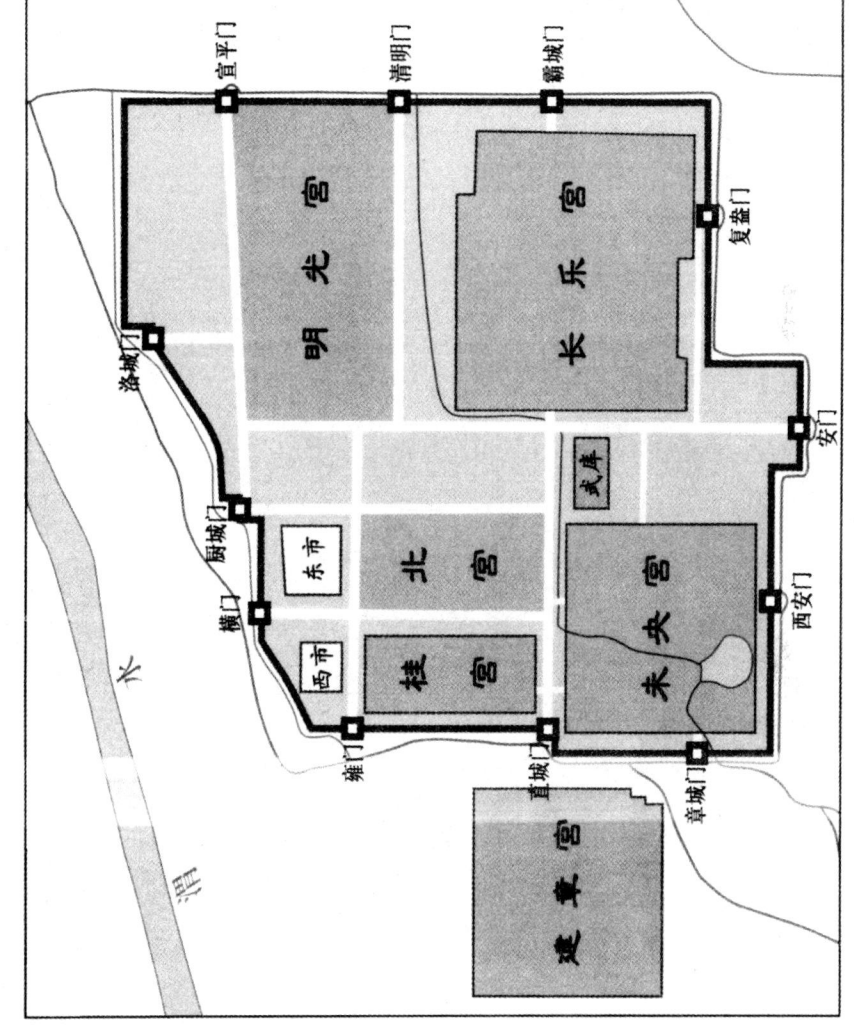

西汉长安图

选自刘文杰先生编辑《图说中国历史·西汉》

附录 文景之治相关文化信息集萃

西汉时期全图

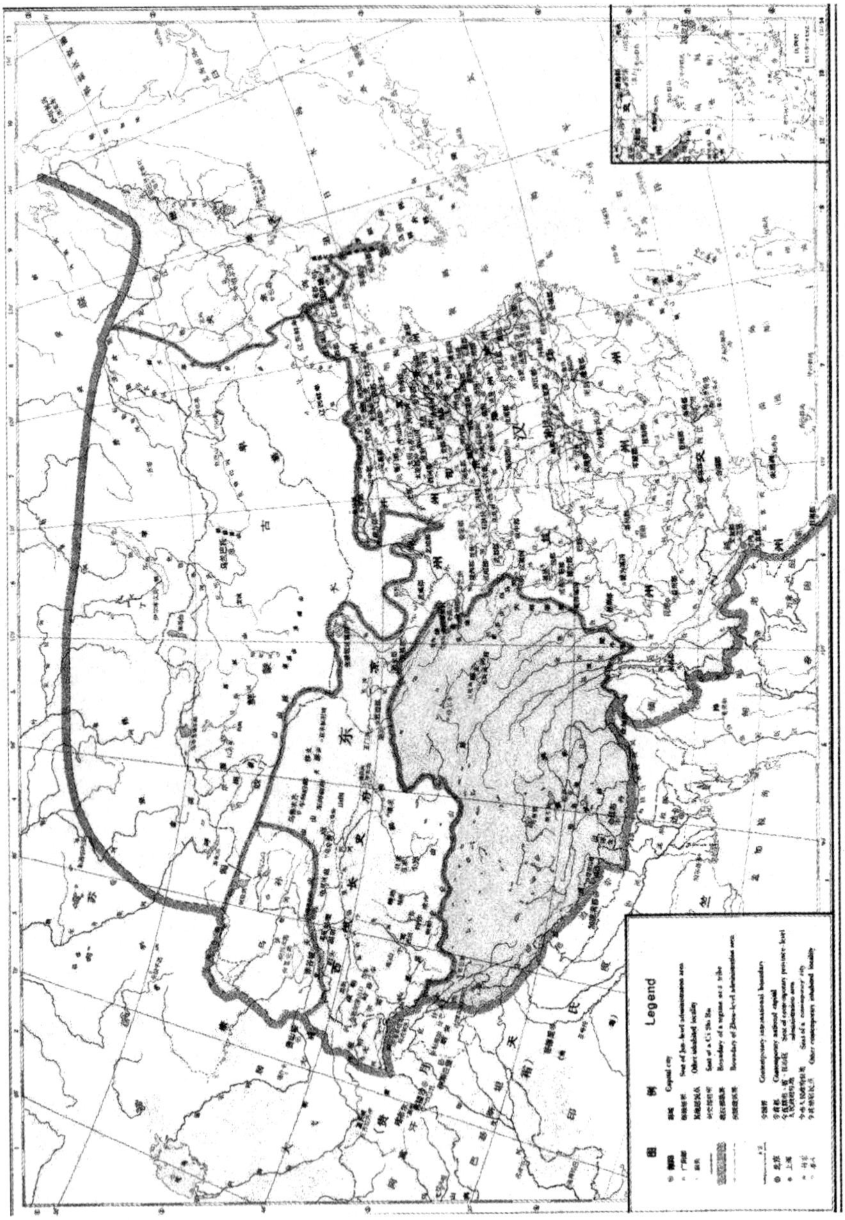

选自谭其骧先生主编《中国历史地图集》

后　　记

也许是长年居住在古都西安的缘故吧,从小就对这片土地上发生的故事有着极浓厚的兴趣。无论是早已成为废墟的秦阿房宫、汉长乐宫、未央宫和唐大明宫,还是周边的秦始皇陵、阳陵、茂陵、乾陵和昭陵等帝王的陵墓,有机会就要去走走、看看。对那些耳熟能详的成语和典故更是怀着一颗好奇的心去探究其中的奥秘。

朋友们在一起聊天,话题常常会停留在西安所有过的辉煌历史上。在对它曾有过的辉煌骄傲的同时,也会为它长期的沉寂感到惋惜。西安(古称长安),作为一座曾有过十三个王朝建都的地方,在中华民族的历史进程中曾发挥过极其重要的作用,尤其是在全国统一的秦、汉、唐时期,更为中华民族的繁荣昌盛和傲立世界东方做出过不可磨灭的贡献。

居住在这么一座曾有过辉煌历史的城市中,总有一种向往,为这座城市和人民做一些什么。然而几十年为了生计四处奔波,无暇静下心来去完成这个愿望。

一位对谋略颇有造诣的刘氏后裔提议,有空研究一下西汉历史,共同创作一本有关谋略和兵法的书来,也许是因为我们可以做到比较切合实际的方案。的确,汉族、汉语和汉字是我们日常离不开的东西,它们本身就昭示着汉代在我国文明进程中所有过的辉煌历史,它打在中国人身上的烙印比其他任何一个朝代都要深刻。但是面对汉代四百余年的历史和无数有关汉代的文献资料和文学作品,从哪下手成了我们面临的一个课题。没有深度,引不起人们的关注;没有情节,让人读起来没有兴趣;没有新意,人们读起来味同嚼蜡。如何编著出一部庄重而又顺畅,严肃而又耐读的作品,的确让我们费了一番心思。我们不愿意在这么一段波澜壮阔的历史长河中添加过多的戏说和虚构,不愿让年轻的读者们因为此书而对一些历史事件产生歧义。我们只想从众多的历史记载中把精彩的章节挑选出来编著在一起,让更多的人从中得到人生的启迪和人类智慧的照耀,从中有所受益,如此我们就心满意足了。

《西汉开国》(原书名《谋定西汉》)正是我们基于这种思路创作而成的,它起始于秦朝末期,终结在汉武帝即位。这七十余年时间正是我国历史上从大乱到大治的重要时期,也正是这段时期为我国以后历朝历代的发展奠定了坚实的基础,为中华民族傲立世界东方拓开了道路,直到现在对当代社会的稳定和发展也还具有它"特殊"的现实意义。

《西汉开国》以秦末汉初众多谋士、武将创建大汉王朝为主基调,把他们的个人经历和重大历史事件结合起来,以历史发展的进程,表述他们在大汉王朝

的创建过程中的聪明才智和非凡经历。

客观地说,没有这些谋士、武将就没有大汉王朝,也就不会有中华大地上四百余年的安宁。

在这个时代,一批批人才涌现,一位位名士走上舞台,他们为大汉王朝的建立殚精竭虑,奉献才智。正如汉高祖刘邦在评功大会上所比喻的那样,他们是"功人"。也正是这批"功人"为大汉王朝的建立构架起一个高大坚固的框架。孙子说:"上兵伐谋,其次伐交,其次伐兵,其下攻城"。一部西汉史,谋略在其中占据了很重要的位置。谋略,是历史进程中人类智慧的结晶。分开讲,谋是针对眼前问题思考出来的对策;略则是针对长远问题思考出来的对策和解决方案。谋略起源于战争和政治斗争,又关乎人类生活和生存的点滴。从宏观上看,它的范围包括政治、军事、外交和文化等诸方面,从微观上讲,它则要求人们从个人所处的客观环境和自身条件去综合考虑,找到适合自身发展的机会。

无法想像,假如没有萧何、张良、郦食其、陈平和陆贾等人在刘邦身边出谋划策,那么结局会怎么样?没有贾谊、张释之、晁错和袁盎等人在汉文帝、汉景帝身边,大汉王朝又将何去何从?

当然,最高明的智者应该是汉高祖刘邦本人了,他知人善任,听得进谋臣的建议,放得下君王的身架,独具驾驭人臣的本领。不知道他是否读过《孙子兵法》等兵书,但从他娴熟的领导艺术中却可以窥见他对谋略的运用几乎达到了炉火纯青的地步。

我们为这一伟大的时代欢呼,因为它是中华民族一段"阳光灿烂的日子"。

在每一部分的后面,我们还选编了一些与本部故事相关的成语、名句和谚语,历史遗迹,名家点评及其他有关的文化内容,便于读者从中受到启发或前往游览。

我们仅仅是历史和文学的发烧友和爱好者,但正是因为这种爱好,鼓舞着我们从《史记》等史书中把有关章节选编出来,创作成这部长篇历史军事题材小说,供广大读者欣赏。由于编写者水平有限,错误和遗漏之处在所难免,望读者多多指教。也可以通过出版社或"西汉开国"的博客联系我们,以使我们不断地改进和提高。

此书出版,圆了我们作为西安人的梦,在此谨向世界刘氏联谊总会常务副主席、陕西省弘扬汉文化研究中心理事长刘连腾先生、陕西省刘氏联谊总会会长刘喜联先生、秦始皇帝陵博物院、西安汉长安城国家大遗址保护特区管委会和汉景帝阳陵博物院等单位以及各位编辑、专家和老前辈们表示衷心的感谢。

刘杰 汤迪军
二〇一六年十二月十八日